Adrian Plass
Alle meine Robinsons

Stress-Familie Robinson
Ein Haus voller Robinsons

Brendow.
VERLAG + MEDIEN

Constanze Günther
Gartenstraße 2
08056 Zwickau
Tel. 0375 / 2 77 54 36

Die Deutsche Bibliothek – CIP-Einheitsaufnahme
Ein Titeldatensatz für diese Publikation ist bei
Der Deutschen Bibliothek erhältlich.

© 2002 by Brendow Verlag, D-47443 Moers
Einbandgestaltung: Georg Design, Münster
Satz: Satz & Medien Wieser, Stolberg
ISBN 3-87067-917-4

Teil 1

Stress-Familie Robinson

*Aus dem Englischen
von Christian Rendel*

© 1995 by Brendow Verlag, D-47443 Moers
Originalausgabe: Stress Family Robinson
© 1995 by Adrian Plass
Aus dem Englischen von Christian Rendel

Dieses Buch ist meinem Sohn David gewidmet, der 1993, als alle sechs Plasses in Queensland, Australien, unterwegs waren, zum ersten Mal den Ausdruck „Stress-Familie Robinson" gebrauchte. Die langen Fahrten durch die Hitze in der Enge eines relativ kleinen Fahrzeugs mögen durchaus zu Davids kleinem, aber produktivem Ausbruch von Kreativität beigetragen haben.

I

Ich möchte Ihnen gern die Familie Robinson vorstellen. Sie gehen in dieselbe Kirche wie ich, und dort habe ich sie auch kennen gelernt. Sie sind zu fünft oder zu siebent, wenn man die beiden Stabschrecken mitzählt, was Felicity Robinson immer tut. Sie werden später noch eine Menge über diese Stabschrecken hören. Übrigens bin ich selbst keine von den Robinsons, aber ich glaube, wenn man sie fragen würde, würde die ganze Familie sagen, dass ich praktisch dazugehöre – auch davon werden Sie einiges hören, bevor wir fertig sind. Würden Sie sich mit Felicity unterhalten, so würde sie vermutlich sagen, ich sei absolut und ganz gewiss eine weitere Robinson; sodass es, nur um Ihre Verwirrung komplett zu machen, entweder fünf, sechs, sieben oder acht Robinsons gibt, je nachdem, wen Sie mitzählen und mit wem Sie gerade reden.

Was mich betrifft, so entscheide ich im Zweifel für die Angeklagte und fange mit mir selbst an, da ich es bin, die diese Geschichte erzählt.

Mein Name ist Elizabeth Reynolds, wenn mich auch niemand mehr Elizabeth genannt hat, seit mir meine Familie den Spitznamen „Dip" gab. Damals war ich noch ein kleines Mädchen, und der Spitzname hatte Gründe, von denen – ja, erraten – Sie später noch hören werden. Ich bin fünfzig Jahre alt, wenn auch nicht innerlich, und geboren und aufgewachsen bin ich in der Stadt Adelaide in Australien. Heute wohne ich allein in einem kleinen Haus mit Terrasse in Standham, derselben Kleinstadt in Südengland, in der auch die Robinsons leben. Ich habe eine Ausbildung als Krankenschwester und glaube auch, dass ich sehr gut in meinem Beruf bin. Aber seit einigen Jahren arbeite ich nur noch halbtags in unserem örtlichen Krankenhaus, und so werde ich es auch weiterhin machen, solange ich es mir leisten kann. Die Arbeit macht mir Spaß, aber es gibt noch eine Menge anderer Dinge, die mir auch Spaß machen. Von meinen Angehörigen lebt keiner mehr, und die Personen, die ich am meisten liebe, sind Gott und die Robinsons (ich hoffe, in dieser Reihenfolge). Ich fahre einen gelben Mini namens Daffodil, weil ich so einen schon immer haben wollte, und die Dinge, die mir am meisten Spaß machen, sind Lesen, Wandern, Träumen und Zeit mit den Leuten verbringen, die ich am liebsten mag. Obwohl ich eine Menge lache, wenn ich mit meinen Freunden zusammen bin, fühle ich mich manchmal sehr einsam und unglücklich. Aber ich bin so eine Art Expertin darin geworden, das zu überspielen – das ist einer meiner größten Fehler. Ich war nie verheiratet und habe darum auch nie Kinder gehabt. Ich wünschte, es wäre anders.

Wenn ich in den Spiegel schaue (was ich zu vermeiden versuche), sehe ich eine ziemlich große, übergewichtige Person, die früher einmal eine recht hübsche Figur hatte, aber es mittlerweile einfach langweilig findet, von Hüttenkäse, Knäckebrot und irgendwelchem gräßlichen, nach Fischmehl schmeckenden Zeug zu leben. Oben auf diesem Körper steckt ein einigermaßen nettes, lächelndes, ziemlich breites Gesicht mit hellblauen Augen, einem vollen Mund und hellem Haar, das ich kurzgeschnitten trage, weil ich einfach die Versuche leid bin, irgendetwas damit anzustellen. Recht gut gefällt mir meine Nase. Meine Nase hat Stil.

Noch etwas – ich liebe es, umarmt zu werden, aber nur von Leuten, die ich mag ... und es passiert nicht oft, weil ich nicht so aussehe, als ob ich es nötig hätte.

Der Mann im Robinson-Clan heißt Mike. Er ist Mitte Vierzig, ein ziemlich großer, gut gebauter Bursche mit einem freundlichen, nachsichtigen Ausdruck im Gesicht (bei den seltenen Gelegenheiten, wenn er wütend wird, nimmt es eine pflaumenähnliche Farbe an) und rötlichgoldenem Haar, das oben schon etwas durchsichtig wird. Seit zwei Jahren ist Mike stellvertretender Leiter einer kleinen Dorfgrundschule zwei oder drei Meilen westlich von Standham. Ich bin eigentlich noch nie in Mikes Schule gewesen, aber so, wie er darüber redet, scheint es dort ausgesprochen ruhig und gut organisiert zuzugehen. Ich bin sicher, dass alle Leute dort, Lehrer wie Kinder, in jedem Moment des Tages genau wissen, wo sie gerade sein und was sie gerade machen sollten. Mikes Frau Kathy hat mir erzählt, dass die Schule ihres Mannes ein Ort ist, wo Ungezogenheiten kaum vorkommen. Mikes disziplinarische Methoden, sagt sie, bestehen entweder aus einem strengen Blick, der in dieser Umgebung den jugendlichen Übeltäter zu einem zitternden Häuflein Elend werden lässt, oder einer ganz leichten Hebung der Stimme, die ihm oder ihr vermutlich den Rest gibt.

Eine der großen Frustrationen in Mikes Leben ist es, dass die disziplinierte Atmosphäre seines Arbeitsplatzes sich bei ihm zu Hause nicht reproduzieren lässt. Hin und wieder erklärt er dem gestaltlosen Wesen, das der Robinsonsche Haushalt ist, den Krieg: Er stellt Listen und komplizierte Pläne auf, um so etwas wie Effizienz, glatten Ablauf und Zivilisiertheit in das tägliche Leben zu bringen. Ungefähr einmal im Monat erregt er Kathys Zorn, indem er vorschlägt, dass gewisse große Organisationsprobleme (damit meint er die Hausarbeit) sich lösen ließen, wenn sie eine Art System in ihr Vorgehen brächte. Diese gelegentlichen hektischen Versuche, mit Schaufel und Besen gegen die Unordnung des Lebens vorzugehen, werden vom Rest der Familie weitgehend ignoriert. Jeder weiß genau, dass Mikes Listen und Pläne innerhalb von achtundvierzig Stunden zu Makulatur werden, wenn man ihn nicht ermutigt.

Mit Mikes Christentum steht es eigentlich ganz ähnlich. Am liebsten hätte er alles hübsch ordentlich und leicht zu handhaben, aber er akzeptiert – er muss als Kathys Mann und Vater von drei sehr unterschiedlichen Kindern akzeptieren –, dass das Leben einfach nicht so ist. Ich möchte keine falschen Vorstellungen erwecken. Jesus geht Mike über alles. Er möchte seine Sache richtig machen, und er möchte gut sein, aber hin und wieder gewinnt nun einmal seine pedantische Seite die Oberhand. Vor allem ist er ein ungemein netter Mensch, der seine Familie innig liebt und dem andere Menschen wirklich wichtig sind. Ich liebe ihn für die Freundlichkeit und Wärme, die er mir erwiesen hat.

Er gehört ganz gewiss zu den Leuten, von denen ich mich gerne umarmen lasse.

Kathy Robinson arbeitete als Journalistin, bevor ihr jüngstes Kind vor sechs Jahren geboren wurde. Abgesehen davon, dass sie beide gern reisen (und das Glück haben, es sich recht häufig leisten zu können, weil sie von Kathys Eltern Geld geerbt haben), ist sie in so ziemlich jeder erdenklichen Hinsicht ganz anders als ihr Mann. Damit meine ich nicht, dass die Bindung zwischen ihnen nicht stark wäre. Sie ist stark, aber das hat sie auch dringend nötig, um zwei solche Gegensätze aneinanderzuketten. Er ist hell, und sie ist dunkel; er ist im Allgemeinen von sehr ausgeglichenem Temperament, während sie wild zwischen Optimismus oder Albernheit und Elend und Verzweiflung hin- und herpendelt; er hat es gerne, wenn alles gut organisiert und richtig geplant ist, sie handelt aus Instinkt und Inspiration, was natürlich zu großen Erfolgen und spektakulären Misserfolgen führt.

Mike ist im Wesentlichen eine unkomplizierte Person, während Kathys Persönlichkeit voller Haken und Ösen und Probleme ist, was vermutlich an ihrer unterschiedlichen Herkunft liegt. Kathys Seelenfrieden wird, wie Sie entdecken werden, ständig von dem Trauma ihrer Kindheit sabotiert, ganz im Gegensatz zu Mike, der den Leuten immer erzählt, er sei in einer Atmosphäre „stiller Zustimmung" aufgewachsen. Nach Kathys Ansicht war die Zustimmung freilich nicht ganz so still. Sie erzählte mir einmal, wie sie im Anfangsstadium ihrer Beziehung über Weihnachten in Mikes Elternhaus zu Besuch war. Mike erbot sich, ein paar Luftballons aufzublasen, und war mit dem ersten zur Hälfte fertig, als seine Mutter, die ihren Sohn mit liebevoller Bewunderung beobachtet hatte, flüsterte: „Meine Güte, hat der Junge *Luft*!"

Meine Freundin ist oft sehr lustig und sehr angenehm, wenn alles in Ordnung ist, und eine unerschütterliche Verbündete, wenn Probleme kommen; aber sie ist auch ein wildes Kind, dem das Missgeschick unterlaufen ist, eine Erwachsene zu sein. Sie liebt ihre Familie und wird von ihr oft in maßlose Raserei getrieben, insbesondere von Mark. Der steckte zu der von mir beschriebenen Zeit so unverrückbar im Zentrum seines eigenen Universums, dass er wiederholt die schlimmsten Gefühle der Unzulänglichkeit wachrief, die Kathy seit ihrer ersten Mutterschaft geplagt haben.

Kathy muss Gott im Lauf der Jahre ganz schön zu schaffen gemacht haben, aber ich bin sicher, dass er ganz verrückt nach ihr ist.

Schließlich *liebt* sie Bristol Cream Sherry – genau wie ich.

Jack – ja, sein Name ist wirklich *Jack* Robinson! – ist Mikes und Kathys ältester Sohn, und ich habe schon immer meine helle Freude an ihm gehabt. Sie lernen ihn mit neunzehn Jahren kennen, gegen Ende eines freien Jahres zwischen Schule und Universität, in dem er gerade genug bezahlte Arbeit angenommen hat, um übermäßigen Nervereien seiner Eltern aus dem Weg zu gehen. Jack ist groß, langhaarig und hager, in der äußeren Erscheinung seinem Vater sehr ähnlich. Seine sorglose Zufriedenheit (und seine Verschwendung von Milch – lesen Sie weiter!) bringen Kathy manchmal zur Weißglut, aber er ist auch warmherzig und liebevoll, sodass sie nie lange wütend auf ihn bleibt. Jack befindet sich in jener Lebensphase, in der Weisheit und Naivität sich ständig gegenseitig zu verdrängen suchen. Verblüffende Einsichten und Intelligenz paaren sich mit schierer Dummheit, besonders wenn es um Mark geht, mit dem er sich in einem buchstäblich unaufhörlichen Konflikt befindet. Jacks etwas unzugängliche Musik ist vermutlich das Wichtigste in seinem Leben, jedoch dicht gefolgt von seiner kleinen Schwester Felicity, und ich bin sicher, die Musik würde augenblicklich verstummen, wenn er sich aus irgendeinem bizarren Grund zwischen beiden entscheiden müsste. Das ist alles, was ich fürs Erste über Jack sagen werde.

Mark Robinson ist vierzehn. Jene Ratgeberbücher für Eltern, die dieses Alter als eines bezeichnen, in dem mit Schwierigkeiten zu rechnen ist, hätten Mark in Schmollstimmung fotografieren sollen. So hätten sie das Bild benutzen können, um ihre Aussage zu illustrieren. Er hat dunkle Haare, ist nicht besonders groß für sein Alter, ziemlich breit gebaut und seiner Mutter so ähnlich wie Jack seinem Vater. Eigentlich ist er ein sehr nett aussehender Junge, aber seine Aura finsterer Anspannung, besonders in Gesellschaft Erwachsener, verdeckt diese Tatsache häufig. Auch sein bester Freund könnte nicht leugnen, dass Mark manchmal geradezu atemberaubend grob und dickfellig ist. Ich vermute, das liegt hauptsächlich daran, dass er wie viele Leute in seinem Alter in der vagen Vorstellung lebt, der Rest der Welt (sofern er ihn überhaupt bemerkt) sei nur als Statistentruppe da, um die Szenen mit M. Robinson als Star im Mittelpunkt auszustaffieren. Kathy findet ihn „wirklich sehr schwierig", und das ist noch milde ausgedrückt.

Den größten Teil seiner Freizeit verbringt Mark mit seinen Freunden, einer schattenhaften Gruppe Gleichaltriger, die wie eine Art jugendlicher Verschwörertrupp spätabends von einem schaufensterbeleuchteten Treffpunkt zum anderen durch unsere Stadt zu streifen scheinen. Ich glaube nicht, dass sie je etwas ausgesprochen Böses anstellen, aber es sieht immer so aus, als führten sie etwas im Schilde. Mark schaut sich manche Sportarten gern im Fernsehen an, aber für eine eigene Teilnahme interessiert er sich nicht sonderlich, sodass seine Energie und sein Interesse (abgesehen vom Drachensteigenlassen) größtenteils von seinen Freunden in Beschlag genommen werden, obwohl auch er sehr an Felicity hängt und eine eigentümlich ruhige Beziehung zu seinem Vater hat.

Ich bin ganz sicher, dass Mark später in der Lage sein wird, viel mehr von der Empfindsamkeit zu zeigen, die jetzt schon hinter all den finsteren Blicken und der schlechten Laune vorhanden ist. Er und ich sind gute Freunde – solange ich mich an die „Spielregeln" halte –, und ich hoffe, ich werde ihn noch kennen, wenn er älter ist. Er wird einmal ein großartiger Bursche.

Zum Schluss (sofern wir die Stabschrecken nicht mitrechnen, was ich in diesem Abschnitt nicht tun werde) kommt Felicity.

Felicity Robinson ist sechs Jahre alt und hat hellblonde Haare und glänzende Augen; sie steckt voller Energie und hat zweifellos von der gesunden Vernachlässigung profitiert, die ihren Brüdern vorenthalten blieb. Als einer der fröhlichsten Menschen, denen ich je begegnet bin, verbreitet sie ihrerseits große Fröhlichkeit unter denen, mit denen sie zusammenlebt, so auch bei mir. Irgendwie scheint das Beste von Mike und Kathy in dieses kleine Mädchen geflossen zu sein, und wenn Sie jetzt denken, ich übertreibe – nun, dann ist mir das egal. Manchmal ist sie ein bisschen frech, und ich rechne damit, dass es im Lauf der Jahre auch Probleme geben wird, aber in der Zwischenzeit – ist Felicity wunderbar. Dass ich diese kleinste Robinson kenne, gibt mir mehr das Gefühl, ein eigenes Kind zu haben, als ich je für möglich gehalten hätte. Und ich danke Gott für sie.

Da haben Sie's also – das sind die Robinsons, und die folgenden Seiten handeln von ihnen und von der turbulenten Art, wie sie ihr Leben führen. Auch von mir steht eine ganze Menge darin, denn schließlich bin ich berechtigt, R.H.C.I.A. hinter meinen Namen zu setzen. Was R.H.C.I.A. bedeutet? Das werde ich Ihnen nicht verraten – lesen Sie weiter, und Sie werden es herausfinden.

2

Das Verheiratetsein hat manches an sich, das mir wirklich reizvoll erscheint, aber es gibt auch manche Dinge, die mich vermutlich völlig auf die Palme bringen würden. Nehmen Sie zum Beispiel diese immer gleichen Streitereien, in die Ehemänner und Ehefrauen immer wieder aufs Neue geraten, ohne je zu merken, dass ihre Wortgefechte mit der Zeit mehr oder weniger bis ins i-Tüpfelchen vorgeschrieben sind. Die Robinsons sind in dieser Hinsicht außergewöhnlich. Ich komme nicht aus dem Staunen heraus, wie sie in jede Meinungsverschiedenheit einsteigen, als sei sie eine völlig neue Erfahrung. Vermutlich ist das ein sehr liebenswerter Zug an ihnen, aber im Allgemeinen ist es eine schreckliche Zeitverschwendung.

Ein gutes Beispiel ist die große Packdebatte. Seit ich sie kenne, haben sie diesen regelmäßig stattfindenden Streit nie um mehr als ein oder zwei Worte variiert, und er endet stets auf genau dieselbe Weise. Ich habe beide sehr lieb, aber beim Streiten zeigen Mike und Kathy ein erschreckend leicht voraussagbares Verhalten.

Zum ersten Mal erlebte ich dieses besondere Stück unbewusst eingeübten Rollenspiels an einem Samstag, als die Familie vorhatte, in einen langen Urlaub über die Osterzeit zu verschwinden. Da ich wusste, dass das Packen für Amerika immer wieder hinausgeschoben worden war und nun unvorstellbarerweise noch irgendwie vor dem Mittagessen eingeschoben werden musste, erbot ich mich, nach dem Frühstück vorbeizukommen und zu sehen, ob ich helfen könnte. Als ich gegen neun an der hohen, schmalen, viktorianischen

Doppelhaushälfte der Robinsons eintraf, sah ich die sechsjährige Felicity, die, hübsch von der Frühlingssonne beschienen, auf einer Ziegelsteinsäule am Gartentor saß und zu einem unsichtbaren Kreis von Bewunderern sprach.

„Ihr seid alle meine besten Freunde", sagte sie lächelnd, als ich aus Daffodil stieg und die Tür hinter mir verschloss, „und ich liebe jeden von euch genau gleich viel. Ihr seid alle zu meiner nächsten Geburtstagsfeier eingeladen, wo wir reiten, schwimmen, sackhüpfen, kegeln und Pizza essen werden."

„Darf ich auch kommen?", fragte ich.

„Nein, Dip", sagte Felicity, „du darfst zu meiner echten Feier kommen, wo Daddy Tricks vorführt, die nicht funktionieren, und Mami sauer wird, weil die Leute nicht richtig bei den Spielen mitmachen – und einen guten Tee gibt es auch", fügte sie in dem Bestreben, absolut fair zu sein, hinzu.

„Sind Mami und Daddy schon auf?"

„Sie sitzen in der Küche und trinken Kaffee und seufzen und machen Listen. Jack hat sich den Kopfhörer aufgesetzt und ist wieder nach oben gegangen, weil Mami gesagt hat, dass sein Zimmer aussieht, als ob da etwas Trauriges und Schreckliches passiert sei."

„Ach du meine Güte! Und Mark?"

„Mark ist stinkig geworden, weil er meint, ihm hätte niemand gesagt, dass wir heute nach Amerika fahren, und er sei mit seinen Freunden verabredet. Mami sagte, nur ein stocktauber Schwachsinniger hätte nicht wissen können, dass wir verreisen, und wenn Mark sich für seine Familie ebenso interessieren würde wie für seine dämlichen Freunde, dann hätte er vielleicht mehr Ahnung, was dort vor sich geht. Dann sagte Mark, das nächste Mal, wenn langweilige Gäste zu Besuch kommen, würde er sich nicht die Mühe machen, höflich zu ihnen zu sein, und stampfte mit nach außen gestellten Füßen davon wie eine beleidigte Ente. Und Mami sagte, sie hätte nie für möglich gehalten, dass der Hinterkopf von jemandem einen so zur Weißglut bringen könnte." Felicity seufzte. „Ehrlich gesagt, der Morgen lief nicht besonders gut."

„Klingt auch nicht sehr gut", stimmte ich zu, „aber ich bin sicher, es wird besser werden. Es ist immer schwierig, wenn man verreist. Ich bin gekommen, um ein bisschen zu helfen."

„Da wirst du warten müssen, bis sie mit ihrem Packstreit fertig sind", sagte Felicity ernst, „vorher wird hier nichts passieren. Später haben wir eine geheime Überraschung für dich", fügte sie geheimnisvoll hinzu.

„Ooooh, na ja, darauf freue ich mich, ich liebe Überraschungen!"

Ich traf Mike und Kathy, über Kaffeebechern und Zetteln am Küchentisch kauernd, an. Sie sahen abgehärmt und niedergeschlagen aus, gar nicht wie Leute, die in ein paar Stunden mit der Familie in Urlaub nach Amerika fliegen wollten. Die Küche sah aus, als hätte sie am Vorabend zu viel getrunken und wäre voller Reue darüber aufgewacht.

„Hallo, Dip", sagte Mike und stand auf. „Ich fürchte, mit uns ist heute Morgen nicht allzu viel los – wir sind noch nicht richtig in Gang gekommen. Setz dich, ich mache dir einen Kaffee. Ein Stück Zucker zurzeit, nicht wahr? Wir waren gerade dabei, eine Liste aufzustellen, was wir noch erledigen müssen, und dann ..."

„Und dann", unterbrach Kathy, die sich die dunklen Haare raufte, „packen wir unsere Sachen für drei Wochen, die wir schon vor einer Woche hätten packen sollen, kratzen das Fett von diesem Höllenloch ..."

„Wir haben über dieser Küche gebetet, als wir einzogen, Kath", unterbrach Mike sanft, während er mir einen Kaffee von typisch Robinsonscher Finsternis vorsetzte. „Ich finde es nicht richtig, sie ein Höllenloch zu nennen. Was meinst du, Dip?"

„Ich glaube nicht, dass . . ."

„Und dann", fuhr Kathy fort, „werden wir eine lange theologische Diskussion darüber führen, wie wir vermeiden können, die Gefühle dieser geheiligten Küche zu verletzen, gefolgt von einem schwächlichen Versuch, unsere zerrüttete häusliche Situation zu verbessern. Danach werden wir das Haus sauber machen – das dürfte nur ungefähr vier Stunden dauern; dann werden wir alles erledigen, was wir zweifellos vergessen haben, und dann, vorausgesetzt, unsere lieben Söhne sind so großzügig, uns zu begleiten, werden wir mit der Absicht aufbrechen, zum Flughafen zu fahren. Doch innerlich werden wir genau wissen, dass wir in Wirklichkeit einem vorausbestimmten Ort mitten in der Pampa zusteuern, meilenweit von der nächsten Werkstatt entfernt, wo unser armseliges Vehikel liegen bleiben und den Geist aufgeben wird. Und damit ist", schloss Kathy, ließ ihre Haare los und ließ die Fäuste mit einem dumpfen Schlag auf die Tischplatte niederfallen, „abgesehen von meiner Absicht, der tauben, schwachsinnigen Ente, falls und wenn sie zurückkommt, ernsthafte Verletzungen zuzufügen, unsere Reiseroute für heute beendet."

„Kathy fällt es immer ein bisschen schwer, abzureisen", sagte Mike ziemlich überflüssigerweise. „Du hast ja noch gar nichts von deinem Kaffee getrunken, Dip. Ist er in Ordnung?"

Ich zuckte nichts sagend die Achseln. „Er ist, äh. . . . er ist immer noch ein winziges bisschen zu stark für mich, Mike. Gut, aber etwas stark. Schaut mal, darf ich euch vielleicht helfen?"

Ich legte meine Hand auf Kathys Arm. „Ich würde wirklich gern hier bleiben, wenn ihr weg seid, und mich um die Küche und den Rest des Hauses kümmern. Ich bin gern in Häusern anderer Leute – ehrlich."

Kathy gab ein erschöpftes, leises Wimmern von sich, während in ihr Hoffnung und Höflichkeit miteinander rangen. „Oh Dip, du brauchst nicht …"

„Abgesehen von allem anderen", fuhr ich überzeugend fort, „gibt mir das die Chance, all eure privaten Papiere zu durchsuchen und meine Nase in Dinge zu stecken, die mich nichts angehen. Bitte bringt mich nicht um diese Gelegenheit. Die Leute in der Gemeinde würden zu gern mal ein paar blamable Geschichten über euch hören – ganz im Vertrauen und nur fürs Gebet, versteht sich."

Kathys Stimmungswechsel haben mich schon immer an das Wetter in Melbourne erinnert, wo ich während meiner Ausbildung lebte. Plötzlich kam die Sonne zum Vorschein, als sie den Kopf zurückwarf und lauthals lachte. „Abgemacht! Aber sieh zu, dass du Mikes Pornoheftchen wieder dahin zurücklegst, wo du sie gefunden hast, ja?"

„Kath!" Mike war fast beleidigt. „Ich nehme solche Zeitschriften niemals in die Hand – ich würde nicht im Traum daran denken, so etwas im Haus zu haben. Ich kann mich nicht erinnern, jemals auch nur einen Blick – na ja, ich glaube, wenn ich ganz ehrlich sein soll, als ich jung war …" Mikes frische Gesichtshaut nahm eine kräftige, tiefrote Farbe an. „Vielleicht habe ich mir gelegentlich – nun ja … ein Bild angeschaut, das ein Freund bei sich hatte oder so, aber ganz bestimmt nicht mehr … jetzt. Ganz bestimmt nicht."

„Du brauchst hier nicht das Riesenradieschen zu spielen, Mike. Dip weiß, dass ich nur Spaß gemacht habe, stimmt's, Dip?"

„Schon", antwortete ich, „aber mir kam gerade der Gedanke, dass ich selber jede Menge Pornografie habe."

Sie starrten mich überrascht an. „Wirklich?", fragte Mike ganz erstaunt.

„Klar – hier oben." Ich tippte mir an den Kopf. „Da drin ist ein ganzer Haufen davon. Es werden nicht alle Schalter auf ‚Aus' gestellt, nur weil man die Fünfzig überschritten hat, wisst ihr. Manchmal ist es richtig lästig. Ach was, wie auch immer – der Punkt ist, ich darf hier bleiben und für euch aufräumen, ja? Dadurch habt ihr genügend Zeit, zu packen und alles andere zu erledigen, was notwendig ist."

Mike hatte offensichtlich immer noch Schwierigkeiten mit dem Gedanken, dass allein stehende Damen mittleren Alters mit pornografischen Fantasien zu kämpfen haben könnten, aber sein Gesicht hatte schon fast wieder seine normale Farbe angenommen. „Also, wenn du dir sicher bist, Dip . . ."

„Ganz sicher."

„Sie ist sich sicher", sagte Kathy und stand entschlossen auf. „Fangen wir an zu packen."

Auch Mike kam auf die Beine, doch als sie sich am Tisch gegenüberstanden, spürte ich, dass eine neue Spannung aufgetaucht war. Konnte es sein, dass der eigentliche Packstreit, von dem Kathy gesprochen hatte, nun bevorstand?

Genauso war es. Mike führte den Eröffnungsschlag.

„Liebling, lass uns diesmal wirklich systematisch vorgehen. Wir haben insgesamt fünf große Koffer, das ist doch richtig, nicht wahr?"

Kathys Unterkiefer bewegte sich einen Moment lang lautlos. Ihre Finger trommelten leise auf der Tischkante herum. „Was stimmte denn nicht damit, wie wir es das letzte Mal gemacht haben?"

Mike zog sich in Richtung Fenster zurück, eine Hand erhoben, als wollte er schon die volle Aufmerksamkeit auf sich ziehen, während er sich noch seine Argumente zurechtlegte. Ich weiß nicht, ob Ihnen schon einmal Leute wie Mike begegnet sind. Wenn ja, dann wissen Sie, dass sie zwar im Allgemeinen sanftmütig und nicht auf Konfrontationen aus sind, aber bei ganz banalen Dingen plötzlich wie besessen reagieren können. Schon jetzt, ganz zu Anfang der ausbrechenden Debatte, zitterte Mike vor mühsam beherrschter Leidenschaft.

Seltsam, aber wahr.

„Nun komm schon", sagte Kathy gereizt, „sag mir, was falsch daran war, wie wir gepackt haben, als wir nach Frankreich gefahren sind."

Mike drehte sich zu seiner Frau um und klammerte sich mit beiden Händen hinter dem Rücken an die Kante des Spülbeckens, als hätte er Angst, wenn er losließe, könnte er, von seiner Leidenschaft aufgeblasen, langsam zur Decke aufsteigen und dort hängen bleiben wie ein Heliumballon.

„Nicht viel – nur, dass ich nicht mitmachen kann, wenn du es organisierst. Am Ende sitzen wir in einem Meer von Kleidern und Schuhen und Büchern und diesem und jenem, das die Koffer irgendwo unter sich begräbt, und ich wate mit einer kleinen Tischdecke in der Hand hindurch und frage mich, wie sie wohl in deinen Generalstabsplan passt."

Mike geriet jetzt richtig in Bewegung, wippte in rasantem Rhythmus auf den Füßen auf und ab und klang wie jemand, der vor einer gefürchteten, unausweichlichen emotionalen Krise steht.

„Ich weiß nicht, wo irgendetwas ist!", fuhr er wild fort. „Ich weiß nicht, wo irgendetwas hinkommt – ich weiß nicht, was vor sich geht, und ich ..."

Kathy beendete den Satz ihres Mannes mit beißendem Spott. „Und du fängst an, den Kopf zu schütteln und durch die Zähne zu zischen und davon zu reden, dass es dir wegen deiner übermäßig geordneten Kindheit sehr schwer fällt, mit Chaos fertig zu werden."

Während der kurzen Stille, die darauf folgte, sackte Kathy zurück auf ihren Stuhl, stützte die Ellbogen auf den Tisch und legte das Kinn erschöpft auf die Hände.

„Das tue ich nicht", sagte Mike mit empört aufgerissenen Augen.

Kathy sah ihn nicht einmal an. „Du tust es ja beinahe jetzt schon, dabei haben wir noch nicht einmal angefangen."

Mike drehte sich mit vermeintlich heldenhafter Selbstbeherrschung steif um und starrte zum Fenster hinaus. „Sieh mal, ich sage ja nur, dass wir es mal auf meine Art versuchen und sehen könnten, wie wir damit klarkommen – wir könnten es doch nur einmal versuchen, meine Güte. Mehr sage ich ja gar nicht."

„Und worin genau besteht deine Art?"

Erfreut über die Gelegenheit, es ihr zu erklären, fuhr Mike herum und begann, in der Küche auf und ab zu marschieren und zu Kathy zu sprechen, als wäre sie eine Schulklasse voller ABC-Schützen.

„Also, wir bringen alle fünf Koffer hinaus in den Garten, ja? Und . . ."

„Und . . . legen sie hübsch ordentlich in einer Reihe hin . . ." Kath schien schon zu wissen, was jetzt kommen würde.

„Wir legen sie mit offenen Deckeln in einer Reihe hin, nummerieren sie von eins bis fünf und einigen uns darauf, welche Art von Gepäck in jeden davon kommt; dann holen wir die Sachen Stück für Stück aus dem Haus und füllen damit die Koffer, bis nichts mehr im Haus ist, das in die Koffer gehört.

Abgesehen von allem anderen würde es so viel mehr Spaß machen. Du sagst zu mir: ‚Hier ist ein Hemd, Mike, das kommt in Nummer drei', und ich gehe hinaus und lege es in Nummer drei. Dann sagst du vielleicht: ‚Hier ist ein Paar Schuhe, Mike, die kommen in Nummer fünf', also lege ich sie in Nummer fünf und komme zurück, um das Nächste zu holen, und so weiter. Dann könnten wir uns abwechseln, und ich würde sagen: ‚Hier ist eine Bluse, Kath, die kommt in Nummer vier', und du gehst hinaus und legst sie in Nummer vier; dann kommst du zurück und holst die nächste Sache und so weiter."

Kathy stöhnte, als hätte sie Schmerzen.

„Dann, wenn alles drinnen ist, machen wir die Koffer zu, und das war's. Die Packerei ist erledigt, alles ist fertig, und wir müssten uns nicht durch Wälder von Mänteln und Unterwäsche kämpfen, um auch nur den Fußboden zu finden."

Ermutigt durch die, wie er offensichtlich meinte, überwältigende Durchschlagskraft seiner eigenen logischen Beweisführung, stellte Mike sein Auf- und Abmarschieren ein, setzte sich wieder Kathy gegenüber und appellierte an sie, sich nicht der Vernunft zu verschließen.

„Findest du das nicht auch vernünftig, Kath? Wie könnte es nicht vernünftig sein? Wie in aller Welt? Komm schon – sag mir, was daran unvernünftig sein könnte. Es liegt doch so nahe. Das siehst du doch bestimmt ein, nicht wahr?"

Kathy verschränkte ihre Arme, lehnte sich auf dem Stuhl zurück, sah in die beschwörenden Augen ihres Mannes und sprach mit unerbittlicher Gelassenheit.

„Michael, ich möchte dazu folgende Bemerkungen machen. Zuerst lass uns den Unterschied zwischen deiner und meiner Methode betrachten. Dein System ist vielleicht ordentlich und logisch, aber es würde ungefähr ein Jahr dauern, um auf diese Weise alles gepackt zu kriegen. Es wäre eher so etwas wie ein ständiges Hobby als eine Aufgabe, die wir hinter uns bringen müssen. Meine Methode dagegen mag dir chaotisch und undurchschaubar erscheinen und unsägliche Qualen bereiten, aber sie würde dazu führen, dass wir mit dem Packen fertig werden, bevor wir nach Amerika aufbrechen – was ein durchaus wünschenswerter Detailaspekt an meinem Ansatz ist, meinst du nicht? Zudem finde ich zwar die Vorstellung ausgesprochen rührend, dass du und ich bis ans Ende der Zeit fröhlich mit Hemden und Blusen und Schuhpaaren hin und her traben, aber ich habe nicht die Absicht, draußen im Garten ‚Hänsel und Gretel fahren in die Ferien' zu spielen, nur um deine Perfektionsneurose zu befriedigen. Du durchschaust zwar vielleicht nicht, was vor sich geht, wenn ich packe, aber ich habe den Überblick. Und da es am Ende sowieso an mir hängen bleibt, kommt es eigentlich nur darauf an, oder? Warum hilfst du nicht Dip hier in der Küche und überlässt das Packen mir, dann musst du dir überhaupt keine Gedanken darüber machen, nicht wahr? Wie findest du das?"

„Dann soll ich dir also nicht helfen?"

Etwas verriet mir, dass wir nun endlich zum eigentlichen Gegenstand der Diskussion gekommen waren.

„Natürlich möchte ich, dass du mir hilfst – wenn du es wirklich ernst meinst. Was ich nicht ausstehen kann, ist, wenn du schnaufend und schnaubend herumläufst und dich aufregst, dass du nichts tun kannst, während ich damit beschäftigt bin, es zu tun."

„Soso . . .", sagte Mike und versuchte verletzt zu klingen, jedoch ohne rechte Überzeugung. „Dann kann ich ja hier bleiben und Dip helfen, wenn du es so siehst. Übrigens, Dip, was hältst du denn von meiner Packmethode?"

Ich wollte den Robinsons eine echte Freundin sein.

„Lächerlich", sagte ich lächelnd, „rührend, aber lächerlich. Überlass es Kathy."

Ich fand es herrlich, wie die beiden lachten.

Später, als Mike und ich Seite an Seite die Spülgegend des „Höllenlochs" in Angriff nahmen, unterhielt ich mich mit ihm über die Packdebatte.

„Es war fast so", sagte ich, „als hättet ihr das Ganze durchspielen müssen, nur um an einem Punkt anzukommen, von dem ihr sowieso wusstet, dass ihr dort enden würdet. Ich glaube nicht, dass es je wirklich in Frage kam, dass du beim Packen hilfst – natürlich nicht, dass du nicht ernst gemeint hättest, was du gesagt hast, Mike, das nicht. Du hast offensichtlich sehr feste Ansichten über das Füllen von Koffern. Ich bin auf diesem Gebiet ganz unbeleckt – ich habe überhaupt keine Ansichten darüber."

Mike schmunzelte. Er hatte seine fröhliche, unerschütterliche Gelassenheit wieder gefunden.

„Wir benehmen uns wohl manchmal ein bisschen albern. Kath macht sich Sorgen, dass wir keine von diesen perfekten christlichen Ehen führen, von denen man in Büchern liest, aber, nun ja ... wir lieben uns trotzdem. Das ist doch ziemlich wichtig, oder?" Plötzlich hüstelte er verlegen und legte den Teller hin, den er gerade polierte. „Es muss manchmal sehr schwer für dich sein, Dip – ich meine, dir muss es bis zum Hals stehen, wenn Leute sich über ihre Frauen und Männer auslassen und dergleichen, wo du doch ..."

„Wo ich doch nie verheiratet war? Ja, das fällt mir wirklich hin und wieder ein bisschen schwer, aber ich bin gern mit Familien zusammen, und mir gefällt es eigentlich inzwischen gar nicht mehr so schlecht, allein stehend zu sein. Es ist keine Krankheit, nicht verheiratet zu sein, weißt du. Um ehrlich zu sein, Mike, ich weiß nicht, ob ich es nach all diesen Jahren überhaupt ertragen könnte, mein – du weißt schon – mein Innerstes mit jemand anderem zu teilen."

Durchs Fenster konnte ich sehen, wie Felicity sich auf der gelben Plastikschaukel, die an einem der Apfelbäume hing, rasend schnell um sich selbst drehte. Plötzlich stiegen alte Kleinmädchenträume wieder in mir auf.

„Aber ich will dir etwas sagen, es kommt schon vor, dass ich mich danach sehne, dass jemand auf mich wartet, wenn ich nach Hause komme, jemand, der mich fragt, wie es auf der Arbeit war, der mir eine Tasse Tee macht – dergleichen Dinge. Und manchmal, wenn ich irgendwo bin, wo viele Menschen sind, dann wünsche ich mir ... du wirst das jetzt total albern finden."

„Nein", sagte Mike, „erzähl weiter, es interessiert mich."

Ich warf einen raschen Blick in sein Gesicht und fuhr fort.

„Na ja, dann wünsche ich mir, ich könnte quer durch den Raum den Blick von jemandem auffangen, über die Köpfe der anderen hinweg – nur für einen Moment –, einen jener kleinen, lächelnden Blicke, die einem sagen, dass da jemand genau versteht, was man gerade denkt. Und dann unterhält man sich weiter oder was immer man gerade getan hat, aber man weiß, dass man nicht allein ist. Etwas Besonderes für jemanden zu sein, die Nummer eins in seinem Leben – ich weiß, es ist albern, aber hin und wieder sehne ich mich immer noch schrecklich danach."

Ein paar Augenblicke lang war in der Küche der Robinsons nichts zu hören außer dem Tropfen des Wasserhahns und dem Geklapper des Geschirrs, aber es war keine peinliche Stille.

„Immerhin", sagte Mike endlich, „wenigstens musst du keine wirren Debatten durchexerzieren, bevor du zu etwas kommst, so wie wir es gerade getan haben."

„Das nicht, aber . . ." Ich hielt inne, weil ich mich plötzlich ein wenig fürchtete. Das war sehr harte Währung, die ich hier über den Tresen unserer immer noch im Entstehen begriffenen Freundschaft reichte. Nicht die Sorte, die man je wieder würde zurücknehmen können. „Nein, aber wir Singles spielen unsere eigenen albernen Spielchen, weißt du. Zumindest tue ich das."

„Zum Beispiel?"

Ich schälte mir die Gummihandschuhe von den Händen und warf sie in das Spülbecken.

„Trockene Geschirrtücher?"

„In der Schublade unter den Stabschrecken. Hektarweise Geschirrtücher. Wir sind sehr reichlich ausgestattet mit trockenen Geschirrtüchern. Erzähl mir mehr von deinen Spielchen."

„Manchmal", sagte ich, während ich nach einer Hand voll nasser Besteckteile griff, „verliere ich das Zutrauen zu den

26

Leuten." Ich berichtigte mich. „Das heißt, das ist nicht ganz fair. Ich schätze, was ich wirklich meine, ist, dass ich das Zutrauen zu mir selbst verliere. Da ist vielleicht eine Familie – wie eure – und ich bin schon oft zu Besuch gekommen, und alles scheint in bester Ordnung zu sein. Doch dann kriege ich ganz plötzlich so ein kaltes Gefühl im Bauch, und ich denke, was ist, wenn die mich die ganze Zeit nur mühsam erduldet haben? Was ist, wenn sie nur *nett* zu mir waren? Dann gerate ich in Panik. Und dann fangen die Spielchen an."

Draußen hatte Felicity ihre Schaukel verlassen und hockte nun neben dem kleinen Blumenbeet, das ihr ganz allein gehörte, und stocherte mit einem Stöckchen in der Erde herum. Da sie zufällig in diesem Moment aufsah, fing sie meinen Blick auf und grinste. Warum rief Felicitys Lächeln in mir manchmal diese kleinen Krämpfe aufsteigender Tränen hervor?

„Dann tauche ich wieder wie ein verängstigtes Kaninchen in meinem kleinen Haus unter, mache die Tür hinter mir zu – verschließe sie, verriegele sie, verbarrikadiere sie mit einem Stuhl –, tue alles, um mir die Welt vom Leib zu halten, damit sie nicht sieht, wie peinlich es mir ist, eine lästige alte Langweilerin zu sein, die sich aufdrängt, wo sie nicht erwünscht ist. Und dann laufe ich vielleicht ein bisschen mit geballten Fäusten im Haus umher und überschütte mich selbst mit Flüchen und so."

Der arme Mike musste natürlich etwas sagen. „Aber Dip, du glaubst doch nicht wirklich ..."

„Ich rede nicht davon, was ich glaube, Mike. Ich rede davon, was ich *fühle*. An solchen Tagen *fühle* ich mich wie ein formloses Stück Abfall und bin sicher, dass niemand mich wirklich mag. Sie tun alle nur so, und ich will keinen von ihnen je wiedersehen."

„Und das Spielchen ...?"

„Das Spielchen – oh, ich komme mir vor wie ein Idiot, Mike! Das Spielchen – eines der Spielchen – besteht darin, dass ich tagelang oder sogar wochenlang mit niemandem Kontakt aufnehme, nur um zu sehen, wie lange es dauern wird, bevor ihnen endlich einfällt, dass ich existiere und sie mir schreiben oder mich anrufen oder irgendetwas. Ich weiß, es ist kindisch und albern, aber – ich schätze, manchmal bin ich eben ganz unten und verwandle mich in einen Jammerlappen."

„Du hast dieses letzte Messer fünfmal abgetrocknet, Dip. Funktioniert das?"

„Funktioniert was? Die Kontaktsperre, meinst du? Nein, eigentlich nicht. Eine Weile lang drücke ich eine Ladung brennenden Groll an mich, aber dann fange ich an, die Leute zu vermissen; also gehe ich sie besuchen, und sie freuen sich meistens so sehr, mich zu sehen, und ich freue mich so sehr, sie zu sehen, dass ich ganz vergesse, tief verletzt zu sein, und alles wird wieder normal." Ich lachte. „Einmal ging der Schuss voll nach hinten los. Da war so ein Pärchen in meiner früheren Gemeinde, die meinten, sie hätten einen ‚Dienst unter Alleinstehenden' zu verrichten, und sie wurden ziemlich fuchtig, als ich eine Weile nicht zu ihnen kam. Eines Abends standen sie bei mir auf der Matte, mit Mündern, die aussahen wie ausgefranste Schnurstücke, und sagten mir, weil ich nicht an ihren Versammlungen teilgenommen hätte – ach Mike, lebendig begraben zu werden hätte mir mehr Spaß gemacht –, fühlten sie sich geführt, sich für eine Zeit von mir zurückzuziehen. Dann marschierten sie ab, und ich fühlte mich sehr erleichtert und ein bisschen schuldig – aber nur ein bisschen."

Mike warf den Flaschenöffner an seinen Platz und schloss die Besteckschublade mit einem triumphierenden Knall.

„Der Abwasch ist erledigt. Jetzt nehmen wir uns den Fußboden vor. Gehen wir syst- . . . ich meine, du fegst, Dip, und ich stelle die Stühle hoch, weil ich weiß, wie man sie am besten anordnet, und dann kannst du mir vom Flur aus weiter erzählen, während ich feucht wische. Okay?"

Als ich ein paar Minuten später mit verschränkten Armen im Türrahmen lehnte und Mike beobachtete, wie er sich langsam und methodisch mit dem Schrubber rückwärts auf mich zuarbeitete, empfand ich ein leises Unbehagen. Eine Frage formte sich in dem konzentrierten Rhythmus seiner Bewegungen. Hätte ich nicht gewusst, dass durch den bevorstehenden Urlaub sowieso eine Lücke entstehen würde, so hätte ich vielleicht an Ort und Stelle meine Kaninchennummer abgezogen. Welchen Preis würde ich dafür bezahlen müssen, dass ich mich so entblößt hatte?

„Darf ich dich etwas fragen, Dip?"

„Nein."

„Komm schon – darf ich?"

Ich seufzte. „Ja."

„Also – warum hast du mir das alles erzählt? Ich meine, du hast deine ganze Tarnung platzen lassen, nicht wahr? Wie kannst du dich jetzt noch dünnemachen und dein Spielchen mit der Kontaktsperre spielen, wenn wir doch genau wissen, was mit dir los ist, und mit riesigen Blumensträußen und Schwüren ewiger Freundschaft bei dir auf der Matte stehen werden, sobald wir dich einmal länger als einen oder zwei Tage nicht sehen? Verstehst du, was ich meine?"

Ich war entschlossen, nicht zu weinen. Ich holte tief Luft.

„Die Sache ist die, Mike, ich habe keine Lust, mit dir und Kathy und den anderen Spielchen zu spielen. Ich bin fast einundfünfzig Jahre alt, und ich glaube nicht, dass noch die Chance besteht, dass mir jemand Besonderes über den Weg läuft – nicht, wenn ich realistisch denke. Ich habe es ernst gemeint, als ich gerade sagte, dass ich mir heute nicht mehr vorstellen kann, jemandem auf diese Weise so nahe zu kommen. Aber in letzter Zeit habe ich angefangen ..."

Mike, der spürte, dass ich ein Zeichen seiner Aufmerksamkeit brauchte, drehte sich um, stützte sich auf seinen Schrubber und nickte mir zu. „Weiter, ich höre zu."

„In letzter Zeit habe ich angefangen, mich auf eine neue Art und Weise einsam zu fühlen – es steckt eine Art Panik mit darin, eine Furcht, dass ich alt werden könnte, ohne etwas ...", ich rang einen Augenblick lang nach Worten, „ohne *mich* an jemanden zu verschenken, ohne die Spielchen und die unnötige Zurückhaltung und die ruhige und zuverlässige Fassade und all das. Ich möchte niemandem ein Klotz am Bein sein, aber ich würde gern irgendwo hingehören." Ich starrte den Wäschetrockner an. „Du und Kathy und die Kinder, ihr habt – wie soll ich es beschreiben? –, ihr habt mich in alles mit hineingenommen, was bei euch los ist, ohne eure christliche Fassade in Ordnung zu bringen, bevor ich sie zu sehen bekomme. Ihr habt mich dahin gelassen, wo ihr wirklich seid, und, nun ja, ich habe bisher nie gewusst, was für ein Gefühl das ist. Ich möchte, dass das so bleibt. Das wünsche ich mir sehr. Habe ich dich in Verlegenheit gebracht?"

Mike verlagerte sein Gewicht auf dem Schrubberstiel. „Gestern Abend, als alle weg waren", sagte er langsam und ernst, „lagen Kath und ich im Bett und führten ein ziemlich altbekanntes Abendgespräch. Es läuft fast immer gleich ab. Sie verzweifelt an ihrer miserablen Mutterschaft und ihrem Aussehen und dem Verfall ihrer schriftstellerischen Begabung und ihrer Undankbarkeit gegen Gott für das, was er ihr in all diesen Bereichen geschenkt hat, und ich sage Sachen wie: ‚Nun komm schon, Kath, du weißt doch, dass es in Wirklichkeit gar nicht so schlimm ist.' Dann sagt sie mir, was mit mir nicht stimmt, und ich höre zu, sage aber nichts – früher ja, aber jetzt nicht mehr –, bis sie gesagt hat, was immer sie auf dem Herzen hat; dann weint sie meistens, und wir kuscheln uns aneinander, und alles ist mehr oder weniger wieder in Ordnung. Na ja, wir haben das alles durchexerziert, und dann, als wir gerade schlafen wollten, sagte Kath plötzlich: ‚Mike, ich wünschte, Dip würde zu uns ziehen und mit uns zusammenleben. Ich fühle mich sicher und geborgen, wenn sie hier ist.' Das waren ihre Worte – ‚sicher und geborgen'."

Er zögerte einen Moment; er wollte mir zu verstehen geben, wie ernst es ihm war.

„Dip, wir sind eine chaotische Familie – das brauche ich dir nicht zu sagen. Wir verbringen offenbar schrecklich viel Zeit damit, so zu tun, als wären wir besser organisiert oder heiliger oder enger miteinander verbunden, als wir es wirklich sind. Zeitverschwendung, sicher, aber ich fürchte, so sind wir nun einmal. Du bist die erste Person, bei der es uns nicht stört, dass sie uns einfach so sieht, wie wir sind." Er lächelte. „Ob es dir gefällt oder nicht, Elizabeth Reynolds, du hast eine Wärme und Herzlichkeit an dir, die Kath und ich einfach – nun – einfach lieben. Neulich haben wir beide genau dasselbe gesagt. Wenn du zur Haustür hereinkommst, wird alles ein bisschen heller."

Er drehte sich abrupt um und begann, den Fußboden noch heftiger als zuvor zu attackieren.

„Dies ist ein großes, altes Haus, Dip", sagte er über die Schulter hinweg. „Reichlich Platz für ein Wohn- und Schlafzimmer im Obergeschoss. Denk darüber nach, während wir in Amerika sind, ja?"

„Aber Kathy..."

„Gerade eben hast du gesagt, du möchtest gern für jemanden die Nummer eins in seinem Leben sein, stimmt's? Also, das kann ich dir zwar nicht garantieren, aber ich kann dir sagen, dass du bei Kath leicht auf den sechsten Platz kommst – ich würde sogar sagen, wie die Dinge mit Mark im Moment stehen, bist du auf den fünften Platz aufgestiegen. Denk darüber nach, während wir weg sind, ja? Versprochen?"

„Ich verspreche es."

Die Küchenuhr zeigte genau zwei Uhr fünfundzwanzig, als Kathy, Mike, Jack, Felicity und ich uns an den Tisch setzten, um ein spätes Mittagessen mit Fisch und Chips zu uns zu nehmen, das Jack aus der High Street besorgt hatte. Sein Zimmer sah jetzt (nach den Worten seiner Mutter) aus, als wäre etwas Trauriges und Schreckliches notdürftig verborgen worden. Von Mark war immer noch nichts zu sehen.

Kathys Methode musste ziemlich gut funktioniert haben, denn es war alles gepackt, aber sie sah sehr müde und verdrießlich aus.

„Wir halten uns nicht lange mit Tellern und dergleichen auf", sagte Mike leicht nervös, während er das Essen auspackte. „Hat ja keinen Sinn, alles abzuspülen und dann wieder zu benutzen. Wir können genauso gut mit den Fingern vom Packpapier essen; dann brauchen wir nur noch das Papier wegzuwerfen und uns die Hände zu waschen, stimmt's?"

„Ich weiß gar nicht, wieso wir überhaupt jemals Teller benutzen", bemerkte Jack, „die machen doch nur das Leben komplizierter, oder nicht? Meiner Meinung nach ist Essen nur Brennstoff. Man steckt es hinein, und es bringt den Motor zum Laufen."

Er steckte ein großes Stück gebratenen Brennstoff in seinen Mund und kaute es mit sichtlichem Genuss.

„Ich esse gern mit den Fingern", sagte Felicity fröhlich. „Warum sprechen wir eigentlich kein Tischgebet, wenn wir unter uns sind? Wir sprechen nie ein Tischgebet, wenn nicht jemand hier ist – ein Gast." Das letzte Wort sprach sie aus, als verberge sich dahinter eine gefährliche Krankheit.

„Aber Dip ist doch hier, Felicity", sagte Mike, „zählt sie denn nicht?"

„Natürlich nicht", erwiderte Felicity verächtlich, „Dip gehört doch zu uns. Mami, warum beten wir nicht, wenn wir

32

unter uns sind? Glaubst du, Gott möchte, dass wir ihm nur dann für unser Essen danken, wenn jemand Wichtiges zum Essen kommt? Bei Emily zu Hause beten sie vor dem Frühstück und vor dem Tee und vor allem, selbst wenn nur Emily und ihre Mami und ich da sind. Bei Emily zu Hause ..."

„Felicity, hör schon auf mit Emilys Zuhause", unterbrach Kathy gereizt. „Mir ist völlig egal, wie es dort zugeht. Offenbar sind bei Emily zu Hause viel tollere Menschen als bei Felicity zu Hause, aber ich fürchte, dir bleibt nichts übrig, als hier mit deiner eigenen nichtsnutzigen Mutter zu wohnen, also iss deinen Fisch, und sei still!"

In der darauf folgenden Stille traten zwei riesige Tränen in Felicitys Augen und rannen langsam an ihrem Gesicht herab. Mike hatte aufgehört zu essen und starrte Kathy an. Vielleicht wartete er darauf, dass sie den angerichteten Schaden wieder gutmachen würde, bevor jemand anderes es tun musste. Schließlich brach Jack das Schweigen. Er würde niemals den Prozess der Brennstoffaufnahme für irgendetwas unterbrechen, aber immerhin fand er zwischen zwei Bissen Zeit, seine Ansicht zu äußern.

„Das ist ein bisschen unfair, Mum. Flitty hat nur darauf hingewiesen, wie heuchlerisch es ist, vor manchen Leuten eine Show abzuziehen, während man sich bei anderen die Mühe spart."

Eine riesige Fuhre Fisch und Chips unterbrach Jacks im Entstehen begriffene Verteidigungsrede für seine kleine Schwester, aber er hätte sowieso keine Gelegenheit gehabt, noch mehr zu sagen. Was immer sich gerade in Kathy aufheizte, kam in diesem Moment zum Kochen. Sie beugte sich über den Tisch, hob einen steifen Zeigefinger und stach damit in die Richtung ihres ältesten Sohnes.

„Von dir lasse ich mir keine Vorträge über das Thema Heuchelei halten. Ich bin eine Expertin auf diesem Gebiet, nachdem ich das letzte Jahr mit dir erlebt habe. Du sitzt da, stopfst dir Chips ins Gesicht und erzählst mir, dass Teller das Leben komplizierter machen – also, dann darf ich deinem unergründlichen Wissensschatz vielleicht hinzufügen, dass Milchflaschen das Leben ebenfalls komplizierter machen; besonders wenn ich fünf davon in diesem Loch da oben finde, das du dein Zimmer nennst, von denen jede noch einen Achtelliter vergammelte Milch enthält, deren Gestank das ganze Haus verpestet. Wenn du irgendwann einmal anfängst, dein eigenes Chaos in Ordnung zu bringen, und aufhörst, unser Geld zu verschleudern, dann bin ich vielleicht bereit, mir deine Meinung darüber anzuhören, wie wir unser geistliches Leben gestalten und unsere anderen Kinder erziehen!"

Es entstand ein bedrücktes Schweigen. Jack legte seinen Arm, der gerade nicht mit der Brennstoffzuführung beschäftigt war, um Felicity, die immer noch schniefte, und Mike machte den Mund auf, um etwas zu sagen. Der Sturm drehte sich in seine Richtung.

„Falls du mir jetzt erzählen willst, dass ich ein Stück Fisch oder sonst was auf deinen schönen, sauberen, verfluchten Küchenfußboden habe fallen lassen, Mike, dann werde ich aus diesem Haus flüchten – ich glaube wirklich, das werde ich. Offenbar bin ich umgeben von Neurotikern und Idioten, die nicht genug Verstand haben, sich um irgendetwas selbst zu kümmern, und ich habe genug davon!"

Kathy legte die Hände flach vors Gesicht und begann mit vor Erregung zitterndem Oberkörper lautlos zu schluchzen. Felicity starrte ihre Mutter aus geröteten Augen verwirrt an.

„Daddy", sagte sie mit leiser, heiserer Stimme, „warum weint denn Mami? Ist sie wütend oder traurig?"

Mike breitete verwirrt und unglücklich die Arme aus. „Ich weiß es nicht genau, Liebling. Aber mach dir keine Gedanken. Mami wollte nicht so ... sie hat es nicht so gemeint. Sie hat sich nur ein bisschen aufgeregt."

„Es waren nur vier Milchflaschen", warf Jack unsicher und vielleicht etwas gedankenlos ein, als meinte er, das würde die Situation in ein völlig anderes Licht stellen.

Sie taten mir alle schrecklich Leid, doch gleichzeitig sang in meinem Kopf die Erinnerung an etwas, das Felicity gesagt hatte, wie ein Vögelchen – immer die gleiche Melodie: „Dip gehört doch zu uns, Dip gehört doch zu uns, Dip gehört doch zu uns ..." Ich war in diesem Augenblick bestimmt die glücklichste Person in der Küche der Robinsons. Ich sehnte mich danach zu helfen.

Etwas an Kathys Verhalten erinnerte mich an all die Gelegenheiten in der Vergangenheit, meistens an den Abenden, wenn eine Welle panischer Einsamkeit auf mich einstürzte und das bisschen inneren Frieden, das ich hatte, überspülte, sodass ich nach Luft ringend zurückblieb und aus demselben Grund weinte wie ein Baby, aus schierer Bedürftigkeit. Über so etwas sprach man niemals. Nein, man wartete, bis die Tränen versiegt waren, dann ging man nach oben, wusch sich das Gesicht und bürstete sich die Haare, und wenn man wieder einigermaßen passabel aussah, ging man wieder hinunter, setzte sich neben das Telefon und ging in Gedanken eine Liste der Leute durch, die man kannte. Wenn man es endlich geschafft hatte, jemanden zu erreichen, klang man heiter und ungezwungen. Man sagte, man werde vielleicht später kurz vorbeischauen (weil man sowieso in der Gegend sein werde), um etwas zu besprechen oder irgendein Arrangement zu treffen oder etwas abzuholen, was man dort hatte liegen lassen. Nichts Wichtiges, nein, nein. Es konnte warten – nur so ein Gedanke ...

Wenn sie dann sagten, das sei eine gute Idee, dann spitzte man die Ohren, um herauszuhören, ob sie einen wirklich haben wollten. Wollten sie es – oder taten sie überzeugend genug so, als ob sie es wollten –, dann ging man hin. Wenn man hinkam, wurde man gefragt, wie es gehe, und man sagte prima und lachte ein wenig, doch innerlich schrie man stumm danach, dass sie einen in die Arme nahmen und lieb hatten und sich um einen kümmerten.

Ich bin sicher, andere Leute kommen viel besser mit dem Alleinleben zurecht als ich früher. Aber solche Erfahrungen, wie ich sie gemacht habe, machen einen sehr hellhörig für die Möglichkeit, dass Leute etwas meinen könnten, das sie nicht aussprechen. Ich wusste, dass Kathys Problem nichts mit irgendjemandem zu tun hatte, der jetzt in der Küche saß. Ich beugte mich hinüber und zog sanft eine Hand von ihrem Gesicht.

„Es ist Mark, nicht wahr?"

In diesem Moment hörten wir alle, wie jemand die Haustür öffnete. Die Tatsache, dass darauf nicht das entsprechende Geräusch der sich schließenden Haustür folgte, deutete darauf hin, dass Mark endlich nach Hause gekommen war. Zwei Sekunden später trat er in die Küche und starrte das Essen auf dem Tisch an.

„Ihr konntet wohl nicht auf mich warten, was?", sagte er empört.

3

„Es ist noch reichlich für dich da, Mark, setz dich, und ich suche dir deine Portion heraus."

Mikes wackerer Versuch, weiterzumachen, als wäre eigentlich alles in Ordnung, scheiterte beinahe sofort. Kathy hatte zu weinen aufgehört. Nun war sie weiß und steif vor Wut. Sie schob ihren Stuhl zurück, stand auf und ging um den Tisch herum, bis sie direkt hinter dem Stuhl stand, auf den sich Mark lässig hatte fallen lassen. Er hatte bereits angefangen, vernehmlich zu kauen. Kathys Stimme war wie zugeschnürt vor Zorn.

„Dein Vater mag ja der Ansicht sein, dass es kein Problem gibt, junger Mann, aber meiner Meinung nach gibt es eins." Sie hielt inne. „Hörst du mir zu?"

Mark aß weiter, als ob seine Mutter überhaupt nicht existierte.

„Ich *rede* mit dir – hörst du mir zu?" Eine weitere Pause. „Wenn du nichts zu mir sagst, werde ich dich von diesem Stuhl zerren und dich dazu *bringen*, dass du Antwort gibst."

„Ich höre deine Stimme, wenn du das meinst."

Die unselige Vorahnung einer Ohrfeige über den Hinterkopf hatte den Jungen zu einer Reaktion gezwungen, aber seine Worte waren so ziemlich die unverschämtesten und provokativsten, die er wählen konnte.

„Nun, wenn du meine Stimme hörst, dann hörst du auch, was ich dir sage, oder? Meiner Meinung nach – nicht, dass du auch nur einen Pfifferling auf meine Meinung gibst, das weiß ich wohl – hat dein Verhalten einen ohnehin sehr schwierigen Tag fast unerträglich gemacht. Gehen wir ihn einfach einmal durch, ja? Du hast heute Morgen um acht Uhr mit dieser unfasslichen Behauptung angefangen, du wüsstest nicht, dass wir heute nach Amerika fliegen. Tut mir Leid, Mark, aber das bedeutet, dass du entweder unheilbar dämlich bist oder einfach nicht genug Interesse an deiner Familie hast, um irgendeine Information aufzunehmen, die sich nicht unmittelbar auf das Herumhängen mit deinen verwahrlosten Freunden bezieht. Du *musst* gewusst haben, dass wir heute fliegen – ich glaube, du hast *beschlossen*, es nicht zu wissen. Und dann, nachdem du all diesen Unfug von dir gegeben hast, verschwindest du – der Himmel weiß wohin – für Stunden und Stunden, überlässt uns alle Arbeit, um dann wieder hereingeschlendert zu kommen und die Haustür offen stehen zu lassen . . .“

„*Ich* habe die Haustür heute Morgen auch offen stehen lassen, Mami“, sagte Felicity mit ängstlicher Stimme, als wolle sie versuchen, die Situation zu retten.

„Mag sein“, knirschte Kathy, immer noch zu Marks Hinterkopf gewandt, „aber siehst du, Felicity, wenn dein lieber Bruder das tut, ist das nur ein weiteres Symptom für die Tatsache, dass ihm alles, was für irgendjemanden anderes nützlich sein könnte, nicht einmal erwägenswert erscheint – als vollkommen irrelevant für dich, ist es nicht so, Mark?“

Mike beugte sich vor. „Kath, meinst du nicht, du gehst ein bisschen zu . . .“

„Zu weit? Ist es das, was du sagen wolltest?“ Kathy war jetzt beinahe atemlos vor Zorn. „Ja, ich gehe zu weit. Ich gehe aus guten und hinreichenden Gründen zu weit. Ich gehe ganz vernünftig zu weit, vielen Dank, und wenn du es wissen willst, ich bin es leid, dass du jeden Versuch, den ich unternehme, um diesem – diesem *Kind* ein wenig Disziplin beizubringen, als eine Art neurotischen Ausbruch hinstellst.“

Sie beugte sich herab, stützte ihre Unterarme auf den Tisch und sprach direkt von der Seite in Marks Gesicht. Er zuckte mit dem Kopf leicht von ihr weg und aß weiter. „Ich finde es völlig unbegreiflich, dass du zurück in dieses Haus marschierst und dich auch noch darüber empörst, dass der Rest der Familie beschlossen hat, zu essen, statt darauf zu warten, dass du uns mit deiner Gegenwart beehrst, wann immer es dir beliebt, nach Hause zu kommen." Sie atmete ein- oder zweimal tief durch.

„Und jetzt werde ich dir sagen, was ich möchte. Ich möchte wissen, was du über all das denkst, was ich gerade gesagt habe – freilich nur, falls du nicht auch findest, dass ich unvernünftig bin. Findest du das?"

In meinen Ohren schienen sich die waschmaschinenartigen Geräusche, die Mark beim Essen machte, in dem nun folgenden Schweigen noch zu verstärken, bis sie die Küche, das Haus und die ganze Welt erfüllten. Als sie sah, dass er dabei war, den Bissen, den er gerade herunterzuschlucken im Begriff war, durch einen weiteren zu ersetzen, packte Kathy sein Handgelenk und wiederholte ihre Frage.

„Findest du, dass ich unvernünftig bin?"

Ich vermute, wenn man in diesem Stadium der Verhandlungen einen Ausschuss zu dem ausdrücklichen Zweck eingesetzt hätte, die schlimmstmögliche Antwort zu formulieren, die Mark seiner Mutter geben konnte, so wäre diesem Ausschuss vielleicht nach wochen- oder gar monatelangen Überlegungen etwas noch weniger Diplomatisches eingefallen als das, was er tatsächlich sagte.

„Warum kann ich nicht hier bleiben und mich selbst versorgen, während ihr alle nach Amerika fliegt?"

Das war es, was er tatsächlich sagte, und es war der Strohhalm, der wirklich und wahrhaftig dem Kamel den Rücken brach. Kathy riss die beladene Gabel aus Marks Hand und schleuderte sie quer über den Tisch, wo sie vor ihrem ältesten Sohn landete, der gerade mit seiner eigenen Portion fertig geworden war. Jack streckte geistesabwesend seine Hand aus und zog sie dann wieder zurück, weil ihm vermutlich plötzlich einfiel, dass solch unverhohlener Opportunismus unpassend war, um es milde auszudrücken.

„Du dummes kleines …!" Kathy fehlten jetzt beinahe die Worte. Sie zog Mark auf die Beine, hielt ihn fest und schüttelte ihn an beiden Handgelenken und schrie ihm aus nächster Nähe ins Gesicht: „Wie kannst du nur so einen dämlichen Unsinn reden? Du blöder, dummer …! Weißt du eigentlich, was dieser Urlaub uns kostet? Weißt du, wie lange es gedauert hat, ihn zu planen? Was zur Hölle denkst du dir dabei, zu fragen, ob du zu Hause bleiben kannst? Ich fasse einfach nicht, dass du uns das antun könntest – bei all dem Geld, das wir in letzter Zeit für dich ausgegeben haben – das ist dir völlig egal, nicht wahr? Als du gestern jemanden brauchtest, der dich in die Stadt fährt, damit du dir deine kostbaren Trainingsschuhe kaufen konntest, kam der ganze Haushalt zum Stillstand, nur damit du deinen Willen bekamst. Aber das bedeutet dir gar nichts, was? Im Grunde ist dir einfach alles egal. Dir ist alles völlig egal!"

Ihr kamen wieder die Tränen vor Zorn. Kathy schrie von einem Platz in ihrem Herzen aus, der nichts mit dem gegenwärtigen Konflikt zu tun hatte. Irgendeine Wunde aus der Vergangenheit war aufgebrochen, und sie schmerzte sie. Das Schlimme war, dass es auch Mark schmerzte, auf eine Weise, die ihn verwirrte und ihm Angst einjagte. Mit versteinertem Gesicht gegen den Strom der Emotionen ankämpfend, wand er sich aus dem Griff seiner Mutter und spie ihr mit seltsam verzerrter, pseudoerwachsener Stimme seine Antwort entgegen.

„Warum redest du dann so schlecht über meine Freunde? Und warum redest du immer davon, was ihr alles für mich getan habt und wie viel Geld ihr für mich ausgegeben habt, wenn du meinst, dass ich etwas falsch gemacht habe? Du bist diejenige, der alles egal ist!"

Er drehte sich abrupt um und stampfte durch den Flur davon. Wir hörten seine Schritte über unseren Köpfen die Treppe hinaufdonnern, bis er in seinem Zimmer verschwunden war. Eine Tür wurde gewaltsam zugeschlagen, und dann war Stille.

Felicity sagte: „Warum ist bloß alles so schrecklich an unserem ersten Ferientag?", und brach in Tränen aus. Jack hob sie vorsichtig auf seinen Schoß und nahm sie in die Arme.

Kathy schien nichts wahrzunehmen außer ihrer eigenen Reaktion auf Marks letzten Dolchstoß. „Ich bin diejenige, der alles egal ist – ich bin diejenige, der alles egal ist – ich bin diejenige ..." Wut durchströmte sie in Wellen, als ob sie sie ein- und ausatmete. „Dieser kleinen Ratte werde ich beibringen, die Türen zuzuschlagen!"

Als sie sich beinahe im Sprint in Richtung Treppe in Bewegung setzte, stand Mike auf und rief ihr nervös hinterher: „Kath, meinst du nicht, du solltest warten, bis ...?" Er verstummte. Kathy war nicht in der Verfassung, Vorschläge von irgendjemandem anzunehmen, schon gar keine schwächlich vorgebrachten Ratschläge ihres Mannes.

Wir warteten und lauschten. Kathys Schritte dröhnten ebenso schwer auf der Treppe über uns wie zuvor Marks, doch dann trat unerklärlicherweise völlige Stille ein – kein Krachen von Möbeln, keine Rufe, keine Schreie, keine Explosionen irgendwelcher Art. Um auch nicht das leiseste Geräusch zu überhören, spitzten wir unsere Ohren und saßen, wie uns schien, sehr lange Zeit schweigend da, obwohl es in Wirklichkeit wohl nur ein paar Minuten waren.

„Sie hat ihn umgebracht", sagte Jack.

Ich fand diese Bemerkung unter den gegenwärtigen Umständen keineswegs amüsant; doch Felicity reagierte, obwohl immer noch Tränen in ihren Augen standen, offensichtlich maßlos erleichtert auf diese aus ihrer Sicht völlig absurde Bemerkung. Sie kicherte, als hätte man sie gekitzelt.

Mike ließ die Luft heraus, die er bis dahin angehalten hatte, und ließ sein Kinn auf die Brust sacken wie ein Gewicht, das plötzlich losgelassen worden war. „Ich glaube", sagte er, den Blick auf seine verschränkten Finger auf dem Tisch gerichtet, „es wird wahrscheinlich alles wieder in Ordnung kommen – zumindest für eine Weile." Er stand auf. „Ich werde mal das Essen wieder aufwärmen, bis Kath und Mark wieder herunterkommen. Ich schätze, wir fühlen uns alle im Moment ein wenig – verbeult, aber später wird schon alles in Ordnung kommen."

„Wann müsst ihr in Heathrow sein, Mike?", fragte ich.

Er schloss die Ofenklappe und sah sich über die Schulter nach der Uhr um. „Wir müssen bis sechs Uhr einchecken; also müsste es reichen, wenn wir uns spätestens um halb fünf auf den Weg machen. Damit haben wir noch reichlich Zeit, falls du es wirklich ernst gemeint hast, dass du hinter uns aufräumen willst, Dip."

„Oh, ich habe ernst gemeint, was ich gesagt habe, Mike. Und du? Hast du auch ernst gemeint, was du gesagt hast?"

„Habe ich . . .? Ach so, tja, unter gleichbleibenden Voraussetzungen – worauf man sich in dieser Familie keineswegs verlassen kann, wie du schon vor diesem kleinen häuslichen Zwischenfall durchaus erkannt haben dürftest – wirst du kurz vor unserer Abreise noch etwas mehr darüber hören. Und ich glaube, du wirst überrascht sein, wie sehr . . ."

Mike brach ab, als Kathy in der Tür erschien. Tränen, Zorn und Spannung waren wie fortgeblasen. Sie sah sogar recht fröhlich aus, wenn auch etwas verlegen.

„Hallo, alle miteinander", sagte sie. „Ich bin gekommen, um voller Reue vor euch im Staub zu kriechen. Felicity, Liebling, komm zu Mami kuscheln. Ich wollte nicht so böse zu dir sein."

Die prompte, eifrige Eile, mit der das kleine Mädchen sich von Jacks Schoß herunterstrampelte, war eine wunderbare

Demonstration jener bedingungslosen, freudigen Vergebung, mit der manche Kinder die Welt erfrischen. Sie rannte quer durch die Küche, warf sich in die Arme ihrer Mutter, ließ sich von ihr ausgiebig eng umschlungen herumschwingen und stellte dann (wie ich schon halb vermutet hatte) die Frage, deren Wiederholung bewies, dass Felicity wirklich an die Entschuldigung ihrer Mutter glaubte.

„Mami, warum beten wir denn nun nicht, wenn wir unter uns sind, wie bei Emily zu Hause?"

Wir mussten alle lachen, einschließlich Kathy, die sagte: „Ich fürchte, die Antwort ist genau dieselbe, auch wenn ich nicht böse bin, mein Schatz. Du steckst nun einmal bei deiner dummen alten Mami fest ..."

„Und deinem dummen alten Daddy", schaltete sich Mike ein.

„Während Emily, dieser Glückspilz, nun einmal eine Mami und einen Daddy hat, die nett und gelassen und gut organisiert sind und alles richtig und zur richtigen Zeit machen, selbst wenn niemand zuschaut! Und ich sage, das ist prima für sie. Ich wünschte, ich wäre genauso, aber ich bin es nicht."

Felicity kniff mit Daumen und Zeigefinger jeder Hand in Kathys Wangen, zog dann ihren Kopf zurück und prustete vor Lachen über das verzerrte Gesicht ihrer Mutter. „Ich möchte aber bei dir und Daddy feststecken", sagte sie mit aufgesetzter Babystimme. „Ich will gar nicht bei Emilys Mami feststecken."

„Ich auch nicht!", sagte Mike mit überraschender Leidenschaft, und alle außer Felicity lachten wieder.

„Hast du Mark umgebracht?", fragte Jack gemütlich.

„Nein, ich habe ihn nicht umgebracht, Jack – diesmal noch nicht. Bitte verzeih, dass ich dich eben so angeschnauzt habe. Es lag nicht an dir, obwohl diese Milchflaschen mich schon ziemlich ärgern. Ich hätte mich nicht so ereifern dürfen. Es tut mir wirklich Leid." Sie ließ Felicity zu Boden und wandte sich wieder an Jack. „Würde es dir etwas ausmachen, die Koffer hinaus zum Wagen zu bringen, Jack? Und wir haben auch noch eine Menge kleiner Taschen, bei denen Felicity dir helfen kann. Das machst du doch gerne für Mami, was, Felicity?"

Felicity sah ihre Mutter mit den zusammengekniffenen Augen eines Dechiffrierexperten an. „Ich will hier bleiben und auch hören, was mit Mark passiert ist", sagte sie.

„Komm schon, Flitty." Jack entrollte sich von seinem Stuhl und streckte eine Hand aus. „Du weißt doch genau, dass sie nicht darüber reden werden, solange du dabei bist; also können wir genauso gut gehen und das Gepäck verstauen. Ich sag dir was – du kriegst für jede Tasche, die du hinausbringst, eine Schokoladenkugel. Wie findest du das?"

„Du hast ja gar keine Schokoladenkugeln", sagte Felicity und sah mit hoffnungsvollen Augen zu ihrem Bruder auf.

„Ach, habe ich nicht? Woher weißt du denn, dass ich nicht noch eine Packung in meinem Zimmer versteckt habe, kleine Schwester?"

„Weil ich die schon längst gefunden hätte, wenn da eine wäre."

„So, hättest du, ja? Warte – jetzt krieg ich dich!"

Mit gespielter Strenge im Gesicht hievte Jack seine kichernde Schwester auf seine Schulter, marschierte mit ihr davon und verschloss die Tür zwischen der Küche und dem Rest des Hauses mit dem Fuß. Quietschende Angstschreie und ekstatisches Gelächter drangen vom Flur her zurück, während die beiden sich in Richtung Wohnzimmer entfernten.

„Kommt Mark herunter, um seinen Fisch aufzuessen?", fragte Mike leise.

Kathy nickte, während sie sich einen Stuhl an den Tisch zog. „Ja, er wird gleich hier sein. Ich werde nichts mehr essen, nicht nachdem ich alle diese Worte heruntergeschluckt habe. Ich wollte euch nur erzählen, was da oben passiert ist."

Ich war plötzlich verlegen. „Möchtet ihr, dass ich gehe und Jack ein bisschen helfe? Macht mir gar nichts aus …" Mir wurde heiß und schwer, als ich mich zum Gehen anschickte, aber Kathy beugte sich herüber und legte mir die Hand auf die Schulter, um mich zurückzuhalten.

„Das ist ja wohl ein Witz, oder, Dip? Wenn es mich nicht stört, dass du meine schlimmste schmutzige Wäsche zu Gesicht bekommst, dann wird es mich bestimmt auch nicht stören, wenn du eine der seltenen Gelegenheiten beobachtest, wenn ein Stück Unterwäsche tatsächlich einmal gewaschen wird, oder? Ich bestehe sogar darauf. Übrigens, da fällt mir ein: Wir wollten dir vorschlagen, über etwas nachzudenken, während wir in …"

„Ich habe Dip schon davon erzählt", unterbrach Mike. „Wir werden noch etwas darüber sagen, kurz bevor wir aufbrechen. Erzähl uns, was mit Mark los war."

„Ja, richtig … du hast es erwähnt, richtig." Einen Augenblick lang suchte Kathy in meinem Gesicht nach einer Reaktion, aber sie fand keine. Die Robinsons mögen ja sehr gut darin sein, saubere Geschirrtücher zu horten, aber ich bin sehr gut darin, mein Gesicht zu verschließen.

Kathy runzelte eine Sekunde lang nachdenklich die Stirn, dann sprach sie.

„Das mit Mark – okay, also, ich bin die Treppe hinaufgestürmt mit der bewussten Absicht, ihm irgendeinen schweren körperlichen Schaden zuzufügen. Das habt ihr vermutlich erraten, was?"

„Wir hatten so eine Ahnung", erwiderte Mike ernst.

„Ich bin hinaufgedüst wie ein Schnellzug, und ich habe dabei überhaupt nicht nachgedacht. Ich spürte nur noch, wie in mir die Gefühle aufeinander krachten." Sie wedelte mit der Hand in Richtung ihres Mannes. „Mike hat das alles natürlich schon oft erlebt – er hat es schon mehr als einmal selbst abgekriegt, fürchte ich. Mich packt einfach manchmal diese wilde, stürmische Angst."

„Angst vor was, Kathy?"

„Ich weiß es nicht genau. Vor der Nacht, vor dem Ende, davor, dass alles auseinander bricht, davor, nicht geliebt zu werden, vor irgendeiner endgültigen Katastrophe – ich weiß es eigentlich nicht. Es ist mir nie gelungen, es festzunageln. Diese Angst hat bei mir schon immer unter der Oberfläche geschwelt und wartet nur darauf, dass durch so etwas wie die Geschichte mit Mark die Kellertür aufgestoßen und sie herausgelassen wird. Versteht mich nicht falsch – Mark hat sich wirklich danebenbenommen, und ihm muss mal der Kopf zurechtgesetzt werden. Er kann ein richtiger kleiner Teufel sein. Das Problem ist nur, dass diese fürchterlichen Gefühle, wenn sie erst einmal eine Weile in mir umgegangen sind, überhaupt nichts mehr mit der Sache oder der Person zu tun haben, durch die sie ausgelöst wurden. Aber dann ist es schon zu spät – der Schnellzug rast mit Höchstgeschwindigkeit dahin, und meistens kommt jemand dabei zu Schaden. Weißt du, Dip, das Problem ist, dass ich keine Bremsen an meinem Zug habe."

„Aber diesmal hat dich etwas aufgehalten."

Kathy legte die Handflächen zusammen wie ein betendes Kind und stützte ihr Gesicht auf die Fingerspitzen, während sie nachdachte. Dann blickte sie auf. „Ja, so war es. Es war etwas, das ich heute Morgen in dem trostlosen Schützenloch gelesen habe, das wir lächerlicherweise unsere Stille Zeit nennen. Es war die Stelle, wo es heißt, dass wir unsere Feinde lieben sollen. Mike und ich kamen zu dem Schluss, dass wir jeder eine Person haben, die wir als ‚Feind' bezeichnen würden, stimmt's, Mike?"

Mike runzelte schuldbewusst die Stirn. „Ja, wir wollten gerade für sie beten, aber leider haben wir uns ein bisschen

ablenken lassen, indem wir uns alle möglichen Folgen aus-
dachten, mit denen wir sie gerne quälen würden ..."

„Ich tat das, meinst du. Nonstop-Dudelsackmusik in
einem engen Raum bei gleichzeitigem Monopolyspiel mit
unseren drei Kindern – solche Sachen." Kathy grinste ge-
nüsslich bei der Erinnerung. „Jedenfalls, als ich gerade eben
oben ankam und die Tür einrennen wollte wie ein amerikanischer Detektiv, um Mark den Kopf abzureißen, fielen
mir diese drei Worte ein – Liebet eure Feinde. Und plötzlich
wurde mir klar, dass – oh, Mike, es war furchtbar – mir
wurde klar, dass ich in diesem Moment meinen eigenen
Sohn als meinen Feind betrachtete. Ich wollte ihn immer
noch umbringen, versteht ihr, aber ich wurde davon abgehalten durch ..." Sie strich sich das Haar aus der Stirn. „Ich
wurde davon abgehalten durch das Wissen, dass ich entweder gehorsam sein und ihn lieben konnte, was immer das
mit sich bringen würde, oder ungehorsam sein und meinen
eigenen Gefühlen nachgeben konnte. Als ich da oben vor seiner Tür stand, immer noch kochend vor Wut, erschien mir
die Sache auf einmal so einfach."

„Der Herr hat zu dir gesprochen", sagte Mike mit leuchtenden Augen. „Das hast du dir doch immer gewünscht,
Kath. Das passiert immer nur anderen Leuten, niemals dir –
das hast du oft gesagt."

Ein gereizter Schatten flog über Kathys Gesicht. „Ich
wünschte, du würdest der Versuchung widerstehen, das
ganze Leben als ein Klassenzimmer voller Kinder zu betrachten, Mike. Wenn du willst, kannst du gern herumlaufen und
all deine Erlebnisse mit hilfreichen kleinen Etiketten bekle-
ben, aber ich würde meine gerne so belassen, wie sie sind,
vielen Dank. Vielleicht hat Gott zu mir gesprochen. Ich
weiß es nicht. Was ich genau weiß, ist, dass ich bestimmte
Dinge gedacht und gefühlt habe und dass ich infolgedessen
anders gehandelt habe – das ist alles."

„Tut mir Leid, Kath", sagte Mike. Sein Tonfall war bußfertig, aber seine Augen leuchteten immer noch.

„Was hast du schließlich gemacht, Kathy?"

„Am Ende, Dip, habe ich die Türklinke ganz, ganz langsam heruntergedrückt, mit dieser intensiven Muskelbeherrschung, die man anwendet, wenn man wütend ist, aber es nicht zeigen will, und bin hineingegangen. Mark war doch tatsächlich angezogen ins Bett gegangen – er weiß, wie ich es hasse, wenn er das tagsüber macht –, und er saß dort und las einen Comic. Offensichtlich wartete er auf die Explosion, wie ihr hier unten sicherlich auch. Ich setzte mich auf sein Bett, ohne etwas zu sagen, und er sah mich ein wenig verwirrt an, bis er schließlich so tat, als wolle er seinen Comic weiterlesen. Dann streckte ich die Arme aus und sagte: ‚Ich liebe dich, Mark – was immer in den nächsten fünf Minuten passiert, ich werde dich immer lieben – was immer passiert.' Er ließ den Comic sinken und sah mich eine Sekunde lang an, dann streckte er auch die Arme aus, und wir drückten uns. Er sagte etwas in der Art wie ‚Tut mir Leid, dass ich mich ein bisschen danebenbenommen habe, Mum', und ich sagte: ‚Mir tut es auch Leid, dass ich mich ein bisschen danebenbenommen habe', und das war es eigentlich. Er wird gleich herunterkommen und weiteressen, also ..." Sie brach ab und lachte dann kurz auf.

„Woran hast du gerade gedacht, Kath?", fragte Mike.

„Nur – wie erbärmlich ich doch bin", erwiderte Kathy. „Nur ein bisschen Zuneigung – mehr brauche ich nicht, um die Kälte zu verscheuchen. Eine Runde Kuscheln, und schon kommt die Sonne wieder heraus. Ich bin so ein Kindskopf. All meine Sorgen scheinen sich in einer großen Frage zu erschöpfen: Liebst du mich noch? Aber ich sage euch was", fügte sie mit einem Lächeln hinzu, „nur gut, dass er darauf reagiert hat, denn wenn nicht – dann hätte ich ihn zum Fenster hinausgeschmissen."

Danach herrschte für einige Zeit Frieden. Mark erschien wie angekündigt, offenbar unberührt von dem kürzlichen Trauma, aß seinen Anteil und den seiner Mutter von dem noch vorhandenen Mittagessen und erzählte mir mit unverkennbar echter Vorfreude von dem Familienabenteuer, das nun beginnen würde. Als ich ihn fragte, ob er wirklich nicht gewusst habe, dass sie heute in Urlaub fahren wollten, behauptete er steif und fest, er hätte gedacht, es wäre erst nächsten Samstag. Sodann erklärte er mir ausführlich, er hätte sich nur geärgert, weil er und seine Freunde vorgehabt hatten, am Montag zum Angeln zu gehen; er hätte sich „ziemlich darauf gefreut", weil sie Sandwiches, Getränke und (für mich unerklärlicherweise) einen Fußball hatten mitnehmen wollen. Abends hatten sie dann vorgehabt, zu Mark nach Hause zu gehen und die tagsüber gefangenen Fische zu braten, und das konnte nur bei Mark stattfinden, weil die Mütter der anderen keine Unordnung in ihrer Küche aussehen konnten. Ich merkte mir dieses letzte, etwas zweifelhafte Kompliment, um es zu einem geeigneten Zeitpunkt in der Zukunft an Kathy weiterzugeben.

Um Viertel nach vier waren die Robinsons abmarschbereit. Felicity hüpfte voller Begeisterung und Schokoladenkugeln den Flur auf und ab und sang immer wieder: „Wir fliegen nach Amerika!", bis sie zusammen mit ihren beiden Brüdern von ihrem Vater zu einer Familienkonferenz in letzter Minute rund um den Küchentisch gerufen wurde. Mike setzte sich an das Ende, das dem Fenster am nächsten war, und sah ein wenig nervös aus, während er darauf wartete, dass sich der Aufruhr legte. Ich war auch nervös. Ich bereute plötzlich meinen vorherigen Schritt in die Selbstoffenbarung und wünschte mir, alles könnte für immer genauso bleiben, wie es immer gewesen war.

„Ist es nicht komisch", sagte Kathy, als das allgemeine Geplapper sich gelegt hatte, „wie man sich fühlt, unmittelbar bevor man zu einer solchen Reise aufbricht? Man hat sich schon seit Ewigkeiten darauf gefreut, man war deswegen ganz aufgeregt, man will es wirklich, und doch – ich kann es nicht genau beschreiben –, gerade in diesem Moment würde ich mich am liebsten hier inmitten dieser schönen, vertrauten, beruhigenden Umgebung niederlassen und einfach zu Hause sein. Klingt das sehr albern?"

„Ja", sagte Felicity schlicht, „das klingt total albern, Mami." Ob solcher Torheit gab sie ein kurzes, perlendes Lachen von sich. „Natürlich wollen wir nicht hier bleiben. Wir wollen nach Amerika." Sie wandte sich an ihren Vater. „Liegt Amerika in England, Daddy?"

„Nein, mein Schatz", erwiderte Mike, leicht schockiert über diese unermessliche Lücke im geografischen Verständnis seiner Tochter, „du weißt doch, dass es nicht in England liegt. Ich habe dir doch erklärt, dass wir in einem großen Flugzeug über ein riesiges Meer hinwegfliegen müssen, das Atlantischer Ozean heißt, weil eben Amerika ein ganz anderes Land ist. Ich habe es dir auf der Landkarte gezeigt, weißt du noch?"

„Das ist da, wo die Cowboys und Indianer herkommen, Flitty", fügte Jack hinzu. „Wie im Fernsehen."

„Ich dachte, es wäre da, wo Disneyland ist." Eine Spur von Besorgnis klang in Felicitys Stimme mit, während sie versuchte, sich in ihrem sechsjährigen Informationsvorrat zurechtzufinden. „Da gehen wir doch hin, nicht wahr, Mami?"

„Natürlich gehen wir dahin", sagte Kathy beruhigend, „das wird ein Riesenspaß."

„Aber es gibt keine Cowboys und Indianer mehr, Flit", erklärte Mark. „In Amerika laufen jetzt alle so angezogen herum wie wir, und sie tragen auch keine Waffen mehr."

„Das ist ja wohl ein Witz!" Jack balancierte auf den zwei Hinterbeinen seines Stuhls und prustete laut los.

Marks Gesicht verhärtete sich vor Wut. „Warum ist das, was ich sage, ein Witz? Warum war das, was du gesagt hast, kein Witz?"

„Es gibt vielleicht keine Cowboys und Indianer mehr, aber zu sagen, dass die Amerikaner keine Waffen mehr haben, ist schlichtweg lächerlich. Es gibt mehr Waffen pro Kopf in den Vereinigten Staaten von Amerika als in jedem anderen ..."

„Ich habe nie behauptet, dass sie keine Waffen mehr haben. Ich habe nur gesagt, sie tragen sie nicht mehr wie früher. Du hörst nie zu, was ein anderer sagt, das ist dein Problem. Du bist viel zu sehr damit beschäftigt, so zu tun, als wärst du erwachsen, und dir Musik anzuhören, die kein anderer Mensch begreift, weil sie so schlecht ist, dass sich kein anderer damit abgeben mag."

„Ach, verzieh dich!" Jack wandte sein Gesicht von Mark ab. „Ich hoffe, der benimmt sich nicht die nächsten drei Wochen lang so. Ich weiß nicht, ob ich das aushalte."

Jacks gelangweilt abweisendes Gehabe brachte etwas in Mark zum Explodieren. „Halt endlich dein Maul, Jack! Du machst mich krank! Du machst mich ..."

„Mami, es gibt aber doch noch Cowboys und Indianer in Amerika." Irgendetwas war an die Oberfläche von Felicitys Erinnerung gedrungen. „Ich habe sie in einer Fernsehsendung über Disneyland gesehen. Sie haben welche in Disneyland. Jack und Mark haben gesagt, es gibt keine mehr, aber es gibt doch welche, nicht wahr?"

Mark hatte seine Arme verschränkt, wie um die Wut festzuhalten, die in ihm tobte. Er sprach in gepressten, abgehackten Worten. „Dad, kann ich im Flugzeug woanders als neben Jack sitzen, bitte?"

„Ist mir nur recht", sagte Jack gedehnt. „Ich habe keine Lust, stundenlang neben einem albernen kleinen Jungen zu sitzen."

Kathy hielt sich beide Ohren zu. „Wenn ihr beide nicht ..."

„Mami, sag Mark und Jack, dass es immer noch Cowboys und Indianer in Amerika gibt. Sie haben beide gesagt ...", Felicity gab nicht auf.

„Stopp." Mike erhob nicht im Geringsten seine Stimme, aber da war etwas an der festen Entschlossenheit hinter diesem einen Wort, das ihm allgemeine Aufmerksamkeit verschaffte. „Ich fürchte, wir benehmen uns alle ziemlich rücksichtslos. Dieses letzte kurze Zusammensein war eigentlich für Dip gedacht. Es sollte keine Gelegenheit für Jack und Mark sein, um herauszufinden, wie widerlich sie zueinander sein können. Ich möchte, dass ihr beide euch bei Dip entschuldigt, bitte."

Es gibt wenige Dinge, die peinlicher sind, als Entschuldigungen von Leuten entgegenzunehmen, denen befohlen wurde, sich zu entschuldigen; aber ich musste trotzdem lächeln, als die beiden Jungs ihr bedauerndes Murmeln von sich gaben.

Es war so schwierig für Jack, der zwischen Kindheit und Erwachsensein steckte, Stabilität zu finden, um sowohl mit den Älteren als auch mit den Jüngeren zurechtzukommen. Felicity war noch zu klein, um ein Problem darzustellen – durch sie, spürte ich, fühlte er sich sogar noch erwachsener; aber Mark musste wohl zu sehr das jugendliche Abbild seiner selbst repräsentieren, mit dem Jack nichts mehr zu tun haben wollte. Hohn und Abfälligkeit schienen für ihn die einzigen Waffen zu sein, um seinen kleinen Bruder daran zu hindern, ihn zurück in eine Welt zu ziehen, die er unbedingt hinter sich lassen wollte.

Vielleicht war es für Mark sogar noch schwieriger zu begreifen, warum der große Bruder, der ihm während der letzten Jahre vermutlich näher war als irgendjemand anderes, sich jetzt in seinem Verhalten und seinem Lebensstil so verräterisch fern von ihm hielt. Ich konnte wirklich mit beiden mitfühlen.

„Habe ich auch etwas falsch gemacht, Daddy?", fragte Felicity interessiert.

„Eigentlich nicht", sagte Mike, der wider Willen lächeln musste, „aber du darfst dich auch bei Dip entschuldigen, wenn du möchtest. Das zählt dann für das nächste Mal, wenn du etwas Ungezogenes tust."

Dieser Gedanke gefiel Felicity ungemein. Sie kniete sich auf ihren Stuhl, schlang ihre Arme um meinen Hals und legte ihren Kopf auf meine Schulter. „Oh Dip", rief sie theatralisch, „bitte verzeih mir meine nächste Ungezogenheit. Ich kann dir gar nicht sagen, wie Leid es mir tun wird!"

Ich klopfte Felicity auf den Rücken. „Vielen Dank, Felicity, ich freue mich schon darauf. Übrigens – ich glaube, Mike ist das einzige Mitglied dieser Familie, das sich heute noch nicht bei mir entschuldigt hat. Allmählich wünsche ich mir, ich hätte selbst etwas Schlechtes getan, damit ich mich bei einem von euch entschuldigen könnte."

Mike klatschte dreimal kräftig in die Hände. „Schön! Und nun Schluss mit dem Durcheinander. Keine Streitereien mehr. Zeigen wir Dip, was wir gemacht haben. Könntest du bitte das gewisse Etwas herausholen, das wir gestern gemacht haben, Mark?"

„Oh ja!" Marks Augen leuchteten in Vorfreude auf, als er aufstand und in das untere Regal des Küchenschrankes griff, der hinter der Tür zum Garten stand. Felicity ließ meinen Hals los, hüpfte mit ihrem Po auf den Fersen auf und ab und wedelte vor Aufregung mit den Händen.

„Jetzt kommt die Überraschung, Dip!", quietschte sie. „Ich habe auch mitgebastelt. Schau nur!"

„Nimm das andere Ende, Jack", sagte Kathy, „er schafft es nicht allein. Ihr beide mögt euch ja über die meisten Dinge nicht einig sein, aber ich weiß, dass ihr in dieser Sache völlig einer Meinung seid."

„Okay, Mum. Mach die Augen zu, bis wir dir Bescheid sa-

53

gen, Dip." Jack stand hilfsbereit auf und nahm ein Ende des
langen, wie eine Ziehharmonika zusammengefalteten Papierstreifens, den Mark sorgfältig auseinander gefaltet hatte.

Ich schloss meine Augen.

Als alle „Jetzt darfst du gucken!" riefen, öffnete ich meine
Augen und erblickte ein zweieinhalb Meter breites Papiertransparent, geschmückt mit Sternen und Bäumen und allen
möglichen nicht ganz so leicht erkennbaren Figuren in allen
Farben des Filzstiftregenbogens. Es war eine wunderschöne
Arbeit, aber das Schönste von allem war die Botschaft in großen Buchstaben, die aus farbigem Papier ausgeschnitten und
einzeln aufgeklebt waren:

WIR LIEBEN DICH, DIP,
KOMM UND WOHNE BEI UNS

Als kleines Schulmädchen in Adelaide schrieb ich einmal
eine Geschichte, die die unsterblichen Worte enthielt:
„Zwei Augenpaare starrten ihn mit offenen Mündern an
..." Ich glaube mich zu erinnern, dass meine Englischlehrerin nicht gerade beeindruckt von diesem unbeabsichtigten
Höhenflug der anatomischen Fantasie war. Sie erläuterte
mir eingehend, dass Augen keine Münder haben und sie
diese folglich auch nicht aufmachen können, aber vielleicht
gerade weil wir uns so lange damit beschäftigten, ist mir
diese falsche Formulierung seither stets im Gedächtnis geblieben. Jedes Mal, wenn mich jemand auf eine bestimmte
Weise ansieht, denke ich mir: „Dieses Augenpaar starrt
mich mit offenem Mund an." So war es auch jetzt in der Küche. Fünf Robinsonsche Augenpaare starrten mich mit offenen Mündern an, und ich wusste, dass fünf Robinsonsche
Ohrenpaare darauf warteten, dass ich ihnen die nahe liegendste Antwort gab, in dem ich einfach sagte: „Ja, natürlich
werde ich kommen und bei euch wohnen."

Es wäre so leicht gewesen, genau das zu sagen – wenn auch nicht sofort, denn meine Augen füllten sich mit Tränen, und ich musste in meinen Ärmeln auf die Suche nach einem Papiertaschentuch gehen –, aber sobald ich mich wieder gefangen hätte, hätte ich die Worte aussprechen können, und damit hätte es sich gehabt. Ich bin Gott sehr dankbar für diese kleine Verzögerung, denn ich glaube, sie bewahrte mich davor, einen schweren Fehler zu begehen.

Ich spürte, wie Felicitys Arm sich um meine Schultern schlang. „Dip", sagte sie, „wenn du zu uns ziehst, kannst du mir dauernd Geschichten über Krokodile und Quallen und so erzählen, und du könntest dich mit Mami und Daddy abwechseln, mich abends ins Bett zu bringen."

Diese unschuldige Darstellung der wichtigsten Vorteile, die ich wahrscheinlich daraus ziehen würde, wenn ich zu den Robinsons zog, brachte mich zum Lachen, aber aus irgendeinem Grund auch meine Tränen wieder zum Fließen.

„Wir meinen es alle ernst", sagte Mark mit rauer Stimme. „Flit und ich haben gemalt, und Jack hat die Buchstaben aufgeklebt. Hat eine Ewigkeit gedauert."

„Bitte seid mir nicht böse", sagte ich mit erstickter Stimme, während ich mir die Augen tupfte, „es war so eine wunderbare Überraschung, dass ich einfach weinen musste. Tut mir Leid, dass ich mich so albern anstelle – es ist wirklich das Schönste, was ich je gesehen habe." Ich drückte Felicity kurz an mich. „Danke, mein Schatz – und Mark und Jack. Wenn ihr weg seid, werde ich mir all diese Bilder in aller Ruhe ansehen. Ich kann euch gar nicht sagen, was es für mich bedeutet, dass ihr euch all diese Mühe gemacht habt, und dass ihr – dass ihr mich so gern habt, dass ihr mich sogar in eurem Haus haben möchtet. Das ist eine große Ehre für mich."

Kathy wischte mit den Handflächen auf der Tischplatte hin und her, als wollte sie irgendwelche unsichtbaren Hindernisse beiseite fegen. „Und wie ist deine Antwort, Dip? Ja oder nein?"

„Nein, Kath, dränge sie nicht – wir haben ausgemacht, dass wir Dip Zeit lassen, darüber nachzudenken, solange wir in Amerika sind. Und genau das werden wir auch tun." Mike wandte sich an mich. „Kath und ich haben nicht an dem Transparent mitgearbeitet, Dip, aber wir meinen es genauso ernst wie die anderen. Wir würden uns sehr freuen, wenn du bei uns wohnen würdest, aber es liegt an dir. Sag uns, wie du dich entschieden hast, wenn wir zurückkommen. So etwas kann man nicht ohne weiteres spontan entscheiden. So!" Er spähte zur Uhr hinüber. „Wenn wir nicht in den nächsten paar Minuten aufbrechen, kommen wir in Schwierigkeiten. Ihr Jungs faltet das Transparent zusammen und legt es auf den Tisch. Du weißt mit den Schlüsseln und so weiter Bescheid, nicht wahr, Dip? Du kannst hier schalten und walten, bis wir zurückkommen." Er blickte von einem zum anderen. „Noch etwas?"

Felicity stach mir einen anklagenden Finger in die Brust. „Du hast mir seit Ewigkeiten versprochen, mir zu sagen, warum du ‚Dip' genannt wirst, bevor wir nach Amerika fliegen. Jetzt musst du. Warum?"

Ich habe nie so richtig verstanden, warum ich mich so verzweifelt an Geheimnisse klammere, die jedem anderen töricht und belanglos erscheinen müssen. Vielleicht hat es damit zu tun, dass ich so lange allein in meiner eigenen kleinen Welt gelebt habe. Ich hatte Felicity immer wieder vertröstet, ohne recht zu wissen, warum, aber nun hatte mich der Termin ereilt, den ich so voreilig genannt hatte, und es gab keinen Ausweg mehr.

„Ich werde es dir ganz schnell erzählen", erwiderte ich, „weil ihr losmüsst, also hör gut zu."

Felicity nickte und sah mich mit erwartungsvoll aufgerissenen Augen an. Ich holte tief Luft.

„Als ich ein kleines Mädchen war, spielte ich immer mit meinem Cousin James, der ein bisschen älter war als ich, aber sehr nett."

„Ich habe drei Cousins und Cousinen", sagte Felicity stolz, „und sie heißen Paul, Rachel und Amy. Sie sind ganz und gar vollkommen, und sie wohnen in West Wickham."

„Nun, ich hatte nur diesen einen, der James hieß und auch nicht vollkommen war, und er wohnte in einem Ort namens Glenelg, nahe am Meer."

„In Australien?"

„In Australien, ja. Meine Mami und ich fuhren immer mit so einem komischen alten Ding, das ein bisschen wie ein Zug und ein bisschen wie eine Straßenbahn war – ich fuhr sehr gern damit –, von Adelaide, der großen Stadt, in der ich als Kind wohnte, nach Glenelg, wo James mit seiner Mami und seinem Daddy und einem viel älteren Bruder lebte. Als wir sie eines Morgens besuchten, hatte es die ganze Nacht hindurch geregnet, und wir gingen alle zusammen einkaufen. Die Sonne war herausgekommen, und es war sehr heiß, aber überall waren Pfützen, und weil meine Mami mir meine Gummistiefel angezogen hatte, durfte ich in ihnen herumhüpfen, so viel ich wollte. James durfte nicht, weil er seine besten Schuhe anhatte – ich glaube nicht, dass ihm das sonderlich gefiel. Jedenfalls, als wir irgendwo eine Pause machten, auf einen Tee für die Erwachsenen und ein Eis für mich, erzählte mir James, er hätte ein Buch über Indianer gelesen ..."

„Wie ich sie in Disneyland sehen werde?"

„Ja, richtig, und in diesem Buch stand, dass kleine Indianerkinder ihre Namen erst bekommen, wenn sie schon älter sind als die Kinder in Australien oder England, weil ihre Mamis und Daddys erst einmal sehen wollen, wie sie so sind, und sie dann so nennen wollen, wie es wirklich zu ihnen passt. Wenn du also, sagen wir, gern mit Pfeil und

Bogen übst, dann wirst du vielleicht ‚Der mit dem Pfeil jagt' genannt, oder wenn dein Lieblingsspiel ist, so zu tun, als wärst du ein galoppierendes Pony, dann wirst du vielleicht ‚Laufendes Pferd' genannt. James meinte, wenn ich ein kleines Indianermädchen wäre, das noch keinen Namen hätte, dann müsste meine Mami mich ‚Die in den Pfützen tanzt' nennen. Ich war sehr böse auf James, weil er das gesagt hatte, aber meine Mami und James' Mami und Daddy und sein großer Bruder lachten und lachten und lachten, und als wir zurück in Adelaide waren, erzählte meine Mami die Geschichte allen Leuten, die wir kannten. Dann fiel jemandem auf, dass man ‚Die in den Pfützen tanzt' mit DIP abkürzen kann, und da waren sich alle einig, dass ich so genannt werden sollte. Und so ist ‚Dip' seither immer mein Name gewesen."

Bisher hat niemand außer Felicity sonderliche Begeisterung für mein Erzähltalent gezeigt, sodass ich ein wenig verblüfft war, als ich mich in der Tischrunde umsah und bemerkte, dass jedes Mitglied des Robinson-Clans völlig gefesselt von der wahren Geschichte zu sein schien, die ich gerade erzählt hatte.

„Na los", sagte ich, um den Bann zu brechen. „Geht! Ihr verpasst noch euer Flugzeug. Ab nach Amerika!"

Zwei Minuten später waren sie alle im Kombi verstaut und abfahrbereit, und ich lehnte an Felicitys Pfosten und wartete darauf, ihnen zum Abschied nachzuwinken. Durch ein offenes Seitenfenster hörte ich deutlich, wie Mark die provokative Bemerkung machte, wenn Jack ein Indianer wäre, hätte man ihm den Namen „Der sich Schrottmusik anhört" gegeben. Ich fragte mich, wie harmonisch die Reise wohl verlaufen würde. Schließlich setzten sich die Robinsons unter wildem Gewinke und lauten Abschiedsrufen in Bewegung.

Ich sah dem Kombi nach, wie er über die Kuppe des Maiden Hill verschwand, und blieb dann noch einen Moment stehen, um die Nachmittagssonne zu genießen und ganz leise mit Gott über die Robinsons zu reden.

„Vater", sagte ich, „du hast mir heute ein wunderbares Geschenk gemacht, und ich bin wirklich dankbar dafür. Seit wir uns kennen, habe ich dich um jemanden gebeten, der mich besonders liebt. Du hast mir eine ganze Familie gegeben, und ich bin wirklich froh. Bitte storniere nicht die Bestellung des Paul-Newman-Doppelgängers; an dem bin ich nach wie vor interessiert, was immer ich über persönliche Bewegungsfreiheit gesagt haben mag – aber ich freue mich so, dass sie mich haben wollen." Plötzlich traten wieder Tränen in meine Augen. „Kümmere dich um diese Robinsons, Herr, und hilf ihnen, nicht zu enttäuscht zu sein, wenn ich ihnen sage, dass ich nicht zu ihnen ziehen kann, weil ich glaube, dass ich es nicht schaffe – noch nicht."

4

Ich genoss es, mich um das Haus der Robinsons zu kümmern, nicht so sehr wegen der Chance, ihre privaten Papiere und Mikes angebliche Pornoheftchen zu durchwühlen, sondern weil es einfach irgendwie Spaß macht, durch das Haus anderer Leute zu streifen, wenn nicht die geringste Möglichkeit besteht, dass sie plötzlich wieder auftauchen.

Als ich mein Gebet am Torpfosten beendet hatte und wieder hineinging, fühlte ich mich seltsam schwindlig, als hätte ich gerade die richtige Menge Alkohol getrunken. Die Haustür schloss sich hinter mir mit einem äußerst angenehmen Geräusch, das „von innen verriegelt" zu signalisieren schien. Ich blieb einen Moment lang in der Diele stehen und genoss die besondere Stille, die sich über ein Haus senkt, aus dem die dazugehörige Familie gerade eben entfleucht ist.

In der Küche machte ich mir einen Kaffee, zur Abwechslung einmal genau so, wie ich ihn mochte – schwach, mit nur einer Idee Zucker –, und setzte mich an das offene Fenster zum Garten.

Ich wusste, dass ich mich mit meinen Gefühlen bezüglich der Einladung, die ich gerade erhalten hatte, auseinander setzen musste. Ich wollte mir auch ganz klar darüber werden, wie ich der Familie am besten mitteilen konnte, dass ich mich noch nicht in der Lage sah, zu ihnen zu ziehen, aber im Augenblick konnte ich mich all dem noch nicht stellen. Vielleicht würde es einfacher sein, meine Vorbehalte einfach zu vergessen und zu tun, was sie wollten. Der feige Ausweg erschien mir im Moment sehr verlockend. Ich seufzte. Derlei schwerwiegende Überlegungen würden warten müssen, während ich eine kleine Ausschusssitzung mit mir selbst bezüglich meiner unmittelbaren Aufgaben als Hüterin von Schloss Robinson abhielt.

Diese Sitzungen mit mir selbst verlaufen häufig recht lebhaft, weil ich, wenn ich allein bin, vor mich hin plappere – eine Gewohnheit, die sich, wenn ich nicht aufpasse, manchmal auch an Orten bemerkbar macht, wo eine gewisse Wahrscheinlichkeit besteht, andere Leute anzutreffen. Mehr als einmal ist es mir passiert, dass ich laut und streng mit mir selbst über irgendein Thema debattierend um eine Straßenecke bog und unversehens einem aus der anderen Richtung kommenden erschrockenen Zeitgenossen gegenüberstand, der völlig verständlicherweise erwartet hatte, mindestens zwei Personen zu begegnen – wenn nicht gar einer größeren öffentlichen Versammlung. Bisher ist mir in solchen Situationen nur ein einziger schwächlicher Ausweg eingefallen – ich singe und versuche den Eindruck zu erwecken, das hätte ich schon die ganze Zeit getan. Erbärmlich, nicht?

In der Robinsonschen Küche jedoch fühlte ich mich völlig sicher.

„Schön", sagte ich laut zu mir selbst, „zuerst die lebenden Geschöpfe. Es müssen nur die beiden Stabschrecken gefüttert und gekitzelt werden. Zum Glück ist Stan nicht mehr da."

Bis vor kurzem hatte Felicity einen unerträglich übellaunigen Hamster besessen, den Kathy „Stan" getauft hatte, weil der Ausdruck in seinem kleinen Knopfaugengesicht, wenn er mit ungläubiger Verachtung an seinem Futter, den Leuten, der Luft und allem anderen schnüffelte, eine unheimliche Ähnlichkeit mit dem Gesichtsausdruck hatte, den eines unserer älteren Gemeindeglieder zu tragen pflegte. Jeder Versuch, mit ihm umzugehen und freundschaftliche Beziehungen zu ihm aufzubauen – zu dem Hamster, nicht zu dem Gemeindeglied –, war von ihm mit heftigem und erbarmungslosem Beißen und Pinkeln beantwortet worden. So ließ selbst Felicitys Begeisterung nach einiger Zeit nach, und Stan wurde, vermutlich aus Empörung darüber, dass er der Möglichkeit beraubt worden war, jemandem Schmerz und Feuchtigkeit zuzufügen, zu einer Art Houdini der Hamsterwelt. Obwohl er in einer aufwendigen Konstruktion aus zweckmäßigen bunten Plastikröhren und Wohnquartieren eingesperrt war, auf dem Lieferkarton ganz nach amerikanischer Art als „Kleintiermodul" bezeichnet, entdeckte er bald, dass er mit genügend Zeit immer einen Weg finden konnte, sich in die Freiheit zu knabbern. Dann zeigte er sich plötzlich triumphierend auf der Arbeitsplatte in der Küche oder auf dem Fenstersims, schnüffelte selbstgefällig herum und forderte seine menschlichen Bewacher heraus, ihn wieder einzusperren. Die Schlange der Freiwilligen für diese Aufgabe war niemals sehr lang, und im Laufe der Wochen schwand sie zum Nichts. Wann immer der Ruf „Stan ist abgehauen!" ertönte, entdeckten alle Robinsons (und eine Reynolds, falls ich gerade zu Besuch war) plötzlich dringende anderweitige Aufgaben, und Stan blieb mit dem durchaus nicht unberechtigten Gefühl zurück, das Land erobert zu haben – na ja, jedenfalls die Küche.

Normalerweise war es Kathy, die schließlich ihre Haut und ihre Trockenheit opferte, um das Tier wieder in seinen Käfig zu bringen, und die Wahrheitsliebe zwingt mich zuzugeben, dass sie sich dieser Aufgabe im Allgemeinen mit einem auffallenden Mangel an christlicher Sanftmut und Güte entledigte – nicht, dass ihr irgendjemand das zum Vorwurf gemacht hätte. Wir waren zu erleichtert darüber, dass sie es überhaupt tat, als dass wir uns viel Gedanken um die Einstellung gemacht hätten, mit der es geschah. Mike versuchte nur einmal, sich einzuschalten. Ich erinnere mich noch gut an den Vorfall.

Aus der Küche, in der Kathy sich mit Stan auseinander

setzte, war ein solches Getöse und eine solche Flut von fluchendem, heiserem Geschimpfe gedrungen, dass es Felicity und mir erschien (wir kauerten in einem Versteck), als ob sie sich, in tödlichem Ringen umschlungen, mit der Kreatur über den Fußboden rollen müsse. Mike, der es manchmal einfach nicht fertig bringt, sich aus Dingen herauszuhalten, riss sich von der Fernsehsendung los, die er gerade im Wohnzimmer ansah, und bezog an der Küchentür Stellung, um seine Frau wegen der Ausdrücke, die sie benutzte, milde, aber fest zurechtzuweisen.

Ich weiß nicht, ob Kathy tatsächlich mit Stan nach Mike geworfen hat oder was sonst am Ende dieses Streits passierte, denn an dieser Wegscheide brachen Felicity und ich unsere Zelte ab und stahlen uns zum Spielplatz davon, um zu schaukeln. Aber ich weiß, dass Mike (soweit ich es beobachten konnte) nie wieder auch nur die geringste Kritik an Kathys Umgang mit Stan übte. Wenige Wochen nach diesem Vorfall zeigte Gott Erbarmen mit den Gepeinigten. Er veranlasste Stan, mitten in der Nacht aus der Gefangenschaft zu entfliehen, und das kleine, aber energische Geschöpf wurde von keinem von uns je wieder gesichtet. Felicity wurde in dem Glauben bestärkt, er sei jetzt wohlauf und glücklich in einem Verheißenen Land hinter der Holztäfelung, doch ich denke, wir anderen waren alle ziemlich sicher, dass der beißende, pinkelnde Stan in jenes große Kleintiermodul im Himmel eingegangen war. Um ehrlich zu sein, wir waren froh darüber – wenn uns auch der Engel sehr Leid tat, der sich um ihn würde kümmern müssen.

Stans Verschwinden bedeutete, dass meine einzigen lebenden Schützlinge für die nächsten Wochen die Stabschrecken waren, die Mark gehörten, offiziell zumindest, und sie hatten bestimmt noch nie jemandem direkten Schaden zugefügt. Da sie zu einer Art gehörten, die in Australien beheimatet ist, waren sie ursprünglich (wenig originell) Bruce und Sheila genannt worden. Auf meine Anregung hin hatte man sie in Rowan und Kimberley umgetauft, sodass ihre Namen immer noch genauso australisch klangen, aber nicht mehr ganz so platt vorhersagbar waren. Als ich nun an meinem Kaffee nippte und mich herabbeugte, um Kimberley mit dem Daumennagel am Bauch zu kitzeln, konnte ich mir ein Lächeln nicht verkneifen; ich erinnerte mich an die Ereignisse, die ihre Ankunft im Haushalt der Robinsons begleitet hatten.

Mark hatte sie eines Freitagabends nach einem Schulausflug mit nach Hause gebracht, zu dem auch ein Besuch in einem Naturkundezentrum in den südlichen Sussex Downs gehörte. Er zeigte einen gewissen mürrischen Stolz, als er die Informationen der Person wiedergab, von der er die Insekten gekauft hatte. Mike und Kathy waren natürlich und verständlicherweise nur zu gern bereit, auf ihre vorschriftsmäßig entrüstete Reaktion zu verzichten, dass Mark einen Teil seines Ausflugsnotgroschens ohne Erlaubnis ausgegeben hatte. Bei Mark waren Begeisterung und freiwillige Mitteilsamkeit zu selten, als dass man sie durch Tadel vergeuden durfte.

„Sie hat gesagt, es ist eine australische Art", erklärte er, „und es sind ein Männchen und ein Weibchen, und sie werden richtig groß, und eine wird Flügel bekommen, aber ich weiß nicht mehr, ob es das Männchen oder das Weibchen ist, und sie fressen nur Brombeerblätter, und man muss sie mit Wasser besprühen, anstatt es ihnen in einer Schüssel zu geben oder so, und wenn wir noch irgendwas wissen wollen, können wir sie ruhig dort anrufen, weil die immer gern davon hören, was aus ihren Stabschrecken wird."

Am nächsten Tag beschloss Mike, angeregt durch das Interesse, das Mark an seinen neuen Haustieren gezeigt hatte, aus einer alten Nachttischschublade eine eigens für Rowan und Kimberley entworfene Behausung zu konstruieren, während der Junge unterwegs war. Ich muss schon sagen, dass ich als jemand, der völlig unfähig ist, irgendetwas herzustellen, sehr beeindruckt war.

Als Erstes schnitt er ein Stück aus dem Boden der Schublade heraus und machte daraus eine abnehmbare Luke, die durch eine Rille am einen und ein um einen Nagel drehbares Stück Holz am anderen Ende gehalten wurde. Dann formte er sorgfältig ein weiteres, größeres Stück Holz, sodass man damit eine kleine Glasflasche befestigen konnte, die sich mit Wasser füllen und benutzen ließ, um die Brombeerblätter frisch zu halten. Dieses Stück wurde so an der Seite verleimt und festgenagelt, dass die Flasche senkrecht hing, wenn man die Schublade auf die Rückseite stellte. Schließlich spannte er ein Stück feine Gaze über die Oberseite der Schublade und stellte das ganze Ding aufrecht, sodass der Griff der ehemaligen Schublade oben war und sich verwenden ließ, um Rowans und Kimberleys neue Welt von einem Ort zum anderen zu transportieren. Es war brillant!

Leuten, die zu solchen Dingen fähig sind, fällt es oft schwer, diejenigen zu verstehen, die es nicht können. Während Mike an einem Tisch draußen auf der sonnigen, mit Ziegeln gepflasterten kleinen Terrasse hinter dem Haus methodisch vor sich hin arbeitete, saß ich auf der Türschwelle und sah ihm dabei zu, und ich war völlig fasziniert. Wieder einmal wünschte ich mir, ich wäre in der Lage, mit solcher Sicherheit praktische Dinge zu tun.

„Woher weißt du immer, was du als Nächstes tun musst?", fragte ich Mike, als das Ding fertig war. „Ich meine – vor einer Stunde hattest du noch keinen Stabinsektenkäfig, und jetzt hast du einen. Du hast ihn einfach gemacht, als ob du ein Diplom mit Auszeichnung als Stabinsektenkäfigbauer hättest. Wer hat dir gesagt, wie du das anstellen musst? Was brachte dich überhaupt auf die Idee, die Schublade zu benutzen? Und dann dieses kleine Ding hier, das du gemacht hast,

65

um die Flasche hineinzustecken – ich meine, das ist genial. Warum bin ich zu so etwas nicht fähig? Ich hätte ein paar Löcher in einen Karton gebohrt, ein paar Blätter hineingelegt, und damit hätte es sich gehabt. Aber das hier – also, das ist eine Villa!"

Mike lachte über die sich steigernde Manie, die ich absichtlich in meine Rede legte, aber wie fast alle praktisch begabten Leute, denen ich begegnet bin, verstand er im Grunde nicht, wovon ich redete. Er zuckte die Achseln und gestikulierte mit seinen geschickten Händen.

„Ich denke einfach darüber nach, was ich brauche, und dann – na ja, dann mache ich es wohl einfach. Stück für Stück, Stufe für Stufe, so arbeitet mein Hirn nun einmal. Du hättest das auch gekonnt, Dip. Du musst doch alle möglichen Sachen auf den Stationen machen. Das hier sind nur ein paar Holzstückchen und ein Fetzen Gaze. Jeder hätte das gekonnt – ehrlich."

Mmmm …

Der Käfig wurde Mark präsentiert, als er später nach Hause kam, und er war genauso beeindruckt wie ich.

„Danke, Dad, das ist super!", begeisterte er sich. „Soll ich sie gleich hineinsetzen?"

Der Rest der Familie versammelte sich auf der Terrasse und sah zu, wie Mark Rowan und Kimberley aus der kleinen, mit perforierter Haftfolie bedeckten Plastikschüssel hob, die seit gestern ihr Zuhause gewesen war, und sie in ihre elegante neue Residenz verlegte, frisch ausgestattet mit den besten Brombeerblättern, die meine nunmehr leicht zerkratzten Hände kurz zuvor zu pflücken imstande gewesen waren. Ich konnte zwar beim besten Willen nicht feststellen, dass meine beiden Mitantipoden erkennbar Freude oder Erstaunen über diesen unverhofften Umzug vom möblierten Zimmer in den Buckingham-Palast zeigten, aber ich habe keinerlei Zweifel, dass sie auf irgendeiner tiefen entomologischen Ebene wussten, dass nun die guten Zeiten für sie gekommen waren. Felicity legte ihr Gesicht dicht an die Gaze und beobachtete mit aufgeregter Aufmerksamkeit die reglosen Bewohner des Käfigs.

„Ich werde sie beobachten, bis sie sich bewegen", sagte sie mehr zu sich selbst als zu den anderen.

„Haben wir schon den Zerstäuber für das Wasser?"

Die Frage kam von Mark, und sie verwandelte diese angenehme kleine Zusammenkunft in einen typisch Robinsonschen Familienstreit. Es war einer der ersten, bei denen ich Zeuge war, und er verlief absolut klassisch und demonstrierte, wie ein ausgewachsener Konflikt aus einem so banalen Anstoß erwachsen konnte, dass sich später niemand mehr an den auslösenden Faktor erinnern konnte.

„Ach, ich glaube nicht, dass wir extra einen Zerstäuber kaufen müssen", erwiderte Mike milde. „Du brauchst nur deine Hand unter den kalten Wasserhahn zu halten und sie dann einfach in ihre Richtung zu schütteln, das reicht völlig."

Wie so viele Leute, die in einem Bereich negativ auf Autorität reagieren, konnte Mark außerordentlich buchstabengetreu sein, wenn es darum ging, die Anweisungen und Empfehlungen von jemandem auszuführen, dessen Autorität er sich zu akzeptieren entschlossen hatte.

„Nein, die Dame in dem Naturkundezentrum sagte, es müsse ein Zerstäuber sein, damit das Wasser sie fein bedeckt und nicht mit dicken Tropfen bespritzt."

Mike kratzte sich am Kopf. „Ich verstehe, Mark, aber es macht doch eigentlich keinen Unterschied, oder? Du musst sie ja nicht ersäufen, wenn du es mit der Hand machst. Achte nur darauf, dass du es aus ausreichendem Abstand machst, dann ist es genauso wie mit einem Zerstäuber. Schließlich werden die Stabschrecken nicht merken, ob es ein Zerstäuber ist oder nicht, oder?"

„Das ist mir egal – sie sagte, ich soll einen Zerstäuber benutzen", sagte Mark eingeschnappt und presste entschlossen die Lippen zusammen. „Es sind meine Stabschrecken, und ich werde mit ihnen tun, was ich will."

„Vielleicht bemerken die Stabschrecken doch den Unterschied, weißt du, Dad", schaltete sich Jack in seiner besten provozierenden Art ein. „Kimberley wird sagen: ‚Rowan, alter Junge, bist du eigentlich völlig zufrieden damit, wie unser Wasser derzeit serviert wird? Ich meine – denkt dieser Mark Dingsbums tatsächlich, wir seien bereit, uns mit Wasserkügelchen in allen Größen und Formen abspeisen zu lassen, die er zufällig in unsere Richtung wedelt? Also, gestern hat mich etwas getroffen, das ich nur als einen ausgesprochen großen Tropfen bezeichnen kann. Ich weiß nicht, wie es mit dir ist, aber ich weigere mich strikt, in Zukunft Wasser zu trinken, wenn es nicht aus einem Zerstäuber kommt. Schließlich muss dieser Mark doch gehört haben, was die Dame gesagt hat.'"

Mark wandte sich gegen Jack. „Warum kümmerst du dich nicht um deine Angelegenheiten, Bohnenstange? Ich habe dich sowieso nicht gebeten, herzukommen und zuzuschauen. Warum gehst du nicht und tust so, als ob du was Schlaues liest oder so? Hier legt nun wirklich keiner Wert auf deine Gegenwart!"

Kathy, leicht zu erzürnen wie eh und je, wandte sich gegen Mark. „Entschuldige, Mark, aber ich lege Wert auf Jacks Gegenwart, wenn es dir nichts ausmacht, und ich möchte außerdem darauf hinweisen, dass du vollkommen im Irrtum bist, wenn du sagst, dass diese Tiere dir gehören." Sie stützte sich mit einem Fingerknöchel auf die Ecke des Tisches und stemmte die andere Hand in die Hüfte. „Sie wurden, wenn du dich bitte erinnern würdest, mit Geld gekauft, dass deinem Vater und mir gehörte, mit Geld, das du wieder mit nach Hause bringen solltest, falls sich nicht ein Notfall ergab. Wir haben nichts gesagt, weil wir dich nicht unglücklich machen wollten ..."

Kathy!

„Na gut, dann gehören sie eben euch", brummte Mark und entfernte sich rückwärts, bis er gegen die Hauswand stieß.

„Ich will sie nicht mehr. Behaltet sie, wenn euch so an dem blöden Geld gelegen ist!"

Jack legte sich beide Hände flach auf den Kopf und schwenkte ungläubig seinen Oberkörper hin und her. „Warum stellst du dich nur so kindisch an, Mark? Ist dir eigentlich klar, dass Dad den größten Teil des Vormittags damit verbracht hat, dieses Ding hier für dich zu bauen? Weißt du das überhaupt nicht zu ..."

„Ach, nun kommt schon, allesamt", sagte Mike beschwörend, „lasst uns doch nicht wegen dieser Sache jedes Maß verlieren. Das Geld ist eigentlich völlig unwichtig, und es hat in Wirklichkeit nur eine Stunde gedauert, den Käfig zu bauen. Es wäre eine Schande, wenn ..."

Kathy rotierte drohend um ihren Fingerknöchel in Mikes Richtung. „Vielen Dank! Untertänigsten Dank, dass du mich so hervorragend unterstützt. Ich weise ihn darauf hin, dass er das Geld eigentlich überhaupt nicht hätte ausgeben sollen, und du sagst ihm, das Geld sei unwichtig." Sie schwenkte beide Arme, als ob sie ein Musikstück dirigierte, das sie hasste. „Ich wünschte, du würdest es nicht für nötig halten, das, was ich sage, abzutun, als wäre es völlig bedeutungslos. Wenn du meinst, du könntest ihn richtig erziehen, indem du dich jedesmal, wenn er etwas falsch macht, bei ihm entschuldigst, dann viel Glück, das ist alles, was ich dazu sagen kann."

Jack schmollte unter seinen immer noch auf dem Kopf liegenden Händen vor sich hin. „Ich wollte nur helfen, Dad. Ich habe nur gemeint, dass du viel Zeit damit verbracht hast, ein Haus für seine Stabschrecken zu bauen, und dass ich es nicht fair finde …"

„Ja, sehr hilfsbereit von dir, mir in den Rücken zu fallen. Vielen herzlichen Dank, Jack!"

Mike nickte. „Also, ich glaube, dass Mark diesmal tatsächlich im Recht ist, Jack. Ich bin dankbar für deine Unterstützung, aber …"

Kathy stürzte sich sofort auf diese Bemerkung. „Und ich wäre dankbar für deine, wenn du mir jemals welche geben würdest …"

„Dürfte ich einen Vorschlag machen?"

Eine wohltuende Stille trat ein, als aller Augen sich zu mir wandten – das heißt, aller Augen außer Felicitys. Anscheinend völlig unberührt von diesem heißen Gefecht, lehnte sie immer noch am Tisch und konzentrierte sich ganz und gar auf Rowan und Kimberley, offenbar entschlossen, es nicht zu versäumen, wenn die beiden ihre erste Bewegung machten.

„Bitte verzeih uns, Dip", sagte Kathy schließlich, „es sind schrecklich schlechte Manieren von uns, uns in Gegenwart eines Gastes gegenseitig zu zerfleischen."

Ein allgemeines, vage entschuldigendes Gemurmel folgte.

„Nein, nein, bitte entschuldigt euch nicht, und bitte, was immer ihr tut, verurteilt mich nicht dazu, für den Rest meines Lebens euren guten Manieren ausgesetzt zu sein. Das könnte ich wirklich nicht ertragen. Nein, was ich sagen wollte, war – ich meine, es geht mich ja eigentlich nichts an –"

Jack unterbrach mich in ernst ermahnendem Ton. „Also Dip, es sind sehr schlechte Manieren, Leuten zu sagen, dass man keinen Wert auf ihre guten Manieren legt, nachdem sie gerade ihre schlechten Manieren unter Beweis gestellt haben, und dann selbst gute Manieren an den Tag zu legen, wenn es ihnen lieber wäre, du würdest ihnen mit schlechten Manieren begegnen. Stimmst du mir nicht zu?"

Ich lachte. „Entschuldigung, verzeiht mir meine Höflichkeit und meine schlechten Manieren – ich wollte nur fragen, ob ich einen Vorschlag machen darf, der vielleicht weiterhilft."

Es entstand eine kleine Pause.

„Nun – natürlich." Mike sah sich ein wenig unsicher unter den anderen Familienmitgliedern um. „Ich bin sicher, wir alle würden gerne alles versuchen, um wieder friedlicher zu werden, das stimmt doch, oder?"

Jack und Kathy nickten, Felicity hörte nicht zu, und Mark grunzte etwas Einsilbiges, das möglicherweise bedeuten konnte, er würde gerne alles versuchen, um wieder friedlicher zu werden, das aber durchaus auch das genaue Gegenteil bedeuten konnte.

Ich ließ mich nicht beirren. „Nun, ihr wisst sicher alle noch, womit der Streit begonnen hat, oder?"

Sie sahen sich verständnislos an. Ich sah sie an und sagte einen Augenblick lang nichts mehr. Es war schwer zu glauben, dass der Ursprung eines so scharfen Wortwechsels so leicht zu vergessen war. Überraschenderweise war es Mark, der die erste Vermutung äußerte.

„War es damit, dass ich das Geld für die Stabschrecken ausgegeben habe, obwohl ich keine Erlaubnis dazu hatte?"

„Nnnnein", antwortete ich im Tonfall einer Grundschullehrerin, die gerade ihrer Klasse eine jener sehr konkreten Fragen gestellt hat. „Nein, das kam auch vor, aber das war es eigentlich nicht, womit der Streit angefangen hat, oder?"

„Warte mal", sagte Mike ein wenig fassungslos über sich selbst, „gehen wir einfach Schritt für Schritt zurück. Mark sagte etwas davon, dass Jack ihm in den Rücken gefallen sei, weil Jack gerade gesagt hatte, ich hätte den ganzen Morgen an dem Käfig gearbeitet, und das sei nicht fair, weil ...", Mike hielt seinen Kopf mit beiden Händen fest und kniff die Augen fest zu, „... was war es noch, was nicht fair war? Es war nicht fair, weil ...?" Er öffnete die Augen und streckte beide Arme mit offenen Handflächen aus, wie um alle einzuladen, die fehlende Information beizusteuern.

„Weil Mark sagte, er wolle die Stabschrecken nicht mehr haben?", meinte Jack.

Mike schnippte mit den Fingern. „Genau! Weil er die Stabschrecken nicht mehr haben wollte." Sein Gesicht hellte sich auf. „Das war es!" Dann legte sich seine Stirn wieder in Falten. „Aber warum wollte er die Stabschrecken nicht mehr haben?"

Alle sahen Mark an, der mehrere Sekunden lang mit vor Konzentration offenem Mund vor sich hin starrte, bevor er sagte: „Weiß ich nicht mehr."

Mike blickte verwirrter drein als je zuvor und wandte sich an Kathy. „Und irgendwann zwischendurch hast du gesagt, ich würde alles, was du sagst, abtun, weil es bedeutungslos sei. Worum ging es denn da überhaupt?"

Kathys Lippen zuckten lautlos, während sie nachdachte. „Ich glaube", sagte sie unsicher, „es hatte mit dem Geld zu tun, das Mark ausgegeben hat ..."

„Aha!" rief Mike. „Dann hatte Mark also Recht. Es fing tatsächlich mit dem Geld an."

Kathy schüttelte langsam den Kopf. „Nein, denn ich wollte eigentlich gar nichts über das Geld sagen. Es muss einen Grund gegeben haben, warum ich plötzlich darauf kam."

„Weil ich zu Jack gesagt habe, dass hier niemand Wert auf seine Gegenwart legt?", meldete sich Mark zu Wort.

Die Sache wurde einem Partyspielchen immer ähnlicher.

„Das war es!", rief Kathy aufgeregt. „Und der Grund, warum du das gesagt hast, war der, dass es dir nicht passte, dass Jack dir in den Rücken fiel wegen, äh ... wegen irgendetwas."

Wieder starrten sich alle verständnislos an. Niemand

schien in der Lage zu sein, das mysteriöse Etwas zu identifizieren.

„Wie man das Wasser hineintut", sagte Felicity gelassen und unerwartet, ohne ihren Blick vom Inneren des Käfigs abzuwenden.

Einen Moment lang blieben alle starr und stumm, dann brach das Getöse los.

„Natürlich!"

„Ach, richtig!"

„Wegen des Zerstäubers ..."

„Das war es!"

Endlich verebbte der Aufruhr, und in der folgenden Stille meldete sich eine einzelne Stimme zu Wort. Es war Marks Stimme, und sie sagte: „Wann besorgen wir einen Zerstäuber für das Wasser?"

Ich schaltete mich eilends ein. „Bevor ihr jetzt den ganzen Streit noch einmal von vorne durchexerziert, möchte ich meinen Vorschlag machen. Mark, hast du die Telefonnummer der Leute, von denen du Rowan und Kimberley gekauft hast?"

„Was, meinst du dieses Naturkundezentrum?"

„Ja. Die Dame sagte doch, du könntest anrufen, wann immer du eine Frage hättest, nicht wahr?"

„Woher weißt du das?" Mark sah mich an, als hätte ich irgendwie seine Gedanken gelesen.

Ich lachte. „Du hast es uns erzählt, als du mit ihnen nach Hause kamst, Quatschkopf. Erinnert sich denn in dieser Familie nie jemand an etwas, das er selbst gesagt hat? Hör zu, warum rufst du sie nicht einfach an und fragst sie, ob ein Zerstäuber notwendig ist oder nicht? Dann weißt du es ganz genau."

Mark fischte in seiner Tasche herum und zog einen zerknitterten Zettel hervor. Er studierte ihn einen Augenblick lang.

„Hier ist sie", sagte er, „sie steht ganz unten auf der Rückseite." Er sah zu mir auf. „Du meinst, ich soll jetzt anrufen?"

„Ja, los."

„Na gut – kommst du mit, Jack?"

„Na komm, ich rufe an, und du hörst am Zweithörer mit."

Die heiligsten Momente sind oft winzig klein und leicht zu übersehen, nicht wahr? Marks Bitte um die Hilfe seines großen Bruders in dieser scheinbar banalen kleinen Angelegenheit und Jacks spontane positive Reaktion waren ein Beispiel dafür. Die beiden Brüder befanden sich gegenwärtig in einem Dauerkonflikt, aber etwas an Marks Verwundbarkeit hatte Jacks Fürsorgeinstinkt herausgefordert. An diesem kleinen Vorfall war zu erkennen, dass die Beziehung, die sie einmal gehabt hatten, lebendig und wohlauf war – wenn auch auf Eis gelegt – und wahrscheinlich irgendwann in der Zukunft wieder voll erblühen würde, wenn die beiden Jungen herausgefunden hatten, wer und was sie waren.

Niemand war überrascht, als Mark und Jack ein paar Minuten später mit der Neuigkeit zurückkehrten, dass es nicht notwendig war, einen Zerstäuber zu benutzen, solange nur dem Lebensbereich der Tiere von Zeit zu Zeit etwas Feuchtigkeit zugeführt wurde.

„Sie hat gesagt, ich könne auch einen nassen Lappen benutzen", sagte Mark, „und ihn irgendwie über ihnen schütteln."

„Na also, das habe ich doch von Anfang an gesagt", erwiderte Mike und schlug sich mit der flachen Hand gegen die Stirn. „Mach einfach deine Hand unter dem Wasserhahn nass."

„Nein, es muss ein Lappen sein. Sie hat gesagt ..."

„Sie bewegen sich, Mark!", quietschte Felicity plötzlich. „Rowan und Kimberley bewegen sich! Ich habe es zuerst gesehen, stimmt's?"

Es stimmte. Sechs menschliche Köpfe drängten sich um den Käfig, um zu beobachten, wie Rowan und Kimberley, zwei beweglichen Grashalmen gleich, begannen, ihre Brombeerblätter zu untersuchen – zweifellos in der Hoffnung, dass letzten Endes, wenn die Diskussion abgeschlossen war, ihrem Lebensbereich etwas Feuchtigkeit zugeführt werden würde. Ob dies durch einen eigens angeschafften Zerstäuber, eine unter dem Wasserhahn befeuchtete Hand oder durch das Schütteln eines heiligen nassen Lappens bewerkstelligt werden würde, war, wie ich vermutete, keine Frage, der sie viel Zeit oder Aufmerksamkeit widmeten. Ich trank meinen Kaffee aus und stellte den Becher ins Becken, um ihn später abzuspülen. Ich kletterte von dem Hocker, kniete mich hin und ging mit dem Gesicht ganz nah an die senkrecht aufgestellte Schublade heran, wie es Felicity damals getan hatte, und ich staunte dabei über die Veränderung, die Rowan und Kimberley durchgemacht hatten, seit sie hier angekommen waren.

Marks Information, wonach die Stabschrecken richtig groß werden würden, hatte sich als äußerst zutreffend erwiesen. Die schmächtigen kleinen Dinger aus der Plastikschüssel waren mittlerweile acht bis zehn Zentimeter lang und an der dicksten Stelle ihres Leibes über einen Zentimeter dick. Man konnte inzwischen regelrecht sehen, wie sich ihre Kiefer bewegten, wenn sie ihre geliebten Brombeerblätter kauten. Besonders die größere von beiden schien es sehr zu genießen, wenn man sie sanft kitzelte, während sie sich an die Gaze an der Vorderseite ihres Käfigs klammerte. Manche Besucher fanden sie abstoßend und meinten, insbesondere das Weibchen sehe aus wie eine Kreuzung zwischen einem Skorpion und einer Gottesanbeterin, aber ich mochte sie sehr gern und war besonders fasziniert von der Tatsache, dass sie geradezu aus Blättern bestanden.

„Keine Sorge", sagte ich zu ihnen, „ich sorge schon dafür,

dass euch das Futter nicht ausgeht – schließlich müssen wir Aussies zusammenhalten, stimmt's?"

Nachdem ich eine Schere aus der Kommodenschublade ausgegraben hatte, wanderte ich hinaus in den Garten, um in der kleinen Wildnis unten hinter dem Gartenhäuschen auf die Jagd nach Brombeerblättern zu gehen. Als ich verträumt mitten auf dem Rasen stehen blieb und die ungewöhnlich warme Aprilsonne auf meinem Gesicht genoss, musste ich daran denken, dass einer meiner weniger pornografischen, dafür aber umso beständigeren Tagträume in einem Garten spielt, freilich in einem Garten, der sich ein wenig stilvoller präsentiert als der recht unmanikürte Drittel Morgen der Robinsons.

Mein Traumgarten, der sich vor einem prächtigen Landhaus erstreckt, ist riesig und kunstvoll angelegt, mit sorgfältig getrimmten Rasenflächen, hier und da einem Pfau (allerdings keiner von der Sorte, die Brötchen klauen), Fontänen und Teichen, verwitterten Statuen von schüchternen Maiden und molligen kleinen Jungen und, besonders wichtig, einem jener sehr gepflegten Irrgärten mit dicken, eckig geschnittenen Hecken, mit einer von Sitzgelegenheiten umringten Sonnenuhr genau in der Mitte.

In meinem Tagtraum wandere ich an einem taubedeckten Morgen langsam (aber anmutig) durch diesen Chatsworth-ähnlichen Garten. Eine tiefe und dramatische Traurigkeit hat mich überfallen, eine von jener Art, von der die Augen größer und schöner werden, weil sie vor unvergessenen Tränen funkeln, und ganz bestimmt nicht von der Art, von der die Augen rot und verquollen und schrecklich aussehen, weil man geheult hat wie ein Baby. Ich glaube, ich trage normalerweise eines jener langen, altmodischen Kleider, die wenigstens den Anflug einer Chance haben, die stattliche Figur zu verbergen, gegen die ich nun schon seit vielen Jahren erfolglos ankämpfe. Mein Haar ist auf geheimnisvolle

Weise länger und voller geworden und lädt unwiderstehlich dazu ein, mit den Händen darin herumzuwühlen.

Schließlich, nachdem ich eine angemessene Zeit damit verbracht habe, anmutig einherzuschreiten, wird mir bewusst, dass mich von der Terrasse des Landhauses aus ein Mann beobachtet, der seltsamerweise alle Züge in sich vereinigt, die mir jemals am anderen Geschlecht anziehend erschienen. Er ist Mitte dreißig, groß und schlank – aber nicht dünn –, mit geraden Schultern und einer allgemeinen Ausstrahlung körperlicher Wachheit und Stärke. Sein Haar ist dunkel (oder blond, wenn er wie Paul Newman aussieht) und ganz glatt, bis auf eine kleine Locke, wo es den Kragen berührt. Sein Gesicht ist lebhaft und einfühlsam; die großen, aufrichtigen Augen schimmern sanft wie tiefe Seen im Mondlicht (stelle ich mir vor), und nur eine kleine Andeutung lässt das Wilde, Unbezähmbare unter der Oberfläche erahnen. Den unübersehbar teuren, maßgeschneiderten Anzug im Stil der dreißiger Jahre trägt er mit lässiger Eleganz, und offensichtlich ist es nur einer von vielen, die er morgens anzieht.

Schließlich löst sich dieser wunderbare Mann von der Terrassenwand, an der er bisher lehnte, steigt die Stufen zum Rasen hinab und kommt (mit der obligatorischen geschmeidigen Anmut eines Panthers) langsam über das Gras auf mich zu. Wenn wir einander gegenüberstehen, fällt kein Wort. Ich sehe in seine Augen und spüre, dass auch er unter dem Schmerz eines schrecklichen Verlustes oder einer furchtbaren Tragödie leidet (was mein hervorragendes Gespür beweist, wenn man bedenkt, dass ich immer noch nicht die leiseste Ahnung habe, was mit mir los ist, geschweige denn mit ihm). Wir drehen uns um und gehen in stillschweigender Verbundenheit nebeneinander durch den nahe gelegenen Eingang des Irrgartens (vorausgesetzt, er ist breit genug), denn wir sind uns einig – ohne dass rohe Worte notwendig wären –, dass wir beide auf eine sehr reale Weise glücklicher sein werden, wenn wir inmitten des Rätsels, das das Leben ist, zusammensein können. (Gelegentlich denke ich darüber nach, ob ich diesen Burschen blind sein lassen sollte. Schließlich könnte ein Mann, der so aussieht, sich jede beliebige Person aussuchen, um mit ihr loszuziehen und symbolische Dinge zu tun; das Problem ist nur, dass er mich dann nicht von der Terrasse aus beobachten könnte, nicht wahr?) Jedenfalls ergreift er meine Hand, während wir zwischen den hohen Hecken einherschreiten, und ein elektrischer Schlag scheint durch meinen Körper zu fahren. Plötzlich verlieren die Regeln, nach denen ich zu leben versucht habe, alle Bedeutung; denn an diesem Tag, zu dieser Zeit, an diesem Ort weiß ich, dass es kein anderes Gesetz geben kann als das Gesetz der Leidenschaft.

Wir erreichen die Mitte des Irrgartens, und er wendet sich mir zu; seine schwelenden Augen lodern vor Leidenschaft (das heißt, ich nehme an, wenn sie schwelen, können sie nicht gleichzeitig lodern, richtig? Aber macht nichts – Sie wissen, was ich meine), und mein ganzes Wesen erfüllt sich mit dem drängenden Bewusstsein, dass der Moment gekommen ist.

An dieser Stelle bricht der Tagtraum bisweilen ein wenig zusammen. Eine Möglichkeit ist, dass wir uns dort in der Mitte des Irrgartens wild und leidenschaftlich lieben, aber die praktischen Aspekte machen dies ein wenig knifflig. Wie lange würde ich zum Beispiel brauchen, um meine stattliche Figur aus dem langen, altmodischen Kleid zu schälen, in das ich sie zuvor gezwängt habe (es ist mir nie gelungen, mir überzeugend eine bessere Figur für mich selbst auszumalen), und selbst wenn es mir dann gelungen ist, was dann? Angenommen, meine stattliche Figur oder die lange Zeit, die ich brauche, um sie zu enthüllen, stößt ihn nicht ab, wo würde dann die Leidenschaft stattfinden? Sitzgelegenheiten in der Mitte von Irrgärten sind bekanntermaßen kurz und hart – sie sind normalerweise aus Gusseisen gemacht, glaube ich mich zu erinnern. Das würde mir bestimmt keinen Spaß machen. Im Gras wäre es weicher, nehme ich an, aber man kann nicht an einer Stelle seines Tagtraums vor Tau glitzernde Rasenflächen haben und dann erwarten, dass sie praktischerweise ein paar Minuten später plötzlich trocken sind, nur weil es gerade passt. Ich mag keine logischen Brüche bei solchen Dingen. Ebenso unwahrscheinlich ist, dass Schwelauge etwas mitgebracht hat, worauf man liegen kann – in stilvollen Tagträumen wie dem meinen läuft man einfach nicht mit einer Zeltplane unter dem Arm herum.

Die andere Möglichkeit ist die – um ehrlich zu sein, ist dies die einzige, der ich eine gewisse Befriedigung abgewinnen kann –, dass er und ich uns still auf eine der Bänke setzen und uns über das Leben unterhalten, in das wir jeder bald zurückkehren müssen. Er spürt in mir eine Zuneigung und eine innere Schönheit, die in ihm die Sehnsucht weckt, für immer bei mir zu bleiben (der stattlichen Figur zum Trotz), und ich sehne mich danach, mich nach dem hilflosen Kind auszustrecken, das bisher vergebens aus dem Inneren seines männlichen Äußeren gerufen hat; doch wir beide wissen, dass es niemals so sein kann. Endlich steht er auf, um zu gehen. Wir trennen uns tapfer. Es kommt zu einem einzigen süßen, unvergesslichen Kuss, und dann ist er fort – er hat sein Gesicht rasch abgewendet, damit ich die Tränen nicht sehe, die schon jetzt seinen Blick verschleiern.

Ich bleibe ein paar Minuten reglos sitzen und trauere darum, dass etwas so Zerbrechliches und Flüchtiges für immer aus meinem Leben verschwunden ist. Er ist fort, und ich bleibe allein in der Mitte zurück und frage mich plötzlich, wie in aller Welt ich wieder aus diesem blöden Irrgarten herausfinden soll.

An diesem Punkt meiner Überlegungen musste ich laut lachen, was die Nachbarin der Robinsons, Mrs. Van-Geeting, veranlasste, von dem Blumenbeet aufzublicken, das sie gerade mit einer zierlichen kleinen Gartenharke bearbeitete. Mrs. Van-Geeting war eine seit langem verwitwete, weißhaarige, aber sehr scharfsinnige alte Dame von Ende siebzig, die trotz ihrer angeblichen Abhängigkeit von einer großen täglichen Dosis weißen Rums erstaunlich fit für ihr Alter war. Ich war ihr schon einige Male begegnet, seit sie vor zwei Jahren hierhergezogen war, um nur ein paar Straßen von ihrem Sohn und seiner Familie entfernt zu wohnen, und wir kamen gut miteinander aus, besonders da es mir gelungen war, ein kleines Missverständnis zwischen ihr und Mike auszuräumen, als sie einzog. Sie kam auch mit den Robinsons gut zurecht und schien den achterbahnartigen Stil ihres Familienlebens unterhaltsam zu finden. Die Andeutung eines Lächelns erschien auf ihrem Gesicht, als sie mich jetzt ansah.

„Wissen Sie, Miss Reynolds", sagte sie, „wenn Leute mit einer Schere in der Hand im Garten stehen und ohne den geringsten Grund zu lachen anfangen, dauert es meistens nicht mehr lange, bis sie abgeholt werden."

Ich sah auf meine Hände herab und musste wieder lachen. „Wissen Sie, ich hatte völlig vergessen, wozu ich hier herausgekommen war. Ich war gerade unterwegs, um ein paar Brombeerblätter für die Stabschrecken zu holen, aber die Sonne schien so schön, dass ich an – alles mögliche andere gedacht habe. Ich war ganz woanders, meilenweit weg."

Ihre Augen funkelten. „Nun, so, wie Sie gerade gelacht haben, hätte ich nichts dagegen, dort Urlaub zu machen, wo immer es gewesen sein mag. Sie kümmern sich um das Haus, was?"

Ich wedelte vage mit der Schere. „Ja, gewissermaßen. Ich sehe hier nach dem Rechten, wissen Sie."

„Ich hatte schon immer den Eindruck, dass Sie am Ende

vielleicht hier einziehen", sagte die alte Dame in ihrer unverblümten Art. „Sie würden den Robinsons gut tun. Die halten eine Menge von Ihnen."

Verlegen gab ich ein schwächlich protestierendes Geräusch von mir und wollte gerade ein anderes Thema anschneiden, als durch die offene Küchentür deutlich das Klingeln des Telefons nach außen drang.

„Sie sollten lieber drangehen", sagte Mrs. Van-Geeting. „Vielleicht haben sie die falsche Fluglinie erwischt oder den falschen Tag oder den falschen Planeten oder so."

Die schlanke Gestalt im Trainingsanzug beugte sich wieder zu ihrer Gartenarbeit hinab, während ich mich umdrehte und hineineilte, um den Anruf entgegenzunehmen. Ich schloss die Küchentür hinter mir und nahm den Hörer von der Wandhalterung.

„Hallo – hier Dip Reynolds, kann ich Ihnen helfen?"

„Oh ja, äh, hallo Dip, hier ist Daniel Wigley. Ich wollte nur noch einmal wegen heute Abend bei dir und der Familie nachfragen. Mögt ihr Steak, und ist Mike zu Hause?"

5

Wegen der letzten Worte von Mrs. Van-Geeting hatte ich fest damit gerechnet, dass die Robinsons am Apparat sein würden, sodass ich eine Weile brauchte, um die Tatsache zu registrieren, dass die Männerstimme am anderen Ende der Leitung nicht Mikes Stimme war.

Es handelte sich um einen etwas merkwürdigen Mann namens Daniel Wigley, der zu unserer Schwestergemeinde St. Paul's gehörte. Es war ein Mann, von dem Jack sagte, dass man ihn schon vor langem hätte erschießen müssen, weil er nicht schon längst seinen Namen geändert habe, für den Fall, dass er jemals heiratete und Kinder zeugte, die dann das Grauen eines Schullebens als kleine Wigleys würden erdulden müssen. Er war ohne Freunde, einer jener kantigen Männer, die sich zweimal am Tag rasieren müssen, es aber nicht tun. Kürzlich hatte er Mike, Kathy und mir anvertraut, dass er sich von gewissen Gliedern seiner Gemeinde ungerecht behandelt fühle und insgeheim der Überzeugung sei, dass niemand sich wirklich um ihn schere. Für Daniel schien es praktisch ein Hobby zu sein, Dinge persönlich zu nehmen, und dies, Gott helfe mir, war der Mann, der nun bei Mike und mir nachfragen wollte wegen irgendetwas, woran wir alle beteiligt waren und das heute Abend stattfinden sollte, während Mike und die anderen in einem Flugzeug über dem Atlantik saßen. Warum hatte er mich gefragt, ob ich Steak mag?

„Mike ist im Augenblick nicht da, Daniel. Die ganze Familie ist – momentan unterwegs. Kann ich irgendwie helfen?"

Daniels tiefe, etwas umständliche Stimme erklang wieder.

„Nun ja, ich wollte mich nur vergewissern, dass ich nicht stillschweigend von etwas Falschem ausgegangen bin."

„Ja, und zwar . . .?"

„Ich dachte mir, da dies ein so besonders wichtiger Anlass ist, sollte ich ein wenig großzügiger sein als gewöhnlich, und da habe ich beschlossen, dass es als Hauptgericht Rumpsteak gibt. Ich habe alle Steaks seit vierundzwanzig Stunden eingelegt, aber eben fiel mir ein, dass vielleicht jemand in Mikes Familie, du selbst natürlich eingeschlossen, vielleicht kein Steak mag, und in diesem Fall . . ."

„Rumpsteak!" Meine Stimme war erfüllt von Entzücken, doch mein Verstand war erfüllt von unaussprechlichem Entsetzen. Ich hatte ihn unterbrochen, um einen verzweifelten Versuch zu unternehmen, das tatsächliche Ausmaß der bevorstehenden Katastrophe zu ermitteln. „Meine Güte, da hast du dich aber ins Zeug gelegt. Sag mal – ich kriege es nicht ganz zusammen –, wie viele Steaks sind das insgesamt?"

„Nun ja, lass mich mal rechnen, da bin ich, fünf Mitglieder der Robinson-Familie, und natürlich du, macht zusammen sieben. Ich habe auch drei verschiedene Desserts ausgesucht, wovon eines", er lachte heiser, „mein Lieblingsnachtisch ist: Marmeladentorte; und eine Kiste Rotwein gibt es auch", wieder ein heiseres Lachen, „also, ich glaube, wir müssen nicht befürchten, in diesem Bereich zu kurz zu kommen." Er hielt inne. „Meinst du, dass Steak allen recht ist?"

„Oh ja", antwortete ich begeistert, während sich meine Gedanken überschlugen, „besonders zu einem solchen Anlass. Wie, äh, wie würdest du eigentlich den Anlass beschreiben, Daniel?"

„Nun, ich glaube", erwiderte er ein wenig überrascht, „ich würde ihn einfach als eine Feier zum fünfzigsten Geburtstag beschreiben, meinst du nicht?"

Danke, Gott!

Ich kicherte hysterisch, als hätte er etwas schrecklich Witziges gesagt. „Das weiß ich doch, ich meinte ..."

Ja, was meintest du?

„Ich meinte – wie würdest du beschreiben, was dieser besondere Tag dir persönlich bedeutet?"

„Ach so, Entschuldigung, jetzt verstehe ich, was du meinst – nun, natürlich ist dies ein bedeutender Meilenstein in meinem Leben, das im Allgemeinen bisher ein glückliches Leben war, obwohl ich mich, wie du wohl weißt, hin und wieder von Leuten im Stich gelassen fühlte, denen man wohl eigentlich sollte vertrauen können. Die Frau unseres Vikars hat ihr Bestes getan, um mich zu beruhigen, aber ... Wie auch immer, das hat heute alles keine Bedeutung, denn heute ist ein Tag, um mit guten Freunden zu feiern, und ich freue mich schon darauf, euch alle um halb acht hier zu sehen." Jetzt war meine letzte Chance, mit der Wahrheit herauszurücken – und ich konnte es nicht. Ich wollte, aber ich brachte es einfach nicht über mich.

„Bis halb acht", flötete ich heiter. „Tschü-hüs!"

Während ich langsam den Hörer wieder auf die Gabel legte und meine Stirn gegen die Kühle der Küchenwand lehnte, erfüllte mich ein merkwürdiges Gefühl der Ruhe. Die Situation, in die ich geraten war, war so entsetzlich, unfassbar grauenhaft, dass ihre Grauenhaftigkeit geradezu eine betäubende Wirkung hatte. Ich setzte mich steif wie eine Statue auf den nächsten Stuhl und überdachte die Situation.

„Sieben Steaks schmurgeln." Ich musste plötzlich hysterisch kichern, als hätte ich einen Schwips. „Drei Desserts tun irgendetwas, das mit D anfängt. Eine Wagenladung Wein verwirkt. Oh nein, was soll ich nur machen?"

Ist es nicht erstaunlich, wie erfindungsreich das menschliche Gehirn sein kann, wenn es darum geht, seine Spuren zu verwischen oder sein Gesicht zu wahren? Meine eigene Erfahrung ist, dass dann eine Art kreatives Adrenalin in wildem Tempo Ideen hochzupumpen beginnt, viel stärker als in Fällen, wo dieselbe Art geistiger Energie zugunsten eines anderen notwendig wäre. Zwar lag in diesem speziellen Fall die Schuld eigentlich nicht bei mir – es war Mike, der diese Verabredung getroffen und sie nicht nur selbst vergessen, sondern es auch versäumt hatte, allen anderen Beteiligten Bescheid zu sagen, aber ich war zumindest fast eine Robinson, und von dem Augenblick an, als ich gegenüber Daniel nicht ehrlich gewesen war, steckte ich genauso in der Sache drin wie jeder andere.

Der erste Gedanke, der mir kam, war der nahe liegende Ausweg, eine Krankheit zu erfinden. Ich konnte sagen, zwei oder drei Mitglieder der Familie seien an einer ukrainischen Grippe oder so etwas erkrankt, und ich und die anderen müssten zu Hause bleiben und uns um sie kümmern. Eine völlig adäquate Ausrede, aber, wie sich nach kurzem Nachdenken erwies, in Wirklichkeit nutzlos, denn wenn Daniel während der nächsten paar Tage irgendeinen Freund der Robinsons traf und sich nach ihrer Gesundheit erkundigte, würde er vermutlich erfahren, dass sie nicht nur nicht krank waren, sondern sich im Urlaub in Amerika befanden, und zwar schon seit dem Tag, an dem wir alle bei ihm zum Abendessen eingeladen waren. Nein, erforderlich war etwas viel Radikaleres als eine schlichte Krankheit.

Da mir plötzlich einfiel, dass ich immer noch nicht das Mittagessen für Rowan und Kimberley eingesammelt hatte, griff ich nach der Schere und wanderte wieder hinaus in den Garten, immer noch fieberhaft nachdenkend. Noch eine Idee. Wenn ich nun Daniel anrief und ihm sagte, dass gleich nach unserer Unterhaltung ein Anruf gekommen sei, in dem mitgeteilt wurde, dass der Amerikaflug der Robinsons, der eigentlich für morgen vorgesehen war, aufgrund eines Irrtums der Fluggesellschaft unerwartet auf heute vorverlegt worden sei? Mike und die anderen seien am Boden zerstört, konnte ich sagen, dass sie nun Daniels Geburtstagsfeier versäumen würden, aber sie hätten nur noch in fieberhafter Eile das Nötigste zusammenraffen und abreisen können. Natürlich, würde ich hinzufügen, würde ich trotzdem heute Abend sehr gern zum Essen kommen, wenn es ihm recht sei.

Ich nickte zufrieden. Das müsste sehr gut funktionieren, vorausgesetzt, ich bekam Mike zu fassen, sobald sie zurückkamen, und sorgte dafür, dass er über den „vorverlegten" Flug Bescheid wusste, bevor er Daniel über den Weg lief. Ja, diese Lösung deckte so ungefähr alle Möglichkeiten ab. Durcheinander mit Flugplänen war ein Gebiet, auf dem man bis zur totalen Verwirrung schwindeln konnte, und das Schöne an gerade dieser Idee war, dass auf diese Weise niemand Schuld hatte, abgesehen von einem anonymen (und imaginären) Bediensteten, der sich tief in den Eingeweiden der Fluglinienverwaltung versteckte. Beim Gedanken an den tatsächlichen Anruf bei Daniel wurden mir die Knie etwas weich, aber wenn der erst einmal erledigt war, würde alles in Ordnung sein, und vielleicht konnte ich sogar darum herumkommen, selbst hinzugehen.

Ich war höchst zufrieden und stolz. Ein unmögliches Problem war durch ein wenig Nachdenken und Erfindungsreichtum gelöst. Als ich mich bückte, um einen Brombeerzweig abzuschneiden, der aus Rowans und Kimberleys Sicht zweifellos einem großen Steak mit Kartoffelchips entsprach, gefolgt von Apfelkuchen mit Vanillesoße, drängte sich meinem fruchtbaren Gehirn noch eine weitere Idee auf. Ich war berauscht von meiner eigenen Genialität. Wenn ich nun ein paar Leute aus Daniels Gemeinde kontaktierte, mich ihrer Barmherzigkeit auslieferte und sie beschwor, eine Überraschungsparty zu organisieren, zu der Daniel dann später am Nachmittag gelockt werden würde, bevor die unselige Geburtstagsfeier beginnen sollte? In dem Augenblick, in dem Daniel wie ein „Das-ist-Ihr-Leben"-Opfer voller

Freude entdeckte, dass seine Gemeinde sich doch um ihn scherte, würde ich mich in der Nähe des Robinsonschen Telefons bereithalten, um ihm großzügig zu versichern, dass weder die Robinsons noch ich auch nur die geringsten Einwände dagegen hätten, wenn er die Steaks einfröre und unser gemeinsames Abendessen auf ein späteres Datum verlegt würde.

Ein guter Plan, dachte ich mir, während ich über den Rasen hinweg auf das Haus zuging und meinen Brombeerzweig hinter mir herzog, aber eigentlich blieb nicht mehr genügend Zeit dafür, und – ich blieb stehen, als mir ein fataler Fehler auffiel. Laut sagte ich: „Warum haben sie die Robinsons nicht eingeladen?"

„Ich wollte schon immer mal in einem Agatha-Christie-Buch mitspielen", kam eine trockene Stimme von der anderen Seite des Zauns.

Ich hatte Mrs. Van-Geeting, die immer noch ein paar Meter von mir entfernt an ihrem Blumenbeet arbeitete, ganz vergessen. Der Streifen Boden, der bei den Robinsons als kultiviert galt, hätte schon längst einmal wieder gejätet und ausgedünnt werden müssen; auf dem schmalen Beet drängten sich raublättrige, verlauste Kräuter und Pflanzen, die sich mit Zähnen und Klauen um jeden Kubikzentimeter Erde und Luft stritten.

Der Garten von Mrs. Van-Geeting dagegen war von schön geformten, wohlerzogenen Pflanzen bewohnt, die angemessenen Abstand voneinander hielten und ihren Reiz auf eine stolze, aber zurückhaltend zivilisierte Art und Weise zur Schau stellten. Mrs. Van-Geeting streute gerade eine kleine Hand voll violetter Kristalle in die unkrautfreien Zwischenräume zwischen ihren Pflanzen – irgendeine Art Dünger, vermutete ich.

„Tut mir Leid", sagte ich, „ich habe nur laut gedacht. Ich weiß nicht einmal genau, was ich gesagt habe."

Sie schmunzelte. „Wenn Sie ermordet werden, wenn Sie wieder hineingehen, und niemand weiß, wer es gewesen ist, dann werde ich der Polizei sagen müssen, dass die letzten Worte, die ich von Ihnen gehört habe, als Sie mit einer Schere und Brombeerblättern in der Hand mitten auf dem Rasen standen, lauteten: ‚Warum haben sie die Robinsons nicht eingeladen?' Ich dachte gerade, dass das wie eine interessante Herausforderung für Monsieur Poirot und seine kleinen grünen Zellen klingt."

Ich runzelte die Stirn. „Sie meinen seine grauen Zellen, nicht? Waren es nicht seine Augen, die grün aufleuchteten, wenn er plötzlich wusste, wer es getan hatte?"

„Wie auch immer", erwiderte Mrs. Van-Geeting ungerührt, „ein farbenfroher Bursche, nicht wahr? Was halten Sie von einer Tasse Tee im Garten?"

Oh seliger Aufschub!

„Ja, gern, aber nur kurz. Ich muss gleich noch einen ziemlich heiklen Anruf erledigen. Ich werde Ihnen davon erzählen. Geben Sie mir noch einen Moment, um Rowan und Kimberley ihr Steak mit Kartoffelchips zu servieren, dann komme ich gleich rüber."

Ich genoss es, nebenan im Garten zu sitzen, mein Problem und seine möglichen Lösungen zu schildern und dabei Earl-Grey-Tee aus einer richtigen Tasse mit einer richtigen Untertasse zu trinken. Mrs. Van-Geeting und ich genossen eine sehr angenehme, gelegentliche Beziehung, seit ich Mike vor dem Ehrfurcht gebietenden Zorn seiner frisch eingezogenen Nachbarin bewahrt hatte (ich schaffte es, ihr einen seiner verunglückten Versuche, einen Witz zu machen, zu übersetzen). In Wahrheit verunglückten Mikes Versuche, einen Witz zu machen, immer, denn sie waren niemals auch nur annähernd lustig. Aber wie so viele Menschen, die sehr selten Witze machen, bildete er sich manchmal ein, eine Antwort oder Bemerkung parat zu haben, die so brüllend komisch sei, dass andere Leute sich zwangsläufig hysterisch auf dem Boden wälzen müssten, wenn sie sie hörten.

Bei dieser Gelegenheit hatte Mike auf ein leises Klopfen hin die Haustür geöffnet und einen ängstlich dreinblickenden kleinen Jungen vorgefunden. Das Kind, wie sich später herausstellte Mrs. Van-Geetings Enkel Luke, brachte tapfer, aber mit zitternder Stimme, sein Anliegen vor:

„Bitte, darf ich mir meinen Bumerang aus Ihrem Garten zurückholen ... bitte?"

An dieser Stelle erkannte Mike seine Gelegenheit, seine blendende Schlagfertigkeit unter Beweis zu stellen. Wie ein Mann, der so viel Erfahrung in der Arbeit mit kleinen Kindern hat, ein so mangelhaftes Urteilsvermögen an den Tag legen konnte, ist mir schleierhaft. So ziemlich jeder andere im Universum hätte Mike sagen können, dass es, gelinde gesagt, unklug ist, gegenüber nervösen vierjährigen Kindern, denen man noch nie begegnet ist, obskure Witze zu machen. Ich saß zu diesem Zeitpunkt im Wohnzimmer neben der Haustür und balancierte wie ein nicht sehr gut bekannter Gast, der sein bestes Benehmen zeigen möchte, auf der äußersten Kante meines Sessels, sodass ich den Dialog zwischen Mike und Luke Wort für Wort mit anhören konnte. Soweit ich mich erinnere, verlief er folgendermaßen:

Luke: Bitte, darf ich mir meinen Bumerang aus Ihrem Garten zurückholen ... bitte?

Mike: (jetzt kommt der Witz, für den Fall, dass es nicht sofort auffällt) Zuerst möchte ich einmal wissen, was du überhaupt in meinem Garten zu suchen hattest.

Luke: (mit zitternder Unterlippe) Ich war gar nicht in Ihrem Garten. Ich war nur in Omas Garten.

Mike: (begreift, dass dieses Kind unbegreiflicherweise seinen brillanten Witz nicht verstanden hat) Ja, ich weiß, ich meinte nur, da es ein Bumerang ist, den du dir zurückholen willst, musst du in meinem Garten gewesen sein, um ...

Luke: *(fängt an zu weinen, ist aber aus Angst vor dem großen, unfreundlichen Mann geradezu körperlich gelähmt)* Ich w-w-w-war überhaupt nicht in Ihrem G-G-Garten. Ich war nur in O-O-Omas Garten.

Mike: *(gerät etwas in Panik)* Ich weiß, dass du nicht in meinem Garten warst – ich habe doch gar nicht gemeint, dass du wirklich in meinem Garten warst. Ich habe nur gemeint, dass Bumerangs doch eigentlich zurückkommen sollen, wenn man sie wirft, und dass du deshalb in meinem Garten gewesen sein musst, um ...

An dieser Stelle brach eine Flut von Tränen aus Luke heraus, und Mrs. Van-Geeting erschien am Schauplatz und verlangte, dass Mr. Robinson eine Erklärung für die sichtliche Verzweiflung des kleinen Jungen abgebe. So überwältigend war die Energie, mit der die alte Dame sich großmütterlich vor ihren Schützling stellte, dass Mikes Versuche, den Hergang zu erklären, immer mehr an Überzeugungskraft verloren. Ja, gab er zu, er habe gesagt, der Junge sei in seinem Garten gewesen, aber er habe es nicht so gemeint. Es sei ein Witz gewesen. Mrs. Van-Geeting begehrte zu erfahren, was denn auch nur annähernd komisch daran sei, einem Kind etwas vorzuwerfen, was es nicht getan hatte, und das Kind zum Weinen zu bringen. Mike sagte, der Witz liege nicht darin, dass der Junge in seinem Garten gewesen sein solle, wenn er es in Wirklichkeit nicht gewesen war, sondern beruhe auf der Tatsache, dass es ein Bumerang sei, den er zurückhaben wolle, und nicht zum Beispiel ein Ball. Als Mrs. Van-Geeting auf diese Einlassung antwortete, klang sie immer noch sehr verärgert, aber auch ein Element der Wachsamkeit hatte sich in ihre Stimme geschlichen. Ich beschloss einzugreifen, bevor die Männer in den weißen Kitteln erschienen, um

Mike an einen Ort zu bringen, wo er nach Herzenslust von Witzen und Bällen und Bumerangs fantasieren konnte. Nachdem ich mich der kleinen Gruppe auf der Türschwelle hinzugesellt und in aller Ruhe Mikes erbärmlichen Witz erklärt hatte, war alles wieder in Ordnung. Am Ende war Mrs. Van-Geeting höchst amüsiert, und sobald der kleine Luke endlich verstanden hatte, dass der große Mann kein böser Mann war, sondern nur ein netter Mann, der alberne Witze machte, wichen seine Tränen jenem schillernden Kichern, das ein gemeinsames Merkmal der ganz kleinen Leute zu sein scheint, wenn sie mächtig erleichtert sind. Er holte seinen Bumerang aus dem Garten, und wir tranken alle etwas zusammen. Von diesem Tag an sprach Luke von Mike als von dem „netten Mann, der alberne Witze macht", ein Titel, über den sich der Rest der Familie Robinson königlich amüsierte.

„Dann wollen Sie diesem Wigley also eine faustdicke Lüge unterschieben, was?"

Ich war ein wenig verdattert über Mrs. Van-Geetings Zusammenfassung meiner Absichten. Ich hatte bisher eigentlich gar keine Lüge im strengen Sinne darin gesehen, mehr eine Art Schutz für Mike – und für Daniel natürlich.

„Nun ja, er wäre furchtbar verletzt, wenn ich ihm sagen würde, was wirklich passiert ist, nicht wahr? Er ist jetzt schon überzeugt, dass niemand sich um ihn schert – das hier würde dem armen Kerl so ziemlich den Rest geben."

Die alte Dame nippte an ihrem Tee und sagte nichts. Über den Rand ihrer Tasse hinweg sah sie mich mit ihren scharfsinnigen Augen, die von Hunderten winziger Falten umgeben waren, unverwandt an. Ich plapperte weiter, als müsste ich schon wieder ein neues Argument entkräften.

„Es ist ja schön und gut, wenn man sagt, dass man den Leuten die Wahrheit sagen sollte, aber wenn es ihnen schadet, sehe ich keinen Sinn darin. Wohlgemerkt, ich weiß eigentlich nicht, was Mike jetzt von mir erwarten würde, und ich nehme an, letzten Endes ist das Ganze sein Problem. Vielleicht würde er ganz offen zugeben wollen, dass er die Einladung vergessen hat, und ich möchte ihn nicht in eine Situation bringen, in der er gezwungen ist, zu . . ."

Meine Stimme verebbte, während mir etwas entglitt, das mir zuvor ganz klar erschienen war. Diese kompromisslose Person hatte absolut Recht. Ich hatte vor, Daniel eine faustdicke Lüge aufzutischen.

„Sagen Sie mir Folgendes." Mrs. Van-Geeting setzte ihre Tasse auf der Untertasse ab und lehnte sich auf ihrem Stuhl zurück. „Warum, glauben Sie, hat Mike die Einladung dieses Wigley vergessen? Ich meine – was war der wirkliche Grund?"

Ich ignorierte die Antworten, die mir spontan einfielen, und versuchte, meinen Geist in einen stillen Teich zu verwandeln. Es dauerte eine kleine Weile, bis die Wahrheit an die Oberfläche kam.

„Weil er ihn eigentlich nicht mag."

„Warum mag er ihn eigentlich nicht?"

„Weil er ein verkrampfter, nicht sehr anziehender Mensch ist, der sich ständig darüber beschwert, wie andere Leute ihn behandeln."

„Hat ihm das jemals jemand gesagt?"

Ich dachte an die Leute, die ich in St. Paul's und in meiner eigenen Gemeinde kannte. Nein, wir ließen es nicht zu solchen Konfrontationen kommen. Wir hielten Frieden. Wir waren Christen – oder Feiglinge oder beides.

„Ich glaube nicht, nein."

„Vielleicht sollte das mal jemand tun. Ich bin zwar keine Anhängerin Ihres Oberrabbis, aber ich vermute, dass er es so gemacht hätte. Ich weiß nicht, wie er es ausgedrückt hätte, aber ich wette, er hätte Wigley keine faustdicke Lüge aufgetischt."

Ich bedankte mich bei Mrs. Van-Geeting für den Tee und die Unterhaltung, und ich meinte es auch so. Ich war wirklich dankbar, wenn ich mich auch ziemlich beschämt fühlte, als ich zurück zum Haus ging. Es hatte erst jemand kommen müssen, der meinem „Oberrabbi" nicht nachfolgte, um mir zu zeigen, wo ich falsch lag. Ich griff nach meinem Autoschlüssel, suchte das zerfledderte Adressbuch der Robinsons heraus, um festzustellen, wo Daniel wohnte, holte ein paarmal tief Atem, um mich zu beruhigen, und wollte gerade aufbrechen, als jemand an der Haustür klingelte. Beinahe hätte ich mich durch die Hintertür hinausgeschlichen, um dem Besucher aus dem Weg zu gehen, wer immer es war. Ich bin froh, dass ich es nicht getan habe, denn als ich die Tür öffnete, stand, ziemlich erregt und ziemlich verlegen aussehend, Daniel Wigley auf der Matte.

Der Schreck, Daniel zu sehen, nahm mir buchstäblich den Atem. Dieser Ausdruck wird oft in Büchern verwendet, und er klingt nicht immer sehr überzeugend, aber genau so erging es mir. Einen Augenblick lang dachte ich, ich falle in Ohnmacht. Glücklicherweise hatte Daniel selbst so viel zu sagen, dass es im Grunde keine Rolle spielte.

„Oh, Dip", sagte er, eine seltsame Mischung aus Qual und Ekstase im Blick, „sind die anderen da? Mike und die anderen, meine ich? Sind sie zu Hause?"

Ich konnte nur stumm den Kopf schütteln. Meine Lungen fühlten sich immer noch an wie zwei abgestandene Räucherheringe.

„Dip, ich muss euch um einen Riesengefallen bitten, und es ist mir schrecklich peinlich – ich komme mir grässlich vor, aber weißt du . . ." Er gestikulierte zu einem großen, teuren Auto hin, das vor dem Haus parkte. Undeutlich erkannte ich die Umrisse zweier Personen, die in unsere Richtung spähten, wahrscheinlich ein Mann und eine Frau, eine am Steuer, die andere auf dem Rücksitz. „Mein Bruder und seine Frau, meine einzigen Angehörigen – ich war völlig überrascht, sie zu sehen. Sie sind gekommen, um mich zu meinem Geburtstag auszuführen." Er wedelte vor leidenschaftlichem Flehen um Verzeihung und vor Vorfreude mit den Händen. „Bitte – bitte, könntet ihr mir verzeihen, wenn wir einen anderen Tag für unseren gemeinsamen Abend vereinbaren, aber, weißt du ...".

Daniel war ein einziger, großer Knoten. Ich hatte meinen Atem wieder gefunden, sodass ich ihn aufknoten konnte.

„Daniel", sagte ich (und dazu bedurfte es nicht der geringsten Unaufrichtigkeit), „ich habe nicht den leisesten Zweifel, dass Mike und Kathy und die Jungs darauf bestehen würden, dass du unsere Verabredung einfach vergessen und dir eine schöne Zeit mit deinen Verwandten machen musst. Wir kommen schon ein anderes Mal noch zusammen – keine Sorge. Geh nur."

Und Daniel ging, wobei er überschwängliche Dankesbezeugungen, zerknirschte Entschuldigungen und heilige Versprechungen für die Zukunft über die Schulter zurückwarf. Er war die personifizierte Erleichterung. Ein letztes Winken vom Beifahrersitz, als der elegante Wagen seines Bruders den Hügel hinaufsurrte, und er war weg. Ich blieb eine Weile kopfschüttelnd in der Tür stehen. Ich fühlte mich vollkommen ruhig, aber zutiefst verwirrt.

„Weißt du", sagte ich ganz leise zu Gott, „allmählich lerne ich, dir nie über den Weg zu trauen."

Ich blickte an der Fassade des Hauses empor, als ein leichter Windstoß die Blätter der Weinranken zum Rascheln brachte. Das Geräusch, das sie machten, klang wie ein Applaus aus einem leise gestellten Radio oder vielleicht ein wenig wie ein weit entferntes Lachen.

6

Die Sache mit Daniels Geburtstag und mein kurzes Gespräch mit Mrs. Van-Geeting halfen mir, Klarheit darüber zu erlangen, was ich den Robinsons sagen würde, wenn sie wieder nach Hause kamen. Ich beschloss, dass ich ihnen einfach die Wahrheit sagen würde, und am Ende tat ich auch genau das.

Drei Wochen nach ihrer Abreise kehrte die Familie wieder zurück, erschöpft von einem fürchterlichen Jetlag; doch soweit ich es ausmachen konnte, hatten sie ihren grandiosen Urlaub genossen. Es war die Unterschiedlichkeit der einzelnen Bemerkungen, die mich mehr als alles andere faszinierte und amüsierte, als ich am Sonntag, einen Tag nach ihrer Rückkehr, vorbeischaute. Mike zum Beispiel sagte, es sei „von Anfang bis Ende absolut fantastisch!" gewesen, während Kathys Zusammenfassung lautete: „Größtenteils gut, wenn es auch ein- oder zweimal in der Familie höllisch gekracht hat."

Jack zeigte mir schweigend (und heimlich) ein Foto von einer sehr attraktiven jungen Dame, die an einem Flughafen-Kofferkuli lehnte und leicht verheult aussah. Zu ihm sagte ich: „Was für ein hübsches Mädchen." Zu mir selbst sagte ich: „Was für gewaltige Telefonrechnungen."

Als ich Mark fragte, was er von Amerika halte, sagte er, es habe ihm gefallen, sich ein richtiges Baseballspiel anzusehen, und das Essen – besonders die Beefburgers – sei „echt super" gewesen, aber abgesehen davon sei es dort auch nicht sehr viel anders als in England, und er glaube nicht, dass es den Aufwand lohne, noch einmal hinzufahren.

Felicity – ach, wie froh war ich, Felicity wiederzusehen – war natürlich begeistert von allem, was sie gesehen und unternommen hatte, aber besonders von etwas, das sie mir, wie sie sagte, mitgebracht habe, um mich darüber hinwegzutrösten, dass ich nicht mit nach Amerika gekommen war. Nachdem sie ihre Mutter fünf Minuten lang damit genervt hatte, den typisch deprimierenden Haufen halb ausgepackten Gepäcks der Robinsons zu durchstöbern (zum Thema Auspacken schien keiner eine bestimmte Philosophie zu haben), brachte sie eine hübsche kleine dekorierte Schachtel von etwa vier Zentimetern Durchmesser zum Vorschein und drückte sie mir zitternd vor Aufregung in die Hand.

„Die Schachtel habe ich für dich gekauft, als wir gestern wieder in England landeten und aus dem Flugzeug stiegen, Dip", sagte sie, ungeduldig auf ihren Zehen wippend, „aber das ist eigentlich nicht so wichtig. Das Wichtige steckt da drin. Mach sie auf! Los!"

Ich bewunderte kurz die hübsche Schachtel und hob dann vorsichtig den Deckel ab. Drinnen fand ich einen ganz gewöhnlichen, unregelmäßig geformten grauen Stein. Ich nahm ihn heraus und hielt ihn zwischen Daumen und Zeigefinger hoch, wobei ich versuchte, so fasziniert auszusehen, wie ich nach Felicitys Meinung offensichtlich sein musste.

„Das ist ein Stück von Amerika, Dip", hauchte meine kleine Freundin, „ich habe dir ein Stück von Amerika mitgebracht!"

Kathy, die zusah, lächelte. „Nun, ich kann nur sagen – dem Himmel sei Dank, dass dieser Stein endlich in deiner Hand ist. Seit vierzehn Tagen haben wir nichts anderes mehr zu hören bekommen, als dass Dip sich ja so sehr freuen wird, wenn sie ihr Stück von Amerika bekommt. Wir haben es ein- oder zweimal verloren, und es nützte uns nichts, zu sagen, dass wir ja auch einen anderen Stein nehmen könnten. Dies ist der Stein, den sie für dich gefunden hat, und dies ist der Stein, den du bekommen musstest, und nun hast du ihn."

Alle Robinsons hatten Mitbringsel für mich, einige davon recht teuer, und ich freute mich wirklich über jedes einzelne davon, aber diese kleine bunte Schachtel, die einen so greifbaren Liebesbeweis enthielt, hatte etwas ganz Besonderes. Ich stellte sie auf meinen Kaminsims, sodass ich jedes Mal, wenn ein neugieriger Besucher hineinschaute und sich zu wundern schien, was der Wert eines so gewöhnlichen Gesteinsbrockens sein mochte, aber nicht danach fragen wollte, mit enormem Vergnügen sagen konnte: „Oh, das ist eines meiner liebsten Dinge. Es ist ein Stück von Amerika."

Ich hatte mir vorgenommen, noch bis zum folgenden Tag zu warten, bevor ich der Familie meine Entscheidung darüber mitteilte, ob ich zu ihnen ziehen wollte. Aber bevor ich ging, zog ich Mike noch in eine ruhige Ecke und schilderte ihm die erstaunliche Saga von Daniel Wigley. Die Wirkung, die es auf Mike hatte, als er sich plötzlich an die Verabredung zu Daniels Geburtstagsfeier erinnerte, war ziemlich erschreckend. Er schlug sich mit der Hand vor die Stirn und schien vor meinen Augen körperlich zu schrumpfen wie ein übermäßig aufgeblasener Luftballon in menschlicher Gestalt, aus dem der Stöpsel gezogen worden war. Er erholte sich ein wenig, als ich ihm meine wunderbaren hypothetischen Lösungen und die folgenschwere Unterhaltung beschrieb, die ich mit seiner Nachbarin geführt hatte, und ihm darauf berichtete, wie Daniel selbst zu meinem heillosen Schrecken plötzlich erschienen war, als ich mich gerade für das Vorhaben gestählt hatte, zu ihm zu fahren und ihm die ganze Wahrheit zu beichten.

„Es schien zu dem Zeitpunkt alles so fein säuberlich nach Plan zu laufen, Mike", schloss ich, „wie in einem von diesen christlichen Büchern, bei denen man sich total wertlos fühlt, weil auf jeder Seite ein Wunder vorkommt. Aber wenn ich darüber nachdenke, habe ich eigentlich den armen alten Daniel ziehen und seine Verwandten glauben lassen, er wäre es, der sich zu entschuldigen hätte; und das ist nicht fein säuberlich, das ist furchtbar."

Mike sagte eine Weile lang nichts, nachdem ich fertig war, dann umarmte er mich und gab mir einen Kuss auf die Wange – nicht gerade der Stoff, aus dem der Garten, das Labyrinth und das Landhaus sind, aber dafür wirklicher und sehr wohltuend.

„Es tut mir so Leid, dass du das alles durchmachen musstest, Dip", sagte er niedergeschlagen. „Er tat mir Leid, das war es, was dahintersteckte. Das Schlimme ist, dass sogar ich es war, der Daniel vorschlug, dass einer oder zwei von uns an seinem Geburtstag vorbeischauen könnten, weil er die Nase so voll zu haben schien. Er sprang sofort darauf an und sagte, wir müssten alle zum Abendessen kommen, du auch, und ich sagte ja, weil ich dachte, wir könnten einfach … einfach hingehen, damit er sich ein bisschen freuen kann, und dann – tja, dann habe ich das Ganze völlig vergessen. So viel zu mir und meiner Effektivität. Nur gut, dass sein Bruder und seine Schwägerin vorbeikamen und für dich die Kavallerie gespielt haben." Er nickte ernst. „Ich fürchte, die alte Mrs. Van-Geeting hat völlig Recht. Tief in meinem Innern, schätze ich, war er mir einfach nicht wichtig genug, um mich daran zu erinnern. Aber ich bin wirklich froh, dass du ihm keine – wie hat sie es genannt?"

„Eine faustdicke Lüge."

„Ja, dass du ihm keine faustdicke Lüge aufgetischt hast. Keine Sorge, ich bringe das in Ordnung. Ich gehe später in der Woche zu Daniel und erzähle ihm, was wirklich los war. Ich werde mein Bestes tun, um völlig offen zu ihm zu sein. Wird nicht leicht, aber ich werde es versuchen."

Bevor ich an jenem Nachmittag ging, verabredete ich, am Montagabend wiederzukommen. Ich bat darum, dass alle sich für höchstens zwanzig Minuten versammelten, damit ich ihnen sagen konnte, wie ich mich entschieden hatte. Mir war angst und bange.

Manche Erinnerungen bleiben einem wie Fotos für immer im Gedächtnis haften, nicht wahr? Ich sehe die an jenem Montagabend versammelten Robinsons heute noch vor mir – Mike und Kathy saßen wie zwei Bücherstützen auf dem Sofa, mit Jack, ihrer Erstausgabe, zwischen sich eingeklemmt, Mark thronte steif auf dem Sessel neben dem Bücherregal, und Felicity lag bäuchlings auf dem Läufer vor dem Kamin, die Ellbogen auf dem Boden, das Kinn auf die Hände gestützt, und sah mir voll unbekümmerter Erwartung ins Gesicht, während alle darauf warteten, dass ich etwas sagte.

„Vor dem Urlaub", fing ich an, „habt ihr mir eine große Freude gemacht. Damit meine ich nicht nur das Transparent, mit dem einige von euch sich so viel Mühe gemacht haben, obwohl das eine tolle Idee war und ich es mir seither unzählige Male angeschaut habe – ich habe es jetzt in meinem Kleiderschrank an der Rückwand hängen, sodass ich zumindest ein kleines Stück davon sehen kann, wann immer ich mir etwas zum Anziehen heraushole."

„Oder wenn du etwas weghängst, das du angehabt hast", fügte Felicity hilfsbereit hinzu.

„Oder wenn ich etwas weghänge, ganz richtig, Felicity. Es macht mir viel Freude, es dort zu sehen, weil jedes Bild und jede Figur mir zeigt, dass ich euch etwas bedeute. Doch noch viel wichtiger ist, dass ihr mich tatsächlich gebeten habt, hier bei euch zu wohnen und ständig bei euch zu sein. Ich habe während der letzten drei Wochen darüber nachgedacht, und meine Antwort ist: Ja – aber jetzt noch nicht."

Pause.

„Wann denn?", kam es vom Sessel her.

Seltsam, dachte ich, dass es ausgerechnet Mark war, der so

spontan reagierte und dessen Gesicht sich schneller bewölkte als die Gesichter der anderen.

„Das weiß ich nicht", antwortete ich, „aber wenn der richtige Zeitpunkt gekommen ist, werde ich es wissen, und ich hoffe, ihr wollt mich dann auch noch haben." Nun war es Zeit, mit dem schwierigsten und wichtigsten Stückchen Wahrheit herauszurücken. „Ich mache mir ziemliche Sorgen, dass ihr, wenn ich ständig hier wohnen würde, feststellen müsstet, dass ich nicht ganz die bin, für die ihr mich haltet. Wenn man lange Zeit allein lebt, dann vergisst man alles Mögliche. Man vergisst, was es für ein Gefühl ist, kleine Meinungsverschiedenheiten oder gar große Wortgefechte mit Leuten zu haben, ohne dass sie am Ende des Tages noch etwas zu bedeuten haben. Man vergisst, wie man morgens muffelig aufstehen kann, ohne das Gefühl zu haben, man müsste es verbergen und so tun, als wäre alles okay. Es ist so lange her, dass ich mich darin üben konnte, in einer Familie zu leben – zu einer Familie zu gehören. Ich mache mir Sorgen, dass ich nicht besonders gut darin wäre. Ich habe mich so daran gewöhnt, diejenige zu sein, die zuhört und zu helfen versucht, die ruhig bleibt und an die man sich anlehnen kann. Dabei bin ich in Wirklichkeit überhaupt nicht so. Ich nehme meine ganze Wut und meinen Ärger und meine Sorgen mit in mein kleines Häuschen und stopfe sie in Regale und Schubladen, weil sie niemandem etwas nützen."

Dies rief ein kicherndes Gelächter bei Felicity hervor, die, wie ich befürchtete, kein Wort von dem verstanden hatte, was ich bisher gesagt hatte.

„Hui, deine Schubladen mache ich lieber nicht auf, Dip", sagte sie, „sonst springt mich der ganze Ärger und das ganze Zeug an wie ein Löwe. Magst du die Beatles, Dip?"

Da ich sah, wie sich ein sanfter Tadel auf Mikes Lippen formte, beeilte ich mich, Felicitys Frage zu beantworten.

„Oh ja, ich glaube, ich hatte meine Teenagerzeit gerade

hinter mir, als sie in Australien berühmt wurden, und meine Freunde und ich hörten uns dauernd ihre Lieder an. Warum fragst du?"

„Na ja, neulich in der Schule hatten wir Unterricht bei einer Studentin namens Miss Barfield, und Miss Jarman sagte, wir sollten uns gut benehmen, weil Miss Barfields Lehrerin vom College kommen würde, um ihr dabei zuzusehen, wie sie uns unterrichtet, und . . ."

„Felicity!" unterbrach Kathy ziemlich gereizt. „Ich hoffe, diese Geschichte dauert nicht zu lange, denn Dip versucht gerade . . ."

„Und es war ganz leicht, uns gut zu benehmen", fuhr Felicity fort, ohne von ihrer Mutter Notiz zu nehmen, „weil Miss Barfield uns ein paar Lieder vorspielte, und eines davon war von den Beatles und handelte von einer Frau namens – es hatte was mit Football zu tun . . ."

Wir anderen tauschten ratlose Blicke aus.

„Rugby!" rief Felicity, setzte sich auf und reckte triumphierend ihren Zeigefinger zur Decke. „Das war es – Eleanor Rugby!"

Ein Schatten besorgter Verlegenheit erschien in den Augen des kleinen Mädchens, als wir alle wider Willen lachen mussten. Sie drehte ihren Kopf und schaute von einem Gesicht zum anderen, um zu versuchen, die Ursache für unsere Heiterkeit herauszufinden. Jack ließ sich auf den Boden gleiten und setzte sich hinter seine Schwester, sodass sie zwischen seinen Knien saß.

„Schon gut, Flitty", sagte er, legte seine Wange an ihre und schlang seine Arme um ihre Brust, „wir haben nicht über dich gelacht – du hast es nur nicht ganz richtig behalten. Es heißt Eleanor Rigby, nicht Rugby. Du hast es fast richtig gesagt. Es klang nur ein bisschen komisch, das ist alles."

„Ach so . . ." Felicity trillerte erleichtert, und ihr Blick beruhigte sich. „Eleanor Rigby – genau. Jedenfalls, nachdem wir uns das Lied angehört hatten, sagte Miss Barfield, sie wolle uns jetzt den Text vorlesen, und wir sollten sagen, was er wohl bedeuten könnte. Und als wir an die Stelle kamen, wo Eleanor . . .“

„Rigby“, flüsterte Jack.

„Als wir an die Stelle kamen, wo Eleanor Rigby ihr Gesicht in einem Krug neben der Tür aufbewahrt, wollte Jeremy Philips einfach nicht aufhören zu lachen, und Miss Barfield wurde böse auf ihn und ganz rot im Gesicht und musste ihn schließlich hinausschicken, damit er vor Miss Wooldridges Büro wartete. Dann fragte sie uns, was wir meinten, was es zu bedeuten hat, und ich sagte, vielleicht sei sie ein Clown und trage eine Maske. Aber Miss Barfield sagte, ein Clown sei sie nicht, aber es sei trotzdem so eine Art Maske. Sie sagte, dass Eleanor . . .“

„Rigby“, half Jack noch einmal freundlich aus.

„Sie sagte, dass Eleanor Rigby, wenn sie nach Hause kam, anfing, so zu sein, wie sie wirklich war, und aufhörte, so zu sein, wie andere Leute sie haben wollten. Sie nahm sozusagen ihre Maske ab und steckte sie in einen Krug neben der Tür, um sie zur Hand zu haben, wenn sie das nächste Mal wieder hinausging. Ist es bei dir auch so ähnlich, Dip?“

Niemand sprach, für eine recht lange Zeit, wie mir schien.

Dann sagte ich: „Nennt mich einfach Eleanor“, und dann fing ich albernerweise an zu weinen.

Am Ende ging eigentlich alles sehr gut aus. Mir wurden ein wenig die Knie weich, weil sie sich alle gleichzeitig um mich drängten und mich zu trösten versuchten – selbst Mark klopfte mir ziemlich unbeholfen auf die Schulter. Später, als wir uns eine wunderbar belebende Kanne Tee gönnten, schlugen Mike und Kathy vor, dass ich einen Schlüssel zu ihrem Haus bekommen und von nun an kommen und gehen sollte, wie es mir passte, und so viel oder so wenig

Zeit mit der Familie verbringen sollte, wie ich wollte – bis ich mich, wie Kathy es ausdrückte, frei fühlte, so „miesepetrig und launenhaft zu sein wie alle anderen". Dieselbe Einladung sprach ich ihnen gegenüber auch aus, doch noch während ich es sagte, wurde mir klar, dass ich eigentlich nicht wollte, dass Leute ohne jede Vorwarnung in meinem innersten Privatreich auftauchen konnten – nicht einmal die Robinsons. Ich brauchte immer noch einen Moment, um den Griff in den Krug der alten Eleanor zu tun. Dieses Bewusstsein und die Tatsache, dass ich mich darüber ausschwieg, verschafften mir ein leises Schuldgefühl, aber gleichzeitig fühlte ich mich dadurch um so erleichterter, dass ich die Einladung der Familie nicht übereilt angenommen hatte. Eines Tages würde ich es tun – wahrscheinlich –, aber bis dahin reichte mir völlig der Titel, der mir an jenem Tag von Jack verliehen wurde.

„Von jetzt an, Dip", sagte er, als ich gerade gehen wollte, „bist du berechtigt, R.H.C.I.A. hinter deinen Namen zu setzen."

„Und das steht für ...?"

„Robinson Honoris Causa Im Außendienst."

7

„Soll ich dir sagen, was ich mit am deprimierendsten daran
finde, Mutter zu sein?", sagte Kathy eines windigen Morgens ein paar Wochen später, als wir im Garten zusammen
Wäsche aufhängten.

„Nur, wenn du mir vorher etwas erzählst, was du mit am
schönsten daran findest, Mutter zu sein", antwortete ich,
einen Mundvoll Wäscheklammern zwischen den Zähnen.

Kathy warf ihren dunklen Kopf zurück und lachte zum
frisch gewaschenen Blau des Himmels hinauf. „Verstehe.
Eine neue Stufe in der ‚Ermutigt-Katherine-positiver-zu-
denken-Kampagne', stimmt's? Ihr seid ja alle sooo subtil.
Ich höre geradezu den guten alten Mike reden: ‚Die Sache
ist die, Dip, dass Kath hin und wieder ein bisschen negativ
über vieles denkt; also wenn du eine Gelegenheit hast, um –
du weißt schon – sie anzureizen, die positiven Dinge in
ihrem Leben ein bisschen mehr zu sehen, dann wäre das
eine große Hilfe.' Ist es so ähnlich gelaufen?"

Kathys Wiedergabe von Mikes gelegentlich etwas pasto-
renhafter Redeweise war eine so treffende Karikatur, dass
ich ein Handtuch aufs Blumenbeet fallen ließ und bei dem
Versuch, es aufzufangen, beinahe meine Wäscheklammern
verschluckt hätte.

„Nun komm schon", sagte ich unbeirrt, nachdem ich mich
und alles andere wieder gesammelt hatte, „ich lasse mich
nicht ablenken. Ich möchte zumindest eine schöne Sache hören, bevor du dich in den Dingen wälzt, die du am deprimierendsten findest." Ich wies mit dem Finger auf eine Bank.
„Setz dich eine Minute dorthin, während ich diese Socken

aufhänge, und erzähl mir, was dir Freude daran gemacht hat, die Mutter von drei prächtigen Kindern zu sein."

Kathy ließ sich gehorsam auf die abgeblätterte Holzbank fallen, die das „Gartenmobiliar" der Robinsons bildete. Sie lehnte sich gegen den Stamm des alten Apfelbaumes, an dem ein Ende unserer Wäscheleine hing, schloss die Augen und dachte einen Moment lang nach.

„Na ja, ich habe zumindest einen guten Anfang gemacht – es hat mir Freude gemacht, sie zu empfangen."

Ich hängte drei weitere Socken auf.

Kathy hob einen Finger. „Jetzt fällt mir etwas ein! Sie haben mich genauso oft zum Lachen wie zum Weinen gebracht, und das will etwas heißen." Sie schlug ein Auge auf und schielte fragend in meine Richtung. „Reicht das?"

„Hmmm, klingt für mich ein bisschen zweifelhaft, aber ich lasse es durchgehen. Also los – was findest du so deprimierend daran, Mutter zu sein?"

Sie verschränkte ihre Finger hinter dem Kopf und schloss beide Augen wieder. „An einem Tag wie diesem, wenn der Wind blind diese Bettlaken herumpeitscht und alle Farben wie aus einem Bilderbuch aussehen, dann packt mich immer so eine gewisse Aufregung. Ich fange fast an zu glauben, ich könnte eine eigene Gegenwart haben – ein eigenes Jetzt. Nur für eine oder zwei Sekunden bekomme ich diese quälenden kleinen Erinnerungsfetzen, wie es sich einmal angefühlt hat, einfach nur ich zu sein, ohne ständigen Bezug zu einem Haus voller anderer Leute. Weißt du was, Dip, meistens fühle ich mich, als ob ich in der Vergangenheit meiner Kinder lebe. Ich habe das Ich-selbst-Sein auf unbestimmte Zeit verschoben, um ihnen zu dienen. Ich bin aus dem Fluss meines eigenen Lebens heraus, wenn du verstehst, was ich meine. Ich werde nicht einmal nass davon. Ich könnte genauso gut ..."

„Was Kaltes zu trinken, Mum?"

Jacks unerwartete Ankunft im Garten mit zwei großen Gläsern Orangensaft mit Limonade auf Eis dämmte den Redefluss vorübergehend. Ich setzte mich auf die Bank neben Kathy, die bereits genussvoll aus dem Glas in ihrer Hand nippte. Ein paar Augenblicke lang sahen wir Jack nach, wie er fröhlich zurück zum Haus schlenderte und dabei mit dem Getränketablett rhythmisch gegen sein Bein schlug.

„Wo war ich gerade?"

Ich räusperte mich und spähte, nach Inspiration suchend, hinauf durch die belaubten Zweige. „Äh, warte mal, ich glaube, du hast ungefähr gesagt, du hättest auf unbestimmte Zeit verschoben, du selbst zu sein, um deinen Kindern zu dienen. Richtig – dann brachte Jack dir etwas zu trinken, und du hast aufgehört."

Kathy streckte mit gespieltem Nachdruck ihre Hand aus, die Handfläche nach oben geöffnet. „Ja, also, unterstreicht das nicht gerade das, was ich gesagt habe? Ich darf nicht einmal mich selbst bemitleiden, ohne dass einer von ihnen bewusst etwas völlig Ungewöhnliches tut, um mir alles zu verderben." Sie warf mir einen reumütigen Blick zu. „Du musst mich für eine komplette Idiotin halten, Dip, dass ich so ein Gejammer veranstalte. Ich wünschte, ich hätte gar nichts gesagt."

„Mach weiter mit dem, was du sagen wolltest", murmelte ich, „pflüge deine Furche zu Ende."

Sie lächelte. „Danke für diese interessante landwirtschaftliche Metapher, Dip. Nicht gerade besonders passend für jemanden, der so zierlich und anziehend weiblich ist wie ich, aber das macht nichts. Aber im Ernst, ich weiß, dass ich manchmal etwas übertreibe, aber es ist doch etwas Wahres an dem, was ich gesagt habe. Du wirst finden, dass das schrecklich selbstsüchtig klingt, aber manchmal bin ich haarscharf davor, mich darüber zu ärgern, dass ich wie verrückt meine Kinder bemuttere und versuche, alle Wege für sie zu ebnen und ihnen die Möglichkeit zu geben, einigermaßen wohlgeratene und glückliche Erwachsene zu werden – während ich mir voll bewusst bin, dass es mir durchaus trotz allem misslingen könnte. Falls Mark jemals berühmt wird, wird er in der bunten Beilage der Sunday Times über mich schreiben." Kathy hielt sich ihre gebogene Handfläche vors Gesicht, als wäre eine Doppelseite vor ihren Augen aufgeschlagen. „‚Der Beginn meines Lebens als echte Persönlichkeit wurde unweigerlich bis zu dem Tag verzögert, an dem ich endlich dem wirbelsturmartigen Umfeld aus emotionalem Chaos entkam, das meine Mutter erzeugte. Wir waren in einer undurchdringlichen Mauer aus fliegenden Trümmern gefangen. Der geschützte Raum war sehr klein und ausschließlich von ihr bestimmt. Er bot uns Überleben, aber ganz gewiss keine Hege.‘

Verstehst du, was ich meine? Warum soll ich seine Windeln wechseln, wenn er am Ende doch solche Sachen über mich schreibt?"

Als ich aufgehört hatte zu lachen, sagte ich: „Kathy, ist dir je der Gedanke gekommen, dass deine Kinder eigentlich gar keine gute Mutter brauchen, die du nie sein zu können fürchtest, weil sie in Wirklichkeit nur dich wollen?"

„Nimm zum Beispiel diesen Donnerstag." Sie hatte mir nicht zugehört – diese Ackerfurche war länger, als ich gedacht hatte. „Diesen Donnerstag muss ich um halb drei zum Kindersportnachmittag in Felicitys Schule. Was meine entzückende Tochter angeht, hat es niemals ein wichtigeres Sportereignis gegeben und wird es niemals eines geben (einschließlich der Olympiade) als der Rückwärtslauf der Mädchen mit Bohnensackhochwerfen und -wiederauffangen, ein Wettbewerb, in den sie höchste Erfolgshoffnungen setzt, weil ihre härteste Konkurrentin Penny Martin sich – Preist den Herrn! – den Knöchel verrenkt hat. Ich fühle mich immer schrecklich bedroht, wenn ich von all diesen vollkommenen Müttern umgeben bin, aber aus Felicitys Sicht ist es absolut lebenswichtig, dass ich am Donnerstag dabei bin, ihr zulächle und Mut mache und so weiter. Und doch glaube ich kaum, dass das Kind sich auch nur im Entferntesten an dieses bahnbrechende Sportereignis oder an meinen Beitrag dazu erinnern wird, wenn sie erst einmal eine alte Dame von einundzwanzig Jahren ist."

Später aß ich mit der Familie zu Abend (eine Mahlzeit, die in der Tat in regelmäßigen Abständen von Felicitys aufgeregten Erwähnungen des Vergnügens begleitet war, mit dem ihre Mami am Donnerstag ihrem Sieg beim Rückwärtslauf der Mädchen mit Bohnensackhochwerfen und -wiederauffangen beiwohnen würde) und setzte mich hinterher mit ihnen ins Wohnzimmer, wo wir uns alle einfanden (außer Mark, der „noch mal 'rausgegangen" war), um eine dieser abscheulich künstlich gesüßten Fernsehshows anzusehen, in denen Leute öffentlich und unter Tränen mit ihren lange verschollenen Lieben zusammengeführt werden. Ich behaupte stets, solche emotional voyeuristischen Sendungen zu verabscheuen, aber wie üblich wurde mir schließlich bewusst, dass ein schwachsinniges Grinsen sich wie eine Maske auf mein Gesicht geleimt hatte, völlig ohne meine Erlaubnis, und dass meine Augen randvoll mit Tränen waren. Es tröstete mich etwas, zu entdecken, dass dasselbe schwachsinnige Grinsen auch auf den Gesichtern aller Robinsons aufgekleistert war. Wenigstens hatten wir alle gemeinsam den Verstand verloren. Ich vermute, dass es diese sirupartige Atmosphäre war, die uns alle umso mehr erschrecken ließ, als plötzlich Kathys explosiver Ausbruch kam. „Oh nein! Oh Mist! Oh Sch…"

Vier sentimentale, tränenfeuchte Augenpaare wandten sich Kathy zu, die ihre Hand flach auf den Mund gelegt hatte, wie um weitere, womöglich noch kräftigere Ausrufe zu unterbinden. Felicity setzte sich auf Mikes Schoß kerzengerade auf und nahm den Daumen aus dem Mund.

„Was ist denn los, Mami?"

„Nichts, Liebling", erwiderte Kathy undeutlich durch ihre Hand, während ein heimliches Grauen ihre Augen hervortreten ließ. „Ich – ich dachte nur, ich hätte etwas gedacht, aber dann habe ich gemerkt, dass ich – dass ich es doch nicht gedacht habe, sodass es keine Rolle mehr spielt. Es war nichts. Es war gar nichts. Seht euch die Sendung an ..."

Felicity nickte in ihrer kindlichen Gutgläubigkeit, steckte den feuchten Daumen wieder hinein und rollte sich wieder auf Daddys Schoß zusammen. Mike sah seine Frau an, und sein Gesichtsausdruck sagte ganz deutlich: Wenn ich jetzt nachfrage, werde ich mir dann wünschen, ich hätte es nicht getan?

„Stimmt was nicht, Kath?", fragte er sanft. Kathy stand mit aschgrauem Gesicht auf. „Nichts, womit du fertig werden könntest, Michael." Mit unnatürlich ruhiger Stimme fügte sie hinzu: „Es würde dich nur sehr ärgerlich machen. Dip, würde es dir sehr viel ausmachen, mal eben mit mir in die Küche zu kommen? Ich hätte gern deinen Rat in einer gewissen Angelegenheit."

Als ich Kathy hinaus in die Diele folgte und die Wohnzimmertür hinter mir schloss, hörte ich Felicity ohne eine Spur von Besorgnis in der Stimme fragen: „Mami hat etwas falsch gemacht, was, Daddy?", und ich erwischte gerade noch Mikes beherrschte, aber beunruhigend grimmige Antwort: „Ja, Liebling, und nachher werde ich herausfinden, was es ist."

Kathy hatte schon die Sherryflasche draußen, als ich die Küche erreichte. Sie goss die schwere, braune Flüssigkeit in zwei kleine Gläser und drückte mir eines davon mit einer Haltung schicksalsschwangerer Endgültigkeit in die Hand.

„Möchtest du vor der Schlacht ein Glas mit mir trinken?"

Ich zog mir einen Stuhl heran und setzte mich.

Kathy erhob ihr Glas mit zeremonieller Geste. „Die Todgeweihten grüßen dich. Prost!"

„Prost – Kathy, was in aller Welt hast du angestellt? Was immer es ist, so schlimm kann es doch nicht sein, oder?"

Sie ließ sich langsam auf den Stuhl am Ende des Tisches sinken, setzte ihr Glas mit konzentrierter Präzision ab und gab einen bodenlosen Seufzer von sich.

Die Einzelheiten in Kathys Gesicht sind manchmal schwer zu erfassen. Manchmal, besonders wenn sie sehr glücklich oder um einer anderen Person willen leidenschaftlich zornig ist, ist ihr Gesicht wahrhaft schön, voller Leben und Feuer. In anderen Situationen scheinen ihre Züge ihre Deutlichkeit zu verlieren, das Blut weicht aus ihren Wangen, und die Haut auf ihrem Gesicht nimmt eine pergamentene Farbe an. In diesem Augenblick war das Feuer völlig erloschen. Meine Freundin sah gleichzeitig viel älter und viel jünger aus, als sie tatsächlich war.

„Doch, so schlimm ist es, Dip. Ich kann es nicht glauben. Es ist ein Alptraum. Ich habe den Donnerstagnachmittag doppelt verplant. Als ich gerade eben da drinnen saß und mir diese blöde Sendung ansah und heulte, weil eine Person, der ich noch nie begegnet bin, unerwartet mit ihrem Cousin zweiten Grades über zwei Ecken konfrontiert wurde, dem ich ebenfalls nie begegnet bin, wurde mir plötzlich klar, dass Felicity, der ich begegnet bin und die ich zu lieben behaupte, den Rückwärtslauf der Mädchen mit Bohnensackhochwerfen und -wiederauffangen ohne ihre Mutter gewinnen muss." Sie nahm noch einen Schluck von ihrem Sherry und schüttelte den Kopf langsam hin und her. „Was soll ich nur tun, Dip?"

Als ich in Kathys gequältes Gesicht sah, musste ich daran denken, dass ich nie weiß, was ich zu Leuten sagen soll, wenn sie in eine solche Situation geraten. Allerdings bin ich zu der Überzeugung gelangt, dass dieses Nichtwissen viel besser ist als zu meinen, man wüsste, was man sagen soll. Es gab einmal eine Zeit, in der ich auf die Schwierigkeiten anderer Leute mit einer Art barscher Empörung reagierte, wahrscheinlich weil ich insgeheim dachte, niemand könnte solche Berge von Problemen haben wie ich. Warum sollte ich mehr Energie als unbedingt nötig auf die banalen kleinen Stolpersteine verwenden, die ihr ansonsten völlig glatt verlaufendes Leben unterbrachen? Die Neigung, so zu reagieren, steckte immer noch in mir, aber mittlerweile versuchte ich, sie zu verbannen, sobald sie sich zeigte. Ehrlicherweise muss ich zugeben, dass zuvor Kathys Klagen über die Belastungen des Mutterdaseins einen kleinen „Und-was-ist-mit-mir?"-Aufschrei in irgendeinem Hinterzimmer meines Herzens hervorgerufen hatten. Doch stärker als diese Reaktion war das hartnäckige Wissen: Echte Freundschaft bedeutet, das ganze Paket anzunehmen, nicht nur die Teile, die einem gefallen. Kathy war in vieler Hinsicht viel intelligenter als ich, aber ihre Fähigkeit, irgendetwas aus einer anderen Perspektive als ihrer eigenen zu sehen, war sehr begrenzt, wenn man sie nicht dazu zwang. Ich erinnere mich zum Beispiel an eine Gelegenheit, als ich versuchte, ihr die Einsamkeit des Lebens als Alleinstehende begreiflich zu machen. „Du kommst nach einem harten Arbeitstag nach Hause", erklärte ich, „und sobald du die Haustür hinter dir geschlossen hast, wird alles still, und du bist allein. Du hängst deinen Mantel auf, setzt den Kessel auf, gehst hinauf und ziehst dir etwas Bequemes an, dann kommst du wieder herunter und machst dir eine Tasse Tee. Danach lässt du dich vielleicht vor dem Fernseher in den Sessel fallen oder liest ein Buch, und meistens war es das für den Rest des Abends. Vielleicht kochst du dir etwas, wenn du die Energie aufbringst, oder du lässt es bleiben, wenn dir nicht danach ist, und danach bleibt nichts mehr als schlafen zu gehen – allein."

Kathy hörte sich aufmerksam jedes Wort dieser traurigen Schilderung des einsamen Lebens an, nickte ein paarmal ernst und sagte dann in fast ehrfürchtigem Ton: „Das klingt absolut wunderbar – bis auf das mit dem allein Schlafengehen, aber selbst das wäre meistens noch auszuhalten . . ."

Ich versuchte, die Sache praktisch anzugehen. „Gibt es keine Möglichkeit, an deinem Termin für Donnerstag etwas zu ändern?"

Kathys Lachen klang reichlich hohl. „Doch, ich könnte ihn ganz absagen, Dip. Doch dann wäre Mike wütend auf mich, weil ich nicht zu seiner Mutter fahre, um sie davon abzuhalten, den Sozialarbeiter zu vergraulen. Er kommt, um mit ihr über ein neues Badezimmer zu reden, nachdem sie monatelang versucht hat, das alte wieder in Schuss zu bringen. Mike wird sowieso sauer auf mich sein, weil ich die Daten nicht verglichen habe, als ich den Termin ausmachte, und Felicity wird in Tränen aufgelöst sein, weil ich letztes Jahr auch nicht bei dem Sportnachmittag dabei war, und Jack wird seine berühmte Nummer mit der kalten Missbilligung abziehen, und – ach, wir werden eine herrliche Zeit haben. Ich glaube, ich werde heute Abend mit Mark und seinen Freunden vor dem Videoladen herumhängen. Er wird bis dahin der Einzige sein, der noch mit mir spricht."

„Aber Mike wird doch sicher verstehen, dass du den Fehler nicht absichtlich gemacht hast, oder? Was ist mit Daniel Wigley?"

Kathy lehnte sich auf ihrem Stuhl zurück und verschränkte die Arme. „Dip, ich habe das Gefühl, dass ich in Mikes Augen meine geistliche Vergebungsration aufgebraucht habe, was diese Art von Fehlern angeht. Siebenmal siebzig, stimmt's? Also, meine Summe muss inzwischen weit über vierhundertneunzig liegen. Daniel Wigley bringt Mikes Quote auf ungefähr drei. Nein, er wird jetzt jeden Augenblick unter irgendeinem fadenscheinigen Vorwand durch diese Tür kommen und mich fragen, was ich getan habe. Wenn ich ihm sage, was ich getan habe, wird er knallrot anlaufen, dann wird er tief durchatmen, mich fragen, wie ich nur so desorganisiert sein kann, einen einzigen, äußerst verärgerten Ausruf loslassen und vorschlagen, dass wir beten. Dann werde ich sauer auf ihn sein und in Tränen ausbrechen. Dann wird Felicity herüberkommen und fragen, was los ist. Dann wird Mike ihr sagen, dass ihre Mami nun doch nicht zuschauen wird, wenn sie den Rückwärtslauf der Mädchen mit Bohnensackhochwerfen und -wiederauffangen gewinnt; ihr wird das Herz brechen, und sie wird laut weinen. Dann wird Jack erscheinen, um seine kleine Schwester vor ihren bösen, streitenden Eltern zu erretten, und ich werde wahrscheinlich auch auf ihn sauer sein."

„Aber wenn du schon weißt, dass das alles passieren wird, gibt es da keine Möglichkeit, zu . . ."

„Kath, ich glaube, Felicity sollte jetzt hinaufgehen, was meinst du?"

Mike war nicht einmal ganz in die Küche gekommen. Er hatte sich durch die Tür gebeugt und mit gelassener Beiläufigkeit gesprochen – ein tapferer Versuch, sich selbst und uns davon zu überzeugen, dass er nach einem kurzen Wort wieder verschwinden und seine Tochter ins Bett bringen würde. Kathy fuhr sich mit der Zungenspitze langsam über die Oberlippe, bevor sie etwas sagte.

„Die Antwort auf deine unausgesprochene Frage, Mike, ist folgende. Ich habe es endlich geschafft, einen Termin wegen Mums Badezimmer zu vereinbaren, und ich habe dafür gesorgt, dass ich dabei bin, damit sie nicht über den Sozialarbeiter herfällt. Tut mir Leid, ich hatte dir schon früher sagen wollen, dass ich das arrangiert habe."

Für einen Augenblick leuchteten Mikes Augen auf – bisher waren es gute Neuigkeiten. „Na, ist doch großartig, Kath. Wo liegt das Problem? Gut gemacht. Macht doch nichts, dass du vergessen hast, es mir zu sagen. Wichtig ist nur, dass sich endlich etwas tut. Ich bringe nur schnell unsere junge Dame hoch, und dann können wir uns darüber unterhalten."

„Leider", fuhr Kathy mit düster monotoner Stimme fort, „habe ich dieses Treffen für den kommenden Donnerstagnachmittag vereinbart, was bedeutet, dass ich nicht zu Felicitys Sportnachmittag gehen kann. Du kannst auch nicht, weil du nach Calais musst, und überhaupt will sie vor allem mich dabeihaben, weil ich es letztes Mal vermasselt habe. Und schließlich redet sie schon seit Wochen von nichts anderem mehr. Das war's so ziemlich – ach ja, außer dass ich mir wünschte, ich wäre tot."

Es war fast komisch, wie Mikes Körper in seiner durch die Tür gebeugten Haltung erstarrte, während er diese zusätzliche Information verarbeitete. Endlich richtete er sich auf, trat in die Küche, lehnte sich gegen die geschlossene Tür und vergrub seine Hände tief in den Taschen. Dann, genau wie Kathy vorausgesagt hatte, lief er einfach dunkelrot an und begann heftig durch die Nase zu atmen. Die bereits angekündigte „Wie-kannst-du-nur-so-desorganisiert-sein"-Phase übersprang er und ging stattdessen gleich zu dem „einen verärgerten Ausruf" über.

„Du kannst mich manchmal wirklich wütend machen!"

Wie üblich drückte Mike seinen Zorn auf eine Weise aus, als hätte er versehentlich mit einer Gabel voll Essen einen Fremdkörper in den Mund bekommen. Er musste ausgespien werden, aber noch viel lieber wäre es ihm gewesen, wenn er gar nicht erst hineingekommen wäre.

Immer noch schwer atmend, wandte er sich einen Augenblick lang ab, und seine Schultern hoben und senkten sich, während er um Selbstbeherrschung rang. Dann fuhr er herum und sagte: „Es hat keinen Sinn, wütend zu werden und sich aufzuregen – ich denke, wir sollten beten."

„Was soll das heißen, es hat keinen Sinn, sich aufzuregen?"

Irgendwie schaffte es Kathy, gleichzeitig schuldbewusst und vorwurfsvoll zu klingen. „Ich habe eine Dummheit gemacht, oder? Was hat es für einen Sinn, jetzt im Gebet unterzutauchen wie ein verängstigtes Kaninchen in seinem Loch, nur weil du es nicht fertig bringst, einmal eine echte Emotion zu zeigen? Werde doch wütend, meine Güte – und ich werde mich aufregen und weinen. Warum ist das ein so großes Problem? Für mich ist es kein Problem, das kann ich dir versichern! Auf jeden Fall komme ich durch Beten auch nicht zu Felicitys Sportnachmittag. Die arme Kleine – sie wird so enttäuscht sein." Und dann, wie um ihre eigene Prophezeiung zu erfüllen, vergrub sie ihren Kopf in den Händen und brach in Tränen aus.

Ich bezweifle, dass Mikes Zorn je in der Lage war, die Tränen eines anderen Menschen zu überleben. Sichtlich erschüttert von der ganzen Angelegenheit, setzte er sich neben seine Frau und seufzte verzweifelt. „Ich glaube immer noch, dass wir es schaffen müssten, zu beten", sagte er ziemlich geschlagen. „Schließlich sind wir Christen." Er sah mich an. „Es tut mir Leid, Dip, wir scheinen von einer Krise in die nächste zu schlittern. Ich weiß nicht, wie wir das immer schaffen."

„Du meinst, du weißt nicht, wie ich das immer wieder schaffe", schniefte Kathy. „Ich schaufle riesige Haufen von Schuldgefühlen zusammen wie eine Art emotionaler Erdarbeiter. Schuldgefühle, weil ich die Termine verschludert habe, Schuldgefühle, weil ich sauer auf dich werde, wenn ich eigentlich sauer auf mich selbst sein müsste, Schuldgefühle, weil ich nicht beten will, und Schuldgefühle, weil ich mich endlos darüber auslasse, wie schuldig ich mich fühle, wenn ich doch eigentlich an Felicity denken sollte und nicht an mich."

Mike griff hinter Kathy und riss ein Blatt von der Küchenrolle ab. „Hier, Kath", sagte er und legte ihr den Arm um die

Schultern. „Wisch mal in deinem Gesicht auf, sonst ertrinken wir noch alle."

Wie lieb.

Hör auf zu weinen, Kathy Robinson, du hast einen lieben Mann.

„Sprich ein Gebet, wenn du willst, Mike." Kathy schniefte und klang wie ein freches kleines Mädchen. „Wir müssen etwas tun."

„Es ist nicht nötig, dass ihr beide betet", schaltete ich mich ein. „Ich habe die ganze Zeit über gebetet, seit Kathy und ich aus dem Wohnzimmer herausgegangen sind, und mein Gebet ist sogar beantwortet worden; es wird also alles in Ordnung kommen."

Schweigen. Sie starrten mich an, als hätte ich unbedacht ein Symptom der Geistesgestörtheit verraten. Aber es war die Wahrheit – ich hatte mit Gott geredet, seit vor ein paar Minuten jener laute Ausruf von Kathy den Sirupfluss ins Stocken gebracht hatte. Ich fing nämlich an zu lernen, dass es besser war, schon einmal zu beten, während meine Freunde die dramatischen Muster und Prozesse durchliefen, die zu jeder kleinen und großen Krise in ihrem Leben zu gehören schienen. Es war ein schönes Gefühl, denn Gott und ich liebten die Robinsons. Ich konnte beinahe sehen, wie sein Lächeln in ihre Richtung leuchtete, und ich spürte in meinem eigenen Herzen, mit welcher Herzlichkeit er meine Gebete für sie aufnahm. Könnte ich doch nur ebenso zuversichtlich für mich selbst beten.

„Meinst du etwa eine Antwort in Bezug auf Felicity und den Sportnachmittag, Dip?"

„Ja, Mike, es ist alles geklärt."

Eine kleine Kerze der Hoffnung begann in Kathy zu brennen. „Wie lautet die Antwort, Dip?"

„Ich schätze, es klingt vielleicht ein bisschen eingebildet, aber, na ja ... die Antwort auf mein Gebet bin ich selbst.

Ich werde am Donnerstag mit Felicity auf den Sportnachmittag gehen."

Die Kerze flackerte und erlosch. „Oh, Dip, das ist sehr lieb von dir, aber es ist leider keine Antwort. Ich habe Felicity hoch und heilig versprochen, ich würde ganz bestimmt dieses Jahr dabei sein, und sie hat mich während der letzten zwölf Monate immer wieder daran erinnert. Ich weiß, sie würde sich sehr freuen, wenn du auch mitkämst, aber ich bin es, die dort sein muss." Sie ließ gequält ihre Hände auf den Tisch fallen. „Oh, Mike, ich kann es nicht ertragen, zu sehen, wie ihr Gesicht sich verdüstert, wenn ich es ihr sage. Ich hasse es, wie unsere Kinder mich durchschauen, eines nach dem anderen. Ich bin es leid, immer diejenige zu sein, durch die sie herausfinden, dass die Welt nicht so vollkommen ist, wie sie dachten. Aber ich muss bei Mum dabei sein – ich muss einfach, sonst wird alles schief gehen ..."

Da ich sah, dass sie kurz davor war, sich wieder in Tränen aufzulösen, unterbrach ich sie eilig. „Kathy, ich habe gesagt, dass mein Gebet beantwortet wurde, und so ist es auch. Ich weiß, dass Felicity dich unbedingt dabeihaben will, aber wenn ihr es mir überlasst, sie heute Abend ins Bett zu bringen, garantiere ich dir, dass das Problem gelöst sein wird."

Kathy sah nicht sehr überzeugt aus, aber Mike klopfte ihr ermutigend auf die Schulter. „Überlass es Dip, Kath, sie bringt tatsächlich manchmal Wunder zustande, nicht wahr? Nur zu, Dip, du weißt ja, wo alles ist. Wir bleiben hier unten und schicken etwas Hoffnung durch die Decke hinauf."

Ist es nicht schrecklich, wenn man eine grandiose Behauptung aufstellt und sie dann beweisen muss? Aller Optimismus verlässt einen, und man fragt sich, ob es sehr schwierig ist, nach Tibet auszuwandern. In diesem Fall war es nicht deshalb so, weil ich nicht ernst gemeint hätte, was ich gesagt hatte. Ich war völlig zuversichtlich, dass Gott – oder zumindest ein Teil des gesunden Menschenverstandes, den mir

Gott gegeben hatte – zu mir gesprochen und mir eine Lösung für Kathys Dilemma gezeigt hatte. Es war nur so, dass die Lücke zwischen Sagen und Tun mir schon immer unermesslich groß erschien. Zwei ganz verschiedene Arten von Mut sind notwendig. Ich habe schon genug Probleme mit der Theorie, von der Praxis ganz zu schweigen.

Als ich zurück ins Wohnzimmer kam, hatte sich Felicity auf Jacks Schoß gekuschelt und sah sich zufrieden etwas für Kinder höchst Ungeeignetes an. Sie winkte mir mit den vier Fingern ihrer rechten Hand zu, ohne den Daumen aus dem Mund zu nehmen.

„Zeit zum Schlafengehen, Felicity", lächelte ich.

Der Daumen kam heraus. „Wer bringt mich?"

„Ich. Willst du Huckepack reiten?"

Kinder von sechs Jahren sind im Allgemeinen unfähig, ihre Reaktionen vorzutäuschen, und Kinder wie Felicity noch viel weniger. Bitte finden Sie es nicht allzu merkwürdig, wenn ich sage, dass das Kind in mir wie üblich vor Vergnügen seufzte, als meine kleine Freundin juchzend auf mich zugeschossen kam, als sie hörte, dass ich sie ins Bett bringen würde.

„Stell dich neben den Hocker, Dip! Fertig? Kriege ich eine Entengeschichte im Bad?"

„Ja, ich glaube schon. Sag gute Nacht zu Jack."

„Nacht, Jackie!"

„Nenn mich nicht Jackie – gute Nacht, mein Schatz."

„Was ist mit Mami und Daddy?"

„Die kommen gleich und sagen dir gute Nacht."

„Und Mark?"

„Der ist unterwegs, Spatz. Halt dich fest, es geht los, den Berg hinauf!"

Minuten später saß Felicity im Schneidersitz in der Badewanne, umgeben von Schaum, und tupfte sich mit einem Waschlappen im Gesicht herum, während ich nach der Plastikente suchte, die ein entscheidender Bestandteil der Baderoutine war, wenn ich die Aufsicht führte.

Es war nicht leicht, im Badezimmer der Robinsons etwas zu finden. Aus irgendeinem Grund interessierte sich niemand dafür, etwas, das er mit hineingenommen hatte, auch wieder mit hinauszunehmen. Es enthielt eine verwirrende Ansammlung von Kleidungsstücken, Zeitschriften, badewasserfeuchten Büchern aller Art, ganze Wälder aus abgelegten Zahnbürsten, haufenweise halb leere Flaschen Haarwasser, etliche Shampoobehälter (größtenteils leer), hier und da eine Armbanduhr, die jemand abgelegt und dann vergessen hatte, eine Schachtel mit Schminke von Felicity, in der die Farben in kleinen Wasserpfützen miteinander verschwammen. Zahnpastaspender aus Plastik, deren Öffnungen mit angetrockneter Paste verkrustet waren, trostlose zweckentfremdete Trinkbecher mit Jacks Einmalrasierern darin – gebraucht, aber nicht weggeworfen und eine außergewöhnliche Sammlung von Handtüchern in allen Gebrauchsstufen von höchst anstößig bis flauschig, weich und frisch gewaschen.

Hin und wieder rebellierte Mike und stellte komplizierte Checklisten und Dienstpläne auf, um das Badezimmerproblem zu „lösen", doch da niemand sich jemals bemühte, sich an sie zu halten, und er selbst sowieso jedes Mal innerhalb von vierundzwanzig Stunden seine eigenen Vorschriften brach, änderte sich nie viel an der Situation.

Schließlich fand ich die rote Ente auf dem Boden einer großen, blauen Porzellanvase, die ihre Heimat unter dem Waschbecken gefunden hatte, seit ich zuletzt Ausgrabungen im Inhalt des Badezimmers durchgeführt hatte. Ich hielt sie triumphierend empor.

„Hurra!", rief Felicity und klatschte in ihre seifigen Hände, sodass federleichte Wölkchen aus Schaum ihr um den Kopf flogen. „Jetzt gibt's die Entchengeschichte." Felicitys

Sprache sank zur Schlafenszeit oft auf die Ebene einer Dreijährigen ab.

Die Geschichte von der Ente hatte ihren Anfang genommen, als ich zum allerersten Mal die Aufsicht über das Bad und das Schlafengehen geführt hatte, und seither hatte die Nachfrage nicht nachgelassen. Für Felicity war es gewiss ein angenehm vertrautes Ritual (sie bestand darauf, dass jede Einzelheit jedes Mal genau gleich blieb), aber für mich hatte es mit der Zeit noch eine tiefere Bedeutung gewonnen. Aus Gründen, denen ich mich selbst kaum stellen, geschweige denn anderen Leuten offenbaren konnte, hatte die Erzählung dieser ganz schlichten Geschichte eine beinahe sakramental beruhigende Wirkung auf den problembeladensten Bereich meines Innenlebens.

Wie üblich fing ich damit an, dass ich die Ente auf die Badezimmertür setzte, die sich nach innen öffnete. Felicity blickte mit einem verträumten Lächeln voller Vorfreude zu ihr hinauf.

„Es war einmal", begann ich, „eine sehr, sehr einsame kleine Ente, die ganz oben auf einem großen Berg wohnte. Sie war eigentlich eine ausgesprochen nette Ente, aber sie glaubte, dass niemand sie je gern haben könnte. ‚Ich hätte so gern einen richtigen Freund', sagte sie immer, ‚aber daraus wird wohl nie etwas. Wer will schon mit einer dummen roten Ente befreundet sein, die zu ängstlich ist, um von ihrem Berg herunterzukommen, und keine Ahnung von der Welt hat? Nein', seufzte sie, ‚ich werde nie einen richtigen Freund haben.'

Jeden Tag kletterte die Ente zur höchsten Stelle des Berges hinauf" – an dieser Stelle ließ ich die Ente auf der Tür entlanglaufen, bis sie direkt über Felicity war – „und schaute über den Rand eines sehr steilen Abgrundes hinab. Weit, weit unten sah sie ein kleines Mädchen, das in einem wunderschönen See badete, und jedes Mal, wenn sie es sah, wünschte sie sich, sie könnte auch dort unten sein, in dem See herumschwimmen und mit dem Mädchen Freundschaft schließen, das übrigens" – dieser Zusatz durfte niemals fehlen – „fast genauso aussah wie du, Felicity."

Ich ließ die Ente oben auf der Tür hin und her laufen und kippte sie jedes Mal, wenn sie ans Ende kam, traditionsgemäß über die Kante.

„Jeden lieben Tag stapfte sie auf die Bergkuppe, spähte zu der kleinen Schwimmerin hinab und watschelte dann einsamer als je zuvor wieder nach Hause."

Das war das Stichwort für Felicity, ihren Kopf schief zu legen, die Mundwinkel herabzuziehen und in pantomimischem Mitgefühl mit der Heldin meiner Geschichte die Augen zusammenzukneifen.

„Eines Tages, als die kleine rote Ente wieder einmal den Berg erklommen hatte und sich einsamer fühlte als je zuvor, beugte sie sich so weit über den Rand der Klippe, um das kleine Mädchen anzusehen …" Ich machte eine Pause, damit Felicity sich etwas zur Seite setzen konnte. „… dass sie das Gleichgewicht verlor und neben dem Mädchen in den See stürzte. Stell dir das vor!"

Die fallen gelassene Ente landete mit einem kleinen Platschen in der Badewanne. Diese Stelle gefiel Felicity immer am besten. „Hallo, kleine Ente", sagte sie, „wo kommst du denn her?"

„Die Ente war ganz verängstigt", fuhr ich fort, „weil sie dachte, das kleine Mädchen würde böse auf sie sein. ‚Es tut mir sehr Leid', sagte sie mit erschrockener Stimme, ‚sei mir bitte nicht böse, dass ich in deinen See gefallen bin – ich weiß, dass du nicht meine Freundin sein willst, weil du schon viele Freunde hast, und ich verschwinde auch gleich wieder. Oh bitte, sei nicht böse auf mich.'"

Felicity hob die Ente aus dem Wasser und sah ihr liebevoll in die Augen, während ich weitererzählte.

„,Aber Ente, ich habe gar keine Freunde', sagte das kleine Mädchen, ,ich bin sehr einsam. Jeden Tag habe ich dich von der Klippe herabschauen sehen und mir gewünscht, ich könnte deine Freundin sein, aber ich habe immer gedacht, du müsstest schon jede Menge Freunde haben. Ich war so froh, als du neben mir ins Wasser fielst. Bitte bleib und unterhalte dich ein wenig mit mir.' Und weißt du, was danach passierte?"

Felicity, die ganz genau wusste, was danach passierte, schüttelte den Kopf und riss ganz im Sinne ihrer überlieferten Rolle vor Staunen die Augen auf.

„Nun, sie wurden richtig gute Freunde – die besten Freunde sogar –, und sie verbrachten all ihre Zeit zusammen und waren sehr, sehr glücklich."

„Gut", sagte Felicity zufrieden, „da bin ich aber froh. Heute in der Schule war ich nicht sehr glücklich", fügte sie hinzu, warf ihre Ente in den Zahnbürstenwald und setzte so plötzlich ein finsteres Gesicht auf, dass ich einfach lachen musste. „Es war schrecklich. Darf ich mir die Haare nass machen?"

Ich nahm eines der molligen Handtücher von dem Gestell neben dem Waschbecken und hielt es weit auf. „Nein, leider nicht. Du kommst jetzt raus – willst du springen?"

Felicity hievte ihre triefende, dünne Gestalt auf den Badewannenrand und warf sich, nachdem sie einen Augenblick lang schwankend darauf balanciert hatte, mit solcher Hingabe in meine handtuchbewehrten Arme, dass ich beinahe das Gleichgewicht verloren hätte.

„Darf ich noch einmal hinunter, wenn ich mein Nachthemd anhabe?"

„Nein."

„Daddy sagt, es ist in Ordnung, solange ich nicht vergesse, meine Unterhosen anzuziehen."

„Das gilt nur dann, wenn du noch einmal hinunter darfst,

aber heute darfst du nicht, und wenn du mir widersprichst, werde ich dich kitzeln, bis du quietschst."

Sie grub ihr Kinn in ihre Brust und grinste. „Ich widerspreche dir ja gar nicht, Dip. Dip, es war wirklich schrecklich."

„Das, was heute in der Schule passiert ist, meinst du?"

„Ja – schrecklich!"

Inzwischen waren wir in ihrem Zimmer angekommen. Nachdem ich sie abgesetzt hatte, ließ Felicity ihr Handtuch zu Boden fallen und begann, nackt, wie sie war, einen stampfenden Kriegstanz darauf aufzuführen. Ich versuchte mir vorzustellen, wie in der sorglosen, wohl geordneten Welt dieses Kindes wohl ein „schreckliches" Erlebnis aussehen mochte.

„Mir ist k-k-k-kalt!", gurgelte sie, während sie tanzte und mit den Armen in der Luft herumwedelte.

„Na, dann trockne dich doch ab, du Dummerchen! Dafür hast du doch das Handtuch."

Sie erstarrte, die Hände zu kleinen Sternen gespreizt, schnitt eine Grimasse, kicherte – „Ach ja!" – und trocknete sich fieberhaft ab. Endlich war sie trocken, in ihr Garfield-Nachthemd verpackt und im Bett eingekuschelt. „Also", sagte ich, „was war das für eine schreckliche Sache?"

„Oh ja, es war einfach – Dip!" Sie setzte sich kerzengerade auf und machte ein alarmiertes Gesicht. „Ich habe mir noch nicht die Zähne geputzt!"

Zurück ins Badezimmer. Den Wald durchkämmen. „Nein, nicht die, das ist meine alte ... Nein – doch, das ist sie, die pinkfarbene mit dem verzierten Griff ... Habe ich schon lange genug? ... Habe ich jetzt lange genug? Bei Mami muss ich nie so lange ... Jetzt muss es aber lange genug sein ... Bei Daddy muss ich immer noch länger ... Riech mal an meinem Mund ..."

Zurück ins Bett.

„Darf ich dir jetzt von der schrecklichen Sache erzählen, Dip?"

„Unbedingt. Ich mache mir schon große Sorgen deswegen. Es wird doch nicht etwa ein wilder Bär im Klassenschrank hausen, der die Kinder anspringt, wenn sie hingeschickt werden, um etwas herauszuholen, oder?"

Felicitys Augen leuchteten vor Vergnügen. Solche Spiele liebte sie. „Nein, schlimmer – viel schlimmer."

„Noch schlimmer? Dann muss es ja wirklich schlimm sein – warte mal, ich weiß!"

„Was?"

„In der Schulküche arbeitet eine böse Hexe, die jeden Tag eine Essensportion verzaubert, sodass derjenige, der diese Portion isst, sich in einen Schokoriegel auf Beinen verwandelt, bis die Schule aus ist. Heute hat es dich erwischt, und du musstest den ganzen Nachmittag unter den Tischen herumrennen, damit dich die anderen Kinder in deiner Klasse nicht fangen und auspacken und aufessen. Oder war es etwa noch schlimmer?"

„Oh ja, Dip." Felicity, die im zarten Alter von sechs Jahren bereits über beträchtliche schauspielerische Fähigkeiten verfügte, schüttelte sich vor Grauen. „Es war gruseliger als alles, was schon jemals jemandem passiert ist. Wirklich!"

Ich kratzte mich nachdenklich am Kopf und nickte dann langsam und feierlich.

„Ich glaube, ich weiß, was es war. Eure Lehrerin hat euch mit nach draußen genommen, um nach den Fischen im Schulteich zu sehen, aber als ihr hinkamt, war nicht ein einziger zu sehen. Und als ihr alle ruhig am Rande des Teiches gestanden und euch vornübergebeugt und gefragt habt, wo sie alle hin sind, da kam ein riesiges Krokodil mit großen scharfen Zähnen aus dem Wasser gesprungen und hat mit einem Haps eure Lehrerin und drei von deinen besten Freundinnen verschlungen!"

„Nicht meine Freundinnen", korrigierte Felicity entschieden, „drei von denen, die ich nicht leiden kann."

„Ach richtig, ja, natürlich, drei von denen, die du nicht leiden kannst – aber es war trotzdem ganz fürchterlich, nicht?"

„Ja, Dip, aber ganz und gar nicht so schrecklich wie die schreckliche Sache, die wirklich passiert ist. Rate weiter."

Sie steckte den Daumen in den Mund und lächelte einladend um ihn herum. Offensichtlich konnte dieses Spiel von Felicity aus für immer weitergehen.

„Also schön, ich rate noch einmal, nur dass es eigentlich nicht geraten ist, weil ich ziemlich sicher bin, dass ich diesmal das Richtige habe. Warte – es war gerade kurz vor der Pause, als draußen ein mächtiger Wind zu blasen anfing und die ganze Schule in den Himmel hochgehoben und weit weg über das Meer zu einer Kannibaleninsel geweht wurde ..."

„Was ist eine Kannibaleninsel?"

„Ein Ort, wo Leute wohnen, die sich gegenseitig aufessen."

„Ach so." Felicity nickte gelassen.

„Ja, also, am Ende landete die Schule auf dieser Kannibaleninsel, und als der Direktor und alle Lehrer und Kinder aus dem Haupteingang kamen ..."

„Wir dürfen gar nicht durch den Haupteingang hinaus."

„Dies war eine besondere Situation, darum durftet ihr diesmal. Jedenfalls, als der Direktor und die Lehrer und die Kinder aus der Tür kamen, warteten schon die ganzen Kannibalen mit Speeren auf euch, und auf einem großen, knisternden Feuer stand ein riesiger Kochtopf voll mit heißem Wasser. Der Kannibalenhäuptling sagte, da es fast Zeit zum Tee wäre, müsste jemand in den Topf klettern und sich kochen lassen, und fragte, wen der Direktor vorschlüge. Sollte es ein zäher alter Lehrer sein oder ein schönes, zartes kleines Kind oder ein sehniger Sechstklässler, und am Ende ..."

Felicity hatte ihren Daumen wieder hineingesteckt. Nun zog sie ihn schwungvoll wieder heraus, um mich unterbrechen zu können. „Am Ende ist Penny Martin hingerannt und in den Topf gesprungen, ohne dass es ihr jemand gesagt hat, weil sie es einfach nicht ertragen kann, mal bei etwas nicht die Erste zu sein."

Wir schütteten uns gemeinsam aus vor Lachen.

„Dann hatte ich also Recht? War das die schreckliche Sache, die dir passiert ist? Ich wette, das war es."

„Dip, es war noch viel schrecklicher." Sie streckte eine schmeichelnde Hand nach meiner aus. „Rate noch weiter."

Ich steckte ihre Hand entschieden unter die Daunendecke. „Jetzt wird nicht mehr geraten. Du bist dran. Wenn deine schreckliche Sache weder ein Bär im Schrank noch eine Hexe in der Küche, noch ein Kannibalenkochtopf war ..."

„Du hast das Krokodil vergessen."

„... noch ein Riesenkrokodil, was war es dann? Und sag es lieber leise, damit ich nicht so erschrecke."

Felicity stützte sich auf einem Ellbogen hoch und flüsterte dramatisch: „Es war Folgendes – ich habe heute auf dem Spielplatz meine neue Jacke angehabt, und sie war zu groß. Bei allem, was ich gemacht habe, habe ich mich in meiner Jacke verheddert!"

„Oh nein!" Ich bedeckte mein Gesicht mit den Händen vor Entsetzen über diese grauenhafte Enthüllung. „Als ich all diese Dinge geraten habe, hatte ich ja keine Ahnung, dass es etwas so Furchtbares war!" Ich schob meine Hände etwas auseinander und lugte durch den Spalt. „Oh, Felicity, wie musst du gelitten haben."

„Ja", sagte sie mit nach echter Märchenheldinnenart zitternder Stimme, „es war schrecklich. Dauernd wünschte ich mir, es würden menschenfressende Krokodile kommen oder Bären oder so etwas, damit es mir besser geht, aber sie kamen nicht."

„Felicity?"

„Ja?"

„Ich wollte dich noch etwas fragen."

„Was denn?" Sie war entzückt über diesen neuen Schlenker, der auch noch von einer Erwachsenen initiiert wurde, just zu dem Zeitpunkt, wo normalerweise Schlafen angesagt gewesen wäre. Ich kniete mich neben dem Bett auf dem Boden, um näher bei ihr zu sein.

„Die Sache ist die", sagte ich ziemlich stockend, „dass ich nie selbst einen kleinen Jungen oder ein kleines Mädchen gehabt habe ..."

Oh, „Die in den Pfützen tanzt", wie sehr hast du dich nach einem eigenen kleinen Jungen oder Mädchen gesehnt!

„... und deshalb werde ich wohl viele Dinge, die Mamis mit ihren Kindern unternehmen, nie tun können. Darum war es so schön für mich, dich und deine Brüder kennen zu lernen ..."

„Weil du nun manches davon mit uns tun kannst", sagte Felicity strahlend.

„Genau, und es hat mir immer viel Spaß gemacht, aber es gibt eine Sache, die ich gerne tun würde und noch nie getan habe, und – also, ich habe mich gefragt, ob es dir etwas ausmachen würde."

Felicity sperrte vor Neugier den Mund auf. „Natürlich nicht. Was ist es denn?"

„Du wirst mich für furchtbar albern halten ..."

„Nein, bestimmt nicht."

Ich sah auf meine Hände hinab, die flach auf meinen Knien lagen. „Ich wollte schon immer gerne einmal zu einem Sportnachmittag in die Schule gehen und die Person sein, die ihren kleinen Jungen oder ihr kleines Mädchen anfeuert und Fotos macht, wenn sie auf der Aschenbahn laufen. Ich weiß, du hättest nichts dagegen, wenn ich am Donnerstag mit Mami mitkäme ..."

„Ich fände es prima, wenn du mitkämst", sagte Felicity ernsthaft.

„Ich weiß, mein Schatz. Aber ich frage mich, ob ich vielleicht dieses eine Mal alleine mit dir mitkommen könnte, damit ich so tun kann, als wäre ich eine Mutter, und alles tun kann, was die Mütter dort tun."

„Zum Beispiel am Wettlauf der Mütter teilnehmen?"

„Äh . . . ja, zum Beispiel am Wettlauf der Mütter teilnehmen." Ich hoffte, dass die plötzliche Blutleere in meinem Gesicht nicht zu deutlich sichtbar gewesen war.

„Die Sache ist nur . . ." Felicitys Brauen zogen sich zusammen, als sie das Problem durchdachte. „Die Sache ist nur die, dass Mami diesmal sehr gern mitkommen möchte, weil sie sich so ärgert, dass sie letztes Mal nicht konnte, und sie will ganz besonders sehen, wie ich den Rückwärtslauf der Mädchen mit Bohnensackhochwerfen und -wiederauffangen gewinne." Sie sog die Luft durch die Zähne ein und schüttelte vor Aufregung den Kopf hin und her. „Ich glaube, ich gewinne vielleicht, Dip, weil Penny Martin die Einzige ist, die im Rennen und Auffangen besser ist als ich, und sie ist . . ."

„Gekocht und aufgegessen worden."

Felicitys schallendes Gelächter muss das ganze Haus erfüllt haben.

„Wäre es dir denn recht", sagte ich, als sie sich ein bisschen beruhigt hatte, „wenn ich einfach mitkäme, oder würde dich das sehr traurig machen?"

„Ich werde Mami fragen müssen, ob es ihr etwas ausmacht", erwiderte Felicity mit plötzlichem Ernst. „Am besten fragen wir sie gleich."

Ich ging zur Tür und rief. Kathy machte ein nervöses und schuldbewusstes Gesicht, als sie ins Zimmer trat. Sie beugte sich über ihre Tochter und küsste sie.

„Hallo, Schätzchen, war es schön mit Dip? Ich habe dich lachen hören . . ."

„Ach, das war, weil Penny Martin gekocht und aufgegessen worden ist, Mami. Irre komisch! Mami, Dip möchte zu meinem Sportnachmittag kommen und Bilder von mir machen und mir beim Wettrennen zuschauen." Felicitys Gesichtsausdruck hatte, während sie fortfuhr, bemerkenswerte Ähnlichkeit mit dem, den ich hin und wieder auf Mikes Gesicht gesehen hatte. Er nahm diesen Ausdruck an, wenn er seine Kinder ermahnte, Reife und Vernunft an den Tag zu legen, wenn ihnen irgendetwas überhaupt nicht passte. „Mami, würde es dir etwas ausmachen, diesmal nicht mitzukommen, weil Dip doch wie eine richtige Mutter sein möchte, und" – jetzt kam ein aus Felicitys Sicht völlig zwingendes Argument – „wenn du auch da bist, kann sie ja nicht beim Wettrennen für Mütter mitmachen, oder?"

„Nein", sagte Kathy mit einem noch schuldbewussteren Blick in meine Richtung, „nein, das sehe ich ein, wirklich. Also, wenn ich ganz bestimmt nächstes Jahr mitkommen darf, habe ich nichts dagegen, wenn diesmal Dip mit dir hingeht, Liebling. Vielleicht gehe ich stattdessen Oma besuchen, was meinst du? Das wäre doch schön."

„Siehst du, Dip", sagte Felicity mit einem gewaltigen Gähnen, „alles in Ordnung. Ist Mami nicht lieb?"

„Ja", stimmte ich zu, „sie ist wirklich sehr großzügig. Danke, Kathy. Gute Nacht, Felicity."

„Gute Nacht, Dip, und danke für meine Entengeschichte. Nacht, Mami."

„Gute Nacht, mein Liebling – schlaf gut."

Als ich fünf Minuten später noch einmal hineinsah, lag die selbst ernannte aussichtsreichste Favoritin für den Rückwärtslauf der Mädchen mit Bohnensackhochwerfen und -wiederauffangen in tiefem Schlaf.

8

Am Mittwochabend bat ich Gott, der Fletton Park County Primary School für ihr Kindersportfest am folgenden Tag sonniges Wetter zu schicken. Die Ehrlichkeit zwingt mich zuzugeben, dass ich mich auch nach der Möglichkeit eines plötzlichen Gewitters erkundigte, das genau so lange dauern würde, dass jede Chance, den Wettlauf der Mütter wie geplant durchzuführen, davon fortgespült würde. Wohlgemerkt, wenn es sein musste, war ich grimmig entschlossen, um Felicitys willen so gut ich konnte durch den Parcours zu stampfen, aber jedes Mal, wenn ich daran dachte, rutschte mir das Herz in die Hose.

Der Donnerstag erwies sich als strahlender Sonnentag, gekrönt mit einer freundlichen Brise, die gerade richtig war, um die Hitze nicht unangenehm werden zu lassen. Ich sandte ein Rinnsal des Dankes für diese Gebetserhörung zum Himmel und versprach eine wahre Springflut zusätzlicher Dankbarkeit für den Fall, dass das plötzliche Gewitter ebenfalls eintraf.

Das Wetter war perfekt, doch der Nachmittag fing für mich nicht sehr gut an, obwohl er mich der vollen Qualifikation als Robinson honoris causa gewiss ein gewaltiges Stück näher brachte.

Nachdem ich um Viertel nach eins, eine halbe Stunde zu früh, eingetroffen war, machte ich den unfassbar grauenhaften Fehler, auf dem Lehrerparkplatz direkt vor der Schule zu parken.

„Gut gemacht!", gratulierte ich mir selbst laut dafür, dass ich so leicht einen Platz gefunden hatte, und ich hatte mir gerade noch einen Kamm durch die Haare gezerrt, bevor ich aussteigen wollte, als ein lautes Klopfen ans Fenster mich zusammenfahren ließ.

Als ich den Kopf drehte, sah ich auf der anderen Seite des Glases ein sehr effizient aussehendes weibliches Gesicht, umrahmt von sehr effizient gebändigtem grauen Haar. Ebenfalls in Sicht war ein sehr effizient aussehender Finger, der herrisch in Richtung Erdboden deutete. Ich kurbelte die Scheibe herunter. Die Stimme, die aus dem Gesicht drang, klang forsch und neutral im Tonfall, aber eigentlich nicht unangenehm.

„Guten Tag, ich bin Mrs. Palmer, die Schulsekretärin – darf ich fragen, ob Sie eine Mutter sind?"

Mein Auto ist sehr klein, und wenn man darin sitzt und jemand einem mit dem Gesicht ganz nahe kommt und auf einen einredet und man denkt, die andere Person könnte einem vielleicht einen Verweis erteilen wollen, dann kann man leicht den Kopf verlieren. Die einfachste und problemloseste Antwort wäre „Ja" gewesen, denn das wäre am Ende auf dasselbe hinausgelaufen; aber immer, wenn ich mich bedroht fühle, neige ich dazu, einer lästigen und nichtexistenten, wahrheitsüberwachenden Gottheit anzuhangen, die es mir „geben" wird, wenn ich auch nur um Haaresbreite vom Pfad der absoluten, buchstäblichen Genauigkeit abweiche.

„Nein", sagte ich, „das nicht, aber ..."

„Sind Sie dann gekommen, um den Direktor zu sprechen? Ich fürchte, er wird heute Nachmittag nicht verfügbar sein, denn das Kindersportfest wird in" – sie warf einen Blick auf ihre sehr effizient aussehende Uhr – „weniger als einer halben Stunde beginnen."

Sie hörte auf zu sprechen, ließ ihr Gesicht aber, wo es war. Ich war an der Reihe, etwas zu sagen.

„Nein, ich bin nicht gekommen, um den Direktor zu sprechen. Ich will auch zum Kindersportfest."

Ich fühlte mich, als wäre ich ungefähr vier Jahre alt. Das Gesicht rührte sich immer noch nicht von der Stelle.

„Tut mir Leid, ich dachte, Sie hätten gesagt, Sie seien keine Mutter. Vielleicht habe ich Sie missverstanden."

Ja, Sie haben mich missverstanden! Ja, Sie, in deren Augen ich praktisch gar nicht existiere, ich bin keine Mutter – aber ich habe mich immer danach gesehnt, eine Mutter zu sein. In meinen Träumen habe ich eine Verheißung ausgelebt, die kein wacher Tag je eingelöst hat. Ich habe den Schmerz kennen gelernt, mich nach Mutterschaft zu sehnen, aber niemals die Freude, mein eigen Fleisch und Blut im Arm zu halten. Ich bin keine Mutter – ja. Sie haben mich missverstanden.

Ich musste daran denken, dass manche Leute, und ich gehöre dazu, mit der Zeit ein bemerkenswertes Geschick darin entwickeln, ihre wirklichen Empfindungen zu verbergen. Einer der größten Schocks meiner Jugendzeit war die Nachricht, dass eine Kommilitonin auf dem College in Adelaide sich beinahe mit einer Überdosis von irgendetwas umgebracht und einen Brief hinterlassen hatte, in dem es hieß, sie könne den sozialen und akademischen Druck nicht mehr ertragen. Dieses Mädchen und ich waren immer sehr gut miteinander ausgekommen und wir hatten uns meistens mindestens einmal am Tag auf einen Kaffee in der Mensa getroffen. Was mich an Grace immer am meisten beeindruckt hatte, war ihre entspannte Einstellung zum Leben gewesen. Normalerweise hatte sie ein träges Lächeln auf den Lippen, und sie hatte eine witzige, entspannte Art, über Dinge zu reden. Lebensbereiche, die bei mir völliges Chaos erzeugten, schien sie völlig unter Kontrolle zu haben. Ich wäre nie auf den Gedanken gekommen, sie könnte jemals einen Selbstmordversuch unternehmen. Als ich Grace auf ihre Bitte hin im Krankenhaus besuchte, war die Maske ab, und ich war verblüfft über den Gegensatz. Ich weiß noch, wie ich sie fragte, warum sie nie mit mir über ihre Gefühle gesprochen habe, aber sie schüttelte nur ihren Kopf und sagte: „Na, das tust du doch auch nicht, oder?"

Und natürlich hatte sie absolut Recht. Sie tun es auch nicht, oder? Zu Zeiten in unserem Leben, wenn wir wirklich schwer leiden, fragt uns jemand auf der Arbeit oder in der Gemeinde oder auf der Straße, wie es uns geht, und wir lächeln und nicken und sagen: „Ganz gut!" oder „Man wurschtelt sich so durch!" oder „Darf mich nicht beklagen!" oder „Könnte schlimmer sein!", und dabei leiden wir innerlich entsetzliche Qualen. Wir wissen genau, dass der andere es nie glauben wird, wenn er es später einmal herausfindet, weil wir so gut geschauspielert haben. Eine Zeit lang habe ich einmal die Ansicht vertreten, man sollte jedermann gegenüber absolut offen über seine Sorgen reden, aber heute denke ich nicht mehr so. Heute weiß ich, dass es keinen Sinn hat, jedem zu erzählen, wie wir uns fühlen, wenn es uns schlecht geht. Es gibt nicht viele Leute, seien es Christen oder nicht, die den Schmerz anderer Leute ertragen können. Ich glaube allerdings, dass ich mit etwas von Graces Schmerzen schon zurechtgekommen wäre, und nach jenem Besuch im Krankenhaus hat sie mir auch ein paar von ihren Geheimnissen anvertraut.

Das Gesicht wartete immer noch.

„Tut mir schrecklich Leid. Ich habe mich nicht klar ausgedrückt. Ich bin zwar keine Mutter, aber ich bin stellvertretend für Felicity Robinsons Mutter, die leider heute Nachmittag nicht konnte, zum Sportfest gekommen."

„Ach so, verstehe, ja – Felicity." Ihr Blick wurde etwas milder.

Nun, dachte ich, würde das Gesicht doch sicher weggehen, und ich könnte aus meinem Auto aussteigen und irgendwo hingehen, wo diese Person nicht war.

Vielleicht sind Sie so nett, Ihr Gesicht da wegzunehmen, damit ich, wenn ich meine Autotür aufmache, nicht das sündige Vergnügen habe, Sie aus Ihren effizienten Schuhen zu hauen? Herr, liebe du sie für mich.

„Felicity Robinson, ja." Ich lächelte, wie man lächelt, wenn man ein Gespräch für beendet hält, und vollführte allerlei Bewegungen, um meine Absicht zu signalisieren, das Auto zu verlassen. Das Gesicht wich keinen Zentimeter.

„Ich fürchte, Sie können hier nicht parken, weil diese Plätze alle für die Lehrer reserviert sind, aber im Hinterhof der Baufirma nebenan finden Sie einen großen Parkplatz. Die Firma hat sich freundlicherweise bereit erklärt, bei besonderen Gelegenheiten wie dieser die Eltern ihre Fahrzeuge dort abstellen zu lassen."

Ein kleiner Gnom auf meinem Armaturenbrett drängte mich, darauf hinzuweisen, ich hätte doch wohl bereits deutlich gemacht, dass ich keine Mutter sei, und mich zu erkundigen, welche Vorkehrungen getroffen worden seien, damit auch Freunde von Kindern bei besonderen Gelegenheiten wie dieser einen Parkplatz finden.

Halt den Mund, Gnom.

„Tut mir Leid, das wusste ich nicht. Dort entlang, ja?"

„Genau."

„Danke sehr."

„Felicity ist ein entzückendes Kind."

„Ja."

Nettes Gesicht.

Gehorsam fuhr ich zu dem richtigen Parkplatz und stellte meinen Wagen in der Nähe der Einfahrt ab.

Ich entdeckte den Sportplatz auf der anderen Seite einer, wie sich herausstellte, überraschend umfangreichen Ansammlung von Schulgebäuden. Der frisch gemähte Rasen auf dem Spielfeld war mit langen, geraden weißen Linien markiert worden, um für diese ganz besondere Gelegenheit eine Rennstrecke zu erzeugen. Entlang einer Seite dieses sechsspurigen Streifens standen drei säuberlich angeordnete

Reihen beängstigend winziger Stühle, während auf der anderen Seite zwei schon recht große Kinder damit beschäftigt waren, Gymnastikmatten Kante an Kante auszulegen – vermutlich als Sitzgelegenheit für die Minisportler, wenn sie eintreffen würden. Hinter den Matten waren in gleichmäßigen Abständen drei Masten auf Stativen aufgestellt, an deren Spitze sich jeweils ein glockenförmiger Lautsprecher befand. An einem Ende der Bahn war eine gemischte Gruppe von Erwachsenen und älteren Kindern dabei, farbige Wolle an etwas zu befestigen, das wie kleine, goldene Sicherheitsnadeln aussah, und ein Stück pinkfarbenes Band quer über die Bahn zu legen. Das sollte, wie ich vermutete, als Zielband für die angehenden Linford Christies und Sally Gunnels dienen, die hier bald um ihre ersten Lorbeeren kämpfen würden.

Ich beschloss, mich so nahe wie möglich an die besagte Ziellinie zu setzen, um von diesem strategischen Punkt aus die Endstadien des entscheidenden Rückwärtslaufs der Mädchen mit Bohnensackhochwerfen und -wiederauffangen genau beobachten zu können. Einige Eltern (oder vielleicht Freunde von Kindern?) nahmen bereits ihre Positionen an diesem Ende der Bahn ein, wobei es freilich recht eigenartig aussah, wie sie sich auf den winzigen blauen Stühlen, die man für sie bereitgestellt hatte, niederließen und diese in manchen Fällen völlig unter sich begruben. Sachte nahm ich selbst Platz und hoffte dabei, dass die dünnen Rohrbeine nicht auf den Gedanken kommen würden, unter meinem Gewicht langsam im Boden zu versinken. Dankenswerterweise kamen sie nicht darauf, und ganz plötzlich überkam mich, dem Wettlauf der Mütter zum Trotz, eine Welle der Zufriedenheit und des Wohlbefindens. Der Duft frisch geschnittenen Grases war wie immer ein Gedicht aus vergangenen Zeiten, und der Himmel war überwältigend, verschwenderisch, wunderbar blau. Ich legte meinen Kopf zurück, schloss meine Augen und sog die sonnengetränkte Luft mit einem langen, tiefen Zug ein.

Danke, Gott, für die unveränderlich schönen Dinge.

Als ich meine Augen wieder aufschlug, sah ich, dass eine Ansammlung unvorstellbar winziger Kinder das Schulgebäude verlassen hatte und sich in einem fröhlichen Durcheinander der Rennstrecke näherte. An der Spitze des Durcheinanders ging eine höchst elegante, makellos frisierte Dame in einem fließenden, knöchellangen Kleid. Sie hielt in jeder ihrer Hände eine kleine Hand, und diverse weitere kleine Gestalten schienen mit verschiedenen Körperteilen an ihrem Rock festzuhängen, als sie über das glänzende Gras schritten. Als sie die Matte direkt mir gegenüber erreicht hatte, sank sie langsam zu Boden und zog dabei die Kinder mit sich, als ob sie in Zeitlupe ein Vakuum füllten, das durch den Abstieg ihres Körpers entstanden war. Das Ergebnis sah, ohne dass es beabsichtigt gewesen wäre, künstlerisch aus, als ob die Klasse für eine viktorianische Fotografie posierte. Wenn das eine Lehrerin ist, dachte ich, dann haben sich die Lehrer aber seit meiner Schulzeit mächtig verändert. Ich wandte mich an die beruhigend unordentliche, freundlich aussehende Person, die auf dem Liliputanerstuhl neben mir balancierte.

„Wer ist diese Lehrerin da drüben?", fragte ich und deutete über die Bahn hinweg.

„Oh, das ist Mrs. Barcombe", sagte meine Nachbarin ehrfürchtig, „sie unterrichtet eine der ersten Klassen. Sie ist wirklich wunderbar. Jeder hofft, dass die eigenen Kinder bei ihr anfangen. Zwei von meinen hatten das Glück, und ich hoffe, das letzte wird es auch noch schaffen. Von ihr kommen sie völlig ausgeglichen und umgänglich nach Hause." Sie lächelte wehmütig. „Ich scheine nie eine solche Wirkung auf jemanden zu haben; darum ist es nur gut, wenn wenigstens jemand anderes sie hat. Ich bin übrigens Mrs. Elphick. Wir haben uns noch nicht kennen gelernt, oder? Haben Sie einen kleinen Jungen oder ein kleines Mädchen hier?"

Ich war jetzt viel entspannter. „Nein, ich bin für eine Freundin gekommen, die heute nicht kann. Sie ist Felicity Robinsons Mutter."

Sie wusste sofort Bescheid. „Ach, Felicity kenne ich. Sie ist in der zweiten Klasse zusammen mit Claire, meiner Mittleren. Das ist Miss Jarmans Klasse. Sie gehen auch zusammen zum Ballett. Oh ja, Felicity hat uns schon öfter zum Tee besucht. Neulich war sie mit einer anderen Freundin namens Emily zusammen bei uns. Sie ist ein entzückendes kleines Mädchen, nicht wahr? Großartige Fantasie für Spiele und so."

„Ja", erwiderte ich und versuchte dabei so zu klingen, als sei ich eine unabhängige Gutachterin in Sachen Entzücken und Fantasie, während ich in Wirklichkeit einen tiefen persönlichen Stolz empfand. „Ja, ich habe sie sehr gern."

„Das ist die andere Anfangsklasse", sagte meine neue Freundin und deutete auf eine zweite Gruppe von Kindern, die gerade aus dem Schulgebäude kam, „Mrs. Calnes Klasse. Sie ist auf ihre Art sehr nett. Bei ihr lernen die Kinder alles Mögliche, und ich denke, dafür sind sie ja eigentlich auch hier, nicht?"

Mrs. Elphicks Tonfall sagte deutlicher als Worte, dass ihrer Ansicht nach die Calne-Methode, die darauf abzielte, alles Mögliche zu lernen, der Barcombe-Methode weit unterlegen war, die bewirkte, dass frisch eingeschulte Kinder „völlig ausgeglichen und umgänglich" zu ihren Eltern nach Hause kamen. Gewiss hatte Mrs. Calnes Regiment einen sichtbar anderen Flavour als das der anderen Anfangsklasse. Sie selbst war eine nüchtern gekleidete, kräftig aussehende Frau von Mitte vierzig, mit kurz geschnittenem dunklen Haar und einem jener Gesichter mit kantigem Kiefer und rosiger Haut, die mich – vermutlich völlig zu Unrecht – immer an hektische Damenmannschaftssportarten erinnern. Sie marschierte an der Spitze einer Prozession (nicht eines Durcheinanders) von Kindern, die sich händchenhaltend in ordentlichen Zweierreihen auf die zweite Matte von hinten zubewegten. Diese Klasse ließ sich nicht anmutig wie eine welkende Blume nieder, wie es die vorige getan hatte. Nachdem sie noch stehend zu einem passenden Muster angeordnet worden waren, wurde ein Befehl gegeben, und sie setzten sich. Mrs. Calne kniete sich ordentlich auf eine Ecke der Matte, und das war es. Sie drehte den Kopf und schickte ein unerwartet freundliches Lächeln zu der schönen Mrs. Barcombe hinüber, die mit einer Hebung der Augenbrauen und einem freundlichen kleinen Schulterzucken antwortete, als wollte sie sagen: „Na, dann mal los."

Als ich hinübersah und die beiden Gruppen von Kindern betrachtete, fiel mir auf, dass die Kinder von Mrs. Calne eigentlich nicht weniger entspannt und fröhlich aussahen als die von Mrs. Barcombe. Sie zeigten nur ein geringfügig anderes Verhalten, vermutlich wegen der unterschiedlichen Art von Kontrolle, die ihre Lehrerinnen ausübten.

Nicht zum ersten Mal verspürte ich einen leisen Ärger über das Leben, weil es uns keine hübsch klar unterscheidbaren Helden und Schurken bot. Warum konnte Mrs. Barcombe nicht ganz und gar wunderbar und Mrs. Calne unaussprechlich grauenhaft sein? Ein Teil von mir hatte die Welt schon immer so haben wollen. Vielleicht hatte ich, als ich klein war, zu viele Bücher mit Geschichten gelesen und zu wenig Kontakt zu Leuten aus Fleisch und Blut gehabt. Leute wie ich brauchen Jahre, um die wirkliche Welt klar zu sehen.

Die Reihen winziger Stühle füllten sich nun sehr rasch, und ein stetiger Strom von Eltern bewegte sich vom Parkplatz zum Sportfeld. Viele trugen Sonnenbrillen und hatten

Kameras bei sich. Eine ganze Menge hatte ihre jüngeren Kinder mitgebracht, die noch nicht in die Schule gingen. Es gab Babys, die auf dem Arm getragen wurden, mit großen Augen auf unsicheren Beinen umherwackelnde Kleinkinder und schlafende Winzlinge in gemütlich aussehenden Kinderwagen. Zweifellos war allen außer den Allerjüngsten der Moment vor Augen gemalt worden, wenn ihr großer Bruder oder ihre große Schwester auf der Bühne des Sports erscheinen würde. Ich hoffte um der Mütter willen, dass die schlafenden Kinder rechtzeitig aufwachen würden, um das Ereignis genießen zu können, das man ihnen versprochen hatte.

Die allgemeine Atmosphäre war von betriebsamer Erwartung geprägt, gemischt mit einer etwas merkwürdigen Stimmung allgemeiner Verwirrung. Da die Reihen der Eltern sich über eine so lange Strecke von einem Ende der Bahn bis zum anderen hinzogen, war es schwierig, sich vorzustellen, dass man überhaupt etwas mitbekommen würde, bevor ein Wettlauf schon in vollem Gange war.

Die meisten Leute um mich her trugen ein ermutigendes, siegessicheres Lächeln zur Schau für den Fall, dass ihre Kinder zufällig gerade zu ihnen hinsahen. Doch während ihre Münder lächelten, spähten ihre Augen ratlos hin und her, offenbar in der Hoffnung, dass jemand sie in das Geheimnis einweihen würde, was hier eigentlich geplant war. Die drei Lautsprecher auf den Masten sahen in dieser Hinsicht vielversprechend aus; allerdings ließ unten jenseits der Ziellinie eine Traube sorgenvoll über ein Mikrofon gebeugter Köpfe erahnen, dass es in diesem Bereich vielleicht Schwierigkeiten geben würde.

Meine Nachbarin Mrs. Elphick erzählte mir, dies sei das erste Jahr, in dem eine Lautsprecheranlage verwendet werde (sonst habe immer jemand namens Mr. Murray gebrüllt). Und sie hoffe, diese würde auch funktionieren, denn sie könne sich nicht erinnern, jemals in den zehn Jahren, die sie nun schon zum Sportfest kam, eine klare Vorstellung davon gehabt zu haben, was gerade eben passiert sei, was zurzeit passiere oder was wohl in einer Minute passieren würde.

Felicitys Klasse war die letzte, die aus dem Schulgebäude herauskam, und ich muss zugeben, dass ich von dem Augenblick an, als ich ihre relativ große Gestalt in der Ferne entdeckte, ziemlich nervös war. Wenn sie nun vergessen hatte, dass ich statt ihrer Mutter zu ihrem Sportfest kommen würde? Wenn nun ihr Lächeln erstarb, sobald sie mich mitten unter all den echten Eltern entdeckte? Wie die meisten der anderen Kinder erreichte Felicity die zugewiesene Matte in einem Zustand, in dem sich Begeisterung und Sorge mischten. Der Grund für die Begeisterung war offensichtlich, aber zuerst wusste ich nicht recht, woher die Sorge kam. Meine freundliche Nachbarin erklärte es mir.

„Die meisten von ihnen gucken jetzt, ob die Person, die herkommen sollte, auch wirklich da ist. Beobachten Sie ihre Gesichter, wenn sie plötzlich ihre Leute entdecken – schauen Sie nur."

Felicity war keine Ausnahme. Ich sah ihr an, dass sie sich vorläufig noch nicht ganz in die Begeisterung stürzen konnte. Sie saß in einem weißen T-Shirt und weißen Shorts, das Haar zu einem hübschen Pferdeschwanz gebunden, im Schneidersitz zwischen ihren Klassenkameraden am anderen Ende der Rennstrecke und ließ ihren Blick voller besorgter Konzentration von Gesicht zu Gesicht über die Reihen der Zuschauer wandern. Ich wollte sie auf mich aufmerksam machen, brachte aber nur ein furchtsames kleines Winken mit den Fingern zustande. Als ihr Blick endlich auf meinen traf, blieb mir das Herz stehen.

Ich hätte mir keine Sorgen zu machen brauchen. Als sie mich sah, war es, als wäre ein Schalter in Felicity umgelegt worden. Alle Lichter in ihrem Gesicht gingen an, und sie wedelte wie verrückt mit den Händen, bevor sie sich fröhlich schwatzend und kichernd ihren Freundinnen zuwandte.

Danke.

„Das ist Mr. Murray", sagte meine neue Freundin und deutete auf eine Gestalt, die sich gerade aus der Gruppe von Leuten gelöst hatte, die sich so sorgenvoll um das Mikrofon bemüht hatten, „das ist der, der sonst immer brüllt. Die Kinder mögen ihn sehr gern – er bringt sie mit seinen Witzen zum Lachen. Ein guter Lehrer ist er auch." Sie kicherte plötzlich. „Allerdings nicht besonders eitel, was seine Kleidung angeht, nicht wahr?"

Die Bemerkung war recht treffend. Mr. Murray, ein hoch gewachsener, gut gebauter Mann von schätzungsweise Mitte dreißig, war gekleidet, wie er es offensichtlich für eine Sportveranstaltung im Freien passend fand. Diese Garderobe bestand aus einem Paar lächerlich langen Khakishorts, zwei uralten schwarzen Armeestiefeln, aus denen ein schmaler Streifen fadenscheiniger hellblauer Socken hervorragte, und dazu ein grell orangefarbenes, kurzärmeliges T-Shirt, das fast, aber nicht ganz bis zum oberen Rand seiner Shorts reichte. Die Gesamtwirkung wurde durch einen zerknitterten weißen Schlapphut, wie man ihn zum Kricket trägt, abgerundet. Unter dem Hut zierte Mr. Murrays recht gut aussehendes, angenehm entschlossenes Gesicht eine Brille, deren dicke schwarze Ränder allem, was er tat, irgendwie eine unbeirrbare Zielstrebigkeit zu verleihen schienen. Mrs. Elphick hatte absolut Recht. Mr. Murray schien nicht im Entferntesten eitel bezüglich seiner exzentrischen Erscheinung zu sein, und eben weil er so locker war, sah er im Grunde überhaupt nicht komisch aus. Leute wie ihn habe ich schon immer beneidet.

Er schlenderte am Rande der Bahn an den langen Reihen der Eltern vorbei und zog das Mikrofonkabel hinter sich her, wobei sein Vorwärtskommen hie und da durch einen kurzen

Wortwechsel und Gelächter unterbrochen wurde, wenn er stehen blieb, um eine witzige Bemerkung zu machen oder jemanden zu begrüßen. Er schien fast alle Mütter und sogar einige der kleinen Kinder, die noch nicht in die Schule gingen, zu kennen.

„Er sieht nett aus", sagte ich milde, als machte ich eine Bemerkung über ein recht hübsches Stück Gardinenstoff.

„Oh, er ist entzückend", erwiderte meine Nachbarin mit dem Widerhall der Reaktion einer Vierzehnjährigen in der Stimme, die ich selbst so sorgfältig verheimlicht hatte. „Von mir aus kann er tragen, was er will. Finden Sie ihn nicht auch zum Anbeißen?"

„Mmm, sehr nett." Jetzt klang ich, als ob ich möglicherweise über ein sehr hübsches Stück Gardinenstoff redete. Ich hatte in meinem ganzen Leben noch niemanden (sei es im Stillen oder laut) als „zum Anbeißen" bezeichnet.

„Also, ich finde ihn entzückend", sagte Mrs. Elphick, deren Tonfall eine leise Enttäuschung über meine lauwarme Reaktion verriet. „Oh, sehen Sie, er wird dieses Sprechdings benutzen – wie nennt man das doch gleich? –, das Mikrofon."

Und tatsächlich, der merkwürdig gekleidete, zum Anbeißen leckere Mr. Murray, der nun zwei Drittel des Weges die Bahn hinauf stehen geblieben war und das Mikrofon an die Lippen gehoben hatte, zuckte mit den Augenbrauen und formte lautlos Worte, um sich darauf vorzubereiten, durch die Lautsprecheranlage zu uns allen zu sprechen.

„Das wird viel besser als früher", erklärte Mrs. Elphick mit behaglichem Optimismus.

Ich bezweifle nicht, dass es besser als früher gewesen wäre – wenn es richtig funktioniert hätte. Nicht, dass Mr. Murrays Worte nicht verstärkt worden wären, das wurden sie ganz bestimmt – sogar dreimal, einmal pro Lautsprecher, im Abstand von jeweils etwa einer halben Sekunde. Das Er-

gebnis war eine Stimme, die so donnernd laut, kosmisch wi-
derhallend und wolkenzersprengend klang, wie man sie zu
Beginn der Schlacht von Harmagedon zu hören erwarten
würde; und dabei sagte er nichts weiter als „Guten Tag miteinander".

Mit einem Schlag trat erschrockene Stille ein, sofort gefolgt von erleichtertem Gelächter, als die versammelten Eltern erkannten, dass nicht Gott sein Gericht, sondern nur
Mr. Murray seine Ansprache zu halten im Begriff stand.

„Es war besser, als er noch gebrüllt hat", kommentierte
Mrs. Elphick.

Minuten vergingen, während ein oder zwei handwerklich
geschickt aussehende Mitarbeiter sich zu Mr. Murray gesellten, um ausgiebig und sorgenvoll verschiedene Aspekte der
Lautsprecheranlage mit ihm zu erörtern. Bald wurden wir
Zeugen einiger weiterer Versuche von erschütternder Dramatik, mit Hilfe der drei Lautsprecher Informationen weiterzugeben. Die Reihen der Eltern fixierten das siegessichere
Lächeln noch fester auf ihren Gesichtern, damit ihr Nachwuchs nicht den Mut verlor, und warteten die weitere Entwicklung ab.

Endlich erklang eine unnatürlich langsame Grabesstimme
in gedämpftem, monotonem Tonfall aus den Lautsprechern,
eine Stimme, wie man sie zu hören erwarten würde, wenn
von der Bühne der Royal Albert Hall aus eine schwere Tragödie bekannt zu geben wäre.

„WIR ... HABEN ... EIN ... KLEINES ... PROBLEM
... MIT ... DER ... VERSTÄRKERANLAGE ... ABER ...
WENN ... ICH ... SEHR ... LANGSAM ... UND ...
DEUTLICH ... SPRECHE ... MÜSSTEN ... SIE ...
MICH ... VERSTEHEN ... KÖNNEN ..."

Die Eltern applaudierten, und die älteren Kinder auf den
Matten begrüßten diese außergewöhnliche Vincent-Price-
Imitation mit fast hysterischem Gelächter.

„WIR … HEISSEN … SIE … ALLE … SEHR … HERZ-
LICH … WILLKOMMEN …", fuhr die Stimme in erschre-
ckend bedrohlichem Tonfall fort, „UND … UNSER …
ERSTER … WETTKAMPF … WIRD … EIN … WETT-
LAUF … FÜR … DIE … VORSCHULKINDER … SEIN
…"

Sechs vor Aufregung zuckende, aber sichtlich verwirrte
kleine Kinder wurden mit fester Hand an ihre Plätze an der
Startlinie geführt, wo man sie in die richtige Richtung drehte. Dann kam das Kommando: „Auf die Plätze, fertig, los!"

Dieser erste Wettkampf war kein ganz ungetrübter Erfolg.
Die sechs betroffenen Sportler schienen begriffen zu haben,
dass „Los!" bedeutete, dass sie sich nun woandershin bege-
ben sollten, aber nur zwei von ihnen hatten völlig durch-
schaut, dass sie sich am Ende wieder alle an ein- und demselben Ort einfinden sollten. Die anderen rannten nicht los,
sondern zerstreuten sich eher in diverse zufällige Richtungen. Ein dickliches kleines Mädchen schoss geradewegs zurück in die Arme seiner Mutter, die in der Nähe der Startlinie saß, während der kleine Junge neben ihr sich umdrehte
und, so schnell seine Beine ihn trugen, in die der Ziellinie
diametral entgegengesetzte Richtung rannte. An der Hecke
am Ende des Sportplatzes blieb er stehen und begann, im
hohen Gras Purzelbäume zu üben. Ein anderer beschloss,
sich zu einem kleinen Nickerchen niederzulassen, da nichts
von besonderem Interesse stattzufinden schien, und eine
vierte ging zum nächsten Lautsprechermast und starrte fasziniert empor, als Mr. Murrays unheilschwangere Stimme verkündete: „ICH … GLAUBE … WIR … MÜSSEN … DIE-
SEN … WETTKAMPF … NOCH … EINMAL … VON
… VORN … BEGINNEN …"

Hoch qualifizierte Kinderfänger wurden ausgesandt, um
die sechs Teilnehmer wieder zusammenzutreiben, einschließlich der beiden, die den Wettlauf bereits beendet hat-

ten. Dieses Paar blickte ein wenig verwirrt drein, als es zurück zur Startlinie geführt wurde, schien aber gern bereit zu sein, das Ganze noch einmal zu machen. Bald darauf, nachdem allen noch einmal mit in Augenhöhe ausgestrecktem Arm der Verlauf der Rennstrecke verdeutlicht worden war und sich vorherige Anweisungen wiederholt hatten, wurde das Rennen von neuem gestartet. Diesmal erreichten mit Unterstützung von Mrs. Calne, die eine Art Schäferhundrolle spielte, indem sie gebückt mit ausgebreiteten Armen hinter den Sportlern herlief, alle die Ziellinie – begleitet von frenetischem Applaus seitens der Eltern.

Danach schien alles einigermaßen glatt zu gehen. Ein Wettkampf folgte dem anderen, jeweils eingeleitet von Mr. Murrays feierlichen Erklärungen. Es klang wirklich sehr seltsam, als der Hindernislauf der Jungen angekündigt wurde, als ob gleich etwas äußerst Schmerzliches geschehen würde.

An vielen Stellen musste ich lachen, aber einmal verdrückte ich auch ein heimliches Tränchen. Beim Eierlauf der Mädchen (von Mr. Murray eingeleitet, als ob wir Zeugen eines Massenbegräbnisses werden sollten) kamen fünf der Wettkämpferinnen mehr oder weniger gleichzeitig ins Ziel, doch die sechste, ein schmächtiges kleines Ding mit dicken Brillengläsern, hatte viel Zeit damit verloren, wild auf der Bahn hin und her zu springen, während sie die Kontrolle über ihr Ei auf dem Löffel abwechselnd verlor und wiedergewann. Es war, als ob eine unsichtbare, unwiderstehliche Kraft hin und wieder nach dem Löffel griff und ihn ihr zu entwinden versuchte. Das Ergebnis war, dass ihre Laufrichtung nur im arithmetischen Mittel einer geraden Linie entsprach. Doch sie gab nicht auf. Das war es, was mir die Tränen in die Augen trieb. Noch lange, nachdem die anderen die Ziellinie überquert hatten, gab sich diese Heldin immer noch genauso viel Mühe wie am Anfang. Als sie sich endlich tatsächlich dem Ende der Bahn näherte, lag eine wilde Entschlossenheit auf ihrem Gesicht. „Wer weiß", schien dieses Gesicht zu sagen, „wenn ich mir bis zum Ende weiter richtig Mühe gebe, auch wenn die anderen schon fertig sind, gewinne ich vielleicht doch noch! Wer weiß?"

Ich tupfte mir heimlich die Augen und trauerte um den Tod der Hoffnung und Unschuld in uns allen.

Endlich kam der Augenblick, auf den Felicity so lange gewartet hatte. Wie ein alttestamentlicher Prophet, der das Unheil der babylonischen Gefangenschaft ankündigt, hallte Mr. Murrays Stimme wieder einmal unheimlich über den Platz.

„UNSER ... NÄCHSTER ... WETTKAMPF ... IST ... DER ... RÜCKWÄRTSLAUF ... DER ... MÄDCHEN ... MIT ... BOHNENSACKHOCHWERFEN ... UND -WIEDERAUFFANGEN ... ICH ... BITTE ... DIE ... WETTKÄMPFERINNEN ... IHRE ... PLÄTZE ... AN ... DER ... STARTLINIE ... EINZUNEHMEN ..."

Felicity bleckte ihre Zähne zu einem aufgeregten Grinsen in meine Richtung und gestikulierte wild zur Startlinie hin. Ich nickte und winkte begeistert zurück, um zu zeigen, dass ich verstanden hatte. Das große Ereignis stand bevor, doch innerlich sank mir auf einmal der Mut. Aus irgendeinem Grund hatte ich mich Felicitys eigener Einschätzung ihrer Siegeschancen angeschlossen. Sie war sich ihres Erfolges unerschütterlich sicher, aber was war, wenn sie sich nun irrte? Sie konnte sich leicht irren. Plötzlich war das Letzte, was ich wollte, die Verantwortung, mich mit einem negativen Ausgang dieses Rennens auseinander setzen zu müssen. Ich schluckte hart und wartete.

Die erste Hälfte des Rennens schien Felicitys Selbsteinschätzung zu bestätigen. Als alle Läuferinnen die halbe Strecke hinter sich hatten, war sie schon mehrere Meter voraus und schien nicht mehr zu schlagen zu sein. Der Unterschied zwischen Felicity und den anderen Mädchen war ganz einfach: Felicity konnte rückwärts rennen und einen Bohnensack hochwerfen und wieder auffangen. Die anderen konnten nur rückwärts rennen oder einen Bohnensack hochwerfen und wieder auffangen. Das Ergebnis schien unausweichlich zu sein, und das flaue Gefühl in meiner Magengegend begann schon nachzulassen, als es zur Katastrophe kam.

Wie von einem riesigen Katapult abgefeuert schoss ein kleiner Junge, der gerade laufen konnte, hinaus auf die Bahn und hielt abrupt an, genau in der Laufrichtung von Felicity. Da sie rückwärts lief und sich auf ihren Bohnensack konzentrierte, bemerkte Felicity nicht das Geringste von dem unvorhergesehenen Hindernis. In einem Durcheinander von Armen und Beinen stießen die beiden Körper heftig zusammen und fielen in einem Haufen ins Gras. Der Kleine blieb flach auf dem Boden liegen und brüllte laut nach seiner Mutter, während Felicity sich aufsetzte, sich das Bein rieb und benommen dreinblickte.

Selbst jetzt hätte noch alles gut gehen können. Felicity erfasste die Situation sofort, sprang auf die Füße, den Bohnensack noch in der Hand, und setzte sich, nachdem sie die kleine, brüllende Gestalt umrundet hatte, wieder rückwärts in Richtung Ziellinie in Bewegung. Leider hatte sie sich die falsche Seite des Kleinen ausgesucht, um ihren Lauf fortzusetzen, und stieß sofort mit der Mutter des Kindes zusammen, die herbeieilte, um ihren Sohn zu retten, bevor er weiteren Schaden erlitt. Als Felicity endlich wieder in Gang kam und das Ziel erreichte, war sie bis auf eine von allen anderen Läuferinnen überholt worden. Statt den Rückwärtslauf der Mädchen mit Bohnensackhochwerfen und -wiederauffangen zu gewinnen, war sie Fünfte geworden.

Ein dicker Klumpen setzte sich in meiner Kehle fest, als ich Felicity unglücklich zum anderen Ende der Bahn zurückgehen sah. Ihr Kinn war auf die Brust gesunken, und steifbeinig vor mühsam unterdrücktem Kummer war sie das Abbild des Elends schlechthin.

Ich zittere vor Entsetzen, wenn ich daran denke, wie nahe ich daran war, mich selbst und sie absolut lächerlich zu machen. Alles in mir drängte mich, mir den Verantwortlichen für dieses so genannte Sportfest zu schnappen und darauf zu bestehen, dass das Rennen wiederholt würde, sodass ein gerechteres Ergebnis erzielt würde. Warum, würde ich fragen, sollte Felicitys Traum zunichte gemacht werden, nur weil es einem dummen Dreikäsehoch eingefallen war, auf die Bahn hinauszurennen? Vielleicht, so würde ich andeuten, wäre das Ganze überhaupt nicht passiert, wenn die ganze Veranstaltung etwas besser organisiert gewesen wäre, mit Absperrungen oder dergleichen. Dann würde Felicity jetzt fröhlich lachen, anstatt dort drüben auf der Matte zu sitzen und ihre Augen zusammenzukneifen, damit die Tränen nicht herauslaufen können. Gott sei Dank tat ich nichts so Unsägliches. Stattdessen ertappte ich mich dabei, wie ich mit fieberhafter Eile meine Handtasche aufräumte, als ob die Abschaffung des Chaos in einer kleinen Welt dazu beitragen könnte, die Ungerechtigkeit in einer anderen zu beseitigen.

„War das nicht ein Jammer?", sagte Mrs. Elphick mit echter Anteilnahme in der Stimme. Ich glaube, sie wusste, warum ich in meiner Handtasche aufräumte. „Man fühlt so sehr mit ihnen, wenn so etwas passiert, nicht wahr?"

„Ja", sagte ich kurz, den Tränen nahe, „das ist wahr."

Selbst der gefürchtete Wettlauf der Mütter hatte jetzt seine Schrecken verloren. Während ich ein paar Minuten später hinter den in Leggings gekleideten Gestalten jener hochmodernen Mütter die Bahn entlanghechelte, konnte ich nur an den Blick aus Felicitys großen, vor zurückgehaltenem Kummer glänzenden Augen denken, den ich am Start aufgefangen hatte, und an das verkniffene kleine Lächeln, zu dem sie sich um meinetwillen gezwungen hatte, bevor der Lauf begann.

Ich kam natürlich mit Abstand als Letzte ins Ziel, doch abgesehen davon, dass ich dem körperlichen Zusammenbruch nahe war, machte mir das nicht das Geringste aus. Was mich belastete, war die Aussicht, mit Felicity im Wagen nach Hause zu fahren und das Gewicht ihres Kummers tragen zu müssen.

„DAMIT... IST... DAS... KINDERSPORTFEST... ZU ... ENDE ... UND ... WIR ... MÖCHTEN ... UNS ... BEI ... KINDERN ... MITARBEITERN ... UND ... ELTERN ... DAFÜR ... BEDANKEN ... DASS ... SIE ... MIT... DAZU... BEIGETRAGEN... HABEN... DIESEN ... NACHMITTAG ... SO ... SCHÖN ... WERDEN ... ZU ... LASSEN ... ES ... WÄRE ... UNS ... EINE ... GROSSE ... HILFE ... WENN ... JEDER ... ELTERN-TEIL ... BEIM ... GEHEN ... EINEN ... STUHL ... MIT ... IN ... DIE ... SCHULE ... NEHMEN ... KÖNNTE ... UND ... BITTE ... NEHMEN ... SIE ... IHRE ... KINDER ... MIT ... NACH ... HAUSE ... SOBALD ... SIE ... SICH ... UMGEZOGEN ... HABEN ... NOCHMALS ... VIELEN ... DANK ..."

Mr. Murrays abschließende Botschaft aus dem Abgrund des Hades entlockte den Eltern ein kleines Applausgeplätscher, gefolgt vom allgemeinen Getriebe und Geklapper des Aufbruchs und der Aufräumungsarbeiten. Ich bedankte mich bei der freundlichen Mrs. Elphick für ihre Gesellschaft, griff nach meinem Miniaturstuhl und ging langsam auf das Schulgebäude zu. Als Felicitys Klasse auf dem Weg zurück in ihr Klassenzimmer an mir vorbeikam, rief ich ihr zu: „Wir treffen uns auf dem Parkplatz, Liebling – lass dir ruhig Zeit, wir haben keine Eile." Sie wedelte traurig mit der Hand und nickte stumm.

Als ich ein paar Minuten später in Daffodil saß und wartete, ging ich in Gedanken eine Auswahl möglicher tröstlicher Bemerkungen durch.

Du hast dein Bestes gegeben, nur darauf kommt es an.

Nächstes Jahr hast du eine neue Chance, und du bist so viel besser als die anderen, dass du auf jeden Fall gewinnen wirst.

Deine Klasse hat bei den Mannschaftswettkämpfen gut abgeschnitten, und du hast bei allen mitgemacht.

Ärgern nützt dir nichts – versuche, an etwas Schönes zu denken, das bald passieren wird.

Kopf hoch! Das ist nicht das Ende der Welt.

Reiß dich . . .

. . . zusammen. Ich kann wirklich nicht fassen, dass du dich über eine blöde Maus so aufregst, Elizabeth. Man könnte ja denken, du hättest nie etwas anderes gehabt, das dir etwas bedeutet hätte. Wir kaufen dir eine neue, wenn dir das so wichtig ist. Am Donnerstag gehst du auf einen Geburtstag – denk lieber daran. Also schön, wenn du nicht aufhören kannst zu weinen, dann musst du eben in dein Zimmer gehen und dort bleiben, bis du aufhören kannst . . . Wütend und grob zu werden wird dir auch nichts helfen, Elizabeth Reynolds. Auf deine schlechte Laune können wir verzichten. Los, ab mit dir, hinauf in dein Zimmer! Wenn du gelernt hast, deine Gefühle im Zaum zu halten, kannst du wieder zu uns herunterkommen. Nein, ich will dich nicht mehr sehen, bis du mich wieder anlächeln kannst – und zwar von Herzen. Wir haben das doch schon so oft durchexerziert . . .

Ich fuhr überrascht zusammen, als ich hörte, wie die Beifahrertür geöffnet wurde. Mit ihrer Brotdose und ihrer Schreibmappe in der einen Hand kam Felicity hereingeklettert und schlug die Tür hinter sich zu. Wir sahen einander kurz in die Augen, ein untröstliches kleines Mädchen und eine ziemlich ratlose Frau mittleren Alters.

„Ich habe nicht gewonnen, Dip."

„Ich weiß."

„Ich war Vorletzte."

„Ja, ich habe es gesehen."

Felicitys Unterlippe fing an zu zittern. „Ich habe wirklich, wirklich geglaubt, ich würde gewinnen, Dip. Ich habe es wirklich geglaubt."

Ich will dich nicht mehr sehen, bis du mich wieder anlächeln kannst ...

Meine Unterlippe fing auch an zu zittern. „Felicity, mein Schatz, du musst dich ganz, ganz schrecklich gefühlt haben, und es tut mir so Leid, dass du nicht gewonnen hast. Ich wette, du möchtest am liebsten nur noch weinen."

Das war es, was sie brauchte. Meine kleine Freundin ließ ihre Brotdose und ihre Schreibmappe auf den Boden des Wagens fallen, streckte ihre Arme nach mir aus und heulte sich mindestens eine Minute lang an meiner Schulter aus. Ich musste auch ein bisschen weinen – hauptsächlich wegen Felicity, aber teilweise auch wegen eines anderen kleinen Mädchens.

Als wir zu Hause ankamen, waren die Tränen verflogen, und Felicity lächelte mich wieder an – und zwar von Herzen.

„Hast du dich heute wie eine richtige Mutter gefühlt, Dip?", fragte sie fröhlich, als wir vom Wagen zur Haustür gingen.

„Ja, Felicity", nickte ich aus tiefster Überzeugung, „ja, ich glaube, das habe ich wohl."

9

„Warum hast du eine Dose Seifenblasen neben deinem Bett stehen, Dip?"

Meine Sandwichzubereitung kam mitten in der Streichbewegung abrupt zum Stillstand. Man braucht einen Augenblick, um sich Einzelheiten seines Lebens zu vergegenwärtigen, die einen schon so lange begleiten, dass man überhaupt nicht mehr über sie nachdenkt. Sie sind einfach da, nicht? Außerdem ... war mir die Sache ein bisschen peinlich.

„Willst du, dass ich mir etwas ausdenke, oder soll ich dir den wirklichen Grund sagen? Ich glaube, ich würde lieber etwas erfinden."

Als ich mich über die Schulter umsah, bemerkte ich, dass Marks gewohnt finster-vorwurfsvoller Gesichtsausdruck einem seltenen, strahlenden Lächeln gewichen war. Es war wie immer eine ziemlich verblüffende Verwandlung, die den gut aussehenden jungen Mann mehr als nur erahnen ließ, der zweifellos dereinst aus dem unansehnlichen Kokon hervorkommen würde, der Kathy jetzt zu solch ungeduldiger Raserei reizen konnte.

„Also, dann los", sagte er und ließ sich auf einen meiner knarrenden Küchenstühle sinken, „sag mir den wirklichen Grund."

Es war Freitag, zwei Wochen nach dem Sportfest, und Mark hatte auf dem Heimweg von der Schule bei mir vorbeigeschaut, wie er es schon zuvor ein paarmal getan hatte, sogar mit zunehmender Häufigkeit, seit ich verkündet hatte, ich sei noch nicht so weit, mit der Familie zusammenzuziehen. Schon früh hatte ich gelernt, dass überschwängliche Begrüßungen und fröhliches Geplauder über seinen Tag in der Schule genau das waren, worauf er bei diesen Gelegenheiten keinen Wert legte. Ja, wir wetteiferten geradezu miteinander darum, wer von uns während der ersten halben Stunde seines Aufenthalts lockerer und sorglos lustiger sein konnte. Die Wahrheit jedoch war, wie ich bald begriff, dass es für seine Besuche nach der Schule immer einen konkreten Grund gab. Aber die ungeschriebenen Regeln waren eindeutig: Ich durfte nie fragen, weshalb er gekommen war, und er konnte sich frei aussuchen, wann er so weit war, mir zu sagen, was er auf dem Herzen hatte. Ein- oder zweimal hatte er es überhaupt nicht geschafft, sich zu öffnen, und war mit einem Ausdruck verblüffter Frustration auf seinen finsteren Zügen wieder gegangen, wütend auf sich selbst, weil er nicht gesagt hatte, was er hatte sagen wollen. Wenn das passierte, fürchtete ich immer um den häuslichen Frieden der Robinsons.

Diesmal gab es eine Sache, die ich sofort klar erkannte, sobald er meine Küche betrat. Er hatte Hunger. Kathy hatte mir erzählt, und ich hatte es auch selbst schon beobachtet, dass Mark lieber „graste", wie es seine Mutter nannte, als zu essen. Dieser anschauliche Ausdruck beschrieb hervorragend seine Gewohnheit, in der Küche herumzuschlendern, hier ein Stück vom Rand eines Kuchens zu zupfen, dort etwas mit den Fingern aus einer Dose im Kühlschrank zu angeln, unförmige Brocken von dem Laib in der Brotdose abzureißen und direkt aus den Milch- und Limonadeflaschen zu trinken, ohne sich die Mühe zu machen, ein Glas zu benutzen. Insgesamt war dieses Grasen wieder eine jener ärgerlichen Angewohnheiten, die mit hoher Wahrscheinlichkeit sofort zu Krach führten, wenn er zu Hause war. Amüsiert beobachtete ich an jenem Freitag, dass Mark gemächlich durch meine Küche kreuzte und seine Hand in Richtung des Vorratsregals ausstreckte, dann in Richtung des Kühlschranks, dann eines Schokoladenkuchens mit weißem Guss, den ich auf der Arbeitsplatte stehen hatte, dann in Richtung der Obstschale und sie jedes Mal im letzten Moment plötzlich wieder zurückzog, als ob es die Anforderungen der Höflichkeit gerade eben – aber auch nur gerade eben – schafften, die Macht seines Appetits in die Schranken zu weisen. Ich hätte ein härteres Herz gebraucht als meines, um solch flehende, himmelschreiende Not zu ignorieren. Ich gab mich ungezwungen wie ein Wackelpudding.

„Du hast nicht zufällig Lust auf etwas zu essen, was, Mark?"

„Äh, doch – danke." Woher in aller Welt wusste ich das? Das schiere Verlangen machte ihn kühn. „Kann ich ein Stück von dem Kuchen haben?"

„Natürlich, ich schneide dir eine Scheibe ab. Aber wird das denn reichen?"

Mark fuhr sich mit der Zunge über die Lippen. „Einen Brutzler hättest du nicht zufällig auf Lager, oder?"

„Nun, vielleicht doch, wenn ich wüsste, was das ist."

„Das ist eine bestimmte Art Sandwich, das ich mir manchmal mache, wenn Dad nicht da ist. Mum stört es nicht so, wenn ich sie mache, aber Dad kriegt immer einen Anfall, wenn alles versaut ist, und ich versaue immer alles. Machen wir gleich zwei, Dip, dann kannst du auch einen haben."

Unwiderstehliche Begeisterung. Ich legte sein Stück Kuchen auf einen Teller und reichte es ihm.

„Weißt du was, Mark – falls ich die Zutaten für einen Brutzler dahaben sollte und es nicht länger als zehn Minuten dauert, sie zu machen, und du mir sagst, wie es geht, mache ich uns für jeden einen. Wie wär's?"

„Prima! Als Erstes brauchst du eine Scheibe Brot."

Ich klopfte auf den Brotkasten. „Die habe ich."

„Dann brauchst du Marmitehefeextrakt."

Ich rieb mir das Kinn. „Hm, dafür muss ich vielleicht

etwas tiefer graben." Ich öffnete die Speisekammer und wühlte zwischen Konfitüren und Pasten und Dosen von diesem und jenem auf dem untersten Regal, bis meine Mühe endlich belohnt wurde und ich den vertrauten gelben Deckel sichtete. Ich hielt das Marmiteglas triumphierend hoch. „Gefunden!" Ich betrachtete das Glas genauer. „Nicht mehr viel drin, fürchte ich."

„Macht nichts, du brauchst nicht viel. Jetzt brauchen wir noch eine Zwiebel."

„Eine ganze Zwiebel?"

„Nein, weißt du – Scheiben von einer Zwiebel. Du schneidest sie in Scheiben."

„Gut, kein Problem. Hier ist eine im Gemüseregal. Sieht zwar von außen etwas schwarz und verfault aus, aber das lässt sich alles abschälen. Noch etwas?"

„Käse." Das Wort musste sich mit den Ellenbogen aus einem Mund voller Schokoladenkuchen freikämpfen.

„Hast du Käse gesagt?"

„Ja."

„Irgendeine besondere Sorte?"

„Ganz gewöhnlichen."

„Cheddar zum Beispiel?"

„Na, gelben eben – ganz gewöhnlichen. Cheddar ist okay, glaube ich."

Ich machte den Kühlschrank auf und nahm ein Stück Käse heraus. „Da haben wir ihn." Ich wickelte ihn aus und legte ihn zu der Zwiebel und dem Marmiteglas auf den Tisch. „Legen wir das Brot auch schon mal bereit. Wie viele Scheiben brauchen wir für uns beide?"

„Nur zwei."

„Ist das jetzt alles?"

„Ja."

Ich begutachtete die Zutaten unseres bevorstehenden Imbisses. „Also, wir haben Marmite, eine Zwiebel und Käse.

Mark, bist du sicher, dass du keine Schleichwerbung für Rennie's Magentabletten betreibst?"

Er bemerkte meinen armseligen Scherz nicht einmal. „Und jetzt Folgendes – du toastest das Brot auf einer Seite, ja?"

„Ja."

„Und dann streichst du Marmite – aber nicht zu viel – auf die andere Seite, ja?"

„Ja, kapiert."

„Und dann schneidest du Zwiebelscheiben von der – na ja, eben von der Zwiebel, aber dünn müssen sie sein, ja?"

Ich nickte.

„Und die Zwiebelscheiben legst du auf das Marmite, und als Letztes legst du ein paar Scheiben Käse obendrauf, sodass von dem Zeug darunter nichts mehr zu sehen ist."

„Dicke Käsescheiben?"

„Nicht zu dick, sonst wird er oben zu schnell blasig – und dann schiebst du die Dinger unter den Grill und wartest, bis der Käse ganz zusammengeflossen ist, und dann nimmst du sie heraus und isst sie." Er schmatzte mit den Lippen und sog Luft und Speichel durch die Zähne. „Ich kann es gar nicht erwarten!"

„Klingt ziemlich gut", stimmte ich zu. „Also schön, du setzt dich hin und liest die Zeitung oder so, und ich schaue mal, ob ich nicht ein paar perfekte Brutzler zustande bringe."

Während ich anfing, meine verbeulte Zwiebel zu schälen und in Scheiben zu schneiden, fragte ich mich, wie oft es wohl vorkam, dass Mark sich locker genug fühlte, um sich mit solcher Begeisterung und solchem fachmännischen Selbstbewusstsein mitzuteilen. Auch wenn es nur die Zubereitung eines bescheidenen, getoasteten Sandwichs war, die ihn so inspiriert hatte – es tat gut, ihn so aufleben zu sehen.

„Kann ich mich ein bisschen bei dir umsehen, Dip? Ich

kann mit der Times nicht viel anfangen. Eigentlich mag ich nur den Express und die Mail und so."

Ich unterbrach meine Tätigkei nicht, aber diese harmlose Frage veranlasste mich, meine Fantasie auf einen hastigen Sprint durch die verschiedenen Zimmer meines Hauses zu schicken und die Fußböden im Schlafzimmer und im Bad nach Unterwäsche oder allgemeiner Unordnung oder sonst irgendetwas zu durchsuchen, das vielleicht Anlass zu peinlichen Offenbarungen über mein persönliches Leben geben konnte. Schnaufend und keuchend kehrte meine Fantasie zurück und meldete, die Luft sei rein. Später hatte ich mit meiner Fantasie ein ernstes Wörtchen zu reden, weil sie die Seifenblasenflüssigkeit nicht bemerkt hatte.

„Ja, geh nur und schau dich um, Mark. Schließlich kenne ich bei euch auch jeden Winkel. Allerdings glaube ich nicht, dass du es sehr spannend finden wirst."

Ich war gerade so weit, die Brote mit Marmite zu bestreichen, als Mark mit seiner beiläufigen Frage zurückkehrte. Lächerlicherweise fühlte ich mich, als wäre ich bei irgendeiner scheußlichen Art von Fetischismus oder Perversion erwischt worden. Und ich muss zugeben, dass ich drauf und dran war, zu behaupten, die Seifenblasen seien für Felicity bestimmt oder noch von einem Kinderfest übrig oder dergleichen.

„Hm, na schön, der wirkliche Grund dafür, dass ich diese Dose Seifenblasen neben meinem Bett stehen habe, ist der, dass sie mir weiterhilft, wenn ich anfange, mich unter Druck zu fühlen."

Etwas an der Art des Schweigens hinter mir verriet mir, dass ich eine unerwartete Saite angeschlagen hatte. Ich fing an, die Zwiebelscheiben ordentlich auf der Marmiteschicht zu verteilen, während ich fortfuhr.

„Hin und wieder kriege ich – ich weiß nicht, wie ich es richtig beschreiben soll –, kriege ich eine Art Panik, und meine Brust zieht sich zusammen, und mir ist, als säße ich in einer dieser grässlichen, winzig kleinen Gefängniszellen, in die man die Leute früher gesperrt hat. Macht es etwas, wenn der Käse über den Rand hinausragt?"

„Lieber nicht, sonst läuft er auf den Grill hinunter. Meinst du diese Zellen, wo man sich nicht aufrichten und ausstrecken konnte und so?"

„Genau. Also, wenn ich merke, dass dieses Gefühl kommt, greife ich zu den Seifenblasen, und die helfen mir tatsächlich."

„Wie denn das?"

Meine beiden sorgfältig aufgeschichteten Brutzler waren nun bereit zum Toasten. Ich schob sie vorsichtig unter den Grill und stellte ihn auf etwas mehr als halbe Kraft.

„So! Zwei oder drei Minuten, was meinst du?"

„Bis der Käse richtig schön über alles andere drüber geschmolzen ist. Ich stelle den Grill meistens zu heiß."

„Okay – ich glaube, dann setze ich mich erst einmal." Ich setzte mich neben ihn an den Tisch. „Die Sache ist die, Mark, dass man keine Seifenblasen machen kann, wenn man in Eile ist. So etwas wie hastiges Seifenblasenmachen gibt es einfach nicht. Man muss ganz behutsam blasen und sich gut konzentrieren, wenn man vernünftige Blasen machen will. Und genauso ist es, wenn man es macht, indem man den Stab durch die Luft bewegt. Man muss den Arm sanft und anmutig bewegen" – ich ahmte die Bewegung nach –, „damit die Blasen in einem schönen, gleichmäßigen Strom herauskommen." Ich zuckte die Achseln und kam mir plötzlich ziemlich verlegen und albern vor. „Ich schätze, es ist einfach so, dass ich – na ja, mich ein wenig beruhige, sobald ich ein paar Minuten lang mit meinen Seifenblasen gespielt habe. Ergibt das für dich einen Sinn, oder kommst du allmählich zu dem Schluss, dass du es mit einer komplett Übergeschnappten zu tun hast?"

„Ja." Mark nickte ernst und grinste dann plötzlich, als er merkte, was seine Zustimmung bedeutete. „Ich meine – ja, es ergibt einen Sinn, nicht dass du übergeschnappt bist. Gehst du gern in die Kirche, Dip?"

Ich habe nicht viele Dinge in meinem Leben gelernt, aber eine Sache, die ich allmählich kapiere, ist: Wenn B aus A folgt, wird es oft als W oder sogar Z verschleiert. Bei Mark traf das ganz besonders zu. Man musste einfach akzeptieren, dass in seinem Kopf eine Art Logik unterhalb der Gesprächsebene ablief und dass scheinbare Gedankensprünge oft tatsächlich in einem direkten Zusammenhang mit dem vorher Gesagten standen. Ich wusste, wenn ich einfach die Frage beantwortete, ohne Überraschung über den scheinbar kompletten Themenwechsel zu zeigen, würde sich alles am Ende klären.

Gleichzeitig war mir nur zu bewusst, dass wir uns auf sehr gefährlichem Boden bewegten. Ich wusste genau, dass Mike und Kathy sehr empfindlich und von Schuldgefühlen geplagt waren, wenn es um ihr vermeintliches Versagen ging, Jack und Mark zu begeisterten Nachfolgern Jesu zu erziehen. Felicity glaubte vorläufig noch alles, was ihr gesagt wurde, ohne Fragen zu stellen, aber bei den beiden Jungen gab es kaum Anzeichen für ein echtes Interesse am christlichen Glauben – zumindest nicht so, wie er in unserer eigenen Kirchengemeinde ausgedrückt und praktiziert wurde.

„Um ehrlich zu sein, Dip", hatte mir Kathy erst eine oder zwei Wochen zuvor anvertraut, „obwohl ich immer sage, dass ich mir wünsche, dass sie selbstständige Leute sind, die ihre eigenen Entscheidungen treffen und so, gerate ich im entscheidenden Augenblick immer in Panik, und all das scheint keine Rolle mehr zu spielen. Dann wünsche ich mir nur noch, dass sie nette, unkomplizierte, von Neugier unberührte, eingeschriebene Mitglieder einer Chorusse singenden, Würstchen grillenden, Sex vermeidenden, die Bibel studierenden evangelikalen Gemeindejugendgruppe wären. Ich kann den Gedanken nicht ertragen, dass vielleicht ich es bin, die sie von der ganzen Sache abgeschreckt hat. Jack hat sich ungefähr fünfmal bekehrt, als er klein war, und er war früher sehr engagiert, aber jetzt kommt er überhaupt nicht mehr mit uns. Ich traue mich gar nicht, ihn zu fragen, wie er über Gott denkt, aus Angst, er könnte sich als Atheisten bezeichnen. Ich kann den Gedanken nicht ertragen, dass er mit seinem ärgerlichen jung-alten Lächeln vor sich hin lächelt und mich wegen meiner mittelalterlichen Naivität bedauert. Und was Mark betrifft – nun ja, du weißt ja, wenn man Mark mit in die Kirche nimmt, ist das ungefähr so, als ob man in irgendeinen sonnigen Ferienort eine kleine, aber dichte Regenwolke einschleppt. Er sendet gewaltige Wellen von Trübsinn und Elend und Langeweile aus, und ich gerate in schreckliche Verlegenheit wegen des Eindrucks, den er auf andere machen muss. Dann werde ich wütend auf mich selbst, weil ich mich darum schere, was andere denken, und dann bin ich hinterher sauer auf ihn, weil er mir die Freude am Gottesdienst vermiest hat, und am Ende sagt er noch: ‚Also, warum zwingst du mich denn auch mitzukommen?‘, und mir fällt darauf keine Antwort ein, und wieder einmal ist der Sonntag im Ausguss. Es macht mich fertig, Dip, aber ich gebe nicht auf. Ich weigere mich aufzugeben – er kommt mit, ob es ihm passt oder nicht, und damit hat es sich!"

Es war die Erinnerung an diese Bemerkungen von Kathy, die mich veranlasste, eine recht lange Pause zu machen, bevor ich versuchte, Marks Frage zu beantworten. Familienmitglied honoris causa zu sein ist ja gut und schön, aber es gibt einem nicht das Recht, Entscheidungen zu unterminieren, an die sich die Eltern mit aller Gewalt klammern – selbst wenn man nicht ganz mit ihnen übereinstimmt.

„Nun", erwiderte ich schließlich wachsam, „es kommt darauf an, was ..."

„Ich meine, zum Beispiel letzten Sonntag?" Eine Mischung aus Zorn und Ärger verdunkelte Marks Gesicht, als er sprach. „Unter aller Kanone war das!"

Ich dachte an den vergangenen Sonntag. Ja, musste ich mir selbst eingestehen, so sehr ich viele Dinge an meiner Gemeinde liebte, diesmal war es wirklich in mancher Hinsicht weit unter aller Kanone gewesen; allerdings war für mich persönlich gerade dieser Tag noch erheblich komplizierter gewesen. Letzten Sonntag war . . .

„Das Schlimmste war", unterbrach Mark meine Gedanken, „dass ein Junge aus meiner Klasse namens Bradley Jenkins da war, weil es seine Cousine war. Er hat sich den . . . er hat mich die ganze Woche lang deswegen ausgelacht. Ich schätze, die Brutzler sind fertig."

Sie waren tatsächlich fertig, und sie dufteten absolut köstlich.

„Hol doch bitte zwei Teller aus dem Karussell unter der Ecke, Mark, und Messer und Gabel für mich aus der Schublade – ich nehme an, du legst auf Besteck nicht allzu viel Wert, was?"

„Mit den Händen schmeckt's besser", sagte Mark.

Die Brutzler schmeckten so gut, wie sie dufteten, und ein paar Minuten lang kauten wir in geselligem Schweigen.

„Sag mir, wie du den letzten Sonntag wirklich fandest, Dip."

„Also schön, Mark, ich sage es dir. Ich erzähle dir, wie ich es wirklich fand." Es war einer jener Sonntage gewesen, an denen eine Taufe mitten in einem Familiengottesdienst untergebracht werden musste. Ich saß irgendwo in der Mitte der Kirche, und die Robinsons saßen ganz hinten, weil sie, ihren Prinzipien getreu, zu spät gekommen waren.

Die Durchführung einer Taufe im Gottesdienst hatte ihr normales Maß an vorhersehbaren Auswirkungen, worunter die unvermeidlichste die war, dass Stanley Vetchley, unser

Anglikaner wider Willen, sich in eine noch dunklere Wolke als Mark verwandelte – wenn das möglich war.

Zwei Jahre zuvor hatte sich Stanley, ein Witwer jenseits des Pensionsalters, berufen gefühlt, die kleine nonkonformistische Gemeinde am anderen Ende der Stadt zu verlassen, zu der er und seine geliebte Frau Ethel seit Jahrzehnten gehört hatten, und stattdessen in die St.-George-Gemeinde zu gehen. Es musste ein wackerer Gehorsamsschritt gewesen sein, denn offensichtlich waren die meisten Praktiken der anglikanischen Kirche Stanley ein Gräuel. Im Allgemeinen gelang es ihm, seine negativen Empfindungen bezüglich der Liturgie und der Kommunion („zum Tisch des Herrn kommen" nannte Stanley es) und der „Verkleidung" unseres Pfarrers zu beherrschen – so sehr, dass wir sogar oft mit ihm gemeinsam über seine Reaktion auf diese Dinge lachen konnten; aber wenn es um die Kindertaufe ging, durfte man nicht mehr lachen. Stanley wusste einfach, dass sie grundfalsch war, aber leider ließ er sich nicht davon abhalten, dabei zu sein. Er erschien jedes Mal, um immer wieder auf dieselbe Art seine Missbilligung zu signalisieren. Er saß kerzengerade in seinem schicken, zweireihigen, hoffnungslos veralteten Sonntagsanzug, die Arme verschränkt und die Kiefermuskeln grimmig gewölbt, und weigerte sich von Anfang bis Ende des Gottesdienstes, etwas anderes als ein miesepetriges Grunzen von sich zu geben. Es war, als hätten wir eine zusätzliche Säule in der Kirche, und zwar eine, die auf ihre eigene Art manchen Leuten noch mehr im Weg war als diejenigen, die aus Stein bestanden.

Ein weiteres gemeinsames Merkmal von Taufgottesdiensten war der plötzliche Anstieg der anwesenden menschlichen Körper, der sich aus irgendeinem Grund besonders stark auswirkte, wenn die Mitglieder der fraglichen Familie normalerweise keine Kirchgänger waren. So war es letzten Sonntag gewesen. Über zwanzig Leute fanden sich verlegen in St. George's ein, um der Taufe der kleinen Samantha beizuwohnen, und sie alle waren eleganter gekleidet als die meisten der regelmäßigen Besucher.

Besonders verlegen bei dieser Gelegenheit waren zwei junge Männer von Anfang zwanzig, die jene unverkennbare Aura ausstrahlten, wie sie Männer haben, die von ihren resoluten Frauen, Müttern oder Schwestern in ihre besten Anzüge gesteckt und zu ihrem besten Benehmen angehalten worden sind. Sie saßen in der Reihe direkt vor mir, nach vorn gebeugt, die Köpfe zusammengesteckt, etwa so, als säßen sie in einer der Attraktionen von Disneyland und warteten gehorsam und unsicher darauf, dass die Fahrt beginnt. Mit einem gelegentlichen nervösen Seitenblick auf ihre ungewohnte Umgebung trösteten sie einander mit geflüsterten witzigen Bemerkungen, wobei sie ihr Lachen hinter den Händen verbargen, als meinten sie, Witze seien in einer Kirche ebenso unerwünscht wie Zigaretten. Fast glaubte ich über ihren Köpfen in einer Gedankenblase zu lesen: „Wenn wir nur erst das hier hinter uns haben – dann wird einer gehoben."

In unserer Gemeinde ist von Zeit zu Zeit viel von den großartigen Möglichkeiten die Rede, die Taufgottesdienste mit sich bringen. Leute, die sonst niemals eine Kirche betreten würden, haben hier die Gelegenheit, das Evangelium zu hören – so die Theorie. In Wirklichkeit jedoch schneiden wir unsere Aktivitäten nicht sehr gut auf die Bedürfnisse dieser gelegentlichen Besucher zu. Vielleicht sollten wir auch gar nichts ändern. Vielleicht sollten wir einfach so sein, wie wir sind. Ich weiß es nicht. Doch als ich hinter diesen beiden Burschen saß, kam ich wirklich ins Nachdenken.

Den ersten Teil des Gottesdienstes gestaltete diesmal nicht der Pfarrer selbst. Stattdessen wurde er von einem Mann namens Roy Taphouse geleitet, der mit seiner Frau und zwei erwachsenen Kindern in derselben Straße wohnte wie die

Robinsons, allerdings viel weiter unten am Hang in Richtung Freizeitgelände. Roy sah dem Filmschauspieler Christopher Lee sehr ähnlich, hatte allerdings nichts von einem Vampir an sich. Immer freundlich und rücksichtsvoll, war er einer jener Leute, die sehr hart daran arbeiteten, Gott nachzufolgen und zu gehorchen. Doch so sehr ich Roy auch mochte und schätzte, fand ich es doch ein wenig irritierend, dass er seine Gottesdienste stets auf eine leichte, helle, total optimistische und immer fröhliche Weise leitete – nicht, dass ich mit ihm oder sonst jemandem je darüber gesprochen hätte. Etliche Leute liebten es, wenn die Gottesdienste so liefen, und warum, so fragte ich mich pflichtschuldig, sollten sie nicht bekommen, was sie wollten?

An diesem Tag begann Roy mit einem Gebet aus den grünen Gottesdienstbüchern – viel Unruhe, Seitenumblättern und Verwirrung bei den uneingeweihten Taufgästen – und fuhr mit der Ankündigung fort, wir würden heute einen neuen, aufregenden Chorus aus den gelben Liederbüchern lernen.

„Ich bin ziemlich sicher, dass wir uns an diesem Chorus bisher noch nicht versucht haben", schwärmte er, „aber ich habe vor dem Gottesdienst gehört, wie die Musikgruppe ihn noch einmal durchspielte, und" – er strahlte schelmisch – „ich habe das Gefühl, dass er uns die ganze Woche über nicht mehr aus dem Kopf gehen wird."

Nervös stürzten sich die Mitglieder der Musikgruppe einer nach dem anderen in den Beginn des aufregenden neuen Liedes. Nachdem sie ein paar Takte später wieder zueinander gefunden hatten, leiteten sie uns durch drei Versuche, eines jener seltsam inhaltslosen, heftig jubilierenden Lieder zu singen, die ganze Gemeinden dazu bringen, vor wild entschlossener Freude die Zähne zu blecken. Das erschöpfte Schweigen, das darauf folgte, erinnerte mich an die Stille, die sich einmal auf eine meiner Geburtstagsfeiern senkte, als eine Menge Gegenstände mit großem Getöse vom obersten Küchenregal heruntergefallen war und wir alle darauf warteten, ob nach einem Moment noch etwas fallen würde.

Mitten in diesem Schweigen hörte ich, wie einer der Burschen vor mir die folgende wenig begeisterte Bemerkung zu seinem Freund machte:

„Ja, klar, das wird mir die ganze Woche nicht aus dem Kopf gehen, logisch. Ich kann es gar nicht erwarten, morgen zur Arbeit in die Werkstatt zu kommen – das Lied muss ich unbedingt meinen Kumpels beibringen. Das wird ihnen gefallen, was? Wir alle werden die ganze Woche nur noch dieses Lied singen. Tolles Lied ...“

Kurz darauf folgte die Gebetsgemeinschaft, geleitet von Amy Bennison, einer unfassbar einfältigen Dame mittleren Alters, die unaufhörlich durch ihre dicken, runden Brillengläser lächelte und für jeden absolut alles tun würde. Amy und ihr Mann Derek, ein ebenso gutmütiger kleiner Mann mit der Statur eines Jockeys, hatten nie eigene Kinder gehabt, aber sie vergötterten den Nachwuchs aller anderen rückhaltlos und ohne Unterschied. Amy meldete sich ständig freiwillig, um in den Kindergruppen zu helfen, musste aber meistens davon abgebracht werden, da ihre Fähigkeit, Disziplin zu wahren, einfach nicht mit ihrer Begeisterung Schritt halten konnte. Nicht, dass das Chaos, das sie erzeugte, ihr persönlich Sorge oder Unbehagen bereitet hätte. Aus Amys Sicht waren Kinder einfach wunderbar – was immer sie taten. Ich vermute, der Pfarrer hatte sich gedacht, bei der Gebetsgemeinschaft könne kaum etwas schief gehen, da dabei keine Kleinen beteiligt waren. Er hatte sich geirrt.

„Ich fände es sehr schön“, sagte Amy lächelnd, „wenn ein paar von den kleinen Kindern nach vorn kommen und mir heute Morgen bei den Gebeten helfen könnten.“

Eine Hauch des Entsetzens fuhr über die gesenkten Köpfe

der Gemeinde hinweg. Ich bin sicher, dass viele von uns be-
teten, die Kinder möchten auf ihren Plätzen bleiben. Aber
Kinder sind widerspenstige kleine Leute, nicht wahr? Wenn
man wirklich will, dass sie nach vorn gehen, werden sie
plötzlich schüchtern oder fangen gar an zu weinen und
klammern sich wie feuchte Umschläge an ihre leicht verlegenen, unterschwellig verärgerten Eltern, während diese versuchen, ihnen Mut zu machen. Diesmal nicht. Diesmal
wurde unser stilles Beten und Flehen nicht erhört. Mehrere
kleine Kinder kletterten aufgeregt von den Schößen herunter, auf denen sie gesessen hatten, liefen nach vorn und
scharten sich um die gute Amy, die ihnen entzückt die
Köpfe tätschelte und Roy Taphouse strahlend anlächelte,
als wollte sie sagen: „Sind sie nicht süß – ist es nicht wunderbar!" Roy, der sich auf einen Stuhl an der Seite zurückgezogen hatte, lächelte nervös zurück. Selbst sein ewiger Optimismus war nicht gefeit gegen die Furcht vor dem drohen-
den katastrophalen Ausgang jeder Situation, in der Amy mit
kleinen Kindern zu tun hatte.

„Und nun", wandte sich Amy an die Gemeinde, „fände ich
es schön, wenn unsere kleinen Freunde hier ein paar Themen
für das Gebet vorschlagen würden, denn ich bin sicher, die
Dinge, die ihnen einfallen, sind genauso wichtig wie die,
über die wir Erwachsenen mit Gott reden. Also kommt, Kinder, wofür sollen wir in unserem Gottesdienst heute beten?"

Einen Moment lang herrschte Schweigen. Der größte Teil
der Gemeinde beobachtete und wartete in beträchtlicher
Spannung. Ich fühlte mich wie die enge Verwandte eines
Amateurjongleurs, der plötzlich im Palladium auftreten darf.

Annabelle Short war das erste Kind, das einen Vorschlag
machte. Sie sprach mit dünner, quietschender Stimme, aber
mit kristallklarer Aussprache.

„Könnten wir für den Wind beten?"

Amys liebevolles Lächeln gefror für einen Augenblick,

während sie diesen neuartigen Gebetsvorschlag zu verarbeiten versuchte. Ich hörte jemanden in der Reihe hinter mir scharf die Luft einziehen und ahnte, dass Renee Short, Annabelles elegante Mutter, verzweifelt versuchte, Amy durch schiere Willenskraft davon abzubringen, ein leidenschaftliches Gebet für die Heilung aller Blähungen in der weltweiten Kirche zu sprechen.

Inzwischen hatte Amy ihren Verarbeitungsprozess abgeschlossen.

„Natürlich können wir das, Annabelle. Möchtest du für uns ein kurzes Gebet für den Wind sprechen, Liebes?"

Hinter mir wurde die Luft noch schärfer eingezogen.

„Nein", sagte Annabelle schlicht.

„Schön, dann werde ich es tun. Schließen wir alle unsere Augen und reden wir mit Gott über den Wind."

Amy schloss ihre Augen, und ihr Lächeln wandte sich nach innen und oben, als sie den Schöpfer des Universums ansprach.

„Lieber Gott, wir treten jetzt vor dich, um für den Wind zu beten. Wir danken dir für die wunderbare Art und Weise, wie er ... äh ... weht, und wir denken auch an all diese mechanischen Dinger, die sich drehen, um – ist es Wasser oder Strom? Eins von beiden, glaube ich – zu produzieren. Ohne den Wind, den du uns sendest, lieber Gott, würden sich diese Dinger nicht drehen, und die Leute hätten kein Wasser – das heißt, ich glaube, es ist tatsächlich der Strom –, äh, sie hätten nicht den Strom, der produziert wird, wenn sie sich drehen, und so danken wir dir um ihretwillen für den Wind, den du sendest, mit all seinen vielen ... äh ... Facetten. Amen."

Wir Stammgäste murmelten ein erleichtertes „Amen", aber die beiden jungen Männer vor mir saßen gekrümmt da, die Gesichter in den Händen vergraben, und stießen kleine, explosive Laute hervor, als ob sie sich bemühten, ihr Lachen zu unterdrücken. Neben ihnen auf derselben Bank stieß eine Dame von aggressiv vornehmem Betragen und erlesenem Hutgeschmack, vermutlich eine Verwandte der beiden, sie an und warf ihnen drohende Blicke zu.

„Ist der Wind etwas, wofür du dich besonders interessierst, Annabelle?", fragte Amy mit freundlich Anteil nehmender Stimme.

„Nein", sagte Annabelle ungerührt, „eigentlich nicht."

„Ich verstehe", sagte Amy fröhlich, als hätte sie Ja gesagt. „Nun, wer hat noch etwas, wofür wir beten können?"

„Ich." Die gequetschte Kinderstimme kam von einem kleinen Jungen auf Amys anderer Seite, dessen Namen ich nicht kannte.

„Worüber möchtest du gern mit Jesus reden?"

„Über das Nieseln", sagte der kleine Junge.

„Über das Nieseln?", fragte Amy.

„Ja."

„Oh, über das Nieseln, ja – nun, das ist dasselbe wie Regen, stimmt's?"

„Nee."

„Nicht?"

Der Kleine sperrte den Mund weit auf und gab mit heiserer, monotoner Stimme einen jener mechanisch abgehackten, computerhaften Ausbrüche neu erworbenen Wissens zum besten, auf die kleine Kinder spezialisiert sind.

„Regen – ist – wenn – man – ganz – nass – werden – würde – wenn – man – zum – Spielen – rausgeht – und – Nieseln – ist – wenn – man – vielleicht – bald – zum – Spielen – rausgehen – kann – weil – es – wahrscheinlich – nicht – lange – dauert – also – hab – ein – bisschen – Geduld."

„Also, ich glaube, wir werden erst einmal über den Regen beten, mein Kleiner, denn ich glaube, eigentlich ist beides dasselbe, weißt du." Amy schloss die Augen. „Lieber Gott, wir danken dir für den Regen, den –"

Der Kleine brach in Tränen aus. „Ich will nicht mit Jesus über den R-r-r-regen sprechen! Ich will mit Jesus über das N-n-n-nieseln sprechen!"

„Also schön, mein Junge", sagte Amy hastig, „dann beten wir eben über das Nieseln. Hör auf zu weinen."

Das Weinen des Jungen kam mit einem Schütteln seines ganzen Körpers zum Stillstand. Er fuhr sich mit seinem kleinen Handrücken über das tränennasse Gesicht und sah erwartungsvoll hinauf in Amys Gesicht.

„Lieber Gott", betete Amy, immer noch lächelnd, aber jetzt mit einem Anflug von Verzweiflung in der Stimme, „wir danken dir für das Nieseln, das vom Himmel auf uns herabfällt . . ."

Der Ablauf war eingespielt. Jetzt gab es kein Zurück mehr. Jene Kinder waren wild entschlossen, jedes meteorologische Phänomen, das ihnen je begegnet war oder von dem sie je gehört hatten, vor den Thron des Höchsten zu bringen. Wir dankten Gott für den Schnee, für den Hagel, für den Donner und für den Sonnenschein. Wir dankten ihm auch, dass keiner von uns bei Erdbeben oder Sturmfluten umgekommen war. Die ganze Episode war wie aus einem Comicheft, besonders, als immer deutlicher wurde, dass Amy nicht wusste, wie sie dem ein Ende setzen sollte. Als die Kinder mutiger wurden, leuchtete in ihren Augen das Wissen auf, dass ein Erwachsener nach ihrer Pfeife tanzte. Sie wurden immer ehrgeiziger und überfluteten Amy mit wetterbezogenen Gebetsanliegen. Glücklicherweise war Roy, als wir gerade dafür gebetet hatten, dass die kleinen Wolken sich nicht weh tun, wenn sie zusammenstoßen, so geistesgegenwärtig, endlich einzugreifen, und die Kinder kehrten in einem Zustand äußerster Begeisterungsfähigkeit auf die Schöße ihrer Eltern zurück. Amy ging wieder zu ihrem Platz neben Derek, immer noch strahlend und offensichtlich überzeugt, dass alles ganz vorzüglich geklappt hatte. Ich bemerkte, wie

Derek mit einem anerkennenden Lächeln nickte und seine Hand auf die seiner Frau legte, als sie sich setzte. Ein kleiner Stich der Eifersucht durchfuhr mich. Amy hatte jemanden, der ihr immer sagen würde, dass sie ihre Sache gut gemacht hatte. Was machte es schon, wenn sie ein bisschen einfältig und naiv war? Ich fühlte mich plötzlich deprimiert.

„Ich wünschte, die würden um einen Job für mich beten."

Es war einer der jungen Männer vor mir, der diese Worte an seinen Freund gerichtet hatte. Er sprach ganz leise und hatte offenbar nicht gewollt, dass jemand es mit anhörte, aber ich war erschrocken über die Leidenschaft in seiner Stimme. Meine Niedergeschlagenheit nahm zu, als ich mich fragte, wie dieser Mann wohl über den Gottesdienst dachte, in den man ihn heute geschleppt hatte; einen Gottesdienst, in dem bisher nichts geschehen war, das irgendeine erkennbare Bedeutung für das Leben, das er führte, die Leute, die er kannte, oder die Dinge, die ihm wichtig waren, gehabt hätte. Ich wünschte mir, wie ich es schon so oft getan hatte, Jesus könnte leibhaftig hier sein, in unserer Mitte sitzen, Fragen beantworten, die Kranken unter uns heilen, uns zurechtweisen, wenn wir uns albern oder falsch oder anmaßend benahmen, um einen Job für diesen jungen Mann beten ...

„Ich wünschte, die würden um einen Job für mich beten."

Die Worte gingen mir nicht mehr aus dem Kopf, als der Gottesdienst weiterging, nun unter Leitung des Pfarrers. Während des ganzen Ablaufs der Taufe, während die Eltern und Paten unglücklich nachmurmelten, ja, sie würden Christus nachfolgen, sie würden ihre Sünden bereuen, sie würden sich vom Bösen lossagen und sie würden nicht nur an eine, sondern an alle drei Personen der Dreieinigkeit glauben, kam mir dieser eine Satz immer und immer wieder in den Sinn. Als schließlich der Schlusssegen gesprochen wurde, war ich schon in dem allzu vertrauten Morast des Selbstmitleids und der Verurteilung versunken. Warum sollte ich weiterhin in diese unnütze Gemeinde kommen, in der niemand zu verstehen schien, wie man sich mit einer wirklichen Welt voller wirklicher Bedürfnisse auseinander setzen musste? Warum ließen wir es Stanley Vetchley durchgehen, dazusitzen und ein miesepetriges Gesicht zu machen, nur weil ihm zufällig nicht passte, was gerade geschah? Warum erlaubte der Pfarrer Leuten wie Roy Taphouse und Amy Bennison, so liebenswert sie auch sein mochten, sich als Aushängeschild dessen zu präsentieren, was wir zu glauben behaupteten? Was sollte das alles? Warum konnte Jesus nicht hier bei uns sein, um bei uns auszumisten?

Während dieser letzte Segen gesprochen wurde, geschah es, dass ein paar Worte aus dem Neuen Testament durch einen winzigen Spalt in meiner Selbstversunkenheit schlüpften. Ich hätte sie bestimmt nicht hereinkommen und meine Schmollerei zunichte machen lassen, wenn ich es hätte verhindern können. Es waren ein paar Worte vom Ende des Matthäusevangeliums und ein Vers aus diesem wunderbaren Abschnitt am Ende des Johannesevangeliums, wo Jesus vor seiner Verhaftung so leidenschaftlich zu seinen Jüngern spricht.

Und siehe, ich bin bei euch alle Tage ...

Aber ich sage euch die Wahrheit: Es ist gut für euch, dass ich weggehe. Denn wenn ich nicht weggehe, kommt der Tröster nicht zu euch. Wenn ich aber gehe, will ich ihn zu euch senden.

Als ich meine Augen aufschlug, lud der Pfarrer gerade alle ein, zum Kaffee im angrenzenden Gemeindesaal zu bleiben, und die beiden Burschen, die vor mir gesessen hatten, standen mit einem zielstrebigen „Nichts-wie-weg-hier"-Gesichtsausdruck auf.

Ich war ganz nahe daran, mich zu drücken. Ich wollte nur weg und einen Kaffee trinken und mich gemütlich mit jemandem unterhalten, der keine Ansprüche an mich stellen würde, aber ich hatte gesagt, dass ich mir wünschte, Jesus wäre hier, um für ein echtes, praktisches Bedürfnis zu beten, und er war hier – in mir.

Komm schon, Reynolds, jetzt oder nie!

Ich fand sie gleich vor der Kirche. Die anderen Taufgäste waren noch drinnen und tranken vermutlich Kaffee, aßen Kekse und zeigten die kleine Samantha herum, aber diese beiden standen fröhlich draußen mit frisch angesteckten Zigaretten und sogen den Rauch tief ein wie Ertrinkende, die gerade noch rechtzeitig an die Oberfläche gekommen waren. Ich kann Ihnen nicht sagen, wie schwer es mir fiel, mein Gespräch mit ihnen zu beginnen.

„Ah, entschuldigen Sie, Sie kennen mich nicht", begann ich atemlos, „aber ich habe gerade eben in der Kirche hinter Ihnen gesessen, und da ist etwas, das ich Ihnen gern sagen wollte ... äh, wenn ich darf?"

„Was denn, haben wir etwas liegen lassen?", sagte der eine der beiden, der etwas wohlhabender aussah und die Werkstatt erwähnt hatte, in der er arbeitete.

„Oh, nein, nein, nichts dergleichen, es war nur so, dass ... also, ich habe versehentlich etwas mit angehört." Ich sah dem langen, dünnen, grob gesichtigen jungen Mann mit dem stacheligen Haarschnitt, der für meine gegenwärtige Verlegenheit verantwortlich war, in die Augen. „Es war etwas, das Sie gesagt haben."

„Hab ich was Falsches gesagt?", fragte er mit einem beunruhigten Blick über die Schulter zum Kirchenportal, aus dem jeden Augenblick diejenigen treten konnten, die sein Leben überwachten.

„Lieber Himmel, nein! Natürlich nicht. Nein, es war, nachdem die Kinder all diese albernen Gebete über das Wetter gesprochen hatten, wissen Sie noch?"

„Oh ja."

Er blickte grinsend zu Boden, um dem Blick seines Freundes auszuweichen, und scharrte mit der Stiefelspitze im Kies herum.

„Schon gut, ich fand es auch ziemlich witzig – jedenfalls eine Weile lang."

Er blickte auf in mein Gesicht und wurde plötzlich wachsam, als er sich über meine seltsame Art, ein Gespräch mit ihm anzufangen, zu wundern begann. „Was habe ich denn gesagt?"

Ich holte tief Luft. „Sie sagten so etwas wie ‚Ich wünschte, die würden um einen Job für mich beten'. Ich glaube sogar, dass das genau Ihre Worte waren – ‚Ich wünschte, die würden um einen Job für mich beten'. Das haben Sie doch gesagt, oder?"

Sein Gesicht nahm die Farbe dunkelroter Ziegelsteine an. „Kann schon sein, dass ich so etwas Ähnliches gesagt habe. Und?"

„Nun ja, ich wollte Ihnen anbieten, jetzt mit Ihnen zu beten – das heißt, wenn Sie möchten. Wir könnten Gott bitten, einen Job für Sie zu finden."

Er wedelte mit dem Arm zur Kirche hin. „Ich bin nur wegen Sammys Dingsda hier. Ich gehöre nicht ..."

„Sie müssen nicht zur Kirche gehören. Wir können einfach hier mit Gott reden und ihn bitten."

Er sah hilflos zu seinem Freund hinüber, verzweifelt um Wegweisung flehend auf diesem höchst speziellen Gebiet der akzeptablen Arten, wie man auf merkwürdige Frauen reagiert, die einen vor der Kirche zum gemeinsamen Gebet einladen. Doch sein Freund verdrehte nur die Augen, schüttelte den Kopf und zuckte ebenso hilflos die Achseln.

„Du kannst es ja versuchen", sagte er zweifelnd. „Vielleicht klappt es ja." Dann, zu mir gewandt: „Sollen wir die Zigaretten ausmachen?"

Eine kleine Luftblase der Hysterie stieg in mir auf und zerplatzte mit einem Schmunzeln.

„Nein, die Zigaretten machen nichts aus. Gott wird sich daran nicht stören. Wir werden jetzt einfach mit ihm reden. Wie heißen Sie?" fragte ich den Ziegelsteinroten.

„Äh – Michael Edward Simmonds – Mick."

„Mick, in Ordnung. Also, beten wir."

Unbeholfen neigten die beiden Männer ihre Köpfe und verschränkten ihre Hände vor sich wie Fußballspieler, die beim Freistoß vor dem Tor eine Mauer bilden. Zwei graue Rauchsäulen kräuselten sich von den Zigaretten empor, die sie zwischen den Fingern hielten, und verliehen unserer Dreiecksprozedur eine seltsam zeremonielle Atmosphäre.

„Vater", fing ich an und bemühte mich dabei, an Wunder zu glauben, war mir aber schmerzlich bewusst, dass mein Glaube mir durch die Füße im Boden zu versickern schien, „wir möchten dich jetzt um einen Job für Mick bitten. Wir wissen, dass es zurzeit nicht viele Jobs gibt, aber wenn es irgendwo etwas gibt, das wirklich zu ihm passen würde ..."

„Ist egal, was für ein Job", korrigierte mich Mick rau und ziemlich überraschend. Offenbar legte er großen Wert darauf, dass Gott genau wusste, dass er alles andere als wählerisch war und alles nehmen würde, was er kriegen konnte.

„Wenn es etwas gäbe, was er machen könnte, Vater – irgendetwas –, dann wäre er wirklich dankbar und ich auch und auch sein Freund hier."

„Steve", murmelte der Freund hilfsbereit in seine Krawatte.

„Auch Steve. Danke für das, was du tun wirst. Amen."

Danach schüttelten wir uns feierlich die Hände, und ich ging zurück in die Kirche und verließ Mick und Steve, die sich höchst erleichtert neue Zigaretten ansteckten, um die zu ersetzen, deren Rauch unsere Gebete zum Himmel emporgetragen hatten. Kaum war ich wieder drinnen, merkte ich, dass meine Beine sich in Wackelpudding verwandelt hatten, und ich musste mich für eine Weile setzen, um mich zu erholen. Aber ich hatte es getan! Ja, ich war schwach, kleingläubig und furchtsam und verurteilte andere, aber ich war so froh, dass ich es getan hatte!

„Mann, wie peinlich!", rief Mark, der sich meinen Bericht über den Gottesdienst am letzten Sonntag mit gespannter Aufmerksamkeit angehört hatte. „Bin ich froh, dass ich nicht die war."

„Dass du nicht wer warst?"

„Die beiden Typen – Mick und der andere. Draußen auf der Straße zu beten, wo es jeder sehen kann – Mann, ist das peinlich! Meinst du, er kriegt einen?"

„Einen Job, meinst du?"

„Ja."

„Ich glaube, Gott kann alles tun, was er will. Ich hoffe einfach, dass er Mick einen Job geben will. Ich mag gar nicht daran denken, dass ich dem armen Kerl immerzu auf der High Street begegne, falls sich nichts tut. Das wäre erst peinlich für uns beide, meinst du nicht? Wie auch immer, das war es, was ich letzten Sonntag vom Gottesdienst gehalten habe. Es war ziemlich grauenhaft, aber ich habe selber zu dem Grauen beigetragen, sodass ich eigentlich kein Recht habe, Kritik zu üben."

„Du hast doch vorhin gesagt, du hast die Seifenblasen, weil du dich manchmal unter Druck fühlst, nicht?"

„Mmm."

Ich spürte, dass wir bei dem Grund für Marks Besuch angekommen waren.

„Ich fühle mich auch oft unter Druck", sagte er und schlug die Augen nieder. Er fing an, mit dem Finger auf dem Tischtuch zu malen.

„Weswegen?"

„Ach, wegen allem. Wenn Mum sauer wird und sagt, ich höre ihr nicht zu, und wenn sie nicht zuhört, wenn ich etwas zu sagen versuche. Und wenn sie sagt, ich soll freundlich sein, aber ich schaffe es im entscheidenden Moment einfach nicht, die Worte wollen nicht herauskommen. Dann muss ich warten, bis ich es wieder anders machen kann."

Ich lehnte mich auf meinem Stuhl zurück – Leute wie Mark muss man ziehen, nicht schieben. „Meinst du, dass du all die Dinge fühlst, von denen sie meint, dass du sie sagen sollst, aber sie nur auf eine Art zeigen kannst, die mehr Tun als Reden ist? Ich habe das nicht sehr gut ausgedrückt, aber ist das so ungefähr das, was du meinst?"

Mark nickte, und eine gewaltige Träne klatschte auf den Teller, der es geschafft hatte, wenigstens ein paar der Krümel von seinem Brutzler aufzufangen. Er rammte sich beide Handballen in die Augen und rieb heftig, bis sie ganz rot und tränenlos waren.

„Ich will, dass Mum mir erlaubt, nicht mehr in die Kirche zu gehen, Dip. Es ist langweilig und peinlich, und es dauert ewig. Jack darf zu Hause bleiben. Keiner von meinen Freunden muss hin, und die halten mich alle für blöd, dass ich das mache. Allein der Gedanke daran, dass ich am Sonntag hinmuss und das ganze Wochenende versaut ist, ruiniert mir die ganze Woche, und wenn es dann so weit ist, ist es noch schrecklicher. Ich weiß, Mum möchte, dass ich so tue, als ob es mir gefällt, aber ich kann nicht. Ich hasse die Kirche. Ich hasse den Sonntag! Wirklich, ich hasse es!" Er hielt inne. Es war nicht schwer zu erraten, was als Nächstes kommen würde. „Könntest du nicht mal mit Mum reden und sie fragen, ob ich wegbleiben darf? Auf dich wird sie nicht sauer werden."

„Hmm ..." Ich ertappte mich dabei, dass ich meine Wangen aufpustete und mit den Fingern auf dem Tisch trommelte – ein deutliches Zeichen, dass ich den Boden unter den Füßen verlor.

„Mark, ich kann sie nicht einfach bitten, dich zu Hause bleiben zu lassen – so einfach ist das nicht. Ich bin sicher, das wäre nicht richtig. Außerdem ist es nicht nur deine Mum. Dein Dad muss auch einverstanden sein, oder?" Ich pustete und trommelte noch ein wenig und schickte lautlose, panikerfüllte Gebete in den Äther, während ich zu entscheiden versuchte, wie ich mich am besten verhalten sollte. „Was ich tun kann – wenn du willst –, ist, dass ich mit deiner Mum und deinem Dad über das rede, was du gesagt hast, und ihnen sage, dass es dich wirklich und ehrlich fertig macht, in die Kirche zu gehen, und dass du dich nicht nur anstellst. Aber dann, fürchte ich, muss ich es ihnen überlassen, wie sie entscheiden."

Mark streckte seine Arme senkrecht empor, verschränkte seine Finger und gähnte, als ob er sich in den letzten Stadien der totalen Erschöpfung befände. Dann ließ er seine Arme in eine verschränkte Position auf dem Tisch fallen, schüttelte sich abrupt von Kopf bis Fuß und schniefte laut.

„Könntest du bitte bald mit ihnen reden, Dip?"

„Ich komme heute Abend rüber und unterhalte mich mit ihnen, wenn du willst. Bist du okay, Mark? Kann ich dir noch etwas anbieten?"

Wieder dieses Lächeln. „Ich hätte nichts gegen noch ein Stück Schokoladenkuchen."

10

Später am Abend verbrachte ich zwei Stunden bei den Robinsons. Wir unterhielten uns in der Küche, während Jack im Wohnzimmer fernsah. Mark war mit seinen Kumpels unterwegs, und Felicity verbrachte die Nacht mit ihrer Freundin Claire Elphick.

Ich erzählte Kathy und Mike von Marks Besuch, berichtete von dem Erfolg unseres kulinarischen Abenteuers und fuhr fort, ihnen die Leidenschaft zu vermitteln – oder es zumindest zu versuchen –, mit der er seine negative Einstellung gegenüber Gottesdiensten im Allgemeinen und dem von letzter Woche im Besonderen zum Ausdruck gebracht hatte. Ich vergaß nicht, Marks einzelne Träne zu erwähnen, in der Hoffnung, selbst diese winzige Menge Flüssigkeit würde ausreichen, die Glut der zu erwartenden automatischen Zornreaktion von Kathy ein wenig zu kühlen. Zum Schluss machte ich deutlich, dass ich nicht die Rolle einer Advokatin spielen, sondern sozusagen lediglich eine Botschaft weitergeben wolle. Als ich fertig war, blieben beide für eine Weile still und schweigsam. Schließlich lehnte sich Mike mit einem tiefen Seufzen zurück und fuhr sich mit beiden Händen durch sein schütteres Haar.

„Danke, Dip", sagte er leise, „du bist eine gute Freundin." Er sah besorgt zu Kathy hinüber, die wie in Trance mit weit aufgerissenen Augen auf einen kleinen, roten Holzkreisel von Felicity starrte, den sie unaufhörlich zwischen Daumen und Zeigefinger drehte. „Ich glaube, es kann kein Zweifel bestehen, dass wir darauf reagieren müssen, Kath, meinst du nicht auch?"

„Reagieren müssen", echote Kathy monoton, den Blick immer noch starr auf den Gegenstand in ihrer Hand gerichtet. „Großartige Idee – ja, wir werden gewiss darauf reagieren müssen, nicht wahr? Wir werden uns eine passende Reaktion zurechtlegen, und dann werden wir – nun ja, wir werden reagieren, und alles wird wieder in Ordnung sein. Eigentlich alles ganz einfach."

„Ich habe nicht gesagt, dass es einfach sein würde." Mikes Stimme war noch leiser geworden, aber deswegen nicht friedlicher. Sein Tonfall war von Spannung und wachsender Verärgerung gedämpft. „Ich meinte nur, dass wir nicht so tun können, als hätten wir kein Problem. Wir müssen etwas unternehmen, und was immer wir tun, muss gründlich durchdacht werden. Ich hoffe wirklich, dass wir wenigstens dieses eine Mal eine Abkürzung nehmen und den ganzen emotionalen Kram beiseite lassen können, sodass wir eine Lösung finden, die für Mark richtig ist und Gottes Willen entspricht. Ich wüsste nicht, was gegen diesen Gedankengang einzuwenden wäre."

Kathy reckte ihre linke Hand empor und versetzte den Kreisel auf dem Tisch mit der rechten in surrende Drehung. Er schoss über die Kiefernholzfläche, stieß gegen den Rand eines noch nicht abgeräumten Abendbrottellers und wirbelte torkelnd zurück auf sie zu. Sie fing ihn auf und drehte ihn erneut.

„Bitte, Herr Lehrer", sagte sie mit Kleinmädchenstimme und wedelte mit der erhobenen Hand, als wollte sie seine Aufmerksamkeit erringen. „Bitte, Herr Lehrer, darf ich Ihnen sagen, was gegen diesen Gedankengang einzuwenden ist?"

Mikes Kiefermuskeln spannten sich. Er legte sich den Unterarm übers Zwerchfell, stützte seinen rechten Ellbogen aufs linke Handgelenk und rieb sich mit der freien Hand müde das Gesicht. Inzwischen flog der rote Kreisel, der den

Teller diesmal umgangen hatte, über den Tisch und fiel zu Mikes Füßen auf den Boden. Kathy schob ihren Stuhl mit dem Hintern zurück und duckte sich unter die Tischplatte, um ihn aufzuheben. Mike biss die Zähne zusammen und explodierte innerlich, ohne es ganz nach außen dringen zu lassen.

„Könntest du bitte aufhören, mit diesem blöden Ding da herumzuspielen, wenn wir etwas so Ernsthaftes erörtern wollen wie – wie den Kirchenbesuch unserer Kinder! Bitte!"

Entzückt, dass es ihr gelungen war, Mike den Schulmeister gegenüber ihr selbst als dem ungezogenen Kind spielen zu lassen, kletterte Kathy in gespielter Panik wieder auf ihren Stuhl und legte den wiederbeschafften Kreisel mit spitzen Fingern und übertriebener Sorgfalt neben sich, bevor sie sich gerade und mit verschränkten Armen hinsetzte wie ein Kind, das sich besonders gut benehmen möchte.

„Tut mir Leid, Herr Lehrer – ich werde es nicht wieder tun, Herr Lehrer. Hauen Sie mich nicht, Herr Lehrer! Ich habe es nicht so gemeint, Herr Lehrer. Darf ich Ihnen jetzt sagen, warum ich keine Abkürzung nehmen und den emotionalen Kram weglassen kann, Herr Lehrer?"

Einen Moment lang sagte niemand etwas. Wie nicht anders zu erwarten, lief ich wieder einmal rot an und meinte, mich woandershin zurückziehen zu müssen, aber ich brachte es nicht fertig, etwas zu sagen. Es war in diesem Sketch kein Text für eine dritte Figur geschrieben worden. Doch Kathy, deren Wahrnehmung wie bei den meisten leidenden Menschen manchmal sehr getrübt, gelegentlich aber ausgesprochen scharf sein konnte, musste irgendein Zucken oder eine Farbveränderung oder einen unfreiwilligen Laut an mir bemerkt haben. Sie fiel für einen Moment aus ihrer Rolle, sah mich aber nicht an.

„Bitte geh nicht weg, Dip. Ein Teil von mir – kein sehr netter Teil, fürchte ich – würde dich am liebsten dafür umbringen, dass du jemand bist, dem Mark Dinge sagt, die er mir nicht zu sagen können glaubt – weil er meint, ich koche über und höre ihm gar nicht richtig zu. Aber ein anderer Teil von mir ist froh, dass er es getan hat." Sie hielt inne und schluckte. „Ehrlich, ich bin froh. Ich wünschte nur – ich wünschte nur, ich hätte alles besser gemacht ..."

Kathys Blick war so traurig und verloren, dass Mike und ich ihr gleichzeitig unwillkürlich eine Hand entgegenstreckten. Sie nahm die von Mike.

Sie nahm die von Mike – ein Fleisch.

„Wir müssen nicht so weitermachen, Kath", sagte Mike sanft. „Es tut mir Leid – sag, was immer du sagen willst." Er lächelte reumütig. „Wir machen es auf meine Art, wenn wir das nächste Mal heiraten."

„Ich sage dir ja immer, dass du diese Miss Rendell aus deinem Schulsekretariat hättest heiraten sollen", sagte Kathy und blinzelte ein paar unvergossene Tränen weg, „die hätte wenigstens alle Einzelheiten ihrer Hochzeitsnacht in dreifacher Ausfertigung protokolliert und allen engen Verwandten eine Kopie zugeschickt – völlig effizient und emotionslos. Punkt fünf – um genau elf Uhr neunundvierzig ehelicher Verkehr zufrieden stellend vollzogen."

„Kath!"

„Es tut mir auch Leid, Mike. Wir vergeuden schrecklich viel Zeit damit, unsere elenden kleinen Spielchen zu spielen, nicht wahr? Aber ich kann einfach nicht solche Dinge kühl erörtern, als ob sie mich gar nicht beträfen. Du weißt, dass ich das nicht kann." Sie schüttelte langsam den Kopf, als könne sie nicht glauben, was sie in ihrem Innern vorfand. „Der Schmerz ist so schrecklich – so schlimm. Er schneidet in mich hinein, und ich fühle mich, als ob ich gleich umfalle oder so, nicht körperlich, aber auf eine andere Weise, die ich nicht beschreiben kann, als ob alles zusammenbricht, als ob alle Alpträume auf einmal wahr werden. Und ich kann nichts dagegen tun, es gibt keine Salbe dafür und nichts, das stark genug wäre, mich davon abzulenken. Selbst in der Drogerie haben sie nichts, das mir helfen könnte, außer vielleicht in der Musikabteilung, aber das ist heutzutage eine teure Medizin." Sie sah zur Decke empor, kämpfte gegen neue Tränen an und sprach ganz langsam und deutlich weiter. „Es tut wirklich sehr weh, Mike. Ich weiß, dass du es äußerst lästig findest, wenn ich solchen Gefühlen nachgebe ..."

Mike machte ein Geräusch, das sich aus Entschuldigung, Ungeduld, leiser Verlegenheit und Mitgefühl zusammenzusetzen schien. „Kath, es ist nicht so, dass ich nicht ..."

„Und ich kann dir keinen Vorwurf machen", fuhr Kathy fort und fügte dann um der absoluten Wahrhaftigkeit willen hinzu, „na ja, ich weiß, ich mache dir Vorwürfe, aber das sollte ich nicht – das sollte ich wirklich nicht. Denn es ist nicht dein Problem, Mike. Es ist nicht das Problem irgendeines anderen." Sie schwenkte eine Hand in meine Richtung. „Es ist nicht Dips Problem, es ist nicht Jacks Problem, es ist nicht Felicitys Problem, und es ist ganz bestimmt nicht Marks Problem. Es ist mein Problem. Es gehört ganz allein mir, und ich sollte es in einer Socke unter der Matratze aufbewahren." Sie lächelte dünn. „Meinst du, man kann Socken mit seelischen Schmerzen unter Betten aufbewahren, Dip?"

„Unter meinem Bett ist kein Platz mehr", erwiderte ich, „hast du Lust, sie dir mal anzusehen?"

Bedeute ich dir genug, dass du sie dir mal ansehen würdest?

Kathy lächelte wieder. „Na schön, das ist nur gerecht. Wir tauschen die Probleme. Wir könnten sogar noch einen Schritt weitergehen. Warum sollten wir nicht die ersten sein, die die Idee der Nachbarschaftsneurosenparty verwirklichen – das wäre doch mal was anderes als immer nur Tupperware, oder? Wir könnten uns alle zusammensetzen und gegenseitig unsere Zwanghaftigkeiten und Manien bestaunen, die neuesten Anleitungen für Wahnvorstellungen zum Selberstricken herumreichen und dabei Kaffee trinken und unsere dünn geschnittenen Valiumtörtchen knabbern. Danach sind der Fantasie keine Grenzen gesetzt. Wie wäre es mit einem Versandkatalog mit dem Titel ‚ANGST‘, aus dem man zu günstigen Konditionen die neuesten Zwangsjacken in hübschen Pastelltönen wie Himmelblau, Blattgrün und Lachsrosa bestellen kann? Wir könnten ein Vermögen damit verdienen. Wir könnten …“

Sie brach ab, als Jack gemächlich vor sich hin summend mit einem leeren Glas in der Hand in die Küche kam. Gelassen musterte er unsere drei Gesichter, während er eine Flasche Milch aus dem Kühlschrank nahm und sein Glas füllte. Dann nahm er einen kräftigen Zug, schluckte ihn hinunter und nickte wissend.

„Dicke Luft, was?“

„Lass dir deine Milch schmecken, Salomo.“ Kathys Ton war ohne Aggression.

Jack musste etwas im Gesicht seiner Mutter gelesen haben, oder vielleicht sah er auch nur die Tränen in ihren Augen. Er beugte sich herab und gab ihr einen milchigen Kuss mitten auf die Stirn.

„Ruhig Blut, Mumsy“, knödelte er mit breitem amerikanischen Akzent. „Ich bin gleich nebenan, du brauchst nur zu rufen, und ich bin mit beiden Kanonen im Anschlag zur Stelle, falls diese Halunken hier irgendwelche Schwierigkeiten machen.“

Er zwinkerte Mike und mir zu, als er hinausging und die Tür leise hinter sich schloss.

„Ich würde sagen, ihr Halunken habt den Schutz nötiger als ich“, sagte Kathy, während sie ihre Augen und ihre Stirn mit dem Geschirrtuch abtupfte, das Mike ihr gereicht hatte. „Woher kommt eigentlich ‚Halunke‘? Das habe ich mich schon oft gefragt.“

„Ich finde es wunderbar, dass Jack unbefangen genug ist, dir vor anderen Leuten so einen Kuss zu geben, Kathy. Viele Eltern würden sich ein Bein ausreißen, um eine solche Beziehung zu einem Sohn in diesem Alter zu haben. Ein paar Sachen musst du wohl doch richtig gemacht haben."

Mike murmelte zustimmend, aber ich spürte, dass sie diese Dinge schon oft besprochen hatten.

„Ach, es ist zum Heulen mit mir, Dip." Kathy warf das Geschirrtuch in die Richtung des Gestells, ohne es zu treffen. Mike stand auf und hängte es ordentlich wieder dorthin, wo es hingehörte. „Plötzlich geht es mir wieder gut, nur weil eines meiner Kinder etwas Liebes und Nettes getan hat. Ist doch lächerlich, so von einer Stimmung zur anderen zu schwingen, absolut lächerlich. Wo du gerade stehst, Mike, könnten wir nicht ein Glas Sherry trinken, jetzt, wo ich keines mehr brauche?"

Mike machte sich mit Gläsern und Kartoffelchips, Nüssen und Schüsseln zu schaffen. Ich wollte mehr darüber wissen, wodurch meine Freundin eigentlich so empfindlich geworden war.

„Kathy, worin genau besteht der Schmerz, von dem du gerade gesprochen hast? Warum tut dir die Sache mit Mark und der Kirche und dass er dir gewisse Dinge nicht sagen kann so weh wie gerade eben?"

Sie zögerte lange, bevor sie antwortete. Mike stellte die Sherrys und das Knabberzeug vor uns auf den Tisch und setzte sich wieder auf seinen Stuhl, ohne etwas zu sagen. Kathy nippte an ihrem Glas und starrte über den Rand hinweg in die Ferne.

„Ich bin verletzt worden, Dip. Vor langer Zeit, als ich noch klein war, bin ich verletzt worden. Ob du es glaubst oder nicht, ich kann mich kaum erinnern, wie es geschehen ist. Ich weiß nur, dass das ganze Leben ein einziger Nebel aus Unsicherheit und Angst war und dass immer alles schief ging, wenn man gerade anfing, sich zu freuen, dass etwas gut lief. Ich hatte immer wieder denselben Traum – eigentlich war es ein Alptraum –, als ich ein kleines Kind war. Ich war auf einer Party oder einer Filmvorführung oder einem Picknick oder so, etwas richtig Schönem, aber ich wusste immer, dass genau dann, wenn ich gerade anfing, es richtig zu genießen, die Stimme in mein Ohr flüstern würde."

„Die Stimme?"

„Eine traurige, angewiderte Stimme – nicht angewidert von mir, meine ich, sondern vom Leben, von allem. Ich hasste sie."

„Was hat sie gesagt?"

„Sie sagte immer dasselbe – jedes einzelne Mal dieselben Worte in so einem grauenhaften, heiseren Flüstern. ‚Zeit für den schwarzen Vorhang', das war es, was sie sagte, und im Traum sank mir das Herz hinab wie ein Stein, und ich bekam schreckliche Angst und versuchte, auf die anderen Leute zuzugehen, aber meine Beine wollten sich nicht bewegen. Und dann fiel ein dicker, schwarzer Samtvorhang mit einem schweren Flattern zwischen mich und all das Licht und die Geräusche und das Leben, und ich versuchte hindurchzukommen, aber es gelang mir nie, und dann schrie ich im Dunkeln und wachte schwitzend und nach Luft ringend auf, als ob ich am Ersticken wäre." Sie sah ihre Hand an, die um den Stiel des Sherryglases lag. „Wisst ihr – ich habe dir noch gar nicht davon erzählt, Mike –, aber neulich habe ich gemerkt, dass ich immer, wenn ich an diesen Teil meines Lebens denke, die Zähne zusammenbeiße und die Fäuste balle, und all die Gefühle und Erinnerungen kommen zurück, als wäre es erst gestern gewesen und nicht vor vielen Jahren."

„Was für Erinnerungen denn?"

„Also, ich glaube, meistens sind es die Abende, an denen ich in meine Bettdecke gehüllt auf dem Treppenabsatz saß

und lauschte, wie Mum und Dad sich unten stritten und an-
brüllten. Ich verfolgte immer jedes Wort, das sie sagten, und
versuchte mit aller Macht, durch schiere Willenskraft zu be-
einflussen, was sie miteinander machten. Das ist das Problem, wenn man klein ist, wisst ihr. Man glaubt, was die Erwachsenen sagen; sodass man, wenn man seine Mutter
schreien hört, dass sie abhauen und niemals zurückkommen
wird, nicht begreift, dass das nur ein Zug in einer Art wildem emotionalen Schachspiel ist. Man glaubt es. Jedes Mal
aufs Neue – man glaubt es. Einmal, nachdem sie das gesagt
hatte, kam ich aus meinem Zimmer herunter, weil ich gehört
hatte, wie die Haustür aufging und wieder zuschlug, und
dann wurde alles still, und ich dachte, sie wäre wirklich gegangen. Ich konnte kaum atmen vor Furcht und Panik, als
ich die Treppe hinunterging. Ich wollte meinem Vater sagen,
dass er hinter ihr herrennen und sie zurückholen und ihr versprechen müsse, dass es keinen Streit mehr geben würde."

Mike fragte leise: „Was ist passiert, als du nach unten
kamst, Kath?" Ich war einen Augenblick lang überrascht,
dass er diese Geschichte noch nie gehört hatte.

„Nun ja, eigentlich nichts, das war ja gerade das Schreckliche. Mum war in der Küche mit der Waschmaschine zu-
gange, und Dad saß im Wohnzimmer und sah sich ‚Was bin
ich?' im Fernsehen an. Ich war so verblüfft darüber, dass
meine Mutter da war und doch nicht gegangen war, dass
ich nicht wusste, was ich sagen sollte. Der kleine Angst-
motor in meinem Innern drehte auf einmal im Leerlauf
durch. Es war ein äußerst eigenartiges Gefühl, und ein Teil
davon war ein völlig verständnisloser, kindlicher Zorn auf
meine Mutter, dass sie mich so in Panik versetzt und dann
doch nicht das getan hatte, was sie zu tun behauptet hatte,
obwohl ich ja gar nicht wollte, dass sie es tat. Total vernünftig, was?"

„Und wie ging die Sache aus?"

„Ach, das ist eine richtige Drei-Taschentücher-Geschichte, Dip. Am Ende wurde ich ausgeschimpft, weil ich frech gewesen sei, kannst du das glauben? Als Mum mich entdeckte, wie ich bleich in der Diele herumlungerte, sagte sie: ‚Was machst du denn hier mitten in der Nacht?‘, und ich war einfach nicht fähig, all diese Gefühle in Worte zu fassen, sodass ich den Zorn, der in mir steckte, reden ließ. Und der sagte: ‚Ich komme herunter, wann ich will, und du kannst mich nicht davon abhalten.‘ Danach fiel mir natürlich die Decke auf den Kopf. Mum erzählte Dad, was ich gesagt hatte, und plötzlich stellten sie fest – was für eine Überraschung –, dass sie am Ende doch etwas gemeinsam hatten. Sie waren beide ziemlich sauer auf mich, steckten mich wieder ins Bett und sagten mir, ich sei ein sehr ungezogenes kleines Mädchen. Ich lag noch endlos in der Dunkelheit wach und wütete vor mich hin – aber ich war froh, dass meine Mum nicht weggegangen war.

Heute verstehe ich das natürlich viel besser. Meine Eltern hatten ihre Probleme so wie wir unsere, auch wenn es zum größten Teil völlig andere sind. Aber was man als Kind lernt, sind Tatsachen, auch wenn es in Wirklichkeit keine Tatsachen sind. Und die ständige, quälende Ungewissheit dieser Zeit, das Gefühl, dass alles zwangsläufig mit irgendeiner Art von Enttäuschung oder Streit oder Katastrophe enden müsse – davon ist das Kind in mir immer noch vollkommen überzeugt. Das ist die Verletzung, von der ich gesprochen habe, und sie hatte bisher nie eine Chance, richtig zu heilen. Jedes Mal, wenn ich bei den Kindern versage, bricht alles wieder auf, und es tut so weh, als wäre es gerade erst passiert."

Kathy trank den letzten Tropfen ihres Sherrys und stellte das leere Glas auffordernd neben die Flasche auf den Tisch. Mike schenkte uns allen noch einen Sherry ein, allerdings sehr zu meinem heimlichen Ärger nur einen ganz kleinen

Schluck in jedes Glas. Eines Tages werde ich jemanden ermorden, der sich berufen fühlt, meinen Alkoholverbrauch zu kontrollieren.

„Als ich Christ wurde", fuhr Kathy fort, „dachte ich irgendwie, dass alles am Ende ins richtige Lot kommen würde. Weil Gott auf meiner Seite war, würde meine Ehe erfolgreich sein, und die Kinder würden aufwachsen und genauso glauben wie wir – was immer das ist –, und die Vergangenheit würde keine Chance bekommen, nach mir zu greifen und mich an der Kehle zu packen und mir alles zu verderben. Ich war mir nicht ganz sicher, wie das alles vor sich gehen sollte – ich ging einfach davon aus, dass es so kommen würde. Im Grunde hatte ich einen ziemlich naiven Optimismus in Bezug auf die Zukunft, aber heute glaube ich, dass ich mich geirrt habe. Gott hat mir meine Probleme nicht vom Hals geschafft – er hat nicht die Innenseite meines Lebens mit einem göttlichen Scheuertuch bearbeitet, bis sie glänzend und keimfrei war. Ganz tief in meinem Innern bin ich sogar froh darüber, glaube ich. Ich möchte ich sein, und ich möchte, dass er bei diesem heruntergekommenen, turbulenten Ich dabei ist. Ich wünschte nur ..."

Sie seufzte wehmütig. „Ich wünschte nur, er hätte mal ein Auge zugedrückt und dafür gesorgt, dass die Kinder gerne mit uns in die Gemeinde gehen. Als du gerade eben erzählt hast, was Mark gesagt hat, Dip, da war es wieder einmal Zeit für den schwarzen Vorhang, und ich kam damit einfach nicht klar. Eigentlich albern, nicht? So!" Sie schlug mit beiden Händen flach auf den Tisch. „Das hätten wir. Das ist der Grund, warum wir keine Abkürzung nehmen und den emotionalen Kram überspringen können, Mike. Es ist zu viel davon da, als dass man einen Weg drum herum finden könnte. Ich muss mich mitten hindurchgraben. Und wenn du mir jemals wieder ein Drittel Glas Sherry einschenkst, dann werde ich auf Drogen umsteigen und Dip auch, stimmt's, Dip?"

„Ja", sagte ich ernst, „das werde ich vermutlich. Kathy, ich dachte gerade – danke, Mike –, ich dachte gerade, wenn man das alles bedenkt, was du gerade gesagt hast, dann muss es dir manchmal schwer fallen, zu erkennen, ob du als Mutter überwältigend erfolgreich oder eine elende Versagerin bist."

Sie blinzelte. „Wie meinst du das?"

„Nun, du hast diesen Sack voller Gewicht, den du auf Schritt und Tritt mit dir herumschleppst, und der ist unsichtbar, sodass eigentlich niemand weiß, wie viel Mühe es dich kostet, überhaupt weiterzumachen. Aber du hast weitergemacht, und wenn man die Größe dieses Handikaps bedenkt . . ."

„Klingt nicht gerade wie ein Gaul, auf den ich beim Rennen wetten würde."

Wenn es darum geht, Komplimente anzunehmen, ist Kathy ein hoffnungsloser Fall.

Ich ließ mich nicht beirren. „Wenn man die Größe dieses Handikaps bedenkt, hast du wirklich Erstaunliches geleistet, und ich glaube, du solltest stolz darauf sein."

Und das sollte ich auch, oder?

„Es ist ein interessanter Gedanke", antwortete Kathy, die sich, wie üblich, in ihrer Verlegenheit in Witzchen flüchtete, „dass die Zeit kommen wird, da Gott an dem großen Computer im Himmel auf den Knopf drücken wird, mit dem ein verborgener Text sichtbar gemacht wird. Und ein jeder von uns wird als genau das offenbar, was er wirklich ist. Da werde ich herumtaumeln mit meiner Tonne Unrat auf dem Buckel, eingewickelt in einen großen schwarzen Vorhang, und daneben wird Mike traben mit einem hübschen kleinen Aktenkoffer mit hübschen kleinen Problemen, die ordentlich in die passenden Fächer einsortiert sind."

„Wenn du meinst, mit dir verheiratet zu sein, wäre ein hübsches kleines Problem, das sich ordentlich in ein passendes Fach einsortieren lässt, dann irrst du dich gewaltig!"

Mikes empörter Ausbruch wirkte so komisch, dass wir beide in Gelächter ausbrachen. Einen Moment lang sah er ein bisschen beleidigt aus, dann legte er den Kopf schief und grinste verlegen wie ein kleiner Junge.

„Was du über Kath gesagt hast, trifft genau ins Schwarze, Dip", sagte er, „sie macht ihre Sache mit den Kindern wirklich großartig – das versuche ich ihr schon seit Jahren beizubringen. Ich weiß, ich werde manchmal ärgerlich und kriege zu viel, aber das liegt nur daran, dass es mir ehrlich gesagt sehr schwer fällt, dieses ganze Zeug mit den Lasten aus der Vergangenheit nachzuvollziehen. Ich weiß, dass das alles ganz real ist", fügte er hastig mit erhobenen Händen hinzu, wie um einen Angriff abzuwehren, „aber, wisst ihr, ich hatte eine wirklich glückliche, wohl geordnete Kindheit bei gläubigen Eltern – meine Mutter kann ein bisschen wild werden, wie ihr wisst, aber sie ist sehr freundlich und liebevoll –, und ich schätze, ich versuche immer, es hier genauso zu machen. Die Einstellung der Jungs zur Gemeinde regt mich genauso auf wie Kath, aber ich würde das Problem lieber direkt zu Jesus bringen und dann die nötigen praktischen Entscheidungen treffen. Ich schätze, wir sind einfach sehr unterschiedlich geprägt."

Vive la difference!

„Was sollen wir tun, Mike?"

„Sprich du ein Gebet, Kath."

„Ich?"

„Ja, du. Lege all deine Sorge um die Jungs in ein Gebet."

Kathy bleckte in gespieltem Entsetzen die Zähne und riss die Augen weit auf. „Jetzt? Laut? Ich glaube, du oder Dip könntet das viel besser. Ihr seid beide ruhiger – vernünftiger, ihr hattet eine glückliche Kindheit ..."

Wirklich?

„Ach, schon gut, Mike. Du kannst aufhören, mich so unter deinen Brauen hindurch anzusehen. Ich werde beten."

In der Stille, die sich herabsenkte, bevor Kathy mit ihrem Gebet begann, erlebte ich einen jener seltsamen Momente fast völligen Friedens. Die anderen beiden hatten ihre Augen geschlossen und die Köpfe geneigt, aber ich hielt meine Augen offen, wie ich es inzwischen meistens tat, und begann allmählich zu spüren, dass sich etwas Ungewöhnliches tat. Auf den vertrauten Gegenständen und Flächen in der Küche lag etwas, das ich nur als ein Leuchten bezeichnen kann; eine größere, strahlende Wirklichkeit und die Wärme von – wie soll ich es nennen? –, von schierer Gegenwart vibrierte sanft durch die Luft und durch meinen Körper und rief jenen überirdischen Rausch hervor, der nicht das Denken, sondern den Geist in Flammen setzt. Unendlich selten, diese Erlebnisse, und unendlich kostbar.

„Vater, ich bin es, Katherine – Kathy, meine ich. Wir möchten mit dir über unsere Kinder sprechen, über Jack und Mark und Felicity. Du weißt, wie sehr ..." Kathys Stimme brach ein wenig. „Du weißt, wie sehr wir sie lieben und wie gern wir mit ihnen alles richtig machen möchten, und du weißt, wie wir, wie ich immer wieder versage, weil ich mich so aufrege und diese schrecklichen aufgeschürften Gefühle mich davon abhalten, das zu tun und zu sagen, was ich tun und sagen sollte. Bitte – oh, bitte lass es nicht gegen sie sprechen, wenn sie sich meinetwegen von dir entfernen. Vergib mir, wenn ich immer wieder den Gefühlen in meinem Innern nachgebe, und hilf mir, stärker und – gehorsamer zu werden. Du weißt, wie es ist, einen Sohn zu haben und zu sehen, wie er durch schwierige, schreckliche Zeiten geht, und nicht viel dagegen tun zu können, nicht wahr? Oh, Vater, tut es nicht schrecklich weh, eine Mutter oder ein Vater zu sein ..." Mike angelte wieder nach dem Geschirrtuch und drückte es Kathy in die Hand. Sie wischte sich ab und schniefte und erholte sich. „Wir müssen jetzt entscheiden, was wir wegen der Gemeinde unternehmen, und wir wissen nicht recht, wie wir uns am besten verhalten sollen; darum möchten wir dich bitten, bei uns zu sein, uns zu helfen und uns zu leiten, weil wir im Moment ein bisschen ratlos sind – na ja, ich jedenfalls. Kümmere dich um sie, liebe sie, und werde eines Tages für sie alle zur Realität. Vielen Dank – bis dann.«

Aus irgendeinem Grund kamen mir die Tränen, als Kathy unwillkürlich und leicht verwirrt das traditionelle „Amen" durch „bis dann" ersetzte. Es klang irgendwie so flehend. Wohl eine volle Minute lang saßen wir danach schweigend da und sogen die Atmosphäre, die durch Kathys Gebet entstanden war, in uns ein. Dann endlich sprach Mike.

„Alles in Ordnung, Kath?"

Sie holte tief Luft und blies sie geräuschvoll wieder aus. „Mir geht es gut – danke für das Geschirrtuch, Mike. Dieses Stück Stoff wächst mir allmählich richtig ans Herz. Falls wir je ein Heim für ausgediente Geschirrtücher finden, wird dieser treue alte Freund seinen Lebensabend dort verbringen, anstatt in Streifen gerissen und für unaussprechliche Dinge verwendet zu werden. Was machen wir jetzt?"

„Nun, ich bin mir meiner Sache genauso wenig sicher wie du, aber ich schlage vor, dass wir noch vor Sonntag mit Jack und Mark reden."

„Nicht mit Felicity?"

„Nein, das halte ich nicht für nötig, du?"

„Nein."

„Und wir werden sie ganz ruhig und offen fragen, was sie von der ganzen Sache halten. Wir werden ganz deutlich machen, dass sie sagen können, was immer sie möchten."

Kathy nickte ernst, dann beugte sie sich vor und sah sich in der Küche um, wie um sich zu vergewissern, dass niemand lauschte. „Also gut", flüsterte sie, „aber wir werden es nicht so meinen, oder?"

11

Das geplante Treffen fand am nächsten Tag, einem Samstag, statt. Ich nahm die Robinsons wie verabredet in Empfang, als die ganze Familie von einem Spaziergang auf den „Busenbergen" zurückkehrte, wie Kathy die sanften Kreidehügel ein paar Meilen südlich von unserer Stadt nannte. Ich wusste, dass Mark immer scharf darauf war, auf die Hügel zu kommen; hauptsächlich, weil er gerne seinen Drachen steigen ließ, einen jener großen, steuerbaren mit zwei Schnüren an Plastikgriffen. In der Vergangenheit hatte er es mich hin und wieder auch einmal versuchen lassen, und ich muss zugeben, dass Seifenblasen dagegen kalter Kaffee waren – allerdings ist es nicht ganz einfach, im Schlafzimmer einen Drachen steigen zu lassen ...

Der Himmel hing schon den ganzen Tag über voll schwerer Wolken, und die ersten Regentropfen klatschten gerade gegen die Fenster, als das Geklapper sich schließender Autotüren, dumpfe Schläge, Klirren, flatternde Geräusche, eine schrille Stimme und gegenseitige Beschuldigungen in etwas tieferer Tonlage die Ankunft der Familie vor ihrer Haustür ankündigten.

Der „Plan", sorgfältig zurechtgelegt von Mike, Kathy und mir, bestand darin, dass ich im Wohnzimmer eine besonders schöne Teevesper anrichten würde und dass es in dieser geselligen, frischluftgesättigten, familiären Umgebung für die Jungen viel leichter sein würde, frei und offen über die Sache mit der Gemeinde zu reden. Das Problem mit Felicity war dadurch gelöst worden, dass wir eine Videokassette von „Drei Männer und eine kleine Lady" ausgeliehen hatten, ihrem Lieblingsfilm aller Zeiten (wobei „alle Zeiten" natürlich sechs Jahre bedeuteten), den sie sich oben auf Jacks tragbarem Fernseher ansehen sollte, mit einer Teevesper ganz allein für sie auf einem Tablett.

Felicity nahm diese Nachricht mit jubelndem Händeklatschen auf, das jedoch sofort in tiefen Argwohn umschlug.

„Und was macht ihr im Wohnzimmer, während ich oben bin?", fragte sie, nachdem ich ihr geschildert hatte, was wir vorhatten.

„Wir werden über Dinge reden, die du nicht hören sollst", erwiderte ich, „aber nicht über dich."

Die Offenheit dieser Erklärung brachte sie zum Kichern, und kurz darauf hatte sie es sich vor dem Fernseher gemütlich gemacht, in der einen Hand ein Sandwich mit Corned Beef, in der anderen ein Glas Orangensaft mit einem dieser verdrehten, verschlungenen Plastikhalme, den Blick andächtig auf den Bildschirm gerichtet, auf dem jene drei wunderbaren Männer erschienen.

Derweil erwies sich die herzliche, familiäre Atmosphäre im Wohnzimmer offensichtlich als nicht ganz so gesellig, wie Mike und Kathy gehofft hatten. Als ich die Treppe hinunterkam, fand ich Mark an der Haustür, wo er zweien seiner Freunde verdrießlich erklärte, er könne nicht hinauskommen, weil seine Eltern wollten, dass er zu Hause bleibe und mit ihnen Tee trinke, obwohl er gar keinen Tee wolle; er werde aber kommen, sobald er könne, ob sie nicht bis dahin vor der Tür warten wollten? An diesem Punkt erschien Kathy in der Wohnzimmertür und erklärte wütend, aber mit eisiger Höflichkeit:

„Es hat keinen Sinn, deine Freunde zu bitten zu warten, denn wir wissen ja nicht, wie lange wir brauchen werden, nicht wahr?"

„Dann wartet nicht."

Die Freunde verschwanden im Regen, und Mark stampfte

zurück ins Wohnzimmer. Ich schloss die Haustür und folgte ihm.

„Ach, ist das gemütlich", sagte Mike ein paar Minuten später, obwohl es spürbar alles andere als gemütlich war. Alles trank Tee und aß, einschließlich Mark, der seinen Appetit auf wundersame Weise wiedergefunden hatte, aber die allgemeine Atmosphäre war gelinde gesagt angespannt.

Jack saß auf dem Boden, mit dem Rücken gegen eine Büchervitrine gelehnt, die ein oder zwei Bücher und mehrere hineingestopfte, undefinierbare Haufen Papiere und Zeitschriften enthielt. Er schluckte einen Bissen Wurstbrötchen herunter, klopfte ein paar Krümel Blätterteig von seinem Pullover auf den Teppich und wandte sich an seinen Vater.

„Also los, Dad, spuck's aus."

„Was soll ich ausspucken?"

Jack vollführte eine allumfassende Geste mit einem Arm. „Na, das hier alles. Dip hat dieses tolle Essen vorbereitet, Flitty habt ihr oben verstaut, Mark durfte die Situation nicht erleichtern, indem er hinausging ..."

„Keiner hier findet dich witzig, Jack."

„... und du und Mum sitzt auf der vordersten Sesselkante und versucht, zwanglos und entspannt auszusehen, als hättet ihr nicht etwas Besonderes zu sagen, was ihr doch offensichtlich habt, und Dip versucht so auszusehen, als wüsste sie nicht, worum es geht – und jetzt muss sie lachen, weil sie weiß, dass ich Recht habe, also könntet ihr jetzt genauso gut damit herausrücken."

Mike und ich lachten, während Jack träge den Arm ausstreckte, um sich ein weiteres Wurstbrötchen zu angeln, aber Kathy lachte nicht. Mark auch nicht. Die beiden wären für Napoleon während jener langen Abende auf Elba keine guten Gesellschafter gewesen. Mike stellte seinen Teller vorsichtig auf dem Beistelltisch neben seinem Sessel ab.

„Du hast völlig Recht, Jack", sagte er, „wir wollten tatsächlich mit euch über etwas reden, oder besser gesagt, wir hoffen, dass ihr uns vielleicht ein wenig erzählen werdet. Es geht um die Gemeinde und darum, was wir – was ihr über Gott und Jesus und all diese Dinge denkt. Diese Dinge sind uns immer sehr wichtig gewesen, wie ihr wisst, aber wir möchten gern wissen, wie ihr darüber denkt. Jack kommt zurzeit nicht mit uns in die Gemeinde, und wir versuchen nicht, ihn dazu zu drängen – nun ja, das würden wir in deinem Alter auch gar nicht wollen, Jack. Aber wir haben eigentlich nie richtig darüber gesprochen, nicht wahr? Das ist einer der Fehler, den Mum und ich oft machen – wir lassen die Dinge einfach mehr schleifen, als gut ist, meine ich. Und Mark kommt bisher noch mit, aber es gefällt ihm offensichtlich eigentlich nicht, was nicht viel Sinn hat, stimmt's? Also ..." Mike vollführte leicht nervös mit den flachen Händen einen Trommelwirbel auf seinen Knien. „Wir wollten einfach einmal eine Gelegenheit schaffen, die Dinge zu klären. Ihr könnt alles sagen, was ihr wollt – alles. Und wir werden uns nicht aufregen oder so, wisst ihr." Er sah zu Kathy hinüber, um sich Bestätigung zu holen. „Das werden wir nicht, stimmt's, Kath?"

„Nein", sagte Kathy und schüttelte übereifrig und sehr aufgeregt den Kopf, „nein, das werden wir nicht."

Mark, der sich ganz bewusst auf einen harten, unbequemen Holzstuhl in der Nähe der Tür gehockt hatte, warf mir einen drängend fragenden Blick zu. Aber ich lächelte nur so nichts sagend wie möglich zurück und hoffte, er würde seine Chance, das zu bekommen, was er wollte, nicht schon jetzt im Anfangsstadium der Verhandlung durch eine seiner typisch unbedachten Bemerkungen ruinieren.

„Also", fuhr Mike fort, „wer fängt an?"

Etwas sagte mir, dass es höchst unwahrscheinlich war, dass Jack sich in Gegenwart seines Bruders öffnen würde. Ja, in dem scheinbar endlosen Schweigen, das auf Mikes Eröffnungsrede folgte, hatte ich ernsthafte Zweifel, ob überhaupt einer der Jungen etwas sagen würde. Ich sah mich im Zimmer um, doch ich fand kein ermutigendes Zeichen. Mark hatte aufgehört zu essen und saß vorgebeugt, die Ellbogen auf die Knie gestützt und das Gesicht zwischen die Fäuste geklemmt, Jack war mitten bei seinem zweiten Wurstbrötchen, scheinbar völlig entspannt, jedoch mit kleinen, nachdenklichen Fältchen zwischen den Augenbrauen, und Kathy hatte sich zurück in die Ecke des Sofas sinken lassen, den einen Arm oben auf die Rücklehne gelegt, die andere Hand über den Augen. Nur Mike blickte vergleichsweise heiter drein, jetzt, wo sein erster kleiner Anfall von Nervosität vorbei war. Er saß am anderen Ende des Sofas, die Beine ordentlich übereinander geschlagen, und blickte erwartungsvoll, aber gelassen, von Jack zu Mark und wieder zurück, wie ein Lehrer, der ohne viele Worte von seiner Autorität überzeugt ist.

Überraschenderweise war es Mark, der schließlich das Schweigen brach.

„Ich habe nichts gegen Gott, aber die Kirche ist Quatsch."

Diese unfreundliche, aber offensichtlich aufrichtige Bemerkung hatte eine nahezu katastrophale Wirkung auf mich, besonders, da ich ein Vanillekipferl im Mund hatte. Ich weiß nicht, warum ich die Bemerkung so komisch fand, nur dass vor meinem geistigen Auge, kaum dass Mark sie gemacht hatte, ein Bild des Allmächtigen aufstieg, wie er majestätisch auf seinem Thron sitzt und den geplagten Engel empfängt, dessen Aufgabe es ist, die Fortschritte der Robinsons zu überwachen. „Was gibt es Neues von dem Jungen Mark?", fragt der Schöpfer des Universums mit markerschütternder Stimme, und während sich die himmlischen Heerscharen voll ernster Erwartung vorbeugen, antwortet der Engel: „Er sagt, er hat nichts gegen Gott, meint aber, die Kirche sei Quatsch." Vielleicht irre ich mich in meiner

Vorstellung von Gottes Wesen, aber ich vermute, er hätte vielleicht, statt instinktiv in die Kiste mit den Blitzen zu greifen, bei diesen Worten ein wenig vor sich hin gelächelt und gesagt: „Nun, zunächst einmal ist es natürlich äußerst schmeichelhaft, dass Mark nichts gegen mich hat, und was den zweiten Punkt betrifft, nun, so hätte ich selbst es vielleicht nicht ganz so ausgedrückt, aber der Junge hat nicht ganz Unrecht – er hat bestimmt nicht ganz Unrecht."

Glücklicherweise gelang es mir, die unfreiwillige Verteilung meines Vanillekipferls im ganzen Wohnzimmer zu verhindern und keine Miene zu verziehen, was nur gut war, denn weder Kathy noch Mike fanden Marks Bemerkung auch nur im Entferntesten amüsant. Kathy riss die Hand von ihren Augen, kaum dass das Wort „Quatsch" aus dem Mund ihres jüngsten Sohnes gedrungen war. Doch da sie sich vermutlich nicht zu sprechen traute, wandte sie sich einfach mit einem Gesichtsausdruck, der zu sagen schien: „Hol die Kiste mit den Blitzen!", an Mike.

„Ich verstehe, was du sagen willst, Mark", sagte Mike und fügte den verhaltenen Tadel hinzu: „Aber ich glaube nicht, dass es dazu nötig war, dieses Wort zu gebrauchen."

Hassen Sie es auch so, wenn jemand Ihnen sagt, er verstehe, was Sie sagen wollen? Einen Moment lang hätte ich Mike am liebsten geschlagen, aber schließlich bin ich keine Mutter.

„Das ist noch lange nicht so schlimm wie das, was Mum manchmal zu mir sagt, und überhaupt hast du gesagt, wir könnten alles sagen, was wir wollten", protestierte Mark. Dann, nachdem er sich einen Augenblick lang heftig konzentriert hatte: „Also schön, die Kirche ist langweilig und dauert ewig, und ich hasse sie. Ich meine, ich hoffe, dieser Typ bekommt seinen Job und so, aber das war draußen vor der Kirche, und drinnen ist es gruselig."

Ich machte mir eine innerliche Notiz, Mike und Kathy

später zu erklären, was Mark mit seiner unverständlichen Bemerkung über „diesen Typ" gemeint hatte.

„Wenn ich Gott wäre, würde ich nicht hingehen", fuhr Mark fort. „Mum, bitte lass mich wegbleiben." Sein Ton war plötzlich von Aggressivität in flehentliches Bitten umgeschlagen, und ich spürte, dass das alles andere war als reine Taktik. Wie eine Art Geisel bot er jenen verwundbaren Teil seiner selbst dar, von dem er wusste, dass seine Mutter sich sehnlichst wünschte, Zugang dazu zu haben. „Ich halte das nicht mehr aus. Ich komme mir ganz dick und rot und hässlich vor, wenn ich da sitze. Zwinge mich nicht mehr hinzugehen – dafür spüle ich auch jeden Sonntag nach dem Essen das Geschirr."

Angesichts dieser implizierten Gleichsetzung von Kirchenbesuch und Haushaltspflichten musste Mike lächeln, doch Kathy hatte allen Kampfgeist verloren. Sie schien in völliger Niederlage am Boden zu liegen. Als sie Mark antwortete, tat sie es mit der resignierten Unterordnung eines Menschen, der die Kapitulation als unausweichlich erkannt hat. Sie brachte kaum die Energie zum Sprechen auf.

„Du hast ganz Recht, Mark", sagte sie mit schwacher Stimme, „ich benutze manchmal schreckliche Ausdrücke, wenn ich wütend auf dich bin, und es tut mir wirklich Leid – ich habe immer gesagt, ich würde das mit meinen Kindern niemals machen. Bitte vergib mir, dass ich es doch getan habe und dass ich dich manchmal schüttele oder dir eine runterhaue, wenn mir die Worte ausgehen ..."

Mark rutschte unbehaglich auf seinem Stuhl hin und her und murmelte etwas, das, wenn es auch völlig unverständlich war, sowohl entschuldigende als auch verzeihende Untertöne enthielt.

„Ich hoffe, dass du weißt, Mark", fuhr Kathy im selben kraftlosen Ton fort, „dass Gott mir sehr wichtig ist. Ich glaube, dass Jesus für mich gestorben ist, damit Gott mein Vater werden konnte, und ich habe versucht, das zu begreifen, seit ich nun, seit ich dabei bin. Ich mache ständig alles Mögliche falsch, aber ich denke, ganz tief in mir drin weiß ich, dass ich Gott liebe und dass er mich liebt – obwohl ich das manchmal ein wenig aus dem Blick verliere. Also, was ich damit sagen will, ist, wie es auch immer nach außen hin aussehen mag, selbst wenn die Kirche morgen in die Luft flöge und ich nicht mehr hingehen könnte, dann gäbe es immer noch Gott und Jesus und mich. Es geht nicht nur darum, wie es für andere aussieht – obwohl ich fürchte, dass ich das manchmal ziemlich wichtig nehme –, sondern es geht darum, dass ich hoffe, dass auch du eines Tages Gott kennen lernst. Das ist das Einzige, worauf es letzten Endes ankommt." Sie sah Mike an. „Ich glaube, wir sollten Mark fürs Erste erlauben, nicht mehr in die Kirche zu gehen, außer zu Weihnachten und so – natürlich nur, wenn du einverstanden bist, Mike."

Auf dem Stuhl neben der Tür hörte jemand auf zu atmen. Es klang lauter als das Atmen zuvor.

Mike nickte entschieden. Ich klebte ein unsichtbares Pflaster auf die Stelle, an der ich ihn vorhin hatte schlagen wollen. „Damit bin ich gern einverstanden", sagte er, „vorausgesetzt, Mark ist sich darüber im Klaren, dass dies eine Entscheidung ist, die wir getroffen haben, und dass wir erwarten, dass es keinen Widerspruch gibt, wenn wir bei bestimmten Gelegenheiten doch einmal möchten, dass er mit uns in die Kirche kommt."

Obwohl er von seinem Vater angesprochen wurde, als wäre er ein Antragsteller auf irgendeinem Landtribunal, gab es keinen Zweifel, dass Mark genau verstand, was gemeint war. Es war ein herrlicher Anblick. Er saß kerzengerade auf seinem Stuhl und starrte seine Mutter mit offenem Mund an, als könne er kaum fassen, dass seine wöchentliche Tortur nun vorüber war.

„Dann muss ich also morgen nicht mit?"

„Du musst morgen nicht mit", bestätigte sie mit derselben schwachen Stimme wie zuvor.

Mark, den die schiere Erleichterung und Erregung zu einer übersprudelnd emotionalen Reaktion hinriss, durchquerte das Zimmer mit höchst un-Mark-mäßiger Geschwindigkeit und fiel seiner Mutter um den Hals. „Oh, danke, Mum!" Das waren, glaube ich, die Worte, die in ziemlich gedämpftem Zustand aus dieser unerwarteten Umarmung hervordrangen. Die wundersame Wirkung auf Kathy verblüffte mich immer noch, obwohl sie für jeden, der sie kannte, vorhersehbar war. Es war, als wäre sie augenblicklich und völlig geheilt worden wie einer jener Kranken im Neuen Testament, denen Jesus begegnete. Eine plötzliche, starke Dosis körperlicher und verbaler Zuneigung – als sie schon dachte, die Arzneiflasche sei leer –, und sie war wie umgewandelt. Als Mark sich von ihr löste, sah ich, dass ihre Augen leuchteten und ihr Körper nicht mehr durchhing. Als sie sprach, hatte ihre Stimme ihre Kraft und Lebhaftigkeit wiedergewonnen.

„Wahrscheinlich erwischst du deine Freunde noch, wenn du dich beeilst", sagte sie und tat so, als wolle sie ihn von sich schieben. „Von Jack kann man nicht erwarten, dass er etwas sagt, solange noch etwas zu essen da ist, also kannst du ruhig gehen und die freudige Nachricht verbreiten."

„Gut." Mark packte die Gelegenheit beim Schopf, ging zur Tür und blieb nur noch einmal kurz stehen, um zu sagen: „Danke, Mum – danke, Dad." Kurz bevor er verschwand, strahlte er mich noch einmal mit seinem Filmstarlächeln an – es war ein richtiger Brutzler. Danach hörten wir das Rascheln seines Mantels, als er sich bereitmachte, hinaus in den Regen zu gehen, und dann folgte eine kurze Stille, während der Mark, glaube ich (ich würde sogar eine Menge Geld darauf wetten), in der Einsamkeit der Diele die Augen emporhob, den Arm anwinkelte und eine triumphierende Faust zur Decke emporschnellen ließ, denn dies ist die Geste, die traditionell den Siegesschrei der Vierzehnjährigen begleitet.

„Yippiieeeh!", hörten wir ihn jubelnd schreien. „Yippiieeeh!"

Dann öffnete sich die Haustür, ohne sich wieder zu schließen, und er war weg. „Ich bin froh, dass du Mark hast gehen lassen." Jack sprach zu seiner Mutter, als ich wieder hereinkam, nachdem ich dem Regen die Tür vor der Nase zugemacht hatte. „Ich hätte nicht sagen können, was ich wirklich denke, wenn er hier geblieben wäre. Ich fürchte, ich kann ihn im Moment nicht ausstehen. Wenn er da ist, komme ich mir vor wie dreizehn und fange an, kindische, blöde Sachen zu sagen, die ich sonst zu niemandem sagen würde."

Kathy schüttelte den Kopf und seufzte wehmütig, vielleicht ohne zu merken, dass Jacks Analyse seiner Beziehung zu Mark fast genau mit ihrer eigenen übereinstimmte. „Wie schade. Ihr beide wart früher so gute Freunde. Er nannte dich immer Jackypot, als er noch ganz klein war . . ."

„Danke, dass du uns alle daran erinnerst, Mum. Prost!"

„. . . und er sah in dir den wunderbarsten Menschen auf der ganzen Welt. Ihr habt Stunden zusammen im Garten verbracht, euch Geschichten ausgedacht und unten hinter dem Schuppen Höhlen gebaut." Sie lächelte, als eine bestimmte Erinnerung an die Oberfläche kam. „Und ich werde nie vergessen, wie wir einmal im Sommer in Dorset im Urlaub waren, da unten in diesem ganz abgelegenen Ort mit ‚K', wo wir so schwer hinkamen, weil wir damals noch kein Auto hatten, wisst ihr noch? Einmal gingen wir zu einem der Strände hinunter, die man von unserem Ferienhaus aus quer durch ein Kornfeld erreichen konnte. Ein wunderschöner, verschlungener Weg. Sand oder so gab es nicht, wenn man hinunter ans Ufer kam, aber jede Menge kleiner Felsenteiche, in denen sich das Wasser der Brandung sammelte. Du fandest es herrlich, Jack. Du hast diese Felsenteiche immer geliebt."

„Das tue ich immer noch", murmelte Jack.

„Du warst wie immer ständig am Wasser, suchtest dir deinen Weg zwischen den Felsen hindurch, und hin und wieder blicktest du auf und riefst, du hättest einen Krebs oder einen kleinen Fisch oder eine Krabbe oder so etwas gefunden, und wir Eltern waren jedes Mal mächtig beeindruckt, stimmt's, Mike?"

Mike lächelte und nickte. Jack nahm sich das letzte Vanillekipferl und biss resigniert hinein.

„Und hinter dir", fuhr Kathy fort, jetzt völlig in der Vergangenheit versunken, „watschelte der kleine Mark drein, so gut er konnte, und drehte viel kleinere Steine um, weil er nicht so stark war wie du, spähte ins Wasser, so scharf er es mit seinen kleinen Augen schaffte, und wollte unbedingt etwas finden, damit er auch so rufen könnte wie du, aber er hatte überhaupt kein Glück dabei."

„Genau", unterbrach Mike, lehnte sich zurück und wedelte mit dem Finger, als ihm die Geschichte plötzlich wieder einfiel. „Und nach einer Weile hatte er die Nase so voll davon, nichts Richtiges zu finden, dass er beschloss, seine Suche etwas kreativer zu gestalten, und so . . ."

„. . . drehte er noch einen Stein um", sagte Kathy, die es nicht leiden kann, wenn man ihr die Pointe stiehlt, „und schaute zum Fuß der Klippe herüber, wo wir saßen, und rief: ‚Mum! Dad! Ich hab was gefunden.' Und du riefst zurück: ‚Prima, Spatz – was hast du denn gefunden?' Und er rief zurück: ‚Ein Kamel! Ich hab ein Kamel gefunden! Guck mal, Jackypot, ich hab ein Kamel gefunden!'"

Jack kaute und nickte, als er sich erinnerte. Er schluckte den Bissen herunter und sagte: „Na ja, ich schätze, aus Marks Sicht war es ebenso plausibel, ein Kamel zu finden, wie irgendeines der anderen Dinge, die ich euch zugerufen hatte. Schließlich wusste er bei den meisten davon sowieso nicht, was es war."

„Und dann bist du über die Felsen auf ihn zugeklettert", fuhr Kathy fort, „und ich sah, wie dieses wunderbare stolze Lächeln ganz plötzlich von Markys Gesicht verschwand, weil ihm klar wurde, dass kein Kamel da sein würde, wenn du zu seinem Teich kämst, und er sagte mit seiner piepsigen, bekümmerten Stimme: ‚Also, ich dachte, ich hätte ein Kamel gesehen.' Ich bekam richtig Panik, weißt du noch, Mike? Ich wedelte mit den Armen und versuchte, dich auf mich aufmerksam zu machen, aber es gelang mir nicht, weil du zu sehr darauf achten musstest, nicht auf den Felsen auszurutschen. Aber das Schöne war, dass trotzdem alles gut gegangen ist, denn als du bei ihm warst, hast du in seinen Teich geschaut und uns zugerufen: ‚He, Marky hat Recht! Es ist tatsächlich ein Kamel in seinem Teich, aber jetzt hat es sich unter einem Felsen versteckt, sodass man es nicht mehr sehen kann.' Oh, Dip, du hättest das Gesicht des Kleinen sehen sollen, als er merkte, dass sein großer Bruder ihn nicht hängen ließ. Er war so glücklich! Und das war ganz typisch für Jack, Dip – er war so ein freundlicher kleiner Junge. Ich weiß noch, kurz bevor wir von London hierherzogen, hatten wir zwei Katzen, und Jack machte sich große Sorgen, dass ..."

„Mum!" Jack stemmte vor Verlegenheit seine Schultern gegen den Bücherschrank. „Wir wollen doch jetzt nicht jede kleine Begebenheit aus meiner Kindheit durchkauen, oder? Ich mag diesen kleinen Jungen nicht, der ich einmal war. Wenn ich ehrlich bin, es schüttelt mich geradezu vor ihm. Ich versuche jetzt schon eine ganze Weile, ihn loszuwerden. Ich will nicht dauernd an die kleine Nervensäge erinnert werden und besonders nicht an seine blauäugigen, piepsstimmigen Heldentaten. Können wir ihm nicht ein für alle Mal den Hals umdrehen?"

Die Leute sind doch komisch, nicht? Mark brauchte nur mit einer Augenbraue zu zucken, damit Kathy auf die eine oder andere Weise heftig reagierte, aber diese Rede von Jack, so niederschmetternd sie klang, brachte sie nur zum Lachen. Mike dagegen, der alles schluckte, was Mark ihm an den Kopf warf, ohne sich übermäßig darüber aufzuregen, schien tief beunruhigt und verwirrt zu sein über das, was er gerade gehört hatte.

„Ich kann dir nicht folgen, Jack", sagte er und beugte sich stirnrunzelnd vor, „warum in aller Welt sollte es dich stören, dass du so ein Junge gewesen bist? Das verstehe ich wirklich nicht."

Jack sah aus wie jemand, der begonnen hat, eine gefährlich steile Felswand hinabzuklettern, sich jetzt wünscht, er hätte die Finger davongelassen, aber entdeckt, dass er nicht mehr zurück kann. Er blickte zur Decke empor und suchte nach Worten, um auszudrücken, was er empfand.

„Versteht mich nicht falsch. Es ist nicht so, dass ihr keine guten Eltern gewesen wärt", sagte er.

Oje …

„Aber ich glaube, ihr wolltet, dass ich eine Art – ich weiß nicht, eine Art Enid-Blyton-Figur bin, ein grundanständiger, mannhafter kleiner Kerl, der sich nicht fürchtet, der Welt ins Gesicht zu sehen, und der abgesehen von ein paar im Grunde liebenswerten kleinen Ungezogenheiten immer das Richtige tut, was immer das ist. Ihr habt mir beigebracht, dass es für jeden Menschen das Beste sei, so zu sein."

„Ist das nicht ein wenig überzeichnet, Jack?", wandte Mike ganz leise ein, „und überhaupt, ich fürchte, ich verstehe immer noch nicht, wie die Eigenschaften, die du gerade erwähnt hast, als eine Art Handikap empfunden werden können – ich finde, sie sind gerade das Gegenteil."

„Aber genau das ist es! Das ist genau das richtige Wort. Ein Handikap, das ist genau das, was es war." Jack begleitete diese ungewohnt heftige Äußerung mit einer Serie rhythmischer Schläge mit einer Faust auf die andere. „Weißt du, was du nicht verstehst, ist, dass Jungen aus Enid-Blyton-Büchern es ziemlich schwer haben, wenn sie auf einmal mitten ins wirkliche Leben geraten, besonders dann, wenn das wirkliche Leben sich als die Art von Schule erweist, auf die ich gegangen bin. Du wirst getreten und herumgeschubst und ausgelacht, und anfangs weißt du gar nicht, warum dir das passiert. Deine Eltern, die Leute, denen du am meisten vertraust, haben dir gesagt, wenn du immer gut und freundlich bist, dann wirst du glücklich sein. Jetzt stellt sich heraus, dass das nicht stimmt. Wenn du für das geradestehst, woran du glaubst, werden die Leute dich respektieren. Stimmt nicht. Wenn du dir Mühe mit der Schularbeit gibst, wirst du mit dir selbst zufrieden sein. Auch das stimmt nicht. Am Ende wird alles gut, denn Mami oder Daddy oder Gott können alles in Ordnung bringen, aber sie können es eben nicht. Es stimmt nicht. Es würde vielleicht stimmen, wenn du kein Enid-Blyton-Junge wärst. Wenn du ein kleiner König David oder so wärst, der es schon mit einem oder zwei Löwen aufgenommen hat, dann würdest du vielleicht auch mit dem einen oder anderen Riesen fertig, weil du von Anfang an wüsstest, dass das Leben nun einmal nicht immer einfach ist, und ein bisschen besser darauf vorbereitet wärst. Tja, aber ich war nicht darauf vorbereitet, und ich bin nicht damit fertig geworden."

Mikes Gesicht sah grau aus. „Ich wusste, dass du es in der Schule manchmal nicht leicht hattest, Jack, besonders in der vierten und fünften Klasse, aber die meisten Kinder ..."

„Dad, du hast mir nicht zugehört. Ich sage ja gar nicht, dass ich eine schreckliche Kindheit hatte. Die hatte ich nicht. Wir hatten jede Menge Spaß und schöne Zeiten, und ich weiß, dass ihr mich lieb habt, du und Mum, und ich habe euch beide auch sehr lieb."

„Wo liegt denn dann das . . .“

„Es ist nur, dass . . .“ Jack breitete beide Arme weit aus undschloss die Augen. „Es ist nur, dass ich glaube, dass ihr mich auf eine komische Art als ein kleines Museum benutzt habt – einen Ort, in dem ihr eure Ideale und Wertvorstellungen und eure Religion aufbewahren konntet, auf Hochglanz poliert und sorgfältig aufgestellt und unbeeinträchtigt von dem Chaos und der Unordnung, von denen sie in eurem Leben umgeben sind – im wirklichen Leben, meine ich. Aber das Problem ist, das ganze Zeug gehört euch, nicht mir; und ich muss manches davon hinausschmeißen und manches kaputtmachen und das eine oder andere behalten und vielleicht ein paar Dinge hinzufügen, die euch nie eingefallen sind, und mir ein bisschen eigenes Chaos schaffen, und – na, eben alles für mich wirklich werden lassen.“

Gefühle brachten die Luft zum Vibrieren wie Bassreflexboxen.

„Ja, das Problem ist, Jack“, erwiderte Mike mit sorgfältig beherrschter, aber vom Schmerz zusammengeschnürter Stimme, „wenn du davon redest, dass du dem Kind, das du einmal warst – wie sagtest du? – den Hals umdrehen willst, dann redest du von einer der wunderbarsten, zauberhaftesten Zeiten meines Lebens.“ So weich wie Watte, die auf ein aufgeschürftes Knie getupft wird, drangen Mikes Worte an unsere Ohren. „Es tut mir wirklich weh, dass du das einfach abtun willst – es einfach wegwerfen, als sei es nichts wert. Es kann doch nicht sein, dass es nichts wert war, oder?“ Er rutschte auf dem Sofa herum. „Weißt du, ich habe immer gedacht, dass die Art, wie du bist, all die guten Eigenschaften an dir – und die sind da, Jack, auch wenn wir vieles davon übertüncht haben –, ich habe immer gedacht, das sei, na ja, es klingt so albern, wenn ich es laut ausspreche, ich dachte immer, das sei das Beste, was ich je zustande gebracht habe.“ Er starrte einen Moment lang in die Ferne. „Ich wünschte, ich hätte das jetzt nicht gesagt; es klingt wirklich sehr dumm. Tut mir Leid."

„Nein, mir tut es Leid", sagte Jack, der ziemlich blass geworden war. „Ich wollte das alles gar nicht sagen ..." Er bremste sich. „... nicht, weil es nicht stimmen würde, sondern weil es nur ein Teil der Wahrheit ist. Und ich habe es ein bisschen überzogen, weil ich besonders clever klingen wollte. Ich kann euch versichern, dass ich keine anderen Eltern haben wollte, und ich bin sehr froh, dass ich ich bin. Dad ..."

Er zog seine Beine an, hebelte sich mit einer Hand vom Boden hoch und ging auf seinen Vater zu, der immer noch wie betäubt in die Ferne starrte, als hätte er gerade entdeckt, dass irgendein Grundgesetz des Universums am Ende doch nicht unveränderlich war. Jack beugte sich herab und legte seine Arme um Mike, der leicht zusammenzuckte, dann aber sofort reagierte und seinem Sohn mit einer Hand auf den Rücken klopfte, als wollte er ihm ein Bäuerchen entlocken.

Ich glaube, diese wortlose Umarmung gab Mike ein Stück seines Friedens wieder. Als er zusah, wie sein Sohn zu seinem Platz auf dem Boden zurückkehrte, blinzelte er ein wenig und putzte seine Brille mit einem weichen, grünen Tuch, das er wie ein Zauberkünstler aus der Brusttasche seiner Jacke zum Vorschein gebracht hatte. Kathy rutschte auf dem Sofa entlang und hängte sich in den Arm ihres Mannes ein. Kathy hat nach außen hin zwei Hauptstimmungen, was immer sie in Wirklichkeit empfindet: Die eine ist Tragik, die andere Herumalbern.

„Na, bei uns geht es ja ganz schön leidenschaftlich zu, was?", sagte sie zu niemand Speziellem; dann sah sie mich an. „Wie findest du die Geschichte bisher, Dip? ‚Stressfamilie Robinson'. Besser als ‚Das Haus am Eaton Place' oder die ‚Lindenstraße' allemal, findest du nicht?"

Ich schüttelte den Kopf. „Ich bin viel zu beeindruckt von euch allen. Ich meine – Kathy, du machst dir immer Sorgen, dass du nicht die perfekte christliche Familie hast, aber der Familie, in der ich aufgewachsen bin, seid ihr meilenweit voraus. Ich weiß, ihr streitet euch und ärgert euch übereinander und habt alle möglichen Probleme, aber darüber hinaus habt ihr euch wirklich lieb, und hin und wieder sagt ihr euch das sogar! Mein Vater hat mir nie gesagt, dass er mich liebt; ich war schon froh über die seltenen Gelegenheiten, wenn er mir nicht ausdrücklich sagte, ich solle verschwinden."

Lass sie nicht darauf eingehen – jetzt ist nicht der richtige Zeitpunkt.

Ich lachte unbekümmert. „Aber seid nicht zu traurig, das war eigentlich ziemlich typisch für den Teil der Welt, wo ich aufgewachsen bin – dabei gehörte mein Dad noch zu den zärtlicheren Vätern. Für manche meiner Freundinnen war es schon der größte Liebesbeweis, wenn sie nicht verprügelt wurden."

Okay.

„Ich sollte euch doch eigentlich erzählen, wie ich über das Christentum und so denke", sagte Jack. „Soll ich das immer noch?"

Kathy stöhnte müde und legte ihren Kopf auf Mikes Schulter. „Ach, Jack, ich weiß nicht, ob ich im Moment noch mehr Enthüllungen über das wirkliche Leben ertragen kann. Du wirst uns doch jetzt nicht erzählen, dass du ein heimlicher Satanist bist, oder? Das könnte ich nicht aushallen."

„Nein, Mutter", erwiderte Jack geduldig, „ich bin kein heimlicher Satanist. Ich vermute sogar, wenn überhaupt, dann bin ich eher ein heimlicher Christ als alles andere. Wollt ihr etwas darüber hören?"

Mike hatte ruckartig die Augenbrauen gehoben, als Jack den Ausdruck „heimlicher Christ" gebraucht hatte. Er nickte eifrig und interessiert. „Ja, natürlich wollen wir das. Sag uns, wie du das meinst, Jack. Wir würden wirklich gerne hören, wo du heute stehst." (Hin und wieder sprang Mike zwar auch ins Wasser, aber am glücklichsten war er immer, wenn er von einer kleinen Klischee-Insel zur nächsten hüpfen konnte.)

„Also, ich will mich nicht lange darüber auslassen", sagte Jack, „aber was ich eigentlich sagen wollte, bevor dieses ganze Kindheitszeug zur Sprache kam, war, dass ich wohl aus drei Gründen aufgehört habe, jede Woche in den Gottesdienst zu gehen. Einer war wirklich bedeutsam, oder zumindest hielt ich ihn für bedeutsam, während die anderen beiden sehr schlechte Gründe waren. Ich werde es mir ersparen, euch die schlechten zu nennen ..."

„Oh nein, das wirst du nicht, Jack Robinson", unterbrach ihn Kathy einigermaßen borstig. „Du wirst uns nicht dazu bringen, dass wir uns völlig unzulänglich und gleichzeitig tief beeindruckt von deinen profunden philosophischen Argumenten fühlen, bevor wir die elenden, beschämenden kleinen Geständnisse gehört haben, die vermutlich die wirklichen Gründe darstellen, warum du nicht mehr hingehst. Komm schon – heraus damit!"

Jack kicherte verlegen, und ich musste daran denken, wie ähnlich er Felicity sah. „Also schön, Mum. Wenn du es unbedingt wissen musst, der erste Grund war, dass ..."

„... es dir nicht passte, am Sonntagmorgen aufzustehen?", warf Mike scharfsinnig ein.

„Der erste Grund war, wie du ganz richtig bemerkst, dass es mir nicht passte, am Sonntagmorgen aufzustehen", stimmte Jack zu, „und der zweite hatte mit der Qualität des Kaffees zu tun, den sie immer nach dem Gottesdienst durch die kleine Luke im Gemeindesaal serviert haben – und vermutlich immer noch servieren. Wird das immer noch gemacht?"

„Ja", sagte Kathy. „Gehe ich recht in der Annahme, dass wir uns jetzt dem Grund nähern, der wirklich bedeutsam war? Irgendetwas Tiefgründiges und Bedeutungsschweres im Zusammenhang mit dem Kaffee?"

„Nein, Mutter, wir kommen jetzt zu dem zweiten der albernen Gründe, wie du sehr wohl weißt. Weil es mir so schwer fiel, sonntags morgens aus dem Bett zu kommen, war ich fast immer erst so spät auf den Beinen, dass ich nur dann gerade noch rechtzeitig in die Kirche kommen konnte, wenn ich rannte, so schnell ich konnte. Das bedeutete, dass ich die erste Tasse Kaffee am Morgen verpasste, nämlich die, die mich in ein menschliches Wesen verwandelt. So saß ich dann also im Gottesdienst und versuchte, all diese verlockenden Tagträume von Bechern voll von dampfend heißem, starkem, süßem Kaffee aus meinen Gedanken zu verbannen, was mir gründlich misslang, und wenn dann der Gottesdienst zu Ende war, gingen wir alle in den Gemeindesaal hinüber, um tatsächlich einen Kaffee zu trinken, nicht wahr?"

„Genauso war es."

„Und jedes einzelne Mal versuchte ich mir einzureden, dass sie wenigstens dieses eine Mal ein anständiges Kaffeepulver verwenden würden, dass jede Tasse mehr als fünf oder sechs Körner dieses Pulvers enthalten würde und dass besagte Tasse ein kleines bisschen mehr als halb voll mit Wasser sein würde, das vielleicht sogar irgendwann einmal in seiner Geschichte zum Siedepunkt gekommen wäre."

„Wasser sprudelt – Kaffee verhudelt", deklamierte Mike zum allgemeinen Überdruss, aber er fügte hinzu: „Aber du hast eigentlich Recht, der Gemeindekaffee ist ziemlich grauenhaft."

„Ja", sagte Jack, „besonders für jemanden wie mich, der von seinen irregeleiteten Eltern in dem Glauben erzogen wurde, dass Kaffee zu trinken sich nur dann lohnt, wenn er aussieht wie etwas, das man aus der Schwarzen Lagune gezogen hat, wenn ein halbes Zuckerrohrfeld darin aufgelöst ist und wenn er in einem Behälter von der Größe eines Nachttopfes serviert wird."

„Hört, hört!", pflichtete ich aus tiefster Seele bei.

„Danke, Dip. Wie ich schon sagte, ich war lange Zeit gläubig. Jeden Sonntag hatte ich den Glauben, dass sich etwas ändern würde." Jack reckte seine Hände zum Himmel wie ein Prediger alter Schule und erhob seine Stimme auf evangelistische Tonlage. „Meine Freunde, ich wusste in meinem Herzen, dass der Kaffee gut sein würde, und ich weigerte mich, der Stimme des Erzlügners Glauben zu schenken, der mir sagte, dass nichts Gutes je aus dieser Luke kommen würde. Halleluja! Ich widerstand den Einflüsterungen des Bösen! Allerdings", schaltete Jack abrupt wieder auf seine normale Stimme um, „stellte sich bald heraus, dass der Böse diesmal absolut Recht hatte. Der Kaffee war und blieb ausnahmslos und unfehlbar scheußlich. Ich ging durch eine Phase des dunklen, suchenden Agnostizismus, während ich versuchte, aus meinem zerschmetterten Glauben schlau zu werden, doch am Ende hielt ich die Heuchelei in alledem einfach nicht mehr aus – jede Woche nach hinten zu dieser Luke zu gehen, mich unter all die anderen immer noch Gläubigen mit ihren glänzenden Augen zu mischen und doch im tiefsten Herzen zu wissen, dass sie einer Täuschung zum Opfer gefallen waren, dass guter Kaffee nur eine schöne Illusion war, die den Leuten einen Grund verschaffte, die Not und Schinderei des Gottesdienstes zu ertragen. Am Ende konnte ich ..." Jack tat so, als blieben ihm die Worte im Halse stecken, „... konnte ich einfach nicht mehr hingehen, und jetzt", er blickte mit einem Gesichtsausdruck auf, der, glaube ich, ein tapferes Lächeln darstellen sollte, „habe ich so etwas wie Frieden gefunden."

Einen Moment lang herrschte Stille.

„Weißt du, Jack", sagte Kathy mit leidenschaftsloser Nachdenklichkeit, „wirklich, ich wünschte, ich hätte nicht darauf bestanden, dass du uns deine beiden schlechten Gründe nennst, warum du der Gemeinde den Rücken gekehrt hast. Wie lange wird es dauern, uns von dem guten Grund zu erzählen?"

„Nicht lange, Mum, Ehrenwort. Also schön, der gute Grund war, dass ich einfach genug davon hatte, ein Krimchrist zu sein." Er hob eine Hand ein wenig in Kathys Richtung. „Ich erkläre es gleich, Mum, lass mich nur ausreden. Ich habe viel darüber nachgedacht. Ihr wisst doch, wie früher die Soldaten sich für eine Schlacht so ziemlich das unpraktischste Zeug anzogen, das sich denken lässt? Das meiste davon war eher dekorativ als praktisch, und besonders diesen armen alten Fußsoldaten muss es schrecklich heiß und unbequem geworden sein, wenn sie rennen und ausweichen und kämpfen sollten und was Soldaten sonst noch so zu tun haben. Im Grunde steckten sie in einem Riesenhaufen traditionellen Krams fest, der nichts mit dem, was um sie herum vor sich ging, oder mit ihrer tatsächlichen Aufgabe zu tun hatte. Aber wahrscheinlich fiel es den meisten von ihnen nicht ein, sich darüber zu beschweren, denn so war es nun einmal, und man hätte ein wirklich kreativer Denker sein müssen, um es sich überhaupt anders vorzustellen. Also, so ähnlich kam ich mir auch in unserer Gemeinde vor. Nicht, dass ich aufgehört hätte, an Gott oder Jesus zu glauben. Ich weiß, du frotzelst immer, ich hätte mich fünfmal bekehrt, als ich klein war, Mum, aber einmal muss es hängen geblieben sein. Denn ich habe nie aufgehört, zu glauben, dass ich – ich fürchte, es fällt mir nicht ganz leicht, darüber zu reden –, ich habe nie aufgehört, zu glauben, dass ich zu ihm gehöre, wenn ihr wisst, was ich meine."

Mike nickte und strahlte plötzlich übers ganze Gesicht.

„Ich brauchte einfach etwas Zeit", fuhr Jack fort, „um zu

sehen, was passieren würde, wenn ich die alte traditionelle Uniform auszog und etwas Bequemeres trug – etwas Passenderes, wenn ihr so wollt. Schließlich hat die britische Armee das schon vor langer Zeit getan – ihre Uniformen gewechselt, meine ich. Es wäre mir ein schrecklicher Gedanke, wenn die Kirche nicht mit der Armee Schritt halten könnte! Dad, ich weiß, das klingt bestimmt alles ziemlich ichbezogen, aber es geht nicht nur um mich. Wir müssen manchmal auch Tarnausrüstung tragen können, damit wir in die Welt passen. Wir müssen fähig sein, uns anzupassen und flexibel zu sein, selbst wenn der Grund, uns überhaupt zum Dienst zu melden, unverändert bleibt."

Ich wünschte, die würden um einen Job für mich beten ...

„Und was hast du über das Leben ohne Uniform herausgefunden, Jack?" fragte Mike.

„Er ist da", sagte Jack leise, „er ist da, was immer man trägt, wo immer man hingeht. Er ist immer da – ob in der Kirche oder nicht –, er ist einfach da. Und ich glaube, er fängt an, mir beizubringen, dass ich auch hier bin." Er lächelte seinen Vater an. „Er ist jetzt mein Gott, Dad, genauso, wie er deiner ist. Den Enid-Blyton-Jungen und die Krimuniform habe ich beide auf den Müll befördert, damit ich ich selbst sein kann, und das ist genau, was er will, Gott sei Dank. Oh, und seit wir heute Abend angefangen haben, uns zu unterhalten, werde ich den Gedanken nicht los, dass da noch etwas ist, das er von mir möchte."

Kathy und Mike sahen sich an und machten sich auf das Beste oder Schlimmste gefasst. „Ja?", hauchte Kathy.

„Na ja, ich meine nicht, dass ich irgendwelche Stimmen in meinem Kopf oder dergleichen gehört habe, aber ich habe einfach das Gefühl, dass ich jetzt so weit bin, dass ich wieder in die Gemeinde kommen könnte, zumindest hin und wieder, in welcher Uniform auch immer – aber ich muss immer noch nicht so tun, als ob mir der Kaffee schmecken würde."

Kathy starrte ihn an. „Willst du damit sagen, dass du morgen mit uns kommst?" Ihre Stimme klang genau wie die von Mark, als er hörte, dass er nicht mitkommen musste.

Jack nickte fröhlich. „Könnte möglich sein, Mumsy."

Ich weiß nicht, ob Jack diese Entscheidung aus Überzeugung oder aus purer Freundlichkeit traf, aber das spielte auch keine Rolle. Kathy freute sich unbändig. Sie fuhr sich mit der Hand über die Stirn.

„Jauchzet laut, wir haben einen verloren und einen zurückgewonnen. Diese Mathematik ist zu hoch für mich. Mir ist ein bisschen schwindelig, Mike. Könntest du mir ein kleines, volles Gläschen Sherry einschenken?"

Übers ganze Gesicht strahlend, machte sich Mike auf den Weg in die Küche. Er blieb nicht stehen, während er das Zimmer durchquerte, aber seine Hand lag für den Bruchteil einer Sekunde auf dem Kopf seines Sohnes.

12

Für die Annalen sei dokumentiert, dass Jack Michael Robinson tatsächlich am Tag nach diesem Gespräch mit seinen Eltern in die Kirche ging, nicht ohne hinzuzufügen, dass er am Sonntag darauf nicht mitkam, weniger aus philosophischen Gründen als vielmehr aus Gründen der Bequemlichkeit. Doch Kathy machte das eigentlich gar nichts aus. Ihr ältester Sohn war zur Herde zurückgekehrt – hatte die Herde im Grunde nie verlassen –, und selbst wenn er nur gelegentlich im sichtbaren Teil dieser Herde erschien, war es doch jedes Mal ein Anlass zu großer Freude für sie.

Auch Mark begann die Sonntage zu genießen, wenn er sich auch sonntags morgens immer so unauffällig wie möglich verhielt. Er befürchtete, vermutlich ganz zu Recht, die großzügige Geste seiner Mutter könnte in einem Augenblick des Zorns widerrufen werden, wenn sie sah, wie ihr jüngster Sohn sich mit Toast und Orangensaft vor dem Fernseher niederließ, während der Rest der Familie sich auf den Weg in die Kirche machte.

An jenem zweiten Sonntag kam ich zum Essen zu den Robinsons, einem Tag, an dem gegen Mittag der bleigraue Himmel einen Spaltbreit aufbrach und für eine Stunde oder länger die Sonne hell hindurchscheinen ließ. Ich liebte die Beleuchtungseffekte, die dadurch entstanden. Gegenstände in leuchtenden Farben wie mein Mini Daffodil wirkten künstlich lebensecht vor dem schiefergrauen Hintergrund, und die hundert Jahre alten Klinkersteine an Mikes und Kathys Haus leuchteten in einem satten Rot und sahen geradezu zum Hineinbeißen aus. Alles sah so aus, als ob an diesem Tag etwas Aufregendes passieren musste. Und so war es auch, wie ich erfreut vermelden kann. Es regnete.

Kurz nach zwei Uhr, als Mark und Felicity sich mit dem schmutzigen Geschirr befassten – Felicitys Mithilfe beim Abwasch wurde allgemein als der kürzeste Strohhalm betrachtet, den man ziehen konnte – und wir anderen im Wohnzimmer hoffnungsvoll auf den widerwillig in Aussicht gestellten Kaffee warteten, öffnete sich der Himmel, und Regen warf sich zur Erde hinab, als ob er in fieberhafter Hast aus dem Himmel zu entkommen versuchte. So plötzlich begann der Wolkenbruch, und so laut war der Lärm, der dadurch entstand, dass Mike, Kathy und ich allesamt mehr oder weniger unwillkürlich aufstanden und zu dem Fenster hinübergingen, das nach hinten auf den Garten hinausblickte. Durch den prasselnden Regen waren von den Bäumen, Sträuchern und Nachbarhäusern nur vage Umrisse zu sehen.

„Gott zieht das Haus durch eine riesige Waschstraße", murmelte Jack, „ist das nicht herrlich?"

In diesem Moment erschienen Mark und Felicity in der Tür, die Gesichter voller Aufregung und Vorfreude.

„Regenspaziergang!", rief Mark.

So ein Familienleben hat eine sehr eigenartige Dynamik, die aber manchmal auch sehr präzise funktionieren kann, nicht wahr? Anstatt sich anzusehen, sahen Mike und Kathy beide Jack an. Irgendwie wusste ich, dass die Entscheidung, ob sie Marks Vorschlag folgen würden oder nicht, unbewusst davon abhängig gemacht wurde, wie der ältere Junge auf die Idee reagierte. Regenspaziergänge, erriet ich, waren wohl eine Art unterbrochener Familientradition. Jack würde sich seinem vorübergehend entfremdeten kleinen Bruder „beugen" müssen, wenn die Tradition wiedererstehen sollte.

„Großartig!", sagte Jack. „Holen wir das Regenzeug!"

Als ich dem allgemeinen wilden Sturm in Richtung Küche

folgte, erklärte mir Mike, dass die ganze Familie, als die Jungen noch kleiner waren, das Vergnügen entdeckt hatte, Regenwetter nicht nur hinzunehmen, sondern sich aktiv auf den Weg zu machen, um sich mitten hineinzubegeben und es zu genießen.

„Schau sie dir an, wenn sie gleich draußen sind", sagte er fröhlich, „sie schnappen völlig über."

Zuerst jedoch mussten die Gummistiefel, Regenmäntel und Schirme zum Vorschein gebracht werden. Wenn das Badezimmer der Robinsons chaotisch war, dann war der Schrank unter der Treppe, in dem diese Dinge theoretisch aufbewahrt wurden, chaotisch hoch drei. In ihrem Eifer hinauszukommen, bevor der Regen nachließ, stürzte sich die Familie in das Durcheinander von Schuhen und Kleidung, als ob ihr Leben davon abhinge, und ließ eine wahre Fontäne nicht benötigter Gegenstände emporsteigen und hinter sich zu Boden fallen, während sie sich eingrub. In der – korrekten – Annahme, dass ich mitkommen wollte, förderte Kathy, ganz rot von der Hitze der Jagd, ein Paar grüne Gummistiefel zutage, die mir gerade so passten, wenn ich die Zehen etwas einrollte, sowie einen jener altmodischen dünnen Plastikregenmäntel, die bis zum Hals hinauf zugeknöpft werden und bis auf die Knöchel reichen. Gekrönt von einem Fischerhut, der mit einem Riemen unter dem Kinn befestigt war, hätte ich mit meiner Ausrüstung nicht gerade eine Modenschau bestreiten können, aber für das Wetter war sie genau richtig.

Ohne uns um die nicht benötigten Dinge, die immer noch vor dem Schrank lagen, wo sie gelandet waren, den halb erledigten Abwasch und die zwei oder drei noch brennenden Lichter zu kümmern, stürzten wir uns durch die Haustür hinaus in den strömenden Regen. Der Aufbruch war begleitet von lauten Schlachtrufen von Mark und Jack, die draußen in Sekundenschnelle ihre mühsam hervorgekramten Kopfbedeckungen abwarfen, die Köpfe in den Nacken legten und den Weg entlangrannten, sodass das Wasser ihre Gesichter und ihre Haare durchnässte. Felicity sah ihren Brüdern lachend und staunend nach und warf ihrer Mutter einen fragenden Blick zu. Da sie nichts bemerkte, das wie eine negative Reaktion aussah, schob sie ihren roten, wasserdichten Hut zurück, sodass er ihr am Riemen um den Hals hing, und rannte, so schnell sie ihre Füße in den Gummistiefeln tragen wollten, hinter den beiden Jungen her, wobei sie aus vollem Halse schrie: „Ich mache mit! Jack! Mark! Ich mache mit! Guckt mal – ich werde auch nass!"

„Früher habe ich versucht, sie davon abzuhalten", sagte Kathy und trat näher an mich heran, sodass ihr Schirm die Wirkung meines Regenhutes verstärkte, „aber sie achteten nie darauf, also habe ich es aufgegeben. Und es scheint ihnen sowieso nie geschadet zu haben. Das gemeinsame heiße Bad hinterher war für sie sogar immer mit das Schönste an der ganzen Sache. Heute gibt es natürlich erst einmal Streit darum, wer als Erster in die Wanne darf." Sie seufzte. „Es war so schön, als sie noch klein waren. Es hat mehr Spaß gemacht."

„Für mich sieht es nicht viel anders aus", sagte Mike, der auf meiner anderen Seite unter einem riesigen, bunten Golfschirm neben mir herging. „Sie spielen immer noch genauso verrückt, wie sie es immer getan haben. Und seht euch Felicity an – was für eine Wasserratte."

Der Regen hatte ein wenig nachgelassen, als wir am Fuß des Hügels ankamen, aber er trommelte immer noch mit einem drängenden Rhythmus auf unsere Schirme ein, während wir hinter dem ausgelassen tobenden Jungvolk durch ein schmales Gittertor auf das Freizeitgelände folgten und Jack zusahen, wie er an der Spitze eines Schwarms menschlicher Flugzeuge unterschiedlicher Größe in großen Kreisen um die Rasenfläche segelte. Inzwischen war ringsum nichts nasser als sie selbst, und sie waren geradezu in Ekstase. Die drei Flugzeuge hörten auf zu kreisen und berieten sich kurz miteinander; dann kam Mark zu uns herübergerannt, das Gesicht gewaschen und glänzend vor Regen und Freude.

„Wir gehen rüber zum Kinderspielplatz", verkündete er atemlos, „aber wir müssen alle auf die Gerüste. Kommt!"

Ohne auf eine Antwort zu warten, schoss er davon, um die anderen beiden einzuholen, die Hand in Hand auf den eingezäunten Kinderspielplatz am anderen Ende des Freizeitgeländes zuliefen, einen Ort, mit dem Felicity und ich sehr gut vertraut waren. Wir folgten Mark in gemessenerem Schritt.

„Jack und Mark sind genau genommen schon zu alt, um die Spielplatzeinrichtungen zu benutzen", sagte Mike stur. Seine Stimme klang in dem regenfreien Raum unter dem Schirm merkwürdig hohl.

Kathy quietschte vor Lachen. „Ach, Mike, du bringst mich noch ins Grab", prustete sie. „Wir sind vermutlich die einzigen Leute im Universum, die im Moment draußen sind. Da wird sich die Polizei gerade diesen Tag ausgesucht haben, um eine massive Razzia gegen Spielplatzbenutzer zu starten, die die Altersgrenze überschritten haben – ist es das, worum du dir Sorgen machst? ‚Aha‘, werden sie sich oben in der Station gesagt haben, ‚ein Monsunregen. Darauf haben wir nur gewartet. Heute Nachmittag erwischen wir bestimmt ein paar Schlawiner – kommt, Jungs!‘ Wahrscheinlich wimmelt es hier von Polizisten, die unter der Rutschbahn kauern, sich im Karussell verstecken oder sich als Klettergerüste getarnt haben – dazu werden sie schließlich alle ausgebildet, weißt du –, und noch etliche andere hocken im hohen Gras am Rand und warten auf das Zeichen mit der Trillerpfeife, um den Spielplatz zu stürmen und Mark und Jack aufzuklären, dass alles, was sie sagen, festgehalten, ausgewrungen und gegen sie verwendet werden kann. Du bist wirklich manchmal zum Schießen!"

„War ja nur eine Bemerkung", sagte Mike milde. „Und überhaupt ..." Er blieb stehen und sah sie mit einem neuen Leuchten in den Augen an. „Bist du bereit, zu deiner großen Klappe zu stehen?"

Kathy und ich blieben ebenfalls stehen. „Klar, immer", erwiderte Kathy nicht ganz wahrheitsgemäß.

„Na schön." Langsam und bedächtig ließ Mike seinen Schirm sinken, reichte ihn mir und ließ den Regen auf seinen unbedeckten Kopf prasseln, bis er ihm über das ganze Gesicht strömte. „Wer als Letzter auf dem Karussell ist, ist ein Waschlappen!"

Damit galoppierte er in einem durch die Gummistiefel etwas behinderten Sprint in Richtung Spielplatz davon, unter den Augen einer vorübergehend verblüfften Kathy, die mir jedoch eine halbe Sekunde später ebenfalls ihren Schirm in die Hand drückte und kichernd hinter ihm herrannte. Als ich endlich den Holzzaun erreichte, der den Spielplatz umgab, rannte die ganze Familie schreiend, spritzend, quietschend und durchnässt durcheinander und genoss das Wetter, die Spielgeräte und einander. Mike, so ausgelassen und fröhlich, wie ich ihn nie zuvor erlebt hatte, hielt auf halber Höhe des Klettergerüsts inne und rief in meine Richtung: „Komm schon, Dip – mach mit!"

Sie sahen so komplett aus.

„Wo versteckt man ein Blatt?", fragte Pater Brown einmal seinen Freund Flambeau. „In einem Wald", lautete die Antwort. Und wo versteckt man eine Träne? In einem Wolkenbruch ...

Ich hatte zu oft an Zäunen gestanden und Sachen für andere Leute gehalten. Viel zu oft und viel zu lange. Ich spießte beide Schirme in den Boden, warf meinen absurden Regenhut ab und stürzte mich ins Getümmel.

Teil 2

Ein Haus voller Robinsons

*Aus dem Englischen
von Christian Rendel*

© 1999 by Brendow Verlag, D-47443 Moers
Originalausgabe: Stress Family's Birthday Party
© 1999 Adrian Plass
Aus dem Englischen von Christian Rendel

Samstag

1

„Kathy Robinson", murmelte ich vor mich hin, „offenbar bist du ein bisschen vorzeitig in der Hölle angekommen."

Es war kurz nach sieben, der Beginn eines jener langen, schlimmen Tage, an denen alles nach Fisch riecht. Vorausgegangen war, wohlgemerkt, ein Freitagabend, der noch übler nach Versagen gerochen hatte. Ich war mindestens viermal aufgewacht, und jedes Mal war derselbe negative Gedanke in meinem Hirn nutzlos im Kreis herumgerollt wie die sprichwörtliche Murmel in der Keksdose. Das letzte Mal war es gegen halb vier Uhr morgens gewesen. In der Dunkelheit des Schlafzimmers hatte sich ein so erdrückendes Gewicht der Verzweiflung auf mich gelegt, dass ich aus dem Bett schlüpfen und fliehen musste. Mike, mein Mann, blieb fest schlafend zurück.

Aus dem Zimmer unseres ältesten Sohnes Jack drangen volltönende Nasallaute beruhigend durch die geschlossene Tür nach draußen, während ich auf Zehenspitzen über den Treppenabsatz schlich, bemüht, den Rest des Hauses nicht aufzuwecken. Um seinen Bruder Mark, der in dem großen Zimmer oben im zweiten Stock wohnte, brauchte ich mir erst gar keine Gedanken zu machen. Mark, der vor kurzem achtzehn geworden war, hatte immer wieder eine ans Übernatürliche grenzende Fähigkeit bewiesen, angesichts selbst der heftigsten Störungen seelenruhig weiterzuschlafen.

An der Treppenbiegung blieb ich vor der offenen Tür zum Zimmer meiner Tochter stehen. Auch von dort war kein Problem zu erwarten. Felicity übernachtete bei einer Freundin. Sie war zehn, genauso sperrangelweit offen wie ihre

Zimmertür und immer noch vollkommen überzeugt davon, in der besten aller möglichen Welten zu leben. In dem Licht der Straßenlampe, das von draußen durch die Vorhänge drang, sah ich ihren alten Lieblingsteddy geduldig auf dem Kissen sitzen und auf die Rückkehr seines Frauchens warten. Felicity hatte am Vorabend angerufen und begeistert erzählt, was für einen Spaß sie hatte. Vermutlich schlief sie fest. Ich seufzte, froh um ihretwillen, aber voller Mitleid für mich selbst.

Unten in der seltsamen, fremdartigen Welt der frühen Morgenstunden machte ich mir einen Tee und schaltete einen jener Satellitenkanäle ein, die um diese Zeit immer Sendezeiten an amerikanische Evangelisten vermieteten. Vielleicht würde es mich trösten, wenn ich sah, dass es möglicherweise hier und da auf der Welt ein paar Leute gab, die noch verrückter waren als ich. Kurz vor fünf ging ich schließlich wieder schlafen.

Es tut mir nicht gut, wenn ich nachts ständig aufwache, aber für diejenigen, die sich am nächsten Tag meiner Gegenwart erfreuen dürfen, ist es doppelt so schlimm. Vielleicht habe ich mich verzählt, aber wenn mich mein dankenswert selektives Gedächtnis nicht trog, hatte ich bis zur Teestunde am Samstag mindestens fünf Leute beleidigt oder verletzt. Die Menschen, die mich lieben, waren so freundlich und hilfsbereit, mich darüber aufzuklären, dass ich selbst in meinen besten Momenten eine etwas schroffe Art habe, aber dieser Tag musste selbst für mich ein Rekord gewesen sein.

Die Person an der Spitze dieser Schlange von Bewerbern um eine verbale Attacke war so tapfer oder töricht, sich kurz nach dem Piepsen des Weckers um sieben Uhr per Telefon zu melden – um eine Zeit, zu der ich bestenfalls etwas rudimentär Menschenähnliches an mir habe. Mich verlangt es dann nach keinem Gefährten außer dem starken, süßen Kaffee, den ich mir selbst zubereite, gerade so, wie ich ihn mag. Ich war an der Reihe, zuerst aufzustehen und dafür zu sorgen, dass Mark sich auf seinem Lager regte, und obwohl Mike es sicher verstanden hätte, wenn ich ihn wachgerüttelt und um einen Tausch angefleht hätte, war ich einfach nicht fähig gewesen, diese infernalische negative Revolution noch einmal mitzumachen, und hatte mich aus dem Bett gewälzt. Nachdem ich meinen Sohn geweckt und dafür sein obligatorisches grantiges, gequältes Stöhnen geerntet hatte, kauerte ich nun am Küchentisch, wo ich gerade den zweiten Löffel Zucker in meinen Kaffee getan hatte und im Begriff war, diesen umzurühren und den ersehnten ersten Schluck des Morgens zu mir zu nehmen. Da klingelte das Telefon.

Das war der Moment, in dem ich dachte, ich wäre vielleicht schon in die ewigen Qualen eingegangen, ohne es zu merken.

Diejenigen unter Ihnen, die über unsere Erlebnisse vor einigen Jahren gelesen haben, wissen bereits, dass wir Robinsons die Kunst der Verwirrung und Absurdität auf gänzlich neue, einsame Höhen geführt haben. Was nun folgte, entsprach ganz unserem normalen Standard. Ich wartete ungefähr eine halbe Minute ab, um dann mit einem Fluch von heidnischer Heftigkeit meine Tasse abzustellen und in die Diele zu schlurfen, um auf das enervierend hartnäckige Klingeln zu reagieren. Just in dem Augenblick, als ich den Hörer abnahm und „Hallo!" hineinbellte, tat Mike oben an unserem Zweittelefon, das in einer Nische neben meiner Bettseite steht, genau dasselbe – das heißt, er gab eher ein höfliches „Wuff!" als ein Bellen von sich. Als ich hörte, wie Mike sich meldete, grunzte ich erleichtert, ließ den Hörer wieder auf die Gabel fallen und kehrte zu meinem Kaffee zurück, der gerade noch heiß genug war, um den Wiederbelebungsprozess erneut in Gang zu bringen.

Alles wäre in bester Ordnung gewesen, hätte nicht Mike oben genau dasselbe getan. Anderthalb Minuten lang sonnten wir beide uns in dem zufriedenen Gefühl, dass der andere sich um die frühmorgendliche Anruferin kümmerte; dann wurde die Stille abermals vom Klingeln des Telefons zerrissen. Ich konnte es kaum glauben! Wer rief denn jetzt schon wieder an? Wieder wartete ich darauf, dass es aufhörte. Wieder tat es das nicht. Wieder griffen Mike und ich mit spukhafter Gleichzeitigkeit zum Hörer und meldeten uns in genau demselben Moment. Wieder legten wir beide wieder auf und wandten uns wieder unserem Dösen respektive Kaffeetrinken zu.

Zwei Minuten später, als das Telefon zum dritten Mal klingelte, war ich so sauer, dass ich beinahe laut losgefaucht hätte. Warum hatte sich die ganze Menschheit verschworen, einer nach dem anderen zu dieser unmenschlichen Zeit anzurufen und zwei unschuldige Menschen via Telefon einer chinesischen Wasserfolter auszusetzen? Wie war es möglich, dass die ganze Menschheit so dämlich war? Ich hielt es für ratsam, diesmal Mike an den Apparat gehen zu lassen, da es mir sicher schwer fallen würde, mir meine Aggressivität nicht anmerken zu lassen.

Ist es nicht faszinierend, wie man manche Mischungen von Geräuschen sofort einwandfrei deuten kann? Ein gutes Beispiel dafür ist „wütend aus dem Bett steigen, um jemandem gehörig die Meinung zu sagen". Zuerst kommt ein ärgerlicher Laut, der sich wie „Harumpf!" anhört, gefolgt vom Rascheln der heftig zurückgeschlagenen Bettdecke, dann das dumpfe, unnötig energische Aufsetzen zweier nackter Füße auf den Schlafzimmerboden, welche sodann gereizt durchs Zimmer und über den Treppenabsatz stampfen. Je nach Geschmack kann man auch eine zugeknallte Tür hinzufügen.

„Kath, du bist doch dran mit Aufstehen, oder?"

Mike scheut immer davor zurück, seinem Zorn wirklich Ausdruck zu geben. Kurz vor der Raserei tritt er voll auf die

Bremse wie jemand, der mit seinem Volvo-Kombi beinahe über eine Steilküste jagt. Ich glaube, er hat einfach Angst. So kam es, dass an diesem stinkigen Morgen das Rascheln und Stampfen schließlich in jener jämmerlich zurückhaltenden Frage vom obersten Treppenabsatz her kulminierte. Ich an seiner Stelle wäre wie ein schlecht zugebundener Wäschesack die Treppe heruntergepurzelt und hätte mich wahllos über jeden ergossen, der mir in den Weg gekommen wäre. Mikes Frage war eine kodierte Aussage, ein altvertrauter Versuch seinerseits, dem wabbeligen, chaotischen Fleisch der Ereignisse so etwas wie ein Skelett der Ordnung einzupflanzen. Dann fuhr er fort, mir mit seiner typischen, schulmeisterlich schwerfälligen Geduld, die mich so wahnsinnig macht wie sonst kaum etwas, seinen Standpunkt darzulegen. Es wäre nicht so schlimm gewesen, wenn er wenigstens heruntergekommen wäre, um auf einer physischen Ebene mit mir zu reden. Aber wenn einem ein Schulmeister vom obersten Treppenabsatz herab eine Gardinenpredigt hält, fühlt man sich wie eine versammelte Schülerschaft, die zu hören bekommt, dass ein paar von uns alle anderen im Stich lassen, oder vielleicht wie ein gescheiterter Pilger in einem moralischen Lehrstück, der von Gott getadelt wird.

„Kathy, hatten wir nicht eine Vereinbarung, dass wir uns abwechseln, wer als Erster aufsteht? Heute Morgen warst du an der Reihe, also bin ich liegen geblieben. Du weißt, dass alles, was in der knappen halben Stunde zwischen deinem und meinem Aufstehen passiert, deine Angelegenheit ist. Wenn ich an der Reihe bin, nehme ich diese Verantwortung gern wahr; warum kannst du das nicht ebenso tun? Meine einzige Aufgabe heute Morgen ist es, das Bett zu machen, nachdem ich schließlich aufgestanden bin. Jedes Mal, wenn heute Morgen das Telefon geklingelt hat, habe ich mich optimistisch an den letzten Zipfel meines Traums geklammert und mit zusammengebissenen Zähnen darauf gewartet, dass du endlich drangehst. Du weißt genau, dass das Telefon von meiner Seite aus gerade außer Reichweite steht, sodass ich mich, um dranzukommen, mit einer Hand auf den Fußboden aufstützen und mit der anderen den Hörer abnehmen muss. Das tue ich nicht gerne. Bei jedem Klingeln hast du dir mit dem Drangehen gerade so viel Zeit gelassen, dass ich das Warten aufgegeben habe, am liebsten laut losgeschrien hätte und mich hinüber auf deine Seite wälzen musste, um selbst dranzugehen. Dann hast du wieder aufgelegt, sobald du mich sprechen hörtest, vermutlich ohne zu merken, dass ich ebenfalls aufgelegt habe. Das hält der stärkste Traum nicht aus, Kathy. Wer immer uns zu erreichen versucht hat, ruft jetzt gerade zum *dritten* Mal an." Seine Stimme bekam einen schrillen, gequälten Ton. „Würdest du jetzt bitte, *bitte* drangehen, damit ich für die wenigen Augenblicke, die noch übrig sind, wieder ins Bett gehen kann? Ich hoffe, du findest nicht, dass ich zu hohe Ansprüche an dich stelle."

Stampf, stampf, stampf, rumms, boing, raschel!

Mein Verstand verfügt über eine beschämend emsige Routine, um logische Rechtfertigungen für meine Missetaten zu finden. Ich kann selbst kaum glauben, dass ich in der Lage bin, soviel geistige Energie ins Rechthaben zu investieren, wenn ich ganz genau weiß, dass ich Unrecht habe. Als ich den Hörer des immer noch klingelnden Telefons in der Diele abnahm und gegen mein Ohr rammte, war ich bereits vollauf damit beschäftigt, mir die Argumente zurechtzulegen, mit denen ich Mike wenig später über der Marmelade den Garaus machen wollte.

„Ja?"

Mein Basil-Fawlty-ähnlicher Tonfall kann sich kaum sehr einladend angehört haben, aber manche Leute sind einfach immun gegen Tonfälle.

„Ach, Kathy, bist du's? Hier ist Joscelyn – ich hatte gerade etwas Probleme durchzukommen. Du, entschuldige, ich weiß, es ist sehr früh, aber ich musste dich einfach anrufen, um dir die gute Neuigkeit zu erzählen. Das wird dich sicher brennend interessieren."

Die tiefe Frauenstimme war mir wohl vertraut. Joscelyn Wayne war ein Mitglied unserer Gemeinde und gehörte zu den Leuten, bei denen sich einem die Fußnägel aufrollen, weil es schier unmöglich ist, ihnen aufrichtig zu begegnen. Zumindest hatte ich dieses Problem mit ihr.

Sie war eine füllige, gut aussehende Frau, die in bester Cartoon-Tradition mit einem schmächtigen, unterwürfigen Mann namens John verheiratet war. Als die beiden Mike und mir vorgestellt wurden, entfuhr mir unwillkürlich ein peinlich viel sagendes Schnauben, als ich hörte, dass vor mir ein John Wayne im Taschenformat stand.

Ich erinnere mich, dass mir dasselbe passierte, als ich einmal einem älteren Herrn vorgestellt wurde, der in diesem Augenblick mit dem Rücken zu mir stand. Als er sich umdrehte, war das erste, was mir auffiel, seine Nase. Ich konnte nichts dagegen tun. Niemand hätte etwas dagegen tun können. Er trug eine große, glänzende, schreiend unübersehbare Plastiknase. Hilflos eingeklemmt zwischen den beiden einzigen denkbaren Möglichkeiten – dass er sich einen Scherz erlauben wollte oder dass er sich gerade einer Nasenbehandlung unterzog, die einen vorübergehenden Ersatz notwendig machte – brach ein ähnlich explosives Schnauben aus mir heraus; natürlich durch die *Nase*. Daraufhin verlief unsere Unterhaltung ein wenig angespannt, wie ich mich zu erinnern glaube.

Der arme John Wayne war derlei kindische Reaktionen offenbar gewohnt, denn er lächelte nur mit den Augen, bot mir ein Taschentuch an, das er irgendwo hervorfischte, und sagte milde: „Keine Sorge, es *ist* komisch. Der Name ist ein paar Nummern zu groß für mich, stimmt's? Keine Frage!"

Es war mir schrecklich peinlich, aber im Lauf der Zeit entdeckte ich, dass der kleine John eigentlich sehr nett war und über einen äußerst trockenen Humor verfügte, wenn seine Frau nicht gerade den Horizont ausfüllte. Was ihren Körperumfang betraf, boten die beiden wirklich einen außergewöhnlichen Kontrast. Er war ordentlich gekleidet und gepflegt, soweit man sehen konnte, während sie zu den Frauen gehörte, die ihr Haar ein bisschen zu spät im Leben lang und offen tragen und bei denen man nicht genau weiß, wo ihre fließenden Gewänder aufhören und ihre fließenden Körper beginnen.

Man sollte wohl keine Vermutungen über das Liebesleben anderer Leute anstellen, aber – nein, also, ich sagte es ja bereits – das sollte man nicht, stimmt's?

Joscelyn war stets auf der Suche nach spirituellen Abenteuern. Wie mein Sohn Jack es einmal anschaulich ausdrückte, rannte sie hektisch mit einer offenen Schubkarre herum und versuchte vorauszuahnen, wo genau der Segen herabfallen würde. Mit ihrer seltsamen Mischung aus Selbstbewusstsein und Bedürftigkeit schrieb Joscelyn mahnende Artikel in christlichen Zeitschriften und war in verschiedenen Teilen des Landes eine gefragte Referentin auf Frauenveranstaltungen.

Einmal fuhr ich sie zu einer dieser Versammlungen und staunte mächtig über die Selbstsicherheit, mit der sie einer großen Gruppe piekfeiner Damen Handauflegungen verabreichte. Viele von ihnen fielen von billiger, teeschlürfender Gewöhnlichkeit in tränenreiche, bodenlose Zerknirschtheit und wieder zurück, und das auf verblüffend nahtlose Weise. Eines der Probleme, die ich von diesem Tag an mit unserer Beziehung hatte, war Joscelyns Annahme, ich sei über das, was ich bei dieser Versammlung erlebte, von tiefer Ehrfurcht und Ergriffenheit erfüllt. In Wirklichkeit hatte meine Reaktion jedoch vor allem in besorgter Ratlosigkeit bestanden.

In ihren Schriften und in der einen öffentlichen Ansprache, deren Zeuge ich gewesen war, vermittelte Joscelyn eine leuchtende Gewissheit der Gegenwart, Macht und Nähe Gottes, die auf viele ihrer Leser und Zuhörer wohl inspirierend wirkte. Das Problem war nur, dass ich nicht recht daran glaubte, dass das, was aus ihr herauskam, jemals *in* ihr gewesen war, wenn Sie verstehen, was ich meine. Mir schien, dass die Person, die sie von der Wirklichkeit Gottes zu überzeugen versuchte, im Grunde sie selbst war. Vielleicht war das ganz in Ordnung so. Ich wusste es nicht. Was ich wusste, war, dass in ihrem Fall kein besonderer Tiefblick nötig war, um die fundamentale Panik zu entdecken, aus der dieser ständige Strom optimistischer geistlicher Zuversicht gespeist wurde.

Alle paar Wochen verkündete Joscelyn voller Begeisterung, sie sei irgendwo gewesen oder habe irgendetwas getan, wodurch Gott etwas völlig Neues in ihr habe bewirken können, und infolgedessen sei ihr Leben nun ganz und gar zum Besseren verändert.

Ich hätte schon zu Anfang ehrlicher darauf reagieren sollen, als sie zum ersten Mal mit solchen überschwänglichen Äußerungen zu mir kam und ich dabei nur eine nagende Skepsis empfand. Inzwischen hatte ich schon so oft gekniffen, dass mir nichts anderes mehr übrig blieb, als ein zustimmendes Grunzen hervorzuquetschen, um das Kind in Joscelyn zu verwöhnen, das solch riesige Klumpen Selbstbetrug brauchte, um zu überleben. Und das ist, wie mein lieber Gatte Ihnen bestätigen kann – und er würde es Ihnen zweifellos bestätigen, wenn Sie ihn fragen würden –, das Problem mit Leuten wie mir. Wir scheinen in solchen Situationen nur auf zweierlei Weise reagieren zu können: entweder mit Grobheit oder mit Komplizenschaft.

Nichts ist freilich geeigneter als chronische Müdigkeit und Abscheu vor sich selbst, um Grobheit gegenüber anderen zu provozieren. Ich spürte, dass ich im Begriff war, in meinem Verhalten gegenüber Joscelyn einen anderen Gang einzulegen.

„Was gibt es denn so Aufregendes, Joscelyn?"

„Oh, Kathy, ich habe in dieser Woche absolut umwerfende Sachen erlebt. Gott hat wirklich – hör mal, es macht dir doch nichts aus, dass ich so früh anrufe, oder? John meinte, ich solle lieber noch eine Stunde warten, aber ich sagte ihm, dass du bestimmt gar nicht erwarten kannst, zu hören, wie es gelaufen ist."

„John hatte Recht, Joscelyn."

„Na prima", sagte die Stimme am anderen Ende der Leitung. „Ich habe ihm ja gesagt, dass es dir nichts ausmachen würde."

Eigentlich war ich schon daran gewöhnt, dass Joscelyn offenbar nicht immer mitbekam, was ich sagte, aber an diesem fischigen Morgen brachte es mich über die Maßen in Rage. Was war mit dem Weib los, dass sie die Worte, die ich sprach, nicht einmal aufnehmen konnte? Ich hatte schon oft das Gefühl gehabt, bei unseren Gesprächen eigentlich überflüssig zu sein. Bei dem Interesse, das sie an meinen Reaktionen zeigte, hätte es eine ausgestopfte Puppe mit einem Endlos-Tonband und Lautsprechern genauso getan. Joscelyn wusste genau, welche Reaktion sie von mir erwartete, und interessierte sich nicht im Mindesten dafür, ob die erwartete Reaktion kam oder nicht. Na gut! Okay! Ab jetzt würde sich das ändern.

„Ich glaube, du hast mich nicht richtig verstanden, Joscelyn. Ich sagte, dass –"

„Die hatten einen großartigen Referenten da, einen Brian Wills, irgendwo aus der Nähe von Leicester, aber offenbar ist er im ganzen Land unterwegs. Schon mal gehört? Er hat zwei Bücher geschrieben. Ich habe sie gleich dort am Büchertisch gekauft. Ich *muss* dir das erste leihen, und eine Kassette von dem Vortrag am Samstagabend. Er schreibt genauso, wie er spricht; ziemlich ungewöhnlich, findest du nicht?"

Ich beschloss, es noch einmal zu versuchen.

„Joscelyn, jetzt ist nicht die –"

Doch sie rollte blindlings weiter wie eine Panzerdivision mit schlammverkrusteten Sehschlitzen.

„Kathy, dieser Mann hat eine wahrhaft gesegnete Botschaft für Leiter – *wahrhaft* gesegnet. Noch nie in meinem Leben habe ich die pure Kraft Gottes so deutlich gespürt wie an jenem Samstag vor dem Bunten Abend. Die Luft knisterte regelrecht vor – na ja, vor der puren Kraft Gottes eben. Am Ende forderte Brian alle, die wollten, dass er für sie betete, auf, nach vorn zu kommen und sich anzustellen, und dann betete und prophezeite er über uns allen, einer nach dem anderen. Leute fielen um und wurden mit dem Geist erfüllt und geheilt, und Kathy, zu mir hat er Dinge gesagt, die tief bis in mein Innerstes drangen und buchstäblich mein Leben verändert haben. Weißt du was? Gott hat mich in dieser Woche auf die *erstaunlichste* Weise vollkommen verwandelt, und –"

„Joscelyn, Joscelyn, was *redest* du denn da?"

Diesmal kam ich durch, wahrscheinlich, weil ich die Worte mit aller verfügbaren Energie durch die Telefonleitung geschleudert hatte.

Joscelyn geriet aus dem Tritt und hörte sich über meine Frage verdutzt an.

„Entschuldige – wie meinst du das? Was redest – warum fragst du mich, was ich rede? Ich erzähle dir, was diese Woche geschehen ist."

„Ich meine, Joscelyn, dass du mich, seit ich dich kenne, ungefähr einmal pro Monat angerufen oder besucht hast, um mir zu erzählen, dein Leben sei durch irgendjemanden oder irgendetwas auf die *erstaunlichste* Weise *total* verändert worden. Aber mir kommst du jedes Mal hinterher immer noch ganz genauso vor wie vorher. Ich meine, seien wir ehrlich: Wenn du wirklich schon so oft von Gott radikal verändert und verwandelt worden wärst, wie du meinst, dann wäre inzwischen von dir selber nichts mehr übrig, oder? Du müsstest inzwischen Elmat Zog vom Planeten Vorgan sein."

„Aber ich –"

„Was du vermutlich eigentlich meinst", fuhr ich unbarmherzig fort, „was du höchstwahrscheinlich in Wirklichkeit sagen willst, ist, dass du einfach wieder einmal einen kleinen, aber wichtigen Schritt hin zu der Erkenntnis getan hast, dass du eine Sünderin bist wie wir alle und dass Gott dir vergibt."

Plötzlich stiegen in mir all die Dinge auf, die ich bei unseren bisherigen Gesprächen immer gedacht, aber nie ausgesprochen hatte, und strömten heraus. Im Kopf hatte ich das alles schon oft gesagt. Es war, als brauchte ich nur einen wohlformulierten Text abzulesen.

„Warum du das in diesen Blödsinn von wegen ,total verwandelt' kleiden musst, ist mir schleierhaft. Ist dir denn nicht klar, dass du die ganze Zeit eigentlich nur von *dir* redest? Das machen Christen nun einmal so, Joscelyn. Wir alle tun das. Ich mache es auch. Ich bin ganz genauso. Ich schwafele endlos über mich selbst und *meine* Beziehung zu Gott und wie *ich* zurechtkomme und wie weit *ich* gekommen bin, und die ganze Zeit versucht Gott, auch einmal ein Wort dazwischenzubekommen und zu sagen: ,Hör mal, es geht doch gar nicht um dich – es geht um mich und um das, was ich für dich getan habe. Hör auf mit der Nabelschau und sieh endlich in meine Richtung! Ich habe nämlich deinen blöden Nabel längst errettet, genauso wie den Rest von dir. Das ist die gute Nachricht. Die schlechte Nachricht ist, dass du nie diese wunderbare Persönlichkeit werden wirst, von der du meinst, du müsstest sie sein, bevor ich überhaupt bemerke, dass du existierst.' Was du brauchst, Joscelyn, wenn ich das einmal sagen darf, ist, dass du endlich lernst, dich zu entspannen."

Mit diesem letzten, unfassbar heuchlerischen Ratschlag von mir, der am wenigsten entspannten Person im Universum, beendete ich meine Predigt, und an beiden Enden der Leitung trat tiefe Stille ein. Schließlich wurde sie an meinem Ende vom Schrillen der Türklingel unterbrochen. Ich war mehr als erleichtert, dass sich mir ein so unverfänglicher Fluchtweg bot.

„Hör mal, Joscelyn, ich muss jetzt Schluss machen, es ist jemand an der Tür. Du bist doch nicht böse wegen dem, was ich gesagt habe, oder?"

„Nein, nein …"

„Also, pass auf, ich rufe dich später wieder an, okay?"

„Okay …"

Ein dünnes Stimmchen. Noch nie hatte sich Joscelyn so entmutigt und niedergeschlagen angehört. Mit gequälter Entschlossenheit legte ich den Hörer zurück auf die Gabel. Was hatte ich getan? Für wen hielt ich mich denn? Was würde Mike sagen, wenn er erfuhr, dass ich versucht hatte, Joscelyns geistlichen Optimismus auszublasen wie eine billige Kerze? Ich seufzte, als mir plötzlich einfiel, dass später meine Freundin Dip Reynolds auf einen Kaffee vorbeikommen wollte, weil sie mir etwas Wichtiges zu sagen hatte. Noch ein potentielles Opfer? Vielleicht war ich bis dahin schon wieder etwas menschenähnlicher. Dip hatte immer einen guten Einfluss auf mich.

Als ich die Tür öffnete, stand unser neues Milchmädchen neben einer Kiste Milchflaschen vor mir auf der Schwelle. In der Hand hatte sie ein kleines Bündel dünner Zettel. Sie war ein junges, dünnes, beinahe sehr hübsches Mädchen mit großen, vertrauensvollen Augen, ovalem Gesicht und zwei schwarzen Locken, die ihr über die Wangen hingen. Ihr Gesichtsausdruck war sehr ernst. Seit sie vor ein paar Wochen die Auslieferung für unseren Bezirk übernommen hatte, hatte sie eine neue Methode entwickelt, um die Rechnungen zu verteilen und das Geld einzusammeln, die angeblich ihr und uns, ihren Kunden, die Sache mit der Bezahlung der Milch erheblich erleichtern sollte. Ich war durchaus offen für den Gedanken, dass sie uns die Sache hätte leichter machen können – wäre es uns nur je gelungen, sie zu begreifen. Doch weder Mike noch ich waren in der Lage gewesen, das neue System auch nur ansatzweise zu verstehen, obwohl wir das Mädchen an einem Samstagmorgen sogar hereingebeten hatten, um uns mit ihr an den Küchentisch zu setzen und uns die Sache erklären zu lassen.

Wohlgemerkt, das lag ebenso sehr an uns wie an ihr – vermutlich sogar noch mehr. Mike verfügt in den meisten Dingen über einen durchaus klaren Verstand, aber Gott sei Dank haben wir beide eine chronische Unfähigkeit, zu verstehen, wovon die Rede ist, wenn jemand schneller als im Kriechtempo über irgendein Thema im Zusammenhang mit Geld zu uns spricht.

So war es auch vor einigen Jahren gewesen, als wir dabei waren, das hohe, schmale, dreistöckige viktorianische Haus zu kaufen, in dem wir nun von Trog zu Schlafquartier die Treppe hinauf und hinab krabbelten wie eine Familie neurotischer Hamster.

Der Mann, der für unser Darlehen zuständig war, hätte genauso gut die Sprache eines verschollenen südamerikanischen Stammes sprechen können, soweit es uns staunende, hirnvernebelte Robinsons betraf. Alle paar Minuten, wenn unser Kreditberater Luft holen musste, meldete sich Mike, der sich optimistisch mit einem Notizblock und einem Kuli bewaffnet hatte, kläglich zu Wort: „Und was werden wir nun wahrscheinlich insgesamt pro Monat bezahlen müssen?" Sodann nannte der Mann widerstrebend einen Betrag, den Mike sich notierte, worauf der Mann nach einer meisterhaft bemessenen Kunstpause beiläufig hinzufügte, darin seien natürlich noch nicht zwei oder drei weitere kostspielige, aber unverzichtbare Posten enthalten, auf die er später noch zurückkommen werde. Mike strich die Zahl wieder durch, die er sich soeben notiert hatte, fuhr sich verzweifelt mit der Hand durch die Haare und machte schon den Mund auf, um eine weitere Frage zu stellen. Inzwischen hatte der Mann jedoch wieder zu reden begonnen, und es dauerte wieder einige Minuten, bis es möglich wurde, die ganze Routine ein weiteres Mal zu durchlaufen. Am Ende kamen wir uns vor wie hirnamputierte Schimpansen in einer Ballettschule.

Unsere Begegnungen mit diesem obskuren Fachchinesisch hatten freilich auch ihre Reize. So intelligent dieser junge Mann vermutlich auch war, hatte er sich im Laufe seiner beruflichen Zusammenkünfte mit Kunden unbewusst angewöhnt, jeden zweiten Satz mit den Worten „Ehrlich gesagt" zu beginnen. Als der Termin für unser drittes Gespräch mit ihm näher rückte, schlossen wir wie zwei ungezogene Kinder einen Pakt: Da wir ohnehin nicht die leiseste Ahnung hatten, wovon er redete, wollten wir uns die gute Stunde, die wir mit ihm zubringen mussten, lieber damit vertreiben, mitzuzählen, wie oft er diesen verdächtigen verbalen Winkelzug anwandte. (Mike ist zu solchen milden Bosheiten fähig, wenn er sich Mühe gibt, und ich finde es herrlich, wenn er das tut.) An jenem Tag muss es unserem Kreditberater große Befriedigung verschafft haben, wie wir jedes seiner Worte aufsaugten, ohne ihn zu unterbrechen. Ich glaube, wir waren bei vierundzwanzig angelangt, als das Gespräch sich seinem Ende näherte, und an diesem Punkt beschloss ich, ein Experiment zu versuchen.

„Ich hoffe, die Frage stört Sie nicht", sagte ich harmlos, „es ist pure Neugier meinerseits, aber kommen Sie eigentlich hier aus der Gegend?"

Er warf mir einen besorgten Blick zu. Natürlich machte

ihm die schiere Unmöglichkeit zu schaffen, sich eine Antwort auf meine Frage einfallen zu lassen, die uns entweder Geld kosten oder absolut unverständlich für uns sein würde. Dennoch schaffte er es, seine Gesichtszüge so umzurangieren, dass sich eine Art entspannter Small-Talk-Ausdruck ergab, aber gegen die Worte, die aus seinem Mund kamen, konnte er nichts tun. Sein Mund kannte keine andere Formel.

„Ehrlich gesagt", sagte er, als gälte es, sich zu einem elenden, widerwärtigen Laster zu bekennen, „ich wohne in Brighton."

Unerklärlicher Zusammenbruch der Robinsons. Was, so muss er sich gefragt haben, ist denn so ungemein erheiternd daran, in Brighton zu wohnen? Ehrlich gesagt, gar nichts ...

Im Falle unseres neuen Milchmädchens und ihres Systems war es genauso. Je mehr sie redete, desto weniger schienen wir zu kapieren, worauf sie hinauswollte, bis uns am Ende nichts anderes mehr übrig blieb als zu lügen. Also taten wir das. Wir lehnten uns zurück, wedelten mit den Händen und sagten Dinge wie: „Aaah, kapiert – genau! *Jetzt* ist mir klar, wie Sie das meinen. Natürlich, so funktioniert das *viel* besser! Meine Güte, das macht einen Riesenunterschied!" Und zufrieden zog sie von hinnen. An dem Tag hatten Mike und ich herzlich darüber gelacht, doch im Moment hatte ich keinerlei Sinn für Humor. Dieses Mädchen war Nummer zwei in der Schlange meiner Opfer oder Nummer drei, wenn man Mike als Nummer eins zählte.

„Soll ich die Milch jetzt bezahlen, oder was?" fuhr ich sie an.

„Nicht alles", sagte sie und strich sich eine der baumelnden Locken aus den Augen, die vor Freude darüber, ihren Generalstabsplan in Aktion zu sehen, hell leuchteten. „Wenn Sie sich erinnern, Mrs. Robinson, ich hatte ja gesagt, dass Leute, bei denen ich samstags kassiere, rückwirkend von Dienstag bis Dienstag bezahlen, und da Sie ja bis zum letzten Montag weg waren, bekomme ich nur das Milchgeld für einen Tag von Ihnen. Natürlich können Sie es auch mit dem Milchgeld bis nächsten Mittwoch verrechnen; dann komme ich erst Ende nächster Woche kassieren."

Ich starrte sie an. Unglaublich! Das Bemerkenswerte an dieser neuzeitlichen Milchlieferantin war, dass sie offensichtlich sogar verstand, was sie da sagte. Irgendwo in ihren Worten verbarg sich ein logisches System, das einem Verstand wie dem meinen für alle Zeit verschlossen bleiben würde, für sie jedoch den klarsten Sinn ergab. Eine Art Ehrfurcht erfüllte mich. Vielleicht wäre das Mädchen mit einer mürrischen Abweisung davongekommen, wäre da nicht Mark gewesen, der sich ausgerechnet diesen Augenblick aussuchte, um frisch geduscht und tropfnass, aber immer noch leicht komatös hinter mir die Treppe herunterzustolpern, seine Blöße ziemlich unzureichend mit einem lächerlich kleinen Handtuch bedeckend, in der Hand eines jener furchtbaren lappigen, abgedroschenen Witzbücher, die im Badezimmer nach und nach immer mehr Feuchtigkeit aufsaugen, bis sie schließlich zu einem Block erstarren und hinüber sind. Ohne jede Scham blieb er in der Diele stehen, voll im Blick der Außenwelt vor unserer offenen Haustür, und las laut aus jenem Füllhorn des Schundes vor.

„Kennst du den mit dem Fußballspieler, der an Verstopfung litt? Er machte sich frei und drückte einen ins Tor."

Mark warf den Kopf zurück und schüttelte sich dermaßen vor Lachen über diesen schwachsinnigen so genannten Witz, dass das Handtuch seinen Fingern entglitt und zu Boden fiel. Es ist natürlich eine bloße Vermutung, aber ich schätze, für einen ewigen Moment vergaß unsere Milchlieferantin sogar ihr neues System, während sie mit offenem Mund meinen nackten Sohn anstarrte. Dann raffte der große Komödiant hastig das Handtuch vom Boden auf und zog sich in die sichere Küche zurück. Eine nur zu vertraute, nach Mark riechende Welle heißer Wut stieg mir in die Nase auf, während ich mich wieder dem verlegenen Mädchen auf der Türschwelle zuwandte.

„Ich fürchte, Sie haben mich mit dem Geld völlig verwirrt. Warum kommen Sie nicht einfach nächsten Samstag, sagen uns, was wir zu zahlen haben, und wir zahlen es. Okay?"

Und damit schlug ich ihr die Tür vor der Nase zu. Manchmal hasse ich mich selbst.

Dies war jedoch nicht der Moment für Selbstreflexion. Im Augenblick hasste ich Mark weitaus mehr als mich selbst, und das sollte er sogleich in anschaulichen Einzelheiten zu hören bekommen. Immer noch die Hand auf der Türklinke, kniff ich die Augen fest zu und atmete drei- oder viermal tief durch die Nase, um meiner Wut die mordlüsterne Spitze zu nehmen. Eine meiner geheimsten Ängste war es, dass mich der wilde Zorn eines Tages dazu verleiten würde, ein Zimmer, eine Beziehung oder gar eine Person vollkommen zu verwüsten, nur um unmissverständlich deutlich zu machen, *wie sauer ich war!*

Eine Stimme erklang aus der Küche in heiterer Ahnungslosigkeit über das Nahen des Hurrikans Kathy.

„Mum, könntest du eine Flasche von der Milch für mein Müsli mitbringen?"

Könnte ich . . .? Aber klar doch!

Als ich in die Küche kam, saß Marks unzureichend behandtuchte Gestalt an dem Ende des Küchentisches, das der Diele am nächsten war, vor einer großen gläsernen Salatschüssel, die ein Miniatur-Gebirge aus fünf Ballen Shredded Wheat enthielt, gekrönt von einem zusätzlichen, Mount-Everest-ähnlichen Gipfel aus Zucker. Während er darauf wartete, dass ich mit der fehlenden Zutat kam, klopfte er mit einem riesigen Servierlöffel einen fröhlichen Rhythmus auf dem Tisch. Aus irgendeinem Grund hatte der Anblick dieser völlig ungeeigneten Schüssel mit zu viel Inhalt und dieses lächerlich großen Löffels auf mich die Wirkung, dass meine Verärgerung um einen weiteren Strich auf der Skala anstieg. Ich lehnte mich gegen die Spüle und verschränkte die Arme.

„Warum nimmst du dir eine Salatschüssel und diesen Löffel da, wo wir doch jede Menge Geschirr in der richtigen Größe haben?"

„Ist alles in der Spülmaschine. Wo ist die Milch?"

„Und warum hast du es dir dann nicht aus der Spülmaschine geholt?"

Wortlose Pause.

„Na komm schon! Warum hast du nicht einfach die Spülmaschine ausgeräumt und alles wegsortiert, wie ich es so ungefähr an jedem Morgen meines Lebens tue? Warum holst du dir diesen bescheuerten Riesen-Servierlöffel aus der Schublade, anstatt dir einen normalen zu nehmen wie jeder andere auch? Nein, gib dir keine Mühe, mir zu antworten. Ich sage dir, warum: Es ist dir einfach zu mühsam, darum. Es hat zu viel Ähnlichkeit mit Arbeit, stimmt's? Und außerdem könnten ja andere Leute etwas davon haben, und das wollen wir ja auf gar keinen Fall! Bloß nicht etwas tun, was einem anderen nützen könnte, stimmt's? Wie blöd von mir, daran überhaupt zu denken!"

Mark hatte aufgehört, mit seinem Löffel herumzutrommeln, und stierte reglos auf das andere Ende des Tisches. Schließlich, nachdem er tief Luft geholt und sie durch die geschürzten Lippen geräuschvoll hatte entströmen lassen, stand er auf, immer noch das Handtuch um seine Hüften klammernd, und wandte sich in Richtung Diele.

„Dann hole ich mir die Milch eben selber."

„Gar nichts holst du dir selber. Findest du nicht, dass die Welt für heute schon genug von dir gesehen hat? Nein, du setzt dich wieder auf diesen Stuhl und hörst mir zu!"

Mark kämpfte einen Moment lang innerlich mit sich, dann ließ er sich schwer zurück auf den Stuhl fallen und stützte sein Kinn auf die Hände.

„Was ist denn hier los?"

Mike trug meinen Morgenmantel und seinen eigenen Genervt-aber-zuhörbereit-Gesichtsausdruck, als er in der Küche erschien, offenbar angezogen von dem Grummeln des nahenden Donnerwetters.

Ich rang nach den richtigen Worten. War ich müde! Eine wutschnaubende Sekunde lang hatte ich alles vergessen, was vorgefallen war, bevor ich in die Küche gekommen war. Das ist oft das Problem, wenn man sich so erhitzt wie ich. Man verliert die ursprünglichen, völlig adäquaten Gründe für seine Wut aus den Augen, und dann ist plötzlich nur noch von dem letzten Satz, den man gesagt hat, die Rede, und der hört sich einfach nur erbärmlich an. Genau das passierte auch jetzt. Mark lehnte sich auf seinem Stuhl zurück und sprach zu seinem Vater in jenem genervt-ironischen Tonfall, mit dem vielleicht ein Wärter in einer geschlossenen Anstalt seinem Kollegen das langweilig-vorhersehbare irrationale Verhalten eines ihrer langjährigen Insassen beschreiben würde.

„Mum ist ganz mächtig sauer auf mich, weil ich den falschen Löffel für mein Müsli genommen habe, und jetzt darf ich mir deshalb aus irgendeinem Grund keine Milch holen."

Der landläufige Ausdruck, dass Leute oder Ereignisse einem das Blut zum Kochen bringen, trifft manchmal genau ins Schwarze. Wenn jemand, wie Mark es gerade getan hatte, irgendwie alle losen Enden des Vorgefallenen zu einem Knoten zusammenschnürt und man weiß, dass man diesen Knoten nur noch enger zusammenziehen wird, wenn man versucht, die Sache zu erklären, weil man viel zu wütend ist, dann ist das ein Gefühl, als ob einem der Dampf oben aus der Schädelplatte schießt. Und mir ist es egal, dass Knoten und Dampf nicht zusammenpassen, denn genauso fühlt es sich an.

„So etwas Absurdes und Lächerliches ist mir ja noch nie zu Ohren gekommen! Du weißt ganz genau, dass ich sauer auf dich bin, weil du in Gegenwart eines fremden Mädchens, das auf unserer Türschwelle stand, und zwar splitterfasernackt, einen blöden, vulgären Witz erzählt hast."

„Was! Wann war denn das?"

Mikes Gesicht war ein Bild des Entsetzens und der Verwirrung.

„Gerade eben, am Fuß der Treppe."

„Wer war das fremde Mädchen?"

„Das Milchmädchen oder die Molkereiproduktelieferantin oder wie man die heutzutage nennt. Das Mädchen mit dem unbegreiflichen System, das uns die Milch bringt."

„Aber die ist doch keine Fremde. Wir kennen sie doch."

„Mensch, du weißt ganz genau, wie ich das meine! Sie – gehört nicht zur Familie."

„Aber warum stand sie denn nackt auf unserer Türschwelle?"

„*Was?*"

„Warum war das Mädchen nackt?"

„War sie doch gar nicht."

„Aber du sagtest doch gerade, sie war nackt."

„Das habe ich nicht gesagt!" schrie ich. „Ich sagte, Mark war nackt. Mark! Dein Sohn! Lies mir von den Lippen ab – MARK STAND NACKT IN DER DIELE!"

„Stimmt ja gar nicht", protestierte Mark empört. „Na ja, nur als ich nichts anhatte."

„Oh, Entschuldigung. Ich war so dumm, anzunehmen, wir wären uns vielleicht alle darüber einig, dass das eine ziemlich treffende Definition von Nacktheit ist."

„Nein, ich meine, das war bloß ungefähr eine halbe Sekunde lang, weil mir das Handtuch heruntergerutscht ist.

Außerdem wusste ich sowieso nicht, dass sie da war, und überhaupt war das alles ein Versehen. Und ich habe auch nicht *ihr* diesen Witz erzählt, sondern ich habe ihn mir nur selber laut vorgelesen."

„Ja ja, bei dir ist alles immer ein Versehen, stimmt's, Mark? Du tust eigentlich nie etwas mit *Absicht*, was?"

Warum habe ich immer das Gefühl, ich selber würde terrorisiert, wenn ich mit Mark schimpfe? Ich machte mich daran, die Liste seiner Sünden herunterzuleiern, wobei ich bei jedem Punkt mit der rechten Faust in die linke Handfläche schlug, während ich ihn zwischen den knirschenden Zähnen hervorpresste.

„Du machst Chaos, du bringst mich in Verlegenheit, du bringst mich dazu, grob zu jemandem zu sein, der überhaupt nichts Falsches getan hat, und dann sagst du mir, das sei alles nicht deine Schuld, weil es nur ein Versehen war. Also, jetzt sage ich dir mal, was deine Schuld *ist*. Du denkst nicht *nach*! Das ist deine Schuld, oder etwa nicht? Du nimmst andere Leute überhaupt nicht wahr. Wenn du aus einer Situation keinen persönlichen Nutzen ziehen kannst, dann interessiert sie dich einfach nicht. Sie existiert für dich überhaupt nicht!"

„Ist ja nett – so denkst du also über mich, ja?"

„Kathy, findest du nicht –"

Ich fuhr zu meinem Mann herum und hielt ihm warnend den Finger vors Gesicht.

„Nur dieses eine Mal, Mike, *bitte*, nur *einmal* lass mich sagen, was ich zu sagen habe, ohne dazwischenzugehen und Marks Partei zu ergreifen."

Ich wandte mich wieder meinem Sohn zu, der jetzt ganz still dasaß und wieder das Ende des Tisches studierte.

„Möchtest du, dass ich dir erzähle, nur so interessehalber, wie ich es immer schaffe, den Kamm wieder zu finden, den du dir jeden Morgen von mir leihen musst, weil du jeden eigenen Kamm, den du jemals bekommst, innerhalb von drei Minuten verlierst? *Möchtest* du das?"

Schweigen.

„Na, möchtest du das?"

„Eigentlich nicht."

„Er ist immer genau an derselben Stelle, Mark. Mitten auf dem Teppich in der Diele unter dem Spiegel, da finde ich meinen Kamm. Und da liegt er, weil du ihn, sobald du mit deinen Haaren fertig bist, einfach *fallenlässt*! Ich habe schon oft dabeigestanden und dich beobachtet. Sobald du mit deinen Haaren zufrieden bist, öffnen sich unwillkürlich deine Finger, und der Kamm fällt aus deiner Hand auf den Boden. Er existiert für dich einfach nicht mehr, verstehst du, weil du keine Verwendung mehr dafür hast. Ich fürchte sehr, dass das genau die Art und Weise ist, wie du auch Menschen behandelst, Mark, und das musst du ändern, denn wenn du einmal von hier weggehst, wird das niemand mehr so einfach hinnehmen, wie wir das tun."

„So machst du das immer!" Die Worte schienen aus Mark herauszuplatzen.

„Immer hackst du auf meinem ganzen Leben herum, wenn ich irgendwas falsch mache. Immer reibst du mir alles unter die Nase, was ich nie mache und was ich immer mache. So gut kennst du mich gar nicht, wie du immer denkst! Ich habe bloß einen Witz vorgelesen und den falschen Löffel genommen – das ist alles, was ich getan habe! Du suchst ja dauernd bloß nach Gründen, um auf mir rumzuhacken. Ich will gar kein Müsli mehr."

Plötzlich fing seine Unterlippe an zu zittern, wie sie es so oft getan hatte, als er noch klein war. Tränen stiegen ihm in die Augen, und er stieß seine Riesenschüssel von sich, dass sie über den ganzen Tisch schlitterte, und rannte aus dem Zimmer, immer noch dieses lächerliche Handtuch um die Hüften klammernd.

Dunkelheit erfüllte mich. Ich hatte meinen Sohn zum Weinen gebracht. Warum? Wozu?

2

Mike ließ sich müde auf den Stuhl sinken, den Mark gerade verlassen hatte, und schüttelte verwirrt den Kopf. Ich drehte mich zur Spüle um und begann, geräuschvoll die Spülmaschine auszuräumen und mit dem schmutzigen Geschirr vom Vorabend wieder zu füllen. Innerlich war ich voller Scham und Zorn über mich selbst. In den letzten Wochen hatte ich mehr oder weniger erfolgreich darum gekämpft, die atemberaubende Wut herunterzuschlucken, die Marks Verhalten immer wieder in mir hervorrief, und jetzt hatte ich in ein paar Augenblicken der Nachlässigkeit alles wieder zunichte gemacht und war wieder auf dem Startfeld angelangt – nein, wahrscheinlich auf dem Feld vor dem Startfeld, wo man erst einmal eine Sechs würfeln muss, bevor man überhaupt wieder aufs Spielfeld darf, geschweige denn vorwärts ziehen.

„Kath, hast du dir die Sache mit dem Besuch bei Pete und Dawn schon überlegt?"

Oh, wie ich es hasse, wenn Leute versuchen, mich zu *managen*. Ich wusste genau, was Mike vorhatte. Da er genau wusste, dass im Augenblick mit mir über das, was gerade passiert war, unmöglich auf ruhige und gesittete Art zu reden war, schlug er einen weiten Konversationshaken, so ähnlich wie diese cleveren Hütehunde im Fernsehen, um mich dann im richtigen Moment unausweichlich in die Enge zu treiben. Und er hatte seine Route mit Bedacht gewählt.

Mein älterer Bruder Pete, den ich seit Anbeginn der Zeit

tief verehrte, war vor fünfzehn Jahren mit seiner Frau nach Australien ausgewandert. Nicht, dass ich immerzu nur an meinen großen, dunkelhaarigen, lachenden, seine kleine Schwester liebenden Pete gedacht hätte, aber hin und wieder durchfuhr mich ein wirklich schmerzhafter Krampf bei dem Gedanken, dass ich ihn vielleicht nie wieder von Angesicht zu Angesicht sehen würde und dass meine beiden hübschen Nichten in Brisbane aufwuchsen, ohne je ihre Tante kennen zu lernen, deren Fähigkeit, Leute Tag für Tag auf die Palme zu bringen, eine Fernsehserie wie „Die Lindenstraße" noch abgestandener wirken lässt, als sie es tatsächlich ist. Ich hatte immer vorgehabt, etwas von dem Geld, das meine Mutter mir hinterlassen hatte, dafür zu verwenden, hinzufliegen und sie zu besuchen, aber Sie wissen ja, wie das mit Geld ist. Es wird ausgegeben. Doch dieses Jahr, sogar genau in einer Woche, sollte ich meinen fünfzigsten Geburtstag feiern. Wir hatten noch zweitausend Pfund auf einem Building-Society-Konto liegen, das wir vor ein paar Jahren, als die mit Zinsen um sich warfen wie ein Düngerspritzgerät zur Pflanzzeit, auf Jacks schlauen Rat hin eröffnet hatten. Zu meiner Überraschung hatte Mike vorgeschlagen, dass das Geld dazu verwendet werden sollte, Felicity und mich zu einem Familientreffen zu den Antipoden zu schicken.

Wunderbar, nicht? Ja, natürlich, aber haben Sie schon einmal gemerkt, was alles Komisches passieren kann, wenn einem endlich etwas angeboten wird, das man schon immer wollte? In viel kleinerem Maßstab hatte ich das schon umgekehrt erlebt, nämlich bei jenen seltenen Gelegenheiten, bei denen mein Sinn für Dramatik mich zu dem Versuch antrieb, den beiläufig geäußerten Traum eines anderen Wirklichkeit werden zu lassen. In dem Moment, wenn Phantasie und Wirklichkeit sich berühren, kann eine Wirkung entstehen wie bei einem Elektroschock. Die Leute mögen es nicht, wenn man mit ihren Träumen herumpfuscht; vielleicht, weil sie sich so hervorragend dazu eignen, sich die Wirklichkeit vom Leib zu halten.

In diesem Zusammenhang erinnere ich mich, wie ich vor ungefähr einem Jahr mit Mike und unserem Hauskreisleiter und so ziemlich allen anderen Ärger bekam, außer meiner Freundin Dip, als ich jemandem just zu diesem Thema eine Frage stellte.

In unserer Bibelgruppe hatten wir ein jüngeres Pärchen (das sich inzwischen etwas explosiveren, charismatischeren Weidegründen zugewandt hat) namens Bernard und Julie. Sie waren seit fünf oder sechs Jahren verheiratet. Der Mann, Bernard, war ein sympathischer, lockerer Typ, der mit einem Lieferwagen herumfuhr und irgendetwas Unerklärliches für das Wasserwerk tat; und sie war wohl auch ganz in Ordnung, wenn auch ein bisschen albern und unreif (nicht, dass ich über die kleine Närrin richten wollte, versteht sich). Ich glaube, sie war so etwas wie Zahnarzthelferin in einer der Praxen in unserem Ort. Vielleicht waren ihr all die Angst und der Schmerz, deren Zeugin sie wurde, irgendwie an die Nieren gegangen.

Julie schwärmte wie besessen für Ralph Fiennes, von dem ich nur wusste, dass er ein beliebter Filmschauspieler ist. Wann immer sie über ihn sprach, und das tat sie oft und ausführlich, bekam sie total glasige Augen und erzählte, wie toll sie ihn fände und dass sie dauernd von ihm träume und wer weiß was noch alles. Es ging mir ziemlich auf die Nerven, muss ich zugeben, und auch ihrem Mann schien es ein bisschen zu stinken, obwohl er in unserer Gegenwart nie ein Wort darüber sagte. Eines Abends, als wir nach der Bibelarbeit noch zusammensaßen und Kaffee tranken und Julie es irgendwie geschafft hatte, das Gespräch von einer Diskussion darüber, an welcher Stelle des Gottesdienstes die Bekanntmachungen erfolgen sollten, auf die Frage umzulenken, was schöner sei, „Ralphs" Haare oder sein Mund, stellte ich ihr eine vollkommen harmlose Frage – na ja, das hier soll ein wahrheitsgemäßer Bericht werden; also bekenne ich, dass sie ganz so harmlos nicht war, auch wenn ich es damals steif und fest behauptete.

„Julie", sagte ich, „darf ich dich etwas über Ralph Fiennes fragen?"

„Oooh ja, bitte", seufzte sie, offensichtlich etwas überrascht über mein Interesse.

„Du schwärmst ziemlich für ihn, nicht wahr?"

„Oooh ja!"

„Nun, angenommen, du bekämst einen Anruf von ihm – von Ralph Fiennes, meine ich – morgen früh, okay?"

„Oooh, ja?"

„Und er würde sagen: ‚Hallo, Julie, ich komme heute um halb vier bei dir vorbei, um eine wilde Sexorgie mit dir zu feiern' – also, meine Frage ist, würdest du?"

Das Schweigen, das auf diese rein sachliche Erkundigung folgte, war so tief, dass ich schon dachte, keiner von uns würde je wieder sprechen oder sich bewegen. Ob wir wohl bis zum Ende der Zeiten hier herumsitzen würden wie Schauspieler in einer eingefrorenen Theaterszene? Es war natürlich keine besonders bibelstundengeeignete Frage. Julie war puterrot angelaufen, Mike hatte sein Ich-dachte-du-hättest-dir-solche-Sachen-abgewöhnt-Gesicht aufgesetzt, und die meisten anderen schienen einfach nur peinlich berührt zu sein. Die beiden Einzigen, für die das nicht galt, waren meine Freundin Dip, die ihren Kopf in den Nacken gelegt hatte, um die Zimmerdecke zu studieren, und sich mit zusammengepressten Lippen ein Lächeln verkniff, und Bernard, der seinen Kopf in Richtung seiner Frau neigte, als brannte er darauf, ihre Antwort auf meine Frage zu hören.

Mike war hinterher ziemlich verschnupft deswegen, und Simon Davenport, unser Hauskreisleiter, rief mich am nächsten Tag an und fragte mich, wie ich meine Äußerung emp-

fände. Übersetzt war dies die kräuseläugige, konfliktvermei-
dende Fassung der Botschaft: „Du hättest das nicht sagen
sollen." Um des lieben Friedens willen stimmte ich ihm zu.

Schon komisch, solche Träume.

Und mein Australien-Traum war wirklich eine heikle
Sache. Ein Teil von mir wünschte sich nichts sehnlicher, als
mit Felicity loszufliegen und meinen Bruder und seine Familie zu besuchen, doch ein anderer, jammervoll unreifer Teil
von mir hatte eine Heidenangst vor einem tatsächlichen Zu-
sammentreffen nach all den Jahren. Wenn ich nun alles ver-
masselte? Was, wenn die überwältigende Bedeutung dieser
Begegnung meinen ganzen emotionalen Haushalt einfrieren
und die ganze Sache unbehaglich und angespannt werden
ließ?

Ich konnte den Gedanken nicht ertragen, dass all meine
goldenen Erinnerungen sich in ein bleiernes Gewicht des
Versagens verwandeln könnten. Voll Inbrunst wünschte ich
mir, ich wäre jemand, der nicht bis zum Erbrechen über
alles grübelt und nachdenkt; jemand wie Mike, der, wenn
ich versuchte, ihm meine Ängste begreiflich zu machen, ein
völlig ratloses Gesicht machte und dann nickte wie ein guter
Seelsorger und sagte: „Sei einfach du selbst, dann wird schon
alles klappen." Am liebsten hätte ich laut geschrien, dass es
gerade dieses „Ich-selbst-sein" war, das mir Sorgen machte.

„Die Antwort auf deine Frage, Mike", erwiderte ich, ohne
mich umzudrehen oder mit meiner Spültätigkeit innezuhal-
ten, „ist, dass ich vorhabe, hin und her zu schwanken und
immer wieder meine Meinung zu ändern, bis die Entscheidung unausweichlich wird. Dann werde ich wahllos eine
Entscheidung treffen, die sich als falsch erweisen wird. Ich
hätte angenommen, dass du das weißt, auch ohne zu fragen.
Du weißt doch, wie konsequent ich bin."

Ein Seufzen kam vom anderen Ende der Küche. Ich war
sicher, wenn ich genau hinhörte, würde ich Mikes Gehirn

denken hören, dass zu mir einfach nicht durchzukommen war, wenn ich so aufgelegt war. Trotzdem versuchte er es noch einmal.

„Wer war denn nun vorhin am Telefon nach unserem ganzen Durcheinander?"

„Ach ja, das war, äh – das war Joscelyn. Sie wollte mir von ihrer Woche in diesem Manor-Dingsda erzählen, und wie sehr es ..."

„Wie es ihr Leben in allen Einzelheiten revolutioniert habe, ich weiß schon."

In Mikes Stimme schwang ein Schmunzeln mit. Er glaubte sich hier auf sicherem Boden. Die Sache mit Joscelyns Bedürfnis nach geistlichen Abenteuern von epischem Ausmaß war zwischen uns häufig Anlass zu milder Erheiterung und echter Herzlichkeit gewesen. Zuversichtlicher fuhr er fort.

„Na, das erklärt den frühen Zeitpunkt des Anrufs. Ich war nur deshalb so sauer, weil du dran warst, dich um alles zu kümmern, und dann dauernd aufgelegt hast, wenn ich abgenommen habe – stimmt's, du ungezogenes Mädchen?"

Oh nein. Nicht den scherzhaften Tonfall. Bitte, Mike, fang nicht an, den scherzhaften Tonfall anzuwenden, weil du meinst, dann renkt sich schon alles ein. Dieser Tonfall ist mir selbst zu den besten Zeiten verhasst, und jetzt umso mehr. Bitte, ich flehe dich an, versuche nicht, scherzhaft zu sein ...

Da mir nichts mehr einfiel, was ich mit dem Abwasch noch hätte anstellen können, drehte ich mich schwerfällig zu meinem Mann um. Ich merkte schon, dass er das Gefühl hatte, nun bald gefahrlos zum Thema Mark überleiten zu können. Doch vorher kam zweifellos noch ein Wort über Joscelyn, nur um unseren netten kleinen Plausch abzurunden.

„Ach, Kath, nur gut, dass wir die alte Joss so gut kennen, was? Hätte uns jemand anderes um diese nachtschlafende

Zeit angerufen, um sich über seinen geistlichen Pulsschlag auszubreiten, dann hättest du ihm bestimmt gesagt, er soll dahin gehen, wo der Pfeffer wächst, stimmt's?"

Es war unmöglich, die zusätzliche Frage in seinem Tonfall zu überhören. Ich fand einen verhärteten Klumpen ehemals essbaren Materials neben mir auf der Arbeitsplatte und begann, mit dem Daumennagel daran herumzukratzen.

„Das habe ich."

Das leichte Schmunzeln, mit dem Mike seinen letzten Satz beendet hatte, erstarb abrupt in seiner Kehle. Da mir plötzlich die Knie ein wenig weich wurden, zog ich den Stuhl unter dem anderen Ende des Tisches hervor und setzte mich. Ich wartete ab, bis er sich mit der Hand durchs Haar gefahren war und den Kopf geschüttelt hatte, wie um seine Gedanken zu klären. Nachdem er beides getan hatte, sprach er weiter.

„Was meinst du damit, du *hast*?"

„Ich meine, ich *habe* Joscelyn gesagt, sie soll dahin gehen – na ja, nicht mit diesen Worten, aber, äh ..." Ich räusperte mich und blickte auf, bevor ich weitersprach. „Weißt du, sie erzählte das ganze übliche Zeug – du weißt schon, dass sich alles verändert hätte und so, und ich war drauf und dran, schon wieder diesen ganzen bestätigenden Blödsinn abzusondern – Mike, warum guckst du eigentlich immer so schuldbewusst zur Tür, wenn ich ein Wort sage, mit dem du nicht einverstanden bist? Wir sind hier schließlich nicht auf der Schultoilette und rauchen, oder? Oder dachtest du, vielleicht lauert ein verdeckter Ermittler von der Sitte in der Diele und sammelt Beweise dafür, wie verkorkst dein Privatleben ist?"

„Weißt du, du kannst ziemlich unangenehm sein, wenn du in Verteidigungsstellung bist", sagte Mike mit sehr leiser Stimme. „Ich war nur besorgt, Felicity könnte vielleicht heruntergekommen sein und dich so reden hören. Das ist alles."

„Da hätte sie aber allerhand zu tun, da sie heute bei Caroline Burton übernachtet hat und noch nicht nach Hause gekommen ist. Offenbar reicht deine tiefe Sorge um deine zehnjährige Tochter nicht so weit, dass du dich auch nur einen Funken dafür interessierst, wo sie die Nacht verbringt."

„Was hast du zu Joscelyn gesagt?"

„Ich kann es nicht fassen, dass du tatsächlich vergessen hast, dass Felicity gar nicht hier ist. Das finde ich ziemlich außergewöhnlich."

Mike reckte sich nach hinten über die Stuhllehne, weg von meinem erbärmlichen Versuch, das Thema zu wechseln.

„Sei nicht albern. *Was* hast du zu Joscelyn gesagt?"

Ich legte meine Handflächen zusammen und verbarg mein Gesicht dahinter.

„Ich habe ihr gesagt, dass sie mir nach ihren geistlichen Fressgelagen eigentlich nie sonderlich verändert vorkommt und dass sie eigentlich nur Schritt für Schritt allmählich herausfindet, dass sie eine gerettete Sünderin ist."

„Oh ...!"

Ströme ärgerlicher Missbilligung stürzten auf meinen gesenkten Kopf herab.

„Und ich, äh ... habe ihr gesagt, dass ihr ewiges Gerede, sie wäre vollkommen verwandelt, ein einziger Haufen Blödsinn sei, und unter dem Strich würde sie eigentlich nur endlos über sich selber schwafeln."

„Das hast du mit diesen Worten gesagt?"

„Nein – ja – ach, wahrscheinlich noch schlimmer. Immerhin habe ich gesagt, dass ich es selbst auch nicht anders mache ..."

Ich riskierte einen Blick durch den Palisadenzaun meiner Finger. Nach Mikes Gesichtsausdruck zu urteilen, würde ich jeden Moment aus dem Klassenzimmer geschickt werden, um für den Rest des Tages an einem kleinen Tisch Aufgaben zu rechnen, als abschreckendes Beispiel für die anderen Kinder. Dann fiel mir noch etwas ein.

„Ach ja, und zum Schluss habe ich ihr noch gesagt, dass sie lernen muss, sich zu entspannen. Mhm, richtig, das habe ich auch noch gesagt."

„*Du* hast *ihr* vorgeworfen, sie könne sich nicht entspannen?"

„Ja."

„Ich weiß nicht, was ich sagen soll . . ."

In diesen nicht gerade seltenen Momenten, wenn ich meine abscheulichen Verbrechen offen eingestand, hatte ich immer das Gefühl, dass Mike mich innerlich frustriert drängte, mich *selbst* auszuschimpfen, damit er es nicht tun müsste – sozusagen mir selbst eine zu knallen und mich mit Vorwürfen zu überhäufen, bis ich heulen müsste und er mir mit ein wenig wohldosiertem Trost zur Seite springen könnte. Es machte ihn wahnsinnig, dass ich mit ausdrucksloser Stimme sprach und mich nie freiwillig dazu bereit erklärte, zur Buße für meine Sünden die Latrinen mit einer Zahnbürste zu schrubben oder den Rasen mit einer Nagelschere zu mähen. Als er merkte, dass der erhoffte reuevolle Zusammenbruch wie üblich nicht zu erwarten war, ging er zum nächsten Thema über.

„Und das Mädchen an der Tür – das Milchmädchen –, was hast du zu ihr gesagt?"

„Der habe ich mehr oder weniger gesagt, sie solle verschwinden, weil ich keine Ahnung hätte, wovon sie da redete, und dann habe ich ihr die Tür vor der Nase zugeknallt."

Wieder schüttelte Mike den Kopf.

„Kathy, ich verstehe nicht, wie du dasitzen und mir das einfach so erzählen kannst, als wäre es völlig bedeutungslos. Wirklich."

Wir wollen doch eigentlich Christen sein, oder?

„Wir wollen doch eigentlich Christen sein, oder?"

Schweigend saßen wir da. Mike fragte sich, warum ich nicht endlich anfing, mir selbst den Hintern zu versohlen, und ich sah es kommen, dass wir gleich auf das Thema zu sprechen kommen würden, das mich endlich zum Weinen bringen würde.

„Und was hatte Mark mit der ganzen Sache zu tun? Was hat er angestellt?"

Ich lehnte mich zurück und schlug mir mit den Handflächen schwungvoll auf die Schenkel.

„Keine Ahnung."

„Du weißt nicht, was er angestellt hat? Aber warum –"

„Ich weiß nur, was ich gefühlt habe. Irgendwie weiß ich schon, was er getan hat. Er hat nicht nachgedacht."

„Worüber?"

„Ach, Mike, das hast du mich doch alles schon einmal sagen hören. Ach was, einmal – Dutzende Male. Wenn ich das jetzt alles noch einmal durchkauen muss, werde ich am Ende lallen, als wäre ich von Geburt an schwachsinnig. Die ganze Sache hört sich so blöd an. Er hat ein zu kleines Handtuch um die Hüften getragen und einen Witz vorgelesen, der nicht witzig war; das Handtuch fiel ihm für eine halbe Nanosekunde herunter, und dann wollte er viel zu viel Shredded Wheat mit viel zu viel Zucker mit einem Riesenlöffel aus einer viel zu großen Schüssel essen, und was das Schlimmste ist, er hat sich die falsche blöde Mutter ausgesucht. So, jetzt weißt du's."

„Und was war das mit seinem – entschuldige, mit *deinem* Kamm, den er auf den Flurteppich fallen lässt, wenn er damit fertig ist? Mir kam es so vor, als sei das für dich ein lebenswichtiger Punkt."

„Sarkasmus steht dir nicht, Mike. Warum bleibst du nicht einfach dabei, langweilig zu sein?"

Aaaargh!

Am liebsten hätte ich beide Hände ausgestreckt und die letzten neun Worte, die ich gesprochen hatte, aufgefangen, bevor sie seine Ohren erreichen konnten. Natürlich konnte ich das nicht. Das kann man nie, nicht wahr? Sie waren gesprochen.

Sie waren heraus. Sie waren dabei, anzurichten, was immer sie anrichten würden. Der waidwunde, verdatterte Ausdruck in Mikes Augen war unerträglich. Ich schob meinen Stuhl zurück, ging um den Tisch und trat hinter ihn, um mit den Armen seine Brust zu umschlingen und meinen Kopf an seinen zu lehnen.

„Bitte hör nicht auf das, was ich gesagt habe, Mike. Ich weiß, ich habe mich furchtbar benommen. Ich habe letzte Nacht kaum geschlafen. Ich hätte dich heute Morgen bitten sollen, aufzustehen, anstatt den Rest der Welt meiner schlechten Laune auszusetzen. Ich bin dauernd aufgewacht, habe mir Sorgen gemacht, habe gegrübelt und mir den Kopf zerbrochen ..."

„Worüber hast du dir den Kopf zerbrochen?"

Seine Stimme hörte sich furchtbar kalt an.

„Ach, alles mögliche – blödes Zeug. Es ist doch immer dasselbe; in der Nacht kommt einem alles viel schwerwiegender und ernster vor, nicht wahr? Mir ist einfach jedes Augenmaß flöten gegangen. Du weißt doch, wie ich bin, wenn ich nicht schlafen kann – die Ehefrau und Mutter, die aus der Hölle kam."

Mir sank das Herz. Der Oberkörper meines Mannes fühlte sich irgendwie starr und unnachgiebig an. Mike war ein sehr freundlicher Mann. Normalerweise hätte ihm allein die Erwähnung von Schlafmangel oder einer schlechten Nacht zumindest ein Tätscheln meiner Hand entlockt. Diesmal nicht. Sorgfältig streifte er meine Arme von sich, stützte sich mit den Ellbogen auf den Tisch und sprach, ohne mich anzusehen.

„Und eines der Dinge, über die du dir den Kopf zerbrochen hast, war, wie du nur jemals so einen Langweiler wie mich heiraten konntest, was, Kathy?"

Mir wurde klar, dass ich ihm die Wahrheit schuldig war.

„Mike, ich will nicht ..."

„Was?"

„Ich sage es dir gleich. Lass mich nur erst etwas erledigen."

Ich schnappte mir Marks Elefantenfrühstück vom anderen Ende des Tisches, ging damit durch die Diele, öffnete die Haustür und taufte es in fast einem halben Liter von der Milch, die unsere kürzlich so abrupt verstummte Molkereiproduktunternehmerin auf unserer Türschwelle zurückgelassen hatte. Als ich wenig später mit diesem Friedensopfer in Marks Zimmer kam, war er ein wenig verdattert, nahm es aber sehr erfreut an. Eine Riesenschüssel Müsli in der Hand wiegt schwerer als jeder noch so berechtigte Groll.

„Tut mir Leid wegen eben, Mum", tönte es mir hinterher, als ich die Treppe hinabstieg.

„Mir auch."

Das alte Spiel. Einer wirft eine Entschuldigung in den Ring, und ein anderer hebt sie auf. Wer was tut, ist eigentlich egal.

Als ich zurück in die Küche kam, saß Mike immer noch genauso da, wie ich ihn verlassen hatte, und starrte mit einem so traurigen, tiefernsten Gesicht ins Leere, dass es mich durchfuhr wie ein scharfer Dolch. Ich setzte mich neben ihn.

„Was willst du nicht?" fragte er ganz leise, als wäre ich gar nicht aus dem Zimmer gegangen.

„Ich will nicht fünfzig werden", sagte ich und brach in Tränen aus.

3

„Wessen Idee war denn nun diese Party?"

„Erstaunlicherweise war es Mikes Idee, Dip. Er meinte, wir könnten die alten Zeiten zwar nicht zurückholen, aber wir könnten uns zumindest erinnern, wie es damals war, indem wir eine Sixties-Party veranstalten. Ich finde die Idee klasse. Und dann meinte er, wir sollten gleich nächsten Samstag feiern, direkt an meinem Geburtstag, und ich sagte ihm, so kurzfristig könnten die Leute bestimmt alle nicht kommen. Aber er meinte, versuch's doch. Also habe ich das Adressbuch herausgeholt und auf der Stelle Dutzende von Leuten angerufen, und bisher haben alle zugesagt. Und die Woche danach ist Semesterpause, sodass wir eine ganze Woche haben, um uns zu erholen. Also – die Sache läuft! Aufregend, was?"

„Wieso findest du es denn erstaunlich, dass Mike auf diese Idee gekommen ist?"

„Ach, na ja, ich meine – es ist schon verblüffend, wenn man bedenkt, wie er sich immer über alles beschwert, was ein großes Chaos hervorruft. Du kennst ihn doch so gut wie ich."

„Ich finde die Idee auch toll", mischte sich die zehnjährige Felicity ein, nachdem sie zum Sprechen ihren Kuli zwischen den Zähnen hervorgezogen hatte. „Du wirst ein Zwanzigstel Jahrtausend alt, Mami. Wie viele von meinen Freundinnen darf ich einladen? Dürfen wir den großen Fernseher rauf in Marks Zimmer holen und Videos gucken?"

Es war früher Nachmittag, und im Hause Robinson war wieder so etwas wie Friede eingekehrt. Zu den Merkwürdigkeiten unseres Lebens gehört die Art, wie sich hochdramatische und kreuzgewöhnliche Szenen ganz natürlich abzuwechseln scheinen. Auch wenn wir um zehn Uhr noch in finsterster Verzweiflung waten, kann es durchaus sein, dass wir uns um elf schon wieder vor Lachen die Bäuche halten oder Erbsen schälen und über die Küchenrollenpreise diskutieren. Als Dip um elf eintraf, war Felicity inzwischen mit einer lächerlich übertriebenen Partytüte voller ungesund aussehender Süßigkeiten und Buntstifte von Caroline zurückgekehrt (Carolines Mutter, Sally Burton, fiel es schwer, einzusehen, dass ihr kleines Mädchen nicht mehr sechs war, und in dieser Hinsicht war sie schon immer äußerst ehrgeizig gewesen), und Mark war zu seinem Wochenendjob im Schreibwarenladen an der High Street gegangen. Mike und ich, eben noch der Scheidung nahe, waren unglaublicherweise innerhalb einer knappen halben Stunde wieder zu zuckersüßer Verliebtheit durchgedrungen, und jetzt war er losgefahren, um ein kräftiges Mittagessen zu sich zu nehmen, ganz ungewöhnlich frei von Schuldgefühlen eine ausgiebige Runde Golf zu spielen und sich auf einen milden, ehelichen Flirt mit seiner reumütigen Frau nach seiner Rückkehr zu freuen.

„Was machst du denn so auf deiner Party, Mami? Essen und reden und im Kreis sitzen und Sachen verkaufen, die keiner haben will?"

Beide saßen wir eine Sekunde lang schweigend da und verdauten innerlich Felicitys Vorstellung davon, was für eine Art von Party Erwachsenen Spaß machte.

„Ganz bestimmt nicht, du völlig irregeleitetes, albernes kleines Mädchen", erwiderte ich schließlich. „Deine Mami wird eine Party feiern, wie wir sie in den Sechzigern immer gefeiert haben. Das Haus wird rammelvoll sein mit Leuten, die mich sehr gern haben, und alle werden im Haus herumwimmeln und sich zu laut gestellte David-Bowie-Platten anhören und kompletten Quatsch über den Sinn des Lebens miteinander reden – das ist Vorschrift. Und in einem Zimmer werden alle ihre Jacken aufstapeln, wenn sie kommen, und am Ende werden sie Schwierigkeiten haben, sie wieder zu finden. Fehlt noch was, Dip?"

Dip sah mich einen Moment lang seltsam an, dann senkte sie den Blick und massierte sich mit den Fingerspitzen die Kopfhaut.

„Na ja, ich schätze, irgendwo in der Nähe der Küchentür wird es eine Nische geben, in der ich den ganzen Abend über von einem Mann mit Mundgeruch belagert werde, der mir in allen abscheulichen Einzelheiten die Dinge schildert, die ihm das Leben zur Hölle machen. Ohne das wäre es nicht die Sorte Sechziger-Party, die ich in Erinnerung habe."

„Ihr seid ja gaga", verkündete Felicity. „Darf ich Caroline anrufen?"

„Du bist seit gestern am frühen Abend ununterbrochen mit ihr zusammen gewesen. Was hast du denn innerhalb der letzten vierzehn Stunden Lebenswichtiges zu sagen vergessen? Warum musst du sie jetzt unbedingt anrufen?"

Die Augen vor Konzentration weit aufgerissen, tippte sich Felicity mit dem Ende ihres Kulis gegen die Zähne, während sie sich eine Antwort überlegte.

„Natürlich weil ich ihr von der Party erzählen will."

„Na schön, aber räume erst deine Stifte und dein Papier weg."

„Aber ich will doch gleich weitermachen, Mami. Da hat es doch keinen Sinn, jetzt alles wegzuräumen, oder?"

„Gut, aber wenn du nachher nicht weitermachst, wirst du streng bestraft. Also geh!"

„Darf ich von deinem Zimmer aus telefonieren?"

„Ab mit dir!"

Dip lachte voller Zuneigung, als meine schlanke, goldhaarige Tochter durch die Tür davonwirbelte und dabei eine alberne Grimasse schnitt.

„Ist sie nicht zum Fressen? Früher habe ich mir immer gewünscht, sie würde klein bleiben, aber ich bin froh, dass es nicht so gekommen ist."

Mir wurde warm ums Herz, als ich den zärtlichen Ausdruck auf dem Gesicht meiner Freundin sah. Dip (ihr wirklicher Name war Elizabeth Reynolds) kannte Felicity schon, seit sie ein Baby gewesen war, und liebte sie wahrscheinlich genauso sehr wie wir. Außerdem war sie meine beste Freundin und auch beim Rest der Familie sehr beliebt, besonders bei Mark, der in ihr manches zu finden schien, was er brauchte (Annahme wäre ein triviales Beispiel) und bei mir selten finden konnte. Ich muss zugeben, dass ich gelegentlich mit einer gewissen Bitterkeit über diese Tatsache zu kämpfen hatte, doch in meinen besseren Momenten war ich froh, dass sie in den letzten Jahren für ihn da gewesen war. Sie und ich waren in mehrfacher Hinsicht sehr verschieden. Ich war wild, sie war mild. Alles an Dip war behaglich und tröstlich. Mich hätte nie jemand als behaglich beschrieben. Ich war dunkelhaarig, wie mein jüngerer Sohn, und etwas größer als der Durchschnitt. Sie war ein paar Jahre älter als ich, ziemlich groß, hatte kurze, helle Haare, umwerfend blaue Augen und einen leichten, aber unverkennbaren australischen Akzent, der aus ihren Jugendjahren in Adelaide zurückgeblieben war. Sie hatte eine Teilzeitstelle als Krankenschwester in einem hiesigen Krankenhaus und gehörte derselben Gemeinde und demselben Hauskreis an wie wir. Gemeinsam war uns ein äußerst alberner Sinn für Humor, eine schamlose Vorliebe für den besten Sherry der Welt und eine echte Leidenschaft für Gott. Diese drei Dinge schienen uns durch die meisten Situationen hindurchzubringen.

Vor einigen Jahren hatten wir als Familie entschieden, dass wir alle uns sehr wünschen würden, dass Dip bei uns einzog. Kurz vor unserem Abflug zu einer Amerikareise sprachen wir ihr eine feierliche, absolut unwiderrufliche Einladung aus, um dann unser Haus und unsere beiden Stabschrecken Rowan und Kimberley (die beide inzwischen längst in das große himmlische Brombeerfeld dahingeschieden sind) ihrer Obhut zu überlassen, während sie versuchte, bis zu unserer Rückkehr eine Entscheidung zu treffen, ob sie auf Dauer zu uns ziehen wollte oder nicht. Wir waren alle ziemlich überrascht, als sie uns eröffnete, sie habe beschlossen, in ihrem kleinen Häuschen mit Terrasse am anderen Ende von Standham zu bleiben, doch als ich später sah, was sie darüber geschrieben hatte, wie es ist – nun, wie es ist, *sie* zu sein, verstand ich sie, glaube ich. Komisch, nicht? Gerade, wenn man glaubt, jemanden gut zu kennen. (Übrigens, wenn Sie wissen wollen, wie sie zu ihrem Spitznamen kam – ich werde mich damit jetzt nicht aufhalten, denn auch darüber hat sie schon alles geschrieben.)

„Nun erzähl schon, Kathy – wie ist dieser ganze Schlamassel zustande gekommen?"

Dip kam zurück auf unser Gespräch, das unterbrochen und radikal umgelenkt worden war, als Felicity ins Wohnzimmer kam, um mit ihrer dritten unvollendeten Aktivität an diesem Morgen zu beginnen, seit sie von den Burtons zurückgekommen war.

„Nun ..."

„Plötzlich kam die Fünfzig auf dich zu wie ein D-Zug, und du bist in Panik geraten, weil das Leben, dieser Halunke mit dem gezwirbelten Schnurrbart, dich an die Schienen gefesselt hat? So habe ich es damals mehr oder weniger empfunden."

„Ja, ich glaube, es war – ist dir das mit dem ‚gezwirbelten Schnurrbart' einfach so eingefallen, Dip, oder hast du das einstudiert? Ich wette, du wartest schon seit einer Ewigkeit darauf, das mal beiläufig ins Gespräch einstreuen zu können, stimmt's?"

Sie warf den Kopf zurück und lachte.

„Tut mir Leid. Rede ich sonst so langweiliges Zeug, dass so ein armseliger, plötzlicher Anfall von Metaphorik besonders gefeiert werden muss? In dem Fall hätte ich gern einen kleinen Sherry."

„Ich dachte schon, du würdest nie danach fragen. Wie du weißt, haben wir eine kleine Flasche eigens zum Feiern von Metaphern beiseite gestellt, in der grammatischen Abteilung unseres Barschranks."

Zwei Minuten später hielt jede von uns ein Glas Bristol Cream in der Hand. Ich nahm einen genießerisch-ehrfürchtigen Schluck und beschloss, Dips Frage wahrheitsgemäß zu beantworten.

„Vor ein paar Wochen waren Mike und ich bei den Handleys zum Abendessen eingeladen. Die wohnen in einem dieser riesigen viktorianischen Häuser in der Swan Road; du weißt schon, die mit den großzügigen Einfahrten und den schönen, großen Schiebefenstern, die sogar noch funktionieren. Du kennst doch die Handleys, oder? Ich glaube, sie arbeitet an den meisten Vormittagen in dem Wohltätigkeitsladen im Einkaufszentrum, und Frank war irgendein mächtig hohes Tier im Zusammenhang mit dem Unterhaus, bevor er in den Ruhestand ging, aber er war kein Abgeordneter oder so. Früher sind sie immer bei uns in die Kirche gegangen, wenn du dich erinnerst; dann blieben sie aus irgendeinem Grund weg. Vor ein paar Monaten hat Mike Frank bei einer Ausschusssitzung getroffen, und –"

Dip hob ergeben die Hand.

„Ich weiß, wen du meinst. Gut kannte ich sie zwar nie, aber trotzdem, ich weiß, wen du meinst."

„Na ja, ist ja eigentlich auch egal. Wir kannten sie auch nicht besonders gut, das war ja das Problem. Deswegen waren wir beide ein bisschen steif und nervös. Dieses *Haus*!" Ich senkte meine Stimme, als fürchtete ich, die Handleys kauerten vielleicht hinter dem Sofa und lauschten. „Dip, so etwas habe ich noch nie gesehen. Ein riesiges Ding, überall Leder und poliertes Holz und Antiquitäten und Sachen aus Elefantenfüßen, und eine fest angestellte Haushälterin – du kannst es dir vorstellen. Ich glaube, Mike ist durchaus ein ganz kleines bisschen empfänglich für echte feudale Eleganz ..."

„Oh, ich auch, fürchte ich", seufzte Dip.

„Und er gibt sich dann immer so einen komischen Anschein von Gelassenheit, besonders, wenn er ein oder zwei Gläschen intus hat. Es ist schwer zu beschreiben – irgendwo zwischen Sentimentalität und fadenscheiniger Weltgewandtheit. Macht mich wahnsinnig, besonders, weil er meistens von mir erwartet, dass ich seinen bemüht geistreichen Sprüchen oder seinem dünnen Altblech aus hausgemachter Philosophie auch noch Beifall spende. Dabei möchte ich ihm am liebsten nur sagen, er soll endlich den Mund halten."

„Aber du tust es nicht?"

„Nein, natürlich nicht. Nicht, wenn ich es mir irgendwie verkneifen kann. Bei den Handleys war ich aber nahe dran. Nach dem Essen kamen wir auf das Thema ‚Ehe in dieser unserer Zeit'. Du weißt ja, wie das ist, wenn man bei Leuten, die man nicht besonders gut kennt, zum Abendessen eingeladen ist. Irgendwie lässt man sich von einer Welle begeisterter Einmütigkeit über so ziemlich alles im Universum davontragen, weil alles andere viel zu mühsam wäre, und nach einer Weile hört man sich selbst absoluten Quatsch reden oder Dinge sagen, mit denen man eigentlich überhaupt nicht einverstanden ist, und das Hirn wird einem ganz stumpf und weich, und man möchte am liebsten nach Hause gehen und vor Scham sterben. Jedenfalls stimmten wir alle feierlich darin überein, dass die jungen Paare heutzutage nicht mehr das moralische Format haben, das junge Paare früher hatten, und dass ‚Hingabe' ein Wort sei, dessen Bedeutung heute niemand mehr kenne, beim Zeus, und dass man zu unserer Zeit (wobei die Zeit der Handleys erheblich länger zurückliegt als unsere Zeit, wie ich anmerken möchte, aber wir waren zu höflich oder zu feige, sie daran zu erinnern) sein Versprechen gab und sich *verdammt noch mal daran hielt*, durch dick und dünn und so. Dann sagte Frank Sowieso, wo seiner Meinung nach das eigentliche Problem liege. Das *eigentliche* Problem, verkündete er, sei, dass die jungen Leute heutzutage von der Ehe ein nie endendes Feuerwerk erwarteten (ein bedeutsames Nicken, um anzuzeigen, dass er damit die ,ehelichen Unannehmlichkeiten' meinte, wie diese Gestalt bei Harry Enfield es nennt) und einfach aufgäben, wenn sich diese Erwartung nicht erfülle. Mike stimme doch sicherlich mit ihm überein, erkundigte er sich zuversichtlich, dass solche Erwartungen lächerlich seien.

Das gab Mike den Anstoß zu einer seiner kleinen Ansprachen, von denen wir Skeptiker argwöhnen, dass sie nur dazu da sind, sich das Wohlwollen von Leuten zu sichern, denen er sich unterlegen fühlt. Mir wird jedes Mal schlecht davon! Dip, es wäre ja nicht schlimm gewesen, wenn er nur genickt und irgendetwas gegrunzt hätte, was man als vage Zustimmung hätte interpretieren können – ich meine, mir ist es ja eigentlich egal, wie die Handleys über unser Sexleben denken – aber das hat er nicht getan.

,Nein', sagte der Stilfürst der Lehrerwelt, der Oscar Wilde von Standham, während er den Brandy in seinem Glas kreisen ließ und mit Kennermiene schlürfte. ,Ich glaube nicht, dass man das, was in einer gereiften Beziehung vor sich geht, als Feuerwerk beschreiben könnte. Nein, Frank, ich würde sagen, dass die Ehe auf lange Sicht eher einem jener wunderbaren, schweren alten Aga-Öfen gleicht – findest du nicht auch, Kathy? Sie halten Jahrzehnte, wenn man sich richtig um sie kümmert, man kann in ihnen eine wirklich vorzügliche Glut zustande bringen, und sie produzieren wirklich gute Mahlzeiten, solange man sie nur hin und wieder ein bisschen stochert.' Dip, dieser Sherry ist ziemlich teuer. Wenn du nicht aufhörst, ihn durchs ganze Zimmer zu spucken, kriegst du nächstes Mal keinen mehr."

„Tut mir Leid!" prustete Dip. „Wirklich. Gib mir noch

einen. Meine Güte, ich wette, hinterher hat er sich gewünscht, er hätte das nicht gesagt."

„Oh ja, hinterher, darauf kannst du deine besten Strumpfhalter verwetten. In dem Moment jedoch lehnte er sich nur zurück und leckte all die teuren, kehligen Heiterkeitslaute der vornehmen Herrschaften auf. Im Auto auf dem Heimweg meinte er dann, es sei doch eigentlich ganz nett gewesen, oder? Und ich gab meine berühmte Impression einer nach vierundzwanzig Stunden im Kühlschrank servierten Gurke zum Besten und sagte: ‚Ich gebe bedauernd bekannt, dass der schwere alte Aga aufgrund ständiger Vernachlässigung erloschen ist und eine komplette Überholung erfordert, bevor er wieder funktioniert. Aus diesem Grund ist heute Abend keinesfalls mit einer Glut zu rechnen, und in absehbarer Zukunft solltest du keine wirklich guten Mahlzeiten erwarten, auch wenn du hin und wieder ein bisschen stocherst.' Erst da wurde ihm klar, dass ich von seinem kleinen geistreichen Ausfall nicht sonderlich beeindruckt war. Am nächsten Morgen haben wir darüber gelacht, aber ..."

„Aber es hat dich zum Nachdenken gebracht."

„Ich glaube, es war eine Art Auslöser, Dip. Ich wurde auf einmal sehr traurig, und mich packte die Sorge und Panik vor dem Altwerden und davor, dass alles allmählich ausläuft und flach wird. Ich *will* kein schwerer alter Aga-Ofen sein, der manchmal glüht. Es reizt mich überhaupt nicht, eine dieser hoch geachteten christlichen Frauen im Kostüm zu sein, mit freundlich-traurigen Augen, die einmal aus den allerbesten Gründen der Versuchung widerstanden haben und nun in einer vernünftigen, dauerhaften Beziehung ohne Feuerwerk leben und sogar ein Andachtsbuch zur Fastenzeit darüber geschrieben haben. Ich will ein paar Leuchtkugeln und Chinakracher und Raketen und – und Sachen, mit denen man sehr vorsichtig sein muss, weil sie gefährlich sein könnten. Es muss doch zumindest die entlegene Möglichkeit bestehen, sich die Finger zu verbrennen, oder nicht?" Ich hielt inne, nippte an meinem Sherry und fragte mich, wie viel ich noch sagen sollte. „Allmählich machte sich bei mir das Gefühl breit, dass ich eine sehr große Entscheidung zu treffen habe."

„Worüber?"

„Na ja, auf die Gefahr hin, dass du mich jetzt für vollkommen übergeschnappt hältst, es war – also, für mich sah es so aus. Es war die Entscheidung, ob ich wie ein explodierender Stern zerspringen oder meine Form anpassen sollte wie ein bequemer alter Sessel. Ich fühlte mich einfach noch nicht bereit, alt zu werden und mich für den Rest meiner Tage so zu formen, wie andere Leute mich haben wollten. Das wollte ich auf keinen Fall. Ich wollte alles mögliche andere. Ich wollte noch einmal diese ersten Stadien des Verliebtseins erleben, Dip, wenn man spazieren geht und die gewöhnlichsten Dinge wie Bäume, Busse und Ziegelsteinmauern plötzlich glänzend und lebhaft und strukturiert und bedeutungsvoll aussehen. Erinnerst du dich an dieses herrliche, schwachsinnige Gefühl?"

„Ich erinnere mich –"

„Ich wollte am Samstagvormittag um halb elf in irgendeinem Café erscheinen, mit Kribbeln im Bauch und Klingeln in den Ohren, weil ich jemanden treffen würde, von dem ich die ganze Nacht über geträumt und für den ich mich seit dem Aufstehen angezogen und schön gemacht hatte. Ich wollte im Herbst unter Trauerweiden hindurch an einem Flussufer entlanggehen, wie Mike und ich es taten, als wir einander oben in Durham entdeckten und wie alle verliebten Paare seit Anbeginn der Zeit voller Erstaunen feststellten, dass wir über absolut alles unter der Sonne absolut genauso dachten. Ich wollte mich fragen, wann es wohl an der Zeit wäre, zum ersten Mal Händchen zu halten, und ob er mich wohl küssen würde, wenn wir zurück zum Tanzsaal kämen, und mir Sorgen machen, ob ich das auch richtig hinkriegen würde, und – und all diese warmen, süßen Gedanken. Irgendwann in diesem Sommer saß ich einmal bis spätabends in der Küche, alle Türen offen, und spürte, wie so eine zauberhafte, warme Brise von vorn bis hinten durch das ganze Haus zog und mir sanft übers Gesicht strich. Es war ein trauriges, wunderbares Gefühl, und es erfüllte mich mit einer schmerzlichen Sehnsucht nach – nach irgendetwas. Kennst du das –?"

Ich warf meiner Freundin einen Blick zu. Wie gefahrlos kann man manche Dinge sagen?

„Weiter", sagte Dip. „Du kannst es ruhig ausspucken."

„Falls es infiziert ist, meinst du? Entschuldigung. Tut mir Leid, ich war einfach einen Moment lang verlegen. Es kommt mir so lächerlich vor, hier am Samstagvormittag um elf in meinem Haus zu sitzen und so etwas zu sagen – aber es hat Momente gegeben, in denen ich mich davonschleichen und in eine Kneipe im nächsten Ort gehen wollte, um mich an die Theke zu setzen, einen zu trinken und zu sehen, ob sich einer an mich heranmacht."

„Hört sich nicht gerade an wie das mit dem ‚sich fragen, wann es an der Zeit ist Händchen zu halten', was du vorhin erzählt hast."

Ich stellte mein Glas neben mir auf dem kleinen Tisch ab und verschränkte fest die Finger, während ich versuchte, die richtigen Worte zu finden, um es ihr zu erklären.

„Ach Dip, es war ja nicht so, dass ich mir wirklich einen fünftklassigen Gigolo aus Milton Keynes hätte anlachen wollen – immer vorausgesetzt, es gibt in Milton Keynes überhaupt einen fünftklassigen Gigolo, der sich darauf spezialisiert hat, sich von neunundvierzigjährigen Müttern von drei Kindern anlachen zu lassen. Und ich neige auch nicht dazu, für Filmstars zu schwärmen wie dieses transusige Mädchen, das eine Zeit lang zu uns in den Hauskreis kam."

Plötzlich musste ich lachen. „Mal ehrlich, Dip, kannst du dir mich in der Rolle der *Femme fatale* vom Dienst am Freitagabend im ‚Dog and Duck' vorstellen? Es geht nicht einfach um Sex, verstehst du. Mike und ich sind in dem Bereich immer recht gut klargekommen – na ja, meistens jedenfalls – nein, es geht darum, mich reizvoll und attraktiv und – und begehrt zu fühlen. Verstehst du, was ich meine?"

„Also, ich ..."

Ich glaube, ich bemerkte sogar, aus den Gedankenwinkeln sozusagen, dass Dip an dieser Stelle ein bisschen angespannt oder merkwürdig aussah, aber ich marschierte weiter, ohne auf eine Antwort zu warten, wie ich es so oft mit meinen engen Freunden tue, fürchte ich, ganz besonders mit Dip. Ich hatte keinen Blick für irgendein Universum außer dem einen, das ausschließlich um Kathy Robinsons willen existierte.

„Nachdem ich also heute Morgen Mike vorgeworfen hatte, er sei ein Langweiler, und dann zugab, dass ich eigentlich nur Angst davor hatte, dass ich alt werden und er denken würde, ich wäre langweilig, war es wie ein aufbrechendes Geschwür – nein, das ist scheußlich, so war es nicht. Es war wie eine zerplatzende Blase – nein, Kommando zurück, es war definitiv ein Geschwür. Wie auch immer, Blase oder Geschwür, es platzte auf, und danach benahmen wir uns plötzlich so süß-klebrig heiß verliebt, wie wir es um diese leidenschaftslose Morgenstunde schon seit Ewigkeiten nicht mehr erlebt hatten. Und Mike meinte, warum feiern wir nicht den Beginn meiner alten Tage mit einer richtigen, altmodischen Sechzigerjahre-Party mit der richtigen Musik und albernem Getanze auf viel zu engem Raum mit viel zu vielen Leuten und all den anderen Sachen, von denen wir gerade gesprochen haben. Und er versprach mir, ein bisschen sorgenvoll natürlich, da er nun einmal so ist, wie er ist, dass er sein Bestes tun wird, um dafür zu sorgen, dass in unserer Beziehung wieder die Romantik aufblüht. In der Zwischenzeit muss ich den Schaden wieder gutmachen, den ich unserer Freundschaft mit Joscelyn zugefügt habe, mich bei dem Milchmädchen entschuldigen und aktiv nett zu Mark sein, um ihn für diesen Morgen zu entschädigen.

Weißt du, Dip, nichts ist geeigneter, die Aussicht auf sorglose und spontane Leidenschaft in einer Ehe zunichte zu machen, als drei Kinder. Manchmal wünschte ich, sie würden sich irgendwohin aus dem Staub machen und ihren Spaß haben. So, das wär's. Das war mein Tag bisher. Was hältst du davon?"

Ich wusste nicht, was Dip darauf antworten wollte, aber was immer es war, es bekam keine Chance, gehört zu werden, denn in diesem Moment tauchte Felicity wieder auf, einen Bogen Papier mit der Hand umklammernd. Ein komisches, stirnrunzelndes kleines Lächeln ging über Dips Gesicht. Sie signalisierte, sie wolle nur mal kurz auf den Flur hinaus, und verschwand durch die offene Tür.

„Mami, ich habe eine Quizfrage für dich. Welches ist das schrecklichste prähistorische Monster von allen, noch schrecklicher als der Tyrannosaurus Rex oder die Raptoren oder sonst welche in dem Film, den du mich nicht gucken lassen wolltest, Daddy aber doch? Jack hat es mir gerade aufgeschrieben."

Felicity war wieder voll da und sprühte vor Interesse an dem, was sie mitzuteilen hatte. Jack war ihr ältester Bruder, gerade heimgekehrt von seinem letzten Semester an der Universität und während der Woche mit Zeitarbeit beschäftigt, während er über die banale Frage nachdachte, was er mit dem Rest seines Lebens anfangen wollte. Jack schien nie aus seinem Bett aufzustehen, wenn es nicht einen außerordentlich guten Grund dafür gab. Da heute Samstag war, sah er nicht einmal einen schlechten Grund, sich zu zeigen. Zweifellos war seine kleine Schwester auf ihn gesprungen, ohne auf sein Stöhnen zu achten, und hatte Unterhaltung eingefordert. Ihre Beziehung war für mich eine ständige Freude. Als Jack mit dem Studium begann, hatte ich große Angst gehabt, dass Felicity dieses Gefühl der Nähe verlieren würde, das während der ersten Jahre ihres Lebens zwischen ihnen bestanden hatte. Doch keine Spur davon.

„Na, dann los", sagte ich, „lass hören!"

„Okay." Sie räusperte sich geräuschvoll und las von ihrem Blatt vor.

„,Der schrecklichste Dinosaurier von allen ist einer, der nicht ausgestorben ist wie die anderen, sondern auch in der heutigen Zeit noch zu finden ist. Er lauert in Bibliotheken, Arbeitszimmern und Buchhandlungen überall in England. Er heißt Thesaurus, und er ist gewaltig, massiv, riesengroß, enorm, g... gigantisch, kolossal, immens, hünenhaft, monströs, titanisch und unermesslich. Deshalb bekommt jeder, der ihn sieht, beobachtet, entdeckt, bemerkt, betrachtet, wahrnimmt, beäugt, besichtigt, erspäht oder anschaut, sogleich Angst, Schrecken, Furcht, Entsetzen, Schock, Panik und Schiss.' Schiss!", wiederholte sie mit einem glockenhellen Lachen. „Ich glaube, das wäre das Richtige, wenn ich einen Dinosaurier sehen würde. Das würde ihn vielleicht davon abhalten, mich zu fressen."

„Nun, mich würde es abhalten. Nur interessehalber, liebstes Töchterchen", sagte ich, „weißt du denn, was ein Thesaurus wirklich ist?"

„Ja, Mami", erwiderte sie seelenruhig und schaute wieder auf ihr Blatt Papier, „das ist eine Sammlung von Begriffen oder Wörtern, geordnet nach ihrem Sinn. Was dachtest du denn, was es wäre?"

Felicity grinste. „Jack wusste, dass du mich das fragen würdest."

„Ich komme gleich die Treppe hinauf und stopfe deinem Faulpelz von einem großen Bruder Mr. Rogets gesamte

Sammlung von Begriffen oder Wörtern, geordnet weiß der Geier wonach, in den Mund. Geh und sag ihm das, und sag ihm, er soll aufstehen und herunterkommen und hallo zu Dip sagen."

„Ich glaube, Dip ist gegangen, Mami", sagte Felicity. „Ich habe gerade die Haustür zuklappen gehört."

„Wie? Was redest du denn da? Nein, sie ist noch da, sie ist nur aufs – aufs Klo oder so gegangen."

Ich stand rasch auf und ging hinaus in die Diele. Keine Menschenseele zu sehen. Ein Ruf die Treppe hinauf rief ebenfalls keine Antwort hervor. Ich öffnete die Haustür und ging bis vorne ans Gartentor, beugte mich hinüber und hielt in beiden Richtungen unserer Straße Ausschau nach dem vertrauten Anblick von Dips betagtem, aber geliebtem Mini „Daffodil". Es gab jede Menge freie Parkplätze, einschließlich des Platzes unter dem Baum direkt vor unsrem Haus, wo sie meistens parkte, doch der Mini war nirgends zu sehen. Felicity hatte Recht. Dip war weg.

4

Solche Dinge rufen ein sehr seltsames Gefühl in der Magengrube hervor, nicht wahr? Vielleicht irre ich mich, wenn ich von mir auf andere schließe, aber ich habe immer geglaubt, dass einer der Rettungsringe, an die wir uns alle klammern, das Wissen ist, dass wir in dieser wilden Welt in fast jeder Hinsicht alle die gleichen Kämpfe zu bestehen haben. Und wenn Sie mir auch nur ein bisschen ähnlich sind, dann sind die verlässlichsten Dinge von allen das gegenseitige Verständnis und die enge Identifikation, die durch wahrhaft enge Freundschaften möglich werden. Sie und Ihr Freund wenden sich, wenn Sie so wollen, in dieselbe Richtung, um dem Ansturm die Stirn zu bieten, Schulter an Schulter – in einer Haltung, die meiner Meinung nach der Inbegriff der Freundschaft ist.

Allmählich wünschte ich wirklich, ich hätte nicht versprochen, in diesem Bericht ganz streng bei der Wahrheit zu bleiben. Sie werden mich für hoffnungslos egozentrisch halten – nun ja, das tun Sie wahrscheinlich ohnehin schon, aber noch mehr, meine ich – wenn ich Ihnen sage, dass Dips Verschwinden bei mir ein Gefühl atemloser Verlassenheit und Kränkung hervorrief. Mir war, als wären sie und ich von einem sinkenden Schiffe entkommen, indem wir uns beide an dasselbe kleine Rettungsfloß klammerten, und plötzlich, nachdem wir uns eine Ewigkeit lang aneinander geklammert hätten, um zu überleben, wäre sie unerklärlicherweise ins Wasser hinabgesunken und hätte mich allein gelassen. Lächerlich! Sie war nur aus dem Haus gegangen – ein einziges Mal! –, ohne sich zu verabschieden. Das war wohl kaum mit der Titanic-Tragödie zu vergleichen.

Aber warum? *Warum*? Warum war sie gegangen? Ich kehrte in die Küche zurück und ließ mich auf den Stuhl sinken, den Kopf auf die Hände gestützt, und versuchte mir einen Reim auf die Sache zu machen. Warum war Dip gegangen? Sie *machte* so etwas eigentlich nicht. Sie stand nicht einfach so von ihrem Stuhl auf, marschierte zur Haustür hinaus und fuhr davon, ohne sich umzusehen oder zu verabschieden oder jemandem Bescheid zu sagen oder – oder irgendetwas. Ich ging in Gedanken noch einmal unser eben geführtes Gespräch in allen Einzelheiten durch, so gut ich konnte, und suchte nach einem Hinweis, der mir helfen könnte, das Rätsel dieses ungewöhnlichen Verhaltens zu lösen. Sicher, ich hatte eine Menge geredet und kaum zugehört, aber das war nichts Ungewöhnliches. Und überhaupt, wenn es darum ging, mir zu sagen, was sie von dieser Seite meiner Persönlichkeit hielt, hatte Dip nie falsche Zurückhaltung geübt.

Einmal zum Beispiel hatte mich ein Familiengericht für schuldig befunden, ich versuchte ständig, alles und jeden um mich her zu kontrollieren. Sie beriefen sich auf Familienunternehmungen wie zum Beispiel Besuche im chinesischen Restaurant, bei denen mir ihrer Schilderung nach der mühsame Prozess der individuellen Entscheidungsfindung so auf die Nerven ging, dass ich jedes Mal versuchte, der ganzen Familie eines der vorgegebenen Menüs für fünf Personen aufzudrücken, damit wir „endlich bestellen" könnten. Etwas waidwund von dieser Darstellung meiner Person als einer Art ungeduldigen Tyrannin, hatte ich mich Hilfe suchend an Dip gewandt, als sie wenig später zu uns stieß.

„Dip", sagte ich, „alle werfen mir vor, ich würde ständig versuchen, sie beim Essengehen oder bei Ausflügen und so zu bevormunden. Findest du, dass ich jemand bin, der andere zu kontrollieren versucht? Sei nicht höflich, sei ehrlich!"

„Oh ja", erwiderte Dip freundlich und beiläufig, „genau so bist du."

Ich zögere, noch weitere Beweise für die Notwendigkeit zu liefern, mich in einem Raum mit schön weichen Wänden unterzubringen, wo ich mir nicht ohne weiteres wehtun kann. Doch als mir allmählich immer stärker bewusst wurde, wie abrupt Dip verschwunden war, empfand ich plötzlich einen undeutlichen Schatten jener Furcht, die ich kennen gelernt hatte, als ich als Kind, etwas jünger als Felicity heute war, in der Gemeinde meiner Eltern einen Gastprediger mit lautstarker und fadenscheiniger Autorität über die „Entrückung" sprechen hörte. Dieser Bote des Friedens und der Freude hatte geschildert, wie zwei Leute auf einem Feld arbeiteten und einer davon emporgehoben wurde und verschwand, um bei Gott zu sein, während der oder die andere allein zurückblieb. Er behauptete sogar, eine Fluggesellschaft in Kalifornien hätte eine Regel erlassen, nach der in ihren Flugzeugen niemals sowohl der Pilot als auch der Kopilot wieder geborene Christen sein dürften, damit nicht beide von Gott fortgenommen würden und das Flugzeug abstürzte. Ich lauschte mit weit aufgerissenen Augen und bekam fürchterliche Angst! Auf dem Heimweg klammerte ich mich verbissen an den Arm meiner Mutter, in der Hoffnung, dass ich, falls diese Entrückung stattfinden sollte, bevor wir die solide überdachte Sicherheit unseres Hauses erreichten, am Arm meiner Mutter mit in den Himmel emporgerissen würde. Gott würde mich dann bleiben lassen, weil ja offensichtlich war, wie sehr meine Mutter mich liebte und vermissen würde, wenn ich auf der Erde bliebe, während sie im Himmel lebte. Ich brauchte lange, um über diese Predigt hinwegzukommen.

Ich tröstete mich mit der Überlegung, dass gelbe Minis in Gottes Entrückungsplänen wohl kaum eine Rolle spielten.

Trotzdem war ich ziemlich mit den Nerven fertig, als Jack ein paar Minuten später gähnend in die Küche wankte. Auf seinem gut ausgetretenen Pfad zum Wasserkocher hielt er inne und musterte mich einen Moment lang mit wissendem Blick.

„Kaffee und Seelsorge, Mumsy?"

„Hallo, Jack, Liebling. Ja, ein Kaffee wäre mir recht, danke. Seelsorge brauche ich aber keine. Ich leide weder an einem mysteriösen, unerklärlichen Widerwillen dagegen, vor fahrenden Bussen auf die Straße zu treten, noch kämpfe ich gegen einen unnatürlichen Drang, Labour-Politiker mit in Frischehaltefolie eingewickelten Kaktussen zu attackieren."

„Oh je, so schlimm ist es? Wo ist Dad? Übrigens heißt es *Kakteen*."

„Ist mir egal – so ein falscher Plural ist im Moment mein geringstes Problem. Was meinst du mit ‚so schlimm'?"

„Na ja", sagte Jack gelassen, während er den Kocher am Wasserhahn füllte und den Steckte einstöpselte, „wie ich dir schon einmal ausführlich erklärt habe, hast du, seit ich ein kleiner Junge war, immer versucht, mich zu unterhalten, wenn etwas nicht stimmte, statt mir einfach zu sagen, was los ist. Das soll mich auf Abstand halten, und früher hat das auch funktioniert, aber jetzt, wo ich so unglaublich gereift bin, durchschaue ich das sofort; also ist es Zeitverschwendung." Er hockte sich auf den Hocker am Spülbecken und hielt mir eine Dose hin. „Keks?"

„Nein danke, aber, äh, ich hätte gern den Kaffee, den du mir angeboten hast. Besteht vielleicht die Chance, dass du die volle Kraft deiner unglaublichen Reife darauf konzentrieren könntest, den Kocher noch *einzuschalten*, sodass das Wasser sich ein wenig erwärmen kann? Was treibt Felicity eigentlich? Sie muss heute noch Geige üben."

„Ach ja! Tut mir Leid, jetzt ist er an. Sie schreibt gerade an einem Nachrichten-Bulletin für später. Habe ich ihr vorgeschlagen. Ihr geht es gut. Was ist passiert? Du bist doch völlig durch den Wind. Erzähl's Onkel Jack."

Dass ich genau das tat, sprach Bände darüber, wie sehr sich die Dinge bei uns verändert hatten.

Eines Tages, als er ungefähr neunzehn war, hatte Jack Mike und mir umfassend und drastisch vor Augen geführt, wie der „Enid-Blyton-Knabe", den wir, wie er uns vorwarf, aus ihm hatten machen wollen, in große Schwierigkeiten geraten war, als er mit der widerspenstig wirklichen Welt des Lebens als Heranwachsender im allgemeinen und der weiterführenden Schulbildung im besonderen konfrontiert wurde. Daneben sagte er auch, Gott sei Dank, ein paar wohl tuend nette Dinge über uns, und diese höchst emotionale Begegnung erwies sich auf lange Sicht als äußerst konstruktiv. Ein entscheidender Punkt auf Jacks Beschwerdeliste war sein Gefühl gewesen, dass wir versuchten, ihn von Familienproblemen, die ihn belasten oder verunsichern könnten, abzuschirmen. Er machte unmissverständlich klar, dass er sich lieber mit uns gemeinsam den Problemen stellen wollte, als zufällig davon zu erfahren und dann viel verunsicherter zu sein, als er es gewesen wäre, wenn wir ihn gleich eingeweiht hätten. Mike, der in mancher Hinsicht eine schlichte Seele ist, war es ziemlich schwer gefallen, zu hören, was sein ältester Sohn so dringend loswerden musste, und besonders in diesem Punkt war es sehr schwierig für ihn gewesen, sich entsprechend umzustellen. Sie sind sicherlich nicht überrascht zu hören, dass es mir relativ leicht fiel, da es ohnehin eine meiner Spezialitäten ist, mich zu verplappern.

Trotzdem fiel es mir, als ich die hoch gewachsene, hagere Gestalt meines Sohnes betrachtete, der vor mir auf dem Hocker kauerte, schwer, zu glauben, dass er fast vierundzwanzig und ganz eindeutig ein Erwachsener war, der nur zufällig im selben Haus wohnte wie wir.

Als Jack unseren Kaffee fertig hatte, erklärte ich ihm alles, was sich an diesem Vormittag ereignet hatte, wobei ich lediglich mit Bedacht (mehr um meinetwillen als um seinetwillen) ein paar der Bemerkungen ausließ, die ich über mich selbst gemacht hatte. Zum Schluss äußerte ich meine große Verwirrung darüber, dass Dip so unerwartet völlig verschwunden war.

„Die Sache ist die", sagte ich, „dass es so ein deutliches – wie nennt man das noch? Du weißt schon, Jack, wenn ein Aktionskünstler einen Haufen Exkremente vor dem Parlament absetzt, dann heißt es im Feuilleton, das sei ein deutliches –?"

„Ein deutliches Statement?" schlug Jack vor.

„Genau – ein deutliches Statement. ‚Ich habe mich ohne jegliche Absprache mit dir entfernt.' Was sagt jemand aus, der etwas so Ungewöhnliches und Radikales tut? Es erinnert mich daran, wie meine Mutter – wie Oma starb."

Es entstand eine Pause, dann sprach Jack.

„Hör zu, Mum, im Nebenzimmer gibt es eine Couch, auf die du dich legen kannst, und ich habe einen falschen Bart und ein Notizbuch, einen Stift und eine alte Hornbrille oben. Wenn schon, dann sollten wir das hier richtig machen."

Warum helfen mir Jacks Frotzeleien meistens mehr als pures, schlichtes Mitgefühl?

„Nein, ich meine es ernst. Natürlich war ich damals geschockt und weinte und vermisste sie, aber dazwischen war auch ein ziemlich starkes Gefühl der Kränkung und Verwirrung darüber, dass sie es fertig brachte, einfach so komplett zu verschwinden, wo sie mich doch angeblich so sehr liebte. Gib dir keine Mühe, du brauchst mir nicht zu sagen, dass das nicht rational ist. Ich weiß, dass es keinen Sinn ergibt – aber was ergibt schon einen Sinn?"

Ich hielt inne und dachte einen Moment lang nach.

„Weißt du, ungefähr zwei Jahre, nachdem meine Mutter gestorben war, hatte ich einen Traum von ihr, von dem ich noch nie jemandem erzählt habe, nicht einmal Dad. Er hat mich damals ziemlich aus der Fassung gebracht."

Sigmund Robinson erhob sich von einem Hocker und setzte sich ans andere Ende des Tisches. Er zog das Haargummi von seinem Pferdeschwanz und begann ihn neu einzufädeln, ohne mich aus den Augen zu lassen.

„Na, dann los, Mumsy. Erspar mir nichts – erzähl mir von deinem bösen Traum."

„Also, ich war in Grantley – du weißt ja, das Dorf, wo sie wohnte – und ging die High Street entlang. Die Geschäfte und Häuser und alles sahen aus wie immer. Es war nicht in der Vergangenheit – ich meine, in meinem Traum war sie gestorben und alles, und ich war einfach dort und fühlte mich traurig. Und dann, ganz plötzlich, *war sie da* – ging direkt vor meinen Augen über die Straße. Ich sah sie nur von hinten, aber – du kennst ja Omas Figur, diese dreieckige Form, wenn man sie von hinten sah – es konnte nur sie sein. Ganz aus dem Häuschen vor Freude lief ich hin und drehte mich um, um ihr ins Gesicht zu sehen, aber – oh Jack, ihr Blick war so weit, weit weg, und ihre Augen sahen so – so tot aus. Ich wünschte mir so sehr, dass sie das Totsein lassen und zurückkommen würde und dass alles wieder so werden würde wie früher. Dann schaute ich im Traum hinab und sah, dass ihr riesiger, altmodischer Schlüpfer ihr um die Füße heruntergerutscht war. Ich sagte es ihr, und sie fing an, sich zu bücken, als wollte sie ihn wieder hochziehen, doch dann hielt sie gleich wieder inne und sah mich so traurig und hilflos an, und – und irgendwie wusste ich, dass sie innehielt, weil es keinen Sinn hat, den Schlüpfer hochzuziehen, wenn man tot ist. Mir war zum Heulen. Am liebsten hätte ich sie angefleht, ihre Hosen hochzuziehen, nur als ein kleines Zeichen, dass sie, wenn sie die Wahl gehabt hätte, lieber lebendig geblieben und mit mir zu dem Haus gegangen wäre, wo ich aufgewachsen war, um in der warmen Welt eine Tasse Tee mit mir zu trinken, aber ihre Augen waren – so unendlich weit weg. Dann wachte ich auf, Gott sei Dank.“

Ich schauderte plötzlich in der warmen Küche. Jack wischte sich mit den Handknöcheln durch die Augen und blickte dann auf.

„Dip ist nicht tot, Mum.“

„Nein, ich weiß. Ich bin einfach albern. Die Sache mit ihr hat einfach eine Art Echo bei mir ausgelöst, nehme ich an. Ich kann gar nicht glauben, dass ich so schwächlich bin.“

Ich stand auf. „Vielleicht stellt sich ja, wenn ich sie anrufe, heraus, dass ihr bloß irgendetwas ganz Gewöhnliches eingefallen ist, das sie noch schnell erledigen musste, und nachher lachen wir beide darüber, und alles ist wieder in bester Ordnung.“

„Mum, warum ist Dip heute eigentlich vorbeigekommen?"

Ich setzte mich wieder.

„Warum sie hergekommen ist?" Ich starrte ihn einen Moment lang verständnislos an. „Warum kommt sie denn überhaupt jemals her? Um uns zu besuchen – eine Tasse Kaffee oder einen Sherry zu trinken und ein bisschen zu klönen. Worauf willst du hinaus?"

„Speziell heute Morgen – ich habe mich nur gefragt, ob sie vielleicht irgendeinen besonderen Grund hatte, vorbeizukommen."

Ich hielt mir die Hand vor den Mund wie ein Kind, das beim Flunkern erwischt worden war.

„Ich glaube tatsächlich, sie sagte gestern etwas davon, dass sie vorbeikommen und über etwas Wichtiges reden wolle, und ich habe ihr ziemlich die Ohren vollgeschwallt, wie ach so mühselig und beladen ich doch sei und dass ich keine Lust hätte, fünfzig zu werden, und so. Aber das erklärt doch eigentlich nicht – oder? Bestimmt nicht."

Jack zuckte die Achseln. „Kommt drauf an, was diese wichtige Sache war, schätze ich. Warum rufst du sie nicht an?"

Ich stand wieder auf.

„Das mache ich; ich rufe sie jetzt gleich an", sagte ich. „Danke, Jack!"

In der Tür stieß ich mit Felicity zusammen. Sie schlang zärtlich ihre Arme um mich und schaute mir seelenvoll in die Augen.

„Mami, du und Daddy schulden mir zwei Pfund und neununddreißig Pence."

Ich erwiderte ihren Blick ebenso seelenvoll.

„Felicity, seit zehn Jahren versorgen wir dich mit Kleidung und Essen, bezahlen für deine Unternehmungen, richten dir dein Zimmer ein, nehmen dich mit in den Urlaub und finanzieren deine umfangreichen außerschulischen Aktivitäten. Hilf mir doch bitte zu begreifen, wie es sein kann, dass *wir* unter dem Strich *dir* zwei Pfund und neununddreißig Pence schulden."

„Ist eben so", sagte meine Tochter zuckersüß, völlig unbeeindruckt von meiner zwingenden Argumentation. „Das hat Daddy gestern gesagt. Warum ist Dip weggegangen?"

„Ich weiß nicht, aber ich werde es gleich herausfinden. Nimm dir das Geld aus meinem Portemonnaie auf der Kommode. Ich muss mal eben oben telefonieren. Jack, könntest du bitte dafür sorgen, dass ich nicht gestört werde?"

„Möchtest du unser Nachrichten-Bulletin hören, Mami?"

„Sehr gern später, mein Schatz, aber erst muss ich Dip anrufen und hören, ob mit ihr alles in Ordnung ist, ja?"

„Schon gut, Mami, dann gehe ich erstmal um die Ecke ins Lädchen. Grüß Dip von mir. Kommst du mit, Jack?"

Jack schob sich von seinem Stuhl hoch und leerte seinen Kaffeebecher.

„Okay, Flitty, gute Idee. Vielleicht treffen wir ein paar von deinen Freundinnen, dann kann ich denen etwas vorsingen."

„Versprich mir, dass du das nicht tust."

„Vielleicht tanze ich auch."

„Komm lieber nicht mit."

„Doch doch, ich komme ... "

Der Klang ihrer liebevollen Frotzeleien entschwand langsam, als ich die Treppe emporstieg und sie sich auf den Weg zum Lädchen machten. Oben setzte ich mich auf die Bettkante und sah ein Weilchen durchs Fenster zu, wie sie den Bürgersteig entlangbummelten und tanzten. Das waren zwei von meinen Kindern da draußen. Meine Kinder. Sie sahen doch ganz manierlich aus, oder? Kerngesund – fröhlich. *Ich* hatte sie großgezogen – nun ja, mitgeholfen, sie großzuziehen.

Mühsam raffte ich meinen Mut zusammen, um Dip anzurufen. Es dauerte eine Weile, bis sich das flatterige Gefühl in meinem Bauch gelegt hatte, aber schließlich griff ich zum Hörer und wählte die vertraute sechsstellige Nummer. Nach fünfmal Klingeln machte sich der Feigling in mir allmählich Hoffnungen, dass sie nicht abnehmen würde. Ich beschloss, es noch viermal klingeln zu lassen, bevor ich auflegte. Dann würde ich mich zumindest nicht schuldig fühlen müssen, weil ich es nicht hartnäckig genug versucht hatte. Nicht, dass ich keinen Kontakt zu Dip wollte, sagte ich mir, aber ich hatte einfach keine Ahnung, was ich zu erwarten hatte, und ich hatte schon immer vor düsteren Überraschungen soviel Angst wie andere Leute vor Spinnen.

Nach dem vierten Klingeln ertönte am anderen Ende ein Knistern und Klicken, als hätte jemand irgendetwas gemacht, doch eine Stimme war nicht zu hören. Meine eigene Stimme klang heiser und angespannt, als ich sprach.

„Hallo, könnte ich bitte Dip sprechen?"

Es war eine absurde Äußerung. Ich weiß nicht, was ich glaubte, wer da am Apparat sein sollte, wenn es nicht Dip war. Sie lebte allein, und nur unter extremen Umständen hätte ich mir vorstellen können, dass jemand anderes sich an ihrem Telefon meldete. Nach einer Pause von mehreren Sekunden erklang, dumpf und wie aus weiter Ferne, Dips Stimme – schwerfällig, etwas undeutlich, aber unverkennbar Dip.

„Hast wohl über irgendwas zu jammern vergessen, was?"

„Dip, du hörst dich so komisch an, ich kann dich kaum hören."

„Ich spreche über das – wenn man den – du weißt schon – wenn man den Hörer nicht abnehmen muss. Sagtest du gerade, du könntest mich kaum hören? Na, dann ist doch alles in bester Ordnung. *Ich* höre *dich* hervorragend. Also alles beim alten, was? Alles absolut verdammt bestens!"

„Dip, du bist – du bist ein bisschen betrunken. Du betrinkst dich doch sonst nicht. Du hast dich ohne mich betrunken."

„Oha, Miss Marple schlägt wieder zu! Erinnere ich dich an irgend so ein erbärmliches altes Dienstmädchen im Dorf, das eine Überdosis Hustensaft geschluckt hat? Ja, Katherine, ich bin ein wenig berauscht. Ich bin – ich bin eine berauschte Anglikanerin antipodischer Abstammung – das heißt, vielleicht bin ich doch nicht so berauscht, wenn ich das noch aussprechen kann – aber hör zu – ich kann mir wirklich nicht *noch mehr* von deinem endlosen *Gejammer* anhören, Katherine, ich kann es nicht mehr hören ..."

„Dip, ich war sehr egoistisch heute Morgen. Ich habe dich nicht einmal gefragt, worüber du mit mir reden wolltest. Es tut mir Leid, ganz ehrlich."

„Ha! Es tut mir ganz ehrlich, ja?"

„Nein, *mir. Mir* tut es Leid, Dip. Hör mal, du hörst dich an wie ein Bühnen-Trunkenbold. Was hast du denn getrunken?

„Mich selbst zum Gericht – und ein bisschen Scotch, und ein paar Tabletten."

Oh, lieber Jesus, halt sie fest, bis ich ...

„Dip, worüber wolltest du heute Morgen mit mir sprechen? Bitte, *bitte* sag es mir. Ich will es wirklich wissen. Ich weiß, ich habe dir endlos die Ohren vollgejammert, ohne zuzuhören, aber diesmal tue ich das nicht wieder. Lass dir Zeit und erzähl es mir einfach. Ich höre zu. *Jetzt* höre ich wirklich zu. Gib mir noch eine Chance."

Schweigen.

„Ich war noch so jung, weißt du – jung und dumm war ich."

Pause.

„Kathy?"

„Ja, ich bin hier."

„Kathy, ich war erst sechzehn – mehr nicht. Ich wusste nicht einmal ..."

„Was?"

„Du weißt schon – wer, was, wie, wann – nichts! Ich wusste gar nichts!"

„Dip, redest du von Sex?"

„Hä? So nennst du das vielleicht. So nennst du das vielleicht, Mrs. ‚Mike und ich sind in dem Bereich immer recht gut klargekommen' Robinson. Willst du wissen, wie ich es nenne? Ich nenne es etwas Scheußliches, das im Dunkeln passiert ist, mitten zwischen stinkenden Jacken und Mänteln auf einem Bett, wie du sie auf deiner Party haben willst, als ich zu betrunken war, um zu wissen, was mit mir geschah, weil irgend so ein – irgend so ein *Mann* mir Wodka oder so eingeflößt hatte und ich so etwas noch nie zuvor getrunken hatte."

Plötzlich schwoll Dips Stimme zu einem Heulen schierer Qual an. Ich umklammerte das Telefon fest mit beiden Händen, während mir das Wasser in die Augen stieg. Ich wollte nichts als bei ihr sein.

„Ich nenne es etwas, an das ich mich nicht einmal erinnern konnte und das ich nie wieder getan habe, weil es so krank und dreckig und *scheußlich* war! Oh, Kathy ...!"

Herr Jesus, bitte setz dich neben mich auf dieses Bett, lege deinen Arm um meine Schultern und flüstere mir die Worte ins Ohr, die ich zu meiner Freundin sagen soll. Vergib mir, dass ich heute Morgen so mürrisch und übellaunig war, und danke für meine Familie und dafür, dass ich das Glück habe, soviel Gutes in meinem Leben zu haben. Ich schätze, ich werde morgen wieder dieselben Fehler machen, aber ich werde versuchen, es nicht zu tun. Ich werde es wirklich versuchen ...

„Dip, soll ich zu dir hinüberkommen? Ich kann sofort kommen. Felicity ist mit Jack zusammen, also –"

Dip unterbrach mich. Sie hatte ihre Stimme jetzt besser in der Gewalt, auch wenn sie vom Weinen zitterig und bebend klang und der australische Akzent stärker durchschimmerte, als ich ihn bei ihr je zuvor gehört hatte.

„Jedes Mal, wenn ich sie sehe, Kathy – so ziemlich jedes Mal, wenn ich dein süßes, süßes kleines Mädchen sehe – kracht es wie ein Rammbock gegen meine Brust. Bumm! kracht es gegen meine Brust, jedes Mal, wenn ich deine Fli – Fli – Felicity sehe. Es tut so weh, Kathy, und es geht einfach nicht weg."

Ich bedeckte meine Augen mit der linken Hand und spähte nach einem winzigen Funken Licht in der Dunkelheit. Wovon in aller Welt redete sie da? Es kracht gegen ... Ich stellte ihr die Frage, so behutsam ich konnte.

„Was ist es, das dir so wehtut, Dip? Nur, dass – dass es passiert ist, oder –?"

„Es ist dieses schwere Gewicht, Kathy, das mir um den Hals gehängt wurde, das ich mir um den Hals gehängt habe – so schwer – es tut so weh. Ich werde es nicht los, Kathy, ich werde es nicht los!"

Sie war schwanger. Sie hatte eine Abtreibung.

„Hast du es abbrechen lassen, Dip?"

„Nein, nicht abbrechen – ganz falsches Wort. Sag das nicht. Getötet. Getötet ist das Wort. Das ist das Wort. *Getötet.* Musste sein. Mein Dad sagte, es wäre der einzige Weg. Mum heulte und jammerte ein bisschen rum, aber sie tat immer, was er sagte. In unserem Haus war es nur noch frostig und finster, weil seine – seine verdammte Schande unaufhörlich brüllend draußen ums Haus streifte wie ein Monster und alles Licht aussperrte. Sie war riesig, Kathy, viel größer als – als das, was sie getötet haben. Das Ding, das sie getötet haben, war nicht viel größer als ein – ein Reiskorn, ein winzig kleines Reiskorn. Winzig kleines ..."

Sie hat ihm einen Namen gegeben.

„Sag, Dip, hast du dem – dem Baby einen Namen gegeben?"

Stille. Eine kaum hörbare Stimme.

„Woher wusstest du das?"

„Äh, ich wusste es eigentlich nicht. Wie – wie hast du es genannt?"

„Kathy, ich habe den Namen noch nie laut ausgesprochen. Ich habe es nie gewagt."

Während ich wartete, tauchten oben an der Straßenecke Jack und Felicity wieder auf. Sie hatte eine dicke Papiertüte in der Hand, vermutlich angefüllt mit dem üblichen Sortiment billiger Süßigkeiten, die ich meine Kinder eigentlich nie hatte essen lassen wollen. Aus ihrem Mund hing eine Kirsch-Schnur, die Sorte, die immer kürzer und kürzer wird, während man die Straße entlanggeht und kaut. Felicitys Gesicht war voll hingerissener Aufmerksamkeit zu ihrem Bruder emporgewandt, und ihr Mund öffnete sich immerzu zu einem breiten Lachen über die Dinge, die er sagte. Ich stellte mir Mark vor, wie er, gestärkt durch den Sumpf aus Shredded Wheat, den er zuvor in seinen Organismus gekarrt hatte, oben im Laden mit den Kunden scherzte, denen er auf seine eigene, unnachahmliche Weise Zeitungen, Schreibwaren und Briefmarken verkaufte. Er konnte sehr gut mit Leuten umgehen; darin war er mir haushoch überlegen. Plötzlich wollte ich hinrennen und ihn stürmisch umarmen und ihm sagen, dass ich ihn liebe. Es wäre ihm zuwider gewesen. Jack, Mark und Felicity. Drei Namen, und drei Menschen, die dazugehörten. Reichtümer. Schätze.

„Er – er heißt David. Ich meine – ich weiß nicht, ob es ein Junge oder ein Mädchen gewesen wäre, aber – aber ich habe ihn immer David genannt."

Dip hörte sich nicht mehr ganz so betrunken an, nur müde und beladen und traurig.

„Die Schuldgefühle sind grauenhaft, Kathy – grauenhaft,

wie ein großer Klumpen Beton oder so etwas. Sie sind immer da, erinnern mich immer daran, dass er hätte aufwachsen können, laufen lernen, dass er hätte rennen und springen und hinfallen und sich das Knie aufschürfen und weinen können, und ich hätte es küssen und etwas darauf tun können, um es wieder gutzumachen. Aber ich habe es nicht wieder gut gemacht – ich habe ihn bloß getötet, Kathy. Ich habe meinen kleinen David getötet."

Wieder fing Dip an zu weinen, aber auf eine andere Art. Als ich Mike später davon erzählte, sagte ich, dieses Weinen hätte sich für mich angehört wie ein See voller Trauer, der endlich einen Abfluss gefunden hatte und nun gleichmäßig aus seinem Bett herausströmte, in dem er all diese schweren Jahre lang eingeschlossen gewesen war.

Wir könnten ein Abendmahl feiern.

„Dip, ich frage mich, ob wir nicht – hör mal, wenn ich jetzt auflege und mich auf den Weg zu dir mache, kommst du dann zurecht, bis ich da bin?"

„Ja." Schnüff. „Ja, komm her – keine Sorge, ich mache schon keine Dummheiten. Ich weine nur noch ein bisschen."

„Sicher?"

„Sicher."

„Übrigens, Felicity lässt dich grüßen. Ich bin in einer Sekunde bei dir."

5

Die Geschichte, die Dip mir nach einer ausgedehnten Erholungsphase stockend erzählte, als wir in ihrer kleinen Küche zusammensaßen und schwarzen Kaffee tranken, war alles andere als ungewöhnlich, aber deshalb nicht weniger tragisch. Als naives, unerfahrenes sechzehnjähriges Mädchen war sie mit einer Schulfreundin auf eine Party in einem anderen Vorort von Adelaide gefahren und hatte dort zum ersten Mal in ihrem ziemlich behüteten Leben Alkohol angeboten bekommen. Der ungeschickte Geschlechtsakt, der darauf folgte, fand in einem Nebel der Panik zwischen Jacken, Mänteln und Schals auf einem der Betten im oberen Stockwerk statt, und danach blieb Dip zitternd vor Ekel und Selbstabscheu zurück, die sich in den folgenden Wochen in Schrecken verwandelten, als sie feststellte, dass sie mit höchster Wahrscheinlichkeit schwanger war. Ein einigermaßen glückliches, wenn auch zögerliches Leben verwandelte sich über Nacht in den sprichwörtlichen bösen Traum, verschlimmert durch die Tatsache, dass sie nie daraus erwachte (außer, wenn sie schlief) und dass ihre Mutter und ihr Vater ganz tief mit in dem Alptraum steckten. Der Moment, als sie ihnen von ihrer Schwangerschaft erzählte, war gleich nach jener elendig lieblosen Begegnung auf der Party das entsetzlichste Erlebnis ihres Lebens.

„Nachdem ich die furchtbaren Worte ausgesprochen hatte, vor deren Klang aus meinem eigenen Mund ich mich so sehr gefürchtet hatte, fuhr mein Vater – ich weiß nicht, wie ich es ausdrücken soll – er sprang aus seinem Sessel hoch wie angeschossen oder angestochen. Ich weiß noch, wie der Schwung ihn bis hinüber zum Fenster trieb und wie er steif dastand, mit dem Rücken zu mir, und auf den Verkehr starrte, der draußen vorbeizog, ohne ein Wort zu sagen. Mum wurde blass und bekam einen ihrer Fragewortanfälle. ‚Wer? Was? Wo? Warum? Wann?‘ Dann fing sie an zu weinen. Es war so ein unheimliches Gefühl, Kathy. Ich weiß noch, wie ich bei mir dachte: ‚Das ist die Wirklichkeit, aber es ist wie im Film. In einer Minute wird Dad sich umdrehen und mich fragen, ob ich sicher bin, und ich werde ihm sagen, dass ich es bin, und dann wird er fragen, wer der Vater ist, und ich werde sagen müssen, dass ich es nicht weiß, dass ich mich nicht erinnere, und er wird angewidert und entsetzt sein.' Er war immer über alle möglichen Dinge entweder angewidert oder entsetzt, oder, bei besonderen Anlässen wie diesem, beides zugleich. Als kleines Mädchen dachte ich immer, diese beiden Wörter müssten zwei scharf unterscheidbare Bedeutungen haben. Weißt du, was ich meine?"

Ich nickte energisch.

„Ja, gerade darüber habe ich mich neulich abends mit Jack und Mike unterhalten. Wir sagten, es sei wie bei einer gewaltigen Katastrophe, bei der die Staatsoberhäupter Stellungnahmen von sich geben müssen. Aber das ist nicht so einfach, weil sie alle etwas anderes sagen wollen, aber es gibt nur ein paar passende Worte, die sie verwenden können. Dann kommt der erste und ist ‚schockiert, erschüttert und betroffen' über die Tragödie, während der Nächste sich ‚entsetzt, beunruhigt und von tiefem Mitgefühl für die Opfer' äußert, falls es welche gibt. Der dritte Staatschef wird dann gierig und sagt, er sei ‚sprachlos, empört, verärgert, entrüstet, bestürzt *und* angewidert', sodass der Vierte, wenn er schließlich auf der anderen Seite der Welt endlich aufwacht, nachdem er verschlafen hat, keine große Auswahl mehr hat und schließlich die Welt informiert, das Geschehene sei ‚sehr unangenehm und wirklich überhaupt nicht nett'. Tut mir Leid – ich schwafele mal wieder. Also, hattest du Recht? War dein Vater angewidert *und* entsetzt?"

Dip hatte über meinen Unsinn ein wenig zaghaft gelächelt, doch nun nickte sie traurig.

„Oh, das kann man wohl sagen. Und noch ein paar andere Dinge dazu, aber an die erinnere ich mich nicht mehr. Ich glaube, was mir am meisten wehtat, obwohl ich es damals sicherlich nicht hätte in Worte fassen können, war das Gefühl, dass wir über etwas redeten, das ich mir selbst eingebrockt hatte, indem ich beschlossen hatte, ‚schmutzig' oder unmoralisch zu sein. Kathy, was auf dieser Party passiert ist, hatte wirklich nicht das Geringste mit Sex zu tun. Es hatte damit zu tun, dass ein Kind – ich – in eine Situation geriet, die es nicht verstand, und am Ende dabei tief verletzt wurde. Wäre ich von einem Auto überfahren worden oder eine Treppe hinuntergefallen, wäre Mum voller Mitgefühl gewesen, und selbst Dad hätte sich unbehaglich herumgedrückt und sich das eine oder andere mitleidige Grunzen abgerungen. Das war es, was ich brauchte, als ich ihnen davon erzählte. Ich fühlte mich wie eine Sechsjährige, der es richtig dreckig ging, und ich wollte nur in die Arme genommen und lieb gehabt werden und gesagt bekommen, dass alles wieder gut wird. Ich weiß, dass es ein Schock für sie war, und heute verstehe ich das natürlich auch viel besser, aber ich war so ängstlich und unglücklich."

Dip begann wieder leise zu weinen. Ich machte frischen Kaffee. Nach einer kleinen Weile trocknete sie sich die Augen ab und fuhr fort, mir zu erzählen, wie die Entschlossenheit ihres Vaters, die Situation auf eine „für alle Betroffenen befriedigende" Weise zu handhaben, sich als zu stark erwiesen hatte für die zerbrechliche, instinktive Überzeugung der Sechzehnjährigen, dass auch ein ungewolltes Menschenleben heilig ist. Es kam zu einem Schwangerschaftsabbruch. Zum zweiten Mal in kurzer Zeit wurden mit dem Körper des jungen Mädchens Dinge getan, die nicht ihrem inneren Willen entsprachen, diesmal im Namen des Anstands und der Vernunft; doch von jenem Tag an bis heute hatte Dip wirklichen Frieden stets nur durch Zerstreuung finden können. In ihrem Geist hatte der hypothetische David, ungeboren und doch stets traurig und anklagend gegenwärtig, vierzig Jahre lang darauf gewartet, dass sie ihm erklärte, warum sein Leben hatte enden müssen, bevor es auch nur beginnen konnte.

In der vorigen Woche, einer Woche, in der sich der Tag der

Abtreibung gejährt hatte, war die Anspannung und Qual für Dip so unerträglich geworden, dass sie beschlossen hatte, sich mit ihrem Schmerz endlich jemandem zu öffnen, und dieser Jemand war ich. In mir krampfte sich alles zusammen, als ich mich an den Inhalt meines Geschwätzes vom Vormittag erinnerte. Hatte ich nicht davon geredet, ich wünschte, meine Kinder würden weggehen und irgendwo anders ihren Spaß haben? Und davon, wie gern ich wieder einmal das Gefühl der Verliebtheit erleben würde – begehrt zu sein? Nun offenbarte mir die arme Dip, dass sie, abgesehen von ihrer lebenslangen Schwärmerei für Paul Newman und interessanterweise einer Neigung zu ausgeschmückten Tagträumen von Begegnungen mit gut aussehenden Männern im Zentrum komplizierter Heckenlabyrinthe (was es nicht alles gibt!), jede Hoffnung darauf, auch nur eines dieser Dinge je wirklich zu erleben, aufgegeben hatte, seit sie sechzehn Jahre alt war.

„Dip", sagte ich traurig, „als ich vorhin endlos davon geschwafelt habe, wie ach so schwer doch mein Los sei, da hättest du mir doch bestimmt am liebsten eine geknallt."

„Ja, ein paar auf die Nuss wäre nicht schlecht gewesen. Entweder das, oder ich wäre genussvoll mit deinem großartigen Ehemann durchgebrannt, damit du mal ein paar Freitagabende unten im ‚Dog and Duck' hättest verbringen und dir als Ersatz einen wackeren Freiwilligen aus Milton Keynes hättest angeln können. Weißt du, Mike ist der einzige Mann, dem ich je wirklich vertraut habe." Sie rutschte unbehaglich auf ihrem Stuhl hin und her. „Kathy, die ganze Sache tut mir schrecklich Leid. Normalerweise schaffe ich es, solche Sachen für mich zu behalten. Darin bin ich inzwischen sogar so etwas wie eine Expertin. Aber heute Morgen habe ich es einfach nicht mehr ertragen können, und ich musste raus. Ich hatte das Gefühl, ich müsste jeden Augenblick händeringend herumrennen und schreien oder so etwas." Bei den nächsten Worten klang ihre Stimme etwas belegt. „Besonders wollte ich nicht, dass Felicity mich so aus der Fassung geraten sieht. Als ich dann wieder hier war, machte ich die Flasche Bell's auf, die schon seit Monaten ungeöffnet im hintersten Winkel meines Schranks steht, und kippte einfach etwas davon in mich hinein." Sie schüttelte sich. „Scheußliches Zeug! Wirkt aber ziemlich schnell."

„Und die Tabletten?"

Eigentlich hatte ich nicht danach fragen wollen, aber . . .

Dip wurde rot.

„Na ja, um ehrlich zu sein, hatte mein grandioser Selbstmordversuch eine lächerliche Ähnlichkeit mit einer meiner Kopfschmerzattacken. Ich musste in meinen zwei Schachteln mit Erste-Hilfe-Zeug herumwühlen, wie ich es immer tue, und genügend Schmerztabletten zusammenkramen, um allem ein Ende zu machen." Das Rot in ihrem Gesicht wurde dunkler. „Ich glaube nicht, dass ich es sehr ernst damit gemeint habe. Als ich sagte, ich hätte ein paar Tabletten genommen, war das buchstäblich die Wahrheit. Mehr als eine sind schließlich ‚ein paar', oder? Und ich hatte drei Dispirin genommen. Gleich werde ich noch zwei für meine Kopfschmerzen brauchen, aber ich habe keine mehr."

Eine Welle der Erleichterung durchspülte mich.

„Ich hole dir welche."

Ich stand schon und wollte gehen, um die Tabletten zu besorgen, als ich mich erinnerte, was mir durch den Kopf gegangen war, kurz bevor ich zu Dip gefahren war. Hmmm . . .

„Dip, es hat sich eigentlich nichts verändert, oder?"

„Wie meinst du das?"

„Nun, dieser Vormittag und so – das alles hat eigentlich nichts an dem geändert, was du damals durchgemacht hast. Ich meine, die Schuldgefühle und die Trauer und so, die werden nicht einfach verschwinden, nur weil du mir erzählt hast, was passiert ist, oder?

Dip schüttelte langsam den Kopf.

„Nein", sagte sie leise. „Die Tatsache, dass jetzt jemand davon weiß, macht es schon etwas anders, und ich bin wirklich froh, dass ich es dir erzählt habe. Ich würde mir sogar wünschen, dass du auch Mike davon erzählst, wenn es dir nichts ausmacht. Aber du hast Recht, einen wirklichen Unterschied macht es nicht."

„Am Telefon hast du auch noch gesagt, du hättest dich selbst zum Gericht getrunken. Weißt du noch?"

Dip rieb sich die Handflächen übers Gesicht und lachte.

„Oh Kathy, wie peinlich! Habe ich das wirklich gesagt? Da habe ich wohl mal wieder etwas zu sehr dramatisiert, fürchte ich."

Ich wartete ab, ohne etwas zu sagen. Manchmal bin ich dazu imstande, ob Sie es glauben oder nicht. Dip hörte auf zu lachen und fuhr ernsthaft fort:

„Aber es stimmt schon. Ich hatte mein ganzes Leben lang – na ja, seit ich sechzehn war, du weißt schon – diesen nagenden Verdacht, dass Gott mich sonntags beim Abendmahl immer ans Altargeländer treten sieht und dann den Kopf schüttelt und sagt: ‚Oh je, da kommt diese Reynolds, dieses böse Mädchen, das die Abtreibung hatte. Seht, da steht sie anstelle irgendeines unschuldigen Menschen und isst und trinkt sich selbst zum Gericht. Ich kann ihren Anblick nicht ertragen!'"

Dip hob die Hand, als ich den Mund aufmachte. „Bitte erspar mir die tröstlichen theologischen Ausführungen, falls es das ist, was du sagen wolltest. Ich sage dir, was ich fühle, nicht, was ich im tiefsten Herzen für wahr halte. Ich glaube wirklich, dass ich Gott liebe, und ich weiß tief in meinem Innern, dass er mich liebt – dass er euch Robinsons liebt, habe ich nie auch nur im Geringsten bezweifelt – aber Kathy, diese Sache ist seit unzähligen Jahren eine offene Wunde in mir. Sie fühlt sich so an, als müsste sie im tiefsten Herzen des

Himmels ebenso wehtun, und sie hat noch nicht einmal angefangen zu heilen."

Ich ertappte mich dabei, wie ich mit dem Zeigefinger nervös gegen meine Zähne klopfte. Die nächsten Worte würden mir nicht leicht fallen.

„Dip, ich weiß, dass ich meistens schlecht gelaunt und gedankenlos bin, und ich wüsste keinen Grund, warum Gott einen Schwachkopf wie mich überhaupt zu irgendetwas gebrauchen sollte, aber als wir vorhin miteinander telefonierten, war ich plötzlich sicher – oder ich wurde irgendwie *erfüllt* mit dem sicheren Wissen, dass wir einen kleinen Abendmahlsgottesdienst halten sollten, in aller Stille, nur mit dem Hauskreis, damit Gott etwas für dich und David tun kann." Die letzten Tropfen meines Selbstbewusstseins versickerten, als ich fortfuhr. „Ich weiß selbst nicht warum, oder was da passieren könnte, aber – aber ich glaube einfach, dass wir das vielleicht tun sollten . . ."

Ich ließ den Kopf hängen und kam mir vor wie einer jener trampeligen evangelikalen Teenager, mit denen ich in den Sechzigern herumgezogen war und von denen ich selbst einer gewesen war, die wir mit unserem Abrakadabra-Christentum hausieren gingen, was das Zeug hielt, um die ganze Sache spannend zu halten. Dip, die spürte, was mir durch den Kopf ging und schon wieder dabei war, in ihre vertrautere Rolle als unerschütterliche Freundin und Stütze zurückzufinden, lächelte mich beruhigend an.

„Kathy, um ehrlich zu sein, mir rutscht bei diesem Gedanken das Herz in die Hose, aber ich weiß, wie schwer es dir gefallen sein muss, das zu mir zu sagen, und deshalb werde ich es mir lieber zu Herzen nehmen. Außerdem kann man den Wert einer Nachricht nicht nach der Qualität des Briefträgers bemessen, nicht wahr?"

„Man kann nicht –? Oh, ich verstehe, was du meinst – nein, du hast natürlich Recht."

Pause.

„Das bedeutet, dass die anderen Leute im Hauskreis es erfahren müssen, stimmt's?"

„Ich denke schon. Ich weiß nicht genau. Könntest du . . .?"

Dip lehnte sich auf ihrem Stuhl zurück und gab einen jener Seufzer von sich, die ganz unten an den Schuhsohlen ihren Anfang nehmen.

„Kathy, ich habe über vierzig Jahre mit dieser Sache gelebt, und ich glaube, ich bin ein ziemlicher Feigling gewesen. Ich *will*, dass es anders wird. Ich werde tun, was immer dazu nötig ist."

„Okay. Gut. Okay. Also, dann gehe ich mal und hole die, äh, die Tabletten."

„Okay."

6

Als ich an jenem Abend gemütlich in meinem Bett lag, lehnte ich meinen Kopf gegen die Schulter meines Mannes und umschlang einen seiner Arme mit meinen beiden. Eigentlich hatte ich allen Grund, traurig zu sein. Mike hatte mir wenige Augenblicke zuvor die Neuigkeit eröffnet, dass aus dem, was wir bisher das „australische Geld" genannt hatten, nun das „Geld für das neue Dach" würde werden müssen. Ich hatte zu lange gewartet, und nun war mir die Entscheidung abgenommen worden. Doch nach dem, was mit Dip geschehen war, erschien mir das ziemlich belanglos, zumal ich Mikes solide Wärme neben mir ganz neu zu schätzen wusste. Da lag er mit seinem Bücherei-Buch, und er war mein. Ich brauchte nicht mehr in die Bücherei zu gehen.

Ich hatte Mike alles über Dips Problem erzählt, und natürlich auch über die ziemlich beängstigende Verantwortung, die ich auf mich genommen hatte, indem ich vorgeschlagen hatte, dass ein Abendmahlsgottesdienst ihr vielleicht irgendwie eine Hilfe sein könnte. Mike weint nicht oft, aber für Dip hatte er eine oder zwei Tränen vergossen, und damit hatte ich auch gerechnet. Als ich jedoch den Abendmahlsgottesdienst erwähnte, hörte er sich ziemlich besorgt an. Jetzt legte er sein Buch nieder und sah mich an.

„Kathy, bist du sicher, dass so ein Abendmahl das Richtige wäre?"

„Von sicher kann keine Rede sein, Mike. Ich weiß nur, dass der Gedanke mich – nun, völlig ausgefüllt hat, als er mir zum ersten Mal in den Sinn kam. Ich weiß nicht, wie ich es sonst ausdrücken soll. Das ist mir bisher in meinem ganzen Leben erst zweimal passiert. Vielleicht irre ich mich, aber ich glaube, dass Wichtigste ist, dass ich mehr Angst davor habe, es nicht zu tun, als davor, es zu tun."

Er dachte einen Moment lang nach und nickte dann.

„Schön, aber du weißt sicher, dass wir damit durchaus auf einigen Widerstand stoßen könnten, oder? Nicht zuletzt Simon kann so einer Sache nicht einfach zustimmen, ohne gründlich darüber nachzudenken. Ich bin mir sogar ziemlich sicher, dass er das tun wird. Soll ich mit ihm darüber reden, oder willst du?"

„Mmm ..."

Einen Augenblick lang stellte ich mir vor, wie ich das notwendige Gespräch mit unserem Hauskreisleiter führte. Simon Davenport war ein sehr aufrechter und menschenfreundlicher Mann, sogar gut aussehend auf seine dunkle, rehäugige Art (Mike fand, er hätte auffallende Ähnlichkeit mit Hanse Cronje, dem Kapitän der südafrikanischen Kricket-Nationalmannschaft). Wenn es jedoch um Fragen des christlichen Glaubens ging, neigte Simon dazu, ausgesprochen geradlinig zu denken, und die meisten meiner Beiträge zu den Gruppengesprächen quittierte er mit einem

Schatten leiser Anspannung auf seinem ehrlichen Gesicht. Er versuchte zwar gewissenhaft, den Ansichten aller Mitglieder der Gruppe Raum zu geben, doch es gab keinen Zweifel, dass meine häufigen Exkursionen in die verschlungenen Nebenwege und dunklen Gassen des christlichen Lebens, wie es von wirklichen Menschen erfahren wird, aus seiner Sicht Sand im Getriebe der erwünschten Fortschritte waren.

„Vielleicht wäre es am besten, wenn du ihn zuerst darauf ansprechen würdest, Mike, damit er weiß, dass es nicht nur eine verrückte Schnapsidee ist. Ich mache ihn nervös, aber dich respektiert er, nicht wahr? Dann könnten wir beide uns zusammen mit ihm treffen, um miteinander zu reden und zu beten, und in der Zwischenzeit werde ich Gott bitten, alles für uns einzufädeln."

Mike sah mich streng an.

„Simon wäre nicht gerade erbaut davon, dich so reden zu hören; das weißt du ganz genau."

„Ich weiß", sagte ich schläfrig, „aber er ist ja nicht hier, also kann er mich nicht hören."

„Du bist unverbesserlich."

„Bin ich nicht; ich bin Anglikanerin."

„Ist dir eigentlich klar, dass wir das schon seit unserer Hochzeit machen? Ich meine, dass ich sage, du bist unverbesserlich, und du antwortest, nein, ich bin Anglikanerin."

„Nun, ist doch schön, dass es ein paar Dinge gibt, die wir schon immer gemacht haben, seit wir verheiratet sind, findest du nicht?"

„Dachtest du da an etwas Bestimmtes?"

„Könnte sein. Bist du endlich mit deinem langweiligen alten Bücherei-Buch fertig?"

„Ja, mir scheint, das bin ich . . ."

Sonntag

1

„Mum, wann ist das Essen fertig?"

„Es ist schon fertig, Mark, aber wir essen erst, wenn Felicity Geige geübt hat, also beschwere dich bei ihr, nicht bei mir. Ich bin es leid, sie ständig daran zu erinnern. Sie hat mir versprochen, es gestern Abend zu machen, aber dann hat sie stattdessen ferngesehen. Dann sagte sie, das macht nichts, sie werde es heute vor dem Gottesdienst tun, aber das hat sie auch nicht gemacht. Dann hat sie versprochen, es zu tun, sobald wir wieder zurück sind, aber sie hat es immer noch nicht getan. Also soll sie es jetzt tun, sonst kriegt heute niemand etwas zu essen. Und du kannst schon mal die Gläser auf den Tisch stellen."

„Warum redest du so, als wärst du sauer auf mich?"

„Ich bin nicht sauer auf dich, ich bin sauer auf Felicity."

„Felicity! Komm und übe endlich deine – oh, es ist schon gut, Mum, Dip hilft ihr."

„Schön, aber es bleibt das belanglose Detail, dass ich bisher noch keinen Geigenton gehört habe. Du darfst mich gern eine Sklavin der Gewohnheit nennen, aber ich erwarte nun einmal instinktiv, Geigenspiel zu hören, wenn geübt wird. Geh die Gläser holen."

„Und was macht Jack?"

„Ich kann dich nicht hören, die Geige ist so laut. Was hast du gesagt?"

„Ich habe gefragt, was Jack macht?"

„Bist du achtzehn oder vier?"

„Wie viele?"

„Sechs mit Dip."

„Kann ich meins aus der Hand essen? Ich will um halb drei weg."

„Du wirst dir die Finger verbrennen, wenn du dein Mittagessen aus der Hand isst. Nein, kannst du nicht."

„Ist seit dem letzten Mal und dem Mal davor auch nicht witziger geworden, Mum. Können wir nicht anfangen?"

„Sag den anderen, sie sollen kommen, dann fangen wir an, sobald Felicity den Vivaldi noch einmal durch hat, falls Vivaldi das aushält."

„ALLE MANN ESSEN KOMMEN!"

„*Das* hätte ich auch gekonnt, Mark!"

„Warum hast du dann mich gebeten?"

Das sonntägliche Mittagessen in unserem Haus hatte während der letzten beiden Jahrzehnte die verschiedensten Phasen durch gemacht. Mike sprach oft davon, wie sehr er sich auf jene zukünftigen Jahre freute, in denen dieses traditionsschwangere Zusammensein mit guten Gesprächen und fröhlichem, herzlichem Gelächter gewürzt sein würde – eine wöchentlich wiederkehrende Gelegenheit, die guten Beziehungen in der Familie zu zementieren und kleine Risse zu heilen, die im Lauf der vergangenen Woche entstanden sein mochten. Wenn ich heute an diese Hoffnungen denke, durchläuft mich wie ein Schauder ein leicht hysterisches inneres Lachen. Soweit ich mich erinnere, kamen in Mikes zauberhaft zivilisiertem Szenario keine Erscheinungen vor wie zwei Brüder, die sich verbissen bemühten, einander mit ihren Tischsets den Schädel einzuschlagen, um die letzte Ofenkartoffel zu ergattern, oder wie eine völlig ausgerastete Ehefrau, die eine Schüssel mit dampfend heißem Lauchgemüse wie einen Eishockeypuck längs über den Tisch schlittern ließ, nachdem zwei Mitglieder ihrer Familie Würgegeräusche von sich gegeben haben, sobald der Deckel abgehoben worden war – und das waren nur zwei der dramatischen Höhepunkte, die mir sofort durch den Sinn schossen. Auch war uns meiner Erinnerung nach in jenen schönen, unschuldigen Tagen, bevor die Kinder begeistert Gottes wunderbares Geschenk des freien Willens entdeckten, noch nicht im Geringsten bewusst, welch übermenschliche Aufgabe es oft sein würde, sie dazu zu bringen, sich auch nur alle gleichzeitig an den Tisch zu setzen.

Der Sommer zum Beispiel brachte die Kricket-Übertragungen im Fernsehen, eine so genannte sportliche Unterhaltung, die mich gleichermaßen ins Rätseln und zur Raserei brachte.

Das Rätselhafte lässt sich leicht erklären. Etwa in der Mitte des Vormittags hängten alle drei männlichen Robinsons ihre Gehirne in der Diele auf wie Fahrradhelme, verschwanden im Wohnzimmer und starrten mit äußerster Konzentration auf einen Bildschirm, auf dem ungefähr ein Dutzend weiß gekleidete Männer zu sehen waren, die wahllos über eine große Rasenfläche verteilt herumstanden und *absolut nichts taten*. Hin und wieder gab es lautstarken Beifall von den Zuschauern, wenn einer der Männer sein Stückchen Nichts auf offenbar glänzend talentierte Weise absolvierte, worauf Mike, Jack und Mark sofort in eine hitzige Debatte ausbrachen, mit welcher Strategie der Betreffende die Bewegungslosigkeit mit womöglich noch größerer Effizienz hätte erreichen können.

Die Raserei zeigte sich gegen zwölf Uhr fünfundvierzig, wenn ich die Unverschämtheit besaß, darauf hinzuweisen, dass das Mittagessen, das ich zubereitet hatte, fertig auf dem Tisch stand, worauf mir ein frustriertes Stöhnen entgegenschallte, weil das Kricketspiel gerade in die „ganz entscheidende Phase" eingetreten war.

„Aber ihr guckt schon seit fast zwei Stunden!" schrie ich.

Das war das Stichwort für eine Serie tiefer, kopfschüttelnder Seufzer frustrierter Fassungslosigkeit über das schiere Ausmaß meiner Geistesschwäche, begleitet von ungläubigem

Zungenschnalzen und Stöhnen, dass ich unfähig war, mir auch nur ansatzweise einen Begriff von diesem schwachsinnigen Spiel zu machen.

„Aber darum geht es doch gerade!" erklärte mir einer von ihnen mit Leidensmiene, tief gebeugt unter der Bürde meiner Begriffsstutzigkeit. „Der ganze Vormittag lief auf diese letzte Viertelstunde zu. Ein paar Mal schnell Aus gemacht bis zum Mittagessen, dann haben wir bis zum Tee den Rückstand aufgeholt und liegen vorn."

Verdattert ob solcher vollen Breitseiten von sinnlosem Fachchinesisch zog ich es vor, mich mit verkniffenem Mund in die Küche zurückzuziehen und eine oder zwei Minuten lang mit dem Geschirr hin und her zu klappern. Schließlich erhob sich Mike, dem irgendwo am Horizont seines Bewusstseins dämmerte, dass er eigentlich ein reifer Erwachsener war, in extremer Zeitlupe halb von seinem Sessel und begann, die Augen immer noch unverwandt auf den Bildschirm gerichtet wie die eines Kaninchens auf die Schlange, sich mit quälender Langsamkeit, immer noch in jener seltsam marionettenhaften, halb sitzenden Pose, in Richtung Küche zu bewegen. Kaum war er durch die Tür, wieder senkrecht und das Gehirn wieder eingerastet, durchbrach der Anblick des heißen Mittagessens endlich seine Trance, und er rief den anderen beiden Kaninchen ein paar gebieterische Anweisungen zu. Gelegentlich verstieg er sich sogar zu der maßlosen Unfairness, sie milde für ihren Egoismus zu tadeln, weil sie nicht sofort gekommen waren, wo doch ihre mühsalbeladene Mutter ihnen im Schweiße ihres Angesichts ein schönes Mittagessen zubereitet hatte.

Das Erstaunliche ist, wenn ich darüber nachdenke, dass wir dieses kleine Drama allermindestens einmal in jedem Sommer durchzuspielen schienen, so als wäre es noch nie zuvor passiert und als wüsste keiner von uns, welche Zeilen wir zu sprechen hatten.

Mein einziger Trost war, dass es in vielen anderen Familien nicht anders zu sein schien. Wir menschlichen Familien spielen fröhlich (oder zumindest widerstandslos) immer wieder vorgegebene Rollen durch, die auf Außenstehende ausgesprochen bizarr wirken müssen.

Mike und ich konnten einmal ein faszinierendes Beispiel dafür beobachten, als wir an einem Sommernachmittag auf einer der viktorianischen, gusseisernen Parkbänke in unserem örtlichen Park saßen.

Eine vierköpfige Familie kam bei ihrem Nachmittagsspaziergang auf der wunderschönen, eleganten Allee, die am Südrand des Parks und am Kricketfeld vorbeiführt, an uns vorbei. Papa ging voraus und sah dabei leicht gelangweilt und genervt, gleichzeitig aber sehr verantwortungsbewusst und papamäßig aus. In der Hand hielt er einen langen, gertenartigen Stock bereit, um nach Brombeeren zu schlagen oder etwaige Buschmonster in die Flucht zu treiben, die womöglich aus dem Unterholz springen und seine Frau oder seine kleine Brut angreifen mochten. Ein paar Meter hinter ihm ging, nein, marschierte die eine Hälfte der kleinen Brut, ein etwa zehnjähriges Mädchen mit Pferdeschwanz, angefüllt mit allem Selbstbewusstsein eines ältesten Kindes, Kinn und Brust herausgestreckt. Als Nächstes kam Mama, genauso gekleidet, wie man sich für einen Parkspaziergang eben kleidet. Sie sah aus wie eine exakte Kopie ihrer Tochter, nur größer, und zusammen wirkten die beiden wie zwei jener hohlen Püppchen, die man ineinander steckt, nur dass zwei oder drei Größen dazwischen fehlten. Die andere Hälfte der Brut, offensichtlich der Jüngste in der Familie und auf jeden Fall der unterste Rang in der Hackordnung dieses kleinen Familien-Hühnerstalls, war ein Junge von etwa sechs Jahren, der in dieser Phase des Spaziergangs gerade stehen geblieben war, um die einladend erreichbaren unteren Äste eines Kastanienbaumes zu inspizieren. Nun hing er zufrieden mit beiden Armen am untersten Ast des Baumes und wartete, wie es kleine Jungs so gesunder- und beneidenswerterweise zu tun pflegen, ab, was nun passieren würde.

Was nun passierte, war, dass Papa bemerkte, dass sein kleiner Sohn zurückgeblieben war, und befand, es sei an der Zeit, dass er zu den anderen aufschloss.

„Lass das!"

Manchmal erteilen wir Eltern unseren kleinen Kindern Anweisungen mit einer militärischen Schärfe und Strenge, die wir uns gegenüber anderen nie erlauben würden. Zum Glück ist das Maß, in dem kleine Kinder auf solche Exzesse reagieren und ihnen Glauben schenken, umgekehrt proportional zu dem Grad der Schärfe und Strenge, die man in die Anweisung legt. Kinder mögen unerfahren sein, aber doof sind sie nicht. Sie scheinen schon früh zu begreifen, dass in der Mechanik des Gehorsams stets die Frequenz schwerer wiegt als die Stimmgewalt. Das erklärt, warum dieses typische Exemplar eines kleinen Jungen trotz der elterlichen Ermahnung fröhlich weiter an seinem Ast herumbaumelte. Es war noch lange hin, bis er würde tun müssen, wie ihm geheißen, und das wusste er genau.

„Lass das!!"

Diesmal rammte Papa denselben Satz hinaus wie ein Mann, der einen zweiten Nagel in ein widerspenstig hartes Stück Holz hämmert, nachdem er den ersten verbogen hat, und dabei viel mehr Kraft aufwendet als beim ersten Versuch. Arglose Beobachter, die nie einer solchen Familie angehörten, hätten an dieser Stelle durchaus verständlicherweise annehmen können, dass das jetzt wirken müsste. Ein so übermächtig herrisches Auftreten, ein so wild drohender Tonfall, das konnte doch nur dazu führen, dass der Kleine sich sofort zu Boden fallen ließ und wie der Wind zu seinem Vater rannte, um sich bei ihm zu entschuldigen, bevor irgendeine furchtbare Strafe ihn traf. Rührend naiv! Natürlich baumelte er weiter.

Nun war Mama an der Reihe.

„LASS DAS!"

Die schiere Giftigkeit, mit der die Mutter des Jungen genau dieselben beiden Worte kreischte wie zuvor ihr Mann, wäre zutiefst beunruhigend gewesen, wären Mike und ich uns nicht der bereits erwähnten Frequenz/Stimmgewalt-Gleichung wohl bewusst gewesen. Mike flüsterte mir zu, dass er davongeschossen wäre wie ein Pfeil, wenn sie mit ihm so geredet hätte, doch der kleine Junge, den wir so interessiert beobachteten, besaß entscheidende, familienbezogene Informationen. Er wusste genau, was er tat. Er baumelte weiter – und beim Baumeln grinste er.

„Lass das!"

Diese vierte und, wie sich zeigte, letzte Aufforderung kam als ein herrisches Quietschen von der Schwester unseres kleinen Helden – von ihr, die zumindest in dieser Phase ihres Lebens vermutlich seine größte Feindin auf Erden war. Im Bewusstsein ihrer Macht hatte sie sich noch nicht einmal die Mühe gemacht, den Kopf zu drehen, während sie sprach. Frei und unbehindert von den Fesseln der Zivilisation, die ihre Eltern zur Mäßigung im Umgang mit ihrem Jüngsten bewogen hätten, würde dieses Mädchen im richtigen, meisterhaft gewählten Moment nicht davor zurückschrecken, ihrem Bruder mit chirurgischer Präzision Schmerz zuzufügen, sobald sie ihm das nächste Mal in jener anarchistischen Dschungelwelt, die man „Wenn die Erwachsenen nicht in der Nähe sind" nennt, begegnete.

Vier identische Anweisungen waren gegeben worden, und auf dem Gipfelpunkt hatte sich der schlimmste Feind des Jungen in das Getümmel gestürzt. Offenkundig fand er, es sei an der Zeit, sich auf strategische Weise die Schwerkraft zunutze zu machen. Er ließ sich leichtfüßig zu Boden fallen und rannte, um die anderen einzuholen – immer noch grinsend.

Alle Familien sind so, wenn auch mit unterschiedlichem Maß an Raffinesse. Alle haben ihre eigenen besonderen, privaten Regeln und ihre eigenen Methoden, immer dieselben alten Rollen wieder und wieder zu spielen, oft mit buchstäblich identischem Text, was nicht unbedingt darauf zurückzuführen ist, dass sie Scheuklappen tragen, sondern einfach darauf, dass sie *sie* sind.

Unsere Familie war keine Ausnahme. Das sonntägliche Mittagessen war traditionell eine ziemlich angespannte Angelegenheit in unserem Haus, und zwar gerade (lächerlicherweise, wenn man es recht bedenkt) weil jeder wusste, wie sehr Mike sich wünschte, dass es dabei entspannt zuginge. Wenn fünf Leute sich mehr oder weniger ein Bein ausreißen, um eine Familienidylle zu produzieren, die nicht wirklich existiert hat, dann ist das einer entspannten Atmosphäre wohl kaum förderlich. Am schönsten war es immer, wenn Dip dabei war; nicht, weil die Kinder gegenüber einem Gast widerstrebend ihr bestes Benehmen herausgekehrt hätten – was sie nicht taten, um der Wahrheit Genüge zu tun –, sondern weil sie so eine Art Wärmflaschenatmosphäre um sich verbreitete, die sehr wirksam gegen den eisigen Luftzug von Übellaunigkeit und Streitereien war. Noch wichtiger vielleicht war die ganz besondere Zuneigung, die zwischen ihr und Mark bestand, dessen Vorstellung von einem gemütlichen Mittagessen meistens darin bestand, sich das Essen in den Hals zu kippen und sich aus dem Staub zu machen, sobald wir seiner genuschelten Bitte, aufstehen zu dürfen, entsprachen. Doch wenn Dip bei uns war, schien er tatsächlich dabei sein zu wollen.

Heute war sie bei uns, wenn sie auch weniger sprach als sonst und ein wenig gerötete Augen hatte, wenn man genau hinschaute; doch sonst war sie ganz wie immer.

An jenem Sonntagmittag, am Tag nach dem Samstag, der so sehr von maritimen Düften durchdrungen war, verlief unser Mittagessen verhältnismäßig wenig streitlustig – das heißt, nachdem wir endlich alle saßen – doch eine einigermaßen detaillierte Wiedergabe des Hin und Her von Rede und Gegenrede während jener halben Stunde zeigt, wie kompliziert und voller Fußangeln solche Anlässe bei uns sein konnten.

Sobald Felicity ihr Stück ein zweites Mal durchgespielt hatte und in ihr Zimmer geschickt worden war, um ihre Geige wegzupacken, versammelten wir sechs uns um unseren langen Küchentisch (mein Lieblings-Möbelstück übrigens), und Mike begann, den Braten zu schneiden.

„Schön!" sagte er zufrieden, während er das Fleisch zerteilte. „Wie wär's, wenn jemand einen Vorschlag macht, was wir heute Nachmittag Schönes unternehmen könnten, zur Abwechslung mal mit der ganzen Familie?"

Während er sprach, war der erste Teller dabei, ans andere Ende des Tisches weitergereicht zu werden, wo Mark jeden, der vielleicht auf die Frage hätte antworten wollen, ablenkte, in dem er in gespieltem Entsetzen vor den großzügigen Fleischstücken auf seinem Teller zurückwich.

„Dieses Fleisch bringt Unglück!" rief er mit bebender Stimme wie einer jener grandios untalentierten Schauspieler in den frühen Horrorfilmen.

„Und wieso, wenn ich fragen darf?" erkundigte sich Mike gelassen, während er gleichmütig weitersäbelte.

„Bitte", stöhnte Jack, „ich glaube nicht, dass wir das wirklich wissen wollen, oder?"

Doch Felicity wollte es wissen. Felicity will immer alles wissen.

„Warum bringt das Fleisch Unglück, Mark?"

„Weil", erwiderte Mark mit Grabesstimme, „dies das Lamm ist, das kein Schwein hatte."

„O-o-ooh, gut", sagte Jack in einem Tonfall wie eine Gestalt aus *Black Adder*, offenbar sehr erleichtert. „Ich hatte schon Sorge, du wolltest einen schlechten Witz machen, aber da es überhaupt kein Witz ist, ist ja alles in Ordnung."

Felicitys Blick war immer noch auf Mark gerichtet. Sie runzelte die Stirn.

„Wieso Schwein? Seit wann haben Lämmer Schweine?"

„Haben sie eben nicht! Jedenfalls nicht, wenn sie in unserem Backofen landen."

Felicity betrachtete zweifelnd den Teller mit Fleisch, der ihr inzwischen vorgesetzt worden war, und ihr war anzusehen, dass ihr schon die nächste beunruhigte Frage auf der Zunge lag.

„Es ist nicht mehr witzig, wenn man es erklären muss", beklagte sich Mark, während er seiner Schwester das Gemüse weiterreichte.

„Macht nichts", sagte Jack freundlich, „wenn man es nicht erklären muss, ist es auch nicht witzig."

„Das Geigespielen scheint ja schon sehr gut zu klappen."

Dips Bemerkung war offensichtlich dazu gedacht, Felicity von der inneren Vorstellung abzulenken, wie das Fleisch auf unseren Tellern in seinem ursprünglichen Zustand auf dem Bauernhof mit den Ferkeln aus dem Nachbarstall herumgetollt war.

Sie nickte, und Mike sagte: „Ja, sie hat in letzter Zeit wirklich Fortschritte gemacht. Du spielst jetzt schon ziemlich schwierige Stücke, nicht wahr, mein Schatz?"

Es stimmte. Felicity hatte vor einigen Jahren begonnen, Geige zu lernen, und zwar nach einer japanischen Methode, die die Anwesenheit eines Elternteils bei allen Stunden vorsah. Der hoffnungslos unmusikalische, aber verfügbare Elternteil war in diesem Fall ich gewesen. Nach ein paar Wochen kam ich mir allmählich selbst wie ein Grundschulkind vor, aus lauter Angst, dass Mr. Tyson, Felicitys Geigenlehrer, mit mir schimpfen würde, wenn ich jeden Mittwochmorgen zu spät zur Geigenstunde erschien oder wenn meine Tochter offenkundig seit der letzten Stunde nicht geübt hatte. Schon früh in diesem langwierigen Lernprozess hatte sich die ganze Familie daran gewöhnt, die Zähne zusammenzubeißen und Wege zu finden, die endlosen Wiederholungen von „Weißt du, wie viel Sternlein stehen" zu überleben, die uns in einer größeren Vielfalt musikalischer Formen dargeboten wurden, als sie für einen menschlichen Geist zu ersinnen möglich zu sein schien. Im Laufe der Zeit jedoch steigerte sich Felicitys Fertigkeit dramatisch, und inzwischen flogen ihre Finger nur so über den Hals ihres Dreiviertel-Instruments.

Das Kniffligste daran, niemand wird überrascht sein, das zu hören, war, sie zum Üben zu bewegen. Mein Arsenal in diesem endlosen Krieg bestand aus Ermutigung, Drohungen, Bestechungen, gelegentlich einem elterlichen Schmollen, Wut, Schmeichelei, sehr lautem Brüllen, sehr sanftem Locken, sie zum Weinen bringen, sie zum Lachen bringen und sie vor kosmisch-katastrophale Ende-der-Welt-wie-wir-sie-kennen-Alternativen zu stellen. Jacks hatte die Idee, die am nachhaltigsten und besten funktionierte. Er schlug vor, eine kleine Süßigkeit oder ein Spielzeug unter einem umgedrehten Becher im Übungszimmer zu verstecken und Felicity es sich holen zu lassen, sobald sie mit dem Üben fertig war. Dieser Trick, einer von den vielen, über die ich in jenen guten alten Tagen, als Kinder noch rein hypothetisch waren, verächtlich die Nase gerümpft hätte, gefiel ihr sehr und brachte uns durch die allerschwierigsten Zeiten. Bis heute musste sie immer noch zum Üben gedrängt werden, doch inzwischen schien ihre Musik wirklich zu einem Teil von ihr geworden zu sein. Sie konnte tatsächlich Geige *spielen* und sogar Spaß daran haben. Meine Tochter konnte *Geige* spielen! Es setzte mich in Erstaunen, wann immer ich darüber nachdachte.

„Felicity, darf ich dir eine Frage zu deinem Geigenspiel stellen? Da ist etwas, worüber ich mich schon lange wundere."

Felicity sah ihren ältesten Bruder argwöhnisch an, während er den Haufen Essen auf seinem Teller mit Soße übergoß. Jacks Witze fingen immer ganz ernsthaft an.

„Was denn?"

„Weißt du, ich dachte immer, dass oben auf einem Notenblatt immer Anweisungen stehen wie ‚Frisch, mit einem freien Gefühl' oder ‚Laut und mit Leidenschaft' oder so etwas. Steht da nicht normalerweise so etwas Ähnliches?"

„Möglich. Keine Ahnung. Warum?"

„Na ja, deine Musik ist irgendwie anders, oder? Mir ist aufgefallen, dass auf einem der Blätter oben steht: ‚Widerstrebend und mit einem ärgerlichen Gefühl', und auf einem anderen heißt es: ‚Mürrisch und mit kleinen übellaunigen Grunzlauten'. Vielleicht fällt dir deshalb das Üben so schwer. Du hältst dich zu starr an die Anweisungen."

Felicity spießte ein heißes Bratkartoffelstück auf, steckte es sich in den Mund und sprach mit ausgleichender Überdeutlichkeit um es herum und durch es hindurch.

„Du und Mark, ihr solltet lieber abhauen und eure jämmerlichen Witze über Lämmer und Ferkel und Anweisungen auf Notenblättern Leuten erzählen, die vom Lachen die Nase voll haben und mal eine Zeit lang richtig ernst sein wollen."

„Iss nicht mit vollem Mund, Felicity", ermahnte ich sie unwillkürlich. „Worüber lacht ihr denn alle? Oh – ach, ihr wisst schon, wie ich es gemeint habe."

„Wo wir gerade von Leuten sprechen, die vom Lachen die Nase voll haben", sagte Mike, als sich die Heiterkeit legte, „da fällt mir ein – Kathy, hast du gehört, was Norman Davis heute in der Kirche zu mir sagte?"

„Nein", erwiderte ich. Ich erinnerte mich vor allem an

meine Erleichterung, dass an diesem Morgen keine Spur von Joscelyn und John, die normalerweise immer an ihren gewohnten Plätzen ziemlich weit vorn saßen, zu sehen gewesen war. „Ich habe gesehen, wie er sich zu dir herüberbeugte, aber ich konnte nicht verstehen, was er sagte. Jetzt, wo du es erwähnst – mir fiel auf, dass er fast glücklich aussah. Ich dachte mir, dass da sicher irgendetwas mit ihm nicht stimmt."

Wir kannten diesen Norman Davis schon seit Jahren durch die Gemeinde, und in all der Zeit war er so weit davon entfernt gewesen, ein glitzernder kleiner Sonnenstrahl von einem Menschen zu sein, wie man es sich nur vorstellen kann. Im Gegenteil, man hätte ihn eher als einen angestoßenen Zeh von einem Mann bezeichnen können: hitzig, zornig und angefüllt mit irgendeinem pulsierenden inneren Schmerz. Norman durchlitt die meisten unserer Gottesdienste wie ein Mann, der wegen Mordes vor Gericht steht und gerade die schwarze Kapuze auf dem Tisch des Richters entdeckt hat. An diesem Morgen hatten Mike und ich ihm freundlich zugenickt, als wir uns zum Abendmahlsgottesdienst in dieselbe Reihe setzten, und wir hatten uns lächelnd angesehen, als er mit seinem üblichen negativen Achselzucken und einer finsteren Grimasse reagierte, die auf die unermesslichen Tiefen des Elends hindeutete, verursacht von *ihnen*, denen, die in Normans Universum ständig uns allen an den Kragen wollten. Ich muss zugeben, dass ich Norman, der wie I-Aah, der Esel aus *Pu der Bär*, trotz seiner pessimistischen Art ein sehr netter und großzügiger Mensch war, ziemlich gern mochte.

„Es war, kurz bevor die Gemeinde zum Abendmahl ans Altargeländer trat", sagte Mike und legte sein Besteck nieder, um die Geschichte zu erzählen. „Ich sah zufällig nach rechts und musste zweimal hinschauen, bis der Groschen fiel, wie in einer Filmkomödie. Und der Grund war, dass der alte Norman Miesepeter völlig verklärt aussah. Seine Augen leuchteten. Auf seinem Gesicht lag ein strahlendes, breites Lächeln – ich glaube, es war das erste Mal seit langer Zeit, dass er seine Lachmuskeln gebrauchte – und er saß kerzengerade aufgerichtet auf seinem Stuhl, vergnügter, als ich ihn je zuvor in der Kirche gesehen habe. Der gute alte Norman, er sah aus, als würde er jeden Augenblick von seinem Stuhl emporschweben und leibhaftig durch die Decke hindurch zum Himmel aufsteigen. Ich dachte mir: ,Der Mann ist von Gott angerührt worden!' Was für eine erstaunliche Offenbarung musste wohl meinem Bruder zur Rechten zuteil geworden sein, dass er von so unbeschreiblicher Freude erfüllt wurde? Und ich glaube, er muss wohl aus dem Augenwinkel bemerkt haben, dass ich ihn beobachtete, denn in diesem Moment lehnte er sich zu mir herüber, immer noch mit diesem außergewöhnlichen Leuchten in den Augen, und – nun, was meint ihr wohl, was er zu mir sagte?"

Wir starrten alle kauend in Mikes Richtung wie eine Herde superdomestizierter Kühe und schüttelten interessiert die Köpfe.

„Er nickte zum Pfarrer hin und flüsterte verzückt: ,Er hat den Friedensgruß vergessen!'"

Felicity machte ein verdutztes Gesicht, und Mark schüttelte sich, doch wir anderen brachen in prustendes Gelächter aus. Der „Friedensgruß" war, für diejenigen unter Ihnen, die mit anglikanischen Besonderheiten nicht vertraut sind, der jüngste Versuch (mit anderen Worten, es gab ihn erst seit ein paar Jahrzehnten) der guten alten Church of England, ein wenig Ungezwungenheit in manche unserer Gottesdienste zu bringen. Die Idee war, dass die Leute in der Kirche umhergingen, sich die Hände schüttelten oder umarmten und sich gegenseitig den Frieden des Herrn zusprachen. Manche Leute, und zu ihnen hatte Norman stets gehört, fürchteten und verabscheuten diese Übung auf das Peinlichste. Wer seinen persönlichen Raum jahrelang selbst in zwanglosen Situationen mit „KEIN ZUTRITT"-Schildern abgeschottet hat, für den muss es wohl eine Tortur sein, wenn er seine Abwehr plötzlich künstlich sinken lassen soll. Mike hatte sich mit seiner ersten Diagnose von Normans Verklärung geirrt. Es war keine geistliche Offenbarung gewesen, sondern freudige Erleichterung.

„Ich habe das auch immer gehasst, als ich noch in die Kirche ging", sagte Mark mit vollem Mund. Er hörte sich an, als redete er von dem Erlebnis, mit dem Fuß versehentlich in irgendetwas unaussprechlich Scheußliches zu treten. „Immer kamen Leute, die ich überhaupt nicht kannte, auf mich zu und taten plötzlich so, als wäre ich ihr bester Freund. Eine Frau hat mich sogar mal geküsst. Bah! Ich bin froh, dass ich jetzt nicht mehr hin muss. Oh, wie ich die Kirche hasse!"

2

Schweigen senkte sich über den Tisch, als alle sich eifrig über ihre Teller beugten. Es war, als hätte eine unsichtbare Person eine allgemeine Anweisung erlassen, dass für einen begrenzten Zeitraum niemand sprechen durfte. In Wirklichkeit hatte es mit dem zu tun, was gerade gesagt worden war und was ich möglicherweise darauf erwidern würde. Aus dem Augenwinkel sah ich, wie Mike mir einen Blick zuwarf. Er wusste genau, wie ich voraussichtlich auf Marks Bemerkung reagieren würde.

Vor einigen Jahren, Mark war damals vierzehn gewesen, hatte er – anfangs über Dip als Vermittlerin, da bei ihr offensichtlich eine geringere Gefahr bestand, dass sie ihm den Kopf abreißen würde, als bei mir – darum gefleht, nicht mehr in die Kirche gehen zu müssen, weil er sie hasste und verabscheute und der unvermeidliche wöchentliche Gottesdienst ihm, wie er sagte, „den Rest seines Lebens verdarb". Mike und ich hatten uns breitschlagen lassen, sofern er immer noch zu unserer Meinung nach besonderen Anlässen mitkam. Er war auf diese Bedingung eingegangen, hielt sich aber in jedem Einzelfall nur unter erheblichem Druck unsererseits daran. Zu Ostern zum Beispiel hatte er, voll gestopft mit Schokolade und schlechter Laune, den Sonntagsgottesdienst griesgrämig über sich ergehen lassen und hinterher erklärt, er wäre „hocherfreut", wenn er nie wieder eine Kirche von innen sehen müsste.

Ich hatte mich nur sehr widerstrebend damit einverstanden erklärt, dass Mark nicht mehr mit in die Kirche zu kommen brauchte. Es hinterließ bei mir das Gefühl, als Mutter und Christin versagt zu haben. Mark pflegte damals abends und an den Wochenenden mit einer Clique undurchsichtiger Freunde, die durch ihre verschlagenen Augen und ihren mechanischen, strategischen Einsatz von Höflichkeiten auffielen, einfach zu verschwinden; und das verschaffte mir manche schlaflose Nacht, in der ich mich fragte, welche finsteren Schurkereien da draußen in der wilden Teenagerwelt wohl vor sich gingen. Wie so mancher Elternteil vor mir hatte ich von den *Waltons* geträumt und musste nun fürchten, in der Wirklichkeit von *Trainspotting* erwacht zu sein. Dass wir nun Mark sagten, er brauche nicht mehr in die Kirche zu gehen, gab mir das Gefühl, als schöben wir ihn bewusst hinaus in die dunkle Nacht. Wie sich herausstellte, schien er im großen und ganzen alle finsteren Machenschaften überlebt zu haben, falls er in solche verwickelt war, und besuchte jetzt eine weiterführende Schule am Ort, wo er Leistungskurse in Kommunikationswissenschaft und Geschichte belegt hatte, und das, wie es seiner erschöpften Mutter schien, schon seit fünfzehn Jahren. Inzwischen verbrachte er den größten Teil seiner Freizeit mit zwei einigermaßen harmlosen, dünnen Freunden mit übergroßen Kaulquappenköpfen, die denselben Kurs auf dem College besuchten. Jason und Richard, die alles andere als verschlagene Augen hatten, schafften es immerhin, im passenden Moment ein paar rudimentäre Nettigkeiten von sich zu geben, doch im allgemeinen waren sie in Mikes oder meiner Gegenwart von puterroter Verlegenheit gelähmt.

Alles in allem stand es jedenfalls besser um meinen zweitältesten Sohn, als ich noch vor wenigen Jahren zu hoffen gewagt hätte, doch die Sache mit der Kirche bereitete mir immer noch tief im Innern Schmerz und Sorge. Es erschien mir unverzeihlich rücksichtslos von Mark, so gedankenlos bissig über etwas herzuziehen, das ein wichtiger Teil unseres Lebens war, und das auch noch vor allen anderen. Verrückterweise fand ich es sogar noch schlimmer, dass er es ausgerechnet beim Sonntagsessen tat, aber meine Auseinandersetzungen mit Mark waren ja ohnehin nicht gerade für den unaufhaltsamen Strom der Logik bekannt, der sie ihren häufig halb ertrunkenen Schlussfolgerungen entgegenspülte. Bei Marks Worten war die altvertraute Welle des Zorns in mir aufgestiegen; und gleichzeitig das Wissen, dass ich nur die Wahl hatte, entweder bis zum bitteren, unserem gemeinsamen Essen den Garaus machenden Ende auf Marks Bemerkung einzugehen oder alles wieder hinunterzuschlucken, mit den Zähnen zu knirschen und später, wenn ich allein war, eine Tasse oder so etwas zu zerschmeißen. Ich entschied mich fürs Zähneknirschen, doch ich konnte nicht unterdrücken, dass ich mit meiner Gabel mit unnötiger Heftigkeit auf dem Porzellan herumstocherte. Was meiner lieben Tochter natürlich nicht entging.

„Was ist denn los, Mami?"

„Ach, ich muss nur ein bisschen Dampf ablassen, Schätzchen – nichts Besonderes. Iss auf!"

„Warum heißt es eigentlich ‚iss auf‘ und nicht ‚iss runter‘?

Das Essen geht doch hinunter, oder, nicht hinauf, außer wenn man ... war es das, was Mark gesagt hat?"

Dip tippte mit den Zeigefinger auf den Tisch, um Felicitys Aufmerksamkeit auf sich zu ziehen.

„He, fällt dir vielleicht eine Antwort auf die Frage deines Vaters ein, Felicity? Du wärst bisher die Einzige."

„Tut mir Leid, Mum", murmelte Mark, der einen bedeutungsschwangeren Blick seines Vaters richtig deutete.

Wenn du weißt, dass du deine Mutter mit einer Bemerkung verärgert hast, dann sag doch um Himmels willen einfach, dass es dir Leid tut, und damit ist die Sache wahrscheinlich vom Tisch.

Ich hörte förmlich Mikes Stimme, wie er in einem stillen Moment seinem Sohn Ratschläge erteilte, wie er mit der Irren des Hauses umgehen solle, wenn es brenzlig wird. Wenn ich noch mehr mit den Zähnen knirschte, würden sie bald unter dem Druck zerbröseln. Ich stellte einen Ellbogen auf den Tisch und stützte meine Stirn auf die Hand. Diesmal wollte ich Marks benutztes Taschentuch von einer Entschuldigung nicht vom Boden auflesen. Warum sollte ich auch? Im Kopf formulierte ich die Worte und Sätze, die aus mir herausbersten würden, falls ich beschloss, meine Zurückhaltung fahren zu lassen. Wie leicht, wie befreiend wäre es doch, alles herauszulassen! Warum sollte ich es mir denn gefallen lassen, dass Leute verletzende Dinge sagten und sich dann heimlich darüber verständigten, wie ich am besten daran zu hindern sei, darauf so zu reagieren, wie ich wollte? Es machte mich *wahnsinnig* ...! Ich sandte imaginäre Blasen voller imaginärer Schimpfwörter aus, die über Marks Kopf zerplatzten und meinen Zorn auf ihn herabregnen ließen.

„Es ging darum, etwas gemeinsam zu unternehmen", sagte Mike mit entschlossener Heiterkeit. „Du hättest doch sicher gern, dass wir heute Nachmittag einen Familienausflug machen, nicht wahr, Kathy?"

„Können wir zum Bowling und Pizza essen gehen?" fragte Felicity.

„Wenn du bezahlst, Flitty", neckte Jack und fuhr mit der Hand über ihren Kopf hinweg, als wollte er ihr eine Kopfnuss verpassen.

„Nicht *wahr*, Kathy?"

Mike, du nervst!

„Ja", murmelte ich, „wäre schon nett, irgendwo hinzufahren."

„Darf ich eine Freundin anrufen und mit dazu einladen, und kann sie hinterher bei uns übernachten?"

„Nein!" rief der Rest der Familie Robinson im Chor, einig wenigstens in ihrer Weigerung, den Nachmittag in der schrillen, lispelnden Gegenwart Caroline Burtons zu verbringen.

„Ich habe nicht Caroline gemeint", log Felicity schamlos. „Ich meinte Jenny."

„Nein, Liebes", sagte Mike entschieden, „wir wollen zur Abwechslung mal als Familie ausgehen. Jenny und Caroline siehst du oft genug, auch ohne dass sie heute kommen. Lass uns heute mal unter uns bleiben."

Mark warf seinem Vater einen viel sagenden Blick zu.

„Dad!"

Mike starrte seinen Sohn verständnislos an, offenbar verdattert über diese nie da gewesene, vehemente Fürsprache für Felicitys Recht, eine Freundin einzuladen.

„Ich habe doch nur gemeint, es wäre nett, wenn wir zur Abwechslung –"

Dip unterbrach ihn, legte ihre Hand auf Mikes Arm und lächelte ungerührt, während sie sprach.

„Ich glaube, Mark wollte freundlicherweise darauf hinweisen, dass ich eigentlich kein Mitglied der Familie bin, Mike, aber die Tatsache, dass du das eben in meiner Gegenwart gesagt hast, zeigt ja, dass du mich als irgendwie dazugehörig ansiehst, also brauchst du dir wirklich keine Gedanken deswegen zu machen."

Ich sehe mit Interesse dem irgendwann unweigerlich kommenden Tag entgegen, an dem mein Gatte mit solcher Intensität und Hitze erröten wird, dass er spontan in Flammen aufgeht. Wir mussten alle über die wirren Entschuldigungen lachen, die er gegenüber Dip hervorstotterte, während Felicity von ihrem Stuhl aufsprang und den Tisch umrundete, um sich zärtlich an jemanden anzulehnen, den sie offensichtlich ohne jede Einschränkung als zusätzliches Mitglied der Familie betrachtete.

„Ich weiß genau, was wir heute Nachmittag machen sollten."

Eine überraschte Stille trat ein. Es war ziemlich ungewöhnlich, dass Mark sich so entschieden über etwas äußerte, das mit der ganzen Familie zu tun hatte. Ich glaube, wir waren alle etwas aufgeregt, so als hätte sich unerwartet ein ganz besonderer Anlass ergeben.

„Ich dachte, du wolltest um halb drei weg. Deshalb wolltest du doch vorhin aus der Hand essen."

„Ja, wollte ich, aber das kann ich absagen. Das hier würde ich lieber machen, wenn alle Lust haben."

„Na dann los."

„Okay! Wir haben doch in der Küche so einen Glaskrug, in dem wir immer die Pennys sammeln, nicht?"

„Ja-a-a", sagte Mike argwöhnisch und bereitete sich offenkundig schon darauf vor, nein zu jedem Vorschlag zu sagen, der mit Geldverschwendung einhergehen würde. „Was ist damit?"

Marks Lebhaftigkeit war so unerwartet, dass sie uns alle mitriss.

„Also, wir machen Folgendes, ja? Wir fahren hinunter ans Meer und parken auf einem dieser Hänge unter dem Grashügel in der Nähe des großen Hotels, ja? Und Felicity nimmt ihre Inliner mit, und Jack und ich nehmen einen Tennisball oder Kricketball mit, ja? Und dann gehen wir los in Richtung Mole. Mum und Dip können klönen, und Dad kann sich mal mit Jack und mir den Ball zuwerfen und mal mit Mum und Dip unterhalten, und Felicity fährt auf ihren Inlinern und meckert, weil sie keine Freundin dabei hat, ja?"

Mark hielt inne, um Luft zu holen.

Wir alle sagten: „Ja?"

„Und dann, wenn wir zur Mole kommen, gibt's die erste richtige Attraktion."

Mikes Unbehagen nahm sichtlich zu, doch Felicity war immer näher an ihren Bruder herangerückt, während er sprach, und stand inzwischen direkt an seiner Schulter, völlig versunken in sein Gesicht und das Szenario, das er entwickelte.

„Was ist die erste richtige Attraktion, Mark?" fragte sie neugierig.

„Heiße Doughnuts!" rief Mark triumphierend. „Gleich neben dem Eingang zur Mole ist eine Bude, wo es Doughnuts gibt, frisch gebacken, ganz heiß und dick mit Zucker bestreut. Wenn man gleich zehn nimmt, muss man nur acht bezahlen. Total lecker! Stellt euch das nur mal vor! Ich weiß genau, dass sie sonntags aufhaben."

„Also, ich fange an, mich für die Idee zu erwärmen, selbst wenn ich die Einzige sein sollte", sagte Dip angeregt.

„Also", sagte Mike hoffnungsvoll, „dafür brauchen wir die Münzen aus dem Krug. Wir geben nur ein paar davon für die Doughnuts aus, richtig?"

„Oh *nein*! Die Münzen sind für die zweite richtige Attraktion."

Mark blickte in die Runde, um sich zu vergewissern, dass sein Publikum ihm auch richtig zuhörte. Das Ergebnis muss sehr befriedigend für ihn gewesen sein. Alles lechzte danach, zu erfahren, was die zweite richtige Attraktion sein mochte.

321

„Wenn wir unsere Doughnuts aufgegessen haben", fuhr er fort, „gehen wir mit dem Krug voller Münzen in die Spielhalle auf der Mole und spielen alle bis zum Umfallen an diesem Ding, wo man eine Münze einwirft, und dann werden andere Münzen wie bei einem Wasserfall über den Rand in einen Becher darunter geschoben, und die hat man dann gewonnen."

Felicity klatschte begeistert in die Hände, doch mir entging nicht, dass dem armen Mike das Blut ebenso schnell aus dem Gesicht wich, wie es ihm kurz vorher hineingestiegen war.

„Also *das*", kommentierte Jack entzückt, „nenne ich eine gute Idee. Ich weiß noch, als ich klein war, habe ich mir immer gewünscht, ich hätte genug Geld, um mal an so einem Automaten zu spielen und meinen Spaß zu haben, ohne mir Gedanken zu machen, dass ich Geld ausgab, das für etwas anderes bestimmt war. Au ja, das machen wir, Dad!"

„Die Spielhalle?" Mike schaffte es, den Vorschlag so Unheil kündend klingen zu lassen, als hätte Mark einen Kurzausflug in die Tiefen des Hades vorgeschlagen, nur um uns mal einen Nachmittag lang umzusehen und zu schauen, ob es uns dort besser gefiel als im Himmel. „Ich glaube eigentlich nicht, dass das das Richtige wäre, oder, Kathy? Nein, also wirklich . . ."

Ich sah Marks Stolz auf seinen Vorschlag und die Begeisterung auf den Gesichtern von Jack und Felicity und kam zu dem Schluss, dass dies nicht der richtige Moment war, um mich automatisch auf die Seite meines Mannes zu schlagen.

„Warum nicht, Mike?"

Pause.

„Warum nicht? Warum *nicht*? Das muss ich dir ja wohl nicht buchstabieren, oder?"

Alles nickte wenig hilfreich.

„Also", begann Mike und blickte in die Runde seines Publikums aus Nichtbuchstabierern, „ich meine, abgesehen von allem anderen, ist das nicht gerade der Ort, wo – ich weiß nicht – also, zum einen hängen da bestimmt eine Menge Kinder aus der Schule herum, und es kommt mir irgendwie . . ."

„Um vier Uhr wird außer uns kaum jemand dort sein, Dad", meldete sich Mark beruhigend zu Wort. „Ich bin schon oft sonntags um diese Zeit dort gewesen. Meistens ist es fast menschenleer."

Mike machte immer noch ein höchst zweifelndes Gesicht.

„Mmm, aber wir hatten doch gesagt, dass wir uns dieses Kleingeld für einen Regentag aufheben wollten. Es kommt mir vor wie eine Riesenverschwendung, diese Maschine damit zu füttern."

Jack warf einen Blick durchs Fenster.

„Ziemlich wolkig draußen, Dad. Schätze, bis wir da unten sind, kann man durchaus von einem Regentag sprechen. Komm schon, lass es uns einfach *machen*. Manchmal ist es gut, mal etwas zu tun, was man sonst nie tut."

Wieder ließ Mike seinen Blick über den Kreis eifriger Gesichter schweifen, der den Tisch umringte. Offensichtlich schwankte er am Rande einer widerstrebenden Zustimmung. Aber es war zu viel für ihn.

„Nein", sagte er und hatte dabei eine merkwürdige Ähnlichkeit mit dem Vater an der Spitze der „Lass das"-Prozession. „Ich kann euch drei sehr gute Gründe nennen, warum das eine schlechte Idee ist."

Er zählte an den Fingern mit, während er seine Ansprache an den Stab hielt.

„Erstens ist es wirklich eine fürchterliche Verschwendung des Geldes, das wir seit zwei Monaten in diesem Krug gesammelt haben. Zweitens, was immer Mark sagt, man kann nicht wirklich hundertprozentig sicher sein, wer sich an einem solchen Ort aufhält, und ich muss auch an meine Würde denken. Drittens, und das ist meiner Ansicht nach das Wichtigste, ist es nicht gerade ein gutes Beispiel für die Welt, wenn Christen an Geldspielautomaten spielen. Es hat etwas Mieses, Unerfreuliches an sich, wenn man versucht, durch Glücksspiel Geld zu gewinnen, das man nicht verdient hat – wobei ich nicht damit rechne, dass wir überhaupt etwas gewinnen würden. Ich bin ziemlich sicher, dass diese Automaten gezinkt sind. Und schließlich hätte ich nicht den geringsten Spaß daran, und ich hätte Sorge, dass ich vermutlich auch allen anderen den Tag völlig verderben würde."

„Das sind vier Gründe", kommentierte Mark verdrießlich.

„Der Spaziergang am Strand und vielleicht die – die, äh, Doughnuts wären bestimmt sehr nett", fuhr Mike fort, „aber", wieder ein Kopfschütteln, „die Spielhalle kommt nicht in Frage, fürchte ich."

Felicity kehrte schmollend an ihren Platz zurück. Einen Moment lang saßen wir schweigend da. Ich servierte den Nachtisch. Schade um die Pläne, von denen Mike und ich gesprochen hatten, etwas mehr Romantik in unsere Ehe zu bringen, aber in diesem Augenblick spürte ich den überwältigenden Drang, die Puddingschüssel über das Haupt meines Gatten zu entleeren. Einen Moment lang dachte ich ernsthaft daran, es tatsächlich zu tun – nicht heftig, wohlgemerkt, sondern mit einer gelassenen, entschiedenen, abwärts gerichteten Bewegung, die seiner so genannten Würde ein glitschiges, klebriges Ende bereiten würde. Doch ich musste nicht lange überlegen, um festzustellen, dass dies mir selbst zwar große Befriedigung verschaffen, uns aber wohl kaum dem erwünschten Ziel näher bringen würde. Mark fing meinen Blick auf und zog eine Grimasse. Ich schickte eine mitfühlende Grimasse zurück. Eine seltene Einmütigkeit zwischen uns, gelinde gesagt. Das gab für mich den Ausschlag.

Wir *würden* diese Münzen nehmen, und wir alle *würden* damit an dem Automaten auf der Mole spielen.

„Mike?"

„Ja, Kathy? Der Pudding ist übrigens köstlich."

Er hörte sich nervös an.

„Danke, Mike", fuhr ich in meiner „Mattstahl-Stimme" fort, wie Jack sie nennt. „Mike, ich finde Marks Idee in jeder Hinsicht hervorragend, und ich möchte sagen, dass die Gründe, seinem Vorschlag nicht zu folgen, die du vorgebracht hast, nicht nur schwach sind, sondern fast völlig bar jeder Form und Substanz."

„Wir gehen *doch*!" hörte ich Felicity glücklich in Jacks Ohr flüstern.

Ich lehnte mich auf meinem Stuhl zurück und legte beide Hände flach auf den Tisch.

„Gehen wir deine Gründe in umgekehrter Reihenfolge durch, ja? Nummer eins – du hättest keinen Spaß daran, und deshalb bist du tief besorgt, du, mein lieber Mike, könntest uns anderen den Tag verderben. Habe ich das richtig verstanden?"

„Äh, ja, das ist richtig, ja …"

„Okay, stimmen wir kurz ab, ja? Also, Hand hoch, wer meint, dass er, weil Daddy draußen vor der Spielhalle steht und *keinen* Spaß hat, während wir drinnen sind und Spaß haben, so traurig ist, dass wir es lieber lassen sollten? Kommt schon, hebt die Hand, bitte! Dachte ich mir. Absolut einstimmig. Darüber brauchst du dir keine Gedanken zu machen, Mike. Zweiter Punkt" – ich wedelte mit der Hand in seine Richtung – „nein, bitte, du brauchst nichts dazu zu sagen. Zweiter Punkt, es ist ein schlechtes Beispiel für diejenigen, die keine Christen sind, ja?"

„Ja, es ist –"

„Nun, darüber muss jeder von uns seinem Gewissen entsprechend individuell entscheiden, nicht wahr?"

„Ja, aber –"

„Und als Christen sind wir doch frei, oder nicht?"

„Ja, aber nur solange –"

„Also werden wir alle unsere Freiheit dazu nutzen, hinzugehen und an den Automaten zu spielen, während du draußen stehst und allen Leuten sagst, dass es keine gute Idee ist, dort hineinzugehen."

„Das ist ja wohl das Lächerlichste –"

„Der dritte Grund hatte damit zu tun, dass deine kleinen Schützlinge ihren ehrenwerten Schulmeister dabei beobachten könnten, wie er etwas so Ungehobeltes und Würdeloses tut, wie sich mit seiner Familie eine schöne Zeit zu machen. Nun, wie wär's, wenn wir anderen alle so tun, als wären wir ein bisschen seltsam, und falls irgendwelche von deinen Schülern vorbeikommen, sagst du ihnen, wir wären eine Gruppe geistig Behinderter, die einen Ausflug macht, und du hättest dich bereit erklärt, uns während des Wochenendes zu betreuen, und sie sollten besonders nett und freundlich zu uns sein, weil wir ja eigentlich Menschen seien wie sie auch?"

„Wir könnten auch so tun, als ob wir alle Mark betreuen", schlug Jack vor. „Ich denke, die meisten Leute würden das völlig plausibel finden."

„Wir könnten Mark ein Halsband und eine Leine anlegen", fügte Felicity hinzu, „und ihn dann Doughnut-Stückchen mit dem Mund auffangen lassen, sodass die Leute uns Geld in den Hut legen. Das würde dir doch gefallen, nicht, Marky-Boy?"

„Ich werde gleich *dich* auffangen", sagte Mark, „und dann kitzele ich dich durch, bist du schreist. Also, gehen wir, Dad?"

„Warte", unterbrach ich, „ich bin noch nicht zum letzten Punkt gekommen, dem mit der Geldverschwendung. Was meinst du, Mike, wie viel Geld ist wohl in diesem Krug?

Fünf Pfund? Sieben Pfund? Vielleicht zehn Pfund? Was schätzt du?"

Mike verdrehte hilflos die Augen und zuckte die Achseln.

„Keine Ahnung – vielleicht sieben oder acht Pfund ungefähr, denke ich."

„Okay, sagen wir, es sind acht Pfund, ja? Wir reden hier über einen Familienausflug –"

„Einschließlich Dip", warf Felicity gewissenhaft ein.

„Wir reden über einen Familienausflug einschließlich Dip – vielen Dank, Fräulein Neunmalklug – für sechs Leute an einem Sonntagnachmittag, der nicht mehr als acht Pfund kosten wird, alles inklusive. Also, wenn das nicht eine vorzügliche Investition ist, dann bin ich ein spitzgedackelter Windhundpinscher."

„Davon könnten wir Benzin für achtzig Kilometer kaufen."

Mikes schwächlicher Versuch, den einen maßgeblichen Faktor ins Spiel zu bringen, der über die Sprengkraft verfügte, meine gesamte Gegenargumentation zum Einsturz zu bringen, war erbärmlich, und das wusste er genau. Wir hatten einen geschlagenen Mann vor uns.

„Könnte mir jetzt *bitte* einer sagen, ob wir gehen oder nicht?", beschwor uns Mark und ließ in gespielter Erschöpfung den Kopf hängen.

„Was ist ein spitzgedackelter Windhundpinscher?"

„Dip", appellierte Mike an unsere Freundin, als wäre sie außer ihm die einzige zurechnungsfähige erwachsene Person im Raum, „du stimmst mir doch zu, oder? Sag du uns, was wir deiner Meinung nach tun sollten."

„Es kommt mir nicht zu, euch zu sagen, was ihr tun sollt", erwiderte Dip ernsthaft. „Ich weigere mich entschieden, Marks vorzügliche Vorschläge irgendwie zu kommentieren, und wenn ich zufällig der Ansicht wäre, dass es uns allen im Allgemeinen und dir mehr als allen anderen mächtig gut täte, zur Abwechslung mal etwas richtig Albernes zu machen, würde ich sicherlich nicht im Traum dran denken, diese Ansicht zu äußern. Du bist das Familienoberhaupt, und du musst letzten Endes die Entscheidung treffen. Wer will bei mir mitfahren?"

„Ich!" Felicity schleuderte ihre Hand empor, als wäre sie in der Schule.

„Na schön, wenn ihr euch alle so einig seid, dann werden wir wohl fahren." Mike sprach mit heldenhaftem Tremolo in der Stimme, wie einer sprechen würde, der glaubt, lange und hart für das Recht gekämpft zu haben und nun gezwungenermaßen mit fliegenden Fahnen untergeht. „Aber ich möchte zu Protokoll geben, dass ich nicht damit einverstanden bin, Geld an diesem Automaten zu vergeuden, und außerdem will ich klarstellen, dass ich selbst nicht dabei mitmachen werde. Ist das klar?"

Wir alle nickten feierlich zur Antwort auf diese pompöse kleine Ansprache, mit Ausnahme von Mark, der meilenweit weg war.

„Mark, hast du zugehört? Ist das klar?"

„Was? Ach ja, entschuldige, Dad, ich habe nur gerade nachgerechnet, was jeder kriegt, wenn wir die acht Pfund durch fünf teilen statt durch sechs."

„Was ist ein spitzgedackelter Windhundpinscher?" fragte Felicity erneut.

„Mumsy wollte nur einen schlauen Spruch machen", erklärte Jack. „Es bedeutet gar nichts."

Sie dachte kurz nach. „Was ist so schlau daran, wenn man etwas sagt, das gar nichts bedeutet?"

„Nichts, Felicity", sagte ich, um Jack zuvorzukommen, „absolut gar nichts. Iss deinen Pudding auf, damit wir den Tisch abräumen und losfahren können."

3

Jacks halb im Scherz gemeinte Voraussage bezüglich des Wetters erwies sich als absolut zutreffend. Als Mike, Jack und ich eine halbe Stunde später in einen der vielen freien diagonalen Parkplätze auf der anderen Straßenseite gegenüber der weiß gestrichenen Fassade des Grand Hotels einbogen, war es tatsächlich der Regentag geworden, für den wir jene Münzen zurückgelegt hatten. Statt uns davon entmutigen zu lassen, empfanden wir dieses Wetter als regelrechten Bonus. Die Robinsons sind Regen-Freaks, und selbst Dip hatte sich breitschlagen lassen, mit uns gemeinsam an einem wahnsinnigen, aber unvergesslichen Nachmittag inmitten eines Wolkenbruchs auf den Klettergerüsten eines Kinderspielplatzes verrückt zu spielen. Heute Nachmittag fiel nur ein stetiger Nieselregen, doch wir waren mit drei riesigen Golfschirmen, die wir einige Wochen zuvor auf einem Flohmarkt erstanden hatten, bestens gewappnet. Als wir das Auto abschlossen und uns nach den anderen dreien umsahen, schmeckte ich schon die Marmelade in dem Doughnut, auf dem, wie Jack es unterwegs ausgedrückt hatte, mein Name geschrieben stand.

„Da kommen sie", sagte Jack und deutete hin, „der Riesenpilz da oben auf dem Hang."

Vor der schiefergrauen Fläche des südlichen Himmels, ganz oben auf der Kuppe des Hügels, spähten Dip, Mark und Felicity zum Horizont hinüber, während sie sich unter dem riesigsten unserer riesigen Schirme zusammendrängten. Sie sahen tatsächlich aus wie ein gewaltiger Pilz mit einem breiten, unförmigen Stamm. Während wir hinsahen, löste sich ein kleines, unregelmäßig geformtes Stück von dem Stamm ab, drehte sich um und begann, wild in unsere Richtung zu winken. Felicity hatte uns entdeckt.

„Kommt!"

Jack verschmähte den Schirm, den ich ihm anbot, setzte sich in Bewegung und rannte den grasbewachsenen Hang hinauf auf Felicity zu, die mit weit ausgestreckten Armen und flatterndem Schal Pirouetten drehend den Hang heruntersegelte wie ein Platanensamen im Wind, ihrem Bruder entgegen.

„Komm, Mike, ihm nach – zeigen wir ihm, dass wir noch nicht senil sind."

„Wenn ich mir vielleicht die Zeit nehmen dürfte, mich um den Reißverschluss meiner Jacke zu kümmern."

Ich habe nie recht verstanden, warum sich Mike die Mühe macht zu schmollen. Die Kinder und alle anderen, die ihn gut kennen und gerade in der Nähe sind, ziehen ihn jedes Mal gnadenlos so lange auf, bis er wieder normal wird. Freilich war er nie das, was ich einen *wahren* Schmoller nennen würde, jedenfalls kein Meister des Fachs wie ich. Im Grunde war er in diesem Bereich ebenso gemäßigt wie in allem anderen, was er tat. Er genehmigte sich ungefähr einmal Schmollen pro Jahr, so ähnlich wie mein Großonkel Robert mit seinem berühmten Zigarettenpäckchen, das zehn Jahre lang vorhielt; doch wann immer er beschloss, öffentlich auf ihm widerfahrenes Unrecht aufmerksam zu machen, lohnte es sich durchaus, seine Technik zu studieren. Ein unvermeidlicher Aspekt dabei war, dass er sich plötzlich anhörte wie Bertie Woosters Butler Jeeves bei jenen denkwürdigen Gelegenheiten, wenn der junge Herr ihm nicht gestattet hatte, ein violettes Kummerband oder ein Paar gelber Socken auszusortieren.

„Ja", erwiderte ich mit ähnlich pompösem Tonfall, „ich denke, es dürfte wohl erlaubt sein, dir diese Zeitspanne zuzugestehen, und dann dürften wir uns vielleicht der übrigen Gesellschaft auf dem Gipfel dieser Steigung zugesellen."

„Warum redest du so komisch?"

„Weil du genauso redest."

„Tue ich nicht. Ich habe bloß gesagt, dass ich Zeit brauche, meine Jacke zuzumachen. Ist das zu viel verlangt? Überhaupt, was machen die eigentlich da oben? Ich hatte gedacht, Marks vorzüglicher Plan beginne mit einem Spaziergang auf der Promenade, nicht mit einem anstrengenden Anstieg in der Gegenrichtung gegen den Wind bis zu der kältesten Stelle am Ufer. Ich gehe da nicht hinauf. Wir treffen uns gleich unten bei den Strandkörben."

Er begann, unglücklich um den Fuß des Hügels herumzutrotten, doch nach ein paar Metern blieb er stehen, als ob ihm etwas eingefallen wäre.

„Äh, Kathy, wer hat eigentlich dieses Geld?"

So sehr Mike mich auch auf die Palme bringen konnte, in diesem Moment konnte ich nicht anders, als ein wenig Mitleid mit ihm zu empfinden. Wenn man so richtig schön am Schmollen ist, ist es immer ärgerlich, sich über praktische Dinge unterhalten zu müssen. Sie kennen das sicher. Wie bewahrt man sich die arktische Trostlosigkeit in den Augen und die von grausamen Wunden am Gemüt getrübte Stimme, wenn man nur darum bitten will, dass einem die Kartoffeln gereicht werden? Das ist ziemlich harte Arbeit. Man muss alle Energie dafür aufwenden, sich so anzuhören, als hätte man eine große Schlacht gegen einen übermächtigen Gegner gekämpft und gewonnen. Trotz allen Mitgefühls jedoch wollte ich es ihm nicht durchgehen lassen.

„Bitte? Ich habe das nicht verstanden."

Noch schlimmer, als eine praktische Frage stellen zu müssen, ist es, wenn man gezwungen wird, sie zu wiederholen. Mike seufzte zutiefst, mit einem herzzerreißenden Vibrieren des Zwerchfells, als würde er aufs Unerträglichste schikaniert.

„Ich habe mich lediglich erkundigt, wer eigentlich das Geld hat?"

„Welches Geld meinst du denn?"

„Die Münzen – du weißt doch, das Geld, das wir in dem Krug gesammelt haben. Das Geld, um das es heute Nachmittag die ganze Zeit – ach Kathy, stell dich nicht dumm, du weißt genau, wovon ich rede. Wer hat das Geld mitgebracht?"

„Ich. Die dumme kleine Kathy. Ich habe es."

Ich klopfte verführerisch auf meine lederne Schultertasche. Als er das schwere, verlockende Klimpern hörte, trat Mike einen Schritt vor und streckte die Hand aus.

„Vielleicht wäre es besser, wenn ich –"

„Oh, das glaube ich nicht", flötete ich mit einer gruseligen Kindergartentantenstimme, „denn weißt du, Liebling, wir wissen doch alle, was passieren wird, wenn ich dir dieses Geld gebe, nicht wahr? Ich schätze, wir würden uns alle zusammen zwei Doughnuts teilen, und jeder dürfte mal eine Münze in den Automaten werfen, nicht wahr, und das würde überhaupt nicht viel Spaß machen, oder, mein Schatz? Also" – ich langte in meine Tasche und ließ ein paar Mal die Münzen möglichst hörbar durch meine Finger rinnen – „werde ich es lieber behalten, bis es alles ausgegeben ist, okay?"

Mike kochte innerlich. Nicht nur, dass es ihm nicht gelungen war, mir die Obhut über das Geld abzuringen, er hatte auch seinen Schmoll-Vorsprung preisgegeben, ohne etwas dafür zu bekommen. Offenbar in der Hoffnung, etwas von dem verlorenen Boden wieder zurückzugewinnen, zog er sich wieder in den trostlos-trüben Modus zurück.

„Wir sehen uns unten bei den Strandkörben", murmelte er, schlug seinen Kragen hoch und trottete mit kleinen, stockenden Schritten davon wie ein rekonvaleszenter Invalide, der nach langer Krankheit seinen ersten, zaghaften Spaziergang wagt.

Die Begegnung mit Mark auf der Kuppe des Hügels, nachdem ich atemlos zu den anderen hinaufgehastet war, war ein ungewohnt herzerwärmendes Erlebnis. Häufiger, als ich zugeben mochte, führte die sperrige Last uneingestandener und unverarbeiteter Probleme zwischen uns dazu, dass es ihm und mir schwer fiel, uns auch nur in die Augen zu sehen. Wie gut tat es da, ihn verschwörerisch anlächeln zu können, als ich auf Mikes ferne Gestalt unter uns deutete, die sich trübsinnig dem Meeresufer entgegenschleppte.

„Dad schmollt noch", erklärte ich und klopfte auf meine Schultertasche. „Er hat versucht, das Geld in die Finger zu bekommen, aber ich habe ihm keinen Stich gegeben."

„Gut gemacht, Mum", sagte Mark und schlug mir herzhaft auf den Rücken. „Nächster Halt, Mole. Dad wird sich schon wieder einkriegen, sobald er ein paar Doughnuts im Bauch hat. Komm, Flit, wir holen Dad ein und versuchen, ihm den Rest zu geben, indem wir ihn zum Lachen bringen. Wer als Erster unten ist!"

Sie rannten davon, gefolgt in gemessenerem Schritt von Dip und mir, die wir uns einen Schirm teilten, und Jack, der ein paar Meter hinter uns her schlenderte. Ich hatte Tränen in den Augen. Manchmal denke ich, dass Gott wohl so etwas wie einen automatisch wiederaufladbaren Hoffnungs-Akku in uns installiert, sobald wir Eltern werden. Schon diese erbärmlich kleine, aber positive Begegnung mit meinem jüngeren Sohn hatte es geschafft, einen finsteren Winkel in meinem Innern mit Licht zu durchfluten, und verrückterweise fühlte es sich an, als hätte es die Finsternis überhaupt nie gegeben. Jetzt, an diesem Tag, an diesem Ort, war alles in Ordnung, und deshalb konnte es, soweit ich es ermessen konnte, für immer in Ordnung bleiben.

Ich drehte meinen Kopf halb zu Dip hin, um ihr zu sagen, was ich empfand, bremste mich aber rasch. Normalerweise teilte ich meiner Freundin alles mit, ohne auch nur darüber nachzudenken, doch jetzt erinnerte ich mich an meine Rücksichtslosigkeit von gestern und all die Dinge, die sie mir erzählt hatte, und wurde plötzlich unsicher. Vielleicht hatten sich alle Regeln verändert. Ich musterte das Gras zu meinen Füßen, während wir gingen, und schwieg.

Wir waren erst wenige Schritte weitergegangen, als Dip, ohne den Blick vom Ozean abzuwenden, ganz ernsthaft fragte: „Kathy, willst du weiterhin meine Freundin sein?"

Ich sah sie verwirrt und beunruhigt an. Was konnte sie damit nur meinen? Wie konnte Dip auch nur den leisesten Anflug eines Zweifels haben, dass ich auch weiterhin ihre Freundin sein wollte? Ich merkte, wie meine Kiefermuskeln meinen Mund auf- und zuklappen ließen wie bei einer Marionette, die von einem Puppenspieler bewegt wird. Ich brachte kein Wort heraus, so sehr ich mich auch bemühte.

„Willst du weiterhin meine Freundin sein, Kathy? Sag bitte ja."

Ich schüttelte verwirrt den Kopf. Es war, als wäre ich während einer Fernsehsendung kurz in die Küche gegangen, um Tee zu machen. Irgendwo zwischendurch musste ich eine entscheidende Dialogpassage verpasst haben. Oder vielleicht war ich auch nur zu dumm, um zu verstehen, wovon sie redete. Das ging mir manchmal so. Meine Gedanken waren so sehr damit beschäftigt, vorwärts zu fliegen, dass mir unterwegs Dinge entgingen, die alle anderen mitbekamen. Aber vielleicht tat ich mir damit zu viel Ehre an. Vielleicht war ich auch einfach viel naiver, als ich zugeben wollte.

Genau in diesem Moment stieg eine Erinnerung aus der Kindheit in mir auf. Die Klarheit der Bilder und die unverwässerte Intensität der sie begleitenden Gefühle, die offenbar über vierzig Jahre lang irgendwo in meinem Gehirn sorgfältig versteckt gewesen waren, ließen mich beinahe körperlich erzittern.

Ich war sieben, und es war der Tag vor dem Schulsportfest. Miss Crane, unsere hagere, übellaunige Lehrerin, hatte uns im Gänsemarsch zu dem nahen Kricket-Gelände marschieren lassen, wo wir das Sackhüpfen und das Dreibeinrennen und all die anderen Wettkämpfe üben sollten, in denen wir am folgenden Tag vor den Augen unserer Mamis und Daddys antreten würden. Ich freute mich sehr auf den Sport. Aus irgendeinem Grund hatte ich die feste Vorstellung, dass ich mich im Sackhüpfen als besonders talentiert erweisen würde. Im Kopf hatte ich es Hunderte Male durchgespielt, während ich abends im Bett lag, bis ich vollkommen darin war. Wichtiger noch, ich hatte eine Partnerin für das Dreibeinrennen, die schon darauf geeicht war, sofort die Hand in die Höhe zu recken, wenn wir gefragt würden, wer mit wem zusammen laufen würde. Das reichte mir. Das einzige Haar in der Suppe war Miss Crane. Man konnte nie genau wissen, was Miss Crane tun oder sagen würde. Sie war sehr streng. Einmal hatte sie sich im Klassenzimmer ans Klavier gesetzt und angefangen, uns eines unserer Lieblingslieder singen zu lassen, nur um dann nach der Hälfte der ersten Strophe abzubrechen und uns den Text von drei ganzen Liedern abschreiben zu lassen, weil ein paar Mädchen aus der letzten Reihe letzte Woche in Musik einen falschen, verballhornisierten Text zu einer der Melodien gesungen hatten.

Als wir auf dem Kricketplatz ankamen, befahl uns Miss Crane, uns in eine ordentliche Reihe an den Rand des Spielfeldes zu setzen, damit sie uns sagen konnte, was wir tun sollten. Es war herrlich, hier draußen zu sein statt im Klassenzimmer. Die Sonne lachte, der Himmel war so blau wie das Spatzenei, das mir mein Daddy im Frühjahr gezeigt hatte, und das leuchtend grüne Gras fühlte sich trocken und weich an. Und morgen war Sportfest! In meinem flaschengrünen Hemdchen und den kleinen weißen Shorts, die wir alle zum Sportunterricht trugen, saß ich da, beugte mich nach vorn über meine Knie und rieb mir aufgeregt mit den Handflächen über die Oberschenkel.

„Gut!" sagte Miss Crane mürrisch. „Bevor wir anfangen: Ich möchte nicht, dass irgendjemand mir sagt, wie ich meine Geschäfte zu erledigen habe. Ist jemand hier, der das *nicht* versteht?"

Ich verstand es nicht, aber das würde ich Miss Crane nicht wissen lassen. Ihr sagen, wie sie ihre Geschäfte zu erledigen hatte? Miss Crane, die explodierte wie ein Vulkan, wenn jemand während der Stillarbeit flüsterte, und einen Bambusstock besaß, den sie frechen Kindern über die Finger zog – ihr sagen, wie sie ihre Geschäfte zu erledigen hatte? Wie hätte überhaupt einer von uns in der Lage sein sollen, ihr zu sagen, wie sie ihre Geschäfte zu erledigen hatte? Sie war doch die Lehrerin. Wir waren die Kinder. Wir hatten keine Ahnung, was man als Lehrer zu tun hatte. Vielleicht, dachte ich, hatte es etwas mit der Toilette zu tun. Ihr Geschäft. Große Geschäfte – kleine Geschäfte. Ich hatte schon seit einiger Zeit das unbehagliche Gefühl, dass alles, was ich nicht verstand, vermutlich irgendwie mit der Toilette zu tun hatte. Ich starrte Miss Crane entsetzt an. Bestimmt nicht! Konnte es sein, dass sie uns aus irgendeinem mir unbegreiflichen Grund sagen wollte, dass wir ihr nicht sagen sollten, wie man auf die Toilette ging? Wie kam sie auf die Idee, dass einer von uns das tun könne? Bei dem Gedanken stieg ein kleiner, stummer Schrei in mir auf und sank wieder hinab. Er verdarb mir den Sportunterricht, und dann vergaß ich ihn wieder, dreiundvierzig Jahre lang.

So ein ähnliches Gefühl hatte ich jetzt auch bei Dip – dieselbe Art Panik, weil ich nicht verstand, was mir gesagt wurde, und dieselbe Angst, dass dahinter irgendein Faktor stecken könnte, der mir nicht gefallen würde. Dip redete – sie flehte beinahe, als ob ich gerade etwas wirklich Abweisendes oder Unangenehmes gesagt hätte. Warum sollte sie mich beschwören, weiterhin ihre Freundin zu sein, wo doch nichts von dem, was ich gesagt oder getan hatte, auch nur im

Entferntesten darauf hindeuten konnte, dass ich je etwas anderes sein wollte? Endlich fand ich meine Stimme wieder.

„Dip, du weißt – du *weißt* doch, dass ich deine Freundin sein will. Warum –?"

„Wenn es so ist, dann sag bitte, was du gerade sagen wolltest, aber nicht gesagt hast."

Es hatte aufgehört zu regnen, sodass die Schirme in dem böigen Wind mehr Mühe machten, als sie nützten. Ich ließ den großen, leuchtend bunten Schirm sinken, den ich über uns beide gehalten hatte, rollte ihn unordentlich zusammen und verschloss das Klettband.

„Weißt du, Dip, mein Vater wäre entsetzt gewesen, zu hören, dass unsere Familie sich so ziemlich alle zwölf Monate mit neuen Schirmen eindecken muss. Ich bin ziemlich sicher, dass er dreißig Jahre lang denselben eleganten, schwarzen Knirps benutzt hat, und der ging nie kaputt, weil er ihn meistens an Tagen benutzte, an denen es gar nicht richtig regnete, sondern höchstens eine gewisse Chance bestand, dass es regnen könnte. Wenn ich es recht bedenke, glaube ich nicht, dass das blöde Ding jemals wirklich nass wurde."

Ich versuchte ein fröhliches Kichern, doch da es mir nicht gelang, schluckte ich schwer. „Äh, ich wollte gerade sagen, wie herrlich es war, von Mark einen Klaps auf den Rücken zu bekommen und ihn ‚Gut gemacht' sagen zu hören, statt dass wir uns beide wütend anstarren oder uns überhaupt nicht richtig ansehen."

„Und du hast dich unterbrochen, weil ...?"

„Na ja, weil ich mir nicht ganz sicher bin – nach gestern, weißt du, wie viel ich von den – den Kindern reden soll. Ich will nicht, dass du das Gefühl hast –"

„Kathy", sagte Dip entschieden und sah mich endlich an, „wenn ich glauben müsste, dass das, was ich dir gestern erzählt habe, dich in Zukunft davon abhalten wird, mit mir offen über alles unter Gottes Sonne zu reden, und insbesondere über deine Kinder, dann wäre ich unendlich enttäuscht von unserer Freundschaft."

„Auch wenn – ich über sie jammere?"

„*Besonders*, wenn du über sie jammerst. Ich will Anteil haben an allem, besonders an ihnen. Es tut mir Leid, dass ich gestern dieses Wort benutzt habe, aber ehrlich, normalerweise empfinde ich es nicht so." Ein Lachen leuchtete plötzlich in ihren Augen auf. „Manchmal kommen mir meine schönsten Gedanken, wenn du dich über deine Kinder beschwerst."

Das gab mir zu denken. War es ein Kompliment? Vielleicht, vielleicht auch nicht. Das war auch egal, denn meine Freundin war immer noch meine Freundin, und sie wollte es hören, wenn ich von meinen Kindern erzählte – selbst, wenn ich über sie jammerte. Erst jetzt wurde mir klar, was für eine Lücke in mein Leben gerissen worden wäre, wenn ich geglaubt hätte, dass ich gegenüber Dip meine Zunge hätte hüten müssen.

Danke.

„Sie haben Dad eingeholt", sagte Jack und schloss zu uns auf. Er beobachtete die Szene einen Moment und lachte dann laut. „Schaut mal, Dad versucht, einen Tennisball zu werfen, ohne aus seinem Schmollwinkel zu kommen. Nicht einfach. Das wird lustig, wenn wir zu den Doughnuts kommen, was?"

4

Als wir die Mole erreicht und das Ballwerfen, das Mum-und-Dip-Unterhalten und das Felicity-auf-Inlinern-fahren-und-maulen-weil-sie-keine-Freundin-dabei-hat auf unserer Tagesordnung erfolgreich abgehakt hatten, war unsere kleine Gesellschaft wieder vereint, und Mark und Felicity bettelten wie zwei Dreijährige um Kleingeld aus meiner Zaubertüte, um Doughnuts zu kaufen.

Die Doughnut-Bude, die sich gleich hinter dem Eingang zur Mole befand, war ein bunter, schlampig gestrichener Schuppen, der für sonnigere Zeiten entworfen und gebaut war.

An diesem windgepeitschten Tag war er von einem jener unsäglich unglücklichen Mädchen von sechzehn oder siebzehn Jahren besetzt, die aussehen, als wären sie die Einzigen unter all ihren Freundinnen und Gleichaltrigen, die den letzten Bus ins Glück verpasst haben. Diese hier hatte eine Sechziger-Jahre-Frisur, die in Wellen auf ihre Schultern herabfloß und ihrem Gesicht die Form einer geschmolzenen Eieruhr gab, und ihr Mund war dick mit dunklem Lippenstift bestrichen. Der trübsinnig schmollende Mund erinnerte mich aus irgendeinem Grund an die Öffnung eines alten Turnbeutels, den ich einmal besessen hatte, wenn die Schnur festgezogen war.

Man konnte dem Mädchen kaum verdenken, dass sie unglücklich aussah, dachte ich. An einem grauen, verregneten Tag in einer buchstäblich menschenleeren Stadt am Ende einer vom Wind leer gefegten Mole neben einem Haufen unverkaufter Doughnuts zu stranden, musste wohl sehr weit hinter ihren schönsten Hoffnungen und Träumen zurückgeblieben sein. Auch die Ankunft ganzer sechs Kunden schien sie nicht sonderlich aufzuheitern, besonders, als Mark darauf bestand, dass unsere zehn Doughnuts heiß sein müssten, wie in der Werbung versprochen, und nicht einfach von dem traurigen kleinen Haufen genommen werden durften, den sie vermutlich irgendwann vorher vorbereitet hatte, um einem wenig wahrscheinlichen Ansturm zu begegnen. Die offenkundige Überzeugung des armen Mädchens, in einer

Art Wartezimmer vor der Hölle gelandet zu sein, schien sich zu bestätigen, als Mark und Felicity einen Strom von Ein- und Zwei-Penny-Stücken vor ihr auf den Tresen schütteten und begannen, die Summe abzuzählen, um die sie gebeten hatte.

„Bitte sehr", sagte Mark fröhlich, als sie ihre Arbeit beendet hatten, „stimmt genau, aber ich schätze, Sie wollen bestimmt nochmal nachzählen, was?"

Wir zogen uns von der Bude zurück, um das Mädchen in lippenschürzendem, säuerlichem Schweigen ihre Münzen zählen zu lassen. Mark hielt uns ungerührt die beiden Tüten mit Doughnuts entgegen, eine in jeder Hand.

„Also, das sind zehn Doughnuts, und wir sind zu sechst; das macht zehn durch sechs, das ergi-i-i-bt eins und vier Sechstel, oder auch, äh . . ."

Dies wäre normalerweise das Stichwort für meinen Gatten gewesen, mit der korrekten Summe zu unterbrechen. Er pflegte immer die Leute zu unterbrechen, wenn sie gerade versuchten, etwas im Kopf auszurechnen. Diesmal jedoch nicht. Etwas abseits stehend, zusammengekauert gegen die Kälte wie ein Polarforscher, dem der Verdacht kommt, dass er vielleicht doch den falschen Beruf ergriffen hat, wippte Mike frustriert auf den Fußballen auf und ab und vermied es um ein Haar, aus seiner Schmollecke herauszukommen, um uns zu sagen, dass jedem von uns ein zwei drittel Doughnuts zustünden.

„Ein zwei drittel", verkündete Mark schließlich. „Ich teile sie auf."

„Nein! Ich teile sie auf", protestierte Felicity schrill. „Ich kenne dich. Am Ende kriege ich immer das matschige Drittel."

„Willst du damit sagen, dass du mir nicht traust?"

„Ja", sagte Felicity mit Inbrunst, völlig ungerührt von der tiefen Gekränktheit und Empörung, die Mark zur Schau stellte, „das hast du neulich mit dem Schokobrötchen genauso gemacht. Lass es Jack machen. Jack, du teilst meinen."

„Ach, dem vertraust du also?"

„Natürlich tut sie das", sagte Jack. „Und das völlig zu Recht. In der Schule haben sie mich immer Abakus genannt."

Jemand musste die Frage stellen. Da konnte ich es genauso gut selbst tun, dachte ich mir.

„Bitte sag uns, Jack, warum haben sie dich Abakus genannt?"

„Weil sie mit mir rechnen konnten."

Dip gab ein schnaubendes Lachen von sich, doch Felicity interessierte sich nur für eines.

„Was machen wir denn nun mit den Doughnuts?"

„Also, wenn das was nützt, ich schaffe sowieso nur einen", meinte Dip und schlüpfte zurück in ihre vertraute Friedensstifter-Rolle. „Hilft das etwas?"

Mark, der es inzwischen aufgegeben hatte, den über Felicitys mangelndes Vertrauen Verzweifelten zu spielen, erkannte sofort, dass das nicht funktionieren würde, richtete den Blick empor zu der abblätternden Farbe der Holzdecke über uns und machte sich an die Berechnung.

„Okay, schauen wir mal, neun durch fünf gibt eins, vier im Sinn, also bekommt Dip einen ganzen und jeder von uns einen und vier Fünftel. Wie wär's – wenn ich ein Fünftel aus jedem Doughnut herausbreche, gibt das neun kleine Fünftel, insgesamt also einen und vier Fünftel, und die sind genau richtig für dich, Flit, oder?"

„Nein!" kreischte Felicity und schnappte mit dem Mund wie der stummste aller stummen Fische. „Das ist nicht gerecht! Dann kriege ich bloß wieder einen Haufen Krümel, die Mark mit seinen Dreckfingern völlig zermatscht hat. Und überhaupt", fuhr sie mit dem leidenschaftlichen Ernst fort, den Zehnjährige so oft für Banalitäten aufbringen, „ist es doch Blödsinn, es so zu machen, denn wenn du neun einzelne Vier-Fünftel-Doughnuts hast und vier Leute davon jeder einen und vier Fünftel kriegen sollen, dann muss ja der Erste einen Vier-Fünftel und noch einen Vier-Fünftel und dann noch ein Fünftel vom Nächsten kriegen, sodass der zweite nur noch einen Drei-Fünftel-Doughnut hat, also bekommt er noch einen Vier-Fünftel-Doughnut plus zwei Fünftel von den vier Fünfteln des Nächsten, sodass dem Dritten nur noch zwei Fünftel bleiben, also bekommt er nochmal vier Fünftel und drei Fünftel vom nächsten Vier-Fünftel-Doughnut, und das bedeutet, dass der Vierte –"

„Stopp!" Ich hielt mir zur Selbstverteidigung beide Ohren zu. „Du bist ja schlimmer als das Milchmädchen."

„Aber Mami!" Felicity war buchstäblich am Heulen. „Es ist nicht fair, wenn Mark das so macht, wie er gesagt hat. Ich kriege immer bloß den Abfall, weil ich die Kleinste bin!"

Bei dieser Äußerung von Felicity spürte ich dieselbe ungläubige Empörung in mir aufsteigen, mit der ich so oft auf Mark reagierte. Es erschien mir völlig verkehrt, dass sie sich über eine Lappalie dermaßen aufregte. Die größte Tragödie, die sie in ihrem Leben bisher erlebt hatte, war der Tod von Simbas Vater. Dämliche Kinder!

„Felicity, ich verstehe dich wirklich nicht. Wir kommen als Familie hierher, um uns einen schönen Nachmittag zu machen, du konntest Inliner fahren, und gleich darfst du in dieser Spielhalle an den Automaten spielen, und jetzt heulst du dir die Augen aus, weil es dir nicht paßt, wie die Doughnuts verteilt werden. Es ist mir ein Rätsel. Wirklich. Ich weiß nicht, warum wir überhaupt etwas zusammen unternehmen."

„Mum!" Ausgerechnet Mark fand meine Reaktion offensichtlich völlig überzogen. „Sie meinte doch bloß die Doughnuts. Außerdem war es meine Schuld – es war doch bloß ein Scherz, Flit. Natürlich kriegst du einen ganzen und nochmal fast einen ganzen."

Manchmal kann ich meine Kinder nicht fassen. Dies ließ nicht nur in Felicitys tränenüberströmtem Gesicht die Sonne wieder aufleuchten, sondern veranlasste sie auch dazu, Mark um den Hals zu fallen und ihr Gesicht zärtlich an seiner Brust zu vergraben. Übergeschnappt, alle übergeschnappt, die ganze Welt ist übergeschnappt, mit Ausnahme von mir.

„Da hätten wir genauso gut die kalten kaufen können", kommentierte Jack, sichtlich gelangweilt von diesen Auseinandersetzungen. „Besteht möglicherweise die Gefahr, dass wir am Ende diese Doughnuts tatsächlich essen?"

„Ja", sagte ich forsch (und aufopferungsvoll, denn ich verspürte plötzlich Lust, sie alle umzubringen). „Ich will auch nur einen; das macht alles viel leichter, nicht?"

„Zwei für jeden!" Felicity klatschte in die Hände.

„Ich werde überhaupt keinen essen", murmelte der bislang notorisch doughnutsüchtige Polarforscher aus seiner sicheren Entfernung.

Na schön, wenn er es so wollte.

„Gut! Also, wenn Dad keinen will, dann – ach, egal. Gebt Dip und mir unsere, und dann nehmt den Rest und haut euch drum. Wir sehen uns gleich in der Spielhalle!"

Nachdem das Sakrament der Verteilung zur adleräugigen Zufriedenheit aller Beteiligten vollendet war, folgten Dip und ich Mark und Felicity, die sich fröhlich in Richtung Spielhalle in Bewegung setzten. Jack blieb ein wenig zurück und klemmte sich an Mikes Seite, um seine zwei zwei Drittel Doughnuts so dicht vor dem Gesicht seines Vaters essen zu können, wie er ihm mit Anstand kommen konnte, und das auf möglichst unverblümt marmeladige Weise.

5

Mark hatte absolut Recht gehabt, was die Anzahl der Leute betraf, die wir um diese Zeit an einem Sonntagnachmittag in der Spielhalle voraussichtlich antreffen würden. Bunte Lichter blitzten und blinkten, Musikfetzen dröhnten, Summer summten, bewegliche Teile bewegten sich, Pfeifgeräusche pfiffen und körperlose Stimmen wiederholten unentwegt ihre roboterhaften Sätze, doch auf den ersten Blick schien es keinerlei menschliche Wesen zu geben, die an den verführerisch glitzernden Maschinen spielten. Dennoch waren ein paar Leute da. Als wir langsam durch die neonglühende Kakophonie schlenderten, bemerkten wir schattenhafte Gestalten, die sich durch die dunklen Zwischenräume zwischen den kleinen Inseln aus Licht bewegten wie Kobolde oder Teufel in einem Abschnitt der Hölle, der von der Privatwirtschaft übernommen worden war.

Außerdem sahen wir einen jungen Mann in einer verglasten, runden Kabine in der Mitte der Spielhalle sitzen. Er war einer jener stämmig gebauten jungen Männer, die aussehen, als ob sie wahrscheinlich ein oder zwei Jahre lang mit Begeisterung Gewichte gestemmt, es dann aber aufgegeben und sich stattdessen dem Essen als Hobby zugewandt hatten. Nachdem sie ihn diskret eine Weile gemustert hatte, flüsterte mir Dip ins Ohr, sein Kopf erinnere sie an eine Dampfnudel im Leinentuch, auf das jemand, der kein großer Künstler war, mit einem Bleistift ein Gesicht gezeichnet hatte. Das seltene Exemplar eines Mannes mit Dampfnudelkopf, das von Dips abgrundtief unschmeichelhafter Taxierung glücklicherweise nichts mitbekommen hatte, registrierte unsere Gegenwart mit einem flüchtigen, trüben, gelangweilten Blick und wandte sich dann wieder der schlaffen, grellbunten Illustrierten zu, die seine Aufmerksamkeit mit Beschlag belegt hatte. Auf dem Tresen vor ihm lagen kleine Stapel von Münzen verschiedener Werte, vermutlich für diejenigen Kunden, die größere Münzen oder Scheine einwechseln wollten. Er und das Mädchen an der Doughnut-Bude hätten sich mit Leichtigkeit den ersten Preis für die „Angeödetste Person im Universum" teilen können. Flüchtig überlegte ich, ob sie sich wohl kannten. Vielleicht holte er sie jeden Tag am Ende der Mole ab, wenn er Feierabend machte, und sie zogen zusammen los und unternahmen etwas furchtbar Aufregendes, das überhaupt nichts mit Doughnuts und kleinen Stapeln von Münzen zu tun hatte. Hoffentlich war es so. Wusste dieser junge Mann etwas von Gott? War er auf dem Weg in die Hölle? War er vielleicht schon dort ...?

„Komm schon, Mum – wir brauchen die Knete!"

Marks Stentorstimme, die über all das Gesurre und Geklingel und mechanische Geklapper zu hören war, riss mich aus meinem frommen Tagtraum.

„Gehen wir, Kathy." Dip ergriff meinen Arm. „Es wird wieder Zeit, den Geldsack zu schwingen."

„Gut, und wollen wir dann hinterher wieder herkommen und den Burschen dort mit Worten und Ermahnungen vom Herrn für das Reich Gottes gewinnen?"

„Auf keinen Fall – das heißt, wenn du Lust hast, nur zu."

„Hm!"

Wir fanden Jack, Mark und Felicity, die Gesichter von dem grellen künstlichen Licht unheimlich erleuchtet, über ein gedrungenes, äußerst massiv aussehendes Möbel mit Glasplatten an den Seiten und oben gebeugt. Dip und ich traten zu ihnen. Durch das Glas war in sechs getrennten, aber identischen Hohlräumen im Innern der Maschine ein vielschichtiger Haufen von Zwei-Penny-Münzen zu sehen, der haarscharf am Rande einer glänzenden, metallischen Klippe schwankte. Es erschien undenkbar, dass nicht wenigstens ein paar der Münzen herunterfallen würden.

Die Idee des Spiels bestand darin, wie Mark und Felicity

uns gleichzeitig zu erklären versuchten, dass der Spieler eine Zwei-Penny-Münze durch einen der Schlitze auf der Oberseite der Apparatur steckte, und zwar so, dass sie flach vor einer beweglichen Metallstange zu liegen kam. Diese Stange schob die Münze vorwärts, bis sie den hintersten Rand des schwankenden Münzhaufens berührte und so dem ganzen Haufen einen kleinen Schub versetzte, der hoffentlich ausreichen würde, einige der Münzen über die Kante zu schieben und in einen Sammelbecher herabklimpern zu lassen, der sich direkt darunter befand und von außen zugänglich war. Diesen „Ertrag" konnte dann der erfolgreiche Spieler entweder in die Tasche stecken oder neu investieren. Das Entscheidende war das Timing, erfuhren wir. Steckte man die Münze in einem falschen Moment in den Schlitz, so würde sie gegen die Vorderseite der Stange lehnen, statt flach liegen zu bleiben, und somit lediglich auf dem großen Stapel der Zwei-Penny-Stücke landen. Außerdem, fügte Mark hinzu, musste man manchmal spekulieren, um zu akkumulieren. Dieser clevere Spruch bedeutete, dass es sich lohnen konnte, ein paar Münzen zu opfern, um allmählich den Haufen näher an den Rand zu schieben, denn, so sagte die Theorie, wenn es dann zur „Lawine" kam, gewann man seine Investition und viel mehr obendrein zurück. Hatten wir's geschnallt?

Ja, hatten wir, und überdies hatte ich das Geld. Sorgfältig zählte ich drei Rationen zu je fünfzig Münzen in drei Paare gierig ausgestreckter Hände und wandte mich dann an Dip.

„Wie wär's mit einem Kartell, Dip? Jeder wirft abwechselnd fünfundzwanzig Münzen in denselben Schlitz, und den Gewinn teilen wir. Was meinst du?"

„Ist mir recht", sagte Dip. Sie deutete mit dem Daumen nach hinten. „Äh, was ist mit Mike?"

Mike, der offenbar beschlossen hatte, seinen Protest nicht kundzugeben, indem er draußen blieb, war hinter uns hereingekleckert und parkte nun in geringer Entfernung von uns an einem Obstbilder-Automaten. Die Hände tief in den Taschen vergraben, hatte er mürrisch zugeschaut, während Mark und Felicity sich abmühten, uns die Theorie des Spiels begreiflich zu machen, um dann in schweigender Missbilligung seinen Kopf zu schütteln, als ich das Geld aus meiner Tasche nahm und in die schwitzenden Handflächen meiner Kinder verteilte.

„Ich habe irgendwie nicht das Gefühl, dass er in Stimmung für eine kleine Wette ist, Dip, aber ich schätze, wir sollten ihm eine Chance geben." Ich erhob meine Stimme. „Mike, willst du nicht kommen und es auch einmal versuchen? Komm – komm schon und mach zur Abwechslung mal einen drauf."

Es gibt eine Form menschlicher Fortbewegung, durch die die sich bewegende Person in der Lage ist, zu vermitteln, dass ihr Körper sich zwar im geometrischen Sinne auf eine andere Person zu bewegt, aber ihre Einstellung zu dem, was in der unmittelbaren Umgebung dieser anderen Person vor sich geht, sogar auf eine noch größere Distanz gegangen ist, als sie vor dem Beginn der Bewegung bereits bestand. Sicher werden Sie mir zustimmen, wenn ich sage, dass das keine geringe Leistung ist. Mike vollbrachte sie auf bewundernswerte Weise. Ohne seine Hände aus den Taschen zu nehmen, hebelte er sein Gewicht mit dem Ellbogen von dem Obstbilder-Automaten los und durchquerte die Entfernung zwischen uns in der tragischen Pose eines Mannes, der im Begriff steht, die Leiche seines besten Freundes zu identifizieren. Ich vermute, er hatte sich schon einen ziemlich beeindruckenden, trübsinnigen Spruch für uns zurechtgelegt, doch wenn es so war, muss er ihn wohl in dem Augenblick, als er in den Abgrund unseres Teufelsspielzeuges hinabschaute und all die Münzen in ihrer gierweckenden Fülle über dem Klippenrand hängen sah, völlig vergessen haben.

Ich beobachtete seine Augen, als sie über das Geld, die Schlitze in der Abdeckung, die bewegliche Stange und den Sammelbecher darunter zuckten. Er wollte eine Frage stellen, rang aber innerlich mit dem schier unüberwindlichen Problem, wie in aller Welt er es schaffen sollte, sich missbilligend und neugierig zugleich anzuhören. Ich beschloss, ihm aus der Patsche zu helfen – schließlich hatte er schon die Doughnuts verpasst. Natürlich war das allein seine Schuld, aber da ich selbst mein Leben lang eine Meisterin im Schmollen gewesen war, wusste ich, was für ein Kampf es gewesen sein musste, dieses Niveau freiwilliger Dummheit durchzuhalten. Ich nahm ihn am Arm und deutete auf den Automaten.

„Schau, Mike, diese Stange da schiebt die Münze, nachdem du sie hineingeworfen hast, gegen die ganzen anderen Münzen, und dann gewinnst du alle, die in den Becher fallen. Gut, was?"

Mike musterte die Apparatur einige Sekunden lang, ohne sich zu regen, bis er schließlich leicht zusammenzuckte, als ihm plötzlich wieder einfiel, dass er ja überhaupt kein Interesse daran hatte.

„Ich denke, ich habe bereits deutlich gemacht", sagte er, während er sich zurückzog, „dass ich derartige Spiele als eine Vergeudung von –"

„JJJJaaaa!"

Ein Jubelschrei von der anderen Seite des Automaten her, gefolgt vom Klimpern und Klappern einer offenbar großen Anzahl in den Metallbecher fallender Münzen, hielt Mike davon ab, seine Predigt von vorhin nochmals zu wiederholen. Über dem Automaten erschien für einen Augenblick Marks freudestrahlendes Gesicht, erfüllt von einer Ekstase, die jedem Pfingstler Ehre gemacht hätte.

„Das sind Massen!" rief er, bevor er sich wieder wegduckte.

Unvermeidlich folgte von irgendwo neben und unterhalb von ihm eine höhere, jüngere Stimme: „Das ist nicht fair!"

„Komm, Kathy", sagte Dip, „versuchen wir es mal."

Zum Teil hatte Mike recht mit dem, was er beim Mittagessen gesagt hatte. Etwas an dieser Maschine erzeugte – oder offenbarte – in mir einen überraschenden Abgrund altmodischer, schierer Habgier. Der Gedanke daran, wie all die Münzen herabfallen und den kleinen Becher darunter zum Überfließen bringen würden, nahm mich ziemlich in Beschlag. Ich sah mich sie schon mit beiden Händen herausschöpfen und meine Handtasche bis zum Stehkragen damit füllen. Was natürlich völliger Unsinn war. Zum einen war das Ding so konstruiert, dass es unwahrscheinlich war, dass je eine solche Menge über den Rand fallen würde, zum anderen würde der höchste mögliche Gewinn zweifellos geringer ausfallen als das, was wir mitgebracht hatten.

Trotzdem hatten Dip und ich unseren Spaß an der Sache und lachten eine Menge, was meiner Ansicht nach genauso viel wert ist wie ein paar Pfund. Innerhalb weniger Minuten hatten wir nur noch zehn Münzen übrig, obwohl hin und wieder ein kleiner Gewinn in unseren Becher getröpfelt war, und auf der anderen Seite des Automaten verrieten einzelne Freudenjuchzer und zahlreichere enttäuschte Stöhn- und Grunzlaute, dass es den anderen ähnlich erging. Ich war gerade dabei, die erste jener letzten zehn Münzen in den Schlitz zu werfen, als Mike, der hinter Dip und mir gestanden hatte, während wir spielten, und dessen I-Aah-mäßige Gegenwart ich vorübergehend vergessen hatte, seinen Kopf zwischen uns beiden hindurchsteckte und vor Ärger zu platzen schien.

„Kathy, *siehst* du denn nicht, dass du sie ganz falsch da hineinsteckst! Du bist jedes Mal ungefähr eine halbe Sekunde zu spät dran. Du musst sie einen Sekundenbruchteil, nachdem sich die Stange ganz nach vorn geschoben hat, fallen lassen, sodass die Münze, wenn die Stange zurückfährt, gerade rechtzeitig hinabgleitet, um flach zu liegen und vorwärts geschoben zu werden, wenn die Stange sich wieder bewegt. Sieh mal, gib mir ein paar davon – ich zeige dir, wie ich es meine."

„Aber ich dachte –"

„Nun gib mir schon ein paar!"

Drei Münzen später begrüßte Mike, der sich nun wild entschlossen und stirnrunzelnd auf das Spiel konzentrierte, für das er kurz zuvor nur Verachtung gehabt hatte, mit einem lauten, zufriedenen „Huh!" einen kleinen Wasserfall von Münzen in seinem Becher. Ganz erhitzt vor Erregung drehte er sich triumphierend zu Dip und mir um.

„Seht ihr! Seht ihr! Ich hatte Recht! Es kommt nur darauf an, die Intervalle richtig einzuschätzen. Wenn man das erst mal ausgetüftelt hat, ist es nur eine Frage der Zeit, bis man gewinnt. Schau her, Kathy! Dip, schau her!"

Während mein Gatte sich eifrig wieder über seine Aufgabe beugte, warf ich Dip über seinen Hinterkopf hinweg einen Blick zu und schnitt eine Grimasse. Offenbar war unser kleines Kartell endgültig übernommen worden. Mike war jetzt richtig in Fahrt.

„Da drüben an der Seite ist ein Riesenhaufen eine Haaresbreite davor, zu fallen", sagte er angespannt im Ton eines Top-Chirurgen angesichts eines ungewöhnlich kniffligen Skalpell-Kunststückchens. „Wenn ich nur die nächste ein bisschen weiter rechts landen lassen kann, müsste ich es schaffen ... Nein, nicht ganz, versuchen wir es noch einmal ... Nein, nein, jetzt weiß ich, was ich falsch mache. Ach, Mist! Das bewegt sich ja kaum einen Millimeter weit! Mist! Mist! Jetzt komm schon ... Verdammter Mist! Kathy, gib mir noch ein paar Münzen, ja? Es ist nur eine Frage der Zeit."

Einer nach dem anderen gesellten sich Jack, Mark und Felicity, nachdem ihnen selbst die Münzen ausgegangen waren, zu Dip und mir und beobachteten mit uns Mikes faszinierende Metamorphose vom schmollenden, moralinsauren Nicht-Teilnehmer zum völlig dem Wahn verfallenen Spieler. Hin und wieder schaute er sich mit glühenden, stieren Augen über die Schulter um, informierte uns flüchtig, wie dicht er an einem Riesengewinn dran sei, und stürzte sich und seine Aufmerksamkeit dann wieder mit Haut und Haaren ins Getümmel.

„Keine Sorge", flüsterte Dip, „in einer Minute hat er alles verloren, und dann wird er sich wieder in einen normalen Menschen verwandeln."

Die Prophezeiung war nahe liegend, aber falsch. Just als mein Vorrat von Zwei-Penny-Münzen am Versiegen war, gab es ein lautes Münzgeklapper, und Mike warf mit einem wilden Triumphgeheul die Arme empor. Unglücklicherweise muss ihm wohl in der Aufregung des Augenblicks ein Fuß weggerutscht sein, denn er fiel zur Seite, stützte sich mit der linken Hand auf dem Boden ab und hielt sich mit der rechten an dem Sammelbehälter fest, der bis zum Überfließen mit seinem Gewinn gefüllt war. Immer noch mit der Freude über seinen Erfolg angefüllt, stemmte er sich hoch, bis er das Gesicht nicht nur auf einer Höhe mit dem Sammelbehälter hatte, sondern beinahe darin, und musterte mit schmunzelnder Befriedigung die Früchte seiner Arbeit.

An diesem Punkt wurde mir undeutlich bewusst, dass sich unsere kleine Gruppe von Zuschauern um drei oder vier Personen verstärkt hatte. Als ich mich umsah und die Gesichter der Neuankömmlinge betrachtete, erkannte ich mit einem kleinen, unbehaglichen Schrecken, dass mindestens zwei dieser kurzhaarigen, respektabel aussehenden Männer zu den Säulen der großen Hausgemeinde gehörten, die sich in einer ehemaligen Fabrik im Industriegebiet in der Nähe unserer Straße versammelte. Einen von ihnen, ein Mann, der großen Wert darauf legte, sich Peter J. Lampert zu nennen, kannte ich einigermaßen gut von den monatlichen überkonfessionellen Treffen her, die wir während des vergangenen Jahres durchgeführt hatten. Er war nett, aber sehr fromm.

„Peter J.!" sagte ich aufgeräumt und bemühte mich, es so klingen zu lassen, als wären wir uns im Supermarkt oder in der Schlange auf dem Postamt begegnet. „Was machen Sie denn hier?"

Peter J. schien zunächst nicht recht mit der Sprache herauskommen zu wollen. Er räusperte sich.

„Wir kommen seit zwei Monaten jeden zweiten Sonntag hierher", sagte er, „um im Gebet gegen den bösen Einfluss zu ringen, den diese Werkzeuge Mammons zweifellos haben können, besonders auf kleine Kinder. Wir meinen, dass, äh, Christen sich der Gefahren solcher Orte sehr bewusst sein sollten ..."

Seine Stimme versickerte, und ich folgte dem Blick seiner ungläubig geweiteten Augen, die sich auf die Gestalt meines Mannes richteten, des Einzigen von uns, der ursprünglich gar nicht in die Spielhalle hatte kommen wollen, wie er auf den Knien hockte und kichernd in einem Meer von Zwei-Penny-Münzen wühlte, dass es schien, als betete er in Gegenwart seiner Familie vor dem Altar eines dieser Werkzeuge Mammons an, die zweifellos einen bösen Einfluss haben können – besonders auf kleine Kinder.

Montag

1

„Ah, da seid ihr ja, kommt herein. Geht schon durch und setzt euch, ich mache uns was zu trinken. Ist euch Kaffee recht? Ich muss ihn nur ausschenken."

„Oh ja, danke, Simon."

„Du auch, Kathy?"

„Ja, gerne, danke."

Etwas gedämpft nach seinem Sündenfall in der Spielhalle am Sonntagnachmittag, hatte es Mike dennoch nicht vergessen, am Montag gleich früh am Morgen Simon Davenport anzurufen, um so bald wie möglich einen Termin zu vereinbaren, an dem wir über Dips Abendmahlsfeier sprechen wollten, und Simon hatte uns kurzerhand für den Abend zu sich nach Hause eingeladen.

Ich war ziemlich nervös, als Mike und ich uns zu diesem wichtigen Gespräch auf den Weg ans andere Ende der Stadt machten. Nicht, dass ich Simon nicht gemocht oder respektiert hätte. In den Jahren, seit ich zu seinem Hauskreis gehörte, war er mir sogar richtig ans Herz gewachsen, und ich bewunderte tatsächlich die Beharrlichkeit, mit der er am geraden, schmalen Weg festhielt, was Glauben und Verhalten anging. Simon war vollkommen verlässlich. Nur war er – ja, wie soll ich es ausdrücken? Er war niemand, mit dem man sich gerne betrinken würde. Nicht, dass ich mich regelmäßig mit Leuten zu betrinken pflege, geschweige denn allein, aber wenn, dann hätte ich es nicht mit Simon tun wollen. So ungefähr. Ojemine! Gott versteht, wie ich das meine.

Simon hatte zweifellos seine Vorbehalte mir gegenüber. Ein Aufflackern von Wachsamkeit ging fast jedes Mal über seine dunkel-gutaussehenden und doch auf seltsame Weise nicht sehr anziehenden Züge, wenn ich im Hauskreis den Mund aufmachte, um etwas zu sagen. Diese chronische Wachsamkeit war vermutlich auf den allerersten Hauskreisabend zurückzuführen, an dem Mike und ich teilgenommen hatten.

Zu jener Zeit hatte ich gerade wieder einmal einen meiner gelegentlichen Anfälle von Seelenpein, diesmal im Zusammenhang mit der Frage, was die Leute eigentlich meinten, wenn sie davon sprachen, dass sie Gott erfahren. Nach einer Bibelarbeit über das siebte Kapitel des Römerbriefes oder so eröffnete der arme, nichts Böses ahnende Simon das Gespräch, indem er sich statutengemäß begeistert darüber äußerte, wie wunderbar es doch sei, Gottes Wirken in unserem Leben zu erfahren. Soweit ich mich erinnere, verlief das nun folgende Gespräch etwa so. (Doris, Stanley und Janet gehörten damals ebenfalls zum Hauskreis.)

ICH: Entschuldigung, darf ich eine Frage stellen?

SIMON: (VERMUTLICH ERFREUT, DASS EINE NEUE SO EIFRIG NACH WISSEN VERLANGT) Ja, natürlich, nur zu.

ICH: Also, wenn Sie sagen, es ist wunderbar, was genau meinen Sie damit?

SIMON: (NACH EINER PAUSE) Wie meinen Sie das – was genau meine ich damit?

ICH: Na ja, was für ein Gefühl ist das?

SIMON: Was für ein Gefühl das ist?

ICH: Ja, was für ein Gefühl ist das?

SIMON: Was für ein Gefühl ist was?

ICH: Das Wunderbare des Wirkens Gottes in Ihrem Leben – wie fühlt sich das an?

SIMON: (LÄCHELT NACH EINER WEITEREN STIRNRUNZELNDEN PAUSE UND ZUCKT DIE ACHSELN) Es fühlt sich so an, als ob Gott in meinem Leben wirkt. Tut mir Leid, ich fürchte, ich verstehe nicht ganz, wonach Sie fragen.

ICH: Okay, tut mir Leid, vielleicht habe ich das nicht sehr gut ausgedrückt. Was ich sagen will, ist, wenn es wirklich wunderbar ist, wenn Gott in Ihrem Leben wirkt, dann müssen Sie dieses Wunderbare doch irgendwie wahrnehmen – es sei denn, Sie vermuten es nur oder tun nur so, als ob, oder so etwas. Richtig?

SIMON: (WACHSAM – HIER MUSS ES ANGEFANGEN HABEN!) Mmmm . . .

ICH: Also, was ist das eigentlich für eine Erfahrung, das wahrzunehmen? Was passiert dabei? Was für Emotionen empfinden Sie? Was geht dabei vor sich?

SIMON: (LEICHT IRRITIERT, ABER GEDULDIG) Sehen Sie, Kathy – Kathy ist doch richtig, ja?

ICH: Kathy, ja.

SIMON: (NACH EINER KURZEN INNEREN SAMMLUNG) Kathy, es ist etwas Geistliches. Wenn Gott in Ihrem Leben wirkt, dann werden Sie des Wunders seiner Gegenwart und seines Handelns auf geistliche Weise inne – auf einer geistlichen Ebene.

ICH: Oh, verstehe.

SIMON: Gut, und nun lassen Sie uns –

ICH: Also, was ist das für ein Gefühl?

SIMON: (LIEBEVOLL MIT DEN ZÄHNEN KNIRSCHEND) Das ist keine Frage der Gefühle, es ist eine Frage des Glaubens.

ICH: Aha, dann fühlen Sie also nichts, wenn Gott in Ihrem Leben wirkt?

MIKE: Kathy, lass uns doch –

DORIS: (WÜRGT EINEN BISSEN UNVERDAUTER LEHRE HERAUS) Auf Gefühle ist kein Verlass, wissen Sie.

SIMON: (MACHT ERLEICHTERTES GESICHT) Ja, danke, Doris. Das stimmt – Gefühle können sehr unzuverlässig sein. Wir nehmen das, was Gott tut, mit den Augen des Glaubens wahr.

ICH: Dann sollten wir also unsere Gefühle ignorieren? Aber wie *merken* wir dann überhaupt etwas von Gott?

SIMON: Schauen Sie, wir haben noch eine Menge Stoff vor uns, Kathy, also könnten wir vielleicht jetzt –

STANLEY (BEUGT SICH VOR UND UNTERBRICHT) Vor ein paar Jahren ging unser Auto kaputt – weißt du noch, Janet?

JANET: Ja, genau. An einem Montag.

STANLEY: Und wir wollten am Dienstag zu unserer Tochter nach Stafford fahren. Also brachten wir den Wagen –

JANET: Sie erwartete im folgenden Monat ein Kind, und es ging ihr schlecht, wissen Sie. Es war ihr zweites, und sie hatte schon beim ersten –

STANLEY: Also brachten wir den Wagen in die Werkstatt, und der Mann sagte uns, es würde hundertfünfzig Pfund kosten, ihn zu reparieren. Nun hatten wir aber keine hundertfünfzig Pfund; also beschlossen wir, am Morgen unsere Tochter anzurufen und ihr zu sagen, dass wir nicht kommen könnten. Doch am nächsten Morgen kam mit der Post ein Scheck, irgendeine Rückzahlung oder so, und es waren genau hundertfünfzig Pfund. (LEHNT SICH TRIUMPHIEREND ZURÜCK) So, da haben Sie's.

ICH: Da haben wir's. Was haben wir? Wie meinen Sie das?

STANLEY: Nun, immer, wenn uns jemand fragt, warum wir an Gott glauben, erzählen wir davon, wie uns Gott an dem Tag damals das Geld für das Auto gegeben hat.

ICH: Okay, also dass Ihnen so etwas passiert ist – dass da zufällig das Geld ankam –, das ist das Handeln Gottes, das Sie in Ihrem Leben sehen? Aber *ihm selbst* als solchem sind Sie doch dabei nicht begegnet?

JANET: (LEICHT VERSCHNUPFT, NACH EINEM

KURZEN AUFBEGEHREN AUFGRUND MEINER VERWENDUNG DES WORTES „ZUFÄLLIG") Das war kein Zufall. Das war Gott, der für unsere Bedürfnisse sorgte. So sind wir ihm begegnet, und da es Ihnen ja so sehr um Gefühle zu gehen scheint, wir *fühlten* große Dankbarkeit ihm gegenüber.

MIKE: Kathy, meinst du nicht –?

ICH: (SPIELE MIT MEINEM LEBEN) Gut – also bei den Gelegenheiten, wo Sie dringend Geld brauchten, und es kam *nicht*, da fühlten Sie ebenso große Dankbarkeit, nicht wahr, weil er in seiner Weisheit beschlossen hatte, dass es nicht gut für Sie wäre, das Geld zu bekommen, und es deshalb gnädigerweise nicht zugelassen hat? (SPÜRE, DASS ICH MICH ETWAS HABE HINREISSEN LASSEN) Schauen Sie, das soll nicht heißen, dass ich nicht denke, dass Gott Ihnen das Geld gegeben hat, als Sie es brauchten. Ich bin sicher, dass er das getan hat, und ich bin froh darüber. Aber ich frage mich – worauf basiert eigentlich diese Sache, die wir „Beziehung zu Jesus" nennen? Erfahren wir Gott wirklich nur in Form von Zufällen – Entschuldigung, Gelegenheiten, wo unsere Bedürfnisse gestillt werden und wir davon ausgehen, dass Gott dahinter stecken muss – oder wissen wir einfach nur durch den Glauben, dass er da ist, weil er es gesagt hat? Oder gibt es noch etwas anderes? Ist er wie ein abwesender Vater, der uns liebt, aber immer nur Geschenke mit der Post schickt und nie anruft, oder ist es möglich, ihm auf irgendeine andere Weise zu begegnen?

DORIS: (TAPFER, ABER VAGE) Wir begegnen ihm in der Heiligen Schrift.

ICH: Sind Sie ihm in der Heiligen Schrift begegnet?

DORIS: (ETWAS VERUNSICHERT) Nun, ja ...

ICH: Und wie fühlt sich das an?

DORIS: (HILFLOS) Äääh, irgendwie warm.

ICH: Aaah! (ZU SIMON) Dann haben Sie vielleicht das

gemeint, als Sie sagten, es sei wunderbar, wenn Gott in Ihrem Leben wirkt. Sie meinten, es fühlt sich irgendwie warm an – ist es das, was Sie gemeint haben?

SIMON: Wir haben jetzt schon genug Zeit damit vergeudet ...

Kein Wunder, dass der arme Kerl wachsam wurde. Mir wäre es sicher nicht anders gegangen. Und wie würde er jetzt reagieren, wenn ich ihm sagte, dass ich glaubte, Gott wolle, dass wir etwas tun sollen, das grundverschieden war von allem, was wir bisher getan hatten? Während wir das große, behagliche Wohnzimmer durchquerten, in dem meistens unsere wöchentlichen Treffen stattfanden, ging ich in Gedanken noch einmal meinen Bericht über die Ereignisse durch und ermahnte mich streng, auf keinen Fall in die Albernheit abzugleiten. Leider hatte Simons schnurgerade Ernsthaftigkeit etwas an sich, das in dieser Hinsicht das Schlimmste in mir zutage förderte, und ich wusste, dass er das hasste.

Ich war mehr als nur ein wenig durcheinander, als ich feststellte, dass sich eine andere Person bereits in einem der Sessel breit gemacht hatte, als wir das Zimmer betraten, besonders, als ich sah, wer es war. Dem sorgenvollen Blick, den Mike in meine Richtung warf, konnte ich entnehmen, dass er auch nicht begeisterter war als ich. Er wusste nur zu gut, wie ich voraussichtlich reagieren würde.

Eileen Carter war ein weiteres Mitglied unseres Hauskreises. Allein stehend, fromm und Anfang vierzig, schien ihre Entwicklung mit ungefähr dreizehn Jahren teilweise stehen geblieben zu sein, was Kleidung, Frisur und Figur anbetraf. Heute trug sie wollene Strümpfe, einen gerade geschnittenen, karierten Kilt mit einer großen Zier-Sicherheitsnadel an der Seite und eine jener steifen Blusen, neben denen ein Kettenhemd wie Seidenpapier aussieht. Eileen hatte die seltsame Angewohnheit, Leute mit ihrem vollen Vornamen anzusprechen, auch wenn alle anderen die Kurzform verwendeten. Im Lauf der Jahre hatte sie es geschafft, mich so nahe an den Rand der physischen Gewalttätigkeit zu bringen wie kein anderer – mit Ausnahme von Mark natürlich, und gelegentlich auch Mike; aber schließlich liebte ich Mark und Mike, aber Eileen Carter liebte ich *nicht*. Nicht, dass ich stolz darauf gewesen wäre. Mein andauernder Wunsch, einer Mitchristin Verletzungen zuzufügen, blieb mehr als nur ein wenig hinter der neutestamentlichen Lehre über die Liebe unter Geschwistern zurück. Eileen stand schon seit langem ganz oben auf meiner Gebetsliste, und dort würde sie für die absehbare Zukunft wohl auch bleiben, falls Gott nicht eine radikale Veränderung meiner Einstellung zu ihr bewirkte. Freilich hätte ich keinen Moment lang daran gedacht, dass eine solche Veränderung für diesen Abend geplant sein könnte.

„Eileen!" sagte Mike heiter, als wir uns nebeneinander auf das Sofa fallen ließen, „wir hatten nicht erwartet, dich hier zu treffen. Wie geht es dir?"

Eileen schloss die Augen, lächelte, ohne die Lippen zu öffnen, und neigte sanft das Haupt.

„Mir geht es *gut*, Michael, wirklich gut." Sie hörte sich an wie eine leidende Nonne mit TB in einem dieser fürchterlichen Filme, die sie in den Fünfzigern gedreht haben. Ich wappnete mich, als sie ihren seelsorgerlichen Blick mir zuwandte.

„Katherine, Simon bat mich, heute Abend mit dabei zu sein. Wie ich höre, hast du gerade ein ziemliches Tal zu durchschreiten, und da ist sicher einiges an Durchdenken und Durchbeten nötig."

Ich atmete tief durch die Nase ein und wieder aus, bevor ich antwortete. Am liebsten wäre ich außerordentlich grob geworden, aber das hier geschah Dip zuliebe, nicht für mich. Ich musste mich im Griff behalten.

„Nun, weißt du, Eileen, eigentlich bin nicht ich es, die das, äh, das Tal zu durchschreiten hat."

Eileen warf mir unter ihren Augenbrauen hervor einen wissenden Blick zu. Ich kenne diesen Blick. Eileen war vollkommen sicher, dass *doch* ich es war, die durch dieses blöde hypothetische Tal ging, und auf jeden Fall würde sie niemals zugeben, dass sie keine Ahnung hatte, worum es eigentlich ging. *Warum* hatte Simon sie gebeten, dabei zu sein? Von allem anderen abgesehen, wurde ich, wenn sie mich so anstarrte, meistens am Ende so sauer, dass alle annahmen, sie müsste wohl den sprichwörtlichen wunden Punkt getroffen haben. Ich beherrschte mich frauhaft.

„Eileen, wir sind wirklich nicht hierher gekommen, um über mich zu sprechen, und es geht auch wirklich nicht um ein kleines Problem. Es geht um ein sehr, sehr großes Problem, und zwar eines, das schon seit sehr langer Zeit besteht. Simon hat dir wohl nicht gesagt, warum wir mit ihm reden wollten?"

„Bei Gott gibt es keine großen Probleme", sagte Eileen, während sie sich mit funkelnden Augen vorneigte und die Hände vor ihrem Knie verschränkte, „nur große Lösungen."

In diesem Moment kam Simon mit einem Tablett voller Getränke und Kekse herein, dem Himmel sei Dank. Ich spürte, wie alle Gelassenheit und gute Laune, mit der ich gekommen war, mir durch die Schuhsohlen entrann.

„Ich hoffe, ihr seid damit einverstanden, dass ich Eileen gebeten habe, sich uns anzuschließen", sagte unser Gastgeber mit einem strahlenden Lächeln voll durchsichtiger und aufrichtiger Zuversicht, dass wir die Idee nur hervorragend finden konnten, „aber sie hat einen tiefen Blick für solche Dinge, wie ihr wisst. Ich war mir sicher, dass wir alle ihren Beitrag zu schätzen wissen würden."

„Oh ja", flunkerte Mike schamlos, „eine sehr gute Idee. Danke, dass du dir die Zeit nimmst, Eileen."

Auf einen sanften Druck von Mikes Fußkante hin unternahm ich eine tapfere Anstrengung, dem Gesagten beizupflichten, aber die Worte gingen einfach nicht durch so eine Art Wahrheitsfilter in meiner Luftröhre. Das lang gezogene, erstickte Quietschen, das schließlich aus meinem Mund drang, folgte grob derselben Satzmelodie wie Mikes Äußerung, aber es kann sich kaum sehr überzeugend angehört haben.

„Mmmmm ..."

Ich räusperte mich und zwang mich zu einem positiven Gesichtsausdruck.

„Was ich Eileen gesagt habe", fuhr Simon fort während er ein kleines Zuckerstück in seinen Kaffee tat und umrührte, „ist mehr oder weniger das, was ihr mir erzählt habt: dass es ein ernsthaftes Problem mit – nun, ihr habt ja noch nicht gesagt, wer eigentlich das Problem hat – und dass ihr stark davon überzeugt seid, dass eine Art besonderes Treffen für – für die betroffene Person sehr hilfreich wäre. Stimmt das bis dahin ungefähr?"

Ich nickte und zögerte dann, da es mir im ersten Moment widerstrebte, Dips Innenleben vor Eileens gaffenden Augen auszubreiten. Nein, dachte ich dann, mach schon, du alberne Idiotin. Falls es zu dem Abendmahlsgottesdienst kam, würde Eileen sowieso dabei sein, also machte es eigentlich nichts aus.

„Ja, das ist richtig, Simon. Und die Person, über die wir sprechen, ist Dip." Unwillkürlich registrierte ich aus dem Augenwinkel, dass Eileen nun ihr engelhaftes „Ich-wußte-ja-die-ganze-Zeit-um-wen-es-geht"-Lächeln aufgesetzt hatte, doch ich tat mein Bestes, es zu ignorieren. „Es fing an, als sie am Samstag bei uns vorbeikam. Sie hatte mir schon vorher gesagt, dass sie mir etwas Wichtiges mitteilen wolle, aber ich fürchte, ich war selbst zu sehr mit Reden und Jammern beschäftigt, um ihr richtig zuzuhören ..."

Simon hörte aufmerksam und ohne Unterbrechung zu, während ich mein Telefongespräch mit Dip und unser späteres Gespräch in ihrer Küche schilderte. Als ich fertig war, herrschte eine oder zwei Sekunden lang Schweigen, bis Eileen Luft holte, als wollte sie etwas sagen, jedoch zum Glück mitten im Atemzug von Simon unterbrochen wurde, der in einer sparsamen, aber ungewöhnlich autoritativen Geste die Hand hob, bevor er selbst das Schweigen brach.

„Vielen Dank, Kathy, dass du uns das alles berichtet hast. Ich kann dir gar nicht sagen, wie traurig es mich macht, dass Dip eine so schreckliche Last all diese Jahre lang ganz allein tragen musste. Es war wirklich sehr tapfer von ihr, dir zu erlauben, dem Hauskreis davon zu erzählen. Bitte richte ihr aus, dass ich das gesagt habe, ja?"

Die großen braunen Augen waren feucht vor aufrichtiger Anteilnahme. Guter alter Simon! Ich erwärmte mich für ihn wie nie zuvor. Manchmal mochte er ein alter Stockfisch sein, doch er trug das Herz auf dem rechten Fleck.

„Danke", sagte ich töricht, als wäre ich eine stolze Mutter, deren Kind gerade in der Schule einen Fleiß-Preis bekommen hat. „Ja, natürlich richte ich ihr das aus."

„Und du hast also das Gefühl", fuhr Simon fort, „dass ein kleiner Abendmahlsgottesdienst hier an einem unserer Hauskreisabende ihr helfen könnte?"

„Ich glaube, es ist noch mehr als das, Simon", warf Mike ein. Ich hätte ihn küssen können. „Es ist nicht nur ein Gefühl, weißt du. Kathy ist ganz sicher, dass Gott ihr gesagt hat, dass etwas Derartiges Dip enorm gut tun würde. Normalerweise liegt sie mit solchen Dingen richtig, und deshalb glaube ich, dass wir das tun sollten. Ich fände es sogar am besten, wenn wir es gleich diesen Donnerstag machen würden."

Eine warme Welle der Dankbarkeit und eine kalte Welle der Unsicherheit durchspülten mich ziemlich gleichzeitig, während Mike sprach. Es war sehr nett von ihm, dass er das gesagt hatte, aber um Himmels willen! Wie pompös und anmaßend und fußnagelaufrollend peinlich hörte sich das an! Wie kam Gott dazu, ausgerechnet *mir* etwas zu sagen? Meine Gedanken wanderten zurück zu jenem ersten Hauskreisabend und mein fast besessenes Nachhaken, wie denn Gott wirklich mit Männern und Frauen kommuniziert. Wäre Simon ein weniger tugendhafter und dafür phantasievollerer Mann gewesen, so wäre dies die ideale Gelegenheit für ihn gewesen, es mir ein wenig heimzuzahlen. *Wie* hatte ich denn Gottes Stimme so deutlich gehört? Wovon redete ich genau? Plötzlich hätte ich am liebsten gesagt, dass es alles ein Irrtum war, und wäre nach Hause gerannt, um mich (nicht zum ersten Mal) in unserem großen Kleiderschrank zu verstecken, wo mir die Dunkelheit willkommener und ersehnter war als Narnia. Es hatte sich alles nur in meinem Kopf abgespielt – pures Wunschdenken, weil ich mir so sehr wünschte, dass irgendetwas passierte, das Dip half. Es war alles Unfug – von vorn bis hinten. Gott, die Kirche, das Gebet, der Gottesdienst und all den anderen Unsinn hatten wir erfunden oder zusammengeklaubt, um das Dasein auf diesem Planeten wenigstens halbwegs erträglich zu machen.

„Wie stellt ihr euch Elizabeths Rolle in diesem besonderen Abendmahlsgottesdienst vor?"

Eileens Stirn war teilnahmsvoll gerunzelt. Das hätte normalerweise die Peinlichkeit für mich nur noch schlimmer gemacht, aber erstaunlicherweise tat es das nicht. Wenn man bedenkt, wie verwirrt und panisch ich noch vor einer Sekunde gewesen war, schien es sogar meine Gedanken sehr klar werden zu lassen – eigentümlich klar.

„Dip hat ihrem abgetriebenen Kind einen Namen gegeben", sagte ich ruhig. „Sie hat es David genannt. Ich glaube, was wir tun sollten, ist, irgendwo in dem Gottesdienst eine

Lücke freizulassen, vielleicht unmittelbar vor dem eigentlichen Abendmahl, sodass Gott mit Dip und David tun kann, was er möchte, und Dip darauf reagieren kann. Mehr können wir nicht planen. Wir müssen einfach – Vertrauen haben."

Eileen schürzte sinnierend die Lippen.

„Die Bibel enthält Warnungen", sagte sie langsam mit einem Seitenblick zu Simon, „bezüglich der Gefahren aller möglichen Praktiken, die als eine Kontaktaufnahme zu Toten ausgelegt werden könnten. Ich glaube, wir sollten vorsichtig sein. Vielleicht wäre es die vernünftigste Vorgehensweise, wenn einige von uns beim nächsten Treffen einen Kreis um Elizabeth schließen und einfach beten, dass sie inneren Frieden findet."

„Vielleicht wäre es die vernünftigste Vorgehensweise, ein Risiko einzugehen", wandte mein Honigkuchenpferd von einem Risiken verabscheuenden Gatten ein. „Wenn der Heilige Geist vorhat, etwas zu tun, das Dip helfen wird, möchte ich lieber herausfinden, was es ist, statt herumzurennen und alle Freiräume mit Zeug anzufüllen, von dem wir vage hoffen, dass es eine gute Idee sein könnte – findest du nicht auch?"

„Katherine", erkundigte sich Eileen, „darf ich fragen, in welcher Form der Herr über diese Dinge zu dir gesprochen hat?"

Ich seufzte. Jetzt würde ich es doch über mich ergehen lassen müssen, wo ich doch gerade gedacht hatte, ich wäre entronnen.

„Na schön, aber zuerst nehmt es mir bitte, bitte, bitte ab, wenn ich sage, dass ich nicht im geringsten den Anspruch erhebe, dass an mir irgendetwas Besonderes wäre. Wenn ich Gott wäre, würde ich mir jemand viel Besseren und Vernünftigeren und Konsequenteren und Barmherzigeren aussuchen, um etwas durch ihn zu sagen – ganz ehrlich. Und ich wäre die Erste, die zugeben würde, dass ich möglicherweise vollkommen irregeleitet bin. Natürlich könnte das sein." Ich hielt inne und fügte dann um der Wahrheit willen hinzu: „Aber ich glaube nicht, dass es so ist. Und ich werde versuchen, euch zu erklären, was passiert ist. Das einzige Problem, wenn man so etwas in Worte fassen will ist, dass es ist, als – als versuchte man, eine Katze in Papiertücher einzuwickeln. Katzen ändern ständig ihre Form, weil sie lebendig sind, und sie haben etwas dagegen, in Papiertücher eingewickelt zu werden; ja, sie tun sogar ihr Bestes, um zu *verhindern*, dass sie in Papiertücher eingewickelt werden. Versteht ihr, was ich meine?"

Eileen starrte mich verständnislos an. Oje, die hat keinen starken Hintergrund im Katzeneinwickeln, dachte ich. Versuchen wir es von einer anderen Warte. Ich dachte einen Moment lang nach und fuhr dann fort.

„Eileen, du weißt doch, wie man als Kind die Dinge, die die Erwachsenen einem sagen, nicht einfach nur glaubt – man *weiß* sie. Es sind *Fakten*. Und sie bleiben auch Fakten, selbst wenn man selber erwachsen ist und feststellt, dass sie in Wirklichkeit nicht stimmten."

Ich bemerkte, dass Eileen nicht mehr nur verständnislos guckte, sondern auch ihre Hand leicht bewegt hatte, sodass ihre Fingerspitzen leicht die Bibel auf ihrem Schoß berührten. Es war, als wollte sie sagen: „Sag mir, aus welchem Vers du das ableitest, damit ich mich sicher genug fühle, um dir zu folgen; dann spielt es auch keine Rolle mehr, ob ich verstehe, wovon du redest."

Ich vergrub meinen Kopf in den Händen und suchte nach einer Möglichkeit, zu erklären, was ich sagen wollte.

„Sieh mal", sagte ich, als ich wieder hochkam, „sicher denkst du, dass das, was ich gerade gesagt habe, sich albern anhört, und ich kann es dir nicht verdenken; also gebe ich dir ein Beispiel für das, was ich meine. In meinem Kopf – in meinem mehr oder weniger vernünftigen, erwachsenen Kopf – weiß ich ganz genau, dass es möglich ist, hinzugehen und eine neue Fahrradpumpe zu kaufen, ja? Es ist ganz einfach. Ich muss nur in den Fahrradladen gehen und sagen, was ich will, dann werden sie es mir geben, und ich werde bezahlen und fertig. Ich habe eine brandneue Luftpumpe. Kinderspiel. Aber das Kind in mir, das Kind, das Kind, das in einem Haus aufgewachsen ist, in dem es viele Jahre lang kaum genug Geld gab, um für alle etwas zu essen zu kaufen, geschweige denn irgendwelches überzähliges Geld, weiß, dass es in Wirklichkeit nicht so einfach ist. Dieses Kind weiß ganz genau, dass Fahrradpumpen ungefähr an fünftausendneunhundertsiebenundfünfzigster Stelle auf der Prioritätenliste der Dinge kommt, die mit dem verfügbaren Geld zu kaufen sind, und dass es bitte schön erst mal die alte reparieren oder das rote Gummiteil, das in der Garage verloren gegangen ist, suchen oder sich eine vom Nachbarsjungen leihen muss, weil man sich nämlich einfach *keine neue Luftpumpe kauft, Mädchen*! Noch heute würde, wenn ich mir eine neue Luftpumpe kaufen müsste, irgendetwas in meinem Innern mir einzureden versuchen, dass das doch Unsinn sei. Verrückt? Natürlich ist es das, aber es ist wahr."

Mir kam noch ein anderer Gedanke, und ich redete weiter drauflos.

„Stell dir nur mal vor, Eileen, was das für eine Frau bedeuten könnte, die, sagen wir mal, als kleines Kind sexuell missbraucht worden ist. Onkel Bob von nebenan hat ihr immer gesagt, dass die Sachen, die er sie machen ließ, vollkommen in Ordnung seien, und selbst, wenn sie sich nicht ganz wohl dabei fühlte, glaubte sie ihm, weil er einer von den Großen war, die Bescheid wissen. Dann, wenn sie älter wird, begreift sie allmählich, dass das, was passiert ist, alles andere als in Ordnung war, und sie muss auf all diese Erinnerungen von früher zurückblicken und sie als das sehen, was sie wirklich sind. Doch ein großes Problem für sie ist, dass das kleine Mädchen, das damals glaubte, was Onkel Bob ihr sagte, immer noch glaubt – ja, *weiß* –, dass das alles vollkommen in Ordnung war, und sie muss im Kopf und in ihren Gefühlen eine ziemlich lange Reise absolvieren, bis diese beiden wahren und entgegengesetzten Tatsachen zusammenkommen und einen Sinn ergeben können. Kannst du mir folgen?"

Sie folgte mir durchaus, aber weder sie noch ich waren noch ganz an dem Ort, wo ich gedacht hatte, dass wir wären. All mein Ärger und meine Ungeduld gegenüber Eileen waren dahingeschmolzen und einer Art schockiertem Mitgefühl gewichen, als ich in jenem verschrumpelten, dreizehn Jahre alten Gesicht wie eine Schlagzeile in einer jener alten, vergilbten Zeitungen, die man unter Bodendielen findet, die deutliche Botschaft las, dass es einmal einen Onkel Bob in ihrem Leben gegeben hatte und dass sie nie einer Menschenseele davon erzählt hatte. Hätte ich nicht bereits gesessen, wären mir die Knie eingeknickt. Was war hier los? Deswegen war ich doch nicht hergekommen. Ich war noch nicht einmal mit dem fertig, was ich hatte sagen wollen. Mike und Simon schienen nichts von dem zu bemerken, was zwischen uns vor sich ging.

„Und, Eileen", fuhr ich fort, aber mit einer Art heiserer Sanftheit, die einen völlig verwirrenden Gegensatz zu dem leicht kämpferischen Ton ergeben haben muss, in dem ich eben noch gesprochen hatte, „als ich mit Dip telefonierte, war ich plötzlich von genau so einem kindlichen Wissen erfüllt, als ob es schon immer da gewesen wäre, und was ich wusste, war, dass wir – nun ja, eben einen Abendmahlsgottesdienst feiern und Dip helfen sollten, die Vergangenheit zu überwinden. Aber meinst du nicht –"

Ich tat das bislang Undenkbare. Ich stand auf, ging hinüber zu Eileens Sessel und setzte mich auf die Armlehne, sodass ich eine ihrer Hände mit meinen beiden Händen ergreifen konnte. Ich hatte keine Ahnung, wohin ich unterwegs war, aber da ich mich sowieso schon verdrückt und die Steuerung einem anderen überlassen hatte, schien das kaum noch eine Rolle zu spielen.

„Eileen, meinst du nicht, dass es wunderbar ist, dass Gott vielleicht etwas Gutes mit Dip vorhat, oder auch mit jedem anderen, um die schlimmen Dinge zu überwinden, die uns in unserem Leben passiert sind?"

Eileen nickte, sagte aber nichts. Sie wusste und ich wusste, dass, wenn sie in diesem Moment ihren Mund aufmachte, die ganze Trauer von mehr als einem Vierteljahrhundert nach außen brechen würde, und das durfte keinesfalls in Gegenwart zweier Männer geschehen. Ich sah Mike an, der mit großen Augen dasaß und seinen Unterkiefer sanft auf dem Schoß ruhen ließ. Wir hatten ziemlich viel Übung im Zuwerfen und Deuten von Blicken. Er kam mit einem Ruck zu sich, klappte seinen Unterkiefer wieder hoch und wandte sich an Simon.

„Äh, Simon, ich habe den Eindruck, dass Kathy und Eileen gerne ein bisschen allein sein möchten, wenn es dir nichts ausmacht. Vielleicht könnten wir kurz nach nebenan gehen und, äh, uns noch ein bisschen über dieses Abendmahl unterhalten – oder so."

Simon blinzelte und wunderte sich, aber sie gingen, und für die nächste halbe Stunde hörte ich zu und sagte sehr wenig. Die Dinge, die die traurige kleine Eileen mir während dieser dreißig Minuten erzählen konnte, müssen hier nicht wiedergegeben werden, aber der Himmel weiß, dass wir gemeinsam genügend Papiertücher verbrauchten, um eine ziemliche Menge Katzen einzuwickeln.

2

Hinterher, auf dem Heimweg, erzählte ich Mike ein bisschen von Eileen, unter anderem auch, wie sehr ich mich jetzt schämte, wo ich erkannte, dass ich sie bewusst aus meinem Leben fern gehalten hatte, abgesehen von den unvermeidlichen ein oder zwei Stunden Kontakt an den Donnerstagabenden. Das würde sich ändern müssen. Er nickte zustimmend und erzählte mir seinerseits, dass Simon sich während ihrer gemeinsamen Verbannung in die fettfreie Küche der Davenports unerwartet begeistert über die Idee mit dem Abendmahl geäußert hatte und dass es, wie wir gehofft hatten, am kommenden Donnerstag stattfinden würde.

„Wenn ich sage, es war unerwartet, Kathy, meine ich, dass ich damit gerechnet hatte, dass er erheblich vorsichtiger sein und erst einmal mit dem Pfarrer darüber sprechen wollen würde oder so, bevor er eine Entscheidung traf, aber ich habe mich geirrt. Er sagte nur, er fände, dass wir das wirklich machen sollten. Er wurde sogar ziemlich offen – er hätte sich schon immer danach gesehnt, zu erleben, wie Gott verletzte Menschen wirklich heilt, Menschen, deren Herzen zerbrochen sind, Menschen wie Eileen – und Dip natürlich. Und wie nutzlos er sich manchmal vorkommt, weil die Leute meistens nicht so sehr viel weiterkommen. Er ist ein bisschen wie ich, der alte Simon, die meiste Zeit sehr beherrscht und zurückhaltend. Es war schön, mal einen Funken Leidenschaft bei ihm zu erleben."

Während wir eine oder zwei Minuten lang weiterfuhren, ohne zu reden, begann ein stetiger Regen zu fallen. Ich habe es schon immer geliebt, nachts im Auto auf dem Beifahrersitz zu sitzen, wenn sich draußen der Himmel öffnete, und mich geschützt und geborgen und schläfrig zu fühlen, während ein anderer die Verantwortung übernimmt.

„Mike", sagte ich schläfrig.

„Ja, Kathy?"

„Glaubst du, unser Auto ist das einzige auf der Welt, das Tiere nachmachen kann?"

„Wie bitte?"

„Na ja, da sind zum Beispiel die Katzenpfoten."

Ich wedelte träge mit der Hand zur Windschutzscheibe hin, wo Hunderte von kleinen Pfotenabdrücken durch die schweren Regentropfen entstanden, die vom Fahrtwind plattgedrückt wurden.

„Und jetzt schließ die Augen und sag mir, ob das Geräusch unserer abgenutzten alten Scheibenwischer sich nicht genauso anhört wie Seelöwen bei der Fütterung."

„Ich glaube, das mit dem Augenschließen lasse ich lieber, wenn es dir recht ist", sagte er, „sonst machen wir vorzeitig die ultimative geistliche Erfahrung. Aber du hast Recht. Vielleicht sollten wir uns nach einem Varieté-Agenten für unser Auto umschauen."

„Vielleicht hätte es großen Erfolg in einer von diesen Comedy Shows im Fernsehen wie – der *Wagenshow.*"

„Nicht, wenn es solche Witze erzählt."

„Weißt du, du bist schon ein komischer Kauz, Mike."

„Bin ich das?"

„Ja, ich meine, wie schaffst du das bloß, so zu schmollen wie gestern und dann plötzlich wieder so erwachsen und souverän zu sein wie in der Schule oder wie heute Abend?"

„Ich glaube, das ist doch ganz ähnlich wie bei Leuten, die – sagen wir mal – im einen Moment grantig und kratzbürstig sind und im nächsten loyal und liebevoll, meinst du nicht?"

Ich kniff ihn in den Arm.

„Was für ein Glück, dass wir einander haben, was, Mike?"

„Na ja, für *dich* – ist es ein Glück, meine ich. Da bist du echt gut weggekommen, was? Doch, wir haben Glück, Kathy, wir haben großes Glück. Wir müssen versuchen, das nicht zu vergessen, wenn unser nächster Streit anfängt."

„Vielleicht haben wir ja nie wieder Streit."

„Vielleicht können Schweine fliegen."

„Könnte doch sein, dass es irgendwo ein Flugzeug gibt, das hervorragend Schweine nachahmen kann, und –"

„Kathy."

„Ja?"

„Warum machst du nicht einfach ein kleines Nickerchen – ich wecke dich, wenn wir zu Hause sind."

Ich kuschelte mich noch enger an seine Schulter.

„Mmmmmnagut . . ."

Dienstag

1

Als ich am Dienstag aufwachte, fiel mir ein, dass ich immer noch nichts wegen Joscelyn unternommen hatte. Ich hatte wirklich ein schlechtes Gewissen wegen der Dinge, die ich an diesem verkorksten Morgen zu ihr gesagt hatte, und es nützte auch nichts, wenn ich mir einzureden versuchte, dass die Worte, die ich ihr an den Kopf geworfen hatte, irgendeinen hochtrabenden prophetischen Gehalt gehabt hätten. Nicht, dass ich das nicht ernsthaft versucht hätte, aber es war zwecklos. In einem theologisch stichhaltigen Sinne stand ich mit der Sache allein da. Mein kleiner Wutanfall war auf pure Ungeduld und Gereiztheit zurückzuführen, und ich hatte etwas wieder gutzumachen, bevor der Hauskreis am Donnerstag zu Dips besonderem Treffen zusammenkam.

Leute, die das Pech haben, so gebaut zu sein wie ich, haben das Talent, derartige Dinge über jedem Aspekt ihres Daseins hängen zu lassen wie die dunkelste aller dunklen Wolken. Das hat eine lächerlich niederschmetternde Wirkung auf den ganzen Sinn für Verhältnismäßigkeit. Ewige Nacht senkt sich herab wie der Winter nördlich des Polarkreises. Da gibt es keine angenehm melancholischen Momente, an denen man sich weiden kann, sondern nur noch kranke Verzweiflung, geboren aus der trostlosen Gewissheit, dass es nur ein mögliches Gegenmittel gibt, nämlich das zu tun, was die Wurzel dieser Verzweiflung ist. Und je länger man die gefürchtete Tat vor sich her schiebt, desto schwieriger wird es natürlich.

Am Ende beschloss ich, noch eine zusätzliche Schwelle

vor mir aufzubauen, indem ich Joscelyn anrief und ihr vorschlug, mich am Mittwoch zu einer Tasse Kaffee mit ihr in der Stadt zu treffen, doch selbst diese Entscheidung in die Tat umzusetzen, war leichter gesagt als getan. Den größten Teil des Dienstagvormittags, nachdem Felicity in die Schule gegangen war, verbrachte ich damit, ziellos im Haus herumzurennen, gierig auf der Suche nach Vorwänden, den Anruf hinauszuschieben. Ich hatte solche Angst, dass John am Apparat sein und mir Vorwürfe machen würde, weil ich seine Frau so fertig gemacht hatte, oder dass Joscelyn selbst abnehmen und verkünden würde, sie habe all ihre Versammlungen und Artikel-Verpflichtungen abgesagt, weil ihr Glaube seit unserem Gespräch am Boden zerstört sei.

Als mir gegen Mittag die Ausreden ausgingen, zwang ich mich, mich neben das Telefon zu setzen und ein kurzes Gebet zu sprechen. Gott muss mir wohl vergeben haben, dass ich ihn als ein weiteres Hilfsmittel zum Hinauszögern missbrauchte, denn sofort danach nahm ich den Hörer ab und wählte Joscelyns Nummer. Nervös mit den Fingerspitzen auf dem Tisch neben mir herumtrommelnd, zählte ich die Klingeltöne, genau wie ich es bei meinem Anruf bei Dip am Samstag getan hatte, und sagte mir, diesmal würde ich so großzügig sein, es zehnmal klingeln zu lassen, bevor ich aufgab. Die Stille, gefolgt von einem Summen, gefolgt von einem Klicken, die man hört, wenn ein Anrufbeantworter sich einschaltet, ärgert mich ungeheuer – ich *hasse* es, mit Anrufbeantwortern zu sprechen und eine aufgezeichnete Antwort auf eine aufgezeichnete Ansage zu hinterlassen –, doch diesmal boxte ich mit meiner freien Hand durch die Luft, wie Mark es immer tut, wenn seine Lieblingsmannschaft ein Tor schießt.

„Hier ist der Anschluss von Joscelyn und John Wayne", verkündete Joscelyns körperlose Stimme in recht selbstbewusstem Tonfall – zweifellos war die Aufnahme vor Samstag entstanden, dachte ich schuldbewusst. „Leider können wir Ihren Anruf im Moment nicht entgegennehmen, aber wir sind Ihnen sehr dankbar, dass Sie sich die Mühe machen, uns anzurufen. Bitte hinterlassen Sie eine Nachricht und Ihren Namen und Ihre Telefonnummer nach dem langen Pfeifton. Wir freuen uns darauf, später mit Ihnen zu sprechen. Vielen Dank."

Nach einer Reihe kurzer Pfeiftöne lud mich der lange Ton ein, etwas zu sagen. Ich fing stockend an.

„Also, äh, Joscelyn – oder John – hier ist Kathy Robinson mit einer Nachricht für Joscelyn – ich wollte fragen, ob wir uns vielleicht morgen zu einer Tasse Kaffee treffen könnten, Joscelyn – am Mittwoch meine ich, in der Stadt, bei Wickham's, einfach so – na ja, zum Reden." Die Feigheit übermannte mich. „Wenn es klappt, brauchst du nicht zurückzurufen. Ich gehe einfach davon aus, dass du kommst. Bis dann."

Ich legte auf und juchzte vor Erleichterung. Wenigstens hatte ich jetzt etwas *getan*, und bis morgen waren keine weiteren Schritte nötig. Meine Philosophie in solchen Dingen ist zwar verrückt, aber wirkungsvoll. Vielleicht geht ja bis morgen die Welt unter, sagte ich mir, oder eine schwere Krankheit würde mich heimsuchen, die mich daran hindern würde, am Mittwoch hinzugehen, und dann würden die Waynes Mitleid mit mir haben müssen, oder vielleicht würde John heute Nachmittag auf dem Heimweg von der Arbeit von einem Löwen angegriffen und gefressen werden, sodass Joscelyn unsere Verabredung würde absagen müssen, oder – nun ja, alles Mögliche konnte passieren. Ich summte vor Erleichterung vor mich hin, während ich nach oben ging, um mein Bett zu machen. Ich summte immer noch, als ich ein paar Minuten später im Schlafzimmer ans Telefon ging. Warum kam mir nie der Gedanke, dass das Joscelyn sein könnte, die mich zurückrief?

„Hallo, kann ich bitte Kathy sprechen?"

„Joscelyn –"

„Kathy! Tut mir Leid, dass ich eben nicht drangegangen bin, aber ich war oben – wenn du weißt, was ich meine –, und als ich endlich runterkam, war das Ding angegangen, und du hattest deine Nachricht schon hinterlassen. Ich bin sehr froh, dass du angerufen hast, denn es gibt etwas, das ich dir sehr gerne sagen wollte."

Joscelyns Stimme hörte sich heute überhaupt nicht gedämpft an. Im Gegenteil, sie klang zuversichtlicher und vergnügter denn je. Sie vermittelte keineswegs den Eindruck, als sei sie böse oder verärgert. Vielleicht hatte sie ja vor, mir eine, wie man so sagt, freimütige Antwort auf meine Attacke zu geben. Vielleicht war es das Beste, dachte ich mir, wenn ich erst einmal zu Kreuze kroch, bevor sie weitersprach.

„Also, ich wollte dir auch etwas sagen, Joscelyn, wegen der Dinge, die ich dir am Samstagmorgen an den Kopf geworfen habe. Ich hatte eine fürchterliche Nacht hinter mir, aber das ist natürlich keine Entschuldigung, und es tut mir wirklich ganz schrecklich –"

„Aber genau darüber wollte ich auch mit dir sprechen, Kathy!"

Ojemine.

„Das kann ich dir nicht verdenken, Joscelyn, wirklich nicht. Bitte sag, was immer du willst."

Ich machte mich innerlich auf den Aufprall gefasst.

„Kathy, ich möchte dir aus tiefstem Herzen danken."

„Mir *danken*?"

„Ja, ich möchte dir danken, dass du so gehorsam warst."

„So –"

„Danke, Kathy, dass du Gott gehorsam warst, als er dir sagte, dass du mir diese Dinge sagen solltest."

„Aber ich war gar nicht –"

„Ich muss gestehen, dass ich zuerst wirklich ein bisschen

außer mir war, aber dann habe ich erkannt, dass mir durch dich wirklich etwas ganz Besonderes geschenkt worden ist. Du hattest Recht mit dem, was du sagtest, Kathy, und ich bewundere deinen Mut, dass du so ehrlich warst. Abgesehen von allem anderen waren mir deine Worte in beruflicher Hinsicht eine enorme Inspiration. Ich bin gerade dabei, einen Artikel abzuschließen – der Titel ist ‚Sünde und Vergebung – das schlichte Herz des Evangeliums‘, und bei meinem nächsten Vortrag nächsten Monat oder so werde ich die Geschichte dieses Telefongesprächs ganz in den Mittelpunkt meiner Ausführungen stellen – natürlich nur, wenn du nichts dagegen hast, Kathy."

„Nein, Joscelyn –"

„Wusste ich doch. Ich habe auch zu John gesagt, dass du bestimmt nichts dagegen hättest. Kathy, du weißt, was dieses Telefongespräch bewirkt hat, nicht wahr?"

Oha! Jetzt würde gleich der letzte Nagel in den Sarg meiner hartnäckigen Hoffnung, dass Gott womöglich an diesem exkrementösen Morgen durch mich gesprochen haben könnte, eingeschlagen werden.

„Was hat es denn bewirkt, Joscelyn?" fragte ich resigniert.

„Nun, ich habe ganz ehrlich den Eindruck, dass Gott mich durch deine Worte auf die *erstaunlichste* Weise vollkommen verwandelt hat ..."

2

Später, als Mike aus der Schule kam, setzte ich mich mit ihm an den Küchentisch, schenkte ihm einen Tee ein und erzählte ihm von meiner Unterhaltung mit Joscelyn.

„Das Ganze macht mir ein bisschen Sorgen, Mike", sagte ich. „Ich meine, jede Wette, dass dieses Telefongespräch, wenn es erst mal in einen von Joscelyns Vorträgen eingebaut ist, kaum noch Ähnlichkeit mit dem hat, was wirklich gesagt wurde. Stell dir vor, wie peinlich das wäre, wenn ich irgendwann mitkäme, mich hinten hineinschleichen und meinen Anteil an dem Gespräch hören würde, aber mit dem geistlichen Gehalt hoch drei gesetzt. Ich komme mir vor, als ob ich ihr noch helfen und Komplizenschaft dabei leisten würde, wie sie sich selbst betrügt und ihre Trugvorstellungen an alle anderen weitergibt. Das kann doch nicht richtig sein, oder?"

Mike lächelte und schüttelte den Kopf.

„Ich glaube, darüber solltest du dir nicht so viele Sorgen machen, Kathy. Ich meine – es hat sich doch eigentlich nichts verändert, oder? Joscelyn hat das Gefühl, dass sich ihr Leben völlig verändert hat durch die Erkenntnis, dass ihr Leben sich bei all den Gelegenheiten, wo sie dachte, es hätte sich völlig verändert, in Wirklichkeit nicht völlig verändert hat, und das wird eine Weile anhalten, bis der nächste Kitzel kommt, und dann wird ihr Leben – na ja, eben wieder völlig verändert sein. Und du bist nur eine Weile lang Teil des Verhaltensmusters gewesen, das ist alles. Wenn ich es recht bedenke, glaube ich, dass wir alle uns nach solchen Mustern verhalten, nicht wahr? Joscelyns Muster ist leichter zu durchschauen als die meisten anderen, das ist der einzige Unterschied. Meiner Erfahrung nach schafft es kaum jemand, aus dem, was er ist, wirklich radikal auszubrechen – vorausgesetzt, dieses Ausbrechen ist überhaupt erstrebenswert. Vielleicht ist es das gar nicht."

Ich ließ mir das eine Weile durch den Kopf gehen und hielt dabei geistesabwesend mein Ingwerplätzchen so lange in den Tee, dass der eingetauchte Teil aufweichte und in der Tiefe der Tasse verschwand.

„Verdammt! Ich meine Mist! Ich meine wie ärgerlich!" Ich fischte mit dem Löffel nach den Krümeln meines durchweichten Kekses, während ich fortfuhr. „Ist das nicht für Christen eine etwas deprimierende Aussicht, Mike? Ich dachte, es gehört zu unserem Glauben, dass wir durch die Nachfolge Jesu verändert werden – dass unser innerer Mensch erneuert wird, wir eine neue Kreatur werden und so. Was ist denn damit?" Mir kam ein Geistesblitz. „Paulus! Was ist mit Paulus?"

„Wieso Paulus?"

„Nun, der wurde doch ganz ohne Zweifel verändert, oder? Eben noch ist er zielstrebig nur darauf aus, die Christen zu jagen und umzubringen, und im nächsten Moment gibt es einen Lichtblitz, er hat sein Damaskus-Ding, und plötzlich predigt er nicht nur den Heiden in fast der ganzen bekannten Welt Christus, sondern schreibt auch noch in seiner Freizeit das halbe Neue Testament, und das ohne Computer. Wenn das keine Veränderung ist, möchte ich mal wissen, was dann."

Mike rührte gelassen seine zweite Tasse Tee um und tauchte exakt die richtige Zeitspanne lang seinen Keks ein.

„Paulus, hm? Tja, da hast du nun zufällig ein hervorragendes Beispiel für das ausgesucht, was ich sagen wollte, und der Schlüssel zu dem, was ich meine, liegt darin, wie du Paulus vor seiner Bekehrung beschrieben hast."

„Wirklich?"

„Nun, wie hast du ihn denn genannt?"

„Paulus?"

Man muss diesen Grundschullehrern mit ihrer infernalischen leitenden Fragetechnik Widerstand leisten, wissen Sie.

Mike walzte geduldig weiter.

„Wie hast du Paulus beschrieben, bevor er Christ wurde?"

„Keine Ahnung – weiß nicht mehr. Ich sagte, er sei entschlossen gewesen, oder?"

„Nein, das Wort, das du benutzt hast, war ‚zielstrebig‘. Du

sagtest, dass er zielstrebig die Christen gejagt und ermordet hat, richtig?"

„Richtig . . ."

„Okay, also, dann sag mir, wie er vorging, als er den Heiden Christus verkündete und all das."

Ich hatte das deutliche Gefühl, wenn ich meine Karten richtig ausspielte, würde ich mit einem goldenen Stern und einem großen roten Haken für gute Mitarbeit in der Klasse belohnt werden.

„Er tat es zielstrebig?"

„Das ist es – genau! Gut. Paulus hörte nicht auf, Paulus zu sein. Er wurde lediglich zur besten Version seiner selbst, die Gott aus ihm machen konnte. König David ist ein weiteres gutes Beispiel – was er machte, machte er ganz, ob es nun Sünde oder Gehorsam gegenüber Gott war. Er war in allem verschwenderisch. Und er hörte nie auf, der zu sein, der er war, aber die Dinge, denen er sich widmete, waren völlig anders. Ich schätze, für die meisten von uns ist es wie bei einer Spirale, nicht wahr?"

„Was für eine Spirale?"

„Na, das Vorwärtskommen im Glauben. Wir bewegen uns immer im Kreis, aber wenn nichts dazwischenkommt, bewegen wir uns auch aufwärts, möglicherweise ohne es selbst zu merken – verstehst du, was ich meine?"

Ich nickte langsam.

„Oder auch abwärts."

„Nun ja, bei manchen von uns stimmt das."

„Das ist ein bisschen wie bei diesen Swing-Ball-Spielen, wo man einen Tennisball schlägt, der an einer Gummischnur am Schläger hängt, und man versucht, ihn gegen die Decke oder den Fußboden zu schlagen."

„Äh, ja, vielleicht."

„Gut, also, wenn du also deine ganz typischen Mike-Robinson-Kreise ziehst – zum Beispiel in unserer Beziehung, sagen wir – müsste es jede Menge kleinerer Verbesserungen und Anpassungen geben, während du dich von Gott aufwärts führen lässt, um zu dem bestmöglichen *Du* in Beziehung zu mir zu werden?"

„Genau! Du hast es."

„Eine positive Ablagerung sozusagen?"

Davon war er schwer beeindruckt. Noch ein goldener Stern, dachte ich, oder vielleicht sogar eine Verdiensturkunde.

„Nun, ja, Kathy, das ist eine sehr gute Art, es auszudrücken."

So unschuldig, schulmeisterlich fröhlich schien Mike darüber zu sein, dass wir beide eine, wie er sich gern einbildete, intelligente, reife Diskussion führten, ohne zu streiten, dass ich ihm meinen nächsten Redebeitrag beinahe erspart hätte – aber nur beinahe.

„Also, dürfte ich dann einen formellen Antrag auf ein spezielles Stück Ablagerung bei der nächsten Runde stellen, ein paar geringfügige Verbesserungen und Anpassungen – nur Kleinigkeiten?"

Mike machte ein wachsames Gesicht, wie immer, wenn ich ihn zwang, vom Allgemeinen ins Konkrete herabzusteigen.

„An was für ein, äh, besonderes Stück Ablagerung dachtest du denn?"

„Es geht um diese Idee, dass wir ein bisschen – du weißt schon – romantischer werden. Ich wünschte manchmal . . ."

Jetzt sah Mike beunruhigt aus. Ich wartete geduldig darauf, dass er mich fragen würde, was ich manchmal wünschte, aber da hätte ich bis zum jüngsten Tag warten können. Es war offensichtlich, dass er es nicht tun würde.

„Komm schon, Mike, frag mich, was ich mir manchmal wünsche."

„Was wünschst du dir manchmal, Kathy?"

„Also, du weißt doch, wie du mit Felicity immer redest – ich habe mir oft gewünscht, du würdest es über dich bringen, mich so zu nennen wie sie."

Pause.

„Du willst, dass ich dich Felicity nenne?"

Ich nehme an, er meinte, er wäre mir das schuldig nach meiner absichtlich dummen „Paulus"-Antwort.

„Mike, ich wäre dir sehr verbunden, wenn du dich dazu entschließen könntest, sofort diesen ernsthaften, verdutzten Ausdruck von deinem Gesicht zu entfernen. Das ist einer der eklatantesten Fälle von bewusstem Unverständnis, der mir je begegnet ist. Erkläre mir doch bitte, warum in aller Welt ich es romantisch finden sollte, mit dem Namen meiner Tochter angeredet zu werden." Ich sah auf meine Uhr. „Du hast zwei Minuten, und deine Zeit läuft – ab jetzt!"

Mike lächelte reumütig.

„Ich nehme an, du sprichst von so einer allgemeinen – Zärtlichkeit, nicht wahr?" Er überlegte einen Moment. „Aber du weißt doch, dass ich dich liebe, nicht wahr?"

Ich zuckte die Achseln.

„Nun ja, aber früher, als wir noch jünger waren, hast du das viel öfter ausgesprochen. Heute muss ich es aus dir herauszerren wie eine Hebamme, die einem Frettchen hilft, eine Giraffe zu gebären." Mike zuckte bei meinem Vergleich zusammen, wie ich es vorausgesehen hatte, doch ich achtete nicht darauf. „Wenn du mir heutzutage aus eigenem Antrieb sagst, dass du mich liebst, ist das ein Ereignis, das ungefähr genauso regelmäßig stattfindet wie die Oberammergauer Festspiele." Ich seufzte theatralisch. „Aber na ja, vielleicht ist einmal in zehn Jahren gar nicht so schlecht. Ein Jahrzehnt vergeht schnell, wenn man etwas hat, worauf man sich freut."

„Ach komm schon, Kathy, so schlimm ist es nun wirklich nicht –"

„Ich habe bisher noch nie so richtig darüber nachgedacht, aber seit Felicity geboren ist, konntest du mit ihr auf eine Art und Weise reden, wie du nie mit irgendjemandem sonst reden konntest – bestimmt nicht mit mir –, das heißt, jedenfalls nicht mehr seit der allerersten Zeit, als wir uns verliebten."

Mike runzelte sorgenvoll die Stirn, ließ die Luft aus seinen aufgeblasenen Backen strömen, schob seinen Stuhl ein paar Zentimeter zurück und verschränkte die Arme. Ich konnte mir ein kleines Lächeln über dieses Potpourri zaunpfahlmäßig symbolischen Verhaltens nicht verkneifen. Es erinnerte mich (zweifellos wegen meiner Anspielung auf unsere anfängliche Verliebtheit) an die Zeit, kurz nachdem wir uns im schönen Durham kennen gelernt hatten, als der sanfte, innerlich ziemlich intensive und unsichere junge Mann, in den ich mich so heftig verliebt hatte, auf dem Rückweg von der Morgenandacht in St. Nick's eines Sonntags verkündete, er habe ein höchst interessantes Buch über Körpersprache gelesen. Er griff begierig in die Tasche, in der er auch seine große schwarze, sargähnliche Bibel zu transportieren pflegte, und zeigte mir ein Buch mit grellbuntem Umschlag.

Dieser reich illustrierte Band, offensichtlich von einem Anthropologen der populären Schule für die ausgabefreudigen Lesermassen bestimmt, versuchte, normales menschliches Verhalten zu analysieren und im Zusammenhang von Überlebensstrategien, Konfliktbewältigung und Stammesverhalten zu erklären. Im Grunde, so behauptete der Autor im Brustton der Überzeugung, waren wir Menschen nichts als auf den Hinterbeinen herumlaufende Tiere, und von daher ließen sich so ziemlich alle unsere gewohnten Verhaltensweisen verstehen und erklären.

Während wir an jenem Sonntag unseren Händchenhalte-Spaziergang am Flussufer fortsetzten, erklärte mir Mike begeistert, dass ihn in diesem Buch ganz besonders der Abschnitt über Angriff und Verteidigung interessiert habe. Dem Autor zufolge drückten wir durch einfache Gesten wie das Verschränken der Arme oder das Kreuzen der Beine in Wirklichkeit aus, dass wir uns in irgendeiner Weise bedroht fühlten. Unbewusst dienten diese Gesten dazu, unser Herz und unsere Genitalien („andere empfindliche Bereiche" war, glaube ich, der Ausdruck, den Mike damals für diese unaussprechlichen Körperteile verwendete) gegen einen Angreifer zu schützen.

Im Kontext des heutigen Lebens waren Menschen, die in Gesellschaft anderer Leute gewohnheitsmäßig ihre Gliedmaßen zu derartigen Knoten verschlangen, allgemein gesprochen sehr defensive Männer und Frauen, die nicht fähig oder bereit waren, sich verwundbar zu zeigen oder andere in ihr Leben hineinzulassen. Diejenigen dagegen, die sich in ihrer Haut sicher und geborgen fühlten, hatten es nicht nötig, solche Barrieren zu errichten.

Als er darüber nachdachte, sagte Mike, habe er gemerkt, dass er tatsächlich eine deprimierend beständige Neigung hatte, seine Arme zu verschränken und seine Beine zu kreuzen, wann immer er Leuten begegnete, die er nicht besonders gut kannte. Als Christ, erklärte er mir weiter in tiefem Ernst, sei er sehr besorgt deswegen. Schließlich könnten Nichtchristen dadurch den Eindruck gewinnen, er wäre nicht offen dafür, dass sie in sein Leben eindrangen. Als Mensch machte er sich Sorgen, er würde deswegen aussehen wie ein nervöser Idiot. Infolge dieser zweifachen Sorge hatte er bereits eine Kampagne begonnen, um seine Gliedmaßen-Verknotungs-Aktivitäten zu überwachen und dieser Neigung entgegenzuwirken, sobald sie sich bemerkbar machte.

Eine Welle der Erleichterung überkam mich, als ich das alles hörte. Am Morgen in der Kirche und beim Kaffeetrinken danach hatte ich an Mike ein äußerst seltsames Verhalten beobachtet, und ich hatte mich schon gefragt, wie ich ihn auf das Thema ansprechen sollte. Während des Gottesdienstes hatte er neben mir gesessen und zwei- oder dreimal außerordentlich seltsame Körperverrenkungen vollführt, die mich eher an ein mechanisches Spielzeug als an ein menschliches Wesen erinnerten. Zum Beispiel nahmen seine Arme die normale, verschränkte Haltung ein, um sich dann abrupt wieder zu lösen, als hätte jemand auf einen Knopf gedrückt oder einen elektrischen Kontakt hergestellt. Auch seine Beine schienen ein Eigenleben entwickelt zu haben – hin und wieder kreuzten sie sich, um sich dann explosionsartig in einem derwischähnlichen kleinen Tanz, der sich vollkommen unabhängig vom oberen Teil seines Körpers vollzog, wieder von einander zu lösen.

Einen ganzen anglikanischen Gottesdienst lang die Kirchenbank mit einer menschlichen Windmühle zu teilen, die gelegentlich wild mit ihren Flügeln ruderte, war schon beunruhigend genug gewesen; doch hinterher, als wir beim Kaffee noch mit ein paar anderen jungen Leuten, die in diese Kirche gingen, zusammensaßen und uns unterhielten, wurde es noch schlimmer. Es war schwierig zu ermessen, ob Mike nur erschöpft war oder eine exhibitionistische Ader zeigte, die mir und allen anderen bisher völlig entgangen war.

Statt seine mehr oder weniger normale Sitzhaltung einzunehmen, hing er weit zurückgelehnt auf einem der Plastikstühle, die Arme lose über die Seiten hängend, die Knie so weit auseinander geschoben, wie es die Widerstandskraft seines Hosenstoffes zuließ. Diese affenartige Pose wurde in entnervend unregelmäßigen Intervallen wie zuvor durch Zusammenfalten und Auseinanderfliegen der oberen und unteren Extremitäten akzentuiert. Das ganze Spektakel erinnerte an einen Schauspieler, der wie besessen einen Todeskampf einstudierte. In Wirklichkeit übte sich Mike natürlich darin, eine Haltung der Verwundbarkeit einzunehmen, und fand dabei heraus, wie schwierig es eigentlich ist, aufzuhören, man selbst zu sein, wenn keine echte Veränderung stattgefunden hat.

Mein Lächeln wurde zu einem Lachen, als ich mich an den alarmierten Gesichtsausdruck auf dem Gesicht meines Zukünftigen erinnerte, als ich ihm während jenes Spazierganges schonend beibrachte, dass sein bizarres Verhalten keineswegs den Eindruck gelassener Verwundbarkeit vermittelte, sondern vermutlich, wenn er nicht damit aufhörte, damit enden würde, dass er sich vierteilte. Danach hörte er damit auf, und das war auch gut so, denn sonst hätte ich ihn nicht heiraten können.

„Worüber lachst du?"

Die Arme waren immer noch verschränkt.

„Oh, tut mir Leid, Mike. Ich musste gerade an dieses furchtbare Buch denken, das du in Durham hattest, bevor wir geheiratet haben, weißt du noch? Dieses Machwerk, das dich auf die Idee brachte, du würdest alle Leute abstoßen, wenn du deine Arme verschränkst oder deine Beine übereinander schlägst, und ich musste dir dann sagen –"

„Schon gut, schon gut!" Mike entfaltete seine Arme auf beeindruckend entspannte und rationale Weise und lächelte verlegen. „Natürlich erinnere ich mich an dieses blöde Buch. Ich glaube, ich bin mir noch nie im Leben so dämlich vorgekommen."

Er schob seinen Stuhl wieder an den Tisch, und wir saßen uns eine Weile schweigend gegenüber. Mir fielen noch eine Menge anderer Dinge ein, die mit unserer Zeit in Durham zu tun hatten. Ihm ging es sicher genauso.

„Du nennst sie ‚Schätzchen' und ‚Liebling' und ‚Süße' und – und solche Dinge."

„Tue ich das?"

„Das weißt du ganz genau."

Mike starrte hinab in den Rest seines Tees, hielt das Ende

seines Teelöffels zwischen Daumen- und Zeigefingerspitze und ließ ihn klimpernd in der Porzellantasse herumbaumeln.

„Ich schätze", sagte er langsam und nachdenklich, „es hat alles etwas mit Selbstvertrauen zu tun. Bei Felicity habe ich zum ersten Mal in meinem Leben eine Beziehung mit einem weiblichen Wesen von Anfang an im Griff. Ich weiß, es dauert nicht mehr lange, bis sie die Rollen tauscht, jetzt, wo sie das reife Alter von zehn Jahren erreicht hat, aber ich bin sehr froh – irgendwie sogar stolz –, dass ich sie so nennen durfte. Es ist schön." Er blickte auf. „Das ist doch nicht schlimm, oder?"

„Lieber Himmel, nein, so habe ich es nicht gemeint. Ich freue mich über die Beziehung, die du zu ihr hast. Nur ..."

„Du wünschtest, ich würde dich auch so nennen."

„Mmm ... jetzt komme ich mir albern vor."

„Also, ich versuche es. Am Anfang wird es vielleicht ein bisschen gezwungen klingen – Schätzchen."

Wir brachen beide in schallendes Gelächter aus. Es klang lächerlich und unnatürlich, aber ich kannte Mike. Er würde nicht aufgeben, jetzt, nachdem er gesagt hatte, dass er es versuchen würde. Einen Moment lang ließ mich der Gedanke, was für einen verdrehten Spaß das dem Rest der Familie bringen würde, wünschen, ich hätte kein Wort davon gesagt. Aber vielleicht würde es sich ja mit etwas Übung natürlicher anhören, und es war doch nett ...

„Komm und setz dich her, Kathy."

Mike ließ seinen Löffel in die Tasse fallen, schwang seine Knie vom Tisch weg und klopfte sich einladend auf die Schenkel. Meine Güte, dachte ich, nichts eignet sich so gut wie ein paar Erinnerungen an Durham, um die alte Leidenschaft wieder ein bisschen anzuheizen. Ich kuschelte mich an ihn und dachte wieder an jene Zeit zurück.

„Wir haben es nie getan, bevor wir verheiratet waren, nicht wahr, Mike?"

„Was haben wir nie getan?"

Ich stöhnte.

Er lächelte und schüttelte den Kopf.

„Tut mir Leid – nein, haben wir nicht. Wir waren unheimlich brav, stimmt's, Kathy. Brave, christliche junge Leute, das waren wir."

„Das wären wir aber nicht gewesen, wenn es nach mir gegangen wäre, oder? Ich glaube, ich war wohl eher so etwas wie ein leichtfertiges Mädchen, wenn es darum ging, was? Weißt du noch, wie ich dich nach unserer Verlobung endlos bequatscht habe, wir würden doch sowieso heiraten, und was das denn dann überhaupt ausmachen würde? Und du sagtest immer ganz ernst, natürlich wolltest du auch, aber die Bibel sage ganz klar, dass wir warten sollten, bis wir verheiratet wären. Weißt du noch?"

„Natürlich weiß ich das noch – ich denke immer noch so."

„Du warst so *streng* und verantwortungsbewusst."

„Hmm . . ."

Ich legte den Kopf zurück und betrachtete den belämmerten Ausdruck auf seinem Gesicht.

„Was ist?"

„Ich dachte gerade, dass eigentlich – was war das noch, was Oscar Wilde sagte?"

Unsere kostbaren dicken Wälzer gesammelter Werke, so unverzichtbar für leidenschaftliche Küchenbewohner, standen auf einem Regal hoch an der langen Seitenwand gegenüber dem Tisch. Ich hob einen Arm und winkte in Richtung der Gesammelten Werke von O. Wilde.

„Das da alles."

„Nein, ich meine, er hatte so einen treffenden Spruch über Leute, die das, was sie tun oder nicht tun sollten, als Ausrede benutzen, um etwas nicht zu tun oder zu tun, das sie eigentlich gar nicht tun wollen, weil es ihnen zu viel Angst macht?"

„Ich bin nicht ganz sicher, aber etwas sagt mir, dass er es

etwas knapper ausgedrückt hat als du. Du hättest das Milchmädchen heiraten sollen."

„Wäre auch nicht schlecht gewesen, sie ist ziemlich hübsch. Aber er hat es wirklich besser ausgedrückt. Warte mal – ich hab's! Jetzt fällt es mir wieder ein. ‚Gewissen ist oft nur Feigheit unter falschem Namen.'"

„‚Gewissen ist oft nur Feigheit unter falschem Namen', hm?" Ich ließ mir den Gedanken durch den Kopf gehen. „Kapiere – du willst also sagen, dass es weniger die Lehre der Bibel war, die dich davon abhielt, als vielmehr deine kalten Füße, aber das wolltest du nicht zugeben, und deshalb hast du auf Moralapostel gemacht? Michael Robinson, du warst ein Schwindler."

„Nun, ich schätze schon, ein bisschen jedenfalls. Ich hatte Angst davor, mich als lausiger Liebhaber zu entpuppen und etwas zu tun, wovon ich dachte, dass es falsch sei. Aber na ja, Gott benutzt, was er kriegen kann, um Dinge in Ordnung zu bringen, nicht wahr? Und es ist nicht so, dass ich nicht geglaubt hätte, was ich damals sagte. Jedenfalls, was immer der Grund war, heute bin ich froh, dass wir nicht miteinander geschlafen haben, bevor wir verheiratet waren. Was meinst du?"

Ich dachte darüber nach und nickte langsam.

„Ja, ich auch. Damals war ich das überhaupt nicht, aber jetzt bin ich froh."

„Worüber bist du froh, Mami?"

Wir waren so vertieft in unser Gespräch gewesen, dass keiner von uns gehört hatte, wie die Haustür geöffnet und wieder geschlossen worden war. Wie üblich knallte Felicity die Utensilien ihres Schullebens auf das Ende des Küchentisches und kollabierte auf einen Stuhl, als hätte sie gerade acht Stunden in der Kohlegrube hinter sich gebracht anstatt fünfundvierzig Minuten Korbball-Training. Sie zog die Augenbrauen zusammen.

„Warum sitzt du denn auf Daddys Schoß, Mami, und worüber bist du froh?"

„Ich sitze auf Daddys Schoß, weil ich *gerne* auf Daddys Schoß sitze, und i-i-ich bin froh über etwas anderes, worüber ich mich gerade mit Daddy unterhalten habe. Soll ich dir etwas zu trinken holen, mein Schatz? War's schön in der Schule? Freust du dich auf die Ferien?"

Felicity wusste als erfahrene Zehnjährige genau, dass sie abgespeist werden sollte, und sie wusste genau, dass es auf dem Eltern/Kind-Markt einen soliden kommerziellen Wert hatte, sich ohne Aufhebens abspeisen zu lassen.

„Ja, und wie. Kannst du mir einen heißen Kakao machen, und darf ich von oben das Nachrichten-Dingsda holen, das Jack und ich am Samstag gemacht haben und das ihr noch gar nicht gehört habt, und es euch vorlesen?"

„Prima Idee, mein Schatz – wie wär's, wenn du dich gleich umziehst, wenn du schon oben bist?" erkundigte sich Mike freundlich.

Eltern sind manchmal köstlich naiv. Wie konnte Mike, der jeden Tag rund um die Uhr mit Kindern zu tun hat, nur so leicht vergessen, dass Anweisungen, die als Fragen formuliert sind, an intelligenten Kindern fast immer wirkungslos abprallen?

„Ach nein", erwiderte Felicity im selben freundlichen Ton wie ihr Vater, „lieber nicht. Das mache ich hinterher."

Ein paar Minuten später, nicht umgezogen und mit ihrem dampfenden Kakao vor sich, las uns Felicity mit gelegentlichem Stocken von einem Blatt von Jacks Computerpapier vor.

„Okay – hier sind die Nachrichten. Diese Woche gaben Historiker bekannt, dass die Geschichte von Ali Baba, die wir normalerweise hören, falsch überliefert ist. Neueste Forschungen ergaben, dass der Schatz, den die Räuber in ihrer Höhle aufbewahrten, in Wirklichkeit aus Naturalien, vorwiegend dem damals wie heute sehr begehrten Frischobst, bestand. Somit hätte die Geschichte eigentlich ‚Ali Baba und die Pfirsichräuber‘ heißen müssen.“

Wir kicherten pflichtschuldig.

„Wieso ist das denn witzig?“ fragte Felicity und sah uns an.

„Na ja, es ist – ich erkläre es dir später“, sagte Mike. „Lies weiter.“

„Gut, das Nächste handelt von einem Mann, der bei einem Arbeitsunfall ums Leben kam. Was meint ihr, ist das eine gute oder eine schlechte Nachricht?“

„Hört sich an wie eine schlechte“, sagte Mike wachsam.

„Aber als er starb, strahlte er übers ganze Gesicht.“

„Oh, na das ist aber eine gute Nachricht, oder?“

„Nein, ist es nicht, weil er nämlich im Atomkraftwerk arbeitete.“

„Das ist ja grauslich!“ protestierte Mike, vollkommen unbemerkt von unserer jungen Nachrichtensprecherin, die über den schwarzen Humor ihrer zweiten Meldung in schallendes Gelächter ausbrach. Ich wartete, bis sie sich ein wenig erholt hatte.

„War’s das, mein Schatz? Oder hast du noch mehr Gruselgeschichten für uns?“

Felicity schlürfte fachmännisch an ihrem Kakao, ohne die Tasse zu heben, und wedelte dabei wild mit der Hand, um uns zu signalisieren, dass wir bleiben sollten, wo wir sind.

„Nein, das Nächste handelt von dir und Mark, Mami.“

„Ojemine.“

„Gestern Nachmittag um zehn Uhr begleitete Mrs. Kathy Robinson ihren Sohn Mark zum örtlichen Chiropraktiker, wo er wegen einer Beinverletzung behandelt wurde. Auf die Frage, ob der Besuch ihr sehr schwer gefallen sei, erwiderte Mrs. Robinson: ‚Nein, im Gegenteil, es war nett, zu sehen, wie zur Abwechslung mal er manipuliert wurde.‘ Wieso das witzig sein soll, verstehe ich auch nicht.“

Wir schon.

Felicity fuhr fort.

„In einem Protestschreiben wandten sich die Bewohner des Seniorenheims ‚Abendsonne' an den Energieminister. ‚Als ältere Mitbürger', so heißt es in dem Brief, ‚können wir es nicht hinnehmen, dass sich Ihre Behörde, wie uns kürzlich zu Ohren gekommen ist, mit dem Abbau von Urahnen beschäftigt.' Jack ist verrückt. Die sind ja alle überhaupt nicht witzig. Hier ist noch eine über einen Allergiker, der lieber Gras rauchen wollte als Heu schnupfen, und dann noch eine über einen Mann, der –"

„Das reicht jetzt. Trink deinen heißen Kakao aus, Schätzchen, sonst wird er kalt."

„Na gut."

Eine schlürfende Pause. Stille. Mike und ich tauschten ein Lächeln. Felicity blickte uns über den Rand ihrer Tasse hinweg an.

„Worüber warst du denn nun froh, als ich vorhin reinkam, Mami ...?"

Mittwoch

1

„Mike, kannst du eine Notiz machen, damit wir nicht vergessen, eine rote Birne zu besorgen?"

Ich habe schon von den Verhaltensmustern gesprochen, die einen so großen Teil des Familienlebens ausmachen. Vermutlich gehören Mikes gute alte aufsteigende Spiralen auch dazu, aber viele dieser häuslichen Handlungsweisen erkennt man erst dann richtig, wenn man sich hinsetzt und gründlich darüber nachdenkt, was vor sich geht oder was in der Vergangenheit oft vor sich gegangen ist. Manchmal jedoch kann man sich über solche Muster auch endlos aufregen, bevor sie auch nur anfangen, sich zu zeigen. Meistens manifestieren sie sich in Form von Streitgesprächen.

Zum Beispiel klafft (wie Dip an anderer Stelle in allen schaurigen Einzelheiten geschildert hat) eine weite Kluft zwischen meiner Vorstellung, wie man am besten Koffer packt, und der Methode, die mein lieber Gatte bevorzugt. Kurz gesagt: Meine Methode ist chaotisch und nimmt einen Abend in Anspruch, während Mikes Methode außerordentlich wohlorganisiert ist und würde, wenn jemals jemand so töricht wäre, zuzulassen, dass er sie in der Praxis anwendet, ein knappes Jahr in Anspruch nehmen. Jedes Mal, wenn wir als Familie in Urlaub fahren, führen wir exakt denselben Streit in immer exakt gleichen Details, und dieser Streit beginnt sozusagen bereits in unseren Herzen, lange bevor das Thema überhaupt zur Sprache kommt.

Heute Abend wusste ich einfach, dass es darum gehen würde, das Haus sauber zu machen und für meine Party vorzubereiten, und die Verärgerung hatte bereits in mir zu brodeln begonnen, als ich in der Küche Kaffee für Mike und mich machte, um ihn mit ins Wohnzimmer zu nehmen.

Am Mittwoch hatten wir erstmals wirklich Gelegenheit, die Party zu planen. Jack und Mark waren zusammen zu irgendeinem Kneipenquiz gegangen, damit wir Gelegenheit hätten, uns ein paar Stunden in aller Ruhe (so zumindest die Theorie) zu unterhalten. Felicity war zu Hause, aber wir hatten ihr erlaubt, sich in der Videothek einen Film auszusuchen, den sie sich vor dem Schlafengehen oben mit ihrer Freundin, der berüchtigten, schrillen Caroline Burton, anschauen durfte. Soweit es Felicity betraf, war das nicht so glatt gelaufen, wie es hätte laufen können. Carolines ausdrückliche Vorliebe für Filme über „Feen und Zwerge und so" stand in einem krassen Gegensatz zu der beständigen und bisher erfolglosen Kampagne unserer Tochter, sie einen „ab 16" anschauen zu lassen, doch der Film, den sie sich schließlich aussuchten, schien ein vernünftiger Kompromiss zu sein, und alles war still, als ich gegen sieben ein Tablett auf dem Couchtisch vor Mike abstellte.

Mike und ich denken einfach völlig unterschiedlich. Er hatte sich mit einem ordentlichen kleinen Notizbuch und einem neuen Bleistift aus seiner speziellen Schublade im Schlafzimmer bewaffnet und hätte, da bin ich ganz sicher, auch eine gedruckte Tagesordnung mitgebracht, hätte er nicht aus bisherigen Erfahrungen gewusst, dass das einzige andere Mitglied des Komitees diese sofort in einen Papierflieger verwandelt und auf einen Langstreckenflug geschickt hätte.

Ich wusste, dass er sich mit einem Kopf voller Ideen und Kategorien und Berechnungen hinsetzen würde, während ich nur zwei Dinge im Kopf hatte. Das eine war die aufsteigende Ungeduld in mir beim Gedanken an unseren bevorstehenden, unvermeidlichen Konflikt darüber, das Haus fertig zu machen; das andere war meine Entschlossenheit, dafür zu sorgen, dass, was immer wir auch sonst bedenken oder vergessen würden, zumindest ein Zimmer im Haus am Abend der Party von einer roten Glühbirne erleuchtet sein musste. Daher mein Eröffnungszug.

Er ging mit mehr Gluckern unter als die *Titanic*. Wenn etwas geradezu prädestiniert dazu war, Mike völlig auf die Palme zu bringen, dann waren es wahllose Gedanken, die man in einem Moment äußerte, in dem ein wenig klares Denken gefordert war. Sein Seufzer hörte sich an, als kröche er über extra grobes Schleifpapier.

„Kathy, auf die banalen Einzelheiten kommen wir gleich noch, sobald wir einen Blick auf das Gesamtspektrum der zu erledigenden Dinge geworfen haben. Ich wäre dir wirklich dankbar, wenn wir uns zur Abwechslung mal am Riemen reißen und die Dinge in einer gewissen logischen Reihenfolge durchgehen könnten."

Eine meiner lebenslangen heimlichen Sehnsüchte ist es, mich von hinten an das Gesamtspektrum der zu erledigenden Dinge anzuschleichen und es zu strangulieren.

„Womit du natürlich meinst", erwiderte ich grimmig, „dass du dankbar wärst, wenn *ich mich* am Riemen reißen könnte, da du ja, wie wir alle wissen, der disziplinierteste Mensch auf dem Antlitz der Erde bist."

Diese knappe Analyse war so unverkennbar zutreffend, dass Mike, obwohl er fleißig den Kopf schüttelte, abwinkte und mit Zunge und Zähnen schnalzte, wie man es gemeinhin tut, wenn man etwas leugnen will, unfähig war, Worte hervorzubringen, die zu seiner Pantomime paßten. Nicht, dass ich ihm viel Gelegenheit dazu gelassen hätte, *wenn* ihm etwas eingefallen wäre.

„Ich halte mich für ausreichend diszipliniert in dem kleinen, aber klar definierten, keineswegs banalen Bereich, dafür zu sorgen, dass wir in einem der Zimmer eine rote Glühbirne haben", fuhr ich kühl fort. „Ich möchte, dass wir damit anfangen, und ich weigere mich, über irgendetwas anderes zu sprechen, bis wir das geklärt haben. So!"

Ich lehnte mich auf dem Sofa zurück und verschränkte die Arme. Wenn ich mich herabgesetzt fühle, kommen meine schlimmsten Seiten zum Vorschein, und das hat schon manches Mal zu schweren Artilleriegefechten zwischen Mike und mir geführt.

Nie vergessen werde ich zum Beispiel jenen denkwürdigen Anlass, der mit Sicherheit nur im Rückblick komisch wirkt. Wir waren seit einigen Wochen auf der Suche nach einem Haus, und der ganze mühsame Prozess ging uns beiden allmählich an die Nieren. Abgesehen von allem anderen hatten wir einige Zeit gebraucht, um die Sprache des Immobilienmarktes gut genug zu erlernen, um „mit den örtlichen Verkehrsmitteln bequem zu erreichen" in „neben dem Lkw-Depot hinter dem Bahnhof" und „enorme Ausbaumöglichkeiten" in „abbruchreif" zu übersetzen. An diesem typisch stressigen Tag wurde ich immer wütender auf Mike. Bei unseren endlosen Verhandlungen mit Immobilienmaklern und dergleichen hatte er sich ständig in den Vordergrund gespielt, als wäre er der Erwachsene und ich sein kleines Mädchen, das mit ihm überall hingehen und still dabeisitzen musste, wenn die Erwachsenen ihre wichtigen Geschäfte besprachen. Bei der einen Gelegenheit, als er großzügigerweise mir erlaubte, das Wort zu führen, hatte er mich unterbrochen und alles, was ich sagte, so ausführlich kommentiert, dass er auch gleich selbst das Reden hätte übernehmen können. Als wir beim vierten oder fünften dieser selbstherrlichen Ziegelsteinhändler angelangt waren, hegte ich Mordgedanken, und Mike, der das wusste, musste wohl zu der Ansicht gekommen sein, es sei an der Zeit, mich ein wenig zu beschwichtigen.

„Okay, Kathy", teilte er mir mit einem öligen Flüstern mit, als wir vor einem dieser Schreibtische saßen und darauf warteten, dass jemand aufhörte zu telefonieren und Zeit für uns fand, „der hier gehört dir. Diesmal bist du der Boss, ja?"

Hätte er diese Einladung nicht auf so herablassende Weise ausgesprochen, wäre vielleicht alles gut gewesen. Aber so machten mich seine Worte nur noch wütender. Als unser professionell lächelnder, klassisch uniformierter Immobilienmakler zu uns an den Schreibtisch kam, war mir schon völlig egal, was passieren würde. Soweit ich mich erinnerte, sagte ich in ganz natürlichem Tonfall etwas, das sich ungefähr so anhörte:

„Guten Morgen. Das hier ist mein Mann. Er wird mich in regelmäßigen Abständen unterbrechen und korrigieren, bis er mich zur Weißglut gebracht hat. Ich werde innerlich kochen, aber in Ihrer Gegenwart nichts sagen, dafür aber hinterher sehr sauer auf ihn sein. Er wird anfangs fassungslos sein, am Ende aber die Beherrschung verlieren. Ich werde schmollen, und dann wird einige Stunden lang eine unbehagliche Spannung zwischen uns herrschen. Später werde ich Mühe haben, mich genau daran zu erinnern, warum mein Zorn so ungemein gerechtfertigt war, aber ich werde dennoch sicher sein, dass ich Recht hatte. Gegen Abend werden wir durch praktische Erfordernisse gezwungen werden, bis zum nächsten Mal wieder normal miteinander zu reden. Wie geht es Ihnen?"

Was der arme junge Mann, der sich auf so immobilienmaklerische Weise hingesetzt hatte, um mit uns zu verhandeln, darauf geantwortet hätte, muss für immer ein Geheimnis bleiben, denn an diesem Punkt stand Mike auf und zerrte mich buchstäblich auf die Straße. Später sah ich vor meinem geistigen Auge immer noch das Gesicht dieses jungen Mannes mit dem offenen Mund und den weit aufgerissenen Augen, so deutlich, als hätte ich einen Schnappschuss davon gemacht. Mike und ich fuhren schweigend nach Hause, und ich fürchte sehr, dass an jenem Abend die Sonne über unserem Zorn unterging. Hinterher schämte ich mich ziemlich, aber mein lieber Scholli, tat das in dem Moment gut!

Und nun beobachtete ich, wie Mike sich heftig die Augen rieb, während er sich überlegte, wie er mit der „Rote-Glühbirnen"-Drohung umgehen sollte.

„Also schön", sagte er schließlich in einem Ton ermatteter Verärgerung, „ich schreibe ‚Rote Glühbirne' hin, wenn du unbedingt willst, und dann können wir vielleicht weitermachen. Es ist deine Party, über die wir hier reden, weißt du."

Er schrieb einen Moment lang und hielt dann den Block hoch, sodass ich es lesen konnte.

„Da, siehst du, ich habe es in großen, dicken Buchstaben mitten auf die erste Seite geschrieben. Jetzt werden wir bestimmt daran denken, meinst du nicht? Reicht das, oder möchtest du, dass ich den Mantel anziehe und zur Tanke gehe, um eine rote Glühbirne zu kaufen, bevor wir weitermachen?"

Sarkasmus mag die niedrigste Form des Witzes sein, aber sie kann auch die ärgerlichste sein. Dabei hatten wir noch kein Wort über das Haus verloren!

„Nein", erwiderte ich eisig, „das wird nicht nötig sein, vielen Dank. Es wäre mir sehr unangenehm, mit ansehen zu müssen, wie du auf etwas so Banales soviel Energie verwendest. Du willst weitermachen, also lass uns weitermachen, ja?"

Mike warf mir einen argwöhnischen Blick zu und fragte sich, ob er es wagen durfte, mich beim Wort zu nehmen.

„Also schön", sagte er, „dann lass uns anfangen mit –"

„Mike, ich möchte nur eines gleich von Anfang an klarstellen. Wir haben doch vor, das Haus geputzt und aufgeräumt zu haben, wenn die Gäste eintreffen, nicht wahr?"

Ganz langsam schloss er sein Notizbuch und legte es zurück auf den Tisch, ohne seine Augen von meinem Gesicht abzuwenden.

„Geputzt – natürlich. Was bringt dich denn auf den Gedanken, wir könnten das nicht vorhaben, Kathy?"

Ich vollführte eine vage Geste mit beiden Händen und zuckte die Achseln.

„Ach, eigentlich gar nichts – lediglich die belanglose Tatsache, dass wir bisher jedes Mal, wenn wir so etwas gemacht haben, am Ende noch wie die angestochenen Hühner herumgerannt sind und aufgeräumt haben, während schon die ersten Gäste eintrudelten. Könnten wir einmal – nur dieses eine Mal – versuchen, fertig und gelassen und cool zu sein und Weingläser in der Hand zu halten, wenn es an der Tür läutet, statt dass einer von uns unter der Dusche steht und tropfnass hinaus auf den Treppenabsatz kommt und herunterschreit, dass wir keine Handtücher mehr haben, und der andere in der Küche ein gezieltes, unerklärliches Chaos anrichtet, und das genau in dem Moment, wenn uns ein Chaos in der Küche gerade noch gefehlt hat?"

Mike starte mich an.

„Ich nehme an, du sprichst davon, dass *ich* in der Küche ein Chaos anrichte, nicht wahr?"

„Na ja, dass ich es wäre, ist eher unwahrscheinlich, nicht? Du musst zugeben, dass ich über genug gesunde Oberflächlichkeit verfüge, um die Notwendigkeit einzusehen, dem Haus zu solchen Anlässen eine schnelle Maniküre zu verpassen, und zwar aus dem ganz banalen Grund, dass es unseren Gästen sicher lieber wäre, gleich von Anfang an in eine angenehme Umgebung zu kommen."

„Ah, verstehe, und was tue ich deiner Meinung nach?"

„Was du tust? Nun, überlegen wir mal."

Ich lehnte mich zurück und schickte mich an, meinem Affen Zucker zu geben.

„Bei einem Anlass wie diesem, Michael, wäre es vermutlich dein erster Schritt, auf den Dachboden zu steigen und die Balken und Dielen ordentlich zu schrubben, damit sie schön blank sind, wenn nicht ein einziger Gast während der Party dort oben hinaufsteigt. Dann würdest du unser Bett aus dem Schlafzimmer wuchten und darunter sauber machen, für den Fall, dass es einem unserer Gäste unangenehm wäre, seine schöne, saubere Jacke auf ein Bett zu legen, unter dem sich eventuell eine dünne Staubschicht befinden könnte. Ach, und dann die Dachrinnen und Abflussrohre! Natürlich müsstest du alle Abflüsse sauber machen und dafür sorgen, dass alles, was dort hineinkommt, ungehindert abfließen kann, damit, falls sich während des Abends jemand von unseren Gästen aufs Dach verirren sollte – was ja leicht passieren kann, machen wir uns nichts vor – und dringend etwas in der Dachrinne loswerden müsste, er das ohne Sorge tun kann.

Und dann? Na, *raus* mit allen Teppichböden, dann die Dielen geschrubbt, die Teppiche von unten abgesaugt, und *runter* mit den Tapeten – ganz vorsichtig natürlich –, damit du die Wände putzen kannst, bevor du die Tapeten wieder anklebst. Und natürlich versteht es sich von selbst, dass du vor all diesen Dingen erst mal in dein Büro gegangen wärst, um es komplett aufzuräumen und zu putzen, damit du, wenn das Thema Schule zur Sprache kommen sollte, genau darüber reden kannst, ohne von dem Gefühl geplagt zu werden, dass du dich schämen würdest, wenn dein Gesprächspartner es sehen würde, wenn er dort wäre und nicht hier. Was noch . . .?"

„Ich habe noch nie begreifen können", sagte Mike mit gestrenger Würde, „warum du darauf beharrst, meine Neigung, eine Arbeit sorgfältig und der Reihe nach zu erledigen, als eine Art Laster zu betrachten. Komm schon – sag es mir. Was ist so falsch daran, etwas richtig zu machen?"

„Etwas richtig zu machen? Etwas *richtig* zu machen? So würdest du dein Verhalten beschreiben? Mike, neben dir würde Hercules Poirot aussehen wie – wie Sir Les Patterson.

Du bist so wahnsinnig, beängstigend, unverrückbar *gründlich* in allem, was du so vollkommen tust! Du erinnerst mich an den Mann aus dieser Geschichte von Ray Bradbury – weißt du noch? Der Mann, der in ein Haus eingebrochen war oder so und dann, bevor er ging, beschloss, sicherzugehen, dass er keine Fingerabdrücke hinterließ? Also ging er mit einem Tuch herum und wischte alle Flächen ab, die er berührt haben konnte, aber er wurde so zwanghaft deswegen, dass er am Ende sogar die Unterseite irgendeiner Obstschale polierte, die er nicht einmal angefasst hatte, und als die Polizei kam, war er immer noch im Haus und putzte wie ein Verrückter, sodass er geschnappt wurde. Weißt du noch?"

Mike nickte mühsam mit dem Kopf, als hätte sich sein Gewicht verdreifacht.

„Ja, ich erinnere mich gut an die Geschichte, und sie hat absolut nichts mit mir zu tun. Ich habe nur etwas gegen –"

„Kosmetische Maßnahmen? Ist das das Wort, um das du ringst?"

„Du lässt mir ja überhaupt keine Zeit, um irgendetwas zu ringen."

„Wenn es das ist, dann hast du absolut Recht; genau das ist es, wogegen du etwas hast. Du hast etwas gegen kosmetische Maßnahmen. Du würdest nie bei irgendetwas eine kosmetische Maßnahme ergreifen, und du meinst, dass das nichts ausmacht, weil du ja tief in deinem Innern weißt, dass du, auch wenn du keine Zeit für so kleinliche Banalitäten hast wie die Frage, wie es denn im Haus *aussieht*, ja immerhin *gründlich* warst, und wen interessiert es da schon, was andere Leute denken. Alles eine Frage der inneren Integrität. Habe ich Recht?"

„Verzeih mir, ich werde mir in Zukunft besondere Mühe geben, etwas oberflächlicher zu sein. Kathy, darf ich dich noch einmal fragen, warum du offenbar alles daransetzt, einen Streit anzufangen, wenn wir hier eigentlich nur versuchen, *deine* Party zu organisieren – *Liebling*?"

Ich kniff meine Lippen zusammen und schlug mit geballten Fäusten links und rechts neben mir auf die Sitzfläche. Irgendwie wollte ich mir selbst unbedingt einreden, dass Mike unfair war, aber ich wusste genau, dass er Recht hatte. Ich hatte bewusst den Streit angefangen, von dem ich sicher war, dass wir ihn am Ende sowieso bekommen würden. Mein Blick fiel auf Mikes zugeklapptes, nie zuvor benutztes Notizbuch, auf dessen Umschlag säuberlich „KATHYS PARTY" geschrieben stand, und seinen nagelneuen grünen Bleistift, die beide ordentlich auf dem Tisch zwischen uns lagen, und mir fiel wieder ein, wie sehr ich ihn liebte. Ich biss mir auf die Lippe. Ich habe mir schon immer auf die Lippe gebissen, seit ich zwei Jahre alt war.

„Mike, ich würde sehr gern noch mal von vorn anfangen und . . ."

„Kathy, es tut mir wirklich Leid, dass ich vorhin so sarkastisch war . . ."

Ich weiß nicht, ob Mikes Gedankengang ähnlich verlaufen war wie meiner, aber er brachte in genau demselben Moment mehr oder weniger dieselbe Wirkung hervor. Wir lachten beide.

„Fang du an, Kathy."

„Nein, sag du erst, was du sagen wolltest – es tut mir wirklich Leid, dass ich mich so erhitzt habe. Ich weiß nicht, warum ich das immer mache. Ich glaube, es macht mich einfach so nervös, darauf zu warten, dass wir aufeinander losgehen, dass ich versuche, es – irgendwie zu beschleunigen, damit wir es möglichst schnell hinter uns haben. Los, sag erst, was du sagen wolltest."

Mike beugte sich vor, schlug sein Notizbuch auf und riss die erste Seite heraus, auf der er in lächerlich großen Buchstaben „GLÜHBIRNE" aufgeschrieben hatte. Auf der nächs-

ten Seite schrieb er es noch einmal hin, aber in normal großen Buchstaben, und davor eine säuberlich eingekreiste
Eins.

„Okay – Punkt eins auf der Tagesordnung betrifft die notwendige Anschaffung einer roten Glühbirne, welchselbige
während der bevorstehenden Party zum Einsatz – warte
mal, Kathy, Liebling, nur ein kleines Detail – wo soll diese
rote Glühbirne hin, und wozu brauchen wir sie?"

Er hat mich Liebling genannt!

„Oh Mike, du kannst doch nicht die roten Glühbirnen
vergessen haben, die es auf den Partys immer gab, als wir
noch Teenies waren. Es gab immer mindestens ein Zimmer,
in dem die Beleuchtung jeden so aussehen ließ, als hätte er
gerade etwas getan, wofür er sich abgrundtief schämte –
was ja vermutlich auch der Fall war, wenn ich so an die Partys zurückdenke, auf denen ich war. Jedenfalls, das ist alles.
Ich möchte ein Zimmer haben, wo ich mich in David Bowie
versenken und mitten in einem Gedränge von Leuten mit
roten Gesichtern unbeholfen mit dir tanzen kann. Das ist
mir wichtig."

„Okay", sagte Mike gleichmütig, „wird erledigt. Jetzt
musst du mir aber sagen, was du sagen wolltest."

„Ich wollte sagen, dass ich gerne möchte, dass wir noch
einmal von vorn anfangen und mal sehen – nur mal sehen –,
ob wir über das, worüber ich mich so aufgeregt habe, auch
reden können, ohne dass einer von uns sich so aufregt, wie
es meistens der Fall ist. Ich schätze, das hätte Oscar Wilde
auch besser ausdrücken können, was?"

„Dann sag mir doch einfach in aller Ruhe und Klarheit,
was du gerne an der Art und Weise ändern möchtest, wie
ich an diese Party herangehe."

„In aller Ruhe und Klarheit?"

„Ja, und ich höre dir zu, ohne dich zu unterbrechen."

„Meine Güte! Das ist ja wie in einer dieser Szenen in

2001, wenn der Monolith aus dem Boden geschossen kommt, was? Ich bin ruhig und klar, und du hörst zu, ohne zu unterbrechen. Ein neues Zeitalter ist angebrochen."

„Zumindest wird ein neuer Tag angebrochen sein, wenn wir nicht langsam zu Potte kommen, Kathy. Wir haben heute Abend noch eine Menge wichtiger Streite auszufechten, und bisher haben wir erst einen geschafft. Das war übrigens ein Scherz."

„Oh, gut, ich bin froh, dass es ein Scherz war. Einen winzig kleinen Moment lang habe ich mich gefragt, ob es vielleicht möglicherweise eine bewusst provozierende Bemerkung gewesen sein könnte, und das wäre doch schade gewesen, nicht wahr, Liebling?"

„Das war es keineswegs, mein Augenstern und Sonnenschein. Soll ich eine Flasche Wein aufmachen?"

Nachdem jeder von uns sich mit einem Glas von dem schweren, dunklen, johannisbeerigen Wein bewaffnet hatte, den wir beide so gern mochten, schien der Abend in ein ganz anderes und viel interessanteres Fahrwasser geraten zu wollen, doch ich musste immer noch meine klare, ruhige, einem erwachsenen Menschen angemessene Erklärung abgeben.

„Es ist nur, Mike", sagte ich, bestrebt, mich klar, ruhig und erwachsen auszudrücken, wobei ich mich vermutlich aber eher anhörte wie eine Lehrerin vor einer Schar von Erstklässlern am Einschulungstag, „dass bisher manchmal, wenn wir eine Party gegeben haben und du, wie üblich, für das Essen zuständig warst, du bis zum allerletzten Moment in der Küche beschäftigt warst, weil du vorher so viel Zeit darauf verwendet hattest – und völlig zu Recht, wie ich eilends hinzufügen möchte –, dafür zu sorgen, dass das Haus hübsch sauber und aufgeräumt ist – Liebling."

Es gab eine Pause, während Mike sich vergewisserte, dass er mich nicht unterbrechen würde, wenn er etwas sagte.

„Okay", sagte er praktisch, „wenn das das Problem ist,

dann kann ich, glaube ich, eine Lösung vorschlagen. Ich stelle einfach meinen Zeitplan darauf ein, dass ich versuche, alles eine Stunde vor dem Beginn der Party fertig zu haben. Wenn wir die Leute für, sagen wir, halb acht einladen, dann werde ich – werden wir – dafür sorgen, dass alles bis um halb sieben picobello ist. Wie wäre das?"

Ich zwinkerte übertrieben wie ein Pirat und sagte: „Das wäre prächtig, Käpt'n, einfach prächtig!"

Und wer konnte es wissen? Vielleicht würde es ja klappen.

Wie erfreut Mike war, in sein schönes kleines Buch schreiben zu können, dass die Party um halb acht beginnen würde. Man konnte förmlich sehen, wie er dachte: „Gut, endlich haben wir einen Anfang gemacht." Dies ist ein Mann, dachte ich, als ich ihn dabei beobachtete, wie er vor Konzentration die Zungenspitze zwischen die Zähne klemmte, der einmal ein kleiner Junge gewesen sein muss, der mit Begeisterung seine Hausaufgaben machte und am nächsten Tag abgab.

Danach machten wir wirklich gute Fortschritte, und je leerer die Flasche wurde – ich meine natürlich, je tiefer wir in die sorgfältig überlegten Fragen vordrangen –, desto mehr wuchs in mir die Vorfreude darauf, mein vorgerücktes Alter zu feiern. Und ich muss sagen, es war herrlich, mit Mike dort zu sitzen und ernsthaft darüber zu reden, was wir tun würden und wie wir es tun würden – nur wir zwei, Herz und Herz vereint zusammen. Zweifellos würde die Party selbst ein Riesenspaß werden, aber ich genoss diese ein, zwei Stunden der Planung so sehr, wie ich wohl kaum je etwas anderes genießen werde.

Wissen Sie, es gibt Momente, da bin ich wirklich ganz verschossen in meinen Mann.

Details? Nun, über die Musik gab es nichts zu diskutieren. Neben den zahlreichen Meisterwerken von David Bowie würden wir Elvis, die Beatles, Bob Dylan, die Everly Brothers (keine Cilla Black – welche Überraschung!) und weitere offensichtlich bedeutende Repräsentanten der musikalischen Kultur der Sechziger hören, die wir uns ausleihen oder in unserer eigenen Sammlung finden konnten.

Wir beschlossen, reichlich zu essen heranzuschaffen und es auf dem Tisch in unserer großen Küche aufzubauen – genug, um das häufige Phänomen auszuschalten, dass späte Gäste nur noch elend durch übrig gebliebene Krümel und Fettschwarten stochern konnten. Die Gäste würden sicherlich das eine oder andere Fläschchen mitbringen, aber wir würden auch selbst eine angemessene Menge Wein und Bier anschaffen und irgendwo in ausreichender Entfernung von den Speisen aufbauen, zusammen mit reichlich alkoholfreien Getränken für Autofahrer, Nichttrinker und schwächere Brüder und Schwestern.

„Und", schlug Mike vor, „lass uns außer all den Leuten, die wir schon gefragt haben, so ziemlich jeden einladen, der uns einfällt, abgesehen von dem einen oder anderen missliebigen Verwandten, sonst übersehen wir sicher noch jemand Wichtigen, der dann hinterher davon erfährt und sauer auf uns ist."

Ich stimmte ihm zu. Von anderen Erwägungen abgesehen, würde dies sicherstellen, dass das Haus so gerammelt voll mit Leibern war, wie es sein musste, um eine wirklich chaotische Sechziger-Atmosphäre aufkommen zu lassen. Gleichzeitig konnten wir eigene Räume für Leute zur Verfügung stellen, die keine Lust hatten, sich zu Tode quetschen zu lassen, indem wir alle drei Stockwerke unseres Hauses nutzten – einschließlich Marks Zimmer, schlug ich vor; vorausgesetzt, es konnte in der kurzen Zeit, die uns noch blieb, ausgeräuchert und exorziert werden.

Allmählich kam bei mir wirklich Vorfreude auf.

2

Später, nachdem Caroline nach Hause gegangen und Felicity sicher im Bett eingekuschelt war, liefen Mark und Jack ein, beide leicht angeschlagen. Jack kollabierte schlaff auf dem anderen Ende des Sofas, während Mark sich auf dem Fußboden vor dem Fernseher parkte.

„Alles im Griff, Mumsy?"

Jacks Stimme klang weich und schläfrig.

„Ja, wir sind ganz gut vorangekommen, nicht wahr, Mike? Wir sprachen vorhin gerade davon, dass wir gerne – Mark, mach nicht den Fernseher an, ich möchte dich etwas fragen."

„Jetzt kommt *Frasier*. Ich stelle es leise."

„Nein, tust du nicht. Du kannst nicht einfach hier hereinkommen und die ganze Atmosphäre verändern. Ihr habt euch irgendwo da draußen einen schönen Abend gemacht, aber unserer ist noch im Gang. Schalte bitte wieder ab."

„Woher weißt du überhaupt, dass ich einen schönen Abend hatte? Vielleicht war es ja auch ein lausiger Abend – das weißt du doch gar nicht. Warum denkst du immer, du wüsstest über mich Bescheid?"

Nicht zum ersten Mal dachte ich über die Tatsache nach, dass Mark mir selten Kredit einräumte. Bar auf die Kralle, das war seine unverrückbare Bedingung, was unsere Beziehung betraf. Wenn in derselben Woche oder auch am Tag davor etwas sehr Gutes zwischen uns passiert war, dann hielt die versöhnliche Wirkung selten lange genug an, um seine Reaktion auf mich in Situationen wie dieser zu mildern. Wie konnte er nur auf den Gedanken kommen, dass es okay wäre, so rotzig zu werden und uns den Abschluss unseres Abends zu verderben?

„Bitte schalte es ab, Mark", sagte Mike mit einer Kombination aus Wärme und Respekt in der Stimme, die ich im

Umgang mit meinem mittleren Kind noch nie zustande gebracht hatte.

Mit einem schweren Seufzer beugte sich Mark vor, um den Fernseher abzuschalten, drehte sich dann zu uns um, zog die Knie unters Kinn und schlang die Arme um seine Beine.

„Was denn? Übrigens, wir haben den zweiten Platz gemacht."

„Danke. Herzlichen Glückwunsch. Was gab's denn zu gewinnen?"

„Bier."

„Wir wollten dich nur fragen, ob du damit einverstanden wärst, wenn wir dein Zimmer für die Party benutzen würden. Wir werden das Haus voller Leute haben, sodass wir allen Platz brauchen werden, den wir kriegen können. Was meinst du?"

„Klar", sagte Mark mit einem etwas antiklimaktischen Achselzucken. „Kein Problem. Man sollte da vielleicht mal ein bisschen aufräumen."

„Ein bisschen aufräumen!" Jack warf träge seinen Arm über die Rückenlehne des Sofas und brach ob dieses Meisterwerks der Untertreibung spontan in Gelächter aus. „Weißt du was?", sagte er, „warum lässt du es nicht so, wie es ist, und wir machen daraus ein Party-Spiel, wo die Leute raten müssen, wessen Zimmer es ist; wie in *Durchs Schlüsselloch*, wo dieser Typ mit der komischen Stimme durch die Häuser anderer Leute geht?"

Er fuhr fort und imitierte recht überzeugend Loyd Grossmans schleppende Sprechweise.

„Wer könnte in einem solchen Zimmer wohnen? Werfen wir einen Blick auf die Spuren – den drei Tage alten Stapel schmutziger Essteller, auf denen noch Speckschwartenstücke an getrockneter Tomatensoße kleben, die leeren Bierdosen, die auf der Fensterbank zu einer Pyramide aufgebaut sind, die knöcheltiefe Schicht modriger Socken und Unterwäsche auf dem Fußboden, die lose herumliegenden CDs, die möglicherweise als Frisbees verwendet worden sind, Beleuchtung und Fernseher, die stets auch in Abwesenheit des Bewohners eingeschaltet bleiben, falls zufällig jemand hereinkommen sollte, die halb ausgetrunkenen, mit grünem Schimmel überzogenen Kaffeebecher, das Bett, auf dem Big Daddy und Giant Haystacks eine Stunde lang miteinander gerungen haben. Was für ein Mensch wäre wohl bereit, in einem solchen Zimmer zu wohnen? Liebe Partygäste, Sie haben das Wort!"

„Darf ich dich daran erinnern, Jack", kommentierte Mike milde, „dass noch vor wenigen Jahren dein Zimmer die meiste Zeit ein Wald aus leeren Milchflaschen war."

„Überhaupt, so schlimm ist mein Zimmer gar nicht", grinste Mark, den die Bemerkungen seines Bruders nicht im Mindesten anzufechten schienen. „Zumindest bin ich besser im Aufräumen als Jack im Stimmen imitieren. Dürfen meine Freunde auch zur Party kommen, Dad?"

„Frag deine Mutter. Es ist ihre Geburtstagsparty, nicht meine."

„Dürfen sie, Mum? Tu so, als wärst du nicht sauer auf mich."

Mir blieben nur zwei Möglichkeiten. Ich konnte nach dem nächsten schweren Gegenstand greifen und ihn damit zu Tode prügeln, oder ich konnte die äußerst ungewöhnliche Maßnahme ergreifen, mich auf den Fußboden niederzulassen und ihn durchzukitzeln.

Den hätten Sie mal kreischen hören sollen …

Donnerstag

1

Kurz nach acht Uhr am Donnerstagabend sprach ich ein stilles Dankgebet für die einfühlsame Art, wie Simon Davenport dieses heikle Treffen eingeleitet hatte. Von Anfang an erzeugte er auf ganz einfache und wirkungsvolle Weise eine ideale Atmosphäre respektvoller Stille und Erwartung, schon durch sein Verhalten, als er die Leute an der Tür willkommen hieß und ins Wohnzimmer führte. Auch die Beleuchtung im Wohnzimmer war gerade richtig. Außer einer großen Kerze, die mitten auf dem Couchtisch stand, war die einzige weitere Lichtquelle eine kleine regulierbare Lampe, die in Schulterhöhe auf einem Regal hinter Simon und Mike stand, sodass sie sehen konnten, um das Treffen zu leiten und zu sprechen. Ich spürte förmlich, wie erleichtert Dip war, die angespannt neben mir auf dem Sofa saß, dass sich alles beinahe im Dunkeln abspielen würde.

Die meisten Leute aus unserem Bibelkreis waren da, dreizehn Leute insgesamt, darunter Joscelyn (ohne John; welch schuldbewusste Erleichterung!) und Eileen, die auf der anderen Seite neben mir saß. Eileen hatte mich am Dienstag angerufen und gefragt, ob ich meinte, dass ihr neuer Wunsch, sich mit der Vergangenheit auseinanderzusetzen, während der Abendmahlsfeier ebenfalls erwähnt werden könnte. Nach einem kurzen und völlig kindischen Ringkampf mit Gott über die Tatsache, dass es eigentlich „Dips Feier" hätte sein sollen – er gewann übrigens mit zwei Würfen und einer Mattenflucht –, rief ich Simon an, um ihm Eileens Bitte weiterzugeben, und er war sofort einverstanden.

Zum Glück hatte sich Simon Anfang der Woche Zeit genommen, um alle Mitglieder der Gruppe mehr oder weniger ins Bild zu setzen, warum wir dieses besondere Abendmahl feierten, sodass sich peinliche Erklärungen erübrigten. Nach einer kurzen Begrüßung und Einleitung begann die Feier mit einer langen Stille, die wir, wie Simon sagte, dazu nutzen sollten, über die Tatsache nachzudenken, dass Jesus bei uns war, ebenso klar und machtvoll wie vor zweitausend Jahren, als er auf der Erde lebte, und dass er sein Versprechen, gebrochene Herzen zu heilen, gewiss einhalten würde.

Ich komme mit Stille nicht besonders gut zurecht. Mitten in dieser Zeit der Stille gingen mir unzählige Gedanken und Gefühle durch den Kopf, während ich eulenäugig in die ganz leicht flackernde Flamme der Kerze in der Mitte unseres Kreises starrte.

Mein erster Gedanke war die Tatsache, dass meiner Erfahrung nach etliche Leute mit gebrochenen Herzen *nicht* geheilt zu werden schienen, und mein Glaube setzte plötzlich zum Sturzflug an. Dann dachte ich an die kleine Zahl von Menschen, die ich kannte, die durch ihr Leben mit Jesus tatsächlich neuen Mut bekommen hatten, und schämte mich für meine Zweifel. Das Nächste, was ich empfand, war ein Schatten der Sorge, als mir wieder vor Augen stand, dass ich diejenige gewesen war, die diese Abendmahlsfeier ursprünglich vorgeschlagen hatte. Zufällig vollführte die Kerzenflamme genau in diesem Moment ein kleines, heftiges Flackern, und ich musste ein Kichern unterdrücken. Es war, als hätte sich der Heilige Geist für eine Sekunde die Kerze ausgeliehen, um zu sagen: „Entschuldigung, *wer* bitte hat das ursprünglich vorgeschlagen?" Endlich dachte ich an Jesus, meinen Freund, und Tränen stiegen mir in die Augen, als ich ihn still beschwor, unseren beiden gemeinsamen Freundinnen ihre Lasten etwas zu erleichtern.

2

Als Simon schließlich mit der eigentlichen Zeremonie begann, schien tatsächlich die Luft vor Möglichkeiten zu vibrieren, und während wir uns Schritt für Schritt dem Austeilen von Brot und Wein näherten, gewannen die Worte der Liturgie, die so vertraut waren, dass sie zu anderen Zeiten für mich nur noch bloße Geräuschmuster waren, eine ganz neue Tiefe und Bedeutung.

„Allmächtiger Gott, vor dem alle Herzen offen liegen, dem alle Wünsche bekannt und vor dem keine Geheimnisse verborgen sind; reinige die Gedanken unserer Herzen durch die Inspiration deines Heiligen Geistes, damit wir dich vollkommen lieben können ..."

„Wir haben gegen dich und gegen unsere Mitmenschen gesündigt, in Gedanken und Worten und Taten, durch Nachlässigkeit, durch Schwäche, durch unsere eigene vorsätzliche Schuld. Es tut uns wahrhaft Leid ..."

„Wir glauben an einen Gott, den allmächtigen Vater, Schöpfer des Himmels und der Erde und aller sichtbaren und unsichtbaren Dinge ..."

„Herr Jesus Christus, einziger Sohn des Vaters, Herr Gott, Lamm Gottes, du nimmst hinweg die Sünden der Welt; erbarme dich unser ..."

Nach dem Gloria übernahm Mike die Leitung.

„Okay, ich möchte euch zwei ganz kurze Bibelstellen vorlesen, bevor ich ein paar Worte sage. Die Erste stammt aus einem meiner Lieblingskapitel im Alten Testament – na ja, in der ganzen Bibel – Jesaja einundsechzig.

‚Der Geist Gottes des HERRN ist auf mir, weil der HERR mich gesalbt hat. Er hat mich gesandt, den Elenden gute Botschaft zu bringen, die zerbrochenen Herzen zu verbinden, zu verkündigen den Gefangenen die Freiheit, den Gebundenen, dass sie frei und ledig sein sollen; zu verkündigen ein gnädiges Jahr des HERRN und einen Tag der Vergeltung unsres Gottes, zu trösten alle Trauernden, zu schaffen den Trauernden zu Zion, dass ihnen Schmuck statt Asche, Freudenöl statt Trauerkleid, Lobgesang statt eines betrübten Geistes gegeben werden, dass sie genannt werden ›Bäume der Gerechtigkeit‹, ›Pflanzung des HERRN‹, ihm zum Preise.‘"

Er hielt inne und schlug eine andere Stelle in seiner Bibel auf.

„Und das Zweite ist ein Abschnitt, aus dem ein großer Teil der Abendmahlsliturgie stammt: Lukas, Kapitel zweiundzwanzig, Verse vierzehn bis zwanzig.

‚Und als die Stunde kam, setzte er sich nieder und die Apostel mit ihm. Und er sprach zu ihnen: Mich hat herzlich verlangt, dies Passalamm mit euch zu essen, ehe ich leide. Denn ich sage euch, dass ich es nicht mehr essen werde, bis es erfüllt wird im Reich Gottes. Und er nahm den Kelch, dankte und sprach: Nehmt ihn und teilt ihn unter euch; denn ich sage euch: Ich werde von nun an nicht trinken von dem Gewächs des Weinstocks, bis das Reich Gottes kommt. Und er nahm das Brot, dankte und brach's und gab's ihnen und sprach: Das ist mein Leib, der für euch gegeben wird; das tut zu meinem Gedächtnis. Desgleichen auch den Kelch nach dem Mahl und sprach: Dieser Kelch ist der neue Bund in meinem Blut, das für euch vergossen wird!'"

Mike klappte seine Bibel zu und legte sie zu seinen Füßen auf den Boden. Ein paar Sekunden lang sagte er nichts. Jemand, der auf der anderen Seite saß, erschauderte plötzlich, aber nicht vor Kälte. Der ganze Raum fühlte sich für mich an wie ein sanft atmendes, lebendiges Ding, und wo das Licht der Kerze war, war sein Herz. Als Mike schließlich zu sprechen begann, tat er es ohne Notizen.

„Gleich werden wir eines meiner Lieblingsgebete sprechen, nämlich jenes, das wir das Gebet des demütigen Zugangs nennen. An dieser Stelle der Liturgie stehen zwei Gebete zur Auswahl, und ich finde sie beide sehr schön. Das etwas weniger bekannte von ihnen beginnt mit den Worten: ‚Höchst barmherziger Herr, deine Liebe zwingt uns, einzutreten ...‘

Das Abendmahl bedeutet mir – uns allen – ungemein viel, und es spielt eigentlich keine Rolle, ob wir es in einer prächtigen Kathedrale oder hier in diesem behaglichen Wohnzimmer feiern. Und es ist ein Sakrament voll kosmischer Extreme, nicht wahr? So reich und so arm, so riesig und so klein, so fern und so nah, tief verwurzelt in der Vergangenheit und doch auch in der Gegenwart wundersam blühend, so unsagbar mystisch und so ganz gewöhnlich, so traurig und so voller Freude.

Als ich mir überlegte, was ich heute Abend sagen sollte, fiel mir auf, dass gerade diese letzten Extreme der Trauer und der Freude sehr bedeutende und notwendige Bestandteile der Feier sind, an der wir gleich alle teilnehmen werden.

Was könnte am Abendmahl traurig sein? Nun, mir kam das Abendmahl immer traurig vor, weil ich dabei an Jesus in dem Obergemach denken muss, in jener furchtbaren Nacht, als er verraten wurde, wie er sehnsüchtig am Tisch in die Runde der Gesichter seiner Freunde blickte, während sie ihre letzte gemeinsame Mahlzeit genossen. Ich stelle mir vor, dass Eltern, die an einer tödlichen Krankheit leiden, ein ähnliches Aufwallen von Liebe und Schmerz empfinden müssen, wenn sie in die Gesichter ihrer kleinen Kinder schauen und dabei mit magenumdrehender Sicherheit wissen, dass nicht nur der Abschied unvermeidlich ist, sondern dass ihre Kleinen auch mitten in aller Trauer vergeblich darum ringen werden, zu begreifen, warum dieser Mensch, den sie doch so sehr liebten und brauchten, nun nicht mehr bei ihnen sein kann. Ich werde traurig, wenn ich so an Jesus denke – an den Menschen, zu dem Gott geworden ist.

Und es gibt noch einen weit weniger ehrenwerten, aber nicht weniger wichtigen Grund, warum mich das Abendmahl traurig macht: Es verlangt von mir immer wieder aufs Neue, dass ich der Aussage zustimme, dass meine ganze Welt und meine Lebensweise, im Negativen wie im Positiven, mit Bibel, Gesangbuch und Brille auf meinem Stuhl zurückbleiben muss, wenn ich hinzutrete, um Brot und Wein zu empfangen – jene wunderbaren, gehaltvollen, erdverbundenen Symbole der himmlischen, unverdienten Errettung. Ja, seine Liebe zwingt uns hereinzukommen, doch manche von uns müssen jedes Mal, wenn sie diesem Zwang nachgeben, einen kleinen Tod sterben. Wie Simon Petrus vor vielen Jahrhunderten greifen auch wir instinktiv nach dem Schwert unseres eigenen Willens und unserer Eigenheiten, nur um den sanften, aber entschieden zurückhaltenden Druck seiner Hand auf unserem Arm zu spüren. Zugleich hören wir seine Stimme leise zu uns sagen, dass wir, wenn wir nicht mit Händen kommen können, die ebenso leer an Tugenden sind wie an Sünden, überhaupt nicht kommen können.

Und die Freuden des Abendmahls? Nun, die sind gewiss nicht die Kehrseite der Medaille. Sie sind dieselbe Seite derselben Medaille, mit genau den gleichen Augen gesehen, aber geklärt durch die Kraft des Geistes, der sie fähig macht, das eingeprägte Relief des Königs zu erkennen und den wahrhaft unschätzbaren Wert dessen zu erkennen, was uns in diesem besonderen Augenblick in unsere leeren Hände gelegt wird. Alle gleich in unserer geistlichen Armut, stehen wir vor unserem himmlischen Vater als Brüder und Schwestern, die einig sind in dem Sehnen, dem Gott zu begegnen, der uns errettet hat, bereit, unsere Häupter demütig vor ihm zu neigen und zu sagen: ‚Herr, wir danken dir so sehr, dass wir uns nicht auf unsere eigene Gerechtigkeit verlassen müssen.‘

Gleich werden wir einander das Brot und den Wein reichen, und wir wissen, dass mindestens zwei Leute hier sind, die das ziemlich – traumatisch finden werden, weil sie vor wirklich großen und schwierigen Problemen in ihrem Leben stehen, nachdem sie jahrelang versucht haben, sie von sich zu schieben und so zu tun, als wären sie nicht da. Lasst mich euch, so demütig ich kann, etwas sehr Wichtiges sagen."

Mike senkte den Blick, sodass es nicht so aussah, als wolle er jemanden Bestimmtes ansprechen, und seine Stimme wurde womöglich noch leiser, wenn auch jedes Wort kristallklar zu hören war.

„Wir alle müssen uns den Sünden stellen, die wir in Gedanken, Worten und Taten begangen haben, und um Vergebung dafür bitten, für die Dinge, die wir hätten tun sollen, und die, die wir nicht hätten tun sollen, genau wie es in dem alten anglikanischen Gebet heißt. Aber hört her – hier ist eine Verheißung für euch. Ich verspreche euch, dass Gott uns niemals, niemals die Dinge vorwerfen wird, die nicht unsere Schuld sind, und ich glaube, heute Abend würde er uns sehr gerne genau das sagen. Liebe Dip, liebe Eileen, die Dinge, die euch vor all den Jahren passiert sind, die Dinge, die euch so lange Zeit so viel Schmerz verursacht haben – habt keine Angst, sie waren nicht eure Schuld …"

Neben mir auf dem Sofa begann Eileen leise zu weinen. Auf meiner anderen Seite umklammerte Dip meine Hand noch fester. Sie schien kaum zu atmen, geschweige denn, dass sie einen Laut von sich gab.

„Wenn gleich Brot und Wein zu euch kommen", fuhr Mike fort, „dann legt, soweit ihr könnt, diese schrecklichen Dinge durch einen Akt des Willens für einen Moment nieder, öffnet eure Herzen und eure Hände und empfangt den Trost und die Liebe Gottes im Leib und Blut seines Sohnes. Diese Liebe ist sowieso die ganze Zeit über für euch sicher aufbewahrt worden und hat Zinsen angesammelt, und was immer in der Vergangenheit geschehen ist, was immer jetzt geschieht, und ganz egal, was in der Zukunft geschehen wird, nichts im Himmel oder auf der Erde kann sie euch je wegnehmen. Tut dies zu seinem Gedenken. Amen."

Ob zu Recht oder zu Unrecht, wie stolz war ich auf Mike!

Nachdem Simon das Gebet des demütigen Zugangs gesprochen hatte, leitete er Grumpy Normans Lieblingsteil der Liturgie ein, den Friedensgruß. Er tat es mit folgenden Worten:

„Christus ist unser Friede. Er hat uns durch das Kreuz mit Gott zu einem Leib versöhnt. Wir versammeln uns in seinem Namen und grüßen uns mit seinem Frieden. Der Friede des Herrn sei immer bei euch."

„Und auch bei dir", antworteten wir anderen.

„Lasst uns einander ein Zeichen des Friedens geben."

Manchmal, wenn Gott etwas tut, dauert es einen Moment, bis bei uns der Groschen fällt, nicht wahr? So war es auch hier. Nachdem Simon das gesagt hatte, *rührte sich keiner.* Vielleicht lag es nur daran, dass keiner der Erste sein wollte, aber das glaube ich nicht. Ich glaube, es war mein Stichwort, und weil mir ein Kobold der Engstirnigkeit ins Ohr flüsterte, hätte ich es um ein Haar verpasst.

„Jesus ist jetzt hier, Dip", sagte ich fast flüsternd, „und David ist bei ihm und hält seine Hand. Auf irgendeine Weise, die wir nicht verstehen können, hat er alles gehabt: Er ist aufgewachsen und hingefallen, und ihm sind die aufgeschürften Knie wieder heilgeküsst worden. Er ist das, was er gewesen wäre, und du kannst ihm alles sagen, was immer du ihm sagen möchtest."

Riesige, einzelne Tränen spiegelten das Kerzenlicht wider, als sie langsam über Dips Wangen herabbrannten. Als sie sich mit der Zunge über die Lippen fuhr, bevor sie sprach, konnte ich beinahe das Salz schmecken.

„David – mein Liebling, ich habe dich immer geliebt,

weißt du – immer. Ich habe dich immer geliebt. Ich habe jeden einzelnen Tag an dich gedacht. Ich wünschte mir so sehr, wir könnten zusammen sein. Es tut mir so Leid, dass – dass es nicht möglich war. Danke, Jesus, dass du ihn für mich geliebt und dich um ihn gekümmert hast. Bitte hilf mir, diese Wunde heilen zu lassen. Die Narbe möchte ich nie loswerden, aber ich – ich glaube wirklich nicht, dass ich den Schmerz noch länger ertragen kann." Sie ließ ihren Kopf auf meine Schulter sinken wie ein erschöpftes Kind. „Mehr kann ich nicht sagen . . ."

Ich fürchte, ich bin wohl sehr oberflächlich. Als die arme kleine Eileen mir wenige Minuten später mit vor glücklicher Erleichterung glänzenden Augen die Symbole des Leibes und des Blutes Jesu reichte, ertappte ich mich zu meinem Entsetzen bei dem Wunsch, sie von jemandem anderes zu empfangen, jemandem, der mehr Substanz hatte. Während ich an dem Wein nippte, ging mir ein Satz von Dip durch den Kopf.

„Man kann den Wert einer Nachricht nicht nach der Qualität des Briefträgers bemessen."

Mit einem schweren Seufzer sagte ich mir selbst und Gott, dass ich noch einen weiten Weg vor mir hatte, und als ich mich umdrehte, um den Wein an Dip weiterzureichen, sah ich abermals die Kerzenflamme flackern, fast so, als ob sie zustimmend nickte.

Freitag

Früh am nächsten Morgen gestand ich Mike meinen schrecklichen Gedanken über Eileen, und ich war immer noch am Jammern, als er schon die Hintertür öffnete, um zur Arbeit zu gehen.

„Christsein ist so verflixt schwer", beklagte ich mich. „Ich meine, warum kann eine Sache nicht einmal wirklich gut ausgehen? Wie ist es bloß möglich, dass ich mir deine ausgezeichnete Ansprache anhöre und diese Dinge zu Dip sage und dann so einen elenden, unausgegorenen, lieblosen Gedanken über Eileen habe? Ich mag sie jetzt nicht mehr als vorher, weißt du – sie tut mir nur sehr Leid. Und wir beide wissen auch, dass es nur eine Frage der Zeit ist, bis Mark und ich wieder mit Zähnen und Klauen übereinander herfallen, oder? Was für einen Sinn hat es, wenn –"

Mike legte mir seine Finger auf die Lippen.

„Kathy, Liebling" – gut – „ich kann tatsächlich jede einzelne deiner Fragen beantworten, aber ich habe jetzt keine Zeit dafür, denn wenn ich nicht gehe, kriege ich einen drauf, weil ich zu spät komme."

„Von wem denn? Du bist der Schulleiter."

„Von Gott", sagte Mike mit gespielter Frömmigkeit. „Tschüss!"

Zehn Sekunden später klingelte es an der Tür. Es war Mike.

„Ich hatte eine Eingebung", sagte er. „Ich glaube, ich kenne die Antwort auf deine Fragen. Es ist unbereute Sünde in deinem Leben."

„Was!?"

„Unbereute Sünde. Sie ist schon am Ende der Straße und kommt schnell näher. Tschüss!"

Ich drehte Mike und seinem jämmerlichen Versuch, einen Witz zu machen, eine lange Nase, während er eilends die Flucht ergriff, aber schließlich hatte er nicht Unrecht damit, dass der Zeitpunkt jetzt auch nicht schlechter war als irgendein anderer, um mich mit dem Mädchen auszusöhnen, das uns die Milch brachte.

Ich konnte es ihr nicht verdenken, dass sie ein bisschen argwöhnisch war. Als ich ein paar Minuten später die Tür öffnete und sie auf der Türschwelle über den Milchkasten gebeugt fand, ließ sie ein paar leere Flaschen geräuschvoll zurück in ihre Waben fallen und spähte mit einer gehaltvollen Mischung aus Besorgtheit und Faszination die Treppe hinauf. Nach allem, was sie wusste, gehörten nackte Teenager, die schlechte Witze erzählten, bei uns zum Alltag.

„Schön, dass ich Sie noch erwische", begann ich, „ich wollte nur –"

Sie richtete sich auf.

„Sie brauchen heute nichts zu bezahlen, Mrs. Robinson, und morgen auch nicht, weil ich diese Woche den Freitag so laufen lasse, als wäre es ein Dienstag, damit ich den Rückstand –"

„Nein, nein", unterbrach ich hastig, „es geht nicht ums Bezahlen."

„Oh", sagte sie mit einem strahlenden Lächeln und drehte eine Locke zwischen Daumen und Zeigefinger. „Worum denn?"

„Nun, ich wollte mich nur entschuldigen für – dafür, dass Mark sich letzten Samstag in diesem Zustand gezeigt hat."

Sie kicherte.

„Na ja, ich war schon ein bisschen überrascht, aber ich habe zwei ältere Brüder, und die sind beide verrückt."

Ich ließ diesen zweifelhaften Trost durchgehen und rieb verlegen meine Hände an den Hüften auf und ab, während ich fortfuhr.

„Und was ich noch sagen wollte, es, äh, es tut mir wirklich sehr, sehr Leid, dass ich an dem Morgen so grob zu Ihnen gewesen bin. Der Tag hatte für mich schlecht angefangen, aber das ist keine Entschuldigung dafür, dass ich es an Ihnen ausgelassen habe. Bitte verzeihen Sie mir."

Sie sah mich mit weit aufgerissenen Augen an.

„Ehrlich, da gibt es gar nichts zu verzeihen, Mrs. Robinson. Ehrlich. Sie waren doch genau wie sonst auch – ehrlich."

„Oh. Oh, na gut."

Wir trennten uns unter gegenseitigen Versicherungen unserer Wertschätzung und ihrem Versprechen, am nächsten Tag zu meiner Party zu kommen, wenn sie sich traute, aber ich wurde das Gefühl nicht los, dass die Begegnung aus meiner Sicht nicht ganz zufrieden stellend verlaufen war. In ihren Augen war ich also eine Person mit einem verrückten Sohn und gleich bleibend gereiztem Auftreten. Nun ja, überlegte ich, als ich die Tür schloss und zu meinen Partyvorbereitungen zurückkehrte, Gott musste wohl zu dem Schluss gekommen sein, dass all diese ungeklärten Dinge gut für meine Seele seien.

„Macht nichts", sagte ich zum Schöpfer des Universums, während ich mich auf den Weg die Treppe hinauf machte, „solange du mir morgen was Schönes zum Geburtstag schenkst."

Es war ein höchst albernes Gebet, und ich meinte es eigentlich nicht ernst, aber ich glaube, er muss es wohl gehört haben ...

Samstag

1

„Das Haus sieht wunderbar aus, Dip. Weißt du was? Lass uns den Abend absagen und uns stattdessen einfach ins Wohnzimmer setzen und das seltsame Gefühl genießen, mehr oder weniger organisiert zu sein."

Mike, Dip und ich hatten, mit unerwartet engagierter Mithilfe von Jack, seit dem frühen Morgen des Samstags – meines Geburtstages und des Tages der Party – hart gearbeitet. Drei von uns fingen ganz oben im Haus an und arbeiteten sich langsam nach unten vor, während Mike einkaufte, das Essen vorbereitete und die Küche in Schuss brachte. Mark, der an diesem Tag nicht arbeitete, mistete sein eigenes Zimmer soweit aus, dass es immerhin nur noch ein ekelhafter Saustall war, und erklärte sich dann bereit, die gemeinsamen Anstrengungen zu unterstützen, indem er mit Felicity in die Stadt ging, um einzukaufen, zu Mittag zu essen und ins Kino zu gehen, in dieser Reihenfolge. Diesen selbstlosen Akt des Dienens hatte er nur unter der strengen Bedingung vollziehen dürfen, dass er nicht seine kleine Schwester in dem Kinosaal sitzen lassen würde, wo etwas für sie Geeignetes gezeigt wurde, während er sich fröhlich davonmachte, um sich *Bekenntnisse einer hirngeschädigten Beutelratte* anzuschauen.

Inzwischen war es fünf Uhr durch. Alles war still; das Haus wirkte abnormal sauber (fast ein bisschen wie ein Museum), und ich war so müde, dass ich mir nicht im Entferntesten vorstellen konnte, dass ich die Energie aufbringen würde, mich unter all die Leute zu mischen, die zu meiner Party kommen würden, um mir zum Fünfzigsten zu gratulieren, während sie sich insgeheim fragten, warum ich aussah wie siebzig.

Nachdem wir Jack in Gnaden zum Musikhören in sein Zimmer entlassen hatten, einigten Dip und ich uns endlich darauf, die Besen sinken zu lassen und uns wie zwei alte Gummihandschuhe auf die Küchenstühle fallen zu lassen. Alles deutete darauf hin, dass Mike sein Versprechen von neulich abends weit übertroffen hatte, denn nicht nur die Küche war vollkommen sauber und komplett aufgeräumt, sondern er hatte es, soweit wir sehen konnten, sogar geschafft, sämtliche Fressalien geschlagene *zweieinhalb Stunden* vor dem geplanten Beginn der Party vorzubereiten und aufzubauen. Ich war zutiefst beeindruckt. Unser langer Küchentisch, verlängert durch Hinzufügen eines kleineren Klapptisches, den wir uns aus der Diele ausgeliehen hatten, ächzte unter den schwer beladenen Schüsseln, Körben und Platten, allesamt züchtig mit zwei großen roten Tischtüchern bedeckt. Insgesamt erweckte dies den etwas unbehaglichen Eindruck, noch verstärkt durch die senkrechte Platzierung von drei oder vier halben Baguettes am „Fußende", als lägen zwei ziemlich verbeulte Leichen unter einem Tuch auf dem Obduktionstisch.

„Wo steckt Mike überhaupt?" fragte ich mich laut. „Ich habe seit einer halben Stunde oder so nichts mehr von ihm gesehen oder gehört. Hast du ihn gesehen, als du gerade die Treppe herunterkamst, Dip? Willst du den Kessel aufsetzen?"

„Ich glaube, er ist weggegangen, um noch ein paar Getränke zu besorgen oder so", erwiderte Dip vage. „Wie wär's, wenn du den Kessel aufsetzt, und ich mache dann den Kaffee, wenn es kocht?"

„Du hast wirklich so etwas wie einen blinden Fleck, wenn es darum geht, zu verstehen, was persönliches Dienen für einen Christen bedeuten sollte, nicht wahr, Dip?"

„Da hast du vollkommen Recht, Kathy", nickte sie traurig und lehnte sich behaglich auf ihrem Stuhl zurück, während ich mich mühsam von meinem hochkämpfte. „Ich habe eklatante Defizite in diesem Bereich, während du – nun, Ehrfurcht gebietend ist nicht das richtige Wort. Die Freude daran, für andere zu sorgen, lässt dich aufleuchten wie ein Signalfeuer der Hoffnung für uns, die wir elendiglich in der ewigen Finsternis der Gier und der raffenden Selbstsucht dahinvegetieren. Könntest du die Kekse holen, wenn du schon stehst? Da fällt mir ein, ich glaube, Mike sagte vorhin etwas davon, dass er noch sein Geschenk für dich holen wollte, das er dir auf der Party geben will, also wird er wohl deswegen unterwegs sein. Ich glaube kaum, dass es ihm etwas ausmacht, dass ich dir das sage." Sie beugte sich vor. „Übrigens, hast du daran gedacht, dass jeder, der heute Abend kommt, dir wahrscheinlich irgendein Geschenk oder eine Karte mitbringen wird? Wir müssen noch einen Tisch finden, auf dem wir das alles ablegen können, nicht wahr?"

„Ooh, du weckst die Gier in mir", sagte ich und strahlte wie das besagte Signalfeuer, während ich Teebeutel in zwei Becher hängte und in meinen noch zwei Stücke Zucker warf. „Ich habe heute Morgen schon haufenweise Geschenke von Mike und den Kindern bekommen. Felicity hat mir eine wunderschöne Karte gemacht, über und über mit fünfzig Küssen bedeckt, und Jack und Mark haben mir zusammen ein Parfüm besorgt. Und du – du hast viel zu viel Geld für diese Frauenskulptur aus den Dreißigern ausgegeben, die ich törichterweise so unverhohlen bewundert habe, als wir in Brighton waren. Ich schleiche schon dauernd hinauf ins Schlafzimmer, um mir selbst zu beweisen, dass sie tatsächlich da ist. Und heute Abend noch mehr! Ich kann es nicht glauben. Das entwickelt sich zu der Art von Weihnachtsfest, von der meine fette, habgierige kleine Kinderseele immer träumte – Stapel, Haufen, Berge von Geschenken, alle für *mich*. Jetzt, wo du es erwähnst – ich hatte wirklich nicht daran gedacht, dass jeder etwas mitbringt. Ist das aufregend! Ich teile sie mit dir, Dip."

„Ich genieße immer noch das Geschenk, das ich am Donnerstag bekommen habe", lächelte Dip. „Im Moment brauche ich nichts anderes."

Das Wasser begann zu kochen. Ich füllte die beiden Becher, gab Milch aus dem Kühlschrank dazu und trug sie zurück an den Tisch. Ein paar Sekunden lang schauten wir einander an, ohne etwas zu sagen. Ich brannte darauf, zu erfahren, wie sich jenes Abendmahl denn nun ausgewirkt hatte, aber es war schwierig, Worte zu finden, die sich nicht anhörten wie eine Dialogzeile aus einer schlechten Seifenoper.

„Dip, geht es dir jetzt besser, was – was David betrifft?"

Eine oder zwei Sekunden lang starrte Dip ins Nichts.

„Darüber habe ich auch schon nachgedacht", sagte sie leise, „und ich werde dir sagen, was mir durch den Kopf ging. Es gibt doch verschiedene Arten von Schmerz, nicht wahr? Zum Beispiel Zahnschmerzen. Du weißt ja, wie ich es hasse und verabscheue, zum Zahnarzt zu gehen, Kathy –"

„Aber die Zahnärztin, die du jetzt hast, ist doch gut, oder?"

„Ja, ich wollte nur sagen – um fair zu sein, meine jetzige Zahnärztin tut mir niemals weh. Trotzdem, ich hasse es einfach. Und immer, wenn ich Zahnschmerzen kriege, scheint sich der körperliche Schmerz zu verdoppeln durch dieses furchtbare, niederschmetternde Wissen, dass es nur einen Weg gibt, um ihn wieder loszuwerden. Also gehe ich jedes Mal todunglücklich und angespannt zu meinem Termin, wo ich die Spritze und die Füllung oder vielleicht sogar einen Zahn gezogen bekomme, und dann gehe ich nach Hause und warte, bis die Betäubung nachlässt. Und manchmal – meistens – tut es dann hinterher noch schlimmer weh als vorher. Der gewaltige Unterschied ist aber, dass es ein

Schmerz der Besserung ist – ein Heilungsschmerz. Die Last der Sorge und Angst ist weg, und mit ein paar Tabletten und einem bisschen Ablenkung werde ich schon damit fertig. Ich weiß ja, dass es irgendwann nachlässt, weißt du."

„Und so ist es auch mit –?"

„Ganz so einfach ist es nicht, Kathy. Ich meine, ja, ich hoffe und bete und glaube auch fast, dass es so mit David ist. Ich will ehrlich sein. Als ich am Donnerstagabend der ganzen Sache so total – so konkret – ins Gesicht sah, nun, das war wie ein gewaltiger Schmerzensschrei ohne Betäubung, und der Schmerz ist immer noch da, genau wie – nein, wahrscheinlich noch schlimmer als vorher, als ich alle möglichen Tricks anwandte, um damit umzugehen, damit ich überleben konnte." Ihre Augen wurden ein wenig feucht, während sie fortfuhr. „Aber Kathy, allmählich glaube ich, dass es vielleicht anders ist. Es fühlt sich an, als könnte das jetzt wirklich der Schmerz der Besserung, der Heilung sein. Ich habe wirklich das Gefühl, als ob diese furchtbare Last mir nicht mehr um den Hals hängt – also habe ich mich entschlossen, daran zu glauben, dass alles gut wird. Und das werde ich auch tun." Sie lächelte. „Bis dahin ist die Vorbereitung für deine Party so gut wie drei Paracetamol-Tabletten; also bin ich schon auf der richtigen Spur, Gott sei Dank."

Ja – danke dir!

„Ich freue mich so, Dip."

„Äh, ich fürchte allerdings, ich habe noch ein Hühnchen mit dir zu rupfen", sagte Dip sehr ernst. „Ich wollte es eigentlich nicht erwähnen, aber ich fürchte, es wird mir nichts anderes übrig bleiben."

Mir sank das Herz.

„Was denn für ein Hühnchen?"

„Du hast vergessen, die Kekse herauszuholen."

2

Es war wirklich ein komisches Gefühl, so früh fertig zu sein. Um Viertel nach sieben waren wir alle in Gefechtsposition, aber es gab nichts mehr zu tun.

Mike war gegen halb sechs schließlich von seiner geheimen Mission zurückgekehrt, in der Hand ein mysteriös aussehendes Päckchen und auf dem Gesicht eine sehr selbstzufriedene Miene. Jetzt saß er in aller Ruhe in der Küche, hörte sich auf unserer kleinen tragbaren Stereoanlage *The Carpenters' Greatest Hits* an und machte sich dabei zufrieden Notizen in seinem kleinen Büchlein.

Jack hatte sich ins Wohnzimmer zurückgezogen und die Tür hinter sich zugemacht (um sich *The Carpenters' Greatest Anagramm* vom Leib zu halten, wie er es aus irgendeinem Grund, den ich noch nicht herausgefunden habe, dauernd nannte) und sortierte in letzter Minute noch einmal den Stapel der CDs durch, die wir für die Party herausgesucht hatten.

Mark war oben, erholte sich von einem „ganz guten" Ausflug mit seiner Schwester und staunte vermutlich über die riesigen freien Flächen, die die gewaltigen Erdbewegungsmaschinen, mit denen Dip und ich zuvor sein Zimmer durchpflügt hatten, zutage gefördert hatten.

Felicity hatte sich auf der Fensterbank im Treppenhaus zusammengerollt wie ein Hamster und war in ein neues Buch vertieft. Ab und zu erhob sie sich auf die Knie und spähte durch die klare Glasscheibe, um zu sehen, ob ihre Freundinnen Caroline und Jenny schon zur „Party der Mama ihrer Freundin" erschienen.

Sobald Mike zurück war, zischte Dip ab nach Hause, um sich schön zu machen (also wieder heraus mit den Erdbewegungsmaschinen, schlug ich vor – was haben wir gelacht!), sodass mir – mir, der Ursache für das alles – nichts anderes übrig blieb, als in meiner makellos sauberen Diele auf und ab zu tigern und mich zu fragen, wie wir bloß darauf gekommen waren, es könnte gut für mich sein, mich so verwundbar zu machen.

Vor meinem inneren geistigen Auge sah ich die große Mehrzahl unserer Gäste in diesem Moment aus der Dusche steigen und plötzlich daran denken, dass sie vergessen hatten, mir ein Geschenk zu kaufen, und sich fragen, ob sie vielleicht im Tankstellen-Shop unten an der Ecke irgendetwas finden würden, das nicht aussah, als käme es aus dem Tankstellen-Shop unten an der Ecke. Ich hörte förmlich die Gespräche:

„Was meinst du, was wir ausgeben sollten?"

„Na ja, es ist ein Fünfzigster, also kommen wir wohl kaum mit weniger als fünfzehn davon, oder?"

„Meinst du wirklich? Ich dachte eher an zehn."

„Sagen wir nicht mehr als zwölf fünfzig, okay?"

„Okay – vielleicht irgendein nettes Fläschchen – in so einer schicken Schachtel. Da kann man nicht viel verkehrt machen, oder? Gott sei Dank, dass es Spirituosengeschäfte gibt, was?"

„Gute Idee. Und oben in dem Laden, der abends auf hat, gibt es auch Karten. Sehen ein bisschen billig aus, aber besser als gar keine. Vergiss nicht, einen Kuli mitzunehmen ..."

Diese unwürdigen Phantastereien, die ausschließlich auf meinen eigenen Erfahrungen beruhten, wurden abrupt durch ein Läuten an der Tür unterbrochen. Das laute Geräusch zerschmetterte die unnatürliche Stille, die sich über unsere kleine Welt gelegt hatte, und katapultierte alle Familienmitglieder in Aktion.

Mark kam die Treppe heruntergedonnert wie eine Tonne Kohlen, gefolgt und von hinten schmalzwickelmäßig umklammert von Felicity, die offenbar so in ihr Buch vertieft gewesen war, dass sie eine Weile lang vergessen hatte, die

Straße im Auge zu behalten, während Jack und Mike am Ende des Flures zusammenstießen, als ich die Tür öffnete, um meinen ersten Gast hereinzubitten.

Die Tatsache, dass dieser erste Gast sich als merkwürdig aussehender Mann in einem schmuddeligen Anzug entpuppte, der mit einem Bündel Karotten in der Hand unbehaglich auf der Schwelle stand, macht einige Erklärungen notwendig.

Daniel Wigley, ein Glied unserer Gemeinde, den Dip an anderer Stelle als einen Mann „ohne Freunde, einen jener kantigen Männer, die sich zweimal am Tag rasieren müssen, es aber nicht tun" beschrieben hat, war Mitte fünfzig und ohne Zweifel einer der seltsamsten Menschen, die wir kannten. Er gehörte zu den Leuten, die sich so viele Gedanken darum machen, das Richtige zu tun, dass sie am Ende fast immer vor lauter Besorgnis etwas Falsches tun. Während seiner Zeit in unserer Gemeinde hatte Daniel das „Anstoßnehmen" zu einer facettenreichen Kunstform entwickelt, die ihren (für ihn) gefährlichen Gipfel vor einigen Jahren während einer Phase erreichte, als wir gerade anfingen, ihn etwas besser kennen zu lernen. Mike hatte damals einen schrecklichen Fehler begangen, als er, was für ihn sehr untypisch war, völlig vergaß, dass die ganze Familie zusammen mit Dip als geehrte und einzige Gäste zu Daniels Fünfzigstem zum Abendessen eingeladen waren, und wir in seliger Ahnungslosigkeit in den Urlaub nach Amerika geflogen waren, sodass es Dip überlassen blieb, die Scherben aufzukehren.

Ein Glücksfall der Vorsehung hatte unsere Haut gerade noch gerettet, als es hart auf hart kam, doch seit jenem Fiasko hatte Mike wirklich hart an seiner Beziehung zu diesem Mann gearbeitet, sodass Daniel inzwischen sogar darüber lachen – oder zumindest ein seltsames, heiseres Geräusch von sich geben – konnte, dass er dazu neigte, sich empört zu zeigen, wenn Leute ihm das Gefühl gaben, er wäre töricht oder unzulänglich.

Mike hatte das in einem Punkt sehr geschickt angestellt. Er wies Daniel darauf hin, dass die Wendung „Nichts für ungut" ein Anagramm für „Sei nun gut, Furcht" sei. Daniel fand diese erbärmlich unwitzige Bemerkung höchst amüsant, und sie wurde zwischen den beiden zu viel mehr als nur einem Witz. Wann immer Mike bemerkte, dass Daniel sich wieder über etwas aufregte, wovon er meinte, dass jemand es gesagt oder getan hätte, zwinkerte er ihm verschwörerisch zu und sagte: „He, sei nun gut, Furcht!" Meistens funktionierte es, vermutlich vor allem deswegen, weil Daniel es genoss, ein Geheimnis mit jemandem zu teilen – vielleicht zum ersten Mal in seinem Leben.

Dies nun war die Person, die sich exakt um halb acht am Abend meiner Party fünf Robinsonschen Augenpaaren präsentierte, und wahrscheinlich hätten wir uns denken können, dass er der einzige Gast sein würde, der genau pünktlich erschien. Mir kam der Gedanke, dass er vermutlich draußen gewartet hatte, nur um die nächste Ecke, und seine Uhr beobachtet hatte, um nicht den fürchterlichen Fauxpas zu begehen, dreißig Sekunden zu früh oder womöglich fünfzehn Sekunden zu spät zu kommen.

Meine Kinder sind im Schoß der Familie zu fürchterlichen Untaten fähig, aber ihre Barmherzigkeit für Außenseiter, für die das Leben ein schmerzlicher Kampf ist, stand immer außer Zweifel. Sie wussten über Daniel Bescheid. Darum brachen sie beim Anblick des großen, blättrigen Bündels Karotten, das er in der Hand umklammert hielt, nicht in Gelächter aus. Die Anstrengung, die diese Selbstbeherrschung erforderte, war freilich nicht unbeträchtlich. Wir alle starrten ihn an und runzelten dann entschlossen die Stirn. Es müssen wohl gut zwei Sekunden vergangen sein, bevor jemand etwas sagte. Mike erholte sich als erster.

„Daniel! Willkommen, alter Junge. Du bist der Erste. Komm rein. Felicity, mein Schatz, nimmst du bitte Daniels Jacke und legst sie in –"

„Ich *weiß* schon!", sagte Felicity ein wenig gereizt. Sie hatte sich und ihre beiden noch nicht eingetroffenen Freundinnen schon vor einiger Zeit als Freiwillige für das Amt der offiziellen Jacken-Ablegerinnen gemeldet und brauchte nicht belehrt zu werden. „Das musst du nicht extra sagen, Daddy."

Während ich die Tür schloss und Felicity mit der Jacke unseres Besuchers die Treppe hinaufstürmte, wandte sich Daniel an mich und sprach mit seiner tiefen, übergenauen Stimme.

„Ganz herzlichen Glückwunsch zum Geburtstag, Kathy. Ich war sehr unsicher, was für ein Geschenk ich dir mitbringen sollte, aber am Ende bin ich zu dem Schluss gekommen, es wäre gut, dir zu diesem ganz besonderen Geburtstag etwas zu schenken, das für mich eine sehr große Bedeutung hat."

Feierlich überreichte er mir das Bündel Karotten. Feierlich nahm ich es entgegen. Mir entging nicht, wie Jack und Mark sich in diesem Moment hastig abwandten. Am liebsten hätte ich es ihnen gleichgetan.

„Warum sind Karotten so wichtig für dich, Daniel?" fragte Mike ernsthaft.

„Mein Vater hat in unserem Schrebergarten Karotten gezogen", sagte Daniel. „Ich habe ihm dabei geholfen."

Armer, trauriger Daniel.

„Weißt du, Daniel", sagte ich, „mir fällt gerade ein, dass doch viele Leute auf Partys gerne rohe Karottenstücke essen. Ich könnte sie in Streifen schneiden und ein paar Dips dazu servieren. Vielen herzlichen Dank."

Er strahlte – wenn auch mit geringer Wattzahl.

Party-Anfänge sind eine komische Sache, nicht wahr? Ich

weiß, es ist eins der überstrapaziertesten Klischees von allen, aber die meisten Leute scheinen nicht gerne früh zu kommen und die Stimmung für diejenigen anheizen zu müssen, die später kommen. Nach all unseren Vorbereitungen und aller Vorausschau hatten wir während der nächsten halben Stunde zunehmend das Gefühl, uns fürchterlich verrechnet zu haben. Die einzigen weiteren Gäste, die während dieser Zeit eintrafen, waren Marks Schulfreunde Jason und Richard, denen es so schrecklich peinlich war, dass dies *meine* Party war und sie nicht einfach ihren Kumpel besuchen konnten, dass sie kaum atmen konnten. Pflichtschuldig kamen sie in die Küche und drückten sich eine Weile lang dort herum, weil ich gerade damit beschäftigt war, Daniels Karotten zu schneiden. Hier nahmen ihre Gesichter eine zunehmend purpurne Farbe an, und sie vollführten einen angsterfüllten kleinen Tanz im Kreis, weil jeder von ihnen ständig um den begehrten Status desjenigen kämpfte, der mit dem Rücken zu mir stand. Meine Versuche, mit den beiden ins Gespräch zu kommen, resultierten in einem jämmerlichen Misserfolg, aber immerhin, versucht habe ich es. Ein Hauptproblem waren ihre Stimmen, die aus kranken Kehlen zu kommen schienen, die viel zu eng und zusammengeschnürt waren, um die Worte richtig herauslassen zu können.

ICH: Wie läuft denn der Kurs so, Jason?

JASON: Glub ...

ICH: Ich weiß gar nicht mehr, welche Fächer du belegt hast ...

JASON: Glubber'n'Glubglub ...

ICH: Interessant! Und wie geht es deiner Mutter, Richard? Ich habe sie schon eine Weile lang nicht mehr in der Stadt gesehen.

RICHARD: Mnlub. Mnlubberly umbnlub ...

ICH: Ach ja, richtig, natürlich ...

Nach einem oder zwei derartig unergiebigen Wortwechseln erbarmte ich mich ihrer und meiner selbst und schlug Mark vor, da ja sowieso noch nicht soviel los sei, könne er sich doch ein paar Dosen Bier nehmen und mit Jason und Richard hinauf in sein Zimmer gehen. Ich konnte mir ein Kichern nicht verkneifen, als ich lauschte, wie sie dankbar durch die Diele und die Treppe hinauf davonstiefelten. Es war wie Zauberei. Zwei Sekunden, nachdem sie sich aus meiner abscheulichen Gegenwart entfernt hatten, verwandelten Jason und Richard sich wieder in menschliche Wesen, und von ihren Lippen war wieder die Sprache von Erdlingen zu hören.

Gegen acht, als Daniel sich glücklich neben Jack im Wohnzimmer niedergelassen hatte, wo er ohne jeden erkennbaren Rhythmus zu Bowies Single-Sammlung mit den Fingern schnippte und vermutlich gegen alle Wahrscheinlichkeit hoffte, dass niemand sonst kommen und seine sozialen Fähigkeiten überbeanspruchen würde, als Mark und seine Kumpels sich oben das Bier hinter die Binde kippten und sich genau demselben Wunsch hingaben, kam bei mir tatsächlich das Gefühl auf, als hätte die Weltgeschichte ein Ende genommen, und von nun an würde nie wieder irgendetwas passieren. Selbst Dip war noch nicht gekommen, obwohl ich sie schon seit einer halben Stunde erwartete.

Kurz nach acht jedoch wurde alles anders. Alle, alle kamen. Uns blieb kaum Zeit, zwischen einem Ankömmling und dem nächsten die Tür zu schließen. Es war, wie wenn nach einem Stromausfall das Licht wieder angeht und man ganz vergessen hat, dass ja alle Geräte noch eingeschaltet sind. Sie kamen in Scharen, allesamt beladen mit Geschenken und Karten und Flaschen und hier und da einer willkommenen Schüssel mit Essbarem, mit der wir Mikes Obduktionstisch ergänzen konnten. Zum Glück waren Felicitys Freundinnen Caroline und Jenny in der vordersten Front dieser Prozession von Besuchern. Ich muss sagen, dass die Geschwindigkeit, mit der sie sich sogleich atemlos von Partygästen in Garderobenfrauen verwandelten, mich sehr beeindruckte.

Es war wunderbar, aber auch mehr als nur ein bisschen peinlich, so vollkommen im Mittelpunkt der Aufmerksamkeit zu stehen und von der endlosen Reihe der Freunde und Verwandten, die durch die Tür hereinströmten, mit Küssen, Glückwünschen und Geschenken überhäuft zu werden. Jack nahm mir die bunt verpackten Päckchen und Pakete von faszinierend vielfältiger Größe und Form sogleich ab und verfrachtete sie ins Wohnzimmer, wo er sie unausgepackt auf zwei Tischchen stapelte, die Dip noch aufgestellt hatte, bevor sie gegangen war. Ich fühlte mich über die Maßen geehrt, dass all diese Leute zuallermindest den erwähnten Tankstellen-Shop oder Spirituosenladen durchstöbert hatten, um etwas Passendes für mich zu finden. (Viel später, als ich Zeit fand, mit Felicitys eifriger Unterstützung all meine Geschenke auszupacken, hatte ich diese zynischen Überlegungen zu bereuen. Sicher waren ein oder zwei Leute in der Eile gezwungen gewesen, dem Spirituosenladen einen kurzen Besuch abzustatten oder zwischen Straßenkarten und Grillkohle hastig nach einem passenden Geschenk zu suchen, aber in den meisten Geschenken steckte eine Menge Liebe und Nachdenken. Ich hatte Tränen in den Augen.)

Mit der ersten Fuhre Gäste kamen auch Joscelyn und John Wayne. Natürlich hatte ich Joscelyn am Donnerstag bei Dips Abendmahl gesehen, aber John traf ich das erste Mal seit jenem furchtbaren Telefongespräch mit seiner Frau am letzten Samstag. Nachdem Joscelyn mich in die Arme geschlossen und überschwänglich begrüßt und beglückwünscht hatte, verabreichte John mir eine keusche Umarmung; dann nahm er den Kopf zurück und sah mir eine oder zwei Sekunden lang genau in die Augen, wobei ein leichtes Lächeln um seine Lippen spielte und eine Augenbraue sich ein wenig hob. In diesem Moment begriff ich, dass er es gewesen war, der die harte Arbeit geleistet hatte, Joscelyns Wahrnehmung meiner niederschmetternd entmutigenden Bemerkungen in das Gefühl zu verwandeln, dass Gott wieder einmal ihr Leben radikal verändert habe, und ich wurde rot vor Scham. Seltsamerweise kam mir in diesem Moment auch der Gedanke, dass kleine Männer etwas an sich haben, das keineswegs unattraktiv ist.

Um halb neun kam mir das Haus vor, als ob – nein, das Haus *war* tatsächlich aufregend angefüllt mit Leuten, Lärm und Musik. Nachdem unsere Gäste anfangs eine Neigung zeigten, eine einzige zusammenhängende Menschenmasse in der Diele und in der Küche zu bilden, hatten wir es schließlich geschafft, die Leute zu überzeugen, dass es völlig in Ordnung war, sich in alle anderen Räume zu verteilen, einschließlich des Esszimmers, in dem Punkt eins auf Mikes Planungsliste, meine geliebte rote Glühbirne, über alle Eintretenden und über den mit Flaschen und Gläsern beladenen Tisch, der zweifellos viele von ihnen angelockt hatte, einen nostalgischen Lichtschein warf.

Einige Wagemutige warfen sogar einen Blick in Marks Zimmer auf der obersten Etage, wo sie Berichten zufolge mit höflicher, aber versteckt abweisender Herzlichkeit begrüßt wurden, wenn sie zu alt waren oder kein Bier hatten, hingegen mit enthusiastischem Jubel, wenn sie jünger und mit Dosen bewaffnet waren. Da oben war offenkundig eine kleine Splitterparty in vollem Gange. Ein mütterlicher Instinkt sagte mir, dass diese zusätzliche Feier nicht ganz ungeplant war, aber ich hatte mir bereits fest vorgenommen, mir darum keinen Kopf zu machen.

Als ich irgendwann einen Blick in unser Zimmer im ersten Stock warf, fand ich einen riesigen Haufen Jacken, den unsere fleißigen Türsteherinnen mit großer Sorgfalt auf dem

Bett aufgeschichtet und angeordnet hatten. Da die drei sich nach dem ersten großen Ansturm als Garderobenfrauen weitgehend überflüssig vorkamen, hatten sie durch die Terrassentür im Wohnzimmer das Haus verlassen und knobelten nun, soweit ich wusste, draußen Tänze aus. Als ich noch einmal auf den Jackenhaufen schaute, bevor ich mich abwandte und wieder hinunterging, musste ich an das denken, was meiner Freundin vor vielen Jahren passiert war, und betete flüchtig, dass dies ein schöner Abend für sie werden würde.

Die gute alte Dip. Sie hatte mir vorhin beim Aufräumen gute Ratschläge gegeben – „trink nicht zu viel auf deiner eigenen Party" – und sie hatte absolut Recht. Wohlgemerkt, ich hatte sowieso eigentlich keine Lust dazu. Es war berauschend genug, von einem Zimmer ins nächste zu gehen und die Tatsache auszukosten, dass die wichtigsten Menschen in meinem Leben in all ihrer Üppigkeit zusammen an einem Ort eingepfercht waren – nun, beinahe all die wichtigsten Menschen in meinem Leben. Gegen neun Uhr hatte ich immer noch nichts von Dip gesehen, obwohl das Haus mittlerweile so voll war, dass man kaum noch überblicken konnte, wer da war und wer nicht. Als ich es gegenüber Mike erwähnte, versicherte er mir, dass er sie erst ein paar Minuten zuvor gesehen und mit ihr geredet habe, und überhaupt, meinte er, stehe ihr Auto in diesem Moment direkt vor unserem Haus. Ich sah nach, und er hatte Recht.

Ein- oder zweimal, mitten im Lachen und Schwatzen mit den Leuten, überkam mich plötzlich ein schmerzlicher Stich bei dem Gedanken an meine Dummheit, mir die einmalige Gelegenheit, um die halbe Welt zu reisen und meinen Bruder und seine Familie zu besuchen, entgehen zu lassen, aber ich tat mein Bestes, um diese Gedanken von mir zu schieben. Dies war kein Abend für schmerzliche Stiche. Dies war ein Abend zum Feiern.

„Alle ins Wohnzimmer! Felicity, gehst du bitte mal nach oben – ja, es muss sein, die anderen beiden können dir helfen – und sagst allen, die du triffst, und allen, die du nicht triffst, sie sollen herunterkommen. Na los – geh schon! Alle ins Wohnzimmer! Es ist Zeit, Kathy in Verlegenheit zu bringen!"

3

Es hat wirklich keinen Sinn, sich einem Grundschullehrer widersetzen zu wollen, wie Sie sicher wissen. Sie erwarten, dass man ihnen gehorcht. Die menschlichen Gewässer und Zuflüsse, die unser Haus erfüllten, begannen mit trägem Gehorsam hinab in das größte Binnengewässer zu fließen, nämlich unser Wohnzimmer.

Jack eskortierte mich unnachgiebig in dieselbe Richtung. Als wir endlich unser Ziel erreichten, deutete er auf einen kleinen, freien Platz am Gartenende des Zimmers, wo ein hoher Hocker stand, auf dem ich vermutlich gemäß dem Meisterplan seines Vaters Platz zu nehmen hatte.

Ich bewahrte mir ein mehr oder weniger passendes Grinsen auf dem Gesicht, während ich wie eine Zitrone auf meinem Hocker saß und zusah, wie alle versuchten, sich in einen Raum zu zwängen, der nicht annähernd groß genug war, um es allen bequem zu machen, doch innerlich war ich ein ganz kleines bisschen verschnupft. Es hört sich undankbar an, aber ich hatte gerade angefangen, den Lärm und das chaotische Durcheinander meiner Party wirklich zu genießen. Insbesondere hatte ich mich irgendwie geschmeichelt gefühlt, als ich sah, wie die Leute sich in unserem Haus miteinander unterhielten und miteinander lachten – in einer Situation, die *wir* geschaffen hatten. Vielleicht hatte diese Befriedigung etwas mit der gemeinsam, die jene glücklichen Leute empfinden, die Stücke schreiben und Kulissen bauen und dann zusehen können, wie Schauspieler und Schauspielerinnen wie Puppen ihre Träume ausspielen. Vielleicht war es aber auch etwas viel Kindischeres.

„Also, quetscht euch bitte alle herein", übertönte Mike den Lärm, „bringt euer Glas mit oder schnappt euch ein neues. Aber sorgt dafür, dass etwas drin ist. Na kommt, schiebt euch hier vorne noch ein Stück weiter vor, und ihr da hinten, drängt euch herein. Wir wollen doch nicht, dass irgendeiner draußen in der Diele steht und mit den Zähnen knirscht."

Ich weiß nicht, ob Mike sich vorgestellt hatte, dass alle in ordentlichen Reihen im Schneidersitz auf dem Boden sitzen würden, mit einem Erwachsenen auf einem Stuhl am Ende jeder Reihe. Wenn es so war, muss er bitter enttäuscht gewesen sein. Quietschende Schreie hysterischen Gelächters von denen, die an solchen Dingen Spaß hatten, begleiteten die chaotischen Bemühungen aller Anwesenden, Mikes Anweisungen Folge zu leisten, doch am Ende war die ganze Versammlung durch eine wundersame Gliedmaßenumverteilung auf dem Boden hockend, auf den Schößen sitzend und ineinander verschlungen im Zimmer verkorkt, und Mike gebot mit erhobener Hand Stille.

„Schön, ich möchte anfangen", sagte er, „indem ich euch allen herzlich danke für eure guten Wünsche und eure Geschenke, vor allem aber dafür, dass ihr einfach hier seid, um mit uns heute Abend Kathys sechzigsten Geburtstag zu feiern."

Ich ließ meinen Arm steif herumschwenken wie eines jener Eingangstore im Supermarkt und traf ihn freundschaftlich, aber kräftig mit dem Rücken meiner Faust. Großes Gelächter.

„Entschuldige, Kathy, ich meinte natürlich den Fünfzigs-

ten. Die Zeit vergeht so schnell, wenn man seinen Spaß hat –
habe ich gehört."

Noch mehr Gelächter.

„Ich glaube nicht, dass wir schon einmal so viele Freunde
und Verwandte alle genau zur gleichen Zeit zusammen hatten. Es ist wirklich schön, euch alle hier in unserem Haus zu
sehen. Also gönnen wir uns zu Beginn erst einmal eine große
Runde Applaus dafür, dass wir überhaupt hier sind."

Während die Leute heftig klatschten, musterte ich das
Meer der Gesichter vor mir. Die ganze Welt schien in unser
Wohnzimmer eingequetscht zu sein. Jack, Mark und Felicity
saßen auf dem Boden, mehr oder weniger zu meinen Füßen.
Ich merkte ihnen eine ganz natürliche Aufregung an, aber in
ihrer Aufregung war noch eine andere Aufregung, die mich
stutzig machte.

Sorgfältig ausgewählte Verwandte strahlten mir aus verschiedenen Richtungen des Raumes entgegen (sie waren
nach ihrer Fähigkeit und Neigung zum Strahlen ausgewählt
worden). Simon Davenport war da, genau wie Eileen und
die anderen aus unserem Hauskreis und weitere Freunde
aus der Gemeinde. Das Mädchen, das uns die Milch brachte,
hatte ihren Mut zusammengerafft und war gekommen. Da
stand sie nun neben der Tür und sah sehr hübsch aus ohne
ihre Uniform, und fröhlich, wenn auch ein bisschen verwirrt. Kollegen aus Mikes Schule waren gekommen, und
Leute aus der unmittelbaren Nachbarschaft, einschließlich
der immer gebrechlicher werdenden, aber unverwüstlich
lebhaften Mrs. Van Geeting von nebenan, zu der Dip und
ich eine sehr angenehme Gartenzaunbeziehung unterhielten.
Selbst Marks Kumpels waren in einen winzigen Winkel in
der gegenüberliegenden Ecke hinter dem Fernseher einge-
zwängt. Ja, es waren alle da, außer – ich schaute mich noch
einmal suchend im Raum um, um sicherzugehen – alle außer
Dip. Sie war nirgends zu sehen. Mir sank das Herz.

„Mike!" zischte ich, als der Applaus abzuklingen begann. „Dip ist *nicht* da. Sie muss kalte Füße bekommen haben. Ich denke, wir sollten –"

„Mit Dip ist alles in Ordnung", unterbrach er mich flüsternd und legte mir seine Hand auf die Schulter. „Vertrau mir!"

Ich schaute ihm einen Moment lang in die Augen und entschloss mich, obwohl es keinen Sinn ergab, ihm zu vertrauen.

„Okay!" Mike klatschte seine Hände zusammen und rieb sie sich erwartungsfroh. „Hier vor uns sind unsere drei Kinder, und bevor ich meine kleine Ansprache halte, möchten sie alle etwas sagen." Pause. „Ich bin sehr stolz auf meine Kinder –"

„Oh-oh!" unterbrach ich ihn. „Witz Steuerbord voraus – Feuer frei!"

Jubel von vielen und Maschinengewehrgeräusche von einigen wenigen.

„Nein, nein, ich meine es ernst. Wir sind froh, dass wir Jack, Mark und Felicity haben, obwohl uns Freunde zu Anfang unserer Ehe rieten, lieber keine Kinder zu kriegen, und zwar aus demselben Grund, aus dem wir nicht von unserem Benziner auf einen Diesel umsteigen sollten. Denn im Vergleich zum Benziner, so sagten sie uns, sei ein Diesel laut, übel riechend und lahmarschig."

Gelächter, Stöhnen, hier und da ein „Pfui!" und ein missbilligender Blick von Felicity, die inzwischen das Alter erreicht hatte, wo derartige Witze sich ja wohl nur auf andere Leute beziehen konnten. Selbst im Scherz kam eine Andeutung, sie wäre womöglich laut, übel riechend und langsam, bei ihr überhaupt nicht gut an. Ich schickte ein beschwichtigendes „War-ja-nur-ein-Witz"-Lächeln in ihre Richtung, aber bei Mikes nächsten Worten hellte sich ihre Miene sowieso wieder auf.

„Ich weiß, dass Felicity und Jack jetzt etwas für dich vorbereitet haben, also erteile ich ihnen das Wort. Jack und Felicity!"

Unter tumultartigem Applaus und Fußgetrampel kamen Jack und Felicity auf die Beine und stellten sich zu meinen beiden Seiten mit dem Gesicht zum Publikum auf, jeder mit einem Blatt Papier in der Hand.

„Felicity und ich möchten gern eine Art Tribut an Mum vortragen", verkündete Jack ernst, sobald Stille eingetreten war.

Ich spürte, wie alle sich darauf einstellten, jetzt gleich tief bewegt zu sein, doch keiner von ihnen kannte Jack so gut wie ich. Ich lächelte innerlich und tat mein Bestes, ebenso düster dreinzublicken wie mein Sohn.

„Ja", sagte Felicity ebenso ernst, „wir haben alles aufgeschrieben, was uns zu Mum eingefallen ist, und ein Gedicht daraus gemacht. Na ja, das Dichten hat größtenteils Jack erledigt, aber ich habe mitgeholfen."

„Ein ernsthaftes Gedicht", fügte Jack hinzu, „über einen Menschen, den wir zutiefst respektieren."

Felicity nickte zustimmend und ernst, doch ihr ganzer Körper bebte und zitterte kaum merklich vor Freude über den Augenblick.

„Wir werden immer verwechselnd eine Strophe lesen", sagte sie.

„Abwechselnd", korrigierte Jack.

„Abwechselnd – immer jeder eine Strophe."

„Genau, und Flitty fängt an."

Die Knittelverse, die meine Tochter und ihr ältester Bruder nun zu rezitieren begannen, waren so häufig von Gelächter, Pfiffen und Applaus unterbrochen, dass es unmöglich ist, die Ereignisse selbst akkurat wiederzugeben. Hier jedoch ist eine nackte Transkription der Verse, die sie vorlasen:

Mami wohnt bei uns zu Haus,
und oft packt sie der Zorn;
im Fernseh'n schaut sie „Drei mit Herz"
und schwärmt für Guildo Horn.

Mami sagt: „Euer Benimm
bei Tisch lässt Stil vermissen!"
Einmal hätt' sie vor Zorn beinah
den Lauch nach uns geschmissen.

Mami treibt Aerobic auch
mit Frau'n, die schlank und jünger,
in hautengen Aerobic-Suits,
doch Mami scheut die Dinger.

Mami und ihre Freundin Dip,
die sind ein tolles Team;
sie träumen gern von einem See,
gefüllt mit Bristol Cream.

Von ihrer ganzen Lebenszeit
sind fünfzig Jahre um;
da bleiben ihr im Durchschnitt noch
drei Siebtel Minimum.

Mami war Autorin einst,
hat gar ein Buch geschrieben;
doch seit sie ihre Bälger hat,
ist davon nichts geblieben.

Ihr halbes Leben hat sie uns
geliebt, so wie kein Zweiter.
Danke, Mami, für den Rest
lieben nun wir dich weiter.

An dem Erfolg dieses Programmpunktes konnte kein Zweifel bestehen. Donnernder Applaus drohte das Dach unseres treuen alten Hauses abzuheben, als Felicity, das Gesicht gerötet vor Freude und Stolz, mir die Arme um den Nacken schlang, mir einen Kuss auf die Wange gab und mir zum Geburtstag gratulierte.

Ich musste mir an dieser Stelle eine Träne wegblinzeln, nicht etwa als Reaktion auf die letzte Strophe des Gedichtes (ich wusste sehr wohl, dass meine Kinder mich liebten), sondern wegen der Anspielung auf mein Schreiben. Von dieser Reaktion war ich selbst überrascht. Es erinnerte mich ein wenig an einen anderen Moment in der jüngeren Vergangenheit, als mir bewusst geworden war, dass der Tod meiner Mutter nicht mehr dieselbe schmerzhafte Trauer in mir hervorrief wie in den ersten Tagen nach dem Verlust. Ich hatte mich regelrecht dafür geschämt, den schlimmsten Schmerz überwunden zu haben, als hätte ich sie damit im Stich gelassen.

Aber hier ging es um das Schreiben. Ich war einmal Schriftstellerin gewesen. Jetzt war ich fünfzig, und ich war keine Schriftstellerin mehr. Okay, ich akzeptierte das, aber was war ich denn stattdessen? Wie findet man heraus, was man ist?

Ich drückte Felicity fest an mich und wünschte mir, als ich mein Gesicht in dem warmen Stoff ihres Sweatshirts vergrub, meine Mutter könnte auf meiner Party dabei sein, sich endlos in der Küche zu schaffen machen, mit mir schimpfen, weil ich mich aufregte, mir unter vier Augen sagen, was mit meinem Leben nicht stimmte, und mich in der Öffentlichkeit bis zum letzten Atemzug verteidigen. Hätte sie doch nur – hier sein können. Wehe, wenn die ganze Geschichte mit Gott nicht stimmte, dachte ich. Ich riss mich zusammen, als Mike wieder das Wort ergriff.

„Vielen Dank, Jack und Felicity. Felicity wird –"

„He, warte mal", unterbrach ich, „ich werde doch wohl das eine oder andere Wort zu meiner Verteidigung sagen dürfen, oder?"

„Mmm, ich weiß nicht – na gut, ich lasse darüber abstimmen", sagte Mike. „Alle, die dafür sind, dass Kathy das eine oder andere Wort zu ihrer Verteidigung sagen darf, bitte die Hand heben."

Eine regelrechte Baumschule aus Händen schoss in die Höhe.

„Vielen Dank für die freundliche Erlaubnis. Zunächst einmal fand ich das Gedicht hervorragend, und sehr gut vorgelesen – gut gemacht, Felicity und Jack. Allerdings muss ich darauf bestehen, das, was von meinem guten Namen und Ruf als geistig gesunder Mensch noch übrig ist, zu retten, indem ich darauf hinweise, dass ich ganz gewiss *nicht* für Guildo Horn schwärme. Wie Jack und Felicity sehr gut wissen, würde ich lieber meine Großtante heiraten, als mit ihm auszugehen. Wenn die letzte Posaune ertönt und alle Dinge offenbar werden, wird die Gemeinschaft der Heiligen auf Erden und im Himmel erfahren, dass sein Name nur ans Ende der letzten Zeile gelangen konnte, weil er sich auf ‚Zorn' reimt, ein Begriff, der sich vermutlich gelegentlich auf mich anwenden lässt . . ."

Übertriebene Bekundungen der Fassungslosigkeit von allen Mitgliedern meiner Kernfamilie wie auch von einem oder zwei weiteren Anwesenden.

„Was die Schüssel Lauch angeht, so verwahre ich mich entschieden gegen die Unterstellung, ich hätte beinahe damit geschmissen. Ich *habe* damit geschmissen – oder zumindest habe ich sie angestoßen, so fest ich konnte, und sie wäre auf den Boden gefallen, wenn Mike sie nicht am anderen Ende aufgefangen hätte . . ."

Nach dem stürmischen Applaus, den Mike mit einer bescheidenen Verbeugung entgegennahm, fuhr ich fort.

„Es war eine außerordentlich befriedigende Maßnahme, und ich empfehle sie wärmstens all jenen, deren Kinder auf den Anblick der erleseneren Gerichte ihrer Mutter reagieren, indem sie die Finger in den Hals stecken und so tun, als müssten sie sich übergeben. Was den Rest des Gedichtes angeht, das Aerobic, den – was war es noch? – ach ja, den Sherry-Traum, dass mir nur noch drei Siebtel meines Lebens bleiben und dass ich bei der einen oder anderen Gelegenheit diesen Haufen hier als ‚Bälger' tituliert habe, so bekenne ich mich zu alledem, aber ich weigere mich strikt, es zu bereuen, denn ich habe heute Geburtstag. Vielen Dank."

„Wie ich gerade sagen wollte, bevor ich so vorhersehbar unterbrochen wurde", fuhr Mike fort, sobald wieder Ruhe eingekehrt war, „wird Felicity gleich noch einen Beitrag bringen, aber ich denke, dass Jack und Mark jetzt ein paar Worte sagen wollen."

Jack, der immer noch neben mir stand, räusperte sich.

„Ich will nicht viel sagen, nur dass ich meine Mum liebe und hoffe, dass sie eine tolle Party und einen schönen Geburtstag hat, und vor allem hoffe ich, dass Gott ihr vergibt, dass sie in Bezug auf Guildo Horn gelogen hat. Herzlichen Glückwunsch, Mumsy."

Das Lächeln, das er mir schenkte, bevor er sich hinsetzte, war eine viel bessere Rede. Ich schüttelte verwundert den Kopf. Da war doch tatsächlich aus meinem ersten Baby ein richtiger Erwachsener geworden.

Etwas besorgt beobachtete ich, wie Mark mühsam auf die Beine kam. Seine dunklen Züge waren ungewöhnlich rosa verfärbt und zuckten nervös. Insgeheim war ich erstaunt, dass er sich überhaupt dazu durchgerungen hatte, in aller Öffentlichkeit etwas zu sagen. Sein Ding war das bestimmt nicht, und es wurde auch sicher nicht leichter dadurch, dass aller Lärm vollkommen erstorben war, als er sich zu dem vollbesetzten Raum umdrehte. Es war, als spürten all diese

Leute irgendwie die Zerbrechlichkeit seines Selbstvertrauens und fürchteten, dass schon das leiseste Geräusch es vollends zum Zusammenbruch bringen könnte.

Als er schließlich anfing, sprach er leise, und sein Tonfall ließ eindeutig erkennen, dass er seine vorbereitete Rede gestrichen hatte.

„Mum und ich kommen manchmal nicht gut miteinander aus."

Die Stille, in die diese neun Worte fielen wie Spatzeneier in eine Schneeverwehung, wirkte noch tiefer durch das ganz leise Glucksen des sarkastischen Gelächters einer Zehnjährigen von Felicity, die im Schneidersitz neben mir auf dem Boden saß und auf ihre Knöchel starrte. Hinten im Zimmer standen Marks Kumpels wie gebannt hinter dem Fernseher, starr vor Entsetzen bei der Vorstellung, sie selbst könnten einen so furchtbaren Akt der Selbstbloßstellung begehen.

„Wir sind uns eigentlich irgendwie ähnlich – na ja, in mancher Hinsicht, wisst ihr . . ."

Mit einer wilden, finsteren Miene wandte sich Mark mir zu.

„Aber das bedeutet nicht – ich meine, nur weil wir uns manchmal streiten, bedeutet das nicht, dass wir uns nicht – na, ihr wisst schon. Ich gebe mir Mühe, und sie gibt sich Mühe . . ."

Oh, Mark . . .

„Jedenfalls – herzlichen Glückwunsch zum Geburtstag, Mum."

Als Mark seine Arme um mich legte und mich unbeholfen küsste, begriff ich zum ersten Mal, was die Leute meinen, wenn sie davon reden, mit Emotionen „angefüllt" zu werden. Die kumulative Wirkung der letzten Tage und der Dinge, die an diesem Abend passierten, war ziemlich überwältigend. Ich war nicht erpicht darauf, vor all meinen

Gästen meine Dämme brechen zu lassen, aber ich wusste nicht genau, wie lange ich noch durchhalten würde.

„Nur noch zwei Dinge!" Mike erhob seine Stimme und wedelte mit den Armen, um die Explosion der Anerkennung zu dämpfen, mit der Marks Rede aufgenommen wurde. „Nur noch zwei Kleinigkeiten, bevor wir uns alle dem Essen und dem Feiern widmen. Erstens möchte ich euch alle bitten, eure Gläser zu erheben und mit mir auf Kathy zu trinken. Sie und ich kommen auch nicht immer miteinander aus ..."

Behagliches Gelächter.

„Aber trotzdem ist sie mein Schatz, und ich liebe sie sehr. Kathy, Liebling, ich wünsche dir den glücklichsten Geburtstag deines ganzen Lebens. Auf Kathy!"

„Auf Kathy!" echote die Versammlung und erhob ihre Gläser mit Elan, wie es Versammlungen eben tun.

„Nur noch eine Sache."

Meine Güte, was denn jetzt noch?

Mike langte nach einem der Geschenktische, griff nach dem mysteriös geformten Paket, das er kurz vor dem Beginn der Party mit nach Hause gebracht hatte, und gab Felicity ein Zeichen, worauf sie sich sofort umdrehte und ihre Geige und ihren Bogen von irgendwo hinter ihrem Sitzplatz hervorholte.

„Steh auf, Schätzchen, jetzt kommt's. Fertig? Gut! Also, ihr Lieben, als Letztes möchte ich Kathy mein Geburtstagsgeschenk für sie überreichen. Und bevor ich es ihr gebe, wird Felicity ihr einen ganz versteckten kleinen musikalischen Hinweis darauf geben, was es ist. Hör gut zu, Kathy. Okay, du kannst anfangen, mein Schatz."

Auch wenn ich hundert Jahre alt werden sollte, werde ich nie die merkwürdige Minute vergessen, die nun folgte. Es sagt einiges über meinen Geisteszustand, dass ich mindestens zwanzig Sekunden lang ums Verplatzen nicht auf den

Titel des altvertrauten Musikstückes kam, das Felicity zu spielen begann. Ich war völlig versunken in den Anblick der Finger meiner Tochter, die über den Hals ihres Instrumentes tanzten, und ahnte undeutlich, dass diese flotte Melodie eine enorme Bedeutung hatte, wenn ich mich nur genug hätte konzentrieren können, sie zu erkennen. In dem Augenblick, als bei mir endlich der Groschen fiel, dass es natürlich „Waltzing Matilda" war, spürte ich plötzlich einen kalten Luftzug von hinten und hörte einen erstaunten Seufzer von einem meiner Verwandten im Hintergrund des Raumes. Als ich mich umdrehte, konnte ich anfangs nur Dip deutlich erkennen, die hochrot und aufgeregt neben der offenen Terrassentür stand und offenbar *unsere* Autoschlüssel in den Fingern hielt.

Ich weiß noch, dass ich völlig verdutzt die Stirn runzelte und sogar versuchte, auf sie zuzugehen und sie zu fragen, was denn los sei, aber ich kam nicht vorwärts, weil mir ein hoch gewachsener Fremder in einem Mantel in den Weg trat, mich an den Schultern packte und mein Kinn hochhob, sodass ich gezwungen war, ihm ins Gesicht zu sehen. Viel hätte nicht gefehlt, und ich wäre auf der Stelle in Ohnmacht gefallen, als ich die kaum veränderten Züge des älteren Bruders erkannte, den ich diesseits des Himmels nie wieder zu sehen gefürchtet hatte. Irgendwo neben mir sagte Mike leise: „Herzlichen Glückwunsch, Liebling"; und danach konnte ich die Tränen nicht mehr zurückhalten.

Sonntag

1

„Na komm, Kathy, sei ehrlich. Hattest du irgendeine leise Ahnung, was passieren würde?"

„Mmm, na ja, ich fand es schon ein bisschen komisch, wie die Kinder sich benahmen. Ich weiß nicht – sie waren irgendwie einen Hauch aufgeregter, als ich angesichts der Umstände erwartet hätte. Und dann, als die Party losging und du nicht da zu sein schienst, Dip, nun ja, das war mir ein Rätsel und hat mir wirklich Sorgen gemacht. Ich schätze, mir muss wohl der Gedanke gekommen sein, dass *irgendetwas* in der Luft lag, aber ich hatte wirklich und wahrhaftig nicht die geringste Ahnung, dass Mike das Geld lockergemacht hatte, damit Pete mit einem dieser Standby-Flüge herkommen konnte. Und das so kurzfristig! Der alte Lügenbold hat mir erzählt, wir könnten es uns nicht mehr leisten, und ich habe ihm geglaubt. Das Höchste war ja noch, wenn du dich erinnerst, dass er zwei Stunden vor der Party mit etwas auftauchte, was sich dann als seltsam geformtes Stück Holz in hübschem Geschenkpapier entpuppte. Alles nur Finten, um seine ruchlosen Pläne zu verschleiern. Als er das Paket in die Hand nahm, kurz bevor Felicity ihr Stück auf der Geige spielte, dachte ich wirklich, dass es das war, was er mir überreichen wollte. Mensch, er war bisher nie so ein guter Lügner, Dip. Ich werde ihn in Zukunft im Auge behalten müssen." Ich schlug mir mit der flachen Hand vor die Stirn. „Warte mal, was rede ich denn da? Du bist ja auch nicht besser, oder, meine so genannte beste Freundin? Du hast die ganze Woche über kein Sterbenswörtchen davon gesagt."

Dip versuchte, zerknirscht auszusehen, doch es gelang ihr

lediglich, genauso zufrieden mit sich selbst dreinzublicken, wie sie es seit gestern Abend ständig getan hatte, als sie Mike gegenüber persönlich dafür verantwortlich gewesen war, zum Flughafen und zurück zu fahren (in unserem Auto, damit Petes Gepäck hineinpaßte), um das beste Geburtstagsgeschenk, das ich je bekommen hatte, abzuholen, bis zum richtigen Moment bei sich zu Hause zu bewirten und schließlich abzuliefern.

Inzwischen war es Sonntagnachmittag. Nach allgemeinem Einvernehmen war keiner an diesem Morgen in die Kirche gegangen. Pete war oben (mein Bruder Pete, oben in einem *unserer* Zimmer, in unserem Haus, genau in diesem Moment) und schlief den bleiernen Schlaf der vom Jetlag Geplagten, während Mike an diesem frischen, windigen Tag die anderen mit ihren Drachen hinauf auf die Hügel gefahren hatte, vermutlich in der Meinung, dass eine oder zwei Stunden intensive Schnurentwirrübungen ihnen gut tun würden. Dip und ich, angenehm schläfrig infolge der Tatsache, dass wir erst in den frühen Morgenstunden zu Bett gegangen waren, lümmelten uns im Wohnzimmer herum und genossen es, ein Ereignis Revue passieren zu lassen, das nicht nur ein Riesenerfolg und ein Hochgenuss gewesen war, sondern auch, was ebenso wichtig war, nun sicher in der Vergangenheit lag. Gemeinsam hatten wir es geschafft, alle unerwünschten Spuren der gestrigen Feierlichkeiten zu beseitigen, und jetzt hatten wir zumindest für eine Stunde oder so nichts anderes zu tun als uns zu entspannen und zu schnuddeln. Dip beugte sich vor, um sich ein Stück von der Geburtstagsschokolade zu nehmen und mir noch etwas Sherry nachzuschenken.

„Was hat dir an der Party am besten gefallen?" fragte sie.

„Abgesehen von deiner Cilla-Black-Nummer, meinst du?"

„Ich fand eigentlich, es hatte mehr Ähnlichkeit mit *Das war Ihr Leben*. Aber ja, abgesehen davon."

Ich lehnte mich auf meinem Sessel zurück, überlegte einen Moment und schwenkte mein Glas wie einen Strauß Blumen, als die Erinnerung zurückkehrte.

„Oh, ich glaube, das war, als ich mit Pete im Schein der roten Glühbirne getanzt habe. Die große Überraschung war wunderbar, klar, aber sie nahm mir irgendwie den Atem, und wir haben ja beide geheult wie die Schlosshunde. Aber dann, als wir im Esszimmer unser Schmusetänzchen wagten –" Ich seufzte.

„Dass Pete da war, und die ganze Atmosphäre und so, das alles brachte so vieles aus der Vergangenheit zurück wie einen – einen warmen Schwall! Und ich war *wirklich* glücklich, Dip. Es ist beruhigend für jemanden wie mich, zu wissen, dass man sich tatsächlich so gut fühlen kann, selbst wenn es nur ein paar Minuten anhält. Da freut man sich gleich ein bisschen mehr auf den Himmel. Was fandest du am schönsten?"

„In ein Geheimnis eingeweiht zu sein. Einen kleinen Beitrag zu leisten, um es in die Tat umzusetzen. Dein Gesicht zu sehen, als es soweit war. Und dass ich mich am Ende nicht den *ganzen* Abend über in der Ecke neben der Küchentür mit Daniel über Wolkenformationen unterhalten musste. Das waren die Highlights."

„Ehrlich gesagt, Dip, um für einen Moment mal todernst zu sein – ich glaube, der Herr sagt dir schon seit langem, dass du Daniel heiraten solltest. Mir hat er das jedenfalls ganz deutlich gemacht."

„Also, wenn du das wirklich ernst meintest", sagte Dip sarkastisch, „wäre das ein sehr gutes Beispiel für etwas, das man Anti-Evangelisation nennen könnte. So gern ich Daniel mag, wenn ich je ernsthaft der Meinung wäre, Gottes Wille verlange, dass wir den Rest unseres Lebens zusammen verbringen, würde ich mein Knie vor dem nächsten verfügbaren Götzen beugen und meinen monatlichen Dauerauftrag für die Church of England kündigen. Dein Bruder dagegen – das wäre etwas anderes. Schade, dass er verheiratet ist."

„Mmm, das wäre doch nett gewesen, was? Wir hätten bestimmt eine nette Vierertruppe abgegeben. Pech. Übrigens, Pete sagt, dass die Möglichkeit besteht, dass er in zwei Jahren auf Geschäftsreise wieder herkommt, und vielleicht lassen sie ihn Dawn und die Mädchen mitbringen. Wäre das nicht toll? Ich würde mich so freuen. Aber es ist schon wunderbar, ihn nur für eine kleine Weile hier zu haben." Ich schüttelte den Kopf. „Ich fasse es immer noch nicht, dass Mike das wirklich gemacht hat. Erstaunlich – einfach erstaunlich."

„Und deine Ängste, du könntest alles ruinieren, wenn ihr euch begegnet – die haben sich völlig in Wohlgefallen aufgelöst, nicht wahr?"

Ich rollte ungeduldig meine Schultern über die Rückenlehne des Sofas und schnalzte verärgert mit der Zunge, als ich mich an meine Torheit erinnerte.

„Natürlich, was denn sonst, Dip. Ich weiß nicht, wie ich so dämlich sein konnte. Wahrscheinlich lag es daran, dass wir uns so lange nicht gesehen hatten und es mir so viel bedeutete. Ich habe einfach mein Selbstvertrauen verloren und bekam Angst. Nein, in dem Moment, als ich Pete erkannte, hat dieser ganze Blödsinn einfach – das getan, was du gesagt hast."

„Sich in Wohlgefallen aufgelöst?"

„Mm, genau."

Zufrieden saßen wir eine Weile da, ohne zu reden. Ich warf einen Blick durch das Fenster neben mir und sah, dass der Himmel sich wütend geschwärzt hatte und mit Regen drohte. Die Drachenflieger würden sich jetzt wohl allmählich auf den Rückweg machen. Jetzt wäre ein altmodischer Sonntagstee nicht schlecht, wenn wir es je schafften, uns wieder zu erheben. Hier drinnen wurde die Spätnachmittags-Düsternis des Wohnzimmers nur vom letzten unserer Birkenscheite erhellt, der im Kamin vor sich hin brannte und glühte. Es schien mir die Art von Atmosphäre zu sein, in der große Gedanken ihren Ausdruck finden konnten.

„Speck", sagte Dip ernst.

„Wie bitte?"

„Ich habe eben das Wort ‚Anti-Evangelisation' benutzt. Nun, ich habe gerade das Problem gelöst, wie man wirklich wirksam evangelisieren kann."

„Mit Speck?"

„Ja", fuhr sie versonnen fort. „Ich wüsste nicht, was dabei schief gehen sollte. Man stellt eines Tages nahe der Stadtmitte ein riesiges Zelt auf, und wenn man soweit ist, dass die Versammlung beginnen kann, fängt man drinnen an, haufenweise Speck zu braten. Dann, wenn der himmlische Duft die Leute scharenweise herbeigelockt hat, was ja unvermeidlich ist, setzt man sie hin, predigt ihnen eine Weile was vor und sagt ihnen dann, dass jeder, der sich entscheidet, ein Stück Speck bekommt, und jeder, der es nicht tut, darf gehen und draußen Kohldampf schieben. Kann gar nicht schief gehen, oder? Unbegreiflich, dass das noch niemand ausprobiert hat."

„Nein, Gott rauft sich bestimmt die Haare, weil er die ganze Bewegung in einem Teil der Welt begründet hat, in dem dieser Trick wohl kaum funktionieren konnte. Hmm, ich frage mich, wie wohl Leute wie Billy Graham auf die Neuigkeit reagieren würden, dass sie möglicherweise nicht ganz so wirkungsvoll sind wie ein paar Streifen ungeräucherter Rückenspeck?"

„Nun ja, wir Visionäre müssen nun einmal damit leben, dass uns viel Unverständnis und Vorurteile entgegengebracht werden. Wir akzeptieren das. Ich habe gehört, die Kinder haben ihre Sache wirklich gut gemacht, bevor ich gestern Abend kam?"

„Dip, sie waren wunderbar. Es kam mir vor, als wären wir eine dieser echten Familien, von denen man in amerikanischen Taschenbüchern liest. Mark war besonders – ach, ich weiß nicht, was er besonders war, aber ich wünschte, wir könnten diesen kleinen Moment einfach festhalten und nie wieder einen von unseren blödsinnigen Kämpfen haben. Du wirst doch für Mark und mich beten, nicht wahr?"

Sie schüttelte den Kopf über meine Albernheit.

„Keine Sorge. Für dich und deine Kinder zu beten ist mir fast ebenso zur Gewohnheit geworden wie das Atmen, und ich hatte eigentlich nicht vor, eine dieser wesentlichen Aktivitäten innerhalb der nächsten paar Jahre aufzugeben."

Ich sah sie sinnierend an.

„Und *ich* werde für das beten, was *dir* während dieser nächsten paar Jahre passieren wird. Hältst du es für möglich, dass das Leben noch irgendetwas – anderes in petto hat?

„Etwas anderes? Was meinst du mit anders?"

„Ach, weißt du – eben anders."

„Nun, möglich ist es", sagte Dip, rieb sich das Kinn und sah mich direkt an, „möglich ist es."

2

Sehr spät an jenem Abend, als alle anderen endlich zu Bett gegangen waren, saßen Mike und ich uns an dem runden Tisch am großen Fenster im Wohnzimmer gegenüber und tranken noch ein Glas Wein zusammen. Leise, aber deutlich hörbar zelebrierten Jacqueline du Pré und Edward Elgar wieder einmal den üppigen Herbstmulch der Schönheit und Traurigkeit einer Welt, in der das Leben, so sehr es auch pulsieren mag, unausweichlich ein Vorspiel zu körperlichem Niedergang und Tod ist. In mir kribbelte etwas, das mehr war als nur Erwartung, denn mein Kribbeln wurde aus dem geboren, was *jetzt* geschah. Solch makellos sanfte Momente waren selten genug in unserem hektischen Leben, doch dieser hier schien mir etwas ganz Besonderes zu sein, einer jener mysteriösen, ungeplanten Augenblicke, die sich einfach aus den Umständen ergaben und so angefüllt sind mit Bedeutung, dass jeder davon beinahe die Natur eines Sakramentes hat. Als ich da saß und an meinem Wein nippte, dachte ich an alles, was ich hatte, und alle, die ich liebte, und von dort wanderten meine Gedanken zu all dem, was die rasch vorbeiziehenden Jahre bringen mochten, das mir diese Dinge und diese Menschen wegnehmen oder mich von ihnen wegnehmen könnte. Plötzlich, abrupt, typisch, war die ganze Sanftheit dahin, und der Moment war vorbei. Ich kam mir vor wie ein Kind, das sich im Dunkeln verirrt hat, und Furcht erfüllte mich.

„Mike", sagte ich mit dünner Stimme, „wird es gut werden?"

Mikes Blick wanderte von den ein, zwei Sternen, die durch den offenen Vorhang am Nachthimmel zu sehen waren, zu mir, und er hob die Augenbrauen.

„Was wird gut werden?"

„Alles. Wird alles gut werden?"

„Ah, ich verstehe, alles – ja, jetzt verstehe ich, was du meinst. Tut mir Leid, ich war nicht ganz sicher, was du genau meintest."

„Glaubst du, dass es gut wird?"

Er machte eine Pause, bevor er wieder etwas sagte.

„Bin ich denn schon wieder an der Reihe damit, dessen sicher zu sein?"

Wir beide lachten ein wenig darüber, und Mike füllte unsere Gläser aus der dunklen Flasche, die im Licht der Lampe mitten auf dem Tisch schimmerte. Dann langte er nach dem kleinen Bücherregal neben dem Fenster und holte die Bibel herunter, die ich dort hingestellt hatte für den Fall, dass einmal ein Besucher etwas nachschlagen wollte, damit es so aussah, als hätten wir immer eine griffbereit. Nachdem er ein paar Sekunden lang geblättert hatte, fand er, was er suchte, und begann leise zu lesen:

„„Da kam Jesus mit ihnen zu einem Garten, der hieß Gethsemane, und sprach zu den Jüngern: Setzt euch hier, solange ich dorthin gehe und bete. Und er nahm mit sich Petrus und die zwei Söhne des Zebedäus und fing an zu trauern und zu zagen. Da sprach Jesus zu ihnen: Meine Seele ist betrübt bis an den Tod; bleibt hier und wacht mit mir! Und er ging ein wenig weiter, fiel nieder auf sein Angesicht und betete und sprach: Mein Vater, wird alles gut werden ... ?““

Irgendein lieblicher, wehmütiger Beiklang in diesem bewussten Falschzitat schien uns zu umschlingen wie zwei Arme, während in Elgars großer Hymne des Triumphs und der Verzweiflung der Schmerz und die Freude sich dem unausweichlichen Höhepunkt ihres Ringens näherten. Wir reichten uns über den Tisch hinweg die Hände und sprachen ein kurzes Gebet für Dip, für David, für Pete und Dawn und die Mädchen, für den Rest unserer Familie und füreinander; und dann gingen wir zu Bett.

Adrian Plass

Adrians Extrablatt
A-4-Paperback, 144 S., ISBN 3-87067-763-5
Ein echtes Humorfeuerwerk: 12 Ausgaben eines fingierten Gemeindebriefs. Urkomisch, inspirierend und zum Haare raufen ...

Warum ich Jesus folge
Paperback, 192 S., ISBN 3-87067-829-1
Warum will Adrian Christ sein und Jesus nachfolgen? Ein persönliches Glaubensbekenntnis voller Verständnis und Humor.

Ein Lächeln auf dem Gesicht Gottes
Paperback, 272 S., ISBN 3-87067-858-5
Philip Ilott ist kein Prominenter, aber in dieser Biografie beschreibt Adrian Plass einfühlsam eine bewegende und ermutigende Lebensgeschichte.

Jesus kam bis Bangladesch
Paperback, 206 S., ISBN 3-87067-893-3
Zwei gutsituierte Westeuropäer machen sich auf den Weg in die Slums von Bangladesch, um ein kleines Mädchen zu besuchen. Ein bewegendes Buch voller Liebe und Hoffnung.

Der Besuch
Gebunden, 80 S., ISBN 3-87067-892-5
Jesus kommt nach 2000 Jahren zu Besuch und wieder hält er sich nicht an das vorgesehene Besuchsprogramm. Eine aufwühlende Geschichte, die das Herz eines Menschen und ganzer Kirchen erschüttern kann.

Adrian Plass

Tagebuch eines frommen Chaoten
Paperback. 160 Seiten. ISBN 3-87067-391-5
Mit diesem Buch wurde Adrian Plass zum christlichen Bestsellerautor. Inhaltsbeschreibungen sind zwecklos – das muss man gelesen haben.

Die rastlosen Reisen des frommen Chaoten
Paperback. 192 Seiten. ISBN 3-87067-643-5
Das zweite Tagebuch des Adrian Plass berichtet von den Reisen und Vorträgen des zum christlichen Redner avancierten Buchautors und seiner chaotischen Heimatgemeinde.

Stürmische Zeiten
Gebunden. 574 Seiten. ISBN 3-87067-741-4
Jetzt kommt frischer Wind in die „Stille Zeit". In seinem Andachtsbuch gewinnt Adrian erstaunliche Einsichten und versorgt seine Leser mit kraftvollen, hilfreichen, herausfordernden und befreienden Impulsen für jeden neuen Tag.

Unser Andachtsbuch
Paperback. 363 Seiten. ISBN 3-87067-808-9
Plass im Doppelpack: Trost, Zuversicht, Verständnis, Hoffnung und Ermutigung sprechen aus den Andachten von Adrian und Bridget Plass, die hier in einer Sonderausgabe („Gesprengte Mauern" und „Er steht auf deiner Seite") vereint sind.

Brendow.
VERLAG + MEDIEN